Jonathan Saunders

# na:i:en

## Band 1

novum ᐃ pro

Dieses Buch ist auch als
# e-book
erhältlich.

www.novumverlag.com

Bibliografische Information
der Deutschen Nationalbibliothek:

Die Deutsche Nationalbibliothek
verzeichnet diese Publikation in
der Deutschen Nationalbibliografie.
Detaillierte bibliografische Daten
sind im Internet über
http://www.d-nb.de abrufbar.

© 2015 novum Verlag

ISBN 978-3-99048-135-6
Lektorat: Annette Debold
Umschlagfotos:
Dmitriy Cherevko, Sergiy Lukutin,
Sam Lee | Dreamstime.com
Umschlaggestaltung, Layout & Satz:
novum Verlag

Gedruckt in der Europäischen Union
auf umweltfreundlichem, chlor- und
säurefrei gebleichtem Papier.

**www.novumverlag.com**

**Gewidmet**
all den Leben, die sie für mich gaben
und für uns
geben werden

*Habe nun, ach! Philosophie,*
*Juristerei und Medizin,*
*Und leider auch Theologie!*
*Durchaus studiert, mit heißem Bemühn.*
*Da steh ich nun, ich armer Tor!*
*Und bin so klug als wie zuvor.*

...

Faust, Der Tragödie Erster Teil,
**Johann Wolfgang Goethe**

# Prolog des Erzählers

Als Patty Brian nach für sie zwanzig verlorenen Jahren wieder im Vereinigten Königreich ankam, erfuhr sie, dass Maynard Ganapathy und Leslie Tralee vor bereits langer Zeit gestorben waren. Ihre noch lebende, vermeintliche Freundin hatte sich unrechtmäßig während Brians Abwesenheit ihr ererbtes Vermögen angeeignet – und sie hatte nicht mehr, als sich als Mensch auf einer unbeschreiblich fantastischen Reise wachsen zu sehen. Einen Menschen, der nun offenbar vor den Scherben seines einstigen Lebens stand, das nicht mehr war.

Die einzigen Freunde, die Patty Brian geblieben schienen, waren zwei vielleicht absurd imaginäre Dohlen, die sie auf einer Insel vor Norwegen zurückgelassen hatte, von der sie selbst aufgebrochen war, um die Wirklichkeit einer diktierenden Zeit in Britannien zu begreifen, die ihr die Dohlen – falls nötig – später zu erklären gedachten.

Enttäuscht einerseits über das menschliche Versagen anderer und den trügerischen Charakter aller Zeit, andererseits aber kräftiger denn jemals zuvor, als Patty Brian noch unter den Menschen lebte, verlässt sie die britische Insel wieder, um das unbegreifliche Mysterium der verlorenen Zeit in duldsamer Einsamkeit mit den ihr ergebenen Dohlen zu verstehen.

Nachdem sie sich von dem scheinbar letzten Schatz Merlins getrennt hatte, der ihr anvertraut worden war, ein in Leder geschlagenes Buch, das sie auf magische Weise durch ihr Leben geführt hatte, machte sie sich auf den Weg zurück zu ihren Vögeln – den letzten, vertrauten Begleitern ihrer selbst, die vielleicht wertvolle Antworten schuldig geblieben waren, so unwahrscheinlich diese auch oft in ihren Ohren geklungen hatten.

Von einem Martin Doheny zu einem Flughafen gebracht, verabschiedete sie sich von ihm, stellvertretend für die Menschheit, lachend auf seine Frage, *wohin sie gehen werde*, mit den

Worten, dass sie *auf einem langen, steinigen Weg zu den Sternen sei*. Damals ahnte sie noch nicht, welch dramatisches Recht sie besitzen sollte.

Von Schottland flog sie nach Norwegen, organisierte ihre Passage zu Merlins Insel, auf der sie von den Dohlen erwartet wurde, und nahm sich scheinbar aus einer Zeitgeschichte heraus, die ihr Leben für sie zu schreiben müde geworden war.

Gemeinsam mit den Dohlen Daoine und Sidhe in ihrem gewählten Exil, offenbar der vielsinnigen Welt fremd geworden, fern ihrer zweifelhaften Ereignisse, dauerte Brian an. Sie war unbemerkt. Unscheinbar. Und heimlich mit ihren beflügelten Geistern. Still … als Frau. Bescheiden und demütig … als Mensch. Allgegenwärtig … als Wesen in ihrer Einsamkeit. Und sie wuchs in streitender Gewissheit, *etwas* sei anders mit ihr als mit anderen Menschen.

Auf dieser Insel des Nordmeeres, gebettet in ihre wattigen Nebelbänke, vermochte Zeit nur noch verwunschen zu sein und Brian ein gewinnendes Dasein zu fristen, dessen Summen sie als Mensch kaum ertragen könnte.

Und hungrig sah man sie zwischen glitschigen Felsen rutschend nach Muscheln und Tang suchen, bevor sich ihr jene Welt zeigen mochte, die Brians wahrscheinlich wirkliches Wesen offenbaren würde.

**I**

„Das kann man sehen, wie man will. Tatsache ist, ich weiß weder, was mir geschieht, noch habe ich die mindeste Ahnung, wie es geschieht. Und darin Erfüllung oder gar Weisheit erkennen zu wollen ist für mich durchaus gewagt. Muscheln, Seepocken, Krabben und Tang … nur das scheint mir heute noch sicher zu sein", meinte Brian zu Sidhe, ihrer sie begleitenden Dohle, die erheblich beholfener als Brian über die glitschigen Steine am Meeressaum der Insel hüpfte. „Und alles andere ist unsicher. Höhere Bestimmung und so ein Mist … und selbst wenn ich an die Muscheln denke, so weiß ich noch nicht einmal, ob die nicht vielleicht radioaktiv belastet sind", sprach sie und kratzte mit ihren bereits wunden Fingern eine weitere Muschel aus einer nassen, salzigen Steinspalte, die sie sich dann in ihre Jackentasche zu den vorher gefundenen steckte.

Das Meer lief mit langen, flachen Wellen gegen den alten Felsen von Merlins Insel, die für Brian einen vulkanischen Ursprung zu besitzen schien.

„Dafür hältst du dich aber immer noch gut", lobte Sidhe Brian laut und sehr bewusst.

„Und du auch. Denn welche sprechende Dohle kann schon so geschickt über die verflixt glitschigen Steine stolzieren und gleichzeitig über die Zeit philosophieren?", erwiderte Brian sarkastisch. „Dazu gehört einiges Talent, finde ich."

„Was bleibt uns übrig, frage ich mich?"

„Na, dann frage einmal mich, und ich kann dir einiges sagen … Warum nur werden wir hier irgendwie festgehalten? Was hält uns bloß hier, Sidhe? Und worauf warten wir? Manchmal weiß ich, dass das Schwappen der Meereswellen hier als eine Warnung zu verstehen ist, nur hier auf diesem Felsen bleiben zu sollen", meinte Brian und wusste kaum noch, ob es eine ihr bekannte Welt hinter diesem Ozean gab. „Du könntest ja fliegen. Aber ich …, ich sitze hier irgendwie fest und harre aus, weil sich eine Wölfin mein Schicksal so gedacht hat. Denn dass das Merlins Absicht gewesen

**9**

sein könnte, kann ich mir beim besten Willen nicht vorstellen", bemerkte sie, steckte sich die noch geschlossenen Muscheln in die Tasche und meinte, man sollte wieder auf das Plateau zu der Höhle zurückkehren, da sie genügend Meerestiere für eine Mahlzeit gefunden hätte. „Und hoffentlich fängt Daoine nicht wieder mit dem Blödsinn von Reinkarnation an", lachte sie etwas bitter. „Sieh mich an. Die Fingernägel eingerissen. Stumpf. Zerbrochen. Meine Finger kaputt und die Haut zerschunden", meinte sie und betrachtete ihre strapazierten Hände. „Ganz zu schweigen einmal davon, dass dieser Felsen sicher für eine Maniküre völlig ungeeignet ist und sie sicher niemandem empfehlen wollte", ergänzte sie, als Sidhe über Brians unmutigen Kommentar schmunzeln musste. „Mit deinen Flügeln bist du mir wirklich keine sonderliche Hilfe beim Umdrehen der Steine", sagte sie und hatte sich bereits zum Gehen gedreht, um über die glitschigen Steine zurückzurutschen. „Vielleicht kommt wenigstens einmal ein neuer Haarschnitt in Betracht. Mal sehen, ob wir das nicht irgendwie hinkriegen. Durch und wegen euch bin ich hier. Also tut auch etwas für mich", stöhnte sie mehr vor sich hin, als dass sie mit Sidhe sprach. „Es ist an euch, euren Protagonisten in der wohl traurig-komischsten Geschichte dieser Welt zu amüsieren und bei Laune zu halten."

„Patty. Es ist deine Geschichte. Und wir sind in ihr nur die Statisten. Ob du es wahrhaben willst oder nicht. Wir sind nebensächlich", erwiderte Sidhe und erinnerte Brian an Dinge, von denen sie gegenwärtig nichts wissen wollte.

„Ach ja?! Du meinst, da war noch etwas?!", lachte sie wieder innerlich angespannt und rutschte seitlich auf einem der runden Steine aus. „Mist. Ich bekomme einfach kein Gleichgewicht in meinen Körper. Das sollte mir doch nach all der Zeit und der Übung besser gelingen. Und trotzdem tut es das nicht. Wie ein Spastiker auf einem Drahtseil", fluchte sie, rutschte seitlich mit den Füßen und fiel hart auf ihre Hüfte. In ihrer Hosentasche hörte sie wenigstens eine der gesammelten Muscheln zerbersten. „Und was für ein Schiss. Meine Frutti di Mare sind auch tutti kaputti", fluchte sie unbeherrscht, kam wieder auf die Beine, rieb sich mit den schmerzenden Händen die Hüfte und lief tapfer weiter.

Ein Abend war angebrochen und für Brian eine kaum noch denkbare Zeitspanne vergangen. Alles an und auf dieser Insel war anders, als sie es wünschend geahnt hatte. Diese Insel war nicht der Vorposten einer Zivilisation. Sie war kein Funkfeuer schließlichen Menschwerdens. Da gab es nichts verbindlich Bekanntes zu einer ihr gewordenen Welt, sondern nur den Wechsel für sie wahllos gewordener Tage eines Nordens, der sich aus der Zeit gestohlen zu haben schien. Ein Norden, der sich aus jederzeit herausnahm. Und ein Norden, der in keiner Zeit war, konnte auch kein Norden mehr sein. Und das Meer schien keinen Gezeitenhub zu kennen. Der Mond als ein verlässlicher Gefährte ihres Lebens hatte hier als Trabant vollkommen versagt, indem er jeden Abend zunehmend im Westen seinen Gang begann, dann in den Norden stieg, zum Vollmond wurde und des Morgens abnehmend im Osten verschwand, bevor die immer wiederkehrende Sonne verlässlich aufging. Jeden Tag wiederkehrend. Als Erdenmond hatte er für Brian also kläglich versagt, wie sie einmal den Dohlen gegenüber feststellte und den enttäuschend absurden Gedanken den Vögeln ausführte. Und so faszinierend das Schauspiel auch sein mochte, falls man es nur einmal erleben würde, so gewöhnlich und falsch war es für Brian geworden, da der Gang dieser Himmelskörper einfach nicht aufhören wollte, nur Schauspiel zu sein. Sosehr sich die Nächte ähnelten, falls sie sich nicht vollkommen glichen, entsprachen sich auch die Tage in ihrer Einsiedelei auf Merlins Insel, angeblich irgendwo vor Norwegen. Einer Insel keines möglichen Meeres. Einer Insel, die in einer versehentlichen Drift von der Erde verschwunden zu sein schien.

Die Sonne spendete das Licht. Das schien ihr unstrittig. Zuweilen meinte sie, dass es wenigstens der Wahrscheinlichkeit entsprechend eine Sonne sein müsse, von der man das, was gespendet wurde, Licht nennen könne. Manchmal aber war sie sich auch nicht sicher, dass es die Sonne sei, durch die ein Tag seinen Namen gegen die Nacht abgrenzte. Und die Dohlen konnten ihr keinen Aufschluss darüber geben, ob es nun tatsächlich Sonnenlicht oder irgendwie anders gespendetes Tageslicht sei, denn auch sie konnten sich viel des Geschehens auf der Insel nicht erklären.

Wollten sie anfangs noch nach Antworten suchen, indem sie an die Küste Norwegens zurückgeflogen waren, um sich einer möglichen Wirklichkeit zu vergewissern, gaben sie ihre zwecklosen Flüge bald auf, da sie stets an einer kaum merklich und doch veränderten Küste ankamen, die den Dohlen mit keiner Klärung aufwartete. Sie konnten nicht sagen, ob sich die Küste wegen der vergangenen Zeit verändert hatte oder ob es sich um eine wahrhaft andere Küste handelte. Was jedenfalls als Aufschluss gedacht war, verwirrte sie nur umso mehr. Und die Geschichte einer schweigenden Küstenlinie, die sie nicht mehr zu kennen schienen, hatte Brian ihnen nicht glauben wollen. Von daher sind die Erkundungsflüge eingestellt worden. Man sprach ganz einfach nicht mehr über die Zeit einer Welt – einer vielleicht entrückten Umwelt parallel der noch gut erinnerten Heimat. Wenigstens die Anderswelt, von der farbenreiche Geschichten plastischer Schönheit und betörender Fantasie erzählt worden waren, diese Anderswelt war ihnen nicht begegnet. Sie war ihnen verschlossen geblieben, falls es sie geben sollte. *Und ob sie, falls vorhanden, auf Dauer lebbar wäre, sei dahingestellt,* dachte Brian. Muscheln, Krebse und Seetang sammelnd und essend. Irgendetwas schien in der Welt geschehen zu sein, was sich keiner der drei Gefährten erklären konnte. Sie fühlte sich wie in einem gläsernen Sarkophag mumifiziert, wie es Daoine einmal nicht trefflicher hätte beschreiben können.

Sich an den Sternen orientieren zu wollen, hatten sie bereits aufgegeben. Sich überhaupt an irgendeinem räumlichen Grat in ein Verhältnis zu ihrer Zeit zu setzen schien gänzlich unmöglich. Und eine Zeit an und für sich zu bestimmen war ihnen so unwichtig geworden, wie es zwecklos gewesen wäre, ihren Lebensraum einem Ort zuordnen zu wollen.

Brians Hüfte schmerzte noch, als sie über den steilen Anstieg auf das Felsplateau die Kuppe der kargen Insel erreichte. Vor dem Höhleneingang, der ihr wenigstens Herberge geboten hatte, brannte noch ein Feuer, das sie jetzt bereits sehen konnten.

„Wird sich Daoine etwas beruhigt haben? Ich meine, ihr kennt euch besser", fragte Brian, die sich fast sicher schien, dass die beiden Vögel keinesfalls Wesen ihrer Fantasie sein konnten, sondern wahrhaftige Vögel waren, mit denen sie aus einem ihr unbekannten Grund sprechen und Gedanken austauschen konnte.

„Würde es für dich einen Unterschied machen?", erkundigte sich Sidhe erstaunt darüber, dass Brian tatsächlich besorgt über eine Verstimmung von Daoine sein konnte. Was für einen Sinn sollte sonst ihre Frage gehabt haben, falls nicht die Sorge um eine bestimmte Harmonie in ihrem Zusammenleben im Vordergrund stehen würde?

„Nein. Du hast recht. Obwohl mir das dauernde Lamentieren nicht gefällt. Und ich will von diesem ganzen esoterischen Gesabber nichts mehr hören. Metaphysik ..., die ließe ich mir noch gefallen. Darin steckt Philosophie und Melodie. Aber Esoterik ...?! Und schlimm genug, dass ich schon mit Dohlen spreche", sagte sie vorgeblich barsch und warf einen verstohlenen Blick auf Sidhe.

„Stimmt wohl. Was aber würdest du hier tun, falls du nicht mit Dohlen reden würdest?", fragte Sidhe klug weiter.

„Dann wäre ich wohl erst gar nicht hierhergekommen, nicht wahr! Denn es bedurfte zuerst schnatternder Dohlen, die mir ein Ziel meiner Reise einreden mussten. Und hier sind wir nun."

„Hmmm. Dann hättest du etwas verpasst, meinst du nicht auch, Patty?"

„Ach wirklich? So etwas wie Muschelbrei in meiner Hosentasche, einen entrückten Verstand, Unsicherheit über eine unwahre Welt und ..."

„Und uns!", fügte Sidhe auf dem Weg zum Höhleneingang hinzu, bevor Brian das zu sagen vergessen hätte.

„Und euch", bestätigte Brian, als sie auf dem Plateau angekommen waren. „Und was davon wäre das Schlimmste gewesen, das ich hätte versäumen können?", überlegte sie, ohne den Gedanken ernsthaft zu verfolgen, als sie bereits Daoine auf dem Felsen über dem Höhleneingang hocken sahen und ihm schon von Weitem zurief: „Daoine, was immer du dir auch hast einfallen lassen können: Wir sind mit dem Thema für heute durch", was die Dohle über die Entfernung hörte, daraufhin den Kopf

in Brians Richtung drehte, den Blick aus der sonnigen Abenddämmerung wendete und sich zu den beiden herannahenden
Freunden aufschwang.

„Sowohl … als auch, Patty. Für heute dann. Und ich bin nicht
nachtragend", meinte sie noch aus der Luft herab, als sie über den
beiden anderen kreiste.

„Einverstanden", sagte Brian, rieb sich die wund aufgerissenen
Hände vorsichtig und hinkte immer noch leicht wegen der
Schmerzen in der Hüfte. „Zum Glück ist nicht mehr passiert. Was
würde ich nur machen, hätte ich mir meine Knochen gebrochen?
So einen erstklassigen Spiralbruch? Oder den Schenkelhals …?"

„Hast du dich verletzt?", fragte Daoine besorgt, und Sidhe
erzählte, dass Brian zwischen den Felsen des Inselsockels am Meer
ausgerutscht sei und hart auf die Hüfte gefallen sei, was ihr die
Schmerzen zu bereiten schien.

„Passiert eben in diesem Leben … als Mensch. In meinem
nächsten Leben – dann als Muschel – lasse ich mich von einer aus-
gehungerten Furie von Steinen absammeln, um in ihrer Hosentasche
püriert und zermatscht zu werden", meinte Brian schmunzelnd.

„Das Thema ist für heute erledigt, hattest du gesagt", erinnerte Daoine Brian.

„Und du sagtest: sowohl … als auch."

„Ja. Das sagte ich. Und?"

„Dann war das eben nur das *sowohl*. Und das *als auch* lassen wir
dann. Oder wir heben es uns auf. Vielleicht für morgen? Oder
für ein Morgen, das so sein wird wie ein Gestern und Vorgestern,
und sein könnte, wie ein Übermorgen. Immerfort die Zeit einer
gleichen Gestalt …", sagte Brian, während sie vor der Höhle an
dem knisternden Feuer angekommen waren.

„Ein Königreich für ein Stück Seife", meinte sie und fühlte sich
von Schmutz und Salzwasser fast schon verkrustet. Sie stank, roch
es aber nicht mehr. „Eine Frau in den besten Jahren. Und schaut
euch mich an, was ich bin. Und wie ich hier jenseits allen Verstandes
lebe … und verkomme", lachte sie bitter. „Die Haut ist strapazier-
fähiger geworden … wenn nicht ledern …", sagte Brian und griff
in die Hosentasche nach den geernteten Muscheln. „Ekelig und

Ekelglibber. Schleim und 'ne einzige Schweinerei. Wo ist denn nur der Kochtopf?", fragte sie die Dohlen, die sie beobachteten. „Sagt schon: Wo ist der Topf für unser Zauberelixier, zu dem bloß noch die Kröten und Schlangengift fehlen?", fragte sie erneut. „Wie hat das Merlin bloß gemacht? Hatte er eine andere Technik der Nahrungsmittelbeschaffung? Was hatte er sich zu essen besorgt? Oder hatte er einfach einen ganz anderen Speiseplan? Woher hatte er die Früchte, denn am Apfelbaum … da rührt sich nichts. Kein Blatt und keine Blüte. Wohl Knospen …, die aber offenbar in den nächsten fünftausend Jahren oder so nicht aufgehen werden", meinte sie und entdeckte dann den Kochtopf allein, den wohl auch Merlin schon in ein Feuer gestellt hatte. Wozu sonst wäre er auf der Insel gewesen, dachte sie nach. „Ein guter Abend wird das schon nicht mehr werden können. Oder anders ausgedrückt: Es kann eigentlich nicht noch schlechter werden. Und von daher wird es besser als gedacht. Oder aber … wir hören einfach einmal auf zu empfinden und zu denken. Und dann ist alles urplötzlich wieder gut. Hmmm …, Mist, wo nur sind wir hingeraten?", faselte sie vor sich her, warf die zwei Hände voller Muscheln klappernd in den Topf und stellte ihn in die Glut der tiefen Flammen. „Wieder und wieder Camping …, und dabei ist Camping eigentlich zum Kotzen."

„Wie kommst du mit dem Schwimmen voran, Patty?", fragte Daoine, um Brian aus ihren übellaunigen Gedanken zu ziehen, die sie zur Genüge kannten.

„Na …, wie läuft es denn bei dir mit dem Telefonieren?", fragte sie zynisch zurück. „'tschuldigung. Das habe ich nicht so gemeint. Es ist alles komisch. Ich glaube, solange mir keine Kiemen und Schwimmhäute wachsen, werde ich euch nicht mehr los", ergänzte sie spaßhaft, während die Dohlen über den Gedanken staunten. „Nein. Auch das war nicht so gemeint. Also, ich scheine mit der Temperatur des Wassers klarzukommen. Es müsste kalt sein, doch ich empfinde es nicht. Auch mit den Wellen verstehe ich umzugehen. Aber meine Kraft und meine Kondition lassen noch nicht allzu viel zu", sagte sie, während sie den heißen Topf in der Glut schüttelte, schnell die Hände zurückzog und die Muscheln blechern in dem Metallgefäß klapperten.

Brian hatte vor einiger Zeit angefangen, sich an das für sie unheimliche Meer zu gewöhnen, und war von ihren anfänglichen Waschversuchen langsam zum Baden und schließlich zum Schwimmen übergegangen. Sie hatte Gefallen an dem Salzwasser gefunden, das ihr zuvor großen Respekt und intuitive Ängste eingeflößt hatte. Eine schwer begreifliche Angst, die ihr allgegenwärtig schien, bis sie Brian zu irrational wurde und sie sich innerlich dagegen wehrte. Dann hatte sie begonnen, sich zu überwinden. Zur Überraschung der Dohlen war sie eines Tages schreiend in das eisige Wasser hineingelaufen. Und ihre Stimme hatte ihr offenbar Mut gemacht. Dann war sie eingetaucht, atmete tief und war im Ozean für Momente verschwunden. Als sie kurz darauf schwerer atmend wieder auftauchte, war sie von einer veränderten, geheimnisvollen Frische gezeichnet, von der sie seitdem ergriffen war; sie wollte sie weder wieder loslassen noch auf sie verzichten.

In dem glühend heißen Topf Merlins waren die Muscheln gegart. Vorsichtig, mit raschen Bewegungen nahm Brian den Topf aus der Glut, sah das magere Resultat eines kaum nennenswerten Gerichtes als Ausbeute ihrer Jagd, schnalzte einmal verächtlich mit ihrer Zunge und machte sich dann mit einem scharfkantigen Stein als Werkzeug daran, die harten Schalentiere aufzubrechen.

„Heiß, heiß, heiß … und noch mal heiß. Verflixt …!", rief sie und ließ die Tiere wie glühende Kohlen wieder in den Topf fallen. „Was für eine Esskultur! Wie bin ich doch heruntergekommen. Was für armselige Gewohnheiten …", meinte sie, als die Dohlen sich ansahen, auf ihre Weise schmunzelten und davonhüpfen wollten. „Nein, nein. Ihr bleibt. Ihr sollt sehen, was aus mir geworden ist. Sahelanthropus tschadensis … dem würde ich vielleicht gerade noch Eindruck machen können", rief sie energisch und pustete sich kalte Luft an die verbrannten Finger, als die Sonne unterging und der allabendliche Wind sanft über die Insel strich, während er unterhalb des Plateaus unter dem ewig über der See liegenden Nebel an den Klippen zu stürmen begann. „Dass ich mir meine Finger verkokeln kann, scheint das einzige Indiz einer wahrscheinlichen Körperlichkeit zu sein. Weder die Temperatur stimmt hier. Noch stimmt das Wetter. Und Wetter ist es schon gar nicht mehr zu nennen, was wir hier erleben. Ist alles ein bisschen Beinn a Ghlo und wie im Märchenland …", meinte sie.

„Sprich nicht so über die Berge Schottlands, die du eigentlich gar nicht kennst", wendete Daoine ein.

„Nein. Das sollte ich wahrscheinlich nicht. Und ich meinte es auch nicht ernst."

„Dann solltest du es auch nicht sagen, Patty."

„Schon gut. Du und deine Empfindlichkeit, Daoine. Immer musst du alles so wörtlich nehmen."

„Und du mit deinem großen Mundwerk … manchmal."

„Nun, die vorlaute Klappe hält mich manchmal eben am Leben. Und das wolltet ihr doch. Weil die kleine Patty Brian ach so besonders sein soll, dass man sie besser nicht unter den Menschen in Ruhe leben lässt. Bloß nicht. Weg mit ihr … und auf eine Insel verfrachtet. Und da hat sie eben manchmal ihre vorlaute Klappe …", sagte sie ironisch.

„Ja. Rede du. Wir werden schon noch schlauer werden, was dich und diese Insel betrifft."

„Ach ja!? So wie ihr mir die verdammte Zeit bisher nicht erklären konntet? Gesagt hattet ihr es. Ihr hattet es mir sogar versprochen. Und ich bin geflogen. Nach Großbritannien. Ich habe mich benommen und mein Mundwerk gehalten. Ich habe es dort gehalten, um hierher zurückzukommen und mir meine beschissenen Finger von scheiß heißen Muscheln zu verbrennen, die ich mir von den scheiß glitschigen Felsen kratzen darf. Aber eine Erklärung von euch über die Zeit habe ich nicht bekommen. Geschwafel und Ankündigungen en masse … Ja, ja …, ich weiß schon …", meinte sie zu Sidhe, der bezüglich Brians Protest einwenden wollte, dass man sich auch nicht klar ob der Umstände sei, die sich ihnen aber sicherlich noch erschließen würden. „Tatsache bleibt: Statt mir Schampus und Austern zu gönnen … sitze ich hier wie ein Skunk mit Muschelbrei und Wasser und fummele mir mit brennenden Fingern die Bruchstücke der scharfen Schalen aus dem Fleisch …", sagte Brian, ohne auch nur eine der Dohlen anzusehen. Nicht, dass die Dohlen sich über Brians zuweilige Stimmungen mehr wunderten als über ihre ersten Schwimmversuche, doch es kränkte sie immer noch, wenn der Mensch so nachtragend daherredete.

„Derzeit haben wir dir alles gesagt, was wir wissen ..."

„Es ist schon gut. Ich weiß. Auch ihr habt eure Federn in der Welt gelassen. Es ist nicht so, als sei ich vergesslich geworden. Nur reichen mir eure Erklärungen nicht, die sich poetisch und schön anhören, jedoch keine Aussagen machen. *Die Beliebigkeit der Zeit ...* was bitte soll das sein? Eine Beliebigkeit von Cäsium 133 oder sogar von Ytterbium-Atomen, mit denen die nächste Generation noch präziserer Atomuhren hergestellt wird, gibt es nicht. Was also soll das sein? Zeitränder? Ich schrumpfe hier zum Tollweibchen, ohne meinen Verstand einsetzen zu können. Was für eine Verschwendung. Anstatt mich um Angelegenheiten zu kümmern, die mich und andere betreffen. Ich kratze meine Menüs von den Felsen einer verdammten Insel ..."

„Weißt du, ich sehe darin eine Übergangszeit, Patty", meinte Sidhe.

„Schon wieder Reinkarnations-Gefasel? Wollten wir doch nicht mehr. Oder wollt ihr mir einreden, ich sei ein transmorpher Papageientaucher in einem falschen Körper und könne deshalb auch mit euch sprechen?", und einen Augenblick später, nachdem sie still nachgedacht hatte, fragte sie laut: „Wieso kann ich eigentlich die Möwen nicht verstehen? Weshalb konnte ich selbst Akita nicht verstehen?"

„Nein. Eine Übergangszeit zu Dingen, die sich uns nicht erklären werden, sondern die du verstehen wirst. Von daher wissen wir nicht, was es ist, Patty. Alwyyn – und glaube mir –macht es, soviel wir wissen, keine Freude, nur an dem Berg zu wachen ...", meinte Sidhe und nahm Brians Frage eigentlich viel zu ernst.

„Dann sollte er sich umschulen lassen, finde ich. Zeit hatte er dazu ja genug. Vom *Wächter von was auch immer* vielleicht zum Krümel-Picker ersten Grades ...", sagte Brian respektlos. „Ja, ich weiß. Es war ein unangemessener Kommentar. Faszinierend war es schon auf dem Berg, wenn ich mich auch sonderbar unwirklich fühlte. Aber die Bilder – sie waren sehr besonders, und ich empfand sie als herrlich. Und schließlich die Samen eines ganzen Waldes, die ich immer noch habe", meinte Brian und dachte an ihr Erlebnis auf dem schottischen Berg, auf dem die Zeit eine andere gewesen war, als ihr selbst ihre Augen durch die Bewegungen der vorbeieilenden Wolken vorgaukelten. Sie dachte an den Moment, da sie Merlins Buch gegen einen Wald eintauschte, der ihr seine Samen versprechend in die Hände gefallen war. Und diese Bürde schien sie leichter zu tragen als Merlins Buch, das seinen Sinn damit getan zu haben schien, ohne dass sie es jemals richtig verstanden hatte. Vielleicht hatte in jenem Buch auch etwas für sie gestanden, falls sie die Bedingungen hätte erfüllen können, die an das Öffnen des Buches geknüpft waren: Merlins Stab in den Boden zu rammen, damit er ergrüne, und dann erst das Buch aufzuschlagen, um in ihm zu lesen. Wie dem auch sei: Sie würde es nicht mehr erfahren. Dafür aber hatte sie nun Samen mit auf Merlins Insel gebracht und hatte zuvor nicht erahnen können, was ihr seitdem begegnet war. Schließlich aber waren ihr über die Zeit die Dohlen vertraut und lieb geworden. Und sei alles andere ein Fehlschlag gewesen, eine irrige Laune eines Lebens, wie Brian den Vögeln gegenüber geäußert hatte, so sei sie froh darüber gewesen, diese Dohlen kennengelernt zu haben.

„Ja …! Wieso eigentlich nicht die Möwen?", sagte Brian, nahm sich eine der dunklen Muscheln aus dem kalten Topf und schaute in den Westen, indem sie das magere Fleisch der Mahlzeit schluckte. „Sie müssten doch irgendwo hier nisten. Von morgens bis abends sehe ich sie …, und dann sind sie in der Dunkelheit verschwunden, um dann am nächsten Morgen wieder über uns zu fliegen. Warum versteht wenigstens ihr diese Möwen nicht?", fragte Brian dann die Dohlen direkt, die sich daraufhin etwas verunsichert ansahen.

„Wir sind Dohlen – oder zumindest waren wir das, bis wir mit dir reisten. Und was sich Möwen zu erzählen haben, verstehen wir schon syntaktisch nicht, Patty. Noch wären wir an ihren Geschichten interessiert, glaube ich", erfand Sidhe als schnelle Antwort.

„Aber wenn ihr sie fragen würdet, was da draußen auf See unter dem Nebel vor sich geht ... und welches Jahr wir haben, hat das doch sehr wenig mit Syntax zu tun, meine ich, oder?"

„Ja. Brocken von wenigen Begriffen vielleicht. Aber die Möwen sind eine ganz besondere Spezies, glauben wir. Und sie sind schwer für uns einzuschätzen. Sie haben so ihre Vorlieben, die uns ganz und gar nicht entsprechen", meinte Daoine.

„Warum willst du eigentlich riskieren, uns in Schwierigkeiten zu bringen? Schließlich riskierst du unser Gefieder in einem ausgewachsenen Streit, bei dem wir mit allergrößter Sicherheit den Kürzeren ziehen würden", meinte Sidhe.

„Aber sie sehen so schön aus. Sie scheinen so ungebunden und segelnd im Wind zu stehen. Und habt ihr einmal beobachtet, wie es bei ihnen ist, wenn ihre Flügel durch die Sonne von unten her beleuchtet werden? Ein rotes Licht flackert dann auf der Unterseite ihres weißen Flügelgefieders, wie von kupfern blinkenden Spiegeln getragen, im Morgenwind segelnd, mit aller Leichtigkeit darin stehend. Wunderschön ... diese erhabenen Momente ... bevor sich die Vögel dann seitlich neigen und das Licht auf dem strahlenden Gefieder als Tarnung einsetzen."

„Du schwärmst ja geradezu von diesem unsteten Gesindel", staunte Sidhe, die nicht bemerkt hatte, wie sehr Brian in der vergangenen Zeit auf der Insel die Möwen beobachtet haben musste.

„Ich spreche eigentlich weniger von den Möwen an sich. Aber ihre schwebenden Bewegungen und das Licht, das sich durch sie neu am Himmel zeigt ...", meinte sie und aß eine weitere ihrer gefundenen Muscheln, als sie fluchend auf eine kleine Schalenscherbe gebissen haben musste, die ihr im Zahnfleisch zwischen den Schneidezähnen schmerzhaft stecken blieb. „Auch das noch. Hüftleiden ... und nun zu allem Überfluss noch Zahnfleischbluten", schimpfte sie, stand auf und stampfte mit den Beinen vor Schmerzen auf den Felsen. Dann ging sie zu dem Wasserbassin, in dem Merlin das *Gesicht* begegnet sein sollte, das sie niemals überkommen war, nahm einen Schluck Wasser, gurgelte, spülte den Mund und Rachenraum und spuckte von Blut zartrosa gefärbtes Wasser auf den Felsen aus. Schließlich versuchte sie unter größeren Schmerzen mit ihren Fingern die scharfe Muschelschale aus dem Zahnfleisch zu entfernen, was ihr unter Stöhnen gelang. „Und dafür habe ich Physik studiert. Clever und gebildet bis über den Scheitel hinaus ...", nuschelte sie und ärgerte sich, nahm noch einen Schluck Wasser, das sie wieder durch die Zahnzwischenräume spülte, bevor sie es erneut ausspuckte.

„Wohl auch dafür wirst du studiert haben, Patty. Das stimmt", meinte Daoine. „Aber das eine hat mit dem anderen nichts zu tun, finde ich", sagte sie noch, als sich Brian schon zu ihr umdrehte, sich eine zynische Erwiderung verkniff, sie scharf ansah und sich wieder hinsetzte. Sie griff hinter sich, sah zuerst in das Feuer und dann in den fernen Westen, spürte den Schmerz noch im Mund, doch griff mit ihren Händen wie instinktiv zu einer Schnitzerei, die sie seit einigen Tagen schweigend praktizierte. Zwischen den Felsen hatte sie einen langen, angespülten Ast gefunden, den sie mit auf das Plateau genommen hatte. Als Feuerholz gedacht, hatte sie dann mit einem scharfen Feuerstein an ihm herumzuschnitzen begonnen. Viele kleine Späne waren seitdem schon gefallen, und sie dienten ihnen bei dem Entfachen des Feuers. Die Dohlen dachten zuerst, dass dies der Grund ihrer Arbeit gewesen sei, bis sich in den vergangenen Tagen ob der intensiven Arbeit Brians etwas Plastisches in ihrem Werk erkennen ließ, an dem sie scheinbar unbewusst arbeitete. Sie gab dem hölzernen Ast eine Form, die sich bisher nicht eindeutig benennen ließ, die aber einer konkreten Symmetrie entsprach. Und diese Beschäftigung hatte sie in den vergangenen Abenden ruhiger gemacht. Sie ließ sie in sich versinken und schenkte ihrer oft als nutzlos empfundenen Zeit eine Aufgabe, die sich in Resultaten ablesen ließ.

So zog die Dunkelheit auch an jenem Abend einher, und im Westen stieg ein zunehmender Mond über dem tief liegenden Nebel über dem Nordmeer auf, der das Tageslicht seines Raumes verwies. Und in seinem Licht hockten Brian und ihre Dohlen um das Feuer und ließen gewähren, was sie nicht verstanden.

## II

Als Brian des Schnitzens müde geworden war, legte sie ihren Stock neben sich, schaute die Dohlen an, schüttelte den Kopf, sah dann noch einmal in die pulsierende Glut des Feuers, erhob sich steifgliedrig aus dem Schneidersitz, strich sich mit einer Hand über die Lippen des wunden Mundes und streckte sich dann dem Mond entgegen.

„Entgehen wird dir nichts", sagte sie in Gedanken versunken, indem sie einen Mond ansprach, von dem sie meinte, dass er sie beobachten könne. „Habe keine Sorge. Dir wird nichts entgehen …", sagte sie abermals und drehte sich zu den Dohlen. „Und euch wird sicherlich auch nichts entgehen. Ich bin müde und lege mich hin. Es war ein langer Tag …", sagte sie und strich sich durch die struppigen Haare, als die Dohlen sie zu einer guten, heilsamen Nacht verabschiedeten. Brian reckte sich noch einmal und ging dann in jene Höhle, die den Aussagen der Dohlen zufolge von Merlin vor Hunderten von Jahren als Schutz vor dem Ungetüm des polaren Winters von ihm selbst in den Felsen geschlagen worden sein sollte.

Innen hatte sie einige der Ampeln mit einer Art Alkohol gefüllt und entzündet, damit immer ein Licht in die dunklen, von ihr aufgeräumten Nischen fallen konnte, als hätte sie Sorge gehabt, ein alter Geist könne sich in einer zwielichtigen Ecke verbergen.

„Dann … bis später. Vielleicht wird es ja einmal einen anderen Morgen geben, ihr beiden", sagte sie mit schmerzendem Kiefer, als sie in der Höhle verschwand, es sich auf einer mit trockenem Gras gepolsterten Pritsche gemütlich machte und ihr Wolfsfell über sich zog. „Und passt mir ja auf, dass niemand unbemerkt auf die Insel kommt. Gute Nacht", rief sie den Dohlen zu, die ihr eine ebensolche erboten und sich stumm auf dem Plateau vor dem Höhleneingang ansahen.

Als sie meinten, am ruhigen Atem Brians zu hören, dass sie schlief, begannen sie sich ihre eigenen Gedanken zu machen und hüpften von dem Felsplateau seitlich herab, stolzierten um die Felszacke über dem Höhleneingang und schauten gemeinsam in den sternenklaren, warmen Nordhimmel, der seine Gestirne in einer anderen Zeit vergessen zu haben schien. Es schien, als wolle der Himmel in einen anderen Sternennebel, wie es Sidhe einmal formuliert hatte.

„Es ähnelt Morus immer mehr, finde ich", meinte Daoine leise zu Sidhe.

„Ja. Damit magst du recht haben", erwiderte Sidhe.

„Aber woher soll sie wissen, was sich auf dem Nordmeer abspielen kann?"

„Vielleicht hat der Ozean ihr etwas verraten. Vielleicht eine unbewusste Ahnung Pattys, die ihr während des Schwimmens kam. Irgendetwas geschieht, von dem wir noch keine Vorstellung haben."

„Sie hat bisher auf ihren Verstand großen Wert gelegt und achtet auch heute noch auf ihn. Sie geht die Frage mit Pragmatismus an. Sollte sich wirklich unter den Nebeln etwas im Wasser vollziehen, von dem wir nichts zu erzählen wissen? Kann Patty denn dort Begegnungen haben, die sie uns verschweigt? Will sie uns etwas bewusst verschweigen?"

„Hmm ... ich weiß es nicht. Und uns gehen die Themen aus, über die wir mit ihr sprechen könnten. Große Sorge machte mir auch ihre Andeutung ..."

„Ich weiß. Das machte es mir auch, als sie plötzlich über die Vögel sprach, die sie für Möwen hielt. Ob sie etwas mitbekommen hat?"

„Das ist eher unwahrscheinlich. Wir sind vorsichtig genug gewesen. Allerdings vermag sie vielleicht bestimmte Wirklichkeiten zu träumen. Ahnungen im Traum zu haben, die sich aus dem Unbewussten des Tages zusammenfügen lassen."

„Ich werde das nachher mit den Fulmaren besprechen. Unter keinen Umständen dürfen wir der Zeit vorausgreifen."

„Ja. Was nur wird Patty zugemutet?! Und sie möchte so gerne verstehen, was und weshalb man ihr dieses Los aufgebürdet hat.

Beide Dohlen nickten bedauernd einander zu, ohne an dem wundersamen Wirken dieses Lebens einen direkten Anteil zu haben.

„Manchmal spricht sie über die Zeit, als wenn sie schon kein Teil mehr von ihr sei. Und was sie empfindet, wenn sie so daherredet, kann ich mir nicht im Mindesten vorstellen. Wie es uns ging, als wir unsere Federn hinterließen, das weiß ich. Wie aber geht es ihr bei einem Gedanken an keine Zeit …?"

„Warte. Lasse mich nachsehen, ob sie bereits tief schläft", sagte Sidhe und hüpfte leise von dem schroffen Felsvorsprung herab, auf dem sie gesessen und mit Daoine getuschelt hatte.

Daoine blieb zurück und sah in den Glanz der Nacht. Die Dohle sah den Mond voller werden und entdeckte immer wieder einige ihr bekannte Konstellationen von Sternen, für die sie keine Namen finden wollte. Sie sah auf den im Mondlicht silbergrau widerscheinenden Nebel, der tief unterhalb des Felsplateaus das Meer verdeckte, seitdem Brian auf die Insel zurückgekommen war. Damals war es für die beiden Dohlen überraschend gewesen, wie wenig Zeit Brian in England verbracht hatte. Nach wahrscheinlich einer guten Woche, hatten sie unsicher gemeint, da sich die Zeit nicht mehr genau bestimmen ließ, war Brian mit einem anderen Boot wieder auf Merlins Insel angelandet. Von dem Boot hatte sie lächelnd gesagt, dass es nur geborgt sei, und damit erklärend entschuldigt, dass alle Inseln dieser Welt immer wieder im Schutz der Schwierigkeiten einer eventuellen Überfahrt zu ihnen lagen. *Ein gemeines Selbstverständnis, auf das man erst einmal kommen müsse*, hatte sie gemeint und war den Weg auf das Plateau freudig emporgelaufen, obwohl sie andererseits außer sich gewesen war. Zum einen war die damals vergangene Zeit fast ein traumatisches Erlebnis. Zum anderen war sie über die unerfreuliche Entwicklung ihrer ehemaligen Freundin Gouveia verstört und erbost. Sie war erzürnt über das menschliche Fehlverhalten und die scheinbare Treulosigkeit unter Menschen. Erzürnt darüber, wie sehr sich Menschen verändern konnten, als sei es ihr zuvor nicht bewusst gewesen. Sie hatte sich über Begriffe einer *Entmenschlichung* lange und breit ausgelassen und war innerlich daran fast zerbrochen. Sie hatte von dem *Fallen der Hüllen* gesprochen und von den Anmaßungen einer einstudierten Falschheit, die wahrscheinlich mit der Versuchung einherginge, falls es einem Menschen – gleich ob Freund oder Feind – um seinen persönlichen Vorteil gehen würde. Trotz ihres Zorns hatte sie Gouveia ob ihrer höchstwahrscheinlich menschlichen Schwäche objektiv in Schutz genommen, während sie ihr subjektiv nicht verzeihen konnte.

Der Tod von Ganapathy hatte sie sehr erschüttert. Das Verbleichen von Tralee hingegen hatte sie als Mensch ertragen können. Das zu Unrecht ihretwegen erduldete Leid Moores hatte sie tief bestürzt. Und als sie auf der Insel angekommen war, hatte sie nach einer kurzen, euphorischen Phase lange bitterlich geweint. Erst danach konnten die besorgten Dohlen langsam anfangen, mit der sich fangenden Brian wieder zu sprechen.

„Sie schläft … und träumt bereits wieder", sagte Sidhe. „Willst du …? Oder soll ich diesmal einen Zweig entflammen?"

„Gehe du, Sidhe", meinte Daoine und schaute auf den heller werdenden Mond. So hatten sich die Dohlen ein Leben in einer möglichen Anderswelt nicht vorgestellt. Sie hatten sich nicht auf einer schroffen Insel gesehen, einen kaum möglichen Erdtrabanten werden und gehen geahnt, mit einer Menschenfrau mehr gefangen als frei feiernd die Muße keiner endlichen Tage, keiner zwingenden Zeit und scheinbar keines nötigenden Alters zu erdulden. Und als Daoine noch schaute, kam Sidhe bereits mit einem brennenden Zweig im Schnabel um die düstere Steinzacke herumgehüpft, hopste flügelschlagend an den höchsten Ort des Felsens und sprang dann einige Male flatternd in die Luft, bevor ihr der brennende Zweig aus dem Schnabel auf den Felsen vor den Höhleneingang hinunterfiel und Sidhe zu Daoine hinabsegelte.

„Tut mir leid. Das brennende Holz wurde mir zu heiß. Ob sie es gesehen hat?"

„Wer? Patty oder Glazial?", fragte Daoine, als Sidhe bereits an den äußersten Rand der Felszacke hüpfte und tiefer hinabschaute, um zu erkennen, dass der Zweig bereits erloschen war, ohne dass Brian aus der Höhle getreten war.

„Nein. Patty schläft. Und sie schläft tief. Ich meinte Glazial",
sagte Sidhe, als sie schon drei Schatten in geschmeidiger Eilig-
keit durch die Stille der Nachtluft auf sich lautlos zusegeln sah,
die sich dann mit einem enormen Flügelschlag aus dem Flug ent-
ließen, die Luft mit einer solch wirbelnden Gewalt verdrängten,
dass Sidhe von dem Felsen gefegt wurde, auf dem harten Boden
unterhalb der Zacke aufschlug und langsam zur Besinnung kam.
Drei der stolzen Fulmare waren aus der Nacht des Nordmeeres
auf der Insel bei den Dohlen gelandet. Eine von ihnen trat sofort
hervor und entschuldigte sich, da man die Dohlen in der Dunkelheit nicht richtig hätte sehen können und man deshalb den Felsen
unabsichtlich verkehrt angeflogen habe, während Sidhe noch
etwas benommen schon ein ‚Halb so schlimm‘ krächzte. Daraufhin schritten die drei Vögel zu Daoine heran, deren hellblauen
Augen selbst in der Dunkelheit zu leuchten schienen, und man
begrüßte sich. Daoine meinte, man solle sich noch einige Schritte
von dem Höhleneingang entfernen, damit man unter keinen
Umständen von Brian entdeckt werde. Und so schritten die fünf
Vögel gemeinsam von dem Felsplateau auf die Fläche einiger
Gräser und Flechten, auf der sich die Dohlen dann zuerst für das
erneute Kommen der Fulmare bedankten, was zu einem nächtlichen Ritual geworden zu sein schien.

„… und wie wir es für unsere kleinen, stolzen Dohlenbrüder
immer wieder tun werden, solange sie darum bitten", sagte Glazial
freundlich, der fast viermal so groß wie eine Dohle war.

„Dafür danken wir dir", meinte Sidhe. „Auch wenn du das
nächste Mal mit etwas weniger Wind kommen könntest", und
Glazial schaute mit ihren strengen Augen die Dohle an.

„Du bist eben alt geworden und vermagst noch nicht einmal
mehr einen Zweig in deinem Schnabel zu halten. Da darfst du
dich nicht wundern, wenn dich ein hustender Hering vom einem
Felsen bläst", spaßte Glazial, der sich bereits für das Malheur entschuldigt hatte. Unter den Fulmaren war es üblich, dass, falls sie
zu mehreren flogen, schließlich nur einer Rede hielt, falls man
sich überhaupt auf eine Unterhaltung mit anderen Vögeln ein-
ließ. Deshalb auch waren den Dohlen noch nicht einmal die

Namen der Begleiter von Glazial bekannt, obwohl sie immer mit ihm gekommen waren. Sie schwiegen stets. Mit ihren unbestechlichen Blicken schauten sie in die wasserklaren Augen der Dohlen, die sie zu irritieren schienen, da sie die wahrhaftige Tiefe dieser Augen nicht ermessen konnten. Der Umstand an und für sich, dass sich Dohlen und eine Frau gemeinsam auf eine merkwürdig entlegene Insel zurückgezogen hatten, die sich im scheinbaren Nichts zu befinden schien, war für sie faszinierend, da auch ihnen die großen, bevölkerten Landschollen der Welt kein weiteres Interesse abringen konnten.

„Es gibt etwas, das wir mit dir besprechen müssen. Heute hat Patty euch zum ersten Mal eines schmeichelhaften Gedankens bedacht. Sie nimmt euch also sehr wohl zur Kenntnis und bezieht euch in ihre innere Umgebung mit ein", meinte Daoine.

„Willst du damit sagen, dass wir dadurch unter Umständen ein Teil ihrer vielleicht zeitlosen Geschichte werden und wir bereits gefangen sind, wie ihr beiden es seid?", fragte Glazial.

„Nein. Das wollte ich nicht zum Ausdruck bringen. Und ich hatte noch nicht einmal an diese mögliche Bewertung von Pattys Aussage gedacht. Das wäre ja furchtbar", überlegte Daoine erschrocken.

„Du kannst ganz beruhigt sein. Wir haben unsere eigene Zeit. Weshalb sie uns plötzlich sieht oder weshalb sie uns euch gegenüber jetzt erwähnt, weiß ich nicht. Aber aus der Zeit werden wir ganz sicher nicht fallen."

„Bist du dir sicher, Glazial?", fragte Sidhe voller Sorge. „Denn was uns geschah, wussten wir nicht, bis es geschehen war. Wir ahnten es nur, weil uns Alwyyn auf Möglichkeiten vorbereitet hatte. Ich kann dir sagen: Es gibt nichts zu spüren, das auf eine Veränderung hindeutet … also bis auf die Anomalie des Mondes."

„Solange wir auf diese Insel mit seinen Gästen aufpassen sollen, machen wir es gern. Welche Folgen das für uns haben mag, Sidhe, ist nebensächlich. Und ob die Zeit Kapriolen schlägt, hat für uns keine Bedeutung, da wir tun, was wir tun müssen – das eine Mal geduldiger und ein anderes Mal eben etwas ungeduldiger. Doch die Jahreszeiten verlieren wir niemals aus unseren Augen", versicherte Glazial ruhig den verunsicherten Dohlen und schaute auf seine Begleiter, die sich auf den Bauch gelegt hatten. Fulmare waren keine Hirten, die gern auf ihren Füßen standen. Dafür waren sie ihnen nicht gewachsen, hatte Glazial den Dohlen einmal erklärt. Und sie selbst sprachen von ihren Beinen abfällig als behelfsmäßige Ständer, derer man sich bewusst war, die aber so überflüssig zum Stehen waren wie ein Schnabel zum Fliegen.

Man schwieg, schaute sich gegenseitig an, und als Glazial schließlich fragte, ob es das an Unterhaltung gewesen sei, die man mit ihm in jener Nacht zu führen gedachte, meinte Daoine, dass es noch zwei weitere Dinge gäbe, die er erwähnen und besprechen möchte. Zum einen sprach er über eine Schnitzerei, mit der sich Brian abends zunehmend die Zeit vertrieben haben soll. Zum anderen möchte er noch kurz über ihr Schwimmen sprechen, das man unter Umständen mit großer Besorgnis betrachten könnte, wie Daoine meinte.

„Weshalb macht es euch Sorgen?", fragte Glazial freimütig.

„Wir können Patty unter dem Nebel dann nicht mehr sehen, wenn sie hinausgeschwommen ist. Und im Notfall können wir ihr dann nicht zu Hilfe eilen", meinte Sidhe.

„Selbst falls ihr sie schwimmen sehen könntet und wüsstet, dass ihr etwas geschehen würde, könntet ihr ihr nicht helfen. Lasst sie tun, was sie sich denkt, und wir werden sehen, wohin sie das führt. So halten wir es am besten. Was den Nebel betrifft … Ja. Der ist in der Tat auch für uns eine Herausforderung. Und das sage ich nicht gern. Aber wer auch immer diesen Nebel gemacht hat, hat sein Handwerk ohne uns ausgeübt. Die Qualität dieses Nebels ist anders als die jedes anderen Seenebels, doch wir sind in der Lage, durch ihn hindurchzufliegen. So wünschst du als Bruder von uns, dass wir eure Menschenfrau beim Schwimmen auf See beobachten?"

„Hmmm, falls das ginge, wäre das wunderbar. Daran habe ich noch gar nicht gedacht. Ich hätte nicht gewagt, dich zu fragen, Glazial. Jetzt, da sie euch bemerkt hat …", dachte Sidhe nach.

„Werden wir. Wir werden stets in ihrer Nähe sein. Und falls wir es vermögen, werden wir auf sie für euch aufpassen, Sidhe.

Sie scheint für einen Menschen gut schwimmen zu können und besitzt den nötigen Mut. Es gehört für einen Menschen Courage dazu, freiwillig auf das Meer hinauszuschwimmen und der Gewalt der See mit nur einem Paar Armen, Beinen, etwas Atem und einem Kopf zu trotzen. Meinen ganzen Respekt hat sie dafür. Solange sie nicht das Fliegen erlernen möchte, spreche ich ihr dafür Mut zu", schloss er mit einem Scherz. „Und noch zu ihrer Schnitzerei. Was ist daran zu bemerken?"

„Ja. Sie hatte eines Tages damit angefangen, als sie ein Stück Treibgut unten auf den Felsen fand. Zuerst meinten wir, sie würde sich nur in eine abstrakte, formgebende Fantasie vertiefen. Aber aus dem Treibgut schnitzte sie einen Stab mit einem Knauf. Und dieser Knauf nimmt Formen an, die du dir vielleicht einmal ansehen solltest. Und dann würde ich dich um deine werte Einschätzung bitten", meinte Daoine.

„Wo ist der geschnitzte Stab?"

„Sie wird ihn von innen an den Höhleneingang gestellt haben. Sie stellt ihn immer dort hin, wenn sie sich hinlegt oder an das Meer geht", meinte Sidhe.

„Dann lasst uns gehen und ihr Werk betrachten", erwähnte Glazial und drehte sich bereits um, als Sidhe noch darum bat, sich möglichst leise zu verhalten, da man Brian gesagt hätte, dass man mit den Möwen, für die sie die Fulmare hielt, nichts gemein habe. Die Fulmare verstanden. Während die Begleiter Glazials auf die Füße kamen, watschelte Glazial bereits hinter Sidhe her zu dem Höhleneingang.

In der Höhle brannten noch die blakenden Lichter der Ampeln. Brian schlief fest unter dem Fell der Grauwölfin, als Sidhe vorsichtig um die Ecke des Einganges in die Höhle schaute, Brian tief atmen hörte und nach der Schnitzerei sah, die tatsächlich wie gewöhnlich von innen neben den Höhleneingang gestellt worden war. Sidhe schaute sich zu Glazial um, der hinter ihr hergewatschelt war und nun hinter ihr wartete. Dann bedeutete sie, äußerste Ruhe zu bewahren, und zeigte mit einem Kopfnicken und ihrem Schnabel an, von welcher Schnitzerei sie gesprochen hatten und wo sie stand.

Glazial verstand. Zum ersten Mal schaute ein Fulmar in die Höhle Brians, was den Vogel jedoch nicht weiter zu interessieren schien. Dann betrachtete Glazial den angesprochenen Stab mit seinem Knauf. Ein Stück Treibgut, das aufwendig glatt geschliffen worden sein musste. Wohl mit einem Stein hatte Brian das Holz meisterhaft bearbeitet, dachte Glazial und betrachtete dann den schmückenden Knauf des Stabes, wie von Sidhe und Daoine gewünscht. Da im flackernden Licht der Ampeln der Knauf nicht richtig zu erkennen war, weil Schatten über die erhabenen Landschaften des Schnitzwerkes sprangen, die keine eindeutige Struktur vermitteln konnten, rief Glazial kurz entschlossen seine Begleiter zu sich heran, die den Stab an zwei Stellen in ihren Schnabel nehmen sollten, um ihn leise und unbemerkt aus der Höhle zu bugsieren.

Sidhe und Daoine erschraken, als sie das angefangene Unternehmen sahen, auf das sie keinen Einfluss mehr zu nehmen vermochten, hatten doch die Fulmare bereits den Stab in ihren kräftigen Schnäbeln. Und es gelang ihnen tatsächlich, den langen Stab in völliger Stille aus der Höhle in das Mondlicht zu holen und ihn auf das Felsplateau vor Glazial zu legen. Die Dohlen mussten sich erst einen Augenblick beruhigen, hatten sie sich ausgemalt, was geschehen würde, wäre Brian aufgewacht. Sie hatten Angst gehabt, der Stock hätte aus den Schnäbeln auf die Steine fallen können. Doch die Fulmare waren ihrer Aufgabe mehr als gewachsen und ihres Tuns sicher gewesen.

Glazial betrachtete dann in dem ruhigen Mondlicht den Knauf des Stockes, während sich die beiden anderen Seevögel wieder auf ihren Bauch hockten und Glazial bei seinem Augenschein beobachteten. Und er beschaute sich den Knauf sehr aufmerksam aus unterschiedlichen Richtungen, drehte seinen Kopf, ging etwas dichter an den Stab herab und dann wieder weiter weg, bis er schließlich einen Eindruck des Werkes für sich gewonnen hatte.

„Das ist wirklich bemerkenswert, meine Brüder", sagte Glazial vor sich hin, ohne seinen Blick von dem Stab zu wenden, den er nun mit seinem Schnabel auf dem Felsen drehte, um die Schnitzerei auch von der anderen Seite besehen zu können.

„Was ist es für dich, Glazial? Warum ist es für dich bemerkenswert? Es ist wohl noch nicht fertig … aber was stellt es für dich bisher dar?", fragte Daoine.

„Ihr würdet mich nicht fragen, falls ihr nicht selbst eine Vorstellung hättet, ihr beiden – selbst da die Schnitzerei noch nicht vollendet ist", meinte der Fulmar nachdenklich.

„Ja. Wird das nicht der Schädel des Morus?", fragte Sidhe eilig und fast schon suggestiv.

„Hmmm, so sieht es aus", antwortete Glazial. „Genauso sieht es mir aus …" Die beiden anderen Fulmare erhoben nun neugierig ihre Köpfe mit den schweren Schnäbeln und schauten sich verwundert an. „Aber wollen wir doch noch abwarten, was euer Mensch aus seiner Arbeit macht, damit wir keine voreiligen Schlüsse ziehen", sagte Glazial mit einigen Vorbehalten. „Womit schnitzt eure Frau dieses Holz?"

„Sie hat scharfe Flinte, mit denen sie erstaunlich geschickt umgehen kann."

„Soll ich mich um Messer für ihre Arbeit kümmern, damit sie es einfacher hat … und wir eher sehen, was aus ihrer Arbeit wird? Oder meint ihr, dass die Steine ihr reichen, bevor wir das Resultat nach seiner Vollendung bewerten?", fragte Glazial.

„Was meinst du, Daoine? Wir könnten ihr die plötzliche Herkunft der Messer nur schwer erklären, oder?", meinte Sidhe.

„Ich meine, wir lassen sie mit den Steinen weiterschnitzen und ersparen uns einige unnötige Fragen."

„Seid ihr sicher?", erkundigte sich Glazial ein letztes Mal.

„Ja. Lassen wir sie schnitzen, und sehen wir dann, was dabei herauskommt. Es kann ja vielleicht auch nur ein Zufall sein. Ein Versehen. Eine von uns gewollte, in den Knauf hineininterpretierte Ähnlichkeit, meine ich. Und dann wäre die ganze Aufregung umsonst", sagte Daoine, die die Legende um Morus nicht genau kannte, aber so viel wusste, dass es eine bedeutende Geschichte um einen Morus gab.

„Gut. Behalten wir ihre Arbeit im Auge. Sollte es werden, was es zu sein scheint, dann hat euer Mensch besondere Fähigkeiten, und uns allen stehen dann sicherlich unruhige Zeiten bevor. Aber lassen wir sie ihre Arbeit beenden. Es kann ja auch noch etwas ganz anderes daraus entstehen, als das Antlitz des Morus", sagte Glazial bewusst tonlos. „Was auch sei: Meine Bewunderung für ihre Arbeit. Das muss sie von den Elfen gelernt haben."

„Die Elfen hat sie nicht getroffen, Glazial. Sie sind ihr nicht begegnet."

„So? Das hörte ich viele Menschen sagen, meiner Kenntnis nach", lachte der Seevogel auf seine Weise und bat seine Begleiter, den Stab wieder zurück in die Höhle zu bringen und ihn vorsichtig dort hinzustellen, von wo sie ihn geholt hatten.

Das Holen das Holzes war eine Sache gewesen – das Zurückbringen war nun eine ganz andere. Es bedurfte minderer Geschicklichkeit, einen stehenden Stab an zwei Enden in Schnäbel zu nehmen, um ihn leise aus seiner Balance zu bringen und ihn tragen zu können, hatte man so kräftige Schnäbel wie die Fulmare. Den gleichen Stab allerdings nun wieder ausbalanciert aufzustellen schien ihnen fast unmöglich, da sie keine Vorstellung von einer wahrscheinlichen Balance eines Gegenstandes hatten. Noch hatten sie davon eine Vorstellung, wie sie dieses Gleichgewicht herstellen könnten. Und so geschah unabsichtlich, was geschehen musste. Trotz größtmöglicher Mühe, den Stab an dem Höhleneingang wieder aufrecht zu platzieren, rutschte er zuerst auf dem Stein, schabte dann halb an die Felswand gelehnt an ihr entlang und fiel krachend mit dem schweren Knauf als Kopfstück auf den Steinboden. Erschrocken sprangen die Fulmare aus dem Schein des Höhleneinganges und schwangen sich schon segelnd in die Luft, als die Dohlen noch, vom Schrecken erfasst, im Eingang standen und Brian mit einem Schlag aufwachen sahen.

Noch mit geschlossenen Augen rief Brian sofort nach den Dohlen, indem sie ihren Oberkörper schon aufgerichtet hatte. Daoine gab ihr Antwort und beruhigte Brian. Sie sagte, dass es wohl eine Windbö gewesen sein müsse, die ihren Stab erfasst und umgeworfen habe. Und Brian, im Halbschlaf mit dieser Erklärung des Freundes zufrieden, sank mit ihrem Oberkörper zurück auf die Pritsche, zog sich unter Akitas Fell zurück und schlief weiter.

Die Dohlen atmeten auf und sahen den in die Nacht gleitenden Fulmaren nach. Sie ließen sie im Licht des erneuten Vollmondes über die Nebel des Nordmeeres davonsegeln, und die wohlbekannte Ruhe kehrte auf Merlins Insel wieder ein.

Als sich Sidhe und Daoine einen Moment besonnen hatten und in der Stille ihre Worte wiederfanden, sagte Sidhe, dass es ein enormer Windstoß gewesen sei, mit dem Glazial ihn von dem Felsen gedrückt hatte. Er bewunderte die Kraft, die in diesen gewaltigen Flügeln der Fulmare lag. Daoine musste über die Aussage Sidhes schmunzeln.

„Na, dir wäre es nicht besser ergangen. Das kannst du mir glauben", verteidigte Sidhe das Ungeschick.

„Was hatte Glazial gesagt? Von einem Hering aus dem Baum geblasen? Hatte er das gesagt?", lachte Daoine leise.

„Es wäre dir ebenso ergangen. Ganz bestimmt. So einen Flügelschlag habe ich noch nicht erlebt, wie sie ihn haben. Darauf war ich nicht vorbereitet. Und sie kamen so leise … als wären sie ein Teil der Luft."

„Ja. Wahrscheinlich hast du recht. Es wäre mir genauso passiert. Aber nun noch einmal zu Morus, Sidhe. Was hat das mit Morus auf sich?", fragte Daoine, sich der Legenden unsicher, die man entweder nicht oft genug erzählt bekam oder deren Inhalt so grauenvoll war, dass man sie nicht zu erzählen wagte. Über die Zeit, in der ein Morus seine Spuren hinterließ und seinen Namen, der in Überlieferungen wenigstens eine unheimliche Ahnung irgendeiner Gräueltat verströmte, gab es bei den Dohlen keine Zeugnisse.

„Ich weiß es auch nicht, wie wohl niemand, den ich kenne. Es hatte etwas mit den Ältesten zu tun. Und es gab eine Art Allianz ihrerseits mit den Alben und ihren Begleitern. Und einer dieser Begleiter war Morus. Und so viel nur, dass es ein grauenvolles Scheitern der Alben hier auf Erden war. Aber was damals geschah, vermag ich auch nicht zu sagen. Vielleicht erfahren wir von Glazial mehr. Vielleicht erzählt man sich unter den Fulmaren diese Legenden, falls wir ihn fragen. Oder vielleicht ist auch alles

nur zufällig, da wir, aus der Zeit gefallen, einem Schrecken vorbeugen, dem wir nicht begegnen wollen. Und Schreckliches ist
mit dem Namen Morus immer verbunden", erklärte Sidhe, die
sich die Nacht mit Daoine vertrieb und auf einen neuerlichen
Morgen wartete, an dem sie Brian bei ihren vielleicht eintönigen –
vielleicht auch vielseitigen – Unternehmungen helfen, beobachten
und unterstützen wollten, wo immer nur sie konnten. Und so
flatterten sie im hellen Schein des vollen Mondes zu dem Apfelbaum, setzten sich gemeinsam auf einen Ast, steckten die Schnäbel
unter ihre Flügel und warteten auf den kommenden Tag.

# III

Noch bevor die wärmende Sonne rot über den unwirklichen Horizont eines Nordens stieg und noch bevor das Licht diesen Horizont von unten erleuchtete und noch vor einem jeden Anzeichen irgendeines wie auch immer gearteten Tageslichtes, hörten die Dohlen, wie sich Brian in der Höhle unruhig wälzte, sich dann aufschreiend von ihrem Lager erhob, herausdrehte und offenbar auf den harten Steinboden der Höhle fiel.

Die Dohlen kamen aus ihrem Dämmerschlaf sofort zu sich und flogen zum Höhleneingang. Im kargen Licht der Höhle sahen sie, wie Brian im Schlaf von ihrem Lager gefallen sein musste, während ihre Decke noch auf der Pritsche liegen geblieben war. Erschrocken und schwitzend war Brian bereits erwacht, als Sidhe und Daoine sie auf dem Boden sahen, von dem sie sich Hilfe suchend hochstützte. Schwer atmend stemmte sie sich mit den Armen empor, konnte ihre Beine unter den Körper schieben, deren Knie zitterten, richtete sich auf und taumelte benommen zu dem Eingang, von dem aus die Dohlen sie besorgt beobachtet hatten.

Brian keuchte. Schweiß lief von ihrer Stirn. Schweiß perlte auch von ihren Schläfen. Ihre langen Locken waren verklebt. Strähnig lagen sie auf der Haut ihres Gesichtes, das wie weißes Pergament glänzte. Ihre Sommersprossen waren in einer anderen Welt geblieben, hatte sie sich selbst einmal erklärt. Dann stolperte sie mit gebeugtem Oberkörper wohl unter Schmerzen zu dem Eingang und rang nach Luft, indem sie die Arme um ihren Körper geschlungen hatte. Sie übersah ihren geschnitzten Stab und trat auf ihn. Erst als er durch ihren Fußtritt in der Mitte zerbrach, bemerkte sie es nur mit einem nebensächlichen ‚Ach‘, bevor sie die kalte Luft der spätesten Nacht vor dem Morgengrauen gierig in sich einsog. Das war, was die Welt an jenem Morgen für Brians Leben als Preis zu zahlen hatte: Luft. Und die Dohlen hüpften Brian, erschrocken über ihren Zustand, aus dem Weg, da sie schnell erkannten, dass Brian nicht die Meisterin ihrer Kräfte war.

„Seid ihr da? Ich sehe euch nicht!", rief sie plötzlich mit einer schwachen Stimme nach den Dohlen.

„Doch. Wir sind hier, Patty", rief Daoine zurück, der sich in Sicherheit gebracht hatte, als Brian auf das Plateau gestolpert war. Er folgte in den helleren Schein des noch glimmenden Lagerfeuers, damit Brian sehen konnte. „Was ist geschehen? Du siehst furchtbar aus."

„Sehe ich doch immer. Ich muss Fürchterliches geträumt haben …", sagte sie noch keuchend. „Nein. Es war das Grauen schlechthin … der Traum. Ach …, was erzähle ich: Ich habe eben nur einen Traum *gelebt*. Und die sind so … so furchtbar intensiv. Und ich habe Schmerzen … Schmerzen in meinem ganzen Gesicht", stöhnte sie.

„Das musst du wohl. Dein Gesicht ist auf der linken Seite gewaltig angeschwollen", sagte Sidhe, die Brian sofort zur Seite war und die beulige Deformation des Gesichtes ansprach.

„Was …?", fragte Brian und fasste sich instinktiv mit den schmutzigen Händen des Vortages an die linke Wange. „Ja. Und es tut wahnsinnig weh. Richtig druckempfindlich. Und mein Schädel droht mir zu platzen …"

„Patty, du siehst wirklich sehr krank aus", sagte dann auch Daoine entsetzt.

„So … und nicht anders fühle ich mich. Schlecht …"

„Meinst du, dass das von den Träumen kommen kann?"

„Quatsch. Ich habe keine Ahnung. Mein Gebiss fühlt sich an, als wenn es explodieren wollte. Die Zähne … Das Zahnfleisch … Die ganze linke Hälfte …", meinte Brian mit einem schmerzverzerrten Gesicht und konnte vor Qualen kaum sprechen, als sie ihre Hand vorsichtig an die Schläfe legte. Dann fuhr sie mit der Hand hinunter an den Hals und fühlte mit behutsamem Druck die Lymphknoten hinter dem Unterkiefer. „O weh … Sie sind zum Platzen geschwollen. Und ich aufgedunsen wie ein totes Rind. Scheiß … Irgendwo habe ich mir 'ne ziemlich fette Entzündung eingefangen … Gar nicht gut …", faselte sie vor sich hin. „Die Drecksmuscheln … von gestern wahrscheinlich. Verdammt … und ich hier ohne Penizillin", machte sie sich jetzt ernste Sorgen um ihren Zustand.

„Du meinst, du hast eine Entzündung? Durch die Schalen, die dir gestern im Zahnfleisch stecken geblieben sind?", fragte Sidhe, um Brian genau zu verstehen.

„Denke schon ... denn ich bin auch ganz heiß. Scheiße. Das wird ein richtiges Problem ... oder kennt ihr hier ein Wildkraut gegen Entzündungen auf der Insel ...?"

„Überhaupt nicht. Und wenn wir vielleicht doch noch einmal den ...?", wollte Daoine fragen, was Brian kurzerhand abwehrte.

„Der Stink-Verschlag bleibt zu. Nichts als Pilze und Bakterien. Die lassen es mir erst richtig gut gehen ...", fluchte Brian, schluckte unter Schmerzen und drückte sich die Hand an die linke Seite des Halses. „Was für ein Mist. Haben wir noch Wasser? Oder ist das alle?"

„Nein. Wasser ist noch da", sagte Daoine, als Brian die Kraft über ihre Beine verlor, auf dem Felsplateau zusammensackte und sich gerade noch mit den Armen abfangen konnte, um einen heftigen Sturz abzufedern. Schweiß lief ihr von der Stirn. Ihre Augen rollten fiebrig, und sie war nicht mehr in der Lage, irgendetwas konkret mit ihrem Blick zu fixieren. Brians Herz schlug schneller und ihr wurde kaltschweißig.

„Dann holt einen Stofffetzen. Taucht ihn in Wasser, und bringt ihn her. Schnell ... bitte ...", sagte sie noch, als schon die Worte schmerzten, die sie noch über die Lippen brachte. „Macht bitte schnell", und Sidhe war schon mit einem Stück der alten Decke Merlins um den Felsvorsprung herumgeflogen, wo sie ein kleines Reservoir an kondensiertem Wasser in einer kleinen Felsenmulde hatten, das immer wieder aufgefüllt worden war, indem sie Salzwasser kondensiert hatten. Sie tauchte das Stück Stoff in das Nass und kam zu Brian zurückgeflogen, legte ihr den nassen Stoff in die Hand, und Brian drückte sich das triefende Tuch in den Mund. Mit dem noch feuchten Tuch wischte sie sich dann den Schweiß von der Stirn und bat stöhnend in ihrem Zustand um mehr Wasser. Sidhe nahm ihr augenblicklich mit dem Schnabel den Lappen aus der Hand und flog wieder zu dem Reservoir.

„Patty, du siehst ganz furchtbar aus. Dein Gesicht ... Demoliert und verschwollen. So kraftlos habe ich dich noch nicht erlebt", meinte Daoine, als Sidhe schon wieder zurückkam.

„Was soll's", meinte Brian hart, drückte sich den nassen Stoff noch einmal in den Mund, benetzte sich dann die trockenen Lippen und atmete stoßartig. „Ich muss mit irgendetwas desinfizieren. Gras ... Bitterstoffe ... Gifte ... Wir haben kein Antibiotikum. Holt Gras ... viel Gras ... zum Zerkauen ...", meinte sie schon mehr abwesend, woraufhin die beiden Dohlen aufflogen, um so viele Grashalme mit ihren Schnäbel zu zupfen, wie sie gerade noch tragen konnten. Dann flogen sie umgehend zu Brian zurück, deren Zustand sich rasant verschlechterte. Brian konnte die verquollenen Augen nicht mehr öffnen. Deshalb legten die Dohlen nach Ankündigung das Gras in ihre Hand.

„Danke ... danke, ihr beiden", stöhnte sie, nachdem sie das noch feuchte Gras in ihren Händen spürte, in einer Faustbewegung zusammenrollte und es sich in den unförmig ausgewachsenen Mund steckte.

Die linke Wange war bis über die Augenbraue zu einer einzigen Beule geschwollen, als Brian schmerzverzerrt und stöhnend zu kauen begann, um die Bitterstoffe aus dem Gras irgendeine Wirkung erzielen zu lassen, die sie allerdings nicht vorhersagen konnte. Es schmeckte warnend scharf. Die Grasgrannen und Blatthaare schnitten in den wunden Gaumen. Und trotzdem zermalmte sie die Pflanzen kauend weiter, um die bitteren Gifte aus den Blättern lutschen zu können und sie mit Speichel vermischt als Saft zu schlucken. Für Brian war es ein vages Experiment mit offenem Ausgang für ihr Leben.

Kurzatmig schweißgebadet auf dem Felsen zitternd, sagte sie den Dohlen kaum verständlich hauchend, dass sie ihr den Gefallen tun müssten, in ihren Mund zu sehen, ob sich eine Eiterblase gebildet habe. Sie wolle ihre Oberlippe hochschieben, damit die Dohlen ihr Zahnfleisch nach Eiter absuchen könnten. Brian sprach bereits so undeutlich, dass die Dohlen mehrfach nachfragen mussten, bevor sie verstanden, was Brian von ihnen erbat. Und sie stimmten zu, als Brian bereits mit den Fingern die wulstigen Hautschwellungen an der Nase vorbeischob.

Sidhe und Daoine schaute auf den Knochen des Oberkiefers, der trotz der Dunkelheit im Schein des Feuers gut zu erkennen war. Und sie sahen eine entsetzlich große Zyste, wahrscheinlich voller eiteriger Flüssigkeit. Sie befand sich über dem linken Schneidezahn. Die Dohlen beschrieben Brian, was sie sahen, woraufhin Brian ihre Finger zur Hilfe nahm, um die pralle Zyste zu fühlen. Aufstöhnend nahm sie dann die Finger aus dem Mund, mit denen sie die Lippe hochgeschoben hatte, und schüttelte abwesend den Kopf.

„Was sollen wir jetzt bloß tun, Patty?", fragte Sidhe außer sich vor Sorge, da sich Brians Zustand rasend schnell verschlechterte.

„Mein Schnitzstein …", stöhnte sie. „Ins Feuer … Dann wieder rausholen …", sagte sie fiebrig. „Schlagt ihn … mit aller Kraft auf die Eiterblase … mit der scharfen Kante … Die Blase muss aufgehen … Der Scheiß muss raus …", hauchte sie. „Macht jetzt …" Und Daoine machte sich sofort auf, den scharfen Flintstein zu suchen, mit dem Brian die Schnitzerei an dem Holz vorgenommen hatte, als das erste Morgengrauen am Horizont zu dämmern begann, und sie fand ihn von Brian neben den Höhleneingang gelegt. Mit dem Schnabel nahm sie ihn auf, hüpfte zurück zu Sidhe, Brian und dem Feuer und warf den Stein in die Glut.

„Patty, bist du sicher, dass wir das tun sollen?", fragte Sidhe und war keinesfalls überzeugt, dass Brian klaren Verstandes gewesen war.

„Überhaupt nicht … und nichts ist sicher …", stöhnte sie.

„Daoine, ich weiß nicht, ob das wirklich vernünftig ist."

„Es macht einen bestimmten Sinn, meine ich."

„Wie holen wir den Flint aus der Glut?", fragte Sidhe, worüber Daoine erst durch Sidhes Frage nachzudenken begann. Er dachte an einen Zweig, den er mit seinem Schnabel aus einem Reisighaufen ziehen wollte, den sie als Treibgut gefunden und zum Trocknen aufgestapelt hatten, als Vorrat zum Entzünden des Feuers.

„Komm, Sidhe, hilf mir. Allein bekomme ich ihn nicht herausgezogen", krächzte Daoine, als Sidhe ihr zu Hilfe kam und sie gemeinsam einen langen Reisigzweig aus dem Stapel zogen. Mit ihm sprangen sie zum Feuer, als Daoine begann, mit dem Zweig den heiß glühenden Stein aus der Glutasche zu stoßen, während Brian nur mit geschlossenen Augen stöhnte und Sidhe ihn beobachtete.

„Bist du wirklich sicher, wir sollten Pattys Anweisungen befolgen, falls wir den Flint aus der Glut bekommen?", fragte Sidhe abermals. Und wie sollen wir den glühenden Stein in den Schnabel nehmen? Die Hitze wird unser Horn verbrennen."

„Wir lassen ihn etwas abkühlen", nuschelte Daoine noch mit dem Zweig im Schnabel und konzentriert auf seine Aufgabe.

„Daoine, ich kann das nicht tun. Ich bringe das einfach nicht fertig."

„Schaue dir Patty an. Wollen wir uns sagen lassen, wir hätten sie aus Feigheit leiden oder vielleicht sogar sterben lassen? Weil wir uns den Schnabel nicht verbrennen wollten?", sagte Daoine kurz und stieß den Flint schließlich aus der Glut, bevor sie den Zweig als Werkzeug auf den Felsen fallen ließ, das bereits an einem Ende Feuer gefangen hatte.

„Wie weit ... seid ihr ...?", hauchte Brian, die der Unterhaltung der Dohlen nicht folgen konnte. „Wie weit ...?"

„Einen Moment noch. Gleich, Patty ...", meinte Daoine, hüpfte um das Feuer, prüfte mit dem Schnabel vorsichtig die Temperatur des noch warmen und hitzerissigen Steines und sagte dann zu Brian, dass sie etwas zurückrutschen sollte. „Lehne dich an die Felsenwand. Versuch dich aufrecht hinzusetzen, Patty ... und nimm mich dann in deiner Hand hoch. Hörst du, Patty?!"

„Ich kann nichts mehr sehen ...", erwiderte sie schwach, bevor sie sich kraftlos mit den Beinen nach hinten schob, um sich an die Felsenwand neben dem Höhleneingang aufrecht anzulehnen. Und Sidhe sah zu Daoine, schüttelte stumm den Kopf und sprang dann zu Brian. Daoine legte besorgt ihren Schnabel in Brians Hand.

„Spürst du mich?", fragte sie.

„Ja ...", stöhnte Brian, deren Kopf auf ihrem Hals von links nach rechts den kalten Felsen entlangrollte.

„Dann führe jetzt deine Hand hoch vor deinen Kopf. Höher ... vor dein Gesicht ...", und ich sage dir, wann du sie anhalten musst", meinte Sidhe, was Brian langsam befolgte. Als sie unterhalb des Kinns angekommen war, gebot Sidhe ihr Einhalt, sah zu Daoine herüber, der schon den nur noch warmen Stein fest in den Schnabel genommen hatte, mit der messerscharfen Schneideseite nach vorn – und Sidhe sagte Brian, dass Daoine ihr jetzt auf die Hand fliegen werde, während Brian mit den Fingern der anderen Hand das Zahnfleisch des Oberkiefers freilegen sollte, damit man die Eiterzyste sehen, Maß nehmen und sie aufschlagen könnte. Brian nickte schwach und war zu keiner weiteren Äußerung mehr fähig.

Und so sollte es geschehen.

Mit dick verquollenen Augenlidern und blind auch vor nicht erträglichem Schmerz, gab Brian mit einer Hand Daoine genügend Halt, damit sie ihr kraftvoll die wunde Zyste am Kiefer aufschlagen konnte, die Brian mit der anderen Hand nun vorsichtig unter heftigsten Schmerzen freigelegt hatte. Für den Bruchteil einer Sekunde herrschte banges Warten auf allen Seiten. Sidhe fragte Brian schließlich, ob sie bereit sei; diese nickte daraufhin nur einmal, schaute dann zu Daoine, die schon konzentriert mit dem Stein im Schnabel nicht mehr sprechen konnte, und nickte dann zu ihr hoch, damit sie tun solle, worum Brian zuvor gebeten hatte.

Daoine sah einmal ängstlich zu Sidhe hinab, holte dann Schwung mit ihrem Kopf, atmete einmal tief durch und schlug mit all ihrer zur Verfügung stehenden Kraft die scharfe Steinklinge in die Zyste von Brians Oberkiefer.

Stinkender Eiter und dünnes Blut spritzten aus Brians Mund, als die scharfe Flintklinge den Oberkieferknochen von Brian freilegte. Sie selbst schrie vor Schmerzen auf und warf ihren Kopf nach hinten gegen den Felsen. Dann riss sie ihre Arme herunter, damit sie sich instinktiv irgendwo festhalten konnte. Daoine ließ den Stein aus dem Schnabel fallen, flog schnell auf, um sich vor dem Schutzreflex von Brian zu schützen und fand noch im Eindruck des Erlebten in sicherer Entfernung ihr Heil. Und sie konnte sehen, wie Brian von ihrem Schmerz überwältigt die Besinnung verlor. Sie sah, wie ihr Kopf seitlich auf die Schulter fiel. Sie sah, wie das Rückgrat des Menschen zusammensackte und den Halt an der Felswand verlor. Und sie sah, wie Brian ihr bewusstes Leben in den Morgen fliehen ließ. Diese Frau konnte an jenem Tag ihrem Schmerz nicht länger begegnen, und so nahm sich ihr weiser Verstand den gequälten Menschen und führte ihn zu seinem Schutz fort.

Brians Körper blieb reglos auf dem Felsplateau liegen. Sie blutete stark aus ihrem offenen Mund. Der beißende Eiter, den die Dohlen nicht riechen, aber sehen konnten, rann aus der knochentiefen Schnittwunde über die Lippen aus dem Gaumen von Brian auf den Felsen.

Das Gefieder Daoines war von weißeiterigem Blutschleim besudelt, der aus der Zyste gespritzt war, als Daoine sie mit dem Flint zum Platzen gebracht hatte. Sie hatte sich geschüttelt, war aufgeflogen, zum Meer hinuntergesegelt, hatte sich den klebrigen Körpersaft Brians mit den Flügeln schlagend im Salzwasser ab-gewaschen und war dann wieder zu Sidhe auf das Felsplateau hochgeflogen, um sich neben ihr hinzuhocken. Einen Augenblick sahen sich die beiden Dohlen nur schweigend an, während Daoine das Wasser aus dem Gefieder schlug. Dann betrachteten sie Brian, der wenigstens in ihrer Ohnmacht die quälenden Schmerzen ge-nommen schienen. Die Dohlen überlegten gemeinsam, wie sie weiter verfahren wollten.

Daoine war stolz auf ihren ersten *dentalchirurgischen Eingriff*, wie sie es später nennen sollte und wovon sie nicht oft genug erzählen konnte, so sehr stand sie noch unter dem Eindruck ihres Unter-nehmens. Erst als die Anspannung langsam wich, lobten sich die Dohlen gegenseitig, da es sonst niemanden gab, der ihnen in jener Zeit hätte Anerkennung zollen können. Und Brian lag be-sinnungslos vor ihnen.

„Hoffentlich wird es ihr auch helfen können."

„Ich glaube, dass wenigstens der Druck aus dem Kiefer ist, so wie es aussieht."

„Und hast du gesehen: Ich habe gezielt und genau getroffen. Bis auf den blanken, weißen Knochen habe ich geschlagen", lobte sich Daoine wieder.

„Ja. Das habe ich gesehen. Aber sage: Sollten wir nicht auch versuchen, das Gras irgendwie aus ihrem Mund zu bekommen? Bevor sie es verschluckt ... oder vielleicht sogar daran erstickt?"

„Da hat der menschliche Körper sicherlich Mechanismen, die ihn vor dem Ersticken schützen, glaube ich", meinte Daoine und spürte immer noch den harten Schlag mit dem Stein im Schnabel auf den Knochen des Oberkiefers von Brian. „Solange nur das Blut und der Eiter abfließen. Das erscheint mir wichtig zu sein. *Keine Flüssigkeit in die Atemwege*, weißt du noch. Daran ersticken die Menschen. Hoffentlich gibt es keine neue Entzündung, da wir keine Medikamente für sie besorgen können ... Wahrscheinlich nicht besorgen können", fügte sie hinzu, da sie an eine eventuelle Hilfe der Fulmare dachte und nicht sagen konnte, was sie zu tun bereit wären.

„Komm. Lass uns mit dem Stoff noch etwas Wasser holen und ihr den Mund so gut wie möglich abwischen. Patty muss unglaubliche Schmerzen gehabt haben."

„Und nur durch diesen Schmerz wird sie wachsen ... Durch den Schmerz wachsen die Menschen ..."

„Meinst du? Deshalb müssen sie aber keine zufälligen Infektionen haben, oder?"

„Stimmt. Aber auch sie tragen dazu bei ... zum Wachsen ..., falls sie das überleben."

„Ich hoffe, dass sich nicht noch irgendwo so eine Eiterbeule bildet oder wir vielleicht eine übersehen haben ..." Und so sprachen die Dohlen eigentlich zufrieden und beschäftigt miteinander, während der Morgen angebrochen war. Sie tränkten den Lappen in ihrer Wasserstelle hinter der Felszacke des Höhleneinganges, sahen Brian ruhig – wenn auch im Gesicht noch sehr deformiert – auf dem Felsen liegen, als der erste, rote Sonnenstrahl ihr auf die blasse Haut fiel. In der Sonne glaubten die Dohlen Brian gut aufgehoben und konnten sich für Momente um das kümmern, was sie gedanklich in der Nacht bewegt hatte, bevor sie sich um Brian sorgen mussten.

Die Schnitzerei. Morus. Und die Fulmare.

„Aber seherische Qualitäten hat Patty nicht. Sie verändert sich, gewiss. Wäre es Merlin, wäre ich mir sicherer. Und doch:

Woher nur kommt diese frappierende Ähnlichkeit ihrer Skulptur als Knauf mit dem Schädel des Morus?", fragte Daoine. „Und wieso ist es uns nicht früher aufgefallen, was aus der Schnitzerei werden kann?", sagte sie und war sich in jenem Moment nicht sicher, ob Brian weder in der Lage noch willens wäre, ihr Schnitzwerk zu einem Ende zu bringen, sollte sie genesen. Der Stab war in der Mitte zerbrochen. Der Knauf war unversehrt geblieben. Auch ob das eine Bedeutung hätte, war den Dohlen nicht klar.

„Ich weiß es auch nicht", gestand Sidhe. „Es ist alles so sehr anders, als ich es erwartet hatte. Und wir scheinen derzeit nicht von der Insel herunterkommen zu können. Merlin hat für Patty kaum eine Bedeutung. Selbst aus dem von uns für so wichtig gehaltenen Fundus von Merlin macht Patty sich überhaupt nichts. Sie hat kein Interesse daran. Ob es eine falsche Entscheidung von Akita war, Patty hierherbringen zu lassen?"

„Hmmm. War es denn die Entscheidung der Grauwölfin? Oder hatten wir einfach nur keinen besseren Plan für Patty … und haben dabei alles missverstanden?"

„Wozu soll das alles nützen? Und wem nutzt es, dass wir hier sind? Die Anderswelt …? Nur ein Scherz der Menschen, den wir glaubten? Elfen und Haine … in der zeitlichen Menschenwelt … ja. Aber hier nun einfach nur gebannt? Was soll geschehen? Es passiert nichts. Noch nicht einmal die Fulmare wollen uns zu nahekommen. Was meinst du: Wissen sie immer, in welcher Zeit sie sich befinden? Oder wandern sie von Raum zu Raum, ohne der einen oder der anderen Zeit Leben zu opfern? Ich werde daraus einfach nicht klug. Und Glazial das zu fragen, werde ich sicherlich nicht tun. Ich würde es nicht wagen. Die Fulmare sind alle so sehr viel stolzer als wir, finde ich", äußerte sich Sidhe nachdenklich.

„Aber wir haben den Wächter. Und wir opfern uns. Was die Fulmare betrifft … und ihre Bedeutung für eine Welt …; ich weiß es nicht. Bedeutend für das Leben. Zweifellos. Bedeutend wie alles andere auch. Auch die Suliden und Lariden … es sind die grauenvollen Geschichten von den Scheiterungen und immer wieder von Verlust, von wilden Horden und Blutrunst, bevor sich dann die Welt nicht mehr erkannte", sagte Daoine und wusste, dass den Dohlen noch kein dunkles Kapitel in der Geschichte der Welt zugedacht worden war.

„Alwyyn hätte uns besser auf diese Reise vorbereiten müssen. Wirklich. Wir wissen einerseits so vieles und tappen doch immer wieder im Dunkeln."

„Als Patty noch interessiert war, an den Unterlagen und Schriften von Merlin, Sidhe, da hatte ich noch Hoffnung, dass sich alles eines Sinnes fügen würde. Heute aber, nachdem sie alles gelangweilt wieder zurück in die Regale sortiert hat, wahrscheinlich wegen irgendeiner Ordnung, die sie für sich halten wollte, erscheint mir alles, was wir taten, nur noch als blödsinnig. Der größte Irrtum, dem wir aufgesessen sind. Es scheint, als wären wir nur gekommen, um Merlins Insel aufzuräumen und um uns eine Illusion zu nehmen, die wir über die Jahrhunderte gehabt haben ... was ihn und eben diese Insel betraf. Wir hätten in den Highlands niemals auch nur zu denken gewagt, dass wir seine Insel jemals betreten könnten. Heute sind wir mit Patty hier, wissen noch nicht einmal, ob sie überleben wird, und werden Zeugen, wie sie die Schätze Merlins und unserer Erzählungen einfach wieder in die Regale stellt."

„Und das hat sie nun schon zum dritten Mal gemacht. Immer wieder ein bisschen anders. Aber ... sie räumt auf."

„Sehr wohl wahr. Jedenfalls Zauberei soll sie hier ganz offenbar nicht lernen, falls sie etwas lernen kann", meinte Daoine. „Und trotzdem glaube ich immer noch, dass es irgendeinen Sinn haben muss, dass wir hier gemeinsam sind. Und hätte alles keinen Sinn: Wie wäre ihr Morus in den Kopf gekommen? Ein Geschöpf, das vor Tausenden und Abertausenden von Jahren gewirkt haben soll?"

„Und ihre sonderbaren Träume. Dazu das Schwimmen im Meer. Ich hätte an nichts weniger gedacht, als dass Patty mit allem Elan Schwimmversuche im Nordmeer macht. Welcher Mensch käme auf diese Idee, auch falls er sich noch so langweilen sollte? Dass ihr die Temperaturen nichts auszumachen scheinen, ist wohl das Wunderlichste."

„Ja. Die Fulmare werden heute vergeblich auf Patty warten. Denn ausgerechnet heute wird sie nicht schwimmen können."

„So wenig Interesse von Patty … an Merlin …", dachte Sidhe laut nach und überlegte, wie intensiv die Freundschaft des alten Mannes und des Mädchens wirklich gewesen sein konnte. „Uns wird etwas ganz anderes widerfahren, glaube ich. Kein Märchenschatz und keine Welten jenseits der künstlichen Zäune. Keine Zauberei mehr. Aber etwas wie Magie, wie wir sie nicht kennen und niemals zuvor jemand auf Erden erlebt haben wird. Das spüre ich. Alles scheint so ruhig, Daoine. Und das ist unheimlich. Der Gedanke an sich ist unheimlich. Und je mehr ich darüber nachdenke, komme ich zu dem Ergebnis, dass Merlin vielleicht etwas ganz anderes bezweckt hat. Oder vielleicht wäre die Magie, mit der wir es möglicherweise zu tun bekommen, seiner erhaben gewesen. Vielleicht war er auch nur eine von vielen Figuren in einem größeren Spiel, als wir es uns derzeit denken", sann Sidhe, und Daoine blinzelte nicht länger in den Sonnenaufgang, der sich über dem Horizont aufgetan hatte.

„Du meinst …"

„Ich meine, wir werden vielleicht ganz anders gefordert werden, als wir es dachten. Und wir sollten zu allem entschlossen sein. Tir na nOg, so glaube ich heute, ist eine mythische Menschenlegende, für diejenigen, deren Ahnen den Affen entsprangen. Und hier wird sich die eine Geschichte von der anderen trennen, glaube ich. Weißt du noch, wie wir von den ältesten Menschen hörten? Und soll man sie ruhig Dunedin nennen, um ihnen einen Artnamen zu geben. Jene waren anders. Ihre Geschichte war der der menschlichen Evolution nicht angepasst. Und niemals wurde weder ihre Geschichte erzählt noch von ihrer Existenz gesprochen."

„Was hast du nur für Gedanken, Sidhe? Wie kommst du jetzt darauf?"

„Ich versuche mich in einen Menschen zu versetzen … versuche, Patty zu verstehen. Käme ich als Mensch an einen wie diesen verlorenen Ort eines legendären Magiers, würde ich mich doch zu allererst auf die Unterlagen, Aufzeichnungen und etwaigen Zauberformeln stürzen, die er hinterlassen haben könnte. Ich würde die praktische Anwendung und ihre Ausübung erlernen wollen. Feuerwerke von Magie und Zauberei für den Menschen, um ihn in seinen gewaltigen Eindrücken zu fangen und für mich einzunehmen. Patty hingegen hat nichts von dem an sich."

„Vielleicht aus ganz anderen Gründen, Sidhe. Vielleicht fehlt es ihr an Sendungsbewusstsein. Oder vielleicht ist sie noch nicht so weit … und eben gerade auf dem Weg, Kraft zu sammeln, damit sie sich dem Nachlass Merlins stellen kann."

„Ja. Vielleicht. Vielleicht ist es ihr aber auch zu banal. Die spektakulären Sensationen für die Menschen. Und falls dem so sei, dann sprechen wir hier von viel tieferen Qualitäten, die sie vielleicht hat und denen sie sich verpflichtet fühlt, ohne dass es ihr bewusst ist. Warum sollte sie schwimmen wollen? An die Küste Norwegens will sie nicht. Was also zieht sie in das Wasser, Daoine? Warum das nasse Meer und nicht die verbliebenen Bücher Merlins in der trocknen Höhle?"

„Es ist wundersam, da stimme ich zu. So habe ich das noch nicht gesehen. Und wie gesagt: Auch ihre Träume müssen sehr intensiv sein, über die sie mit uns nicht spricht."

„Sie hat etwas an sich, das Merlins Grundhaltung zum Leben ganz und gar entgegenwirkt. Sie hat etwas, das auch nichts gemein hat mit dem, was wir zuerst meinten. Und wohin wir dann hier mit ihr geraten sind, ist für mich so rätselhaft wie interessant."

„Meinst du, dass wir versuchen sollten, in den wenigen verbliebenen Aufzeichnungen von Merlin nachzusehen, ob er vielleicht jemanden wie Patty prophezeite? Vielleicht hat er ja bereits etwas über sie gewusst, ohne sie damals zu kennen? Vielleicht hatte er eine Ahnung von ihr gehabt und sich zur richtigen Zeit auf den Weg gemacht, um das Mädchen Patty zu treffen, ohne dass er sein Wissen damals mit jemandem geteilt hatte", meinte Sidhe und dachte nach, wie man es anstellen könnte, an die ordentlich gestapelten, verbliebenen Handschriften von Merlin in den Regalen der Höhle heranzukommen, ohne dass Brian einen Verdacht schöpfte, wonach man eigentlich suchen würde. „Ganz grundlos wird das alles nicht geschehen sein, Daoine. Dafür ist bereits zu vieles geschehen."

„Da gebe ich dir recht. Etwas geht vor sich, ohne dass wir wissen, was es ist. Hoffentlich gleiten wir nicht in die überliefert düsteren Zeitalter der Menschheitsgeschichte. Hoffentlich nicht. Und warum der Apfel keine Blüten zeigt, ist mir auch ein Rätsel. Als triebe er aus Trotz keine Blüten, weil wir es Patty versprochen hatten, dass er blühen würde", wunderte sich Daoine. „Alles ist rätselhaft und heute ungewisser denn zuvor." Und die Dohlen sahen sich wieder an und schwiegen. Dann schauten sie zu Brian hinüber, die wenigstens gegenwärtig keine Schmerzen erleiden musste, da sie immer noch ohnmächtig auf dem Felsen in der Morgensonne lag.

„Wenn du das nächste Mal mit Patty auf Nahrungssuche gehst, dann werde ich mich in der Höhle umschauen", meinte Daoine abschließend und war entschlossen, einen schriftlichen Vermerk Merlins auf Brian zu suchen. Dann schaute er in die an jenem Morgen wiedergekehrte Sonne und atmete tief ein.

Die Dohlen wussten nicht, dass sie keinen Hinweis auf Brian in Merlins Unterlagen finden würden. Und sie wussten nicht, in welcher Zeit sie gefangen schienen. Weder von den Himmelskörpern erhielten sie Kenntnisse über etwaig passierende Tage, Wochen oder Monate, gleichwohl sie häufig gerätselt hatten, ob nun eine ihrer erlebten Nächte einem halben Mondzyklus entsprach oder ob man einfach nur von einer fantastischen Suggestion gefangen sei, der man besessen Erklärungen abringen wollte. Und noch bevor die Sonne an jenem Tag ihren Mittagsstand erreichte, sollte Brian wieder zu sich gekommen sein.

# III

Über der irischen See braute sich ein Unwetter zusammen und warf seine Wolken einerseits voraus, während die eigentliche Gewitterzelle immer mehr Energie in sich hineinzog und zu einem Cluster wachsend schon die Inseln Westschottlands bedrohte. Die grauschwarzen Ausläufer liefen über das Festland und fingerten schon strähnend nach Edinburgh, verdunkelten langsam aus dem Südwesten ziehend den Firth of Forth und strichen schon an jenem frühen Morgen über die Isle of May auf die Nordsee. Ein sehr unfreundlicher Tag sollte an diesem Januarmorgen anbrechen und die Sonne ihr sonst sanftes Licht noch nicht einmal über die weichen Hügel East Lothians werfen können, so erbarmungslos gebot das anstehende Unwetter mit seiner Macht.

Die Menschen in North Berwick, die gehabten Gräuel ihrer blutigen Geschichte in einem jener Zeit höflichen Umgang miteinander längst ertränkt hatten, begegneten sich auch an diesem warmen Januarmorgen in den engen Straßen ihrer ehrwürdigen Ortschaft. Da war Grant Cryer, der sich seine frisch gebackenen Brötchen in der High Street bei Nisa Local holte und noch einen *Guten Tag* wünschte, als er zurück auf der Straße Toun O'Connor traf, mit dem er ins Gespräch über – was auch anderes als – das Wetter kam.

„Ja, ja. Der Klimawandel, Toun. Und der Rosmarin wuchert in den Gärten."

„Das sage ich dir. Keinen Schnee, den ganzen Winter nicht. In Haddington soll es wieder geschneit haben, habe ich gehört. Aber auch dort bleibt er nicht mehr liegen."

„Ja. Das hörte ich auch. Und in den Cairngorms sind die Skilifte schon seit vier Wochen auf", meinte Cryer.

„Nichts mehr für uns … in unserem Alter, was?"

„Lassen wir die Jugend ran. Soll'n die ihren Spaß haben. Und hast du schon von Mary gehört? Man hat sie kurz vor Silvester ins Krankenhaus nach Edinburgh gebracht." Doch O'Connor hatte bis zu diesem Moment nichts davon gewusst, dass Mary Brock, die frühere Nachbarin seiner Familie, wohl offenbar einen Herzinfarkt erlitten haben sollte und noch nachts von North Berwick nach Edinburgh überstellt worden war.

Und wie die beiden Schotten an jenem Morgen miteinander sprachen und andere bekannte Passanten in einen guten Tag wünschten, ahnten sie an diesem Morgen nicht, was mit diesem bevorstehenden Unwetter über das Land kommen sollte.

Auch Robin Muir, der sich verstohlen an eine Hausecke stellte, um schnell die ersten Züge einer Zigarette zu genießen, die er in seinem Haus nicht rauchen durfte, und sich verschämt abwendete, als Rebecca Sutherland, die bereits pensionierte Grundschullehrerin des Ortes ihn entdeckte und an ihm auf dem schmalen Bürgersteig vorbeilief, um ihn maßregelnd anzusprechen: „Guten Morgen, Robin. Immer noch wie früher, hmm. Einen schnellen Paff, was? Du kannst es wohl nicht lassen … und die Dinge ändern sich eben nicht. Einen schönen Tag noch, Robin Muir."

„Ja. Danke Mistress Sutherland. Einen schönen Tag auch Ihnen", stammelte er verschämt der unbarmherzigen Lehrerin hinterher, da er wusste, was sich gehörte, doch den Appetit an seiner ersehnten Zigarette verloren hatte, was er trotz seines artigen Anstandes nicht schätzte. So ahnten weder Muir noch Sutherland, was dieser Sturm mit sich bringen sollte.

Und Hazel Crawford, die mit trockenen Brotresten die bereits gierig wartenden Möwen füttern wollte, erschrak, als sie aus ihrer Pension in der Melbourne Road trat und den sich aus dem Westen verdunkelnden Morgenhimmel sah.

Über North Berwick, dem kleinen, doch mondänen Ort an der Südküste des Firth of Forth, bekannt für seine sommerresidierenden Badegäste und mehr noch berühmt für seine weiten, ganzjährig gepflegten Golfanlagen, verschmolz der Himmel an jenem Morgen zu einer bedrohlichen Dunkelheit. Die wenigen frühen Jogger und die Hundebesitzer mit ihren Tieren, die den Strand der Ebbe entlangliefen, sahen besorgt zu den Wolken und machten sich dann schnell auf den Weg, in ihre Häuser, Miet-

oder Ferienwohnungen und in ihre Hotels zurückzukommen, bevor dieses Unwetter lostoben sollte. Man war schwere Wetter durchaus gewohnt. Und was scheute nicht die Stürme. Doch jene Anzeichen am Himmel jenes Morgens waren anders.

Man konnte noch die Inseln Fidra, Lamb, Craigleith und den Bass Rock sehen, wohl aber die gegenüberliegende Küste von Kirkcaldy, Dysart, Buckhaven, Methill und Leven nicht mehr. Auch der Leuchtturm von Isle of May konnte die Finsternis jenes Morgens nicht durchdringen und versank in der Dunkelheit eines beängstigenden Wetters. Die Menschen beeilten sich mit ihren wenigen Besorgungen, um sich dem nicht auszusetzen, was die Natur für sie bereithalten sollte. Man schlug sich schon die Kragen hoch, setzte sich vorsorglich die Kapuzen auf die Köpfe, als dann die ersten Sturmböen von den vorausgesendeten Wolkengebirgen über den Law peitschten. Und Kenneth Drainey verdammte den Tag, an dem er sein Handicap hätte herabsenken können, da er bis zum fünften Loch eine für ihn passable Runde gespielt hatte, ihm dann aber die Golfbälle durch den Wind förmlich verweht wurden. Das Spiel seines fünfzigjährigen Lebens musste an jenem dramatischen Morgen für ihn ausfallen und er sich eines anderen, blasseren Tages die Zähne an seinen Eisen ausbeißen. Und als die ersten schweren, vom Wind geschobenen Wellen an Fidras und Craigleiths Felsen einschlugen, fielen noch vor den ersten, ästelzuckenden Blitzen – unbemerkt von den Lothianern, die mit ihren Kapuzen beschäftigt waren – drei Coloeen aus den Wolken. Sie treidelten vom Wind versucht über Craigleith. Halb taumelten sie und halb begehrten sie kunstfertig ihre Meisterschaft des Fliegens gegen den Sturm in der Luft auf. Und dann waren sie schon in den grauen Klüften der flach bewachsenen Inseloberfläche verschwunden. Steil fielen die Osthänge Craigleiths in den Firth, während die Westseite weicher abfallend in das Wasser glitt. Und dann brach ein Gewitter über den Firth of Forth herein, von dem es später bei der BBC heißen sollte, man habe nicht vorhersehen können, dass sich der Jetstream einen Weg durch die Luftmassen zu bahnen vermochte, wodurch es erst zu so einem gewaltigen Sturmtief kommen konnte, das dann länger als einen Tag über

dem Südosten Schottlands in East Lothian tobte. Dank der ge-
duckten, steinsoliden Bauten North Berwicks waren die Schäden
gering geblieben. Die Tage des gewaltigen Sturmes kamen mit
einem noch gewaltigeren Regen einher, das Schwaden die Insel
in jener Zeit verbargen. Und als das Wetterphänomen endlich
vorüber war, die Menschen aufatmeten, Kenneth Drainey wieder
an seinem Handicap zu arbeiten begann und Grant Cryer sich mit
Toun O'Connor in der High Street traf, das Wetter und sonstige
Ereignisse besprach und in den lichten Himmel sah, auf den man
wieder vertrauen konnte, hatte Craigleith drei heimliche, niemals
da gewesene, höchst ehrenhafte Besucher bekommen.

Unbemerkt von den Menschen waren vor der Front des unbeschreiblichen Gewittersturmes die Coloeen gekommen. Corven
wurden sie von den Seevögeln genannt. Und es waren Dohlen,
wie Brian sie in Sidhe und Daoine hatte kennenlernen dürfen.

    Makar, Bruce und Wallace waren von einem wenig bekannten
Ort im Norden Schottlands durch Alwyyn geschickt worden, die
Suliden und Lariden zu empfangen, um sie zu einer historischen
Besprechung einzuladen, wie sie sie in längst vergangenen Zeiten
mit den Ältesten der Menschheit oft gehabt hatten, so Alwyyn.
Ereignisse größter Wichtigkeit ständen bevor, und man sei auf die
wenigen verbliebenen, verlässlichen Freunde in dieser schwierigen
Welt angewiesen. Alwyyn hatte ihnen gesagt, dass sich eine der
alten Pforten öffnen sollte und einer derjenigen, die sie *Sänger*
nannten, zu ihnen kommen würde, die mit den Ältesten der
Menschheit für das Leben in dieser Welt gefochten und dabei
alles verloren hatten. Die immense Bedeutung dieses Umstandes
war den drei Dohlen bewusst – jedoch die Folgen für diese Welt
vermochten sie nicht im Mindesten zu erahnen. Sie hatten von
Alwyyn, dem Wächter der Pforten, nur die eine, klare Anweisung
erhalten, die Suliden und Lariden nach Nordschottland zu begleiten. Dort wollte er sich mit den Seevögeln treffen, an einem
Ort, der nur ihm und den drei Botschaftern Makar, Bruce und
Wallace bekannt war, die nun die Seevögel über die winterlichen
Berge der schottischen Hochländer führen sollten.

In dieser Mission waren die drei Dohlen gekommen und vor dem Unwetter hergeflogen, hatten dann in den Lüften auf die ersten, gewaltigen Gewitterwolken gewartet, um sich durch sie hindurchzustürzen und auf Craigleith zu landen. Sie wollten so wenig Aufsehen wie möglich unter den Menschen erregen, die dicht an diesen Inseln im Firth of Forth siedelten. Auf Craigleith dann wollte man warten und ausharren, bis sich die Schwärme der niemals zuvor gesehenen Vögel einstellen sollten. Man hatte von Morus gehört. Und man hatte von dem Grauen gehört, das sich auf dem Gipfel eines Berges weit im Süden von Schottland zwischen den Sängern, den Ältesten, den Suliden und Lariden einerseits und den Affenstämmigen andererseits abgespielt haben sollte. Mehr aber wussten auch diese drei Dohlen nicht. So widersetzten sie sich den heftigen Schlagböen und harrten in einer Felsennische an der nördlichen Leeseite der Insel die schweren Regenfälle aus. Heimlich und vorsichtig kamen sie nach dem Sturm aus ihrem gefundenen Schutz, um einen ersten Blick in die Morgensonne zu riskieren. In einem Kupfermeer flammte sie hinter dem Law von North Berwick auf, als habe es das vergangene Unwetter nicht gegeben, gleichwohl die See mit ihren Wellen noch an dem Felsen leckte und der Firth sicherlich meinte, dass man eines nicht mehr fernen Tages auch die Steine der lächerlichen Felseninseln verschlungen haben würde, so wie es einst vielleicht gedacht war. Man müsse sich nur gut mit den Stürmen stellen.

„Was für ein Ereignis", sagte Makar, der von den Strahlen der Sonne, die sich wie Speichen eines Rades zwischen den Wolkenfetzen über dem Law drehten, bevor der gleißende Lichtball über den Horizont gerollt werden sollte, gewärmt wurde.

„Wunderschön. Und die Ortschaft dort …?"

„Nicht nennenswert, glaube ich", meinte Bruce, und Wallace sagte noch zur Erklärung, dass es North Berwick sei.

„Ah. Und ist das dort hinten der Bass Rock?", fragte Makar weiter, und Wallace, der sich schon einmal zuvor in jener Umgebung aufgehalten hatte, bestätigte ihm seine Annahme.

„Der Bass … und seine bedeutende Geschichte …"

„Nein. Nur der Bass Rock. Und das ist alles. Mag Geschichte sein oder nicht, Makar", meinte Bruce belehrend.

„Für dich … und darum bist du hier. Und ich bin hier, weil ich eine weitere Geschichte kenne", sagte Makar ruhig, der Bruce und seine schmucklos disziplinierte Art seit langer Zeit kannte. „Ich bin so sehr auf Morus gespannt. Und darauf, wie er uns wohl begegnen wird …", führte Makar seinen Gedanken aus.

„Fabelwesen. Wahrscheinlich, wie wir es für ihn sind. Oder er wird sich erst gar nicht auf den Weg gemacht haben, obwohl Alwyyn nach ihm geschickt hat. Warum auch sollte er? Nur weil unser Weißhaupt wieder einmal eine Ahnung hat? Was schert Morus schon ein Alwyyn an den Pforten von was weiß ich was …?", sagte Wallace barsch.

„Seitdem diejenige, die wir Patty nennen sollen, bei ihm war, ist wenigstens für ihn alles verändert. Und wie unruhig er geworden war, als er von seiner Begegnung mit ihr sprach", sagte Makar.

„Schon möglich. Aber weshalb sollte die Patty irgendetwas mit den Sängern zu tun haben? Weshalb sollten sich einer oder vielleicht sogar gleich mehrere von ihnen hier wieder sehen lassen wollen? Ist doch alles Geschichte, mit der Menschheit. Oder verstehe ich etwas nicht richtig? Selbst Merlin ist gegangen und hat uns hier zurückgelassen – ohne dass sich die Pforten auch nur einen Spalt geöffnet hätten. Was also soll das mit dieser Patty schon sein?", fragte Wallace, als sie auf Craigleith standen und in den wundervollen Sonnenaufgang eines sich klärenden Wintermorgens über East Lothian blickten.

„Nun, ich bin ein gebildeter Erzähler und ein geschickter Unterhändler. Die Motive der anderen jedoch kann ich auch nur erraten. Ich war nicht dabei, als die Patty auf Alwyyn traf. Und was danach geschah, sagte man mir noch weniger. Nur so viel weiß ich, dass sie nach dem Treffen wieder nach Norwegen aufgebrochen sein soll. Zu Merlins Insel. Zu Sidhe und Daoine. Und dorthin ist sie mit den Samen eines Waldes in ihrer Tasche gekehrt. Und das ist nun kaum vier Monate her. Seit mehr als nun schon zwanzig Jahren verbringen die drei ein gemeinsames

Leben. Und niemand weiß zu sagen, wo genau sie gewesen sind, da Alwyyn bereits mehrfach nach ihnen gesandt hatte. Wir haben aber erst von ihnen wieder gehört, als Patty nach Schottland kam, um den Beinn von Sidhe und Daoine zu grüßen. Bis auf ihre Federn haben wir nichts mehr von ihnen gefunden und niemals wieder etwas von ihnen gehört. Was sich tun kann, vermag ich mir nicht vorzustellen. Aber: Ich bin gespannt."

„Und ich bin gewarnt …", meinte Bruce.

„Wie meinst du das?"

„Falls es solches Entsetzen mit Morus gegeben haben soll, dann sind wir gut beraten, wenn wir bestens aufpassen."

„Wieso? Die Suliden kommen doch nur, weil Alwyyn sie darum gebeten hat. Sie kommen doch nur seinetwegen", sagte Makar naiv.

„Man kann nie wissen. Ich hörte, dass sie riesig und gewalttätig sein sollen."

„Na. So groß sind sie nun auch nicht. Aber sie sollen schon Furchteinflößendes an sich haben … ja. Deshalb wahrscheinlich haben sie auch bis heute in dieser Welt überleben können", meinte Makar und wurde jäh unterbrochen, da Bruce und Wallace ungeachtet seiner Erklärung hochhüpften und sich in die Luft schwangen.

Sie hatten eine Krähe entdeckt, in der sie an jenem Morgen mit ihrer Mission einen Störenfried sahen, den sie zur Ruhe bringen mussten. Die Krähe segelte etwas unterhalb der größten Höhe von Craigleith, war von dem Sturm zuerst getrieben und schließlich an das Nordufer des Firth of Forth versprengt worden. So befand sie sich auf dem Heimweg nach An Druim, als sie nichts Böses ahnend von Bruce und Wallace entdeckt und gestellt wurde. Die beiden energischen Dohlen zwangen die empörte, sich heftig wehrende Krähe auf dem Felsen von Craigleith zu landen. Und die vollkommen überraschte Krähe wusste überhaupt nicht, wie und weshalb ihr etwas geschah.

„Was soll das?", krächzte sie empört und versuchte mit ihrem Schnabel nach den beiden Dohlen zu hacken, die die Krähe zur Landung auf der Insel gezwungen hatten und sie vor den diplomatischeren Makar führten, „und wer seid ihr? Wenn ihr von hier wäret, wüsstet ihr, dass die Inseln für uns tabu sind", meinte die Krähe, die auf Fragen ihren Namen mit Sean angab.

„Mein Freund, Tabus gibt es nicht. Zeit für Tabus hat es für uns nie gegeben. Respekt … ja. Aber keine Tabus", sagte Makar, der sich nun vor die größere Krähe gestellt hatte und sie sich genau ansah.

„Sind die beiden rüden Kollegen deine Freunde? Dann veranlasse sie, mich wieder fliegen zu lassen. Und ich halte meinen Schnabel", meinte Sean etwas eingeschüchtert, da das Auftreten der, wenn auch kleineren, Vögel etwas von Autorität und Selbstsicherheit hatte, die die Krähe dergestalt von anderen Dohlen nicht kannte. Die klügeren Coloeen wichen sonst ihren größeren Brüdern aus, anstatt sich ihnen energisch in den Weg zu stellen.

„Ja, Sean. Das sind meine Freunde. Und du …, du wirst bei uns bleiben, bis wir von hier wieder wegfliegen, da wir keine dummen Überraschungen durch dich erleben wollen. Du scheinst mir sehr geschwätzig. Wer krakelt schon aus der Luft zu seinen Verwandten hinab?", sagte Wallace freundlicher, als es Bruce getan hätte, und so wollten sie Sean, die Krähe, auf Craigleith so lange festhalten, bis sie die Seevögel getroffen hätten und mit ihnen aufbrechen würden.

„Was bildet ihr euch ein?", krächzte Sean.

„Überhaupt nichts, mein Freund. Eben darum …", sagte Bruce, und die Krähe war erschrocken, da man unter schottischen Corven so nicht miteinander umging. Zudem und zuallererst achtete man die Brutplätze anderer. So war Craigleith für die einheimischen Corven eine Insel, die sie nicht betraten. Sie betraten die Insel so wenig, wie die Papageientaucher an den Strand der Küste kamen, um nach den schmackhaften Happen der Corven zu suchen, oder Unruhe in die nahen Wälder mit den Nestern der Krähen brachten, die sie von ihnen bevölkert wussten. Und die Corven respektierten die Inseln der Seevögel. Das war das stillschweigende Übereinkommen der ansässigen Vögel East Lothians.

„Nein. Nein und nein. So geht man hier nicht miteinander um. Das sind vielleicht englische Methoden, aber keine edlen schottischen Gepflogenheiten", empörte sich die Krähe lauthals weiter.

„Und falls du noch mehr Lärm machst, schlagen wir dir eine Schnecke auf die Schnabelspitze", sagte Wallace. „Das sind dann die französischen Wege des *Savoir-vivre* für Schreihälse."

„Ich jedenfalls … ich protestiere … und bin dann jetzt auch still", meinte Sean noch erschrockener, da er den Eindruck hatte, der Androhung von Wallace könnte gegebenenfalls Folge geleistet werden. Und als Krähe wollte Sean keinesfalls von einem Schneckengehäuse über seiner Schnabelspitze zum Schweigen gebracht werden. Denn auch falls keiner seiner Sippe zu sehen war, wusste er, dass eines undankbaren Tages eben diese peinlichen Geschichten doch irgendwie herauskommen würden. Es war immer die Schadenfreude, die besonders hellhörig unter den Krähen war. Folglich hatte sich jede weitere Unterhaltung erübrigt, und mögliche Einwände gegen den Akt der Dohlen blieben ungeäußert.

In der Gegenwart der Krähe, auf die die Dohlen nun achtzugeben hatten, sprachen auch sie miteinander nicht mehr, da sie einem redseligen Sean keine Einzelheiten ihres Unterfangens preisgegeben wissen wollten. Sie hatten nichts zu besprechen und warteten, jeder seiner Aufgabe bewusst, auf Craigleith, bis Morus von den Nordmeeren über den Horizont gesegelt kommen sollte und man gemeinsam zu Alwyyn nach Nordschottland aufbrechen wollte. So schwiegen die drei miteinander, hatten die Krähe unter ständiger Beobachtung und ärgerten sich, dass sie Sean nicht einfach an der Insel hatten vorbeifliegen lassen können, um sich auf ihre große Begegnung mit der gebotenen Achtung vorzubereiten.

# U

„Weißt du, falls wir etwas verloren haben, müsste es uns doch eigentlich gelingen können, dass wir es wiederfinden", sagte Brian zu Daoine, als sie mit einem feuchten, in Salzwasser getränkten Tuch kniend ihr Blut vom Felsen vor dem Höhleneingang schrubbte.

„Das klingt so weit richtig, Patty. Aber auch falls es möglich sein sollte, ist es eben nicht immer so."

„Ja …, leider", seufzte Brian, kniete auf dem harten Stein, rieb das Eiter-Blut-Gemisch in den nassen Lappen und wrang ihn aus, bevor sie ihn wieder in einen Eimer tauchte, um ihn zu befeuchten. Der Eimer, den sie hatte, war auf dem Boot gewesen, mit dem sie das zweite Mal von Norwegen übergesetzt hatte. Und er hatte sich bereits für einige Arbeiten und Erledigungen als sehr hilfreich erwiesen. So auch an jenem Tag beim Säubern des Felsens. „Ja. So ist es leider nicht. Obwohl wir wissen, dass es irgendwo geblieben sein muss, geben wir uns dann nicht die Mühe, es wiederzufinden … oder haben gerade Wichtigeres zu tun. Haustür oder Autoschlüssel würden wir bis zur Erschöpfung suchen … aber beispielsweise einen verlorenen Glauben … hmmm. Besser, man würde erst gar nichts verlieren. Doch dazu sind wir wohl nicht in der Lage. Oder vielleicht noch besser, wir würden alles auf einmal verlieren", meinte sie und ertappte sich bei der Erinnerung, wie sie von der Wölfin in Russland fortgeführt worden war, doch freute sich dann wieder in der Gegenwart, dass sie die Infektion in ihrem Oberkiefer überstanden hatte.

„Ich muss ganz schön geblutet haben. Und jetzt spüre ich gar nichts mehr von dem Schmerz, Daoine. Ich kann dir gar nicht genug dafür danken. Ob ich gekonnt hätte, was du für mich getan hast …? Ich glaube eher nicht, mein Freund."

„Es war nötig. Und wir hatten Angst um dich. Und du machtest Sinn. Was blieb mir also übrig?", meinte Daoine in gespielter Bescheidenheit Brian gegenüber. Wäre jenes Thema mit anderen zur Sprache gekommen, hätte sich Daoine natürlich stolz und detailliert in diesem Betreff in ein vorzügliches Licht zu setzen gewusst, das keinen Zweifel an seiner mutigen Tat und seinem Titanengeist ließ, als er die Zyste in Brians Zahnfleisch skalpierte.

„Vielen, vielen Dank … auch an Sidhe. Sag, wo ist sie eigentlich?", fragte Brian, als sie vom Felsen aufsah, auf dem sie das Blut genügend verdünnt und verrieben hatte, da sie den Stein ohnehin nicht tiefer reinigen konnte. „So. Jetzt ist es gut hier, Daoine. Wo ist Sidhe hin?", fragte Brian dann noch einmal, doch Daoine, die bei Brian geblieben war, konnte es ihr nicht sagen. Dann sah Brian ihr Spiegelbild auf der Wasseroberfläche des Eimers kräuseln, legte den Wischlappen zur Seite und schaute genauer in ihr Gesicht. Noch vorsichtig, weil noch etwas wund, schob sie mit den Fingern die Oberlippe hoch und betrachtete die gut verheilte Wunde, obwohl es ihr schien, als würde sie wahrscheinlich einen ihrer Eckzähne verlieren, da Daoine so kräftig auf den Knochen geschlagen haben musste, dass es sich angefühlt hatte, als wäre ihr von der Dohle der Oberkiefer gespalten worden.

„Die verdammte Eitelkeit …", sagte sie, sah noch einmal in ihr waberndes Gesicht, schaute dann kurz zu Daoine hinüber und fügte mit einem Schmunzeln hinzu, dass es gut geworden sei.

„Ohne einen Eckzahn kannst du immer noch gut beißen", meinte die Dohle.

„Hey, liest du meine Gedanken?", spaßte Brian. „Sicherlich kann ich das noch. Und sicherlich kann ich es besser als du, würde dir eine Schnabelhälfte fehlen. Dann müsste ich dir deine Würmer, Käfer und Körner vorkauen, um sie dir als Brei in den Hals zu stecken", lachte sie, schüttelte sich belustigt und nannte die Nahrung der Dohlen *Ekelzeug*, was Daoine in jenem Moment des Appetits ganz anders sah. „Was auch immer", meinte sie, als sie den Lappen nach getaner Arbeit in den Eimer warf. „Dann fangen wir eben an, uns ein Vermögen als künstliche Kauleiste in den Kiefer implantieren zu lassen … und verzichten halt auf den Bentley. Und danach …? Danach lachen wir nicht mehr aus Freude, sondern zelebrieren unsere Gestik als Kunstform, weil wir darauf bedacht sind, den Bentley unter den Kronen stets und ständig zwischen unseren Lippen jedem gegenüber heraus-funkeln und blitzen zu lassen. Dafür hat man ihn ja in der Klappe. Auch etwas, was die Menschen verlieren: das herzliche Lachen, obschon nur mit spitzen Stummeln, abgebrochenen Zähnen oder eben mit dem freien Zungenspiel ohne irgendeine plastische Korrektur ... so als Porridge-Lade. Mir würde schon ein Dacia reichen, sollte ich den einen oder anderen Zahn verlieren, solange ich das Lachen nicht verlöre, Daoine. Alles andere ist das Judy-F.-Syndrom. Retorte als Makellosigkeit – oder umgekehrt ... und Kunstproduktionen als Juwelen der beliebigen Reproduzierbar-keit", meinte Brian erwachsen geworden.

*Oder ist sie gealtert?*, überlegte Daoine. Und wie viel Zeit war wirklich vergangen? Seit dem Noteingriff war die Sonne noch nicht untergegangen, aber Brian ging es so gut, als hätte sie Tage geschlafen und sich ausruhen können. Ihr Zustand des Morgens war lebensbedrohlich, und nun hatte sie ihn vollkommen über-standen. Als hätte sich jener Morgen vor Tagen ereignet.

„Also ich würde ja eher einen Maserati aus meinem Mund funkeln lassen, hätte ich die Wahl. Ein Bentley ... nee ... Ein Bentley ist auch nur ein Volkswagen", alberte sie mit ihrem Ein-fall herum, wurde aber ernster, als ihre Gedanken wieder an den Verlust der Dinge anknüpften. „Und dann verlieren sie ihr Lachen und taktieren nur noch trickreich mit ihrer Mimik. Schemen und Schablonen. Und alle strahlen sich an, nicht vor Glück, sondern eigentlich nur noch in Konkurrenz, wer das teuerste Luxusmodell in seiner Speiselade hat. Dabei sollte die Mimik eigentlich eine ehrliche Angelegenheit der Kommunikation sein, und nicht ein Mittel sozialer Ausgrenzungen. Affen zeigen sich die Zähne, um anderen zu beweisen, wie gesund sie sind. Ein Mensch lacht meist, weil er verlegen ist, da er unbewusst weiß, dass er seine Zähne aus den gleichen Instinkten heraus zeigt, wie der Affe. Tiefenpsycho-logie. Pärchen-Bildung und Partnersuche eigentlich. Und dann betrügt er sich mit seiner Moral, da man ja kein Tier sei, pflanzt sich einen kleinen Palast in seine Kiefer und grinst nur noch, bis er irgendwann seine offenherzige Natur und seine individuelle

Kommunikationsgabe verloren hat. Und falls er schließlich eines Nachts gerade um die Ecke seines Lieblingsitalieners biegt und wohl gesättigt einen Faustschlag von jemandem in sein Gesicht bekommt, der nicht verstand, warum seine Partnerin, wie es schien, von einem Permagrinser über Tische hinweg angebaggert worden war, und ihm daraufhin seine handsignierten Keramiken im Rachen zersplittern, tut es ihm nicht um seine Würde leid. Er spürt nicht einmal den Schmerz im Gesicht. Er macht sich nur Sorgen um die Zähne … und ob er sich noch einmal neue leisten kann …", sagte Brian und beendete ihren Gedanken mit einem Kopfschütteln. „Und wo ist Sidhe, Daoine? Wenn ich hier schon doziere, dann doch bitte für euch beide zur gleichen Zeit", machte sie ihren Spaß, und Daoine versprach, sich sofort auf die Suche zu machen, Sidhe zu finden und ihn mitzubringen, während Brian den Eimer mit dem blutgefärbten Wasser nahm, aufstand, die Arme in die Hüfte stützte, sich einmal die Knie rieb und dann in den Westen schaute, bevor sie noch sagte: „Und was wir auch immer verlieren sollten, so wissen wir doch, dass es da ist. Für uns eben nur unerreichbar geworden ist, weil wir uns mit dem Verlust meist zu schnell abfinden. Und das ist der Fehler: Wir finden uns zu schnell damit ab. Dadurch werden die Dinge bedeutungslos", sprach sie vor sich her, nahm den Eimer und machte sich auf den steinigen Pfad hinunter zum Meer, um das Wasser auszuschütten, während sie sich noch einmal an die Lippen fasste und dachte, dass die Dohle eine wundervolle Arbeit an ihr geleistet hatte.

Daoine indessen war von dem hohen Plateau hinabgeflogen, segelte dicht an der Felswand über den Spülsaum des Meeres in den Steinquadern und entdeckte nach kurzem Suchen Sidhe, die zusammen mit Glazial in einer von den Gezeiten ausgespülten Höhle hockte und mit dem Seevogel sprach. Während über dem Nebel auf dem Plateau noch die Sonne mit grellem Tageslicht verwöhnte, war es unter der dicken Nebeldecke immer grau und düster, feucht und unwirklich, beklemmend und unheimlich. Selbst die litoralen Gewöhnlichkeiten bekamen Gestalt und

Antlitz eines Wesens, das dieser Felsen im Nordatlantik nicht war. Und doch vermochte man durch den unnatürlichen Nebel in ihnen zu lesen.

Als Daoine hinabsegelte, waren die Adjutanten Glazials sofort alarmiert, bis Sidhe sie beruhigen konnte, Daoine sicher neben ihnen landete und Sidhe kurz zusammenfasste, was man bisher besprochen hatte.

Die Fulmare wollten gehört haben, dass Coloeen in den Firth of Forth geflogen seien, um auf den Inseln auf die Suliden und Lariden zu warten, die sie nach Nordschottland in die Highlands führen sollten, da der Wächter Alwyyn geladen zu haben schien. Es sollte ein bedeutendes Treffen stattfinden, zu dem die alten Allianzen gerufen wurden, da sich irgendwelche Pforten öffnen sollten, von denen man gehört und erzählt hat, die aber keiner der lebenden Fulmare jemals gesehen hatte. Die Sänger wurden erwartet, so die Kunde, die zu ihnen getragen worden war.

„Wer auf die Inseln geschickt worden ist, weiß Glazial nicht. Aber unsere Namen sollen dort gefallen sein", meinte Sidhe und erzählte auf Fragen von Daoine weiter, woher die Fulmare das wissen wollten. Glazial habe darauf geantwortet, dass das Nordmeer die Geschichten schneller trüge, als der Wind die Wellen triebe. Mehr war er zu erklären nicht bereit. Auf Sidhes Frage, wo Brian sei, sagte Daoine, dass sie zum Meer gegangen schien, um den Eimer Schmutzwassers zu leeren und neues Wasser zu holen.

„Dann ist es gut. Nun möchten die Fulmare von uns wissen, was diese Einladung zu bedeuten hat, Daoine. Und sie wollen wissen, wie sie sich verhalten sollen", schloss Sidhe.

„Ich weiß es nicht. Ich bin so überrascht, wie ihr es seid. Ich hatte ja keine Ahnung. Und wer sollte sich schon noch an uns in der Welt erinnern können? Vielleicht Erzählungen … ja. Aber erinnern? Das glaube ich kaum. Die Zeit liegt zwischen uns und der Welt, meine ich."

Glazial stand nachdenklich und doch sehr aufmerksam und hörte Daoine sprechen, bevor sie sich äußerte.

„Die Zeit hat hier keine Bedeutung mehr, wie es scheint. Genaueres zu sagen ist heute und hier kaum möglich. Denn so schnell sie auch zu gehen vermag, kann sie auch länger verweilen, als wir vermuten."

„So etwas hat Patty in Schottland erlebt. Sie erlebte eine subjektiv lange Zeitspanne mit Alwyyn, während ihrem wartenden Fahrer kaum Zeit vergangen schien, als sie wieder zu ihm zurückkam", erinnerte sich Sidhe wie zum Beleg der Aussage Glazials. „Und so wird es auch hier sein können. Vielleicht ist die Zeit für die Außenwelt kaum vergangen, während wir uns in anderen Jahrhunderten wähnen."

„Könntet ihr das herausfinden?", erkundigte sich Daoine bei den Fulmaren.

„Vielleicht. Doch bis auf Weiteres sind wir hier bei euch und passen nur auf euch und den Menschen auf. Uns stellt sich die problematische Frage nicht, wie sie sich euch zu stellen scheint. Wir sind. Und wir sind unabhängig von jeder Beziehung zu anderen", sagte Glazial. „Ich müsste nirgends hin, wo vielleicht noch jemand auf mich warten könnte. Oder eben auch nicht mehr warten könnte. Die Lariden könnten darüber vielleicht mehr wissen. Aber wir sind uns gegenseitig nicht wichtig genug, um solche Dinge wie *Zeit* bei den seltenen, zufälligen Aufeinandertreffen mit anderen Fulmaren zu diskutieren", meinte sie und dachte an die ausgefochtenen Streite auf der offenen See, die unter Fulmaren herrschten.

„Ich verstehe. Was machen wir, Daoine? Dazu kommt dann noch die offenbare Vision Pattys, die den Kopf des Morus in Holz schnitzte. O weh …! Was machen wir nur? Wir können sie doch nicht allein lassen, falls man auch uns rufen sollte", sagte die bestürzte Dohle.

„So weit ist es nicht. Ich wollte euch nur Bescheid sagen und von euch wissen, was wir tun sollen. Aber das wisst ihr offenbar unter diesen Umständen auch nicht", meinte Glazial. „Übrigens wird morgen ein Sturm kommen, der uns Freude bescheren sollte."

„Der erste Sturm, seitdem wir hier sind. Findet er unter oder über dem Nebel statt? Oder nimmt er gar die ganze Insel in sein Visier?", erkundigte sich Daoine.

„Ich denke, er bringt euch eine neue Zeit mit", meinte Glazial vielsagend. „Gut. Für jetzt ist es gut. Und wir sehen uns heute in der Nacht wieder", meinte sie, nickte ihren Begleitern zum Aufbruch zu, sprang dann von den Steinen, schlug wenige Male mit den Flügeln und segelte tief über die grausilberne Meeresoberfläche davon, bis sie plötzlich gemeinsam hochstiegen und vertikal in den Nebel stießen, um ihn zu durchfliegen.

Die Dohlen blieben allein zurück und schauten sich nach dem Gespräch mit dem Fulmar ratlos an. Sie fragten sich, was für sie zu tun sei. Gleichzeitig wollten sie so schnell wie möglich zurück zu Brian, damit sie keinen Verdacht schöpfen würde. Und so flogen sie zuerst an der steilen Felswand der Insel empor, streiften einige Male den unheimlichen Nebel und flatterten dann schon in das Sonnenlicht, das immer noch auf die moosige Ostseite der Hochfläche schien.

Brian war bereits vom Meer zurückgekommen, hatte einen Eimer Salzwasser geschöpft und goss es gerade in einen von ihr gefertigten Destilliermechanismus. Sie hatte eine große Blechschale genommen, die an der Insel dermaleinst angespült und von Merlin gefunden worden war. Diese stellte sie auf eine heiße Feuerstelle, goss das Salzwasser hinein und stellte über die Schale ein provisorisches Zelt, an dem sich der Wasserdampf in Tropfen absetzte und zu den Seiten hinabrann. Dort dann hatte sie viele Glasbehälter aufgestellt, die das Destillat auffangen sollten. Einige der Gläser waren ihr anfangs zerbrochen, da die Hitze des Feuers zu groß geworden war. Aber mit der Zeit hatte sie Erfahrungen sammeln können, die diesem Ungemach an jenem Tag vorbeugten. Falls sich auch nicht alles Wasser auffangen ließ, so war es doch genug für die nötigsten Bedürfnisse. Und das nötigste all ihrer Bedürfnisse was das Trinken.

„Ich habe Sidhe unten am Meer auf den Steinen gefunden, Patty. Und wir haben eine Stelle mit noch größerem Seegras entdeckt", erfand Daoine zur Erklärung, weshalb sie so lange fort gewesen waren.

„Wirklich? Mal etwas ganz anderes als der Meersalat, Flügeltang und Kombu – wenn er es einmal wäre …", spaßte sie und

sah die beiden Dohlen an, die zu ihr an das Feuer heranschritten.
„Na, über Jodmangel kann ich mich jedenfalls nicht beklagen.
Und fettreduziert ist die Diät auch. Was würde meine Figur hermachen, falls sich die Mode und der Geschmack der Menschen
nicht geändert hätten und man wieder mehr so auf die Barock-
und Rokoko-Schnittchen stünde? Wir könnten jedem *Porto
Muinos* Konkurrenz machen", alberte sie herum, beobachtete
den Destillierungsprozess einerseits und sah andererseits die besorgten Blicke der Dohlen, die sie nun lang genug kannte, um zu
wissen, falls etwas mit ihnen nicht stimmte. Auch musste nicht
erörtert werden, dass die Kümmernisse der Dohlen immer eine
bestimmte Brisanz hatten.

„Ja. Dann auf an die galizische Küste", sagte Daoine wenig
überzeugend und noch weniger begeistert.

„Wieso?", fragte Sidhe erschrocken.

„Ich meine, dort hat man die ökologisch verträgliche Algen-
produktion versucht, von der Patty sprach, falls ich mich nicht
täusche", erwiderte Daoine.

„Genau. Im 21. Jahrhundert. Dass du das weißt. Kompliment, Daoine. Aber wissen wir, in welchem Jahrhundert wir
uns heute befinden? Im 25sten …? 26sten …? Wer weiß schon.
Also, was liegt euch auf dem Herzen? Was hat euch innerlich
so bewegt und aufgewühlt?", fragte Brian trocken und direkt
heraus, zog noch das Zelt zur Wassergewinnung über dem Feuer zurecht und schaute dann die beiden Dohlen ernst an. „Setzen wir uns vor den Eingang, und dann erzählt ihr mir, was
ihr gesehen habt … solange es keine Feen waren", lachte sie,
drehte sich vom Feuer weg und warf noch einen letzten Blick
auf das Zelt, ob sich der Wasserdampf wirklich an seiner Innenseite sammele und in die Glasbehälter hinablaufen könne.
Von der Richtigkeit ihrer Konstruktion überzeugt und gewahr
werdend, dass sich Trinkwasser bildete, lief sie mit den Dohlen
die wenigen Schritte um den Felsen zu dem Eingang zur Höhle, während die Felszacke schon einen kleinen Schatten hinter
sich warf, was ein sicheres Zeichen für einen Nachmittag dieser Niemalszeit war.

Brian setzte sich an den Eingang auf den mit Flechten gepolsterten Felsboden, streckte ihre Beine von sich, drehte sich einmal, um in die Höhle zu schauen, sah die Lichtampeln in dem Raum flackern und Akitas Pelz auf ihrem Lager liegen, drehte sich dann wieder zu den Dohlen, die sich vor sie hingehockt hatten, nahm den von ihr versehentlich zertretenen Stab, dann ihren Flintstein und schaute sich den Knauf ihres Schnitzwerkes an. Nachdem sie ihn mehrfach gedreht hatte und das unterschiedliche Licht und Schattenspiel feststellte, nahm sie ihn fest in die linke Hand – in die rechte nahm sie den scharfen Feuerstein – und besann sich ihrer Gedanken, während sie die Arbeit an dem Holz weiterführte. „Also, was war gewesen? Und was davon wolltet ihr mir offenbaren?", fragte sie, ohne nun von ihrem Werk aufzuschauen, um den Vögeln das Erzählen zu erleichtern, sollte es sich um Gravierendes handeln.

„Patty, irgendetwas wird sich verändern", nahm sich Sidhe ein Herz und sprach unvermittelt frei heraus.

„Alles wird sich verändern … und bis dahin sitzen wir hier", erwiderte Brian ruhig, ohne von ihrer Arbeit aufzusehen.

„Du weißt davon?", fragte Daoine nun neugierig.

„Gar nichts weiß ich. Aber es kann so nicht weitergehen. Ich spüre, dass etwas geschieht. Mit mir. Mit euch. Mit uns und mit allem. Aber das ist auch schon alles", meinte sie in sich ruhend.

„Es ist erstaunlich, wie gelassen du das sagen kannst. Das kann ich nicht verstehen. Noch vor einiger Zeit hätte dich eben diese Aussage umgetrieben, Patty."

„Es hat lange gedauert. Aber das wohl schlimmste Erwachen habe ich hinter mir – in England. Ich habe keine Vorstellung davon, wie mir die Jahre entgleiten konnten. Aber ich bin mir heute sicher, dass es etwas bedeuten wird. Das steht für mich außer Frage. Und bis dahin werde ich schnitzen. Die einzige Angst, die ich heute noch habe, ist, ohne euch zu sein. Alles andere ist mir recht", meinte Brian besonnen und schnitzte weiter an dem Knauf, als hätte sie nicht gesprochen.

Die Dohlen sahen sich an und waren erstaunt. Von Rührung ergriffen, bewunderten sie, wie gefasst und innerlich friedlich

Brian geworden war, solange ihr kein *Fauxpas* widerfuhr, wie beispielsweise der, als sie auf den Steinen ausrutschte und ungeschickt auf die Hüfte fiel.

„Ja, ich bin gefasst. Und gespannt bin ich, was kommen kann", sagte sie. „Ich habe meine Angst vor der Welt verloren. Hier herrschen die Menschen nicht, und ich habe, was ich eine gesetzte Neugierde nennen möchte. Das Einzige, was mir manchmal noch fehlt – und entschuldigt das bitte –, das ist einmal ein richtig guter Sex. Ich kann mir eigentlich gar nicht vorstellen, wie so etwas ist", sagte sie unverblümt. „Und den besten Sex hatte ich in Russland. Als Akita noch bei mir war. Ein Traum … und das im Nirgendwo … aber unerreicht herrlich und befriedigend. Bis heute füllt er mich aus. Ich meine, ich habe euch davon schon einmal erzählt. So gesehen, fehlt es also an nichts … außer vielleicht an Musik zuweilen. Dafür bin ich dann bei den Wellen und höre ihre unterschiedlich betörenden Rhythmen …", meinte sie und schaute weiterhin konzentriert und versunken auf ihre Holzarbeit. „Also: Womit wollt ihr mich überraschen?", fragte sie und bat eine der Dohlen doch bitte nach dem *aqua dest* zu schauen, ob sich das gewünschte Ziel der Wassergewinnung verwirklichte. Daoine hoppelte daraufhin hoch, stolzierte um die Ecke, schaute auf den Wasserdampf, sah die sich füllenden Gläser und schloss aus dem Dampf, dass noch genügend Salzwasser in der Metallwanne wäre. Brian bedankte sich und fragte die Dohlen abermals, was es war, das sie erschrocken hatte.

„Ich habe keine Beziehungsprobleme mehr… außer eben die Dispute mit euch. Wir schlagen uns so durch und haben genug zu essen. Ihr habt es für mich bis zum Erbrechen vorgekostet, damit ich mich nicht vergifte. Und ich bin einfach ruhig geworden. Meine Fantasie heute reicht für einen ganzen Schwarm von euch. Und so vieles ist da noch, was ich mir nicht hätte denken können und das mir dann doch begegnete. Der Merkwürden … unser verquerer Mond … der beschäftigt mich noch. Aber ansonsten kann ich mir das Universum inhaltlich erdenken und relativ frei strukturieren. Was also soll so anders werden, dass es mich erschrecken könnte, ihr beiden?", fragte sie, pustete die feinen Holzspäne von der Schnitzerei und schaute sich ihr Werk wieder und wieder von allen Seiten an. „Hübsch. Findet ihr nicht?! Eine schöne, ästhetisch in sich geschlossene, harmonische Form, meines Erachtens. Mögt ihr sie auch?"

„Nun ja …", hob Daoine an.

„*Nun ja* klingt schon einmal richtig kackig begeistert … 'tschuldigung …", meinte Brian, indem sie Daoine ansah. „Nach all der Fummelei hättest du mir deinen bescheidenen Zuspruch auch etwas anders zum Ausdruck bringen können. Ist ja auch noch nicht fertig, du alter Banause", meinte sie etwas verstimmt.

„Das wollte ich nicht sagen, Patty. Ich wollte nur sagen, dass es uns an einen Vogelkopf erinnert, was du schnitzt", meinte Daoine dann und erwarb Brians Aufmerksamkeit.

„Einen Vogelkopf, findest du? Interessant …", meinte Brian und betrachtete daraufhin ihre Arbeit aufmerksam aus einem anderen Blickwinkel. Das war eine neue Perspektive für sie. „Vielleicht. Vielleicht ja. Wenn ich ihn so drehe, könnte man vielleicht einen Vogelkopf erkennen. Hier die Augen …", meinte sie, indem sie auf ein durchgehendes Loch im oberen Teil der Schnitzerei tippte, dann eine hohe, glatte Stirn erkennen konnte, von der mittig ein spitz zulaufender Schnabel dieses Vogelkopfes an den Hals herabgelegt sein könnte. „Hmm, stimmt. Das könnte ich auch darin sehen. Aber dieser Vogel hätte dann unheimliche Augen, finde ich. Und einen gewaltigen Schnabel. Fast wie ein Pelikan", sagte sie und drehte den oberen Teil des Stockes, betrachtete ihn wieder und meinte dann: „Ja, dieser Vogel würde mir Angst einflößen, falls er mir begegnen sollte. Auf was für Bilder ihr kommen könnt!"

„Es ist so, dass wir vielleicht von einem solchen Vogel schon einmal gehört haben, Patty", meinte Daoine leise und wartete die Reaktion von Brian ab.

„Ach ja? Was habt ihr denn von ihm gehört? Und wann?", fragte sie, ohne den Umfang der Aussage von Daoine zu realisieren, da sie sich noch mit den Perspektiven des Knaufes beschäftigte.

„Er hat eine verblüffende Ähnlichkeit mit Morus", sagte Sidhe ohne komplizierte Umschweife.

„Soso ... mit Morus. Auch aus Holz. Was für ein toller Vogel. Da gab es in unserer Geschichte einmal ein Pferd – ebenfalls ein hölzernes. Von dem erzählt man sich, es habe eine ganze Schlacht in der Antike entschieden", meinte Brian, ohne Sidhe und Daoine richtig zuzuhören.

„Nein. Morus ist nicht aus Holz gewesen. Und er wurde wahrscheinlich von Alwyyn gerufen", sagte Sidhe vorsichtig, indem sie Brian genau beobachte.

„Von Alwyyn? Dem Weißhaupt? Den ich treffen durfte? Am Beinn ...?", fragte Brian, die aus ihrer Betrachtung gerissen und neugierig wurde.

„So ist es", erwiderte Sidhe.

„Na, dann ist dieser Morus in guten Händen, denke ich. Worüber sollten wir uns in dem Fall sorgen, meine ich?"

„Es gibt bei uns nur die Legenden von Morus, die niemand so richtig zu erzählen wusste, weil sie uns auch nicht betrafen. Die gehörten den Zeiten einer Vergangenheit an, die gelöscht worden ist. Jetzt scheint etwas in Bewegung gekommen zu sein, das auch uns mit einbezieht ... also uns als Dohlen, Patty, so sehr wie dich."

„Dann lasse es in Bewegung geraten, damit nicht nur eine harmlose Unwucht in unserem Leben uns begeistert. Lasse Morus dann all unsere möglichen Erwartungen übertreffen. Dann bin ich glücklich. Wisst ihr, als ich aus Schottland abgeflogen bin, um wieder zu euch zu kommen, da habe ich Martin, dem Fahrer auf seine Frage, wohin ich fliegen wollte, geantwortet, dass ich auf einem langen, harten Weg zu den Sternen sei. Also ... lassen wir Morus kommen. Und dann sehen wir weiter, solange wir nur aus unserer gegenwärtigen Mondphase herauskommen", sagte Brian ruhig. „Denn es ist an der Zeit, meine ich, wenn auch ihr Lust dazu habt, dass sich etwas verändert. Denn auf einem Weg zu den Sternen fühle ich mich nicht. Alle Veränderung ist gut, solange es nicht wieder auf endlos lange Märsche durch Russland und die psychogene Einöde geht", spaßte sie weiter und erinnerte sich an ihre Erschöpfung, ihre Besinnungslosigkeit, ihre Schmerzen und an die wunderschöne, stolze Grauwölfin. „Oder …: Falls es mir Akita wiederbringt, dann laufe ich auch freiwillig durch ganz Sibirien."

„Du hast sie sehr gemocht, nicht wahr?"

„Sehr. Aber ich habe es zu spät begriffen. Erst durch euch habe ich sie richtig kennengelernt. Und was würde ich heute dafür geben, wenn ich nur mehr als das Fell von Akita hätte."

„Hmmm … und Merlin?"

„Merlin? Merlin ist mir fremd. Aus irgendeinem Grund bin ich hier, der aber bestimmt nichts mit Merlin oder Magie oder irgendeiner Zauberei zu tun hat. Merlin hätte mir sicherlich viel erzählen können. Aber Bedeutung hat Akita für mich. Sie vermisse ich manchmal sehr. Könnt ihr das verstehen?", fragte Brian, indem sie sich schon wieder über ihre Schnitzerei gebeugt hatte und den Kloß in ihrer Kehle spürte. „Morus heißt also meine Schnitzerei. Und es ist ein Vogelkopf für euch. Soso … Gebt dem Holz einen Namen …", sagte sie noch und rang mit den Tränen, die ihr in die Augen schossen, als sie an Akita dachte. Da die Dohlen Brians innere Trauer bemerkten, ließen sie die Fragen nach Merlin und der Wölfin und widmeten sich der für sie wahrscheinlichen Gegenwart.

„Nicht dem Holz, sondern …"

„… sondern dem *Abbild?*", fragte Brian, ohne von ihrer Arbeit aufzusehen.

„Nein. Auch das nicht. Sonderbar sind nur die Zusammenhänge. Du hier …, und dann schnitzt du mit aller Akribie einen Kopf aus einem Ast, durch den sich Ereignisse für uns von einer ganz anderen Seite zu nähern scheinen."

„Ja, ja … die Wasser tragen weite Kunde und sind weiser, als wir denken", sagte Brian gedankenversunken schnitzend.

„Jedenfalls ist es das, was gerade in Schottland geschieht. Und wahrscheinlich wurde es ausgelöst durch dich", meinte Sidhe.

„Oder durch Merlins Buch …", ergänzte Brian.

„Stimmt. Das hatte ich so noch nicht gesehen. Vielleicht war in seinem Buch etwas, das alles in Bewegung gebracht hat. Daoine, was meinst du?"

„Nichts. Dazu jedenfalls nichts. Irgendetwas ist im Werden. Und wir haben unseren Teil daran. Welchen Teil …? Das werden wir früh genug erfahren", meinte Daoine. „Und ob wir von hier überhaupt fortkommen, wird sich zeigen."

„Wohl wahr, denn das Boot können wir vergessen", sagte Brian. „Und auch wenn ihr fliegen könnt: Mich lasst ihr hier nicht allein", meinte sie weiter. Sie hatte mehrfach den raschen Verfall aller Materie bedauert. Das Wasser der Ozeane hatte das Boot bereits in seine Bestandteile zerlegt, und ein neues zu bauen, war ihr nicht gegeben. Zuweilen war das der einzige Zeitbezug Brians gewesen, da binnen nur weniger Tage das Boot verrottete und zerfallen war, was ihr anfangs komisch vorkam, was sie schließlich aber akzeptieren konnte.

Als der Tag langsam verstrich, die drei noch zusammensaßen, während Brian zweimal zum Meer hinabgelaufen war, um neues Wasser in die Destillationspfanne zu gießen, nahm auch ihre Schnitzarbeit Formen an. Und wie von einem Gedanken infiziert, betrachtete sie nun den geschwungenen – sie würde sogar gesagt haben – *jugendstilartigen* Holzkörper zunehmend als Vogelkopf, der seinen Schnabel elegant und ergeben an die ästhetische Flucht der Holzmaserung anlegte. Die konisch verengten Öffnungen, die beidseitig miteinander verbunden waren, könnten durchaus mit wenig Fantasie als Augen angesehen werden, die jemanden fixieren könnten, würde sie der ungewünschten Suggestion der Dohlen folgen. Brian pustete wieder den feinen Holzstaub und die gröberen Späne von ihrem Werk und bearbeitete den Knauf mit ihrem messerartigen Schnitzstein weiter. Und der Nebel lag unter ihnen über dem Meer so ruhig, wie er es immer tat. Die Brandungswellen raunten noch nicht einmal zu ihnen auf das Felsplateau, so dicht lag er und schluckte die Geräusche. Still war es auf der Insel. Nur der Wind vermochte selten in den Gräsern und an den Felsen akustische Harmonien zu entwickeln, bevor er die einzigen Geräusche mit sich davontrug.

„Morgen werde ich wieder schwimmen gehen", sagte Brian, ohne von ihrer Arbeit aufzusehen. „Und heute Abend kümmert ihr euch um mein *Laver Bread* … ha, mein schwarzes Brot aus dem Meer. Ihr hattet doch eine neue Stelle gefunden, an der ihr Gras und Algen gesehen haben wollt, oder?"

„Das machen wir. *Porphyra* haben wir. Und die Stelle war wirklich nicht schlecht", bekräftigte Daoine, die nicht sagte, dass Sidhe sich mit den Fulmaren getroffen hatte.

„Eigentlich meinte ich, die Insel unzählige Male abgelaufen zu haben, aber …"

„Stimmt. Du bist nur gelaufen. Wir aber haben die Flügel", erfand Sidhe aus der Not heraus, um nicht sagen zu müssen, was sie heimlich von den Fulmaren mit scheinbar immenser Bedeutung erfahren hatte. Und Brian schaute auf, sah Sidhe prüfend an, legte ihren Kopf schief, schmunzelte und meinte daraufhin nur doppelsinnig:

„Was wird es dann geben? Grün- oder Braunalgen, meine Lieben?" Verschmitzt ergänzte sie: „Und wenn ihr euch nicht bald auf den Weg macht, werde ich wohl kein Meeresbrot mehr bekommen, da es für euch zu dunkel wird … und meine stolzen Dohlen sich vor dem Nebel fürchten." Die Dohlen hatten verstanden, dass Brian mit sich einen Augenblick allein sein wollte, hüpften hoch, sagten noch, dass sie gleich zurück seien, und flogen über die Insel, um sich auf der Ostseite wieder den Felsen hinabzustürzen und *Porphyra umbilicalis* zu suchen.

Brian legte ihre Arbeit aus den Händen, als die Dohlen fortgeflogen waren, stand auf und streckte sich, setzte sich dann wieder und lehnte sich an die noch warme Felswand, zog die Beine an ihren Körper, warf die strähnigen Haare zurück und erhob sich schließlich erneut. Im Westen sah sie den hellen Streifen einer Sonne über einem unklaren, diesigen Horizont eines immerwährenden Nebels. Und sie sah die Finsternis aus dem Osten aufsteigen. Sie sah in einen wunderschönen, dunklen Sternenhimmel, der ihr so fremd geworden war, und genoss dennoch jeden ihr verbliebenen Augenblick. Sie schaute in ihre zerschundenen, ungepflegten, schuppigen Hände. Sie sah die zerbrochenen, schmutzigen Fingernägel, die raue, rissige Haut, die ihr heller zu werden schien. Sie betrachtete die Innenflächen ihrer Hände, die scheinbar glatter wurden, und versteckte ihre Hände dann in ihren Hosentaschen. Wieder sah sie in den noch hellen Westen, und wann immer sie es tat, streifte der Blick von ihrem Standort aus Merlins Wasserbassin. Die Steinschale. Eine Schale mit dem angeblichen Zauber eines weissagenden Gesichtes, das Merlin auf die Wege gebracht haben sollte, die er sich allein weder zu denken wagte, noch zu beschreiten getraut hätte. So ließe es sich gut argumentieren und erklären, dass man ein Schicksal und eine Weisung erfülle. So ließe sich immer ein guter Teil der Verantwortung auf das *Gesicht* abwälzen, während man selbst nur Weisungen erfülle und Instrument einer *Vorhersehung* sei. Eines übernatürlichen Wesens. Eines vielleicht *göttlichen Gebotes*.

Für Brian war all das nicht gemacht. Es fehlte ihr das instinktiv religiöse Moment, und sie hatte einmal den Dohlen gesagt, dass das größte Glück eine gute Gesundheit und ein miserables Gedächtnis seien. Ein etwaiges *Gesicht* jedenfalls hatte sie niemals überkommen. Und sie praktizierte auch nicht mit der Hingabe eines Alchemisten altertümliche Rezepturen, die von Merlin aufgezeichnet schienen und nicht verbrannt waren. Sie hatte kein Interesse an irgendetwas auf dieser Insel, bis auf ihre Treue zu den Dohlen. Sie schätzte die Ruhe und empfand manche Gedanken tiefer als in der schrillen Welt der Eitelkeiten. Und die größte Faszination für sie ging von dem Schwimmen im Ozean aus. Sie glaubte, dass sie noch nicht genügend Kraft und Ausdauer besaß, um größere Strecken in dem Meer zu schwimmen. Und sie konnte auch nicht sagen, ob sie lange Strecken schwimmen wollte. Aber der Umstand des Schwimmens an und für sich war ihr wundervoll geworden. Und es war noch ein größeres Wunder für sie, dass sie in dem vermeintlich kalten Wasser des Nordmeeres nicht fror. Sobald sie ihre Hände eintauchte, um sich das Gesicht mit dem Salzwasser zu benetzen, war es bitterkalt, und eine Gänsehaut lief ihr über den Rücken bis in die Kniekehlen. Sowie sie aber den ganzen Körper eintauchte und in ruhigen Zügen zu schwimmen begann, war sie von einer angenehmen Temperatur umgeben, die sie einfach nur wohlwollend empfing und in dem Wasser treiben ließ. Brian hatte auch den vagen Eindruck gehabt, als ob es eine unbegreifliche Strömung gäbe, die sie zuweilen mitnehmen würde, aber nicht davontrieb. Falls sie sich zu weit von der Insel wähnte, konnte sie sich einfach wieder auf den Rückweg machen, ohne gegen irgendeinen Widerstand ankämpfen zu müssen. Das war für sie herrlich gewesen. Und dieses Gefühl konnte sie bis zu dem damaligen Tag den Dohlen nicht vermitteln. Sie hätte es den beiden Vögeln nicht zu beschreiben gewusst.

Seitdem sie schwamm, suchten sie intensive Träume heim. Manche davon waren von solch dominanter Präsenz, dass sie verschwitzt in der Nacht hochschreckte und sich längere Zeit davon überzeugen musste, dass es sich tatsächlich nur um einen Traum gehandelt hatte. Die Dohlen waren ihr in diesen Momenten immer eine große Hilfe. Sie war eines Nachts nach einem ihrer Träume auch schon die ganze Insel abgelaufen, weil sie gemeint hatte, jemand sei heimlich auf dem Felsen gelandet. Dabei hätte sie fast die nächtlichen Gespräche der Dohlen und Fulmare entdecken und belauschen können, was aber dank der beiden Adjutanten Glazials gerade noch verhindert werden konnte. Sie hatten Brian rechtzeitig über die Insel irren gehört. Ihre Träume waren ihr oft gegenständlich geworden, seitdem sie schwamm, und gaben ihr andererseits eine unfassbare Ruhe und sichere Ausgeglichenheit, die sie sich in Watford gewünscht hätte.

Ihr altes Leben in England schien endgültig gewesen und vergangen zu sein. An ihre damalige Wohnung in Watford hatte sie nicht ein einziges Mal gedacht. Nicht an das Physikalische Institut, an dem sie in London studiert hatte. Sie träumte keines ihrer bekannten Bilder. Sie träumte auch nicht von ihr bekannten Personen. Sie träumte Neues in einer ihr unbekannten Welt und träumte aus einer ihr nicht wahr werdenden Zeit heraus. Das Schwimmen jedoch erfüllte sie mit Leidenschaft und Sehnsucht. Der Ozean wurde ihr von Tag zu Tag vertrauter und sollte ihr nur ein guter Freund sein, wie sie es sich zu wünschen begann. Auf seinen Wogen mit einem Boot erschien es ihr früher gefährlich und tückisch. Heute, in ihm schwimmend, wurde er ihr vertraut und erschien Brian fast etwas wie liebevoll zu ihr zu sein. Er hielt sie schwimmend und nahm sie bergend in seine Obhut. So hätte sie es damals gegenwärtig den Dohlen beschrieben.

Und so stand Brian noch, legte ihre Hände in die Wasserschale, aus der Merlin sein Los herausgelesen hatte, rieb sich die Hände in dem Wasser und trocknete sie an der Hose ab, als die beiden Dohlen zurückkamen und eine gute Portion Fingertang gefunden hatten, den sie aus ihren Schnäbeln auf die Steine vor dem Höhleneingang klatschen ließen.

„Ist wohl *Nori*, wenn du mich fragst", sagte Daoine und schaute zu Brian, die an der Schale stand und das Wasser zu befragen schien. „Besorgt es dich, Patty, dass du keine Antworten von dem Gesicht erhältst?", fragte sie einfühlend.

„Was? Ich ...", begann Brian schallend zu lachen. „Ich wäre besorgt, falls ich Antworten auf Fragen bekäme. Bewahre. Antworten, die mir nicht selbst einfallen würden", lachte sie laut. „Nein. Das Ding hier ist etwas für Merlin gewesen. So etwas wie eine Gutes-Gewissens-Chose. Ich will das nicht. Und ich glaube auch nicht daran. Und falls das Wasser blubbern sollte, würde ich sagen: *Komm raus aus dem Wasser, und iss mit uns Laver Bread*, solange es kein Frosch wäre. Den, meine Freunde, würde ich natürlich küssen. Alles andere ist in meinen Augen für mich unadäquater Blödsinn."

„Für Merlin war es das nicht", meinte Sidhe nachdenklich.

„Merlin war ja auch wichtig für eure Geschichten ... wahrscheinlich. Ich weiß es nicht. Ich bin froh, hier zu sein, und sollte es tausend Jahre dauern. Und dann kommen irgendwann Leute mit einem Raumschiff vorbei und sagen: *Ach, da ist ja noch die Patty, die wir vergessen haben. Ist nicht viel los gewesen mit ihr. Wenigstens hat sie uns keinen Ärger gemacht und keinen Krieg angezettelt. Und sie hat sich gut in Form gehalten. Und die beiden Dohlen ... nehmen wir sie mit ...* und schwuppdiwupp sind wir eingesaugt und weg. Jedem Menschen seine Insel hier auf Erden ... und es ist friedlich in dieser Welt. Und das muss mir kein Wasser ins Ohr flüstern. Dafür reicht meine Logik", lachte sie. „Lieber das Raumschiff als ein versehentlich missverständlich faselndes Orakel."

„Toll, mit welchem Humor du Dingen begegnen kannst. Andere würden deinen Humor für respektlos oder ignorant halten", sagte Daoine.

„Bis auf Weiteres halte ich ihn für das einzig Wirkliche. Es ist der einzige Strohhalm meines Verstandes, den ich keinesfalls im Feuer irgendeiner Spekulation brennen lassen werde", sagte sie noch schmunzelnd.

„Das ist gut. Und das kann ich verstehen", meinte Sidhe. „Wie sieht es dann jetzt mit den Algen aus? Abendbrot …?"

„Wenn ich uns so höre …: Ich hätte mir so etwas nicht denken können. Ehrlich nicht. Algen …, und ich esse sie. Ja …, und sie schmecken sogar nicht nur in der Not", meinte Brian und schüttelte ihren Kopf lachend. „Heute einmal gewaschen. Und roh. Zur Abwechselung in Karos anstatt in Streifen geschnitten", ulkte sie weiter und ging die Algen begutachten, die die Dohlen mitgebracht hatten. „Wenn ich mir mit denen hier den Magen verderbe, werde ich euch zwingen, sie auch zu essen. Damit wir uns in diesem Punkt verstehen", meinte sie ernsthaft, und die Dohlen lachten auf ihre Weise, als Brian begann, die Pflanzen roh zu essen. „Ja. Ich schmecke kaum Fett, wenig Kohlenhydrate und viel Wasser. Prächtige Trennkost …", sagte sie, als sie in die Alge biss, und schließlich die Auswahl des Menüs der Dohlen lobte.

Sie alberten noch herum, als auch an jenem Abend die Dunkelheit hereinbrach und der Mond über dem Nebel des Ostens aufstieg. Nicht nur silbern, sondern weiß warf er seinen kühlenden Schein als Licht verschwenderisch und maßlos auf die wattige Decke, die des Nachts Merlins Insel umso unwirklicher erscheinen ließ. Der Magie entsprechend gab es keinen Bezugspunkt, und so saßen die drei weit über den Wolken beschützt auf einer kleinen Scholle unter dem Mond, die ihre Zeit noch nicht gefunden hatte, hatte Brian manchmal gedacht.

Sie holte sich Akitas Fell aus der Höhle und kam wieder heraus zu den Dohlen. Nachdem sie sich das Fell um die hageren Schultern gelegt hatte, setzte sie sich an den Felsen und starrte in das Feuer, das vor dem Höhleneingang loderte.

„Kannst du dich noch an den Traum erinnern, aus dem du erwacht bist, als dich die Entzündung plagte?", fragte Sidhe.

„O ja. Stimmt. Hätte ich fast vergessen – durch den Schmerz. War das ein furchtbarer Morgen. Ja. Doch, ich erinnere mich. Bruchstücke, Sidhe. Wollt ihr ihn wissen?", fragte Brian, die in jenem Moment von ihrer Schnitzerei abgesehen hatte. Sie zog sich die Knie an die Brust, verschränkte die Arme in den Kniekehlen und wippte mit ihrem Körper ein wenig.

„Falls du ihn erzählen möchtest", sagte Daoine.

„Weshalb nicht. Furchtbar daran war eigentlich nur die Inbrunst eines Schwarzafrikaners. Und da war Staub. Staubige Hitze. Unerträglich heiße Trockenheit. Und es waren arabische Afrikaner. Und wieder waren da Schwarze mit Waffen. Und dann weiße Soldaten in zerschossenen Häuserruinen. Salven von Maschinengewehren hörte ich und duckte mich. Staub und Tote und dann die Inbrunst eines Afrikaners, der mit flehender, rauer, krätziger Stimme und rot geäderten Augen sagte, dass Frieden einen langen Weg brauche und dass der Frieden sein Gebet für diese Erde sei. Und er hatte nur Staub auf seiner schwarzen Haut. Bittend tränende Augen in einem hohlen, eingefallenen Gesicht. Güte in seinem ängstlichen Ausdruck und ein Stück Stoff um die Hüften. Dann wieder Schüsse. Und dann er, der sagte, dass das Blutvergießen auf der Erde wachse und das Leben überall härter werde. Und dass man aufwachen solle ... alle zusammen ... und man etwas unternehmen müsse, bevor es zu spät sei. Blutvergießen und Hungersnöte würden wachsen. Und alle Söhne der Erde müssten sich erheben, um das zu verhindern. Und wieder sagte er, indem seine Blicke meine Augen bannten, das Leben würde härter werden und man müsse das Blutvergießen und das Hungern verhindern. Es sei spät in der Nacht und die Sterne glänzten, meinte er, während ich tote, gequälte Körper im Licht des Tages in den Straßen liegen sah. Und er sagte, es sei Nacht und die Sterne würden glänzen und er wache plötzlich auf, so sehr sehne er sich nach Menschlichkeit. Ich war ergriffen. Berührt ... so sehr tief berührt und erschüttert. Und er stand vor mir, mit dem Staub der Dürren in seinen Haaren ...

und auf seiner nackten, stumpfen Haut. Und dann schlug er mit der einen in die andere offene Hand. Hagere Spinnenfinger, die verzweifelt baten. Und er bettelte nur, der Qual ein Ende zu bereiten. Es war grauenvoll und ich so machtlos, weil er von mir nichts weiter wollte, als leben zu dürfen", sagte Brian, und Tränen rannen über ihre Wangen. Und Tränen zog sie in der Nase hoch und wischte die anderen mit der Hand von dem Gesicht. „Ich … ich war niemals in Afrika. Aber dieser Traum war so fürchterlich. Er war lebendig und einfach nur schlimm, wisst ihr. Ohne jeden Grund und unvorbereitet … und dann dieser herzzerreißende Hilferuf nach Leben aus einem elendigen Nirgendwo … und Bluttaten und Schändungen, die ich so nie erlebt hatte, aber in jenem Moment begriff … Und ich glaube, es nimmt mich besonders mit, weil ich damals auch nichts für Akita tun konnte …"

„Das stimmt doch nicht, Patty."

„Ich weiß. Ich weiß. Ich weiß. Eure Haltung und Meinung dazu kenne ich. Trotzdem verfolgt mich manchmal das Gefühl, und es gelingt ihm immer wieder, mich einzuholen. Egal …", und Brian atmete tief ein und schwer wieder aus. „Das war der Traum, aus dem ich erwacht bin, bevor mich Daoine wieder ins Nirwana zurückgeschickt hat …"

„Wieso …?"

„War nur ein Spaß. Ohne dich ginge es mir in jeder Hinsicht richtig schlecht", meinte Brian, rieb sich die Nase, schniefte nochmals und zog sich dann das Fell dichter um die Schultern. Sie schaute in das fahle Mondlicht und sah in die sinnlos versprengten Gestirne und murmelte vor sich her: „Was sind die Menschen nur einsam und verloren, die sich auf einen Gott verlassen. Und wie sehr tun sie mir leid, dass sie auf ihn bauend an ihn glauben. Das ist wahrscheinlich das größte aller Verbrechen, was die Weißen den Schwarzafrikanern angetan haben: Sie haben ihnen ihre Missionare geschickt. Sei es. Wie es ist … Vielleicht ist ja auch dieses Kapitel der Menschheitsgeschichte schon vorüber, wenn wir von unserem Raumschiff hier abgeholt werden. Was meint ihr?"

„Wir kennen Afrika nicht. Aber die Migranten hatten wirklich nicht nur Glanzvolles eines wohl wunderschönen Kontinentes zu berichten. Nein. Wirklich nicht. Und es ist furchtbar, was die großen Industrienationen den Afrikanern antun. Es ist kein Ruhmesblatt der Menschlichkeit, des Erbarmens und der Nächstenliebe. Das ist es ganz sicher nicht", sagte Daoine. „Und mich wundert, wie du solche Träume träumen kannst, Patty."

„Es ist, seitdem ich schwimme. Vorher hatte ich sie auch nicht. Vielleicht hat es etwas mit dem gleitenden Schweben im Wasser zu tun. Vielleicht aber auch, dass das Wasser wirklich irgendwelche Geschichten in sich trägt, die sich an seinen Küsten abspielen. Flaschenpost auf esoterisch ...", schmunzelte Brian. „Ein Bläschen Fukushima und ein Bläschen Mogadischu. Ein anderes Bläschen Haifischflossen und wieder ein anderes von Gravitation. Und ... plopp ... die Patty hat wieder einen Traum, der ihr schlecht bekommt, bis sie sich auf die Suche nach einem neuen Bläschen macht. Nun noch die Blase von dem Felsen eurer Kollegen im Firth of Forth ... und plopp, dann sind wir im nächsten Jahrhundert."

„Du meinst, das Nordmeer hat vielleicht etwas mit deinen Träumen zu tun, Patty?", fragte Sidhe interessiert nach und dachte wieder an die Schnitzerei.

„Was weiß ich schon? Ich habe keine Ahnung, Sidhe."

„Aber es würde einiges erklären können."

„Ja, ja. Ich will mir gar nichts erklären müssen. Lassen wir es einfach auf uns zukommen. Mit meinem Verstand und meiner schulischen Physik, mein Freund, kann ich gerade hier noch die Muscheln aufbrechen ... und ein wenig Wasser destillieren. Zu mehr reicht meine Kenntnis schon nicht mehr aus. Es ist einfach richtig toll gelaufen für mich", ironisierte Brian und machte sich wahrhaft Gedanken über ihren Werdegang.

„Und trotzdem würde es Sinn machen, meine ich", sagte Sidhe, worin Daoine unerwarteterweise zustimmte.

„Na, dann schwimmen wir morgen zusammen, damit ihr die Schaumblasen von euren Kollegen auf ... Wie heißt der Felsen doch gleich?"

„Sie warten offenbar auf Craigleith auf Morus", sagte Daoine.

„... von euren Kollegen auf Craigleith aufschnappt", ulkte Brian vorgeblich, die unbewusst etwas gesagt hatte, was ihren Träumen einen möglichen Sinn geben würde, als die Nacht schon lange über sie hereingebrochen war und sie sich weiter über die gemeinsame Vergangenheit unterhielten, bis Brian müde aufstand, sich das Fell um die Schultern zog, sich bei den Dohlen nochmals für den Tag und die Hilfe bedankte, noch einen Schluck Wasser hinter der Felszacke nahm und die Dohlen sich am Lagerfeuer überließ. Sie steckte einige Zweige in die Glut, sagte, dass man demnächst neues Treibholz sammeln müsse, verabschiedete sich zu einer guten Nacht und ging in die Höhle. Sie wollte am nächsten Morgen bei Kräften sein, falls sie schon wieder schwimmen könnte. Und das war ihr zu einem besonderen Bedürfnis geworden, aus Gründen, die sie an jenem Abend noch nicht kannte, die sich aber kaum länger verbergen lassen wollten. Brian, die Dohlen und die Fulmare sollten eben jene so gravierenden Ursachen für das scheinbar eigensinnige Schwimmen der Menschenfrau mit für allen Beteiligten unterschiedlich tragischen Folgen erfahren müssen.

# VI

Vergeblich hatten die drei Dohlen Makar, Bruce und Wallace auf Morus gewartet und nach ihm Ausschau gehalten. Daran gezweifelt, ob er die Nachricht Alwyyns über das nötige Treffen bekommen habe, hatten sie nicht – doch sie waren sich unsicher, ob er kommen würde. Und Sean, die nervöse Krähe, machte zunehmend ihren Unmut laut, fühlte sich von den Dohlen bevormundet, gemaßregelt und entführt. Wallace hatte einige Male von seiner immensen Autorität Gebrauch machen müssen, die er als Dohle hatte, damit die Krähe ruhiger wurde. Und er hatte einmal sogar fragen müssen, ob die Angst Seans vor ihnen nun ausreichen würde, damit er ruhig bliebe, oder ob sie ihm erst wehtun müssten, damit er Angst bekäme. So hatte die Krähe schon einige Federn lassen müssen, damit sie ruhiger wurde. Und wäre Makar nicht eingeschritten, hätte die Krähe sicherlich noch mehr als nur diese wenigen Federn verloren. Deshalb hielt sie sich seitdem an der sichereren Seite von Makar auf und baute auf deren weiteren Schutz, solange sie sich gehorsam verhielt. Sean war fatalerweise nur zufällig über Craigleith geflogen, wie er immer wieder beteuerte, und würde das, was er bisher an Protest geäußert hatte, gar nicht so radikal meinen. Sie sei eben geschwätzig. Und was sollte daran falsch sein, fragte sie immer wieder. Außerdem habe man nichts auf der Insel der Papageientaucher verloren, wie sie weiterhin fortwährend betonte. Es gäbe nur Ärger – früher oder später –, und dann seien die Dohlen fort, und er, Sean, müsse den Zank allein aushalten, da ihm niemand glauben würde, dass er von Dohlen auf Craigleith arretiert worden wäre.

Kurz erklärte Makar Sean, dass ihnen die Unannehmlichkeiten leidtäten. Auch sei es nicht ihre Absicht, die territorialen Regeln dieser Region zu verletzen, doch würden es die Umstände zwingend erfordern. Mehr war er zur Beruhigung einer redseligen Krähe nicht zu sagen bereit. Und bloß durch diese selbst für Bruce zu weit gehende Aussage erwarb Makar den maßregelnden Blick der beiden anderen Dohlen.

Wallace schritt zu Bruce, der auf einem grauen, verwitterten Felsen im Osten der Insel saß und auf den Bass Rock hinübersehen konnte, um die Ankunft des Morus zu erwarten, die seiner Meinung nach schon überfällig war. In Bruce reifte die Ansicht, dass man etwas unternehmen müsse, und sei es auch nur, dass man auf die Isle of May flöge, um dort die Ankunft von Morus abzuwarten. Schließlich sei man dort einige Kilometer weiter im Osten und würde sie schon sehen, sobald sie von den Weiten des Nordmeeres zum Bass Rock kämen. Oder aber man könne auf den Bass selbst fliegen und sich dort einmal umschauen. Einerseits würde ihre wichtige Mission das gestatten. Andererseits wusste sie nicht, wie man mit ihnen umgehen könnte, würde sie genau in diesem Moment von Morus überrascht werden. Ihm und den Seinen wollte man sicher nicht im Zwist begegnen. Diesen Seevögeln ging ein mächtiger Ruf bei den Dohlen voraus. Es hieß, sie seien unter den Vögeln erbitterte, mächtige Kämpfer, die kein großes Federlesen machen würden. Und sie sollten erhabene Flieger sein, ähnlich dem *Apus apus*, was man trotz aller Verehrung von den Coloeen bestimmt nicht hätte sagen können.

„Also, was machen wir? Fliegen wir und erkunden den Bass? Oder fliegen wir zur Isle of May? Oder … wir könnten auch nur eine kleine Runde um den Bass segeln, um dann am Ufer, seitlich des Golfplatzes, den sich die Menschen eingerichtet haben, abzuwarten", meinte Bruce.

„Wir fliegen. Und wir umrunden den Bass, sage ich. Und falls wir niemanden dort antreffen, holen wir Makar und fliegen auf die Isle of May weiter, um dort auf Morus zu warten. Ich bin die Krähe so leid", antwortete Wallace und meinte weiter, dass man aus Sicherheitsgründen Makar zuerst einmal nur sagen sollte, dass man gleich zurück sei, sodass sich Sean nicht denken könnte, er hätte in ihrer Abwesenheit ein leichtes Spiel mit Makar und könne ihn übertölpeln, während sie einen Erkundungsflug unternähmen.

So getan kam Bruce einen Augenblick später zu Wallace zurück, der bereits in den Osten spähte. Man sah sich kurz an, stolzierte die wenigen Schritte bis an den Rand der Klippe und schwang sich dann in die Luft. Sie stürzten einige Meter in die Tiefe, fingen sich über dem Wasser ab und flogen tief über dem ruhigen Meeresspiegel die wenigen Meilen zum Bass Rock, der an jenem späten Nachmittag im schwindenden Licht der untergehenden Sonne finster erglühte. Strahlend auf ihm nur der weiße Leuchtturm, der von Menschen errichtet worden war und der das rote Licht der kurzen, winterlichen Abenddämmerung zurück an die Küste East Lothians warf.

Als sie der Felsenbastion im Fjord näher kamen, besprachen sie im Flug, dass sie die Insel von beiden Seiten umfliegen wollten, um sich dann auf ihrer Rundkuppe über den zu allen Seiten steil abfallenden Klippen zu treffen. So trennten sie sich und flogen mit großer Freude, denn konstante Seewinde kannten sie aus den schottischen Highlands nicht. Mit diesem Wind ließ es sich anders fliegen und segeln, als mit den unberechenbaren Fall- und Steigwinden in ihren Bergen. So glitten sie in froher Leidenschaft des Fliegens um den düster ehrwürdigen Bass Rock, der als letzte Zinne den Suliden als Blick auf die Menschen reichte. So lag der Felsen seit Angedenken in der Brandung aller Jahreszeiten. Verlassen, dunkel und reglos des Winters. Und so schwieg er auch an jenem Tag. Er sah die respektvollen Dohlen im Wind um sich herumspielen und ruhte in der Ahnung, dass sie sich nicht erdreisten würden, auch nur einen Krallenzeh auf ihn zu setzen, da es Sulidenterrain sei, musste sich dann aber in seinem grauen Alter überraschen lassen, dass seine Vermutung ihn Lügen strafen sollte.

Nachdem die Dohlen viele Male um die Felseninsel herumgeflogen waren, in größter Achtung vor ihrer ihnen bekannten Geschichte und ihren zeitweiligen Gästen und zuerst ängstlich vor einer möglichen Reaktion, flogen sie bald sicherer und kühner um den gewaltigen Quader, da sie niemanden zu sehen vermochten. Folglich trafen sie sich wie abgesprochen über der Kuppe, stiegen dann fliegend höher, stürzten sich wieder fallend nach rechts, trudelten durch die Luft, spreizten ihre Flügel kurz vor dem Boden und fingen sich ausgleitend über der grasbewachsenen Kuppe des Bass Rock ab; sie landeten und standen als erste Dohlen auf Sulidengebiet.

„Prächtig ist es, hier zu fliegen", freute sich Bruce.

„Ich möchte es nicht in einem Sturm erleben, wenn die Gischt die Felsen meißelt und die Brecher den Bass zum Klingen bringen."

„Da wirst du recht haben", meinte Bruce. „Jedenfalls ein herzliches Willkommen ... uns auf einem Neuland."

„Ja. Was aber machen wir jetzt? Warten können wir hier nicht. Nun haben wir herausgefunden, dass die Suliden noch nicht gekommen sind. Gut. Und jetzt?", fragte Wallace, der etwas nervös auf dem Felsen wirkte.

„Ich würde sagen: Wir fliegen zurück und holen Makar. Dann übernachten wir hier gemeinsam und fliegen morgen früh auf die Isle of May. So kann der Schwatzfink auch nach Gullane fliegen, während wir unsere heimliche Mission erfüllen", sagte Bruce und schaute zusammen mit Wallace von der hohen Kuppe des Bass Rock auf das offene Meer hinaus und weiter hinweg in seinen schweigend dunklen Horizont. „Ist das nicht eindrucksvoll?!", sagte die Dohle, als sich plötzlich der Himmel vor beiden verdunkelte, mit einem entsetzlichen Schatten, der für sie von Horizont zu Horizont reichte, wie sie es anschließend anderen beschrieben hatten, und Schwingen eines Giganten für sie, der sie durch nur einen Luftschlag zuerst aus der Betrachtung und dann von den Beinen riss. Es war ein ungeahnter Wind, der sie über einige Meter über den Felsen einfach hinfortfegte, und als sie mit rasendem Puls wieder zu sich kamen, ihre Flügel schlugen und sich sprachlos zurechtgeschüttelt hatten, stand ihnen ein Schrecken in ihren Augen.

Ein gewaltiger Vogel mit Schwimmflossen, Gefieder weiß wie Schnee, schwarzen Flügelenden und einem Schnabel einem Dolch gleich, mit Augen, die man nicht betrügen konnte, da ihnen nichts entging, mit einem Blick, der nicht auf einem ruhte, sondern jeden prüfend durchdrang, war die Klippe, an der die Dohlen gehockt hatten, von unten her emporgestiegen und hatte sich mit einem gewaltigen Schwingenschlag vor sie niederlassen wollen. Diese Flügel waren für die Dohlen so gewaltig und in ihrer Kraft hatten sie eine solche Macht, dass sie die Dohlen einfach fortgeweht hatten, als er zur Landung angesetzt hatte.

„Und weil es eindrucksvoll ist, sollen nur unsere Kinder die Welt nach ihrer Geburt von hier aus sehen", sagte die Stimme des Vogels, der vor ihnen gelandet war und kein Mitleid ob ihres Strauchelns für sie empfand.

Die beiden erschrockenen Dohlen hatten jetzt Sorge, sich in größte Schwierigkeiten gebracht zu haben, da sie sicher nicht zu den Kindern dieses allmächtigen Fliegers gehörten.

„Es tut mir leid", versuchte Bruce zu erklären, als sich der Blick des Suliden auf ihn fokussierte, er langsam mit seinem gewaltigen Schnabel näher zu der Dohle kam und ernst meinte, dass er alles, nur das nicht glauben könne, dass irgendjemandem irgendetwas in diesem Moment leidtäte.

„Blickt noch einmal in die Weite. Dann wisst ihr, dass es nichts gibt, was euch leidtun sollte. Und sei das euer letzter Blick", sprach die Sulide und zog ihren Kopf etwas zurück, watschelte zur Seite und stellte sich zum Erstaunen der Dohlen neben sie. Auch sie richteten ihren Blick in die Weiten eines für Dohlen unermesslichen Raumes. Plötzlich dann zog sie ihren Blick aus der Ferne, drehte ihren angsteinflößenden Kopf wieder zu den Dohlen, die verlegen auf den Boden schauten, da sie dem Blick der Suliden nicht standhalten konnten. Und so ergeben furchtsam schauend, fragte Wallace, ob er der sei, den man Morus nennen würde.

„Morus selbst ... und nicht einer seiner Gesandten?", fragte er voller Bewunderung für die Verkörperung dieser unbestechlichen Kraft in jenem Seevogel vor ihm.

„Ja. Das bin ich. Was überrascht es dich?"

„Das ist uns eine große Ehre", verneigte sich Wallace angesichts des historischen Momentes für ihn.

„Gut. Es ist mir auch eine Ehre", meinte die Sulide knapp. „Aber deshalb sind wir nicht hier."

„Das ist wahr. Ja ..., das ist sehr wahr", stammelte Bruce und dachte an Makar, der mitgekommen war, um die Gespräche mit den Suliden zu führen, der aber nun auf Craigleith wartete, während Bruce und Wallace ihm nur die Flügel schützen sollten, wie Dohlen es nannten, wenn sie in einer gefährlichen Mission auf Reisen waren und jemanden beschützen mussten.

„Wie bist du gekommen? Und wo sind die anderen?", fragte Wallace ohne jedes diplomatische Geschick.

„Ich bin über die Wellen geglitten, damit mich die Menschen nicht sehen, die uns nur allzu gern beobachten. Und ich bin allein gekommen."

„Wieso das? Hast du nicht erfahren …?", erstaunte es Bruce, der etwas an Sicherheit gewann. „O, verzeihe bitte. So wollte ich das nicht ausdrücken."

„Erfahren wollte ich von euch", meinte die Sulide ernst.

„Ja. Natürlich. Wir sind zu dritt gekommen. Und Makar soll mit dir sprechen, während wir nur sein linker und rechter Flügel in dieser Angelegenheit sind. Mich nennen wir Wallace. Und das ist Bruce", meinte er, und die Dohlen verneigten sich vor der Sulide, schlugen mit ihrem Schnabel einmal auf den Felsen und sahen dann in die hypnotischen Augen des Seevogels.

„Das ist herzig und eine freundliche Tradition bei euch", schmunzelte der große Vogel. „Leider kann ich mit keinem Namen aufwarten."

„Wieso das? Du sagtest, du seiest Morus. Oder habe ich das missverstanden?", fragte Bruce irritiert und schaute Wallace an.

„So hatte ich es auch verstanden."

„Ja. Das bin ich", lachte die Sulide tief. „*Morus bassanus*. Das ist meine Art, doch nicht mein Name. Hat man euch das nicht mit auf den Weg gegeben, dass wir bei uns keine Namen haben, Wallace und Bruce?"

„Nein. Wussten wir nicht. Wir sollen nur den ehrenvollen Morus zu unserem Weißhaupt Alwyyn bringen. Das ist, was wir wissen", sagte Bruce verwirrt, und zu Wallace meinte er: „Glaubst du, Makar weiß mehr, als er uns erzählt hatte?"

„Nein. Das glaube ich nicht", verneinte Wallace.

„Gut. Ich bin ein Basstölpel und eine Sulide. Namen jedoch geben wir uns nicht mehr, seit der einen, letzten Schlacht", meinte der Tölpel. Und wenn ihr mir nicht mehr zu sagen wisst, dann lasst uns euren Makar fragen. Wo ist er?"

„Er wartet auf Craigleith."

„Fliegen wir kurz zu ihm hinüber", sagte der Tölpel.

„Das ist schwierig. Wir haben einen Schwatzschwanz aus der Luft geholt, der unsere Mission nicht verraten sollte. Und falls der erfährt, dass wir euretwegen hier sind …“, erklärte Bruce.

„Einen Schwatzschwanz?“, fragte die Sulide nach.

„Ja. Eine Corve. Ein quatschender Quälgeist“, sagte Bruce, und der Tölpel musste lachen.

„Ihr legt euch mit Krähen an? Respekt. Mut scheint ihr zu haben. Und Craigleith ist seit alters her Papageientauchergrund. So viel sollte jeder wissen, der hierher kommt. Aber …, ich verstehe“, meinte der Tölpel und sagte, dass man dann die andere Dohle herbringen solle, während man die Krähe getrost ihrer Wege ziehen lassen könne. Schließlich könne sie jetzt keinen Schaden mehr verursachen, außer eben die Geschichte zu erzählen, dass sie von zwei Dohlen gestellt und ihrer Freiheit beraubt worden wäre. Und welche halbwegs vernünftige Corve würde eine derart blamable Geschichte voller Stolz anderen erzählen wollen?

Sie beratschlagten und einigten sich, dass Bruce und der Basstölpel zurück auf dem Bass Rock bleiben sollten, auf dem sie die Ankunft von Wallace und Makar erwarten wollten. Und so flog Wallace an jenem bedeutenden Abend zu der Nachbarinsel zurück.

„Du hast mir einen großen Schrecken eingejagt“, sagte Bruce kleinlaut, als er mit dem Tölpel allein war.

„Du kennst uns nicht, nicht wahr?! Das tut mir leid. Es stand nicht in meiner Absicht“, erwiderte der Tölpel freundlich.

„Du bist so groß. Und du bist so ganz anders, als wir es sind“, sagte Bruce und bewunderte den starken, makellosen Vogel, der neben ihm hockte.

„Danke. Von euch hatte ich bisher auch nur gehört. Und natürlich erzählt man sich noch von euren Weißhaupten. Alle Achtung vor dem, was ihr euch traut. Niemand hier aus der Gegend hätte es gewagt, diesen Felsen zu betreten. Schon gar nicht in dieser Jahreszeit. Man weiß, dass einige von uns immer schon ein wenig früher kommen, um nach dem Rechten zu sehen, bevor die anderen hinterherkommen“, sagte die Sulide.

„Weißt du, wir wussten uns nicht zu helfen. Wir warten hier schon ein paar Tage auf euch."

„Und das mit einer naiv sabbelnden Krähe", lachte der Tölpel. „Ihr seid mir ein paar Gesellen. Aber …: Ich zolle euch meinen Respekt. Ihr wisst, was ihr wollt, und ihr verfolgt euer Ziel. Das ist gut – auch wenn es anderen nicht schmeckt."

„Und warum bist du allein gekommen, wenn ich fragen darf?"

„Wir haben uns schon ein paar Mal von euren Weißhaupten verrückt machen lassen, wenn ich das einmal so sagen darf. Und damit ist diesmal Schluss. Wir können nicht einfach so kommen, nur weil ihr das so wollt", meinte der Tölpel ernst.

„O, das habe ich nicht gewusst", sagte Sidhe verlegen, die die Verärgerung in des Tölpels Stimme hörte. „Haben unsere Weiß-haupte euch in der Vergangenheit nicht genug Ehrerbietung ge-zeigt? Liegt es daran? Ja …, manchmal sind sie schon komisch und wirr und undurchsichtig …", räumte Sidhe ein, um dem Tölpel ein wenig nach seinem Schnabel zu reden.

„Was redest du? Ihr musstet uns keine Ehre erbieten", lachte die Sulide. „Wir haben nichts mit Ehre zu schaffen. Wir leben draußen. Wir leben in den Stürmen und sind freier denn alles, was dir bekannt ist. Wir lieben den Wind, das Meer und die Luft. Uns ehren …? Wofür?"

„Für eure Vorfahren. Die Ahnen. Die Geschichte, weißt du …"

„Ach was. Unfug. Ich weiß darüber nichts mehr. Und das wenige, was wir uns noch erzählen, ist nicht ehrenhaft. Eine einzige Schlappe soll es gewesen sein. Ein Desaster für uns und alle, die wir einmal zusammen gekämpft haben. Und es hat viele Hundert Jahre gedauert, bis wir uns wieder erholt hatten und heute wieder eine so fröhliche Gemeinde sein können. Das erzählen wir uns. Und was gewesen war, soll uns nicht wieder passieren. Ansonsten reden wir über die Geschichte nicht. Wir wollen das nicht. Wir sind mit uns heute zufrieden, Bruce."

„Und deshalb habt ihr keine Namen mehr, obwohl wir einen von euch als Morus kennen … und ihn mit großen Würden ver-sehen haben?"

„Stimmt genau. Morus war damals einer der wenigen, die überlebten, soweit ich weiß. Und seitdem er die Namen der Toten den Überlebenden aufgezählt hatte, tragen wir keine Namen mehr. So weiß ich es. Aber das ist nun schon Tausende von Jahren her. Und du weißt, wie das mit der Geschichte ist, kleine Dohle. Je mehr Zeit vergeht, desto mehr wird von anderen Seiten dazugedichtet. Von daher verzichten wir ganz und gar darauf und finden unsere Welt einfach herrlich, wie sie ist, ohne groß für andere in Erscheinung zu treten. Außer eben hier. Einmal im Jahr. Wenn wir zur Brut kommen."

„Ich weiß, wie das mit der Geschichte ist …, o ja. Und trotzdem bist du gekommen. Und dafür danke ich dir dann umso mehr. Vielleicht wird dir Makar mehr erzählen können", meinte Bruce bescheiden und verstand, was die Sulide zum Ausdruck brachte, bevor sie gemeinsam schwiegen und mit der einziehenden Dunkelheit auf Wallace und Makar warteten, während ihnen bereits der milde Abendwind in den Federn spielte.

Als noch der letzte Tagesstreifen über North Berwick lag, der Law sich noch über die scheinbar neugierig gedrängten Häuser an der Küstenlinie gegen den schwarzen Horizont abzeichnete, flatterten zwei verschwindend kleine Schatten über den Firth of Forth von Craigleith zum Bass Rock. In der Nähe des Leuchtturmes auf der Insel flogen sie die steilen Felsen empor, und Wallace ruderte fast mit seinen Flügeln gegen den Wind, um nicht über die Insel hinausgetragen zu werden.

„Pass auf, Makar. Lasse dich fallen. Wir müssen an die Ostspitze", rief Wallace, da er von den beiden der weitaus bessere Flieger war. „Da unten! Siehst du?", bedeutete er einen imaginären Punkt weit unterhalb von ihnen.

„Ich mache ja schon", rief Makar, den der Wind besorgte, der ihn von dem scheinbar richtigen Landeplatz abtrieb. Und dann zog er mutig die Flügel an den Körper und ließ sich einfach aus der Luft fallen, wie Wallace es ihm geraten hatte. Makar hatte die Kraft der Böen um den Bass Rock falsch eingeschätzt, kam in der Luft etwas ins Trudeln, verlor die innere Flugbalance und schlug auf dem Felsen mehr auf, als dass man von einer Landung hätte sprechen können, bevor sich Wallace neben ihm elegant aus der Luft mit stehenden Flügeln herabsenkte.

„Das war nicht nur schwierig. Sondern es war auch noch dunkel. Ich konnte die Höhe nicht richtig einschätzen", schaffte sich Makar eine Entschuldigung für sein schlechtes Flugvermögen, als Wallace neben ihm gelandet war.

„Ist schon gut", meinte er großzügig. „Es wird ja keiner erfahren. Wir müssen dort hinüber, meine ich", und er deutete auf den finsteren Felsvorsprung, von dem er losgeflogen war, bevor er Bruce hörte, der sie gegen den Wind bereits zu sich und dem Basstölpel rief.

Nervös schüttelte sich Makar das Gefieder und war in großer Vorfreude, da er niemals zuvor eine Sulide hatte treffen können. Wallace hatte ihm auf dem Flug kurz erklärt, wie es sich mit dem Namen Morus verhielt, sodass Makar bereits wusste, dass er auf eine namenlose Sulide treffen würde, der er die Dinge kurz erklären sollte. Dinge, die keine Kürze kannten. Dafür war er mitgekommen. Und hatten sie geglaubt, sie würden als Heeresspitze vor einem himmelverdunkelnden Schwarm von Tölpeln in die geheimnisvoll schweigende Bergwelt von Nordschottland zurückfliegen, so sah er sich schnell ernüchtert einem einzigen, einer Dohle wenigstens Anstand gebietenden Tölpel gegenüber, dem er sich als Makar, der Gesandte des Alwyyn, vorstellte und aus Höflichkeit sowie aus Tradition mit dem Schnabel auf den Felsen klopfte, nachdem sie über die dunklen Steine zu Bruce mehr getorkelt als geschritten waren.

„… falls du gestattest, dass ich auf dein Land mit meinem Schnabel schlage", sagte Makar zum Schluss.

„Ja, ja. Mache du nur. Also ihr seid nun drei. Und hier sind wir zu viert", sagte der Tölpel. „Falls wir nun nicht noch jemanden erwarten, dann sage du nun, was zu sagen ist."

„Nun ja …, wir dachten, ihr kämet zahlreicher", gestand Makar etwas verunsichert von der direkten Art des Tölpels.

„Wir hätten fünf sein können, falls ihr noch die gekidnappte Corve mitgebracht hättet", meinte der Tölpel trocken und bewusst sarkastisch.

„Die haben wir fliegen lassen", brachte Wallace als sinnlose Bemerkung mit ein.

„Hmmm … alsdann. Alwyyn, unser aller Weißhaupt, erwartet uns an einem nur mir bekannten Ort, um euch – also jetzt dann nur dich – zu offenbaren, was uns bevorstehen wird", eröffnete Makar stolz.

„Wie bitte? Ist das dein Ernst? Und dafür bin ich hierhergekommen? … *was uns bevorstehen wird …?!* Morgen wird sich ein kleiner Bengel ein Pfund Sterling da drüben im Seabird Center abholen, weil er durch sein Fernglas den ersten Basstölpel der Saison gesehen hat. Das wird passieren … und nichts anderes steht uns bevor. Ansonsten kann uns euer Alwyyn – mit allem Respekt – nicht unsere Zukunft vorhersagen, da er selbst nicht in der Lage ist, zu uns hinauszukommen … auf die See … Und glaubt einer von euch, unsere Lebensart mit uns teilen zu wollen?", ärgerte sich der Tölpel maßlos. „Solchen Quatsch haben wir uns schon gedacht. Und dann sprecht mir noch von den alten Allianzen und so etwas …"

„Darum geht es, mein ehrenwerter Morus. Und nur darum geht es", meinte Makar etwas durcheinander ob der Stimmung und der Richtung, die die Unterhaltung zu nehmen schien. Auf die geäußerte Haltung der Sulide war er nicht vorbereitet.

„Verdammt. Immer wieder der gleiche Blödsinn. Das hatte ich schon deinem Kollegen erzählt: *Wir geben auf die Geschichte nichts und gar nichts.* Sie ist vergangen und vergessen. Wir haben unseren Frieden gemacht und unser Glück gefunden. Wovon also redet ihr? Wollt ihr Brände stiften? Dann habt ihr uns nicht auf eurer Seite."

„Ich kann es dir nicht sagen", erwiderte Makar strikt.

„Dann lass dir sagen, und sage es deinem Alwyyn: *Die Suliden sind für eure Geschichte nicht mehr zu haben.* Lasse die Alten ihre alten Geschichten zu Ende bringen, falls sie meinen, sie seien miteinander noch nicht fertig und müssten sich noch etwas heimzahlen. Entlasse uns aber in unserer besseren Geschichte …, und noch eine hellere Zukunft wird beginnen, in der die Vergangenheit endlich ruht. Falls die Jungen die Alten immer wieder rächen, gibt es keinen Frieden und kein Leben. Es gäbe keine Entwicklung. So weise sollte euer Alwyyn sein und euch nicht auf diese blödsinnige Werbekampagne für eine verlorene Sache schicken. Wir haben unseren Frieden mit den Menschen gemacht. Heute beobachten sie uns. Und sie freuen sich, wenn wir einmal im Jahr vorbeikommen, was früher anders gewesen war. Aber das war vor Tausenden von Jahren. Also, ich bitte euch. Falls euer Weißhaupt ein solch weiser, weitsichtiger Hüter der Tore sein soll, dann sollte er wissen, was ich euch eben sagte", meinte der Basstölpel und schüttelte nur verärgert den Kopf.

„Wir wären nicht hier, wäre es nicht wichtig", meinte Makar eindringlich und konnte nicht fassen, dass man auf einen solchen Widerstand bei den Suliden treffen würde.

„Schon klar. Das ist es immer. Für euch tut es mir wirklich leid, auf eine solch aussichtslose Mission geschickt worden zu sein. Öffnet eure Augen …"

„Ich dürfte dir noch nicht einmal erzählen, dass sich die *Alten Pforten* öffnen werden. Doch so hat es mir Alwyyn gesagt", fügte Makar an, der sich von der Sulide herausgefordert fühlte.

„Gut, dass du das sagst. Dann werden wir etwas weiter auf die See hinausfliegen müssen, damit uns niemand da draußen in unserer Freiheit mit irgendeinem Schwachsinn behelligen kann. Für diese Information, mein kleiner Freund, hat es sich jetzt doch gelohnt, das wir uns hier getroffen haben", meinte der Tölpel ernst.

„Ich glaube, ihr könnt euch dem nicht entziehen", sprach Makar jetzt auch ernster. „Wer kommen wird, soll einer derer sein, die ihr früher als *Lichtfresser* bezeichnet habt. Wir nennen sie die *Sänger*, die *Reisenden* oder die *Ungestaltigen*", hörte der Basstölpel und war einen Augenblick überrascht. Er schwieg, wog seinen Kopf und schob seinen dolchartigen Schnabel dicht an den Kopf der Dohle heran, die ängstlich einen Schritt zurückwich.

„Keine Angst, kleiner Freund. Keine Angst. Ich wollte in deine unerschrockenen Augen sehen", meinte der Tölpel. „Soso. Also ein Lichtfresser …", meinte er und dachte nach. „Wohin soll uns das führen, meinst du, Makar?"

„Das weiß ich nicht. Und so wenig, wie ich dich kenne, weiß ich, was geschehen kann. Nur so viel weiß ich: Es wird etwas geschehen", meinte Makar aufrichtig und überzeugend.

Der Tölpel zog seinen Kopf zurück und schwieg. Die Lichtfresser waren seit Tausenden von Jahren nicht mehr auf der Erde gewesen, meinte er. Jedenfalls wussten die Suliden nichts davon, dass sie zwischenzeitlich gekommen wären. Und eine solche Nachricht hätte sich nicht verheimlichen lassen können. Der Tölpel überlegte und fragte die Dohle klug, ob sie gesagt haben würde, weshalb die Ungestaltigen kommen würden.

„Nein. Das kann ich nicht sagen, weil ich es nicht weiß. Und ich vermag nicht zu sagen, woher Alwyyn es weiß, dass sie kommen. Nur so viel: An der Ankündigung, dass sie kommen werden, besteht für uns kein Zweifel. Denn falls wir für dich auch nur Coloeen sind, so sind wir unter unseresgleichen durchaus angesehen und geachtete Dohlen", meinte Makar schließlich stolz.

„Nichts anderes hätte ich erwartet, falls sich Dohlen mit Tölpeln treffen, denn auch ich bin nicht irgendein aus dem Nest gefallenes Ei, das versehentlich von einer Robbe, weil nicht als Ei zerquetscht, ausgebrütet wurde", sagte der Tölpel gedankenversunken, und Wallace musste über den trockenen Humor der Sulide in jener Nacht lachen. „Lasst mich überlegen …", sagte der Tölpel, „… und wartet ab", meinte er, bevor er sich auf seine schwimmflossigen Füße erhob, ein paar Schritte watschelte, seine enormen Flügel ausbreitete, einmal in den Wind schlug und geisthaft lautlos in der Dunkelheit verschwunden war.

„Was? Was war das?", fragte Makar. „Ist er fortgeflogen?", und die Dohle konnte nicht fassen, was geschehen war, als sich die orangefarbenen Straßenlaternen am Südufer des Firth of Forth im schwarzen Wasser des Meeres widerzuspiegeln begannen.

# VII

Brian hatte traumlos und ohne Schmerzen die Nacht verschlafen, fühlte sich am nächsten Morgen ausgezeichnet, wenn auch noch etwas unsicher auf ihren Beinen, doch insgesamt kühn genug, selbst jenem Tag auf jener Insel des Nordmeeres eines seiner offenbar kleinen, scheinbar begrenzt möglichen Abenteuer abzuringen. Während der abnehmende Sichelmond untergehend seinen letzten, fahlen Schimmer in den Nebel warf, stieg bereits im Osten das vorsichtige Tageslicht einer aquarellfarbenen Morgendämmerung über den tuffigen Teppich, das den flauschigen Nebel an jenem Morgen in ein bemerkenswert intensives Rosa tränkte, wie Brian es morgens noch nicht gesehen hatte. Ein milder, fast trockenwarmer Wind strich ihr die Haare aus dem Gesicht, als sie vor die Höhle trat und die Dohlen auch an diesem Tag schlaftrunken und zufrieden begrüßte. Die Dohlen erwiderten ihre guten Wünsche für den Morgen und flüchteten mit den Blicken in den gleichen Tagesanbruch, der für sie in seiner Farbe sonderbar erschien.

„Guten Morgen, ihr beiden", sagte sie mit dem Wolfspelz über den Schultern, nackten Beinen und durchlöcherter Unterwäsche, was sie auf jener Insel nicht weiter zu interessieren oder zu stören schien. Und die Dohlen erwiderten ihr einen solchen Gruß für einen neuen Tag. „Ist das nicht herrlich?! Die Freude, teil an einem solchen Sonnenaufgang zu haben, hätte ich mir früher nicht vorstellen können. Und heute …? Heute kann ich mir kaum noch vorstellen, wie ich damals lebte", meinte sie und fühlte sich großartiger denn je.

Und über dem steten Nebel sah sie in der Höhe Möwen kreisen.

„Passt einmal gut auf. Sowie sich die Möwen in der Luft drehen, werden ihre weißen Flügelfedern durch die Sonne von unten angeleuchtet … Jetzt! Schaut hin!", sagte sie begeistert und zeigte auf einen jener Vögel, der sich in der Höhe über dem Nebel vor dem Himmelszelt zur Seite neigte, herabstürzte, sich bis dicht über den Nebel fallen ließ und in der Luft wieder abfing. Für wenige Augenblicke brachte die Spiegelung des Lichtes die Unterseite des Gefieders rosarot zum Leuchten, bevor die dunklen Deckfedern der Flügel wieder zu sehen waren. „Konntet ihr das sehen, was ich meine? Wunderschön, nicht wahr? Und sind es nicht eindrucksvolle Vögel?!", meinte sie fasziniert in ihrer Betrachtung, sodass sie nicht merkte, wie verdutzt sich die Dohlen ob ihrer Schwärmerei anschauten.

„Soso. Und was sind wir für dich?", fragte Sidhe etwas gekränkt, jedoch mehr neugierig. „Vielleicht nur das Federvieh einer merkwürdigen Patty Brian, die sich neuerdings mehr für die Fremdlinge zu interessieren scheint."

„Schaut doch nur, wie sie fliegen können", himmelte Brian die Möwen an und hatte Sidhe nur beiläufig gehört, dem Kommentar aber keine ernste Bedeutung zugemessen. „Ihr segelnder Tanz in dem Wind … unbeschreiblich schön …"

„Na, dann solltest du sie einmal ihre Dummheiten kreischen hören", sagte nun Daoine, die schon etwas mehr persönlich betroffen reagierte.

„So gesehen …", schmunzelte Brian und wendete ihren Blick aus dem räumlichen Nichts den Dohlen zu, „… solltest du einmal meinen Unsinn hören, den ich gerne von mir geben würde, wenn ich nur so fliegen könnte", meinte sie voller Bewunderung für diese erfahrenen Seevögel. Auch auf den Shetlands hatte es diese Möwen gegeben. Früher allerdings waren sie ihr nicht aufgefallen. Wahrscheinlich hatte es an der Zeit gelegen, dachte Brian. Auf den Shetlands hatte es immer irgendetwas zu tun gegeben. Hier aber gönnte sie sich den Moment der Betrachtung, in dem etwas geschah, und nahm sich weniger wichtig als in ihrer Jugend auf den Shetlands. „Und bevor ihr fragen solltet – was ihr ohnehin wahrscheinlich schon wisst: Nein, ich hatte heute keine Träume. Ich bin einfach eingeschlafen, geküsst von Schwärze in eurer Obhut, und fühle mich im Augenblick wunschlos glücklich", meinte sie und dachte etwas weiter. „Wie weit ist es eigentlich mit dem Apfelbaum? Ich hatte gestern weder nachgesehen, noch hatte ich euch gefragt, ob er nicht endlich eine Blüte treiben würde. Denn versprochen habt ihr mir eben diese eine Blüte. Und an diesem Versprechen werde ich euch messen, meine Freunde. Falls ich herausfinden sollte, dass ich durch eure Ankündigung einer möglichen Blüte bloß von euch hierhergelockt worden bin ... Jungs, dann bekommt ihr ein Problem mit mir. Dann erbarme sich wer auch immer eurer ...", machte Brian einen Spaß. „Findet ihr nicht, dass es sehr warm ist?", fragte sie, als der Wind mit einer sanften Bö das Felsplateau streichelte.

„Und ob es warm ist, Patty. Ganz ungewöhnlich."

„Nun sage bloß nicht noch *für diese Jahreszeit*. Dann würde ich dich fragen müssen, woher oder von wem du etwas über die Zeit erfahren haben willst, die mir entglitten ist, Sidhe", alberte Brian mit den Dohlen weiter.

„Nein. Immer noch keine Blüte. Noch nicht einmal eine einzige Knospe, Patty", sagte Daoine, die sich kurzerhand um den Felsen aufgemacht hatte, um auch an jenem Morgen den Apfelbaum anzuschauen, der, von Merlin gerettet, der angeblich letzte seiner Art von den verschollenen Inseln Avalonis sein sollte. „Außerdem glaube ich, dass wir heute ein sehr schweres Wetter bekommen werden. Deshalb der warme Wind aus dem Südosten."

„Meinst du? Sturm? Gewitter? Und einmal richte Regenschauer? Ein echtes Wetter der verlorenen Welt? Zum ersten Mal, seitdem wir hier sind, Blitz und Donner? Was geschieht dann mit dem Nebel?", fragte sie sich plötzlich und spürte in jenem Moment, wie sie sich instinktiv offenbar durch den Nebel auf der Insel zunehmend beschützt gefühlt hatte, ohne dass sie das zuvor so deutlich ausgesprochen hätte. „Interessant ...", sagte sie zu sich, als sie ihren Gedanken bedachte und ihre Empfindung fühlte.

„Also auf dein Schwimmen würde ich dann heute wenigstens verzichten", empfahl Sidhe.

„Das glaube ich dir aufs Wort. Du solltest überhaupt auf das Schwimmen verzichten. An jedem lieben langen Tag. Denn du bist ja kein schnatternder Erpel eines übel riechenden, umgekippten Parkteiches. Du bist der schwarz gefiederte Ritter einer stolzen Brian I., die mit ihrem mottenfräßigen Slip ihren erhabenen Ritter von eben dieser Dummheit abhält", machte sie sich einen Spaß aus Sidhes Bemerkung.

„Allen Ernstes solltest du vom Schwimmen heute absehen", sagte auch Daoine und schaute Brian prüfend an, da er zu verstehen hoffte, was sie überhaupt dazu gebracht hatte, im Meer schwimmen zu wollen.

„Ihr könnt es euch nicht vorstellen. Es ist ein bisschen wie das Fliegen der Möwen. Ich werde von etwas getragen und verliere die körperliche Schwere. Du gleitest einfach dahin, Daoine. Was euch im Flug gewöhnlich erscheint, ist für mich als Frau in diesem Wasser erstaunlich wundervoll", sagte sie mit einer unerfüllten Sehnsucht.

„Wie kannst du nur die kalten Temperaturen ertragen, Patty?", fragte Sidhe wissbegierig.

„Ich weiß es nicht. Ich spüre sie wohl, sowie ich in das Wasser gehe. Dann aber verändert sich alles. Sonderbar ist es – aber befreiend schön. Für Momente lasse ich alles los. Es entzieht sich mir die Sorge. Für Augenblicke bin ich eins eines Ganzen", versuchte sie verträumt umständlich ihren komplexen Zustand im Nordmeer zu beschreiben und schaute abwesend in den Sonnenaufgang, der jetzt seine gleißenden Strahlen über den Nebel warf, die sich warm auf die Haut Brians legten. *Und wohin sind nur meine Sommersprossen? Können sich Pigmente so sehr ändern?*, dachte sie für sich.

Brians Haut hatte sich verändert. Sie wurde in der Sonne nicht mehr brünett, worauf sie in den Sommern ihrer Jugend stolz gewesen war. *Sommersprossen und immer etwas brauner als die englischen Krebse*, hatte sie in jenen Jahren über andere gespottet. Gegenwärtig hatte sie sich mehrfach darüber Gedanken gemacht, was mit ihrer Haut geschah. Sie war darüber nicht besorgt, da ihre Haut glatt war und sich ebenmäßig straff über ihren schlanken, ausgezehrten, doch zähen und fraulichen Körper spannte, der weniger weiblich als zu ihren britischen Zeiten anmutete, sie dafür aber schlanker und stolzer als Mensch erscheinen ließ denn als bloß attraktive Frau.

„Nein. Lasst mich heute etwas schwimmen. Schließlich trägt mich das Wasser. Und sollte ein Unwetter kommen, so merke ich es rechtzeitig an den Wellen auf der See. Unter dem Nebel ist eine ganz andere Welt als hier oben auf dem Plateau. Es ist immer Zwielicht. Nebulöse Grauheit. Es scheint kalt und eisig. Und doch ist es das nicht. Vielleicht liegt in dem Meer die wahre Herausforderung dieser Insel. Vielleicht ist dieser Felsen nur ein sicherer Hort, während ich die See verstehen muss, um Sinn in unserem Dasein zu erlernen. Und außerdem passt ihr ja gut auf mich auf, meine kleinen *porte-bonheurs*", meinte Brian und neckte die Dohlen abermals. Sie öffnete die Augen, die sie zuvor geschlossen hatte, als die Sonnestrahlen auf ihr Gesicht gefallen waren, drehte sich zu den Dohlen, die hinter ihr standen, trat dann einige Schritte weiter auf das Plateau hinaus und stellte sich neben das steinerne Wasserbassin. Mit beiden Händen schöpfte sie Wasser aus ihm, das sie trank und sich mit den noch nassen Händen leidenschaftlich über das fahle Gesicht strich. Dann streifte sie die lockigen Haare nach hinten, drehte sich einen provisorischen Knoten in sie und beugte sich tiefer mit dem Kopf über das Bassin, um den Vorgang zu wiederholen.

Die Dohlen schauten sich nur stumm an. Sie beobachteten Brian und ihr Tun. Der Wolfspelz war ihr von den Schultern gerutscht und auf den Boden geglitten. Brian stand in ihrer zerlöcherten Unterwäsche auf Merlins Insel und trank aus dem Steinbecken Wasser, das ihm noch die magischen Bilder seiner vergangenen Aufgaben auf Erden gezeichnet hatte. Das Wesen dieser Hemisphäre war verloren – und verschwunden sein Orakel, dachte Sidhe.

„Es ist so schön und friedvoll hier", murmelte Brian und genoss den Augenblick in dem gleißenden Licht des Morgens mit dem verführerisch mediterranen Wind auf der Haut. „Wo ist nur die Welt geblieben?", fragte sie, ohne sich darauf eine Antwort zu wünschen. Noch wünschte sie sich eine Stimme, die ihr ,hier bin ich' zurufen könnte. „Nein, etwas schwimmen werde ich. Das hält mich gesund. Und wenn ich schon keinen Kerl kriege, so habe ich wenigstens das Nordmeer hier", lachte sie laut, streckte die Arme in die Höhe, gähnte, drehte sich um und hob das Wolfsfell, das ihr von den Schultern gefallen war, von dem Felsen auf. „Und unter dem Pelz von Akita vergesse ich sowieso meine Körperlichkeit. So sehr erfüllt es mich", sagte sie, als sie das Fell aufhob. Zärtlich streichelte sie mit der Hand das Haar des Pelzes und spürte träumend die Wölfin, die sie zu Lebzeiten nicht verstanden hatte. In diesen Gedanken hatte sie sich manche Nacht gequält und die Bilder der Ereignisse in Finnland auf dem Staudamm immerfort verdrängen wollen, bis sie sich ihnen eines Tages gestellt hatte, um sie in einer tränenreichen Nacht gemeinsam mit den Dohlen zu verarbeiten. Seitdem war dieser Pelz ihr ganzer, tragbarer Stolz. Brian hatte auch nicht aufgehört zu fragen, wer der freien Grauwölfin Akita damals das Fell vom toten Körper gezogen und so meisterhaft zusammengenäht hatte. Doch diese Frage wollte sie den Dohlen nicht stellen, da sie Angst vor einer weiteren, unglaublichen Geschichte als Antwort hatte, die vielleicht ihre Leidensfähigkeit auf die Probe gestellt hätte. Was sie als Mensch erlitt, was ihr als neuer Lebenswandel begegnete, stand trotz aller Faszination für sie auf einem anderen Blatt. Und obwohl auf einem anderen Blatt, war es trotzdem für sie geschrieben, was sie wusste.

Sie schaute zu den Dohlen und fragte, ob noch etwas Tang auf dem Plateau sei. Oder ob man sich später darum kümmern sollte, sowie sie von ihrem Bad in der See zurückkommen würde.

„Du willst jetzt schon an das Meer gehen?", fragte Daoine sehr überrascht, die noch gehofft hatte, man könne sie vielleicht davon überzeugen, an jenem Tag nicht schwimmen zu gehen.

„Ja. Ihr sagtet doch, dass ein Sturm kommen soll, oder?! Das würde auch den warmen Wind heute erklären. Also gehe ich lieber gleich, bevor ich nicht mehr gehen könnte", meinte sie wie selbstverständlich, und die Dohlen ärgerten sich, dass sie von dem anziehenden Unwetter gesprochen hatten. „Und ihr passt mir gut auf Haus und Hof auf …", sagte sie, während ihr Blick auf die Schnitzerei fiel, die an dem Höhleneingang stand. „… und auf mein Kunstwerk: unseren Morus", meinte sie, indem sie zu dem Stock ging, ihn in die Hände nahm, ihre Finger über das weiche Holz gleiten ließ und den Knauf im Licht drehte, während sie leiser sagte, dass sie noch etwas an ihm feilen müsse, damit er so eben werden würde, wie sie es sich denke und wünsche. Und ihn betrachtend sagte sie zu den Dohlen, dass man wahrhaft im Tageslicht einen Vogelkopf in dem geschnitzten Knauf erkennen könne, falls man über genügend Fantasie verfüge. Daran würde es ihr angeblich nicht mangeln, wie sie sich von Sidhe und Daoine attestieren ließ. „Also, falls keine weiteren Einwände erhoben werden, melde ich mich für das nächste Vierteljahrhundert ab", spaßte Brian und warf den Dohlen einen freundlich verschmitzten Blick zu.

Sie hob ihre Hand zum soldatischen Gruß an die Stirn, drehte sich um, ließ das Fell von den Schultern gleiten und ging. Bevor sie noch den steinigen Pfad hinunter zum Meer betrat, drehte sie sich nochmals zu den Vögeln um und rief ihnen zu:

„Bis gleich. Ich werde nicht so weit hinausschwimmen. Also keine Sorge." Und damit verschwand sie den Dohlen aus dem Blick. Etwas verwundert über den so anders vermuteten Morgen blieben sie zurück, nahmen Kenntnis von seinem unerwarteten Verlauf und ahnten nicht im Mindesten, wie sehr sich alles wandeln sollte. Und selbst falls sie es hätten ahnen können: Einfluss darauf zu nehmen war ihnen nicht gegeben.

„Wir müssen Glazial informieren, Daoine, damit er auf Patty unter dem Nebel achtgeben kann. Ich vermute, er glaubt nicht, dass Patty heute schon in das Wasser gehen will", bedachte Sidhe.

„Gut. Dann fliege ich und lasse es ihn wissen", bestätigte Daoine die Sorge Sidhes und machte sich unversehens auf, um die Fulmare, die Brian stets für Möwen hielt, um ihre Obacht über die Menschenfrau zu bitten. Allein Sidhe blieb auf der Insel zurück.

Die Dohle machte sich ihre Gedanken und war über die Entwicklungen nicht glücklich, von denen sie an dem Vortag durch den Fulmar erfahren hatte. Natürlich musste etwas geschehen. So viel war allen bewusst, gleichwohl niemand darüber sprechen wollte, weil keiner der scheinbar Zeitlosen eine Vorstellung davon hatte, was das für jeden Einzelnen bedeuten würde. Und was es sei, das geschehen sollte, konnte niemand im Entferntesten vorhersagen. So wogen sie sich scheinbar gelassen in der Annahme, man sei wohl auf irgendeine Art noch in der Welt, denn man war auf Merlins Insel gekommen und hatte auch Brian zuerst gehen und schließlich wiederkommen sehen. Nur welche Streiche die Zeit ihnen spielen würde, verstanden sie nicht. Die so häufig angesprochene Anderswelt konnte dies nicht sein. Die Legenden schnitten sich nicht mit ihrer Wirklichkeit. Auch Elfen gab es keine. Weder jene, die ihnen vielleicht hätten helfen können, noch die Unholde, die sie zum Gegenstand ihrer verwerflichen Teufeleien gemacht hätten. Es gab nichts. Außer die Seevögel und eine mystische Insel, die ihren magischen Charakter für sie von Tag zu Tag mehr verlor. Nichts von den Ahnungen hatte sich bestätigt oder ließ sich in ihrer Wirklichkeit ausmachen.

Und wie Sidhe noch in Gedanken versunken war und sich gerade auf den Weg zum Apfelbaum machen wollte, unter dem er gerne hockte, da das Holz des Stammes für ihn ein unvergleichlich weises Alter verströmte, kam Daoine schon wieder zurückgeflogen, hüpfte zu Sidhe heran und meinte nur, dass er Glazial nicht getroffen habe. Dafür aber habe er mit einem anderen Fulmar gesprochen, der sich um die ihm bekannte Angelegenheit unter dem Nebel mit der Frau kümmern wollte. Glazial selbst soll angeblich gerufen worden sein, um von den Lariden und Suliden zu Umständen befragt zu werden, die den Vögeln zu Ohren gekommen seien. So viel habe er erfahren können. Jedenfalls wolle man auf Brian in der See aufpassen, habe man ihm versprochen.

„Meinst du, diese *Umstände* beziehen sich auf die Nachrichten, die wir durch Glazial bisher bekommen haben?", fragte Sidhe nachdrücklich, die von ihrem Vorhaben abgesehen hatte, den Apfelbaum zu besuchen.

„Ich denke schon. Ja. Ich sehe eine unbestimmte Unruhe auf uns zu kommen, Sidhe. Und hoffentlich treibt Alwyyn keinen Schabernack. Ich glaube, den bekämen wir anschließend hier von den Seevögeln heimgezahlt. Ich habe das Gefühl, dass plötzlich eine Art großer Unsicherheit herrscht. Und niemand weiß, wieso das so ist und woher sie kommt."

„Weshalb sollte unser Namen gefallen sein, wie Glazial uns gesagt hat? Wer sollte uns noch erwähnen können? Und wer sollte an uns überhaupt interessiert sein?"

„Irgendetwas geht mit Patty vor. Irgendetwas wird in die Welt getragen worden sein, denke ich."

„Falls dem so sei, können wir ihr ohnehin nicht folgen. So hätte auch das nichts mit uns zu tun, Daoine. Dann hätten wir unsere Aufgabe erfüllt und werden sehen, welche Zeit was für uns noch übrighat."

„Ob wir dann zurück in die schottischen Highlands können?"

„Das wäre wunderbar. Denn ihre Begeisterung für die Insel Merlins teile ich nicht. Und falls dem so sei, dann könnten wir auch den anderen von der Wirklichkeit einer bemerkenswert langweiligen Anderszeit berichten. Vielleicht hilft uns das einmal weiter."

„Hmmm. Auch das. Ich bin gespannt, was das für eine Zusammenkunft ist, von denen die Fulmare gesprochen haben. Vielleicht hat sie auch gar nichts mit uns zu tun", meinten die Dohlen und besprachen mehr, als sich der Morgen in seiner unwirklich nordischen Schönheit vollendete und die Dohlen ihre sorgenvollen Gedanken verfolgten.

Am steinigen Ufer der Insel hatte sich Brian längst ihrer Unterwäsche entledigt. Zuerst war sie nur mit den Zehen das Wasser und seine Temperatur prüfend dem Meer näher gekommen. Es war ein metallisch grau glänzendes Azetat, das unter dem Nebel als Meeresoberfläche wellend in weichen Wassern an den feuchten, scharfkantigen Felsen leckte, ausatmete, sich leicht zurückzog, neue Luft holte und wieder an den Ufern ausatmete. Es war, als schliffe die Majestät den groben Stein, wohl wissend, wer der Mächtigere sei. Und Brian kitzelte diesen Atem jener Hoheit mit ihren Zehenspitzen. In Kontakt mit dem kalten Wasser lief ihr eine Gänsehaut über den nackten Rücken. Ihr Körper zitterte einen Augenblick sanft, als sie kurz ihre Arme vor der entblößten Brust verschränkte, im Rhythmus des Meeres zu atmen begann, die Augen schloss und Wellen hörte, dann ihren Mut zusammennahm und mit kräftigen Schritten in das Wasser lief, um sich schließlich in den Ozean fallen zu lassen. Den Bruchteil eines Augenblickes später war ihr warm, als schütze sie die Majestät mit einem unsichtbaren Zauber vor der eigenen Kälte und behüte sie gegen die widerspenstige Macht eines möglichen Grollens alter, zorniger Geister. Und sie hörte wieder den Atem der Wellen über die dunklen Steine der Insel als Gischt spritzen, sah noch das marode Boot dicht neben der Stelle, an der sie vor vielleicht Äonen angelandet war, und zog sich dann mit kräftigen Armzügen weiter auf das graue Meer hinaus.

Der berauschende Atem des Salzwassers, das sie einvernehmlich trug, und die Bewegung des Meeres waren fast wie ein Heben und Senken der Brust eines übermächtigen Titanen, auf dem sie gleitend verweilen durfte. Ihre hellere Haut schimmerte silbern in dem Grau der tänzelnden Wellen unter dem Nebel. Mit den Lungen voller Luft und den Adern pochenden Blutes drehte sie sich fröhlich und ließ sich vertrauend treiben. Sie schloss die Augen, schlug nur vorsichtig mit den Beinen, um an der Oberfläche des Wassers zu bleiben, und korrigierte mit leichten Bewegungen der Arme ihre Rückenlage. Auf ihren Lippen schmeckte sie das Salz. Ihre langen Haare wallten um ihren Kopf im Wasser, und sie fühlte sich frei von steinernen Welten. Frei von allen gebrochenen Tugenden. Befreit von Zeit und Sinn. Sie fühlte sich des ängstlichen Menschen in ihr erhaben, und als sie die Augen lächelnd aufschlug, bemerkte sie unter dem Nebel die Möwen, die ihr gefolgt schienen und nun über ihr kreisten, während sie von einem Ozean gewogen wurde.

Was ihr im Wasser geschah, war für sie nicht denkbar gewesen, denn sie empfand es gegen jeden Verstand. Und je mehr es ihr als unmöglich erschien, vermochte sie diese Empfindungen zu genießen. Sie konnte sich selbst nur im unwahrscheinlichen Anblick der über ihr kreisenden Vögel verlieren – und statt vom Wasser aufgetrieben zu werden, segelte sie sehnend angesichts der Seevögel mit ihnen so sehr, wie sie im Ozean schwärmend trieb. Rücklings getragen trieb sie tief einatmend, schloss ihre Augen, leckte ihre spröden Lippen und fühlte Salz auch in der Nase kribbeln. Dann drehte sie sich einen Augenblick später wieder im Wasser, fand zurück aus dem Fluss der Empfindungen in ihren verbliebenen Körper und war mit der Welt, in welcher Zeit sie auch sein mochte, versöhnt. Diese Welt hatte ihr so vieles abverlangt, dass sie diesen Moment umso mehr genießen konnte.

Und halb benommen von der Erhabenheit des Augenblickes, halb bewusst ihrer wahrscheinlichen Umgebung, vertraute sie auch dieses Mal dem Nordmeer, wieder an ihre Insel gelangen zu können, gleich wie weit sie sich hätte treiben lassen, als sie ein Aufblitzen winziger Lichtpunkte unter sich in der grauschwarzen Tiefe des flüssigen Transparentes sah, in dem sie schwamm. Eines Moores Irrlichter hätten es sein können. Glühwürmchen der Maienbirken, so sahen die Lichtreflexe im Wasser aus. Und wie sie noch dachte und ihren Kopf unter die Wasseroberfläche tauchte, um das genauer zu sehen, was als faszinierend aufblitzendes Lichterspiel unter ihr zu sehen war, kam es ihr in den Sinn, dass es möglicherweise auch Quallen oder fluoreszierendes Plankton sein könnten. Zum Luftholen hob sie den Kopf aus dem Wasser und brauchte nicht mehr nach den Möwen zu schauen, die jetzt tiefer kreisend über ihr bedrohlich riefen, während wenige auch schon in dem Wasser dicht neben ihr gelandet waren. Kaum noch war da ein plötzlicher Gedanke an die Dohlen, und es geschah Brian an jenem Tag nicht Vorstellbares.

Sie spürte etwas an ihren Zehen kribbeln, als zupfe etwas und versuche sie. Zum ersten Mal befiel sie Angst. Angst, da sie eine ungewünschte Berührung an den Gliedern ihres Körpers spürte. Dann nahm sie noch wahr, dass die laut schreienden Möwen von oben herab näher kamen und tief über ihrem Kopf hinwegsegelten. Einige von ihnen stießen dicht neben ihr in das Wasser, tauchten ein und flogen schnell wieder hoch. Brian verstand die Warnung der Fulmare nicht, und ihr Verstand ließ sich von einer Panik ergreifen, ohne dass sie sich noch bewusst hätte wehren können.

Dann packte sie etwas mit aller Macht an den Hüften, hob sie kurz aus dem Wasser, sodass Brian in Todesangst schrie, und riss sie Sekunden später umso mächtiger in die Tiefe der See. Sie hörte noch die aufgeregten und verzweifelten Möwen, und als wollte sie nach ihnen in letzter Rettung greifen, schnappten auch ihre Schnäbel vergeblich nach ihr in die Luft. Und mit einer noch gewaltigeren Wucht wurde sie von etwas gegriffen, festgehalten und unabänderlich in die eisige Tiefe des Ozeans gezogen.

In panischer Hysterie stemmte sie sich sinnlos gegen eine unsichtbare Kraft, die sie an der schmalen Hüfte umschlossen hatte und in das Wasser herabzog. Wie besessen ruderte sie mit ihren Armen, ertrank noch scheinbar lebend, sah die Luftblasen wie in einem Sog von ihr gerissen in die Höhe sprudeln und raste in die schwarze Tiefe, während das noch spärliche Licht an der flackernden Meeresoberfläche über ihr die hilflosen Schatten der wilden Möwen zeigte, die vergeblich in das Wasser stürzten, um ihr wohl zu Hilfe zu kommen, wie sie erst dann – und dann bereits zu spät – verstand. Noch mit letztem Leben in ihrem Körper, wie sie meinte, schimmerte ein Aufflimmern unter ihr, als sie die letzte Luft aus ihren Lungen entließ und sie sich diesem Kampf geschlagen gab. Sie sah das vorsichtige Glitzern eines Bandes wohl auf dem Meeresboden in größter Dunkelheit, spürte kaum noch die sie zwingende Macht um ihren Körper geschlungen und wollte ihr Bewusstsein verlieren, das sich der gewaltigen Tiefe und der Allmacht des Wassers verschrieb, um ihrem selbstbestimmten Leben ein Ende zu setzen.

Jedoch das Bewusstsein blieb. Und fließende Lichteindrücke entstanden um sie herum, die für sie zu sehen waren und die sich wie ein windender Schlauch in noch größere Tiefe zu richten schienen. In großer Geschwindigkeit wurde sie tiefer gerissen, nun begleitet von einem silbergoldenen Funkeln wohl schwebend glitzernder Lichter. Das Atmen schien ihr unnötig, weil es ein fremdes Leben in ihrem Körper gab, das ihrer Erfahrung widersprach. Und getragen von dem funkelnden Staub, zog sie ein Strom fort in die gähnende Schwarzheit jenseits allen Verstandes.

Brian gab jede Gegenwehr auf. Treidelnd wurde sie fortgerissen und war von diesem Lichterband gefesselt wie gebannt. Ihre anfängliche Panik war der Todesgewissheit gewichen, und in ihr Schicksal ergeben, ließ sie geschehen, was sie nicht ändern konnte. Sie spürte den Widerstand der Bewegung auf der Brust und sah dann vor sich das Flimmern plötzlich verschwinden, aufgelöst in einem Nichts, als sei eine noch größere, dunklere Blase ein mögliches Ziel in einem lebensfeindlichen Wasser. Jener Lichterstaub wenigstens endete und nahm ihr jegliche visuelle Einschätzung eines vagen Raumes. Und dorthin stürzte sie, als scheinbar jede Bewegung stillstand und sie ihr rasendes Herz noch in der Brust schlagen hörte. Und hatte sie zuvor ein Rauschen der Angst und kreischendes Sausen in den Ohren, war plötzlich vollkommene Stille in einem Nichts um sie herum. Keine stimmigen Geräusche – nur noch das dumpfe Pochen ihres starken Herzens und irgendwoher ein möglicher Atem in ihrer sich senkenden und hebenden Brust. Schwärze, dass sie nicht einmal ihren eigenen, nacktfahlen Körper sehen konnte, den sie zu spüren vermochte. Und das tiefe Schlagen ihres wahrscheinlichen Herzens in der Unfassbarkeit des Geschehenen, verharrend in einer unsicheren Schwerelosigkeit, die plötzlich von irgendwoher graue, strähnende Netzfinger gebar, die sie im endlosen Raum nicht sicher zu sehen meinte. Einzelne, faserige Haare zuerst, die im Raum wie Weben schwebten und sich beliebig umeinander zu breiteren Strängen sponnen, um sich dann langsam miteinander zu vernetzen.

Dann hatte sie für Sekunden die letzten, wahrscheinlich lebendigen Bilder der Möwen vor Augen. Sie sah die beleuchteten Konturen unter ihren segelnden Körpern und dann ihre angstvollen Blicke, als sie in die Tiefe gezogen wurde. Sie sah die in das Wasser schießenden und stürzenden Körper, die sie schon nicht mehr erreichen konnten, als sich die lichtlosen Nebelstränge um sie herum zu verknoten begannen. Und sie sah ein kurzes Aufleuchten an den Kreuzstellen, die sich weiter in dem leeren Raum vor ihr verstrebten. Dort, wo die Schwaden aufeinandertrafen, aufblitzten und sich zu verschlingen begannen, lösten sich die Knoten wieder und schienen zu verdampfen. Hundertfaches Aufleuchten und durch den Raum flutende Weben, die dann wieder zerstoben, als Brian von hinten erfasst wurde.

Ohne körperlich berührt zu werden, wurde sie langsam durch die Finsternis geschoben. Sie konnte sich nicht sehen. Selbst das Aufleuchten der Lichter an den Schwadenknoten, das sie sah, wurde von der Schwärze um sie geschluckt und warf keine Schatten auf ihren Körper. Vorsichtig wurde sie geschoben, was sie durch einen seichten Gegendruck einer ihr unbekannten Materie auf ihrer Brust spürte. Und ohne ein Gefühl für eine scheinbare

Dimension zu haben, sah sie um sich herum die Webnetze gleiten, sich treffen, aufblitzen und in jenem Raum wieder zerstäuben, bis eine Kraft Brian beschleunigte, was sie als wachsenden Druck auf ihrem Brustkorb empfand. Der Raum verlor seine Unstruktur und wurde wieder schwarz wie zuvor. Und da war nichts mehr, was sie sehen konnte, bis auf den Windzug, den sie spürend erleiden musste, da ihr Körper sich wieder fortgerissen fühlte.

Mit aller Kraft hielt sie die Augen offen, um noch zu sehen, was vielleicht zu sehen sei, gleichwohl nichts außer ihrer Fortbewegung war, die sie zu empfinden meinte, aber in kein Verhältnis setzen konnte. Dann spürte sie eine körperwarme, weiche Haut sich um die ihre legen und merkte, wie die Beschleunigung ihres Körpers nachließ und mit jedem Atemzug schwächer wurde, als die geleeartige Haut um sie herum Farben zu bekommen schien. Es war wie komprimierte Luft, und sie dachte noch, eine Schallmauer durchbrechen zu müssen, aber die an Formen gewinnenden Farben blieben vor ihr, als sei sie in flüssiger Luft gefangen, und sie sah wie durch die Wasser eines fallenden Baches plötzlich Gesichter und Sand. Brian betastete das scheinbar fließende Glas, um den Schleier zu zerreißen und genauer sehen zu können, hindurchzutreten und aufzuatmen. Aber was immer es war, das sie spürte, wich ihrer Absicht aus, sodass sie hinter diesem fließenden Vorhang blieb und meinte Kinder auf einem Spielplatz zu erkennen. Da war etwas wie Klettergerüste und tatsächlich Kleinkinder, die sie plötzlich durch den Schleier ansahen. Und einige fielen von Hangelnetzen einer Holzburg herab. Eines schaute sie genau an und rannte dann scheinbar zu einer Frau, die das Kind schützend mit einem Arm in ihren Schoss drückte. Und die andere Hand war mit weit aufgerissenen Augen auf den Mund gepresst. Und da waren andere Frauen – wahrscheinliche Mütter, die sprachlos standen, als würden sie ihren Verstand verlieren wollen, ob dessen, was sie zu sehen vermeinten. Oder sie griffen nach ihren Kindern, die meist weinend vor Angst in den Sand gefallen waren. Dann wurden die Konturen schwächer, die Brian zu erkennen vermochte. Nach den Bildern greifend versuchte sie zu verstehen, als sie wie von einem Gummiseil zurückgezogen wurde und ihre Geschwindigkeit zunahm, als Farben verschwanden und sie sich in einer zunehmend zentrifugalen Kraft spürte, da sie sich nun weniger gezogen oder geschoben als nunmehr nackt durch die Leere geschleudert fühlte, um irgendein unsichtbares Drehmoment, das für sie so wenig wie irgendetwas anderes auszumachen war. Geblieben nur ihr körperliches Bewusstsein, dem sie nicht mehr zu glauben wagte, spürte sie die steigende Unwucht der Rotation im freien Raum, die immer schneller wurde. Sie fühlte Übelkeit, spürte sich den Schleuderungen nicht gewachsen, verdrehte ihre Augen und meinte sich in rasender Geschwindigkeit zu übergeben, bevor sie in Ohnmacht fiel, ihre Vorstellung von der Übermacht eines anderen ergriffen wurde und sie ihr Besitzrecht auf ihren Körper aufgab. Sie verschwamm in jener Tiefe des Erlebten mit der sie folternden Schwarzheit, da ihr das Bewusstsein erlosch.

# LIIII

Makar, Bruce und Wallace war kaum Gelegenheit gegeben, sich über das wenigstens unhöfliche Verhalten von Morus zu wundern, als er schon wieder bei ihnen war, vorsichtiger landete, als beim ersten Mal, gleichwohl die Dohlen sich mit ihren Krallen schon im Moos des Bass Rock fest verankerten, da sie den Schwingenwind des Tölpels fürchteten, der sich für sie als Schatten über der Klippe erhob.

Was der Tölpel getan hatte und wohin er aufgebrochen war, erklärte er den Dohlen nicht – noch hätten sie es zu erraten vermocht. Was er sagte, war knapp und deutlich, und es war nicht mehr, als dass er den Coloeen folgen werde und sich anhören wolle, was Alwyyn ihm zu sagen habe, bevor etwaig schicksalhafte Entscheidungen getroffen werden würden, die er ohnehin nicht allein träfe, da die Basstölpel nicht hierarchisch organisiert seien, sondern jeder frei seines Geistes und seiner Meinung nach entscheiden könne. Er sei jedenfalls bereit, Alwyyn sich erklären zu lassen und würde diese Kunde dann den Suliden vermitteln. Ein jeder würde dann wissen, was er zu tun bereit sei.

Die Dohlen, erstaunt über das Einlenken des Tölpels, waren froh über die bisher insgesamt gelungene Mission, und man verabredete, des nächsten Morgens in die Highlands aufzubrechen, da die Dohlen keine Flugerfahrungen in den nächtlichen Seewinden hatten.

So waren sie in der Dämmerung in den noch dunklen Westen aufgebrochen, dann über Kirkcaldy, den Loch Leven und von dort schließlich über die bereits verschneiten Ausläufer der Highlands höher in den Norden geflogen. Die Sulide konnte sich nicht daran erinnern, dass sie je zuvor so weit in ein Land hineingeflogen sei, und staunte als Großmeister des Seewindes über die veränderten Windverhältnisse über dem Festland. Sie wunderte sich auch über die anderen Flugtechniken, für die die Dohlen vorzüglich mit ihren Flügeln ausgestattet waren, während man ihnen auf See keine Überlebenschance eingeräumt hätte. Hier flogen sie für den Tölpel erstaunlich geschickt und er selbst dementsprechend unerfahren. Vergeblich hatte Morus zu segeln versucht, war dann den Dohlen aber nur hinterhergeflogen. Bruce gab sich auf zurücknehmende Weise Mühe, Morus das Fliegen durch das Beschreiben bestimmter Flügelstellungen leichter zu machen, während die Schwingen der Suliden ganz offenbar nicht für die Flüge über Kontinente geeignet schienen, was man feststellte und es bei der Tatsache beließ. Und sicherlich konnte man einer Suliden das Fliegen nicht erklären, da sie das *Ultimo des Fluges* schlechthin waren, wie Wallace es ausdrückte.

So flogen sie den ganzen Vormittag über verschneite, harsche Gipfel unter ihnen in einen dunklen Winterhorizont des Nordens. Zum ersten Mal sah der Tölpel vereiste Seen unter sich in den Bergen liegen, die sich zwischen den Ufern laubloser Bäume schweigend klamm in die Felsen gebettet hatten. Und er sah Bäume, deren Namen er nicht kannte, während er Hunderte von unterschiedlichen Ausdrücken für die Beschreibung des Farbenspiels der Nordmeerwellen wusste. Er sah Nadelgehölze und einige, strömende Bäche, die trotz scheinbarer Kälte nicht zugefroren waren. Und er war zu stolz, eine der Dohlen nach dem Grund dafür zu fragen. Auch Seen lagen in wenigen unverschneiten Tälern, die kein Eis trugen. Und zum ersten Mal erfuhr er am eigenen Leib, was harter, winterlicher Frost bedeutete.

Gegen Mittag des gleichen Tages erklärte Makar den Mitreisenden, dass es nicht mehr weit sei, und schaute sich nach seinen Fluggesellen um. Er freute sich innerlich, den stolzen Basstölpel etwas sprachlos zu sehen, da es ihn vertrauter machte, als nur in seine stechenden Augen zu schauen, die am Ende seines wehrhaften Dolchschnabels lagen. Und es freute ihn umso mehr, da er unausgesprochen einem mächtigen Morus die unschätzbaren Qualitäten der kleinen Dohlen aufzeigen konnte, die er nicht kennen würde, wäre er niemals mit ihnen über das Hochland Schottlands geflogen.

„Seht ihr? Dort unten? Den kleinen, eisfreien Teich? Auf dem die Schwäne und ein paar Hühner schwimmen?", fragte er sein

Gefolge, und Wallace bestätigte die Aussage von Makar, da ein kleiner See inmitten entlaubter Uferbirken und kräftiger, uralter Kiefern schräg unterhalb vor ihnen in dem felsigen Gelände lag. Flankiert wurde das Tal, das seinen Namen nicht preisgab, von hohen Bergen, die ebenfalls ihre Namen vergessen hatten, um den See mit seinen zeitweiligen Gästen und Besuchern zu schützen. Willkommen waren immer die Singschwäne, die sich gern in der sicheren Geborgenheit des eisfreien Teichwassers aufhielten, und es war ihnen ein stets verlässliches Winterquartier. Außerdem war der See durch seine dicht bewaldeten, unzugänglich moorigen Ufer geschützt. Und durch die umliegend hohen Berggrate war dieses vergessene Tal wenigstens im Winter verhältnismäßig menschensicher.

„Da unten wollen wir hin?", fragte der Basstölpel ungläubig, was Makar ihm schmunzelnd bestätigte. Morus schaute, schätzte die Winde, drehte sich dann geschickt und eindrucksvoll in der Luft und wollte sich einfach in die Tiefe stürzen, wie er es von den Flügen über dem Nordmeer gewohnt war. Und ohne auf den Rat und die Warnung einer schottischen Dohle zu achten, vollzog er sein Kunststück, ohne jedoch der Windstille über dem Binnensee gewahr zu sein, die es ihm unmöglich machen sollte, sich atemstockend tief über dem Wasser in der Luft abzufangen, auszugleiten und elegant in dem süßen Nass zu landen.

Die Dohlen sahen, wie sich der Tölpel seitlich zu seiner Flugrichtung stellte, seinen Flug verlangsamte, sich in die Luft zu schrauben schien und hinabstürzte. Sie sahen, wie er seine Flügel kurz zum Landen spreizte, die auf dem Teich schwimmenden Schwäne in größter Angst ob des heransausenden Himmelkörpers rufend losliefen und aufflogen, als der Basstölpel gerade noch seine spannigen Flügel einziehen und nach hinten stellen konnte, bevor er mit großer Geschwindigkeit in das Wasser schlug.

„O weh!", rief nun auch Wallace, als Bruce bereits in kleinen Spiralen hinabzirkelte und der Tölpel nicht mehr zu sehen war.

„Wozu nur diese Angabe?", fragte er Makar, und beide machten sich schnellstmöglich auf den Weg an eines der Seeufer, um herauszufinden, ob sich die Sulide etwas getan hätte oder gar mit dem

Schnabel in dem Teichgrund stecken geblieben wäre. Als die Dohlen auf dem moorigen Ufer gelandet waren, tauchte Morus aus dem See auf, erschrocken, was er nicht zugab, und während sich die amüsierten Dohlen wundernd ansahen, schwamm der Basstölpel auf dem See zu ihnen heran, die sie sich auf einer uralten, knorrigen Kiefer einen Ast gesucht hatten, um nicht das Schlimmste befürchten zu müssen.

„Ist dir nichts geschehen?", fragte Bruce in wahrhaftiger Sorge.

„Was soll mir schon geschehen!", antwortete die Sulide vorwendig, obwohl sie ihre Flügel, die sie auf dem Rücken zusammengelegt hatte, durch den Sturz schmerzlich spürte. „Euer Wasser hier hat kein Salz. Darum taucht man wohl etwas tiefer ein." So viel war Morus bereit, einzugestehen.

„Ja. Das stimmt. Das hätten wir dir sagen sollen. Tut uns leid", meinte Makar schmunzelnd, während die Teichhühner in großer Aufregung geflohen und die Schwäne laut singend das Tal weiter hinabgeflogen waren.

„Geschenkt", erwiderte der Tölpel und kam zu ihnen herangeschwommen. „Schön habt ihr es hier. Es ist sehr schön anders als bei mir auf dem Meer. So ist das also bei euch auf dem Land", sagte er und schaute sich um, da er nicht wieder auf seine Bruchlandung angesprochen werden wollte, indem er auf das sumpfige Ufer watschelte. „Eure Farben hier sind so anders als bei uns", meinte er, und meinte weiter das gelbbraune, gefallene Laub der kleinen Birken, die so andersartigen Moose und Flechten, als die des Bass Rock und die Rinden der Bäume, die die Suliden nur aus der Ferne kannten. „Es ist gut, dass ich das alles einmal sehe. Aber lasst uns zur Sache kommen, falls ich von euch nicht auch entführt worden bin, wie ihr es mit der Corve gemacht habt", lachte der Tölpel hart, und die Dohlen schmunzelten.

„Nein. Alwyyn wird sicher gleich kommen. Ihm entgeht nichts in diesen Tälern. Er wird uns kommen gesehen haben. Ganz bestimmt", meinte Makar freundlich.

„Von wegen ... *Alwyyn wird gleich kommen* ...", krächzte es vom anderen Ufer über den See hinüber zu ihnen. „Ich musste mich in Sicherheit vor euch bringen, da ich ja nicht wusste, wo

dieser Tölpel einzuschlagen gedachte", rief es, und der Weißhaupt, der so gesprochen hatte, flatterte aus einer uralten Kiefer
auf, segelte über den See in kurzen, kräftigen Flügelzügen zu den
vier Vögeln und landete geschickt mit seinem weißen Haupt neben
der Sulide, die mit dieser Dohle von Beginn an etwas respekt-
voller umging, als mit den drei anderen, die er auf den Inseln getroffen hatte. Und Alwyyn stolzierte einen Moment schweigend
und den Basstölpel begutachtend um ihn herum. „So …, du bist
also ein Morus. Es ist schon lange her, dass ich einen von euch
hier gesehen habe. Soso …", sagte Alwyyn und schritt um die
geduldige Sulide.

„Und du bist demgemäß der Alwyyn, für den wir uns auf
den Weg gemacht haben", meinte der Tölpel ehrerbietend, aber
furchtlos.

„So ist es."

„Wir hätten dich gerne einmal bei uns begrüßt. Aber es heißt,
ihr verlasst die Berge nicht so gern. Und wir finden leider keinen
Fisch in den Felsen. Deshalb wohl sind wir uns noch nicht begegnet", sagte der Tölpel selbstbewusst.

„Das scheint so zu sein, mein Freund", stimmte die weiß-
köpfige Dohle bei, die zu Makar, Wallace und Bruce aufsah,
um sie wegen ihrer gelösten Aufgabe lobend eines Blickes zu
würdigen. „Da ist etwas dran. Und hier sagt man, dass du nicht
der Einzige deiner Art bist. Oder sollten sich Lügen über die
Suliden verbreitet haben?", erwähnte Alwyyn geschickt, der
etwas enttäuscht schien, dass nur ein Basstölpel gekommen war.

„Nein. Das ist wohl so. Aber wie du uns kennen wirst, haben
wir unseren eigenen Kopf. Außerdem steht uns die Brut bevor. Von daher darfst du mich als den besten, weil den einzigen
Botschafter verstehen", meinte der Tölpel und wurde ob der
tragenden Reden etwas ungeduldig. „Dann können wir uns jetzt
in aller Ruhe besprechen und sehen, wohin uns das führt, bitte."

„Hmmm, ja …", sagte Alwyyn, stolzierte noch einmal musternd
um den stolzen Basstölpel, wog sein Haupt und schaute der Suliden
dann direkt in ihre Augen. Das kam für den Basstölpel so unerwartet, dass er für einen Moment vor der Strenge in Alwyyns

Blick erschrak, sich dann aber schnell wieder fasste und den Blick der Dohle erwiderte. „Ja, ja. Gut. Dann werde ich dir einmal die Geschichte erzählen, die du nicht mehr zu kennen scheinst", hob Alwyyn an, doch er wurde von Morus unterbrochen, noch bevor er sprechen konnte.

„Mit allem Respekt, du Weißhaupt. Bitte nicht. Ich sagte schon deinen Gesandten, dass die Geschichten schon lange nicht mehr unsere sind", meinte er entschieden. „Soweit sie uns und Morus betreffen, haben wir sie nicht mehr hören wollen. Schon seit vielen Hunderten von Jahren. Wir haben unseren Frieden, und den bewahren wir uns. Bitte habe dafür Verständnis."

„Das habe ich, mein Freund ..., das habe ich durchaus", sagte Alwyyn nachdenklich. „Und um diesen Frieden geht es in der Zukunft."

„Wenn du so von unserem Frieden sprichst, dann bist du auf Unruhe aus. Und dazu sind wir nicht mehr bereit, Alwyyn – für nichts und niemanden in deiner kryptischen Welt. Wir halten unseren Frieden und lassen uns in nichts hineinziehen", sagte die Sulide entschieden.

„Hmmm ...", schmunzelte Alwyyn vielsagend, was dem Tölpel noch weniger gefiel, als die bisher gemachten Andeutungen der alten Dohle. Morus wollte klare Aussage erhalten. Und ein milder Windzug des Lavendels streifte durch das nordische Tal. Er spielte zuerst in einigen Moorbirkenzweigen, kitzelte dann das sich kichernd kräuselnde Teichwasser, strich auch kurz herüber durch die ruhenden Kiefern und verflüchtige sich an einem der Berghänge. Der Tölpel war erschrocken und duckte sich für einen Moment tief auf den Boden, als wäre etwas auf ihn zu-gekommen, dem er nicht gewachsen sein könnte. Dann aber, als dieser Bruder eines Südwindes als Bö verschwunden war, sah er Alwyyn fragend an. „Hast du einen Schrecken bekommen, mein Freund?", fragte das Weißhaupt und beruhigte die Sulide. „Das musst du nicht", und die drei Dohlen sahen von ihrem Kieferast auf Alwyyn und Morus hinab, der sich verunsichert fühlte.

„Was willst du von uns, Alwyyn?", fragte der Tölpel, dem die gesamte Situation, in die er sich begeben hatte, unheimlich wurde. „Man sagte mir, die sogenannten *Alten Pforte* würden sich öffnen. Und man sagte, man wolle mit uns sprechen", als sich die Wolken über den Graten des Bergkessels verdichteten. „Also sprich. Ohne Geheimniskrämerei. Und falls du mir Angst machen möchtest …: Bitte! Dann begegnen wir uns hier zum ersten und letzten Mal. Hier und heute. Ihr erledigt eure Angelegenheiten … und wir die unseren", meinte Morus entschieden, um der Unterhaltung entweder einen Sinn zu geben oder aber sie abzubrechen. Es war ihm unheimlich geworden in jenem Tal, wie die Windbö in den Zweigen spielte und ihm nur ein kleines Schauspiel zu bieten schien, während derlei Winde in jenen mystischen Tälern sehr gewöhnlich waren, was Morus nicht wusste.

„Alwyyn, sage ihm doch bitte, worum es geht", bat Makar aus der Kiefer heraus und zeigte Verständnis für den Seevogel, indem er Partei für ihn ergriff. Makar spürte, dass es Morus nicht mehr geheuer in den schottischen Highlands erschien, als auch Wallace und Bruce in die Bitte Makars einstimmten. Nicht ganz uneigennützig – da auch sie begierig die Dinge erfahren wollten, die sie nicht wussten und auf eine mögliche Offenbarung Alwyyns hofften, die er ihnen allein gegenüber nicht eröffnen würde. Zuweilen ließ er etwas zu lange mit seinen Verlautbarungen auf sich warten, wie die drei Dohlen meinten, denn auch sie waren mit Alwyyn wenig vertraut, da er ein Weißhaupt und als solches nur wenigen Coloeen bekannt war. Obwohl die Dohlen die namenlosen Orte und oft geheimnisvollen Bewegungen in den Gebirgslandschaften kannten, war dieser Ort wahrhaft anders. Weshalb sie diesen Eindruck hatten, vermochten sie allerdings nicht zu sagen.

„Ich hatte eine Begegnung mit einem Menschen", sagte Alwyyn schließlich und schaute in die Gesichter der Vögel am moorigen Ufer jenes Sees, um den Eindruck seiner Worte in ihren Augen zu prüfen. „Und ihr Junggesellen kommt aus dem Baum. Hockt euch zu dem Tölpel, damit ich nicht immer meinen Hals nach euch verdrehen muss", meinte die alte Dohle zu Wallce, Bruce und Makar, die daraufhin hinuntersegelten und sich neben die Sulide auf den sumpfigen Ufergrund unterhalb der weiß schimmernden, kleinwüchsigen Birken setzten. „Also. Ich hatte Besuch von einer

Menschenfrau, die mir das Buch Merlins brachte. Merlin, den ihr den *Nebelmacher* oder despektierlich den *Nebelschreck* nanntet", meinte Alwyyn und schaute erneut auf Morus, dem auch diese Worte keinen Eindruck zu machen schienen.

„Ich weiß, wen du meinst. Und wir wissen, dass er nicht mehr lebt. Was also willst du sagen?", fragte die Sulide energischer.

„Ich wollte es kurz erwähnen, damit wir daran anknüpfend zum Wesentlichen kommen können."

„Darum bitte ich", sagte Morus, und Alwyyn begann dann endlich zu sprechen, ohne große Umschweife zu machen.

Nicht der Umstand, dass Brian zu ihm gekommen war und ihm Merlins Buch gebracht hatte, war der Anlass seiner Einladung. Auch nicht der Umstand, dass ein Mensch vielleicht in Tir na nOg, in der feenhaften Anderswelt, in möglichen Unsterblichenlanden, vielleicht verschwunden, vielleicht aber auch nur gut versteckt und gut aufgehoben war, sollte Gegenstand seiner Rede sein. Noch war es die Sorge um seine beiden Coloeen Sidhe und Daoine, die, an ihren Auftrag gebunden, seitdem verschollen waren, deren Federn man in Russland gefunden hatte und von dort zum Beinn a Ghlo gebracht hatte. Nein, was besprochen werden musste, reiche tiefer und beträfe alle, die da leben, auf die eine oder andere Art.

„Und ich muss leider etwas ausholen, damit ihr versteht, worum es geht", sagte Alwyyn – und mit einem Augenzwinkern zu dem Basstölpel fügte er hinzu: „Du brauchst dir keine Sorgen zu machen. Die Zeit, die wir hier haben, wird dir nicht genommen werden. Deine Geduld wird sich auszahlen, mein Freund." Und dann erzählte er kurz von den urzeitigen Vorgeschichten, die niemand mehr, entweder verlässlich oder wenigstens verständlich, erzählen konnte. Er sprach davon, dass zuerst die Erde mit ihren Wesen geworden sei, die die vier Elemente beseelten. Und er sprach von einer immerwährenden Dynamik des Lebens, das sich fort und fort entwickele, um Bestand auf dieser Erde zu haben. Dann erzählte er von den *Sängern*, die vor unendlichen Zeiten erschienen seien und versehentlich den Staub aus ihren Kleidern schlugen, der einen anderen Menschen werden ließ.

Einen anderen Menschen als denjenigen, der sich durch die Zeit zwangsläufig aus dem Leben entwickeln sollte. Alwyyn sprach von den *Ältesten*, die Menschen gewesen sein sollen, die jedoch nicht aus der Evolution hervorgegangen seien, sondern ihre irdische Geburt auf die Sänger zurückführten, die sie unbeabsichtigterweise durch ihren Sternenstaub hier auf dieser Erde gebaren. So gab es vor Urzeiten den Menschen, der auf dieser Erde als Mensch geboren wurde, sowie jenen Menschen, der erst gleich dem Affen ihm dann entwuchs. Der eine entstammte nicht dieser Erde, der andere jedoch, ihm äußerlich zwar wohl immer ähnlicher, war artverwandt mit irdischem Leben. Der eine, ein Ältester, als Kind reinsten Sternenstaubes. Der andere, ein Mensch, geboren aus seiner Evolution, dem Ältesten heute äußerlich gleich.

Verwundert schauten sich die Dohlen an, da sie diese Geschichte so berichtet auch noch nicht gehört hatten. Das Generieren der Geschlechter auf Erden. Und der Basstölpel tat das, worum er gebeten wurde: Er hörte noch geduldiger zu, solange es ihm sinnvoll erschien, während in den Höhen der flankierenden Berghänge neuer Schnee fiel, der keinen Anlass sah, sich in den Niederungen des schottischen Tales zu den Vögeln zu begeben, obwohl dieser Schnee den unbekannten Gast Morus sicherlich gern näher betrachtet hätte. Aber dafür hatte dieser Schnee keine Zeit.

Alwyyn erzählte weiter. Er sagte, mit den Menschen unterschiedlicher Herkunft sei lange Zeit alles gut gegangen. Die Erdschollen waren entvölkert, und es gab nur wenige Menschen, sowohl von den Ältesten wie von den Irdischen. Während sich dann die Evolution Platz verschaffte und durch kurze Lebenszyklen mehr irdische Menschen geboren wurden, blieben die Ältesten in ihrer Anzahl konstant. Sie lebten anders. Falls sie aßen, aßen sie anders als die Kurzlebigen, obwohl sie sich äußerlich bald nicht mehr unterschieden, da die Evolution darauf angelegt sei, schwächere Merkmale der kurzlebigen Irdischen auszusondern. Die Ältesten hingegen veränderten sich nicht. Sie wurden von ihren Lebensstiftern, den Sängern, in jeder Generation wenige Male aufgesucht. Auf der anderen Seite wuchsen durch die kürzeren Zyklen des Lebens eine Unzahl von Menschen heran, die jeden noch so kleinen Raum auf dieser Erde in Anspruch zu nehmen meinten, da sie sich maßlos in ihrer Vermehrung ernähren mussten, wie es ihnen ihre Natur gebot. Und so raubten und jagten sie. Sie folgten ihren natürlichen Überlebensinstinkten. Sie mussten essen, was diese Welt für sie bereithielt. Weder Pflanzen noch Tiere schienen sicher vor denjenigen, die schließlich im Laufe der Evolution ihren Anspruch auf Intelligenz entdeckt hatten.

Und es kam, wie es kommen musste, erklärte Alwyyn. Die Unmenge der Kurzlebigen begegnete immer häufiger den Ältesten, ohne ihre Art zu verstehen und anfänglich den Unterschied zu ihnen zu erkennen. Während die Instinkte der Irdischen die Wilderei am Leben und Ausbeutung der natürlichen Quellen hoffähig machten, begannen die Ältesten diese Erde zu schützen, gegebenenfalls auch gegen die irdisch geborenen Menschen. Und sie zogen sich von jenen zurück, besprachen sich mit den *Gesandten*, die auch *Sänger* genannt wurden, mit eben jenen, die durch den Raum schreiten konnten, wie das Weißhaupt sagte, als es von dem Basstölpel in seiner Rede unterbrochen wurde.

„Was heißt das: … *durch den Raum schreiten?*", wollte Morus genau wissen.

„Das ist unerheblich für dich, mein Freund", meinte Alwyyn eindeutig und führte aus, dass sich die Ältesten vieler Methoden bedienten, die nicht auf dieser Erde geboren worden waren. Daher geschah, dass die irdischen Menschen die Ältesten beobachteten, belauschten und ausspionierten, weil es ihren Instinkten der Weiterentwicklung innerhalb einer Evolution entsprach. Sie mussten ihre Wehrhaftigkeit gegen andere verbessern, die sie zu fürchten schienen, weil sie sich vor sich selbst und ihren möglichen Handlungen fürchteten. Andererseits suchte man sich Vorteile für die Nahrungssuche sowie der Natur entsprechenden Fortpflanzungsrituale und Paarungsverhalten.

So kam es, dass die Irdischen eines Tages die *Gesandten* sahen, die ihre Menschen auf der Erde besuchten. Und da sie für die Kurzlebigen aus der bis dahin von ihnen noch nicht einmal wahrgenommenen Luft herauszusteigen schienen, erschraken sie, weil sie es selbst nicht vermochten. Und so kam es dann auch, dass sich die Mär von Lichtgestalten bei den Kurzlebigen verbreitete, die aus dem Himmel kämen, um die Menschen zu besuchen. Während sich die Ältesten mit ihnen trafen, um den Zustand dieser Erde und die Entwicklung der irdischen, kurzlebigen Menschen zu besprechen, waren jene damals auf die Methoden begierig, die es den Lichtgeschöpfen ermöglichten, aus dem Nichts heraus erscheinen zu können. Und eine gnadenlose Jagd nach denen begann auf Erden, die scheinbar einen Kontakt zu den Lichtwesen besaßen. Den Irdischen war es bewusst gewesen, dass schwächere Elemente auszumerzen seien, selbst falls das Schwächste die eigene Art gewesen wäre, sodass das Morden Kurzlebiger untereinander durchaus System hatte und eine akzeptable Praxis gewesen sei.

„Nun aber zur Jagd auf die Ältesten …" Alwyyn führte weiter aus, dass man sich in der irdischen Menschheit die Frage gestellt hatte, wann und wo jene Lichtwesen wieder erscheinen würden, die man gesehen oder von denen man wenigstens doch gehört hatte. Und man überlegte, was man wohl von ihnen erfahren könne, um die eigene Sippe anderen Sippschaften überlegen zu machen. Überlegenheit und Dominanz, meinte Alwyyn, Grobheit, Brutalität und niedere, egoistische Instinkte der irdischen Menschen ließen sie sich argwöhnisch, feindselig und gefährlich gegeneinander verhalten, da die tatsächlichen Unterschiede zu den Ältesten nur noch der Natur bekannt waren, so sehr glichen sie sich äußerlich. Immer dort, wo sich ein Wildtier neben einem Menschen ausruhte, konnte man sicher sein, dass es sich um einen der wenigen Ältesten handele. Und es sollten noch Generationen vergehen, in denen sie verfolgt und gejagt wurden, doch meist unerkannt blieben, da der irdische Mensch seinesgleichen in der irrigen Annahme umbrachte, es seien die Bekannten der Lichtwesen, bis die Gesandten nichts ahnend eines Tages kamen, um sich wieder mit ihren Menschen zu treffen.

An jenem verhängnisvollen Tag wurden sie entdeckt und überrascht. Die Irdischen nahmen sie gefangen. Sowohl die Gesandten wie auch wenige der Ältesten. Und stolz brachte man sie fort. Die Sippe der Häscher wartete fortan auf die Geheimnisse, die man den Gefangenen entlocken wollte, um sie nutz- und gewinnbringend für sich gegen andere einzusetzen. Eine rohe Natur bedarf roherer Methoden – besonders dann, falls sich Intelligenz weiterentwickeln ließe. Und um eine noch viel längere Geschichte zu kürzen, meinte Alwyyn, der nur einen Blick auf Morus werfen musste, um zu verstehen, dass es Zeit war, von dem Allgemeinen auf das Konkrete zu kommen, „… da die Ältesten diese Erde mit all ihrem Leben vor den irdischen Menschen geschützt hatten, hatten sich im Besonderen die Vögel miteinander abgesprochen, den Ältesten zum ersten Mal zu Hilfe zu eilen, da die Kunde von der Gefangenschaft auch der Gesandten ihnen zu Ohren gekommen war." So sei die Allianz zwischen den Vögeln und jenen Menschen entstanden, die ihren Ursprung nicht in dieser Welt hatten. Und diese Allianz schließlich endete in einer grässlichen Schlacht, die niemand heraufbeschwor, zu der es aber kommen musste, da es den irdischen Menschen an Verstand gefehlt hatte. Diese Schlacht wurde von der großen Allianz der Ältesten mit den Vögeln gegen den Menschen verloren.

Obwohl man die Ältesten und die Gesandten befreien konnte, wurden sie verfolgt und gehetzt. Immer mehr Kurzlebige kamen und schlossen sich den Truppen an, da sie sich diese Chance der Menschheit nicht entgehen lassen wollten, eine der Lichtgestalten für sich haben zu können. Und die Allianz versuchte zu fliehen. Sie versuchte, der Konfrontation auszuweichen – konnte aber nicht entkommen und wurde dann auf einem Berg gestellt und umzingelt. Die Vögel so sehr wie die Ältesten hatten die Gesandten auf Erden verteidigt, bis alle von ihnen durch die Überzahl der Irdischen getötet waren. Alles Weitere würden die Sänger wissen und diejenigen, denen das dort Widerfahrene überliefert worden sei, schloss Alwyyn, und seine Zuhörer waren bewegt.

„So sind die, die du *Ältesten* nanntest, eigentlich keine Menschen? Oder sind es die ersten Menschen hier auf der Erde gewesen? Wie ist das zu verstehen?", fragte Makar nach einem Augenblick der Besinnung und sah unmittelbar nach seiner Frage, dass der Basstölpel an der Beantwortung dieser Frage am wenigsten interessiert sei.

„Fragst du mich, so sind es die einzigen Menschen – die Ältesten, die wir dann später *Dunedin* nannten. Aber all das hat keine Bedeutung, Makar", erwiderte Alwyyn.

„Und die *Gesandten?*", fragte er trotzdem weiter.

„Die Gesandten waren die *Alben. Alben*, die von den Irdischen später *Engel* genannt wurden. Weiße Lichtgestalten, die nichts mit den Irdischen zu tun haben wollten, sofern sie ausschließlich der Evolution entstammten und nicht auf die *Sänger, Gesandten* oder *Alben* zurückzuführen sind", erklärte Alwyyn. „Aber darum wird es der Sulide nicht gehen. Sie wird sich fragen, weshalb ich nach ihr schickte. Und sie wird sich fragen, weshalb ich diese Geschichte erzählte", meinte Alwyyn und kam nun auf eine Britin namens Brian zu sprechen.

Von dieser Britin sollte es heißen, dass sie als *Alb* auf Erden geboren worden sei. Und als Alwyyn dies tragend vortrug, erstaunten die Zuhörer. Es hieß, dass in ihr die alten Kräfte durch ihre Geburt wieder aufleben sollten. Es war nach der verlorenen Schlacht, dass die Asche der Erschlagenen von allen Winden fortgetragen worden sein sollte. Nichts war geblieben von den Dunedin und nichts von den Alben, die später von den Dunedin *Naien* genannt werden sollten. Deshalb kämen diejenigen, die entweder *Sänger, Gesandte, Lichtfresser, Alben* oder *Naien* genannt wurden, immer wieder, träfen sich heimlich heute weiterhin mit den wenigen Dunedin, die noch auf Erden leben sollten, und sind seitdem auf der Suche nach den Tausenden und Abertausenden verlorenen Wesen ihrer Art, die sie nicht in der für sie wilden Welt der Irdischen zurücklassen wollen. Seitdem hätte man zwei ihrer Wesen vor langer Zeit als Naien wiedergeboren auf Erden gefunden, während die anderen sieben, da es neun waren, die bei der großen Entscheidungsschlacht getötet wurden, noch auf der Erde sein sollten und von den Dunedin so sehr wie von den Alben selbst gesucht werden würden.

„Aha … Und da kommen wir ins Spiel", meinte der Basstölpel und nickte. „Jetzt verstehe ich, was du meinst, falls deine Geschichte wahr ist."

„Sie ist nicht nur wahr … sondern sie ist auch wirklich, mein junger Freund", sagte Alwyyn ruhig und lächelte den Tölpel verschmitzt an.

„Und was hat das mit den *Alten Toren* oder *Pforten* zu tun, von denen der eine von euch gesprochen hatte?", fragte die Sulide.

„Wir nennen es Tore oder Pforten, durch die die Alben erscheinen … Doch es sind keine Pforten an und für sich. Die Alben vermögen sich einen Spalt in unsere Welt und in unsere Zeit zu öffnen, durch den sie erscheinen können", erklärte Alwyyn dem Seevogel.

„Und das machen sie ausgerechnet immer bei euch? Wieso? Wieso nicht einmal bei uns? Draußen auf hoher See? Im Sturm?", fragte Morus berechtigt, aber provozierend. „Und was ist das mit dem alten *Nebelschreck?*"

„Dein *Nebelschreck* Merlin ist einer der letzten, wenigen Dunedin gewesen, der sich allerdings in falscher Eitelkeit in die Politik der Menschen eingemischt hatte. Deshalb wurde er von den anderen, noch lebenden Dunedin gemieden, da man sich als Dunedin nicht um die Politik der Irdischen zu kümmern hat, sondern sich einerseits um die Entwicklung des Menschen an und für sich zu sorgen und andererseits euch als Teil des gleichen Lebens vor jenen Irdischen zu beschützen hat, soweit sie es als Dunedin vermögen. Merlin traf auf die Irdischen in einer Zeit, in der sie durch einen Gottesglauben verführt wurden, der sie an einer besseren Entwicklung hinderte. Und dem versuchte er entgegenzutreten, was Dunedin allerdings nicht tun sollten, glaube ich", erklärte Alwyyn und hätte wohl noch auf ganz andere Geschichten zurückgreifen können, die ihm bekannt waren, die er aber unerbeten nicht ausführen wollte.

„So sagst du es … von dem Nebelschreck. Doch mit allem Respekt vor dir, Alwyyn, dem Weißhaupt: Wer sagt mir, dass ich das glauben kann?", fragte der Basstölpel kritisch. „Und was sollte ich deiner Meinung nach tun, falls ich es glauben könnte? Was willst du, dass die Suliden in dieser Angelegenheit unternehmen?"

Alwyyn hörte Morus und dachte über die Frage des Tölpels nach, der in den gelben, trockenen Grasbinsen an dem Seeufer lag, das von winterlichem Birkenlaub durchflockt war. Und er schwieg, da er den Grund der Frage des Basstölpels verstand.

„Ich will dir sagen, dass sich der Mensch verändert hat. Er hat heute Armeen. Er hat sich Flugzeuge bauen können. Gewaltige Schiffe und Techniken, die wir uns nicht vorstellen können, hat er. Er ist nicht wie früher, als er noch keine Metalle kannte. Und man erzählt, die Schlacht des Brocken, so erinnern wir uns, brachte dem Menschen erst das Metall", führte Morus weiter aus, weil er keine Antwort von Alwyyn bekommen hatte.

„So weißt du ein wenig mehr, als du vorgegeben hast", krächzte Alwyyn.

„Deshalb wohl hast du mich rufen lassen. Die Menschen haben sich verändert, Alwyyn … und bezwingen können wir sie nicht mehr. Teils sind sie sogar gut zu uns geworden und stehlen uns unsere Eier nicht mehr, um sie zu essen. Sie machen mit uns bessere Geschäfte und verkaufen allein unser Erscheinen gewinnbringend anderen Menschen. So schützen sie uns, um mit uns Geld zu machen. Damit können wir leben. Aber eine Schlacht gegen den heutigen Menschen zu führen ist absolut aussichtslos für uns, Alwyyn."

„Darum geht es nicht, sage ich dir. Schützt nur mit eurem Leben, was eure Leben schützt", meinte das Weißhaupt und sah den Basstölpel so an, als hätte sie nicht gesprochen. „Was sagte ich sogleich?", fragte Alwyyn, und Morus schaute Bruce und Wallace verwundert an, ob es von ihm erwartet wurde, wirklich auf die Frage zu antworten.

„Du hast gesagt, dass wir das beschützen sollen, was uns beschützt hat. Wieso soll ich das wiederholen?", fragte Morus kopfschüttelnd.

„Damit du verstehst, worum es geht", sagte Alwyyn etwas unklar, undurchsichtig und gedankenversunken. „Und damit ich weiß, dass du es verstanden hast. Ich weiß, dass die Menschen sich verändert haben. Aber deshalb bist du nicht hier, Morus. Du bist hier, um eine Entscheidung für dich und die Deinen zu treffen. Und spreche mit jemandem, der die wirkliche Welt kennt, wie du sie kennst", meinte Alwyyn, schaute den Basstölpel wieder an und nickte mit seinem Kopf. „Schau dort hinüber … Dort, auf die andere Uferseite." Und er deutete in Richtung einer alten, kurzstämmigen Kiefer, auf der er selbst zuvor gesessen hatte, als der Basstölpel in den See gestürzt war.

Makar, Wallace und Bruce schauten so neugierig in die Richtung über den Teich, die Alwyyn dem Basstölpel vorgegeben, wie Morus selbst es tat. Auf dem Wintersee vergnügten sich die Bless-hühner wieder und hofften, dass ihnen nicht ein weiterer, toll-patschiger Seevogel den Nachmittag vollends verderben würde, indem er aus Versehen und angeberischem Übermut aus den Wolken in den Teich stürzen wollte. Außer den Wasservögeln auf dem Teich war auf der anderen Uferseite nichts zu erkennen. Sumpfig hohes Unterholz mit langen Binsengräsern und längst verblütem, doch nicht versamtem Wollgras. Und schließlich doch etwas wie eine Bewegung an dem Stamm der Kiefer, bevor das laute Lachen eines Mannes den Vögeln seine Gegenwart ver-riet. Die drei Dohlen und der Basstölpel erschraken sehr, weil sie niemanden gesehen hatten, noch einen Menschen in ihrer Nähe vermutet hätten.

„Ihr seht: Auch ich habe meine Überraschungen. Euch hätte ich zu Tausenden erwartet, als ich euch rief", meinte Alwyyn zu der Sulide. „Du kamst allerdings allein. Ich hingegen habe hier einen mir gut bekannten Freund, mit dem du sprechen solltest, bevor du dich wieder aufmachen willst." Und über den See hinweg rief Alwyyn zu dem Menschen, dass er bitte kommen möge, während dieser bat, dass man als Vogel doch einfacher zu ihm herüberfliegen könne. Er als Mann müsse sonst erst um den See mit seinem morastigen Ufer laufen.

Morus verschlug es die Sprache, dass ein Mensch mit seinen Worten für ihn zu verstehen sei.

„Also auf. Fliegen wir zu ihm", meinte Alwyyn und forderte von den anderen, ihm zu folgen. Schnatternd und verärgert flogen die Teichhühner auf, als sie den Basstölpel auf die Schwimmbeine kommen sahen, der seine Flügel spreizte, über das Wasser laufend startete, während die Dohlen mit nur einer kleinen Segelbewegung und wenigen Flügelschlägen bereits an der anderen Uferseite waren, den unbekannten Menschen betrachteten, landeten und vor ihm auf und ab schritten, als der Basstölpel noch im sicheren Abstand auf dem Wasser ausglitt, doch schwimmend Distanz zu dem Menschen beibehielt.

An den schuppigen Stamm der Kiefer gelehnt saß ein schlanker, frisch rasierter Mann mit dunklen Augenringen, freundlichen Lachfalten über schmalen, eingefallenen Wangenzügen und funkelnd wachen graugrünen Augen. Er trug eine Jeans und einen kräftigen Schafswollpullover mit einem norwegischen Ornament. Er hatte eine Strickmütze auf seinem Kopf und trug eine abgetragene Lederjacke, mit der er an der harzigen Schuppenrinde der Wurzel des Kieferstammes saß, als Alwyyn zu ihm kam und ihn als einen wahren Freund vorstellte. Oak Southfield sollte sein Name sein.

Southfield schaute sich die Vögel der Reihe nach an. Er kannte die Dohlen, hatte von den Suliden gehört, war aber keiner zuvor begegnet, lachte nun freundlich leiser noch einmal und bemerkte die Vorsicht des Basstölpels, der sich ihm nicht näher zu wagen schien.

„Komm ruhig ein wenig dichter zu uns heran", rief er Morus zu. „Man weiß nie, wie viel die Hühner verstehen. Oder glaubst du Alwyyn nicht, dass ich ein Freund sein könnte?", und in langsamen Paddelschüben kam der Seevogel dem Ufer näher, ließ den Menschen aber nicht aus den Augen.

„Oak ist einer der wenigen Dunedin auf Erden", sagte Alwyyn stolz und begrüßte seinen Freund offiziell vor den anderen, obwohl sie schon lange zusammengesessen und auf Makar, Bruce und Wallace mit den Suliden gewartet hatten. Alwyyn tat es, damit es die anderen nachtun konnten.

Makar stellte sich zuerst vor, dann Wallace und Bruce, indem ein jeder auf einen Stein klopfte, die zahlreich an dem winterlichen Ufer lagen. Und nachdem Southfield die Begrüßung der Dohlen entgegengenommen hatte und ihnen dankte, wendete er sich an den Basstölpel, der immer noch in Ufernähe auf dem Teich schwamm.

„Und du wirst keinen Namen haben, denke ich. So wie ich eigentlich auch keinen habe", sagte der Dunedin augenzwinkernd, ohne die Antwort der Sulide abzuwarten. „So nenne ich dich Qualms. Es ist mir sehr angenehm, dich hier zu sehen", meinte er höflich. „Und ... ein beachtlicher Sturz, den du hingelegt hast", lachte er.

„Ich bin etwas sprachlos", meinte der Basstölpel, der nun den fast lächerlichen Namen Qualms von einem Dunedin verliehen bekommen hatte. „Aber falls es etwas Angenehmes geben sollte, dann ist es mir ebenfalls angenehm", meinte er skeptisch.

„Siehst du, deshalb ist der Name Qualms für dich wie zurechtgeschneidert", sagte Southfield, und die Dohlen wunderten sich so sehr wir der Tölpel, da keiner der Vögel jemals bewusst einen Dunedin gesehen hatte. Sie hätten sich sonst etwas in ihrer Fantasie ausgemalt, hätte man sie gefragt, wie sie sich einen der Ältesten vorgestellt hätten. Diesen, der vor ihnen saß und von Alwyyn als Dunedin genannt worden war, hätten sie ganz bestimmt nicht beschrieben, weil er ihnen einfach nur als sehr durchschnittlicher Mensch erschien. Vielleicht auch wie Merlin, den sie aber nicht kennengelernt hatten. Und Southfield schmunzelte, da er das Erstaunen der Vögel verstehen konnte, die wahrscheinlich einen spektakuläreren Auftritt eines der Ältesten erwartet hätten. Richtig in Szene gesetzt, und er wäre ihr Gebieter gewesen, lächelte er in sich hinein.

„Schon die Tatsache, dass wir uns hier treffen, ist außergewöhnlich genug, finde ich", sagte Southfield und schien die Gedanken der Vögel erraten zu haben, während Alwyyn sie schmunzelnd beobachtete und in seinem Alter genoss, wie sich der Mensch mit den Tieren vertraut machte, ohne dass er sich einmischen musste. Und Qualms war tatsächlich etwas näher gekommen, um den Menschen genauer in Augenschein zu nehmen.

„Dann sind wir deinetwegen hier?", fragte der Tölpel den Dunedin kritisch.

„O nein. Sicher nicht. Wegen Alwyyn bist du hier. Und du bist wegen uns allen hier", meinte er nur kurz und sagte, dass er die Unterhaltung, die sie geführt hatten, aus der Ferne gehört hätte und von daher bereits Gesagtes nicht sinnlos wiederholt werden müsse. Man müsse den Umgang miteinander erst erlernen, sagte Southfield, denn miteinander umgehen werden sie müssen, sodass man auf zu viele Erklärungen verzichten könne, die sich sowieso im Lauf der Zeit ergeben würden. Qualms gefiel die bündige Ausdrucksweise des Menschen, und Alwyyn wusste, dass eine alte Allianz immer Bestand hatte, worüber er sich auch diesmal heimlich freute. Southfield hatte das Vermögen und die Erfahrung, den richtigen Ton bei der Suliden zu treffen, während er selbst als Wächter der Pforten zuweilen etwas kryptisch und umständlich für jemanden wirken musste, dessen Heimat das gewaltige Nordmeer war.

„Noch wissen wir überhaupt nichts!", erwähnte Qualms, der seiner möglichen Entscheidungsfreiheit nicht vorausgegriffen wissen wollte.

„Das magst du so sehen. Was aber, falls Alwyyns Eindruck ihn nicht täuscht und einer der Naien tatsächlich wiedergefunden werden kann?", fragte Southfield den Tölpel.

„Dann werde ich meine Aussage nochmals überdenken. Nicht mehr und nicht weniger", erwiderte er. „Bis dahin aber lege ich mich nicht fest. Und zweitens: Wie sollen wir den Alben überhaupt schützen? Und schützen dann … vor wem?"

„Vor den irdischen Menschen, mein Freund. Denn trotz all des gegenwärtigen Wahnsinns wird es dazu kommen, dass ungeachtet der größten Ähnlichkeit zu den Evolutionären ein Naien sich schließlich erheblich von den Menschen unterscheiden wird. Nicht wie wir, die wir heute beliebig unter ihnen leben und einige Geschicke in ihrer Entwicklung in entsprechende Bahnen lenken können, bevor wir wieder untertauchen, um an anderen Stellen weiterzuwirken", meinte Southfield zu dem Basstölpel Qualms. „Nicht, dass es zu einer kriegerischen Konfrontation kommen wird, denn der Mensch meint alles zu haben, was er braucht, nur dass er davon eben nicht genug hat, was für ihn so stimmen mag. Bloß seine innere Entwicklung ist dabei zurückgeblieben. Es ist, als könne er bereits mit Smartphones telefonieren und befinde sich emotional noch in der Steinzeit", lachte Southfield. „Und darüber hinaus wird Patty Brian, wie Alwyyn sie nannte, sicherlich nicht ahnen, was mit ihr geschehen wird, falls sie eine Erdgeborene ist, in der sich durch ihre Geburt Anlagen der Naien so verstärken konnten, dass sie sich eines Tages über bloß Menschliches erheben kann."

„Solange es kein Nebelschreck wird, soll es mir recht sein, was aus ihr wird", meinte Qualms, und die drei Dohlen staunten darüber, was sie hörten. Sollte es wahr sein, dass Brian die Anlagen eines Alben in die Wiege gelegt bekommen hatte, dann seien Sidhe und Daoine mit einem Engel auf Reisen, der in seiner Beliebigkeit auf Erden einen oft schwierigen Umgang mit der relativen Zeit und seinen eigenen Fähigkeiten pflegte. Und sollte dem so sein, dann würden sie sicherlich zu jenen wenigen Dohlen zählen können, die jemals einem Naien begegnet sind.

„Und um einmal pragmatischer zu werden: Wie viele seid ihr, die dem Menschen helfen werden?", fragte Qualms den Dunedin direkt.

„Wir sind immer genug, um eine Revolution zu gewinnen", lachte Southfield. „Und weniger als in einen Omnibus passen. Mein Freund, wir sind dreiundzwanzig Dunedin geworden. Eben die dreiundzwanzig, die genug sein müssen, einen Naien vor der Menschheit zu beschützen, solange er sich nicht gegen seine dominante Rohheit erhebt und sich auf den Weg intelligenteren Lebens macht."

„Was? Nur dreiundzwanzig seid ihr? Dreiundzwanzig der Ältesten …?", ernüchterte es Qualms.

„Wir haben uns nicht so schnell erholt wie ihr. Unsere Generationen dauern Jahrhunderte, in denen wir uns nur einmal paaren können – und nicht wie ihr, die ihr jedes Jahr einige Eier in eure Nester knallt, die ihr dann mit unterschiedlichem Erfolg bebrütet", lachte Southfield und sagte dann ernster. „Falls wir als Dunedin nicht ausreichen, diesen Naien zu schützen und auf seinen Weg zu bringen, dann kann dem Naien nichts auf Erden helfen."

Auch Qualms musste nun über den Ausdruck Southfields zum ersten Mal schmunzeln, als er sagte, dass die Basstölpel ihre Eier in Nester knallen würden. Aber er hatte wohl insofern recht damit, und Qualms war es bis zu jenem Moment nicht bekannt, dass die Ältesten nur einen Erben auf Erden gebären konnten. „Gut, dann wissen wir voneinander, was wir wissen müssen", sagte er schließlich.

„Noch nicht ganz. Was ist mit den Lariden? Alwyyn sagte mir, ihr kämet zusammen. Sehen aber kann ich nur dich", erkundigte sich der Dunedin.

„Ja. Weißt du, wir sind uns heute nicht mehr so gut bekannt", erklärte der Tölpel, glitt mit seinem Schub an das Ufer, hüpfte auf die Binsen und watschelte umständlich durch das Gras, bis er nahe an den Dunedin herangekommen war. „Die Lariden leben ihr Leben … und wir das unsere. Aber …, und mein Wort hat Gewicht: Ich werde sie ansprechen. Ich werde ihnen sagen, was ich hier hörte. Dann sollen sie entscheiden. Irgendetwas wird ihnen bereits zugetragen worden sein. Ansonsten würdest du nicht nach ihnen fragen", ergänzte Qualms schlau.

„Es stimmt. Ich hatte sie ebenfalls hierhergebeten", bestätigte Alwyyn.

„Ist Eile geboten?", fragte der Basstölpel dann noch, indem er dichter an Southfield heranwatschelte, der mit seinem Rücken weiter an dem Kiefernstamm lehnte und sich über die wachsende Zutraulichkeit des Seevogels freute, bis dieser ihm aus größter Nähe scharf in die Augen sah, mit seinem Schnabel kurz und flink ausholte und dem Dunedin in die Hand hackte, die er offen in seinen Schoß gelegt hatte.

Southfield erschrak. Die Entschiedenheit des Tölpels machte ihm einen Moment lang Angst, und die Dohlen konnten nicht glauben, was Qualms tat. Dann fragte Wallace die Sulide, ob sie den Verstand verloren habe, als Southfield nun den Schmerz in seinem Handballen zu spüren begann und bereit war, es dem Vogel auf irgendeine schließlich doch unvollendete Weise zurückzuzahlen, da Qualms mit einem großen Sprung zurück über das Ufer hinaus in das Wasser schnellte und einige Züge vom Ufer fortpaddelte.

„Tut mir leid", rief er dann vom See. „Ich musste mich nur überzeugen, ob du wirklich bist, Oak Southfield, der Dunedin. Jetzt weiß ich es."

„Und dafür musst du mir mit deinem Schnabel in die Hand hacken? Was sind das für Manieren?", ärgerte er sich, der sich das Blut von seinem offenen Ballen lutschte. „Alter Feigling. Und dann gleich ins Wasser fliehen", schmunzelte er schon wieder. „Und so ein Exemplar soll nun der Stolz der Suliden sein", was auch die Dohlen überraschte. Sie hätten niemals vermeint, dass Morus so etwas tun könnte.

„Jedenfalls erkenne ich dich jetzt immer wieder", meinte der Tölpel frech und zufrieden. Dann schwamm er zurück dem Ufer entgegen, hüpfte vorsichtig aus dem Teich, watschelte wieder auf die Dohlen und den Dunedin zu, zupfte sich mit seinem furchterregend langen Schnabel eine Unterflügelfeder aus seinem Kleid, ging zu Southfield heran und legte diese Feder behutsam in seinen Schoß. Daraufhin verneigte sich der Tölpel vor ihm, als Southfield sich bereits freute. Qualms sagte dem Dunedin dann mit einem heimlichen Schmunzeln noch, dass er die Feder nur bekommen habe, damit auch er den *feigen Missetäter* stets wiedererkenne, der ihm jene Wunde als Mal in die Hand geschlagen hatte. Und der Älteste dankte es ihm von ganzem Herzen.

Während sich Southfield zwischendurch das Blut von seiner Hand leckte, sprachen sie nur kurz miteinander, indem Alwyyn Morus, dem Basstölpel, versicherte, dass man auf ihn und seine Nachricht von den Suliden und Lariden an eben jenem milden, winterlichen See warten werde. Scherzhaft meinte der Tölpel noch zu den drei Dohlen, dass sie sich in Zukunft mit den Corven vorsehen und nicht zu viele von ihnen entführen sollten, da es sich eines Tages rächen könne, worauf Wallace und Bruce die Geschichte Alwyyn und dem Dunedin erzählten, als sich die Sulide schon verabschiedet und aufgemacht hatte, um wieder zu den ihren auf die hohe See hinauszufliegen. Die Zurückgebliebenen besprachen, was sie zu tun gedachten, während Alwyyn von nun an auf die Entscheidungen der anderen Vögel warten wollte und immer noch des Glaubens war, dass sich die Pforten öffnen würden.

Die Gipfel der umliegenden Höhenzüge waren tief verschneit. Es ging kein Wind. Und die Blesshühner fanden an jenem Nachmittag doch noch ihre Ruhe wieder, als auch die Singschwäne zurückgeflogen kamen, ihre weißen, klingenden Schwingen streckten und auf ihren Schwimmhäuten bremsend in das Wasser glitten – und als der Dunedin seine Entscheidung getroffen hatte, aufstand, sich hinstellte und streckte und den Tag beglückwünschte, der alle Beteiligten zusammengebracht hatte. Southfield wusste, was zu tun war und wohin ihn diese Aufgabe führen würde. Dann leckte er sich wieder das Blut aus der Hand und machte sich zu Fuß auf seinen Weg aus dem Tal, nachdem sich Makar auf seine Schulter gesetzt hatte. Die beiden anderen Dohlen ließen sie mit Alwyyn zurück in den schottischen Highlands.

# IX

Die Fulmare brachten noch vor dem Gewitter die schlechte Kunde von der Katastrophe zu Sidhe und Daoine. Sie berichteten, was sie gesehen hatten und was sie geschehen lassen mussten, ohne helfend eingreifen zu können. Und was sie den entsetzten Dohlen sagten, war, dass Brian schließlich ertrunken sein musste. Man habe alles versucht und mehr noch gegeben und sei ihr in die größtmöglichen Tiefen des Ozeans gefolgt. Ein Fulmar habe dabei sogar sein Leben gelassen, so tief sei er nach Brian getaucht. Andere brachen sich einen, manche sogar beide Flügel, als sie hinter Brian her in das harte Meer stürzten, um sie dann doch nur in die Tiefe Dunkelheit gezogen verschwindend ertrinken zu sehen.

Und dann brach der Nordsturm über sie herein. Schwerste Regenfälle, die einen ganzen Tag über die Insel peitschten und große Mengen Regenwassers in die Höhle Merlins spülten, das dann wohl ablief, aber ärgste Schäden an den Papieren hinterließ, die in ihr über Jahrhunderte aufbewahrt worden waren. Und es war ein gewalttätiger Sturm, der das Plateau rasierte. Einzig die verletzten Fulmare und die beiden Dohlen konnten sich auf der Insel gegen den Sturm behaupten und in der geschützten Nische des Apfelbaumes die zweite Nacht abwarten, in der sich das Unwetter legte, der Regen verzog und der Mond wieder sein sonderbares Spiel mit der Zeit aufnahm, indem er wie jeden bisherigen Tag auf jener unwirklichen Insel zunehmend aufging, um morgens dann abnehmend einem strahlenden Tag zu weichen.

Weit über zehn Fulmare hatten sich mit Brüchen und Verletzungen noch vor dem Sturm auf die Insel retten können und waren mit hängenden wie schleifenden Flügeln zu den Dohlen den steinigen Weg auf das Plateau hochgewatschelt, um ihnen zu berichten, was sie unter dem Nebel zu erleben und erleiden hatten. Und die Dohlen waren in blankem Entsetzen hektisch geworden, machten den Fulmaren gegen ihre Art ungerechte und furchtbare Vorwürfe, da sie nicht genügend auf Brian aufgepasst haben sollten, was bestimmt nicht die Aufgabe der Seevögel gewesen war, wären die Dohlen Herr ihres Verstandes gewesen. Und immer wieder ließen sie sich beschreiben, wie Brian in der Tiefe des Meeres versunken sein sollte, und erst während des Unwetters, das mit schwersten Blitzen und Donnerschlägen die Insel erschütterte und das die Gischt der Wellen über das Plateau geflutet hatte, beruhigten sie sich etwas, da sie ohnehin nichts tun konnten. Und Trauer machte sich unter dem Apfelbaum in der Gemeinschaft breit, noch bevor der Regen aufgehört hatte. Es war eine klammernde Trauer, die selbst die Fulmare erfasst hatte, obwohl von ihnen getan worden war, was getan werden konnte. Die Litanei war den Fulmaren nicht in ihre Natur gelegt. Aber je mehr sich die Dohlen quälten, umso mehr empfanden sie den Schmerz. Einen Schmerz wohl um den Verlust keines Menschen – wohl aber eines Freundes, den sie nicht kannten. Und als sich der Sturm gelegt hatte, schauten sie auf das Lager der verwundeten Samariter, die mit ihren gebrochenen, hängenden Flügeln nun wohl auch zum Tode verurteilt waren, da eine Fraktur der Schwingen auf dem Nordmeer dem Ruf nach seinem Richter entsprach. Da der Tod Brians den Dohlen sicher und besiegelt schien, nahmen sie dann die noch Lebenden wahr und bedankten sich bei ihnen für ihr selbstloses, doch vergebliches Opfer, da sie Brian zu retten gedachten, ihr aber schließlich in den Tod folgen würden. Sie dankten es den Fulmaren und sagten, dass sie bis zum letzten Atemzug bei ihnen Wache halten würden. Aus Ehrerbietung und Treue. Bis zum Ende eines jeden Lebens wollten sie bleiben und dann versuchen, nach Schottland aufzubrechen, wo man sich hoffentlich ihrer noch erinnern würde. Dorthin wollte man die Kunde von Brians Tod bringen und von der selbstlosen Tapferkeit der Fulmare. Und ein jeder solle sich von dem Tag an immer an die Fulmare als jene erinnern, die ihr Leben für das Leben der Freundin Merlins gaben, sagten und beschlossen Sidhe und Daoine, als sie an dem sonnigen Morgen auf dem Plateau standen, in den leeren Osten schauten und sich alles zu einem verheerenden Desaster für sie entwickelt hatte.

Die Insel war unverändert geblieben. Geblieben war auch der Nebel über dem verächtlichen Nordmeer. Nun schützte er nicht mehr als einen kalten Felsen mit seinen Dohlen und einer Fraktion von invaliden Fulmaren, die humpelnd und kläglich geschunden einst der Stolz und die Zierde ihrer Art waren.

Zwei dieser unerträglichen Tage mussten so vergangen sein, in denen sich die gescheiterten Vögel ihren unterschiedlichen Schicksalen bereits schweigend ergeben hatten. Mit gespreizten oder verdrehten Flügeln hatten sich die todesgewissen Fulmare zu den Dohlen auf das Plateau gesetzt. Jede Bewegung fiel ihnen bereits schwer, falls sie sich überhaupt noch bewegen konnten. Von der frühen Sonne, die den Nebel vor ihrem Aufgang glühend entflammte, ließen sie sich die nachtkalten Körper wärmen. Andere Eissturmvögel kamen kreisend über dem Nebel zu ihnen hinabgeschwungen, um ihren Familienmitgliedern wahrscheinlichen Beistand in ihrer gewissen Not zu leisten, gleichwohl diesen Seevögeln ein Mitleid nicht bekannt war. Auch die Tugend der Ehre war den Fulmaren ein altertümlicher Begriff gewesen, obwohl sie sich oft ehrenvoll verhielten, was ihrer Natur entsprach.

Und an jenem frühen Tag noch hoch über ihnen kreisend, hatte sich offenbar eine hässliche Ente im Schwarm segelnder Fulmare verirrt, was zuerst einer der versehrten Sturmvögel bemerkte, als dann die anderen aufsahen und laut rufend die Beobachtung bestätigten. In einer Gruppe von etwa zweihundert heransegelnder Seevögel befand sich ein erheblich kleinerer Vogel. Schweren und schnellen Flügelschlages hatte er in der Mitte der gleitenden Meister seine liebe Not, den großen Fulmaren zu folgen, obschon man bereits Rücksicht auf ihn genommen hatte und ihn mehr gnädig lächelnd als stolz flankierend in der Schar anderer zu der Insel begleitete, die er nicht zu kennen schien, doch laut gemachter Angaben unbedingt aufsuchen müsse. Und da er den Fulmaren Kenntnisse preisgegeben hatte, die wenigstens darauf hindeuteten, dass er jene Insel mit zwei Dohlen und einem Menschen kennen könne, gewährten sie ihm Geleit über dem Nebel. Man wollte sicherstellen, dass man keinen Verrat an Sidhe und Daoine begangen haben könnte. So brachte man die Bergdohle, der man an der norwegischen Küste begegnet war, zu Merlins Insel, kreiste einige Male über dem Felsen und tropfte dann einzeln aus der Luft auf das Plateau hinab, während die Fulmare die Bergdohle so lange nicht landen lassen wollten, bis sie Sidhe und Daoine nach diesem Gesellen befragt hätten, den sie mitgebracht hatten. Sie wollten sich der Bekanntschaft vergewissern und die Landeerlaubnis von den beiden Dohlen für diesen möglichen Gast einholen. Ansonsten hätte man das *hässliche Entlein* zurück an die Küste Norwegens eskortiert, wie die Fulmare bereits entschieden hatten.

Dem, was Sidhe und Daoine als Schauspiel in der Luft hoch über sich sahen, vermochten sie in ihrer Vorstellung keine Bedeutung beizumessen. Das Gesagte der Eissturmvögel und die Frage, ob man diese Dohle kennen würde, bezogen sie gar nicht auf sich. Und sie standen da, sahen die anderen Seevögel in der Höhe über sich kreisen und in ihrer Mitte eine hilflose Dohle, die schon kraftlos schien. Und sie standen und sahen es teilnahmslos. Das laute Geschrei der anderen sich begrüßenden Fulmare nahm ihnen zudem die Chance, irgendetwas klar zu vernehmen, bis einer der großen Sturmvögel an Sidhe herantrat und mit seinem Schnabel hart an den kurzen Schnabel der Dohle schlug, um sie aufzurütteln.

„Der Vogel da oben macht es nicht mehr lange. Kennst du ihn, oder kennst du ihn nicht, Sidhe?", fragte der Fulmar, hatte sich nun Gehör verschafft und schaute scharf in die Augen Sidhes, um herauszufinden, ob die Frage diesmal bei der Dohle angekommen und verstanden sei.

„Woher kommt sie, sagte sie?", fragte Sidhe von weit her langsam zur Besinnung kommend, als sie bemerkte, dass auch Daoine wenigstens abwesend zu sein schien.

„Sie sagt, aus Schottland. Und sie kannte eure Namen", meinte der Fulmar, der sich jetzt verstanden fühlte und abermals fragte: „Sollen wir sie landen lassen? Oder sollen wir sie wieder zurückbringen?"

„Lasse sie landen. Und wie heißt sie? Was hat sie gesagt, wie sie heißt?", fragte Sidhe, noch bevor der Eissturmvogel den anderen bedeutete, dass man eine Erlaubnis erhalten habe, auf dem Plateau landen zu dürfen.

„Makar, meine ich. Und sie sei von einem Alwyyn geschickt. Und sie hatte sich um Leib und Leben geredet, um hierhergebracht zu werden", lachte der Seevogel trocken Sidhe und Daoine an, die sich eigentlich mehr erschraken als sich freuten und nun überhaupt nicht mehr wussten, was mit ihnen geschah und wo sie waren, als die große, wilde Schar von Vögeln laut schreiend, spektakelnd und kreischend flatternd zu ihnen hinabkam. In ihrer Mitte tatsächlich eine völlig erschöpfte Dohle.

Sidhe und Daoine duckten sich vor den kräftigen Flügel- schlägen der vielen Fulmare, die alle auf dem Felsplateau vor dem Höhleneingang auf der Insel landeten, als sie in dem Tumult der vielen Stimmen, Geräusche und Flügelwinde eine entkräftete, schwer atmende Dohle sahen, die erst einmal ihre lahmen Flügel breit zu beiden Seiten ausstreckte, sich mit dem Bauch auf den kühlen Felsen legte und den umherstehenden Fulmaren, die sie ohne Erlaubnis nicht auf dem Eiland landen lassen wollten, sagte:

„Und was hättet ihr gemacht, wenn ich abgestürzt wäre?"

„Falls du von Alwyyn kommst und einen Auftrag hast, dann stürzt du nicht einfach ab. Dann reißt du dich gefälligst zu- sammen", erwiderte einer der Eissturmvögel, der die Dohle von der Küste Norwegens zu der Insel gebracht hatte, da Makar sich durchfragen musste, um Sidhe, Daoine und Brian zu finden. „Nun ist es ja geschafft. Und du kannst Ruhe geben", meinte der Fulmar schließlich, bevor er zu seinesgleichen watschelte und die beiden Dohlen zu Makar stolzieren sah.

Ein so emsiges und lautes Leben hatte es niemals zuvor auf der Insel Merlins gegeben, und die Sturmvögel machten keine Anstalten, es den trauernden Dohlen gleichzutun. Auch Pietät kannten sie nicht. Nicht im Tod eines Menschen noch im geopferten Leben eines Fulmaren. Wenigstens kam Daoine durch den Radau wieder zu sich, dem die Lautstärke des vielstimmigen Konzertes stechend in die Ohren drang, bis er mit noch lauterer Stimme seinem Ärger darüber Ausdruck verlieh.

„Hört her, all ihr großen Seevögel. Wir betrauern einen für uns furchtbaren Verlust und wünschen etwas mehr Ruhe. Außerdem solltet ihr auch einen toten Fulmar beklagen und andere, die ihm folgen werden", meinte Daoine, und die Fulmare wurden aus Respekt vor Daoine leiser, aber nicht andächtiger.

„Wir sterben jeden Tag. Und wir trauern, indem wir das Leben umso mehr schätzen. Was also willst du uns sagen, Coloee?", fragte ein Fulmar kritisch, der Daoine nicht kannte.

„Dass ihr wenigstens Respekt vor anderen Bräuchen haben solltet", meinte Sidhe, die schon dicht bei Makar stand und sich in die Unterhaltung mit einmischte, jetzt, da es stiller geworden war.

„Haben wir, Dohle. Mehr als du denkst. Darum haben wir dir deinen kleinen Freund hergebracht, der sonst immer noch in der Inselwelt des Nordlandes herumtingeln würde. Lasst uns aber unsere Sippe auf unsere Weise begrüßen, von denen wir einige lange Zeit schon nichts mehr gesehen haben. Und unsere Begrüßung ist eben laut."

„Dann entschuldigt, dass wir das nicht verstanden haben. Diese Insel Merlins ist für uns immer ein stiller Felsen im Nirgendwo gewesen …", meinte Sidhe.

„So kann man sich das denken …", meinte ein anderer Fulmar. „Dann gehen wir einmal auf die andere Seite der Insel und lassen euch hier in Ruhe miteinander, bis Glazial kommt, der dann zu uns allen sprechen wird."

Daoine und Sidhe hörten, wie sich schließlich die Gespräche der Fulmare entfernten, da sie auf die andere Seite der Insel watschelten, um unter sich zu sein und den Dohlen möglichst die erbetene Ruhe zu gewähren, was auf einer so kleinen Insel eben nicht einfach zwischen Eissturmvögeln und Dohlen war. Dann wendeten sie sich dem erschöpften Makar zu, der immer noch mit weit von sich gestreckten Flügeln auf dem kühlenden Felsen lag, als sich die Fulmare langsam in den Norden der Insel aufgemacht hatten, um dort ihrer Art uneingeschränkt zu entsprechen, ohne den Ärger eines wenigstens respektierten Bekannten auf sich zu ziehen.

„Und du? Du bist Makar?", fragte Sidhe fast andächtig. „Wie kommst du hierher? Warum bist du hier? Was hat das alles zu bedeuten? Und … wie bist du durch die Zeit gekommen?"

„Makar, gesendet von Alwyyn. Euch einen guten Tag, meine Freunde. Ich bin geflogen. Und ich kann euch gar nicht sagen, wie weit ich geflogen bin. Doch die Zeit habe ich nicht verloren, denn es wird Großes geschehen, glaube ich", sagte Makar stolz. „Dass ich euch treffen darf … Was ist das für eine Ehre für mich."

„Wieso?", fragte Daoine, der noch unter dem Eindruck des verstörenden Lärmes der Fulmare stand. „Was ist die Ehre?"

„Eure Geschichte ist bereits Legende, seitdem ihr die Berge und den Beinn verlassen habt. Die Vanyar, die euch zu der Wölfin brachte, und die Reise durch Russland, Finnland und Norwegen … bis hierher. Nichts, das wir nicht wissen und nicht bewundern würden, von dem, was ihr tatet, Sidhe und Daoine", meinte Makar, wenn auch geschwächt, so doch begeistert und die beiden anderen Dohlen schauten sich nur stumm an.

„Alles hat sich verändert …, und der Grund unseres Sein ist erloschen, Makar. Patty ist tot", meinte Sidhe in tiefster Trauer einer Dohle.

„Patty Brian ist tot? Was sagst du? Patty Brian ist gestorben?", erschrak Makar, schüttelte seinen Kopf und sein Gefieder und kam auf die Beine. „Das kann nicht sein, Sidhe. Das darf nicht sein. Nein. Sie kann nicht …"

„Doch. Sie ist ertrunken. Erst vor zwei Tagen. Im Meer. Wir haben sie verloren. Und die Fulmare … einer von ihnen ist mit ihr ertrunken, als er sie zu retten versuchte. Die anderen – sieh dort hinten …", als Sidhe für Makar mit seinem Schnabel auf das Lager der gebrochenen Seevögel deutete, „… sie haben es noch überlebt, werden aber verhungern, da ihre Flügel gebrochen sind. Und wir erweisen ihnen die letzte Ehre, bevor wir uns nach Schottland wagen wollten. Zum Beinn. Zu euch, falls es uns gelungen wäre", sagte Sidhe voller Kummer, als Makar nichts mehr zu verstehen schien.

„Es ist nicht unsere Art, gleich die Dinge beim Namen zu nennen", sagte Makar. „Aber das, was uns bevorsteht, gebietet es, mich kurz zu fassen", meinte die Dohle und schaute in die erstaunten Gesichter von Sidhe und Daoine, die sich nicht denken konnten, dass ihnen überhaupt noch etwas nach dem Tod von Brian bevorstände – noch dass es etwas gäbe, was sie interessieren könnte. Makar erzählte, weshalb er gekommen war. Und das er nicht allein auf Reisen sei, sondern einen der Ältesten, der Dunedin, begleitet hätte. Bis an die Küste seien sie zusammen gereist, an der er sich ein Boot kaufen wollte, um ebenfalls zu Merlins Insel zu kommen. Makar wollte nur die Vorhut sein, um Sidhe, Daoine und Brian auf den bevorstehenden Besuch einzustimmen, weil man sich denken konnte, welcher Schrecken in einen wahrscheinlichen Menschen fahren muss, der lange allein mit Dohlen lebte, träfe er auf ein wahrscheinlich zweites Exemplar Mensch. Deshalb war Makar vorgeflogen und wollte das Kommen des Dunedins ankündigen, als er auf die Fulmare gestoßen sei, die ihn direkt hierhergebracht hätten. Und nun müsse er hören, dass Brian tot sei, was er sich nicht vorstellen konnte.

„Makar, die anderen Fulmare haben es gesehen. Sie sahen, wie Patty in die Tiefe gerissen wurde. Daran gibt es keinen Zweifel", trauerte Sidhe und vermochte noch nicht einmal wahre Freude über Makar zu empfinden, die es irgendwie auf Merlins Insel verschlagen hatte. *Und es sollte noch jemand kommen können – aus einer anderen Zeit?*, dachte Sidhe, ohne diesem Umstand größere Bedeutung beizumessen.

„Das kann alles nicht wahr sein", meinte auch Daoine. „Nun ist Glazial fort ... und die Katastrophe nimmt seinen Lauf. Einer der Ältesten ist auf dem Weg, und falls es unsere Aufgabe gewesen war, auf Patty aufzupassen, so ist uns das gründlich misslungen. Du sprichst davon, dass vielleicht einer der Sänger kommen soll oder dass Alwyyn wenigstens solche Andeutungen gemacht haben soll. Und hier sind wir. Was ist uns nur widerfahren? Und wir dachten, wir seien in der Anderswelt, während es hier bald wie auf einem Marktplatz zuzugehen scheint. Jeder kann kommen und gehen, wie er will. Alles nur ein Irrtum ...?"; wunderte sich Daoine und verzweifelte fast an den Gedanken, die er hatte. „Das kann doch alles nicht wahr sein. Sidhe, hilf mir doch, zu verstehen. Der Mond, der Nebel, all die Zeit hier ..."

„Es ist für uns sehr irritierend, Makar", fügte Sidhe hinzu. „Plötzlich ist alles so laut, betriebsam und hektisch. Und Glazial sagte noch, dass etwas geschehen würde. Und dass mit dem Sturm eine neue Zeit kommen könne, oder so ähnlich hatte er es gesagt, bevor er dann verschwand … wer weiß, wohin."

Und wie sie mit ihren Gedanken spielten und keine Antworten fanden, die von der Wirklichkeit ihres gegenwärtigen Seins irgendwie weiterführen konnten, hörten sie unter dem Nebel des späten Nachmittages schwere Außenbordmotoren, woraufhin die Fulmare sofort aufflogen und sich ängstlich von der Insel in die Höhe entfernten, in der sie aufmerksam kreisend den Felsen nicht aus den Augen ließen.

Beruhigend meinte Makar, dass es sich um Southfield, den Ältesten, handeln müsse, als die Motoren gedrosselt wurden und sich ein tiefes, gurgelndes Dröhnen der Insel näherte. Sidhe und Daoine schauten sich unsicher an.

„Gibt es einen Weg durch den Nebel an das Meer? Und gibt es hier eine Landungsstelle?", fragte Makar.

„Warte. Ja. Ich zeige dir den Weg", meinte Daoine, die etwas mutiger als Sidhe war, die auf dem Plateau der Dinge harren wollte, die auf sie zukommen sollten. Während Daoine mit Makar langsam vom Felsplateau herabschritt, um den Dunedin zu empfangen, begann Sidhe nachzudenken. Einen der Ältesten konnte sie sich nicht vorstellen. Und was in der Welt geschehen war und woher die sonderbare Bewegung kam, die sie spürte, aber nicht erklären konnte, vermochte sie nicht einzuschätzen. Ein jeder schien so viel mehr zu wissen, als sie, die sie all die Zeit auf Merlins Insel im Nordmeer mit Brian gelebt hatten. Sie hatten immer nur gemutmaßt, während die Zeit in einer anderen Welt sich überraschend zu entwickeln schien.

Daoine und Makar hüpften den steinigen Weg der Insel hinunter durch die Nebeldecke und hörten die immer lauter werdenden, tief röhrenden Geräusche eines Motorbootes, das unmittelbar vor der Insel zu liegen und bereits auf sie zu warten schien. Als sie auf dem steilen Abstieg durch den Nebel traten und unter ihm das grausilberne Meer erkennen konnten, sahen sie ein gut motorisiertes Boot mit einem freundlich winkenden Southfield, der den Motoren Gas gab, als er die Dohlen erkannte und auf die Stelle zusteuerte, zu der Makar und Daoine herabstolziert waren. Southfield steuerte den Rumpf des Aluminiumbootes hart in den Felsenbruch und ließ das Boot auflaufen, bevor er die Motoren ausstellte und über den flachen Bug des offenen Schnellbootes sprang.

„Hat alles geklappt, mein Freund. Und du hast auch hergefunden. Wunderbar. Was ist das dunkel hier unten … unter dem Nebel", meinte Southfield zu Makar und zog das Boot mit einem langen Strick etwas den steinigen Strand empor. „Aha …, und ich sehe: Du hast bereits einen deiner Freunde gefunden", meinte er, als er Daoine den Pfad hinabschreiten sah. „Sehr angenehm …", sagte er und vertäute die Leine des Bootes um einen Felsbrocken.

Daoine schritt heran, hüpfte auf einen der Felsen, den die Brandung vorsichtig umspülte, und betrachtete aus einiger Entfernung denjenigen, der als Dunedin angekündigt worden war. Southfield war so anders, als er sich einen Ältesten vorgestellt hatte. Er erschien vollkommen durchschnittlich, als er noch mit dem Boot beschäftigt gewesen war und die Dohle ihn nur von hinten sehen konnte. Dann schaute Daoine auf Makar, der ihn ermutigte, sich dem Dunedin ruhig schon vorzustellen, denn es sei ein Freund, dem er begegnete, *ein Freund wie kaum ein anderer unter Menschen*, erwähnte Makar etwas leiser.

Daraufhin machte Daoine flatternd auf sich aufmerksam, stellte sich vor und nannte seinen Namen, wünschte dem Ältesten einen guten Tag und schlug mit seinem Schnabel auf den Felsen, auf dem er stand. Southfield hatte sich zu ihm gedreht, kannte das rührende Ritual und freute sich aufrichtig.

„Das ist mir sehr angenehm, Daoine. Ich bin Oak. Es freut mich sehr", meinte er aufmerksam und ehrlich und sagte dann, dass man etwas gegen den lächerlichen Nebel Merlins tun müsse, da sich Fischer an der Küste schon wundern würden. Anstatt irgendetwas zu schützen, errege er nur unnötige Aufmerksam-

keit, was sicherlich nicht im Sinne eines voraussehenden Er-
finders gewesen sein könne. Dann stieg er in das offene Motorboot zurück und griff nach zwei schweren Taschen, die er in
einem Stauraum getrimmt hatte. Er warf sie über Bord auf den
steinigen Strand, bevor er wieder vom Boot auf die Insel sprang
und Daoine fragte, ob es einen großen Tidenhub an dieser Insel
gäbe. Die Dohle meinte, dass es ihr nicht weiter bekannt sei, aber
das sich alles zu ändern schien. Und von daher wisse sie nicht,
ob das, was zuvor noch irgendeine vage Gültigkeit gehabt hatte,
heute noch zutreffend wäre.

„Wohl wahr. Aber hoffentlich ändern sich nicht die Gezeiten-
stände", lachte Southfield, griff die beiden schweren Taschen,
warf die eine über die Schulter und trug die andere in der rechten
Hand, da er die linke verbunden hatte, weil Morus an ihr die
Wirklichkeit versucht hatte. Dann erwähnte er kurz, dass man
sich auf dieser Insel verabredet habe, was Makar und Daoine mit
einem heimlichen Blick quittierten, da sie die Aussage etwas ver-
störte, als sich Southfield bereits auf den Weg zum Steinplateau
gemacht hatte und darüber nachdachte, welche Gedanken sich
Merlin auf dieser entlegenen Insel wohl gemacht haben musste,
anstatt einfach in der Welt zu leben und Gutes zu wirken. Wie
steil und schwierig dieser Anstieg war, fiel ihm auf, als er schließlich durch den Nebel hindurchtrat und der Weg sich noch einmal schlängelte, bevor er mit seinen zwei schweren Taschen zum
ersten Mal in seinem Leben auf dem Felsplateau vor dem Höhleneingang von Merlins Insel vor den Nordlanden stand.

Southfield war beeindruckt. So wundervoll hatte er sich das
flache Hochplateau, von denen die Dunedin wussten, nicht vorgestellt. Und dann sah er in die große Weite über den magischen
Nebel. Und er sah die Sonne ein graues Wallen in schillernden
Kolibrifarben entfachen, ließ die Taschen fallen, schloss die Augen
und genoss den Augenblick für Momente, bis er Makar und
Daoine hinter sich tuscheln hörte und heimliche Blicke einer
dritten Dohle fühlte, die auf seinen Rücken trafen.

„Das muss Sidhe sein. Der, der in einem Zug mit dem der
Daoine ist, genannt wird und der groß in den Geschichten der

Akita ist. Ich hoffe, ich bin dir willkommen", sagte Southfield, ohne sich umzudrehen. „Und mehr Augen lasten auf mir", sprach er und wurde dann neugierig, da er Sidhe, Daoine, Makar und Brian erwartet hatte. Er hatte mit einem herzlichen Empfang gerechnet, doch nicht mit der vorsichtig zögerlichen Zurückhaltung eines Fremden ihm gegenüber. Er war eine Dunedin, ein Ältester, ein Freund dieser Welt und ihres Lebens, dem nur Verschlagenheit mit Vorsicht begegnen müsse. „Dann zeigt euch alle, die ihr da seid", rief er mit lauter Stimme, ohne sich umzudrehen, und machte sich kein Bild von dem, was er zu sehen bekommen sollte.

Verunsichert sahen sich die schwerstverletzten Fulmare an, die angeführt von Sidhe hinter der Felszacke des Einganges zu der Höhle gewartet hatten. Sidhe hatte ihnen gesagt, dass man einen Dunedin erwarte. Alle hatten von den Ältesten gehört – doch wissentlich gesehen hatten wohl die wenigsten Lebewesen einen der Dunedin. Und so konnte sich keiner vorstellen, wie dieser Mensch aussah, noch wie er sich gebärden würde. So kam als erster Sidhe zu Southfield herangeschritten und trat vor ihn, der bewegungslos stand, um die Vögel nicht zu erschrecken.

Sidhe verneigte sich vor ihm, wünschte ihm einen *Guten Tag* und schlug in guter Tradition mit dem Schnabel auf das Felsplateau. Und respektvoll stellte sich Southfield vor. Aus der Höhe wurden sie von den kreisenden Fulmaren beobachtet, die durch das Motorengeräusch des Bootes vertrieben worden waren. Nicht einen Augenblick ließen sie den Menschen unbeobachtet, der ein Dunedin sein sollte. Und mit keinem Flügelschlag entfernten sie sich von der Insel, sondern umkreisten sie in stets gleichem Abstand.

„Das ist sehr freundlich von dir, Sidhe. Und wem gehören die anderen Augen, die mich durchlöchern?", fragte Southfield die Dohle, die sich ihm nun bekannt gemacht hatte.

„Das sind die Fulmare, Oak", sprach Daoine schnell. „Kommt doch bitte alle herüber, und seht euch den Ältesten an. Er ist unseretwegen gekommen, und wir haben nichts von ihm zu befürchten. Er spricht unsere Sprache", sagte Daoine zu den gebrochenen Seevögeln, die sich dann langsam aus dem hellen Schatten des Apfelbaumes herauswagten. Mit zerrissenen Flügeln und gebrochenen, hohlen Knochen schleppten sich die invaliden Tiere mühsam auf das Felsplateau zu Southfield, der wie angewurzelt stand und auf diesen jämmerlichen Anblick nicht vorbereitet war.

Er traute seinen Augen nicht, als er zwölf zerschundene Eissturmvögel um sich herumwatscheln sah, denen noch Furchtbareres in den Gesichtern stand, als ihre zerfederten Körper ohnehin zeigten. So standen sie gequält und tapfer vor ihm.

„O weh! Was ist euch nur geschehen? Wer hat euch das angetan?", fragte er voller Sorge, die ihn spontan übermannte. Und sofort kniete er sich zu den Seevögeln hinab, die verwundert vor ihm zurückwichen. „Nein. Nein. Keine Angst", beruhigte er sie mit sanfter Stimme, als Sidhe dem bereits furchtbaren Anblick der geschundenen Fulmare traurig hinzufügte, dass das noch nicht das Schlimmste sei, was geschehen wäre. Der Dunedin horchte kurz auf, konnte seinen Blick aber nur schwer von den gequälten Vögeln wenden und streckte eine Hand nach einer Fulmare aus. „Was kann denn noch furchtbarer sein als das, frage ich dich?", sagte er besorgt, als er sich behutsam die Verletzungen eines Eissturmvogels ansah, der sich als Erster die Berührung des Dunedin gefallen ließ. Unter schweigenden Schmerzen des Vogels fühlte Southfield den zertrümmerten Knochen des Flügels, nachdem er ihn vorsichtig mit beiden Händen spreizte. „Das tut dir weh, nicht wahr?", erkundigte er sich, ohne Sidhe in diesem Moment Beachtung zu schenken. Und er ertastete die vielfachen Brüche des Flügels. „Aber … das kriegen wir wieder hin", beruhigte er die Fulmare, die Southfield erstaunt hörten und nicht glauben wollten, was er sagte.

„Patty Brian ist ertrunken", sagte Sidhe kurzerhand, ohne gefragt worden zu sein, woraufhin alle Vögel verschämt den Kopf senkten, um nicht in die durchdringenden Augen des vielleicht strafenden Ältesten sehen zu müssen. Und tatsächlich ließ Southfield den Flügel des Invaliden los, zu dem er sich hingekniet hatte. Sein Atem stockte ihm, und er erschrak, als er die Vögel anstarrte.

Das Lächeln war aus seinem Gesicht gewichen, als er Sidhe betrachtete und bat, er möge ihn anschauen und wiederholen, was er gesagt habe.

Und Sidhe hob den Kopf, traf mit ihren wasserblauen Blicken die Augen des uralten Dunedins, entleerte ihr trauerndes Herz und schritt zu Southfield heran, um ihm das Geschehene zu berichten.

Mit versteinertem Gesicht, in dem die Züge quälender Weisheit in jenem Moment ruhten, hörte sich der Dunedin das Gesagte an, hatte sich auf den Felsen gesetzt und starrte in übermenschlicher Stille vor sich. Dann begann ein jeder der Fulmare seine eigene Beteiligung an der Geschichte zu erzählen. Und noch zwei Tage nach dem fürchterlichen Ereignis standen sie alle geschockt im Bann des Erlebten.

„Und ich habe noch ihre angstweiten Augen gesehen, die zu uns nach oben gerichtet waren, als sie etwas in die Tiefe riss", meinte ein Fulmar. Ein anderer sprach von den Luftblasen, die wie Lichter zu blinken schienen, und ein dritter von der ungeheueren Geschwindigkeit, mit der Brian versank. Es sei gewesen, als hätte sie Gewichte an ihren Körper gehängt bekommen, während sie zuvor zufrieden ruhig entblößt auf dem Wasser getrieben haben sollte, als man durch den Nebel gestoßen war und sie schwimmend sah.

„Es ging alles so schnell. Und dann wurde sie zuerst aus dem Wasser gestoßen, bevor sie nach unten gezogen wurde", wollte eine andere beobachtet haben. Und schließlich habe man versucht, sie zu retten. Dabei habe man keine Rücksicht auf die eigene Gesundheit genommen und sich verletzt. Trotzdem seien alle Rettungsversuche vergeblich gewesen und Brian vor ihren Augen in der Tiefe des Ozeans versunken.

Der Dunedin schwieg. Stumm sah er die Vögel an, die nun dicht an ihn herangetreten waren und ihre Scheu abgelegt hatten. Er sah jedem in seine traurigen, betroffenen Augen und erkannte das verzweifelte Bedauern, das den Fulmaren eigentlich fremd war, denn es verhielt sich für sie so, wie jemand gesagt hatte, dass man dem Tod jeden Tag begegnete. Weiterhin schwieg der Älteste und strich sich mit seiner feingliedrigen Hand über das schmale Kinn seines kaum beschreibbaren Gesichtes, in dem die faszinierend jung leuchtenden Augen unter müden Lidern über jede Mimik dominierten. Doch das Gesicht eines der Dunedin zu beschreiben wäre ein unmögliches Unterfangen. Man käme erst gar nicht auf den Gedanken, da, einmal von den farblich changierenden Augen erfasst, ein jeder von ihnen gebannt wurde, der eine Betrachtung anstellen wollte.

„Patty Brian kann so nicht zu Tode gekommen sein, falls sie die ist, für die man sie geboren hält", sagte er dann mit fast flüsternd leiser Stimme. „Sie wird nicht so gestorben sein können, wie ihr es erlebt zu haben scheint", sprach er vor sich hin und schaute dankbar in die erwartungsvollen Augen der Tiere, die nicht begriffen, wovon er sprach.

„Wenn sie nicht ertrank, Oak: Wo ist sie dann?", fragte Daoine, der diese Möglichkeit nicht in Betracht zog.

„Wir werden sie finden, mein Freund", sagte der Dunedin trotz seiner Gewissheit ernst. „Das werden wir. Und vorher versorge ich euch", meinte er und schaute die Invaliden an. „Wann habt ihr das letzte Mal gefressen?", fragte er die Fulmare, und ein wildes Durcheinander brach über ihn herein, das er flachlachen musste. „Nanu …, wenn ihr noch solchen Hunger habt, dann wird hier nicht gestorben", meinte er und ließ Daoine auffliegen, um die anderen Fulmare herunterzubitten, die die zunehmende Vertrautheit der Artgenossen mit dem Menschen beobachtet hatten. Sie sahen auch die Fürsorge, als er die verletzten Eissturmvögel untersuchte. Und als Daoine, die gut bekannte und hochgeschätzte Coloee von Glazial, am späten Nachmittag zu ihnen heraufgeflogen kam, um sie auf die Insel herunterzubitten, und da es offenbar einer der Ältesten sei, von dem er geschickt die Bitte überbrachte, wartete niemand länger mehr kreisend in der Luft, sondern sie stürzten sich alle fast dankbar und mindestens wild schreiend hinab auf Merlins Felsen und landeten noch, bevor Daoine ihnen folgen konnte.

Dann brach die Neugierde durch, und jeder wollte dem Ältesten so nahe wie möglich sein. Sie wollten sich einmal von ihm den Schnabel streichen oder das Federkleid berühren lassen. Und die

Dohlen, die dieses miterlebten, waren nur erstaunt. Ein altes Band schien zwischen den Seevögeln und den Dunedin zu bestehen, dessen Bedeutung, auch in einer fast zärtlichen Zuwendung, den Dohlen nicht bekannt war. Sie sprachen durch- und miteinander, während sie sich gegenseitig vom Ältesten wegdrängelten, um Southfield möglichst nahe zu sein, bis dieser einen jeden Vogel wenigstens einmal mit einer Berührung versehen konnte, und erst dann bat er um etwas mehr Ruhe, die auf seine Bitte hin sofort einkehrte.

Makar, Sidhe und Daoine, die Bergdohlen Schottlands, waren sehr beeindruckt über den scheinbaren Einfluss, den der Dunedin offenbar hatte. Die Anerkennung, die er von den Fulmaren genoss, hätten sie nicht für möglich gehalten. Und dann, als alle ruhig waren, begann er zu erzählen, indem er die Dohlen zu sich bat.

Zuerst fragte er, welche der Fulmare von der Küste gekommen sei und welche sich die ganze Zeit an Merlins Insel aufgehalten hatte. Und die meisten der Sturmvögel waren von der norwegischen Küste herübergeflogen, während nur zehn Unverletzte plus die verwundeten Tiere sich in der letzten Zeit um Brian und die Dohlen bemüht hatten. Dann sagte er, dass er gekommen sei, da er eine Unterhaltung mit dem Weißhaupt Alwyyn geführt hatte, dem ein Morus beiwohnte. Und die Vögel, die bis dahin noch etwas getuschelt oder gezankt hatten, begannen spätestens jetzt zu schweigen.

„In diesem Moment, da wir uns hier treffen, halten die Lariden und Sulide einen Rat ab. Sie werden Schottland wissen lassen …", sagte er und wurde von einem Fulmar unterbrochen.

„Dann ist Glazial dorthin geflogen", meinte der Vogel. „Er nimmt sicher an der Ratsversammlung teil. Denn wir wundern uns schon, wo er bleibt."

„… ob man helfen kann und helfen wird. Und dann sei es gesagt, doch nicht verbrieft: Alwyyn glaubt, dass Sänger kommen werden."

„Dann machen sie den Menschen hoffentlich diesmal den Garaus", rief eine, und andere stimmten laut zu. „Ja, sie sollen das Ende der Menschen bringen. Wozu sind die schon gut? Klauen unsere Eier und leeren die Ozeane, die Lumpen. Was ist das für eine Art, frage ich mich."

„Genau. Und die Fische, die für uns übrig bleiben, stinken nach Würmern und Müll."

„Sage den Sängern, dass wir genug von den Menschen haben. Sie dürfen sie gerne wieder mitnehmen."

„Und ihre gemeinen Haustiere gleich obendrauf."

„Ja. Weg mit ihnen. Und weg mit den Ratten, Katzen, Kuscheltierchen", riefen die Fulmare einig und ereiferten sich.

„Nun, deshalb werden sie nicht kommen, meine ich. Darum werden wir uns geduldig kümmern, so gut wir es können. Und die Menschen, meine Freunde: Sie sind auf ihrem bestmöglichen Weg. Wir müssen sie immer wieder ein wenig anstupsen …, ja. Aber sie sind auf ihrem Weg. Nein … die Sänger kommen, weil wohl eine ihrer damals Gesandten wiedergefunden worden ist", meinte Southfield, als die Vögel auf einen Schlag verstummten. „Einer der *Alben* oder eben *Sänger*, wie ihr sie nennt …, einer der *Naien*, wie wir sie nennen. Und deshalb kommen die Sänger, um ihn wahrscheinlich in Empfang zu nehmen", meinte der Dunedin. „Uns kommt dabei die Aufgabe zu, ihn zu beschützen, meine Freunde. Und weiter meinte man, dass dieser Mensch, der hier auf der Insel lebte, der wiedergefundene Naien sei, um den es ginge."

„Merlin? Merlin ist doch lange schon nicht mehr hier", meinte einer der Eissturmvögel.

„Nein. Merlin war einer von uns Dunedin. Die Frau, die ihr ertrinken sahet … es geht um sie."

„Aber sie ist ertrunken", meinten einige raunend.

„Und was nun …?", meinten andere erschrocken.

„Falls sie es ist, die ein Naien sein kann, wird sie nicht ertrinken können, denn ich hörte einmal vor langer Zeit von einem anderen Naien sagen, *dass Wasser für sie wie die Erde der Luft sei und die Erde sei ihnen die Luft des Holzes*. Falls dem so ist, kann sie nicht gestorben sein, meine Freunde", erklärte Southfield, und wieder begannen die Fulmare miteinander zu tuscheln, als die Sonne unter den Nebel tauchte, ihn für Momente mit glühenden Feuerfarben überschwemmte und dann unter den Horizont tauchte, während der Mond seine Reise aufnahm und der Sonnenbahn aus dem Osten folgte. Und indes die Fulmare durcheinander Gedanken erwogen, waren Sidhe und Daoine steingleich erstarrt, als sie Southfield sagen hörten, dass man in Schottland vermute, Brian sei eine Naien, eine der Sänger, eine Albe. Der Dunedin warf denen, die neben ihm am nächsten hockten, einen stillen Blick zu und bat dann wieder um etwas Zurückhaltung in den so typischen Reden der Eissturmvögel untereinander.

„Vielleicht können uns Sidhe und Daoine etwas zu der Frau erzählen, für die sie ihr Leben gegeben haben. Wohl keiner auf Erden hat mehr Zeit mit ihr verbracht, als eben diese beiden", meinte Southfield und nickte den beiden Dohlen zu. Verlegen vor solch großen Versammlungen zu sprechen, sahen sie den Dunedin vorwurfsvoll an, da sie sich unnötigerweise in eine peinliche Situation gebracht fühlten. Sie wussten schlichtweg nicht, was sie über jemanden sagen sollten, mit dem sie jeden Tag zusammengelebt hatten. Makar erkannte die Not der beiden, woraufhin er ungebeten das Wort ergriff und zu den Seevögeln sprach.

„Patty Brian ist durch Daoine und Sidhe, von uns auf das Ersuchen der freien Wölfin Akita übermittelt, durch die Vanyar begleitet worden", leitete Makar ein.

„O ja. Die Vanyar. Der Menschen kleine Elfen. Da hat ein John Ronald Reuel ein bisschen viel erzählt und ausgeschmückt", lachte der Dunedin. „Da hätte jemand ein wenig zurückhaltender und stiller sein sollen", schmunzelte er.

„Nun sind sie schon seit vielen Dekaden unterwegs. Und was wir wissen, ist nicht mehr, als dass Patty Sidhe und Daoine als Freunde achtete, der Wölfin Haut geschenkt bekam und sich in großer Geduld all dem Ungemach unerdenklicher Tortur für eine Menschenfrau stellte, die sie klanglos ertrug", sagte Makar, während Sidhe und Daoine bei der letzten Aussage Makars dachten, dass er, falls er sie begleitet und sie ihn in ihrer mürrisch abweisenden Art als Ausgeburt ihrer Fantasie behandelt hätte, mit seinen Worten zurückhaltender wäre. Und dass sie körperliche Freuden hätte, wurde auch nicht erörtert, sondern nur ein Hohes Lied auf die Freundin des Nebelschrecks gesungen, die über die

Jahre hinaus sich selbst und dadurch anderen treu geblieben sei. Dieser Loyalität entsprechend hatte sie das Buch Merlins, das ihr gegeben wurde, auf Bitten von Alwyyn den Dohlen am Beinn a Ghlo überlassen und sei durch die Samen eines ganzen Waldes belohnt worden.

„Obwohl ich nicht verschweigen will, dass sie weder mit Akita, also der Grauwölfin, noch mit einer der Blondelfen sprechen konnte. Und hätte sie das nicht können müssen, falls sie wirklich eine Naien ist?", warf Sidhe schließlich ein und fragte Southfield.

„Hmmm … dafür kann sie noch zu jung sein, meine ich. Sollte sie eine hiergeborene Albe sein, so hat sie vieles zu lernen. Und dafür wird sie Zeit haben müssen", erwiderte er, was die Vögel hörten, worauf sie aber nichts zu sagen wussten. „Jedenfalls ist es so, wie ich euch sagte. In den nächsten Tagen kommen mehr Dunedin hierher. Keinen müsst ihr fürchten. Und dann werden wir beratschlagen", meinte Southfield. „Jetzt allerdings sollten wir mit der Suche nach Patty beginnen …", sprach er sorgenvoll, doch zuversichtlich, „… bevor ich mich der Invaliden annehme."

„Aber es wird bereits hier oben dunkel, und unter dem Nebel wird es noch viel dunkler sein", erklärte Sidhe.

„Dann werden wir Dunedin unsere Magie anwenden … und vielleicht eine Taschenlampe … hahaha. Denn wir sind im 21. Jahrhundert angekommen, Sidhe. Ich denke, eine Taschen-lampe wird auf dem Boot sein", lachte Southfield. „Wichtig ist nur, dass wir Patty finden. Und falls sie diejenige ist, für die sie gehalten wird, wird sie leben. Alles andere kommt später. Und während wir sie suchen, brauche ich zehn freiwillige Fischer von euch", rief er laut. „Wer fängt mir frischen Fisch und bringt ihn den zerschlagenen Fulmaren? Hört ihr nicht, wie ihre Därme bereits vor Appetit schlagen?"

Die Begeisterung der Eissturmvögel hielt sich in Grenzen, denn sie fütterten nur ihre Jungen bis zu einem bestimmten Alter, nicht aber erwachsene Exemplare ihrer Art, die sich verletzt hatten. *Sie sollten vom Leben gefüttert werden*, war die Haltung der Seevögel, was der Natur der Fulmare entsprach. Fische für Invaliden zu fangen lag sicher nicht in ihrer Natur. Als sich die Freiwilligkeit nur widerwillig und mühsam erkennen ließ, half Southfield ihr auf die Sprünge, indem er zehn miesgrämige Fulmare, die er handverlas, zur Freiwilligkeit expedierte. Die Aufgabe war ihnen angetragen, obwohl sie keinem gefiel. Nicht jenen, die fischen sollten – noch denjenigen, die versehrt waren und lieber verhungert wären, als sich von ihrer Sippschaft durchfüttern zu lassen. Doch dem Gebot Southfields wurde schließlich klaglose Folge geleistet.

Die Fulmare waren aufgesprungen und in den Abend gesegelt. Einige von ihnen flogen über dem Nebel auf die offene See hinaus in den Westen, bis sie durch die Nebelbank hindurchstießen, um Brian unter ihr auf dem Meer treibend zu suchen. Southfield ließ die beiden Taschen auf dem Felsplateau stehen und lief den Weg hinab zum Meer zu dem Motorboot, mit dem er gekommen war. Begleitet wurde er von den drei Dohlen. Und tatsächlich war es schon sehr dunkel unter dem Nebel geworden. Am Boot angekommen, sprang er gewandt hinein, fand in einem Staufach an Bord die gesuchte Taschenlampe, schloss das geöffnete Fach wieder, hielt sie den Dohlen zum Zeichen seiner richtigen Annahme hoch, sprang dann wieder zurück auf den Strand, zog noch einmal an dem Befestigungstampen, der das Boot in dem sanften Spülsaum der ruhig atmenden Wellen hielt.

„Als der Sturm gekommen war, da brach die Gischt an dem Felsen dort oben und spülte bis hoch auf das Plateau. Es war sehr unheimlich. Und wir wussten nicht, ob die Wellen noch höher steigen würden. Ja, wir waren sehr beunruhigt", beschrieb Sidhe Makar. „Und das Meereswasser zusammen mit dem Regen hat Merlins Höhle geflutet. Oder sollte ich sagen: Pattys Höhle …?"

„Und wohin ist das Wasser dann gelaufen?"

„Hmmm. Stimmt. Es muss irgendwie abgelaufen sein. Irgendwo muss eine Öffnung im Felsen innerhalb der Höhle sein, die das Wasser ablaufen lief. Darüber hatte ich bisher nicht nachgedacht", meinte Sidhe.

„So großes baumeisterliches Geschick und planerisches Talent traue ich Merlin nicht zu", lachte Southfield und schaltete die Taschenlampe ein. „Kommt, lasst uns einen Alben suchen. Wer mir das vor einer Woche gesagt hätte, den hätte ich für unzurechnungs-fähig erklärt", lachte der Dunedin weiter, bevor er Daoine fragte, wie groß jene Insel sei, die er sich nicht richtig vorstellen könne.

„Ich würde sagen, falls wir es hier mit echter Zeit zu tun haben sollten, dann umläuft man sie schneller, als du meinst", antwortete die Dohle und konnte die Größe dieses Felsens im Nordmeer einfach nicht besser beschreiben, als sie in dem düsteren Zwielicht die ersten Fulmare unter dem Nebel mit Fischen in den Schnäbeln für die Patienten unter den Vögeln sahen.

„Also, auf die glitschigen Steine. Seid ihr sicher, dass ihr mitkommen wollt?", fragte Sidhe rücksichtsvoll.

„Macht ihr das", meinte Makar dankbar, dem eine Wahl gegeben war und der sich, als er sich die Expedition kurz vorstellte, sicher war, dass er sich auf dem Felsplateau geborgener fühlen würde. „Ich werde oben auf euch warten und mir die Insel aus einer anderen Perspektive anschauen. Denn darauf hatte ich lange gewartet: Immer schon wollte ich mir Merlins Insel einmal ansehen dürfen."

„Was ihr alle bloß mit Merlin habt", schüttelte Southfield seinen Kopf etwas verärgert. „Aber sei es drum. Denn gehen wir. Ihr scheint ja erfahrene Frösche unter den Dohlen geworden zu sein", schmunzelte er zu Sidhe und Daoine.

„Es ist nett von dir, dass du uns nicht Kröten nennst. Nicht nur das: Wir sind zu Connaisseuren unterschiedlichster Algenarten herangewachsen", ergänzte Sidhe, als Makar sich bereits auf seinen Weg verabschiedet hatte.

„Habt ihr hier von Algen gelebt? Dem guten, alten *Schwarzbrot?*"

„O ja. Grünalgen. Rotalgen. Braunalgen. Fast den ganzen Regenbogen rauf und runter. Dazu Muscheln oder Krebse. Eine ausgewogene Diät, hatte Patty gefunden, und sie wurde nicht müde, das immer und immer wieder maulig zu betonen", sagte Daoine, als Southfield lachen musste.

„Dann wird sie wie erbrochenes Fischmehl riechen. Und sie scheint Humor zu besitzen."

„Das Riechen überlassen wir den Menschen, wie du wissen müsstest", sagte Sidhe.

„Dann ist es kein Wunder, dass sie sich diese Insel ausgesucht hat. Näher am Menschen wäre ihr Geruch aufgefallen, wie eine Abdeckerei auf dem Land", lachte der Dunedin vergnügt, obwohl ihm schwindelig bei dem Gedanken wurde, was Brian passiert sein konnte, als alle drei über die rutschigen Felssteine am Inselsockel kletterten und die Taschenlampe ihren Lichtkegel zuckend über die schwarzfeuchten Oberflächen warf, die teils mit Algen oder scharfkantigen Pocken, teils nackt und einem gefährlichen Reibeisen gleich die Insel gegen das Nordmeer zu schützen schienen.

„Du bist so anders, als ich mir einen Ältesten vorgestellt habe", sagte Daoine beherzt, während der tänzelnde Dunedin große Schwierigkeiten hatte, sein Gleichgewicht auf und zwischen den Steinen zu halten.

„Ja, ja. Die vielen Gerüchte", meinte er schwerer atmend angesichts der Anstrengung.

„Und stimmt es, dass ihr wirklich so alt werdet?"

„So alt … und manchmal älter", schnaufte er.

„Und um wie viel älter manchmal?", hörte der gut trainierte Sidhe nicht auf zu fragen.

„Hör mir mal zu, mein Freund. Wir haben noch viel Zeit. Ich bin etwas außer Atem gekommen, wie du vielleicht hören kannst. Und ich will jetzt nicht reden müssen", meinte Southfield, leuchtete mit dem schwachen Licht der Taschenlampe den Dohlen ins Gesicht und hatte sich unmissverständlich ausgedrückt. Wahrhaft waren die Dohlen einen Moment ruhig, bis sie dann miteinander auf ihrer Dunkelwanderung zu sprechen begannen und das Batterielicht des Menschen für ein vortreffliches Instrument in der Finsternis hielten. Brian hatte ein solches Hilfsmittel nicht besessen. Eigentlich hatte sie gar nichts besessen – bis auf das gestohlene Boot, von dem sie wieder und wieder behauptete, es sei nur geliehen und hätte einem guten Zweck gedient. Schließlich aber war auch dieses Boot von dem Sturm zertrümmert worden. Nicht, dass es noch seetauglich gewesen wäre, aber man hätte noch an ihm herumbasteln können, hatte Brian gemeint. Nun allerdings waren beide verschwunden.

„Und es hat mir die Sinne geraubt, als die Seevögel plötzlich da waren, nach all der Stille mit Patty", meinte Daoine.

„So ging es mir. Es war scheußlich laut. Und dann war nichts mehr, wie es zuvor gewesen war. Nichts scheint mehr richtig zu sein, finde ich", sagte auch Sidhe. „Und nun suchen wir Patty, obwohl wir glauben, dass sie tot ist."

„Vielleicht ist sie das – vielleicht ist sie das nicht."

„Redet nicht so", keuchte der schwitzende Southfield, der der Unterhaltung der Dohlen folgte.

„Ist schon gut", meinte Sidhe und war wieder still, als sie weiter über die Steine in der Dunkelheit kletterten. Sie dachte nur, dass es sonderbar sei, sich auf der eigenen Insel seinen Schnabel von einem Gast verbieten zu lassen, auch falls er ein Dunedin sei. Dieser Umstand nach all den Jahren, in denen sich niemand um sie geschert hatte, kränkte sie etwas.


Weder Treibgut noch sonst etwas, was einer Erwähnung bedurfte, fanden sie, obwohl sie schon lange an der Insel entlanggelaufen waren. Die Suche war vergeblich gewesen, und Southfield setzte sich in der Finsternis auf einen etwas höher gelegenen Stein, der ihm ein wenig trockener schien als die Felsen, die vom Spül-saum befeuchtet wirkten. Dort schaltete er die Taschenlampe aus und dachte nach. Was konnte mit Brian nur geschehen sein? Sollten sich die Dohlen in den Highlands geirrt haben? Oder hatte Alwyyn die Zeichen falsch gedeutet, überlegte er und wog ein jedes Wort des Weißhauptes neu, um ihnen vielleicht eine tiefere Bedeutung beizumessen, als man oberflächlich zuerst zu hören gemeint haben könnte.

„Kann einer von euch fliegen und einige der Fulmare holen?", fragte Southfield, der sichtlich erschöpft und deprimiert war. „Vielleicht haben wir etwas übersehen. Vielleicht denken wir falsch. Vielleicht verhält sich ein Naien ganz anders, als wir glauben, dass sich Patty verhalten hätte. Vielleicht … vielleicht und … Bock-mist. Könnte einer von euch fliegen?"

„O …, wir sind noch nicht ganz um die Insel herumgegangen", meinte Daoine. „Da kommt noch eine schwierige Passage."

„Aber ich bin fertig. Vollkommen erledigt, verstehst du?", meinte Southfield.

„Weißt du, Patty hatte eine bessere Kondition, als du, Oak", sagte Sidhe keck und zahlte es ihm mit dieser Aussage heim, dass er zuvor seinen Schnabel hatte halten sollen. „So erschöpft wie dich habe ich sie nie gesehen. Und du bist ein Mann."

„Sie ist ja auch ein Jungsporn im Verhältnis zu mir", konterte er, was keine überzeugende Aussagekraft besaß, da seine Kondition einfach nur schlecht war, was er nicht beschönigen konnte. Schmunzelnd ließen die Dohlen seine Aussage unkommentiert stehen und wollten versuchen, dicht an dem Felsen hoch zu den Fulmaren zu fliegen, denn unter dem Nebel in der Dunkelheit auf die offene See hinauszufliegen, wagten sie nicht, während Southfield auf dem Felsen verschnaufte und mit der Taschenlampe in seiner Hand spielte. „Ja ..., wir sind im 21. Jahrhundert ...", murmelte er vor sich her, und der Lichtkegel der Lampe, die er wieder angeschaltet hatte, sprang über die Steine und reflektierte manchmal auf das Wasser, dessen schäumende Gischt zwischen den alten Felsen verebbte. Er dachte an Merlin, der sich diese Zuflucht in seiner früheren, letzten Not hatte suchen müssen, weil er als Dunedin an und für sich versagt hatte. Die Ältesten mischten sich nicht redeführend und maßgebend in die Geschichte der irdischen Menschen ein. Mit der Christianisierung und dem damals neuen Gottesglauben der Menschen war die Toleranzgrenze Merlins erreicht und seine Akzeptanz möglicher Lebensführung offenbar erschöpft. Dabei würde es nur eine winzige, irrige Episode in den Annalen der Menschheit sein, wären die Evolutionären erst einmal ein wenig älter. Bis dahin galt es für die Dunedin, das Leben der Natur vor der Vielgefräßigkeit der Menschen zu schützen, gleich, welchen Glaubens sie seien. Und wie Southfield dachte und sich erholend mit der Taschenlampe spielte, kam eine der Fulmare aufgeregt im Sturzflug zu ihm heruntergeflogen.

Der Dunedin erschrak, als er den schreienden Eissturmvogel aus der Dunkelheit erscheinen sah, da er mit seinen Gedanken noch bei Merlin war.

„Sie ist gefunden, Oak. Wir haben sie gefunden. Patty ist gefunden worden", schrie sie erregt noch aus der Luft, als sie zu Southfield hinab an den Strand stieß. „Man hat sie gefunden. Zitternd. Erschöpft. Unterhalb vom Plateau. Auf einem Felssims. Und sie lebt. Aber sie kommt von dort nicht weiter", sagte der Sturmvogel und überschlug sich in seinen Gedanken vor Freude der guten Nachricht. Damit war auch allen Fragen des Dunedins vorgebeugt, der trotz innerer Überzeugung nicht sicher war, ob Brian ihr Abenteuer wirklich überlebt haben könnte. Und es schien ihm nun auch sicherer denn zuvor, dass es sich mit Brian um eine mögliche Wiedergeburt einer Naien handeln könne, was das wundervollste Ereignis dieser Erde seit Andenken der noch lebenden Dunedin sei.

„Bist du dir sicher?", fragte er unsinnigerweise.

„Ob ich mir sicher bin? Ha ...", glaubte der Fulmar nicht, was er hörte.

„Blöd von mir. Ich danke dir, mein Freund. Ich danke dir sehr. Wo sitzt sie denn in der Klemme?"

„Blöd? Nicht nur blöd, sondern sehr blöd von dir!", betonte der Fulmar. „Auf der anderen Seite der Insel ... noch im Nebel."

„Und ist jemand bei ihr?", fragte Southfield, als er schon aufgestanden war, um sich umgehendst auf den Weg zu ihr zu machen.

„Daoine ist bei ihr. Als er kam, um uns von dir rufen zu lassen, hatten wir sie gerade gefunden."

„Das sind wunderbare Neuigkeiten", freute sich der Dunedin, dessen Ermüdung verflogen war. Er sprang auf und fragte Sidhe, der den Fulmar begleitet hatte, um ihn zu Southfield zu bringen, ob es nicht einen leichteren Weg zu der anderen Seite der Insel gäbe als eben den gefährlichen Hindernislauf über die glatten Steine. Sidhe erwiderte, dass es nur den einen Aufstieg zum Plateau gäbe. Und dann könne man über die moosige Kuppe am schnellsten auf die andere Seite gelangen. Southfield schüttelte wieder seinen Kopf, schnalzte mit der Zunge und erwähnte etwas wie *Merlin, der alte Spinner und seine Paranoia*, doch stolperte und rutschte er dann schon möglichst geschickt über die geschliffenen oder rauen Brandungssteine und seifigen, festgewachsenen Fingertang, der die Disziplin weiter erschwerte, um auf die Anhöhe der Insel zurückzukommen, damit er schnellstmöglich Brian zu Hilfe sein konnte. Der Schein der Taschenlampe zitterte durch die Finsternis, als Sidhe und der Fulmar schon geflogen waren, um sich bei den anderen Vögeln und Brian aufzuhalten, was Southfield nicht wusste, da er Sidhe bat, sich nicht allzu weit von ihm zu entfernen, was zu spät gesagt worden war.

Als der Dunedin keuchend und prustend dem Handlicht folgend auf der Inselhöhe ankam, warteten die Fulmare laut rufend auf ihn, als feuerten sie ihn an, durchzuhalten und schneller zu machen. Es schienen dem Dunedin ob der Stimmen, die er hörte, noch mehr Vögel geworden zu sein, die einzeln nun im hellen Mondlicht gut zu sehen waren, als er die Taschenlampe ausschaltete. Die Vögel deuteten durcheinanderrufend in die gleiche Richtung, als Sidhe, zuerst zu ihm gekommen, auch schon vorausflog, die Schar der aufgeregten Eissturmvögel passierte und sich an der Ostklippe des Felsens einen Weg durch die Menge der Tiere bahnte.

Sidhe konnte von dort aus Daoine, kaum vier Meter unterhalb des an dieser Stelle stahlglatten, letzten Hanges auf einem rauen Gesteinssims zusammen mit Brian kauern sehen. Ihre nackte Haut schimmerte weiß. Und sie schimmerte weißer denn je zuvor im Sternenlicht und dem des Mondes. Dann hopste Sidhe hinab zu den beiden und konnte, nach der tiefen Trauer um ihren vermeintlichen Tod, vor Freude über das Wiedersehen nicht an sich halten, als sie Brian körperlich wohl angegriffen, aber lebend wiedersah. Die Stimmen der Fulmare schallten für Momente nur noch über den Nebel, waren aber bedeutungslos geworden, als Sidhe Brian in die Augen schauen konnte. Am liebsten hätte die Dohle in jenem Moment mit dem Menschen geschnäbelt, als Brian nur *Na, na ... etwas vorsichtiger, bitte* sagte und wie ein Koboldmaki auf dem Felsvorsprung festsaß.

Als Sidhe sagen wollte, dass man einen Gast auf der Insel habe, der zu helfen gekommen sei, erwiderte Brian kurz, dass Daoine sie schon vorgewarnt habe, und oben an dem Kliff tobten die Fulmare vor Freude. Dann segelten sie Runden in großen

Kreisen über Brian und den Dohlen, als Southfield vorsichtig an die Klippe herantrat und hinabsah. Und so vorsichtig er hinabschaute, sollte Brian zu ihm heraufsehen, als Sidhe sie mit ihrem Schnabel anstieß und ihr sagte, dass der Mensch über ihr derjenige sei, der ihr helfen würde. Mit verklebten Haaren und brennenden Augen, zerschundenen Händen, frierend und nackt kauernd, ihre Brüste mit den Armen verdeckend, sah sie nur die vielen, flatternden *Möwen* und einen vagen Schattenriss eines möglichen Menschen, als sie eine warme, schwer atmende, doch freundliche Stimme hörte.

„Dass du die Nymphe im Mondlicht probst, hatte man mir nicht gesagt", rief er erleichtert mit einer Stimme hinunter, die für Brian in jenem Moment alles Erdenkliche möglich zu machen schien. Sie war ihr in jenem Augenblick das Liebste, neben den Dohlen, dass sie sich hätte wünschen können, denn sie saß fest, da sie sich an dem Steilhang verstiegen hatte, den sie niemals zuvor hinaufgeklettert war. Und als Southfield keine Antwort von ihr bekam, die er unter sich kaum an dem Felsen sehen konnte, rief er ernster zu ihr hinab, dass er sich etwas einfallen lassen würde, um sie heraufzuholen. Sie solle sich keine Sorgen machen, meinte er, bevor er von dem Klippenrand verschwand.

Er lief zurück zu den Taschen, öffnete die Reißverschlüsse und entleerte in der Nacht ihren Inhalt auf dem Plateau. Dann begann er die Taschen selbst in Streifen zu reißen und brummte vor sich her, dass sie zum Glück in China produziert worden seien, da sich das Material, einmal an einer Stelle angerissen, sehr leicht über die gesamte Breite in Streifen ziehen ließ. Dann knotete er die kurzen Bänder unter den wachsamen Augen der Fulmare zusammen zu einem langen, zog jeden einzelnen Knoten kräftig nach und prüfte nach einem Moment, wie lang das so entstandene Seil geworden war. Seiner Meinung nach hätte es reichen müssen. Danach untersagte er den neugierigen Fulmaren unter Androhung strengster Strafen – und er sagte, *er würde denjenigen als fettes, saftiges Geflügelteil verspeisen* – sich an den auf dem Felsplateau entleerten Gegenständen zu schaffen zu machen, da er die Neugierde der Seevögel voraussah und wusste, wie achtlos sie mit Dingen umgehen konnten, die für sie nicht auf die eine oder andere Art zu verdauen seien. Dann bat er diejenigen von ihnen, die fliegen konnten, das geknotete Seil dem Menschen hinabzubringen und mit nur einem Ende des Knotenstrickes zu ihm an die Klippe zurückzukommen. Die Fulmare verstanden nicht viel von Klettertechniken. Noch weniger machten sie sich eine Vorstellung davon, wie ein Band an Felsen Menschen bewegen könnte. Doch sie befolgten die Anweisungen des sichtlich bemühten und aufgeregten Dunedins, der schon wieder aufgestanden war, um an den Felsenrand oberhalb von Brian zu laufen.

Brian kauerte noch zusammen mit ihren beiden Dohlen auf dem Gesteinssims, als das Seil von den Fulmaren auf sie herabgeworfen wurde. Sie erschraken etwas in der Dunkelheit im Schatten des Felsens, als Daoine rief, man möge doch ein wenig umsichtiger sein und aufpassen, wohin man die Knoten in der Dunkelheit werfe. Und man hätte sie vorwarnen können. Darauf kam die klare Antwort, dass sich die Dohlen dann doch ein anderes Gefieder zulegen sollten, denn schließlich schicke es sich nicht, in der Nacht schwarz zu glänzen, falls man keine verschlagenen Absichten besäße, was ein Eissturmvogel deutlich hörbar für sie herabrief. Und dann kam einer der großen Vögel zu ihnen herabgeflogen, segelte stehend im Aufwind der Klippe vor den Dohlen, entschuldigte sich leise und meinte, man müsse das eine Ende des Strickes dem Ältesten zurückbringen. Dafür landete er kurz, war Brian niemals zuvor so dicht gekommen, schaute sie einen Moment respektvoll an, zupfte dann so lange an dem geknoteten Seil, bis ein Ende gefunden war, und hob mit ihm im Schnabel in dem leichten Aufwind flügelspreizend wieder ab, um dem Menschen oben an dem Klippenrand den Strick zu bringen.

Southfield stand schon und wartete auf den Fulmar, der zu ihm kam. Das Seilende wurde ihm in die Hände gelegt, als die anderen Seevögel wild durcheinanderschreiend aufflogen, um die Rettung des Menschen aus der Nachtluft im Schein des Mondes zu verfolgen.

„Ist das Seil lang genug?", rief Southfield hinunter zu Brian. „Ist noch ein Ende bei dir, das du greifen kannst?", fragte er, und sie griff das Seil, das nun über die glatte Felswand zu ihr herabhing. Indem sie an ihm zog, bestätigte sie ihm, dass es lang genug sei. „Dann ziehe einmal fester daran, und sieh, ob es hält", rief er, während er sich das andere Ende bereits um den Körper und die Schultern schlang und sich den Lauf des Strickes um den rechten Arm gewickelt hatte. „Gut. Ich bin fertig. Hast du Kraft, um zu klettern? Oder soll ich dich ziehen?", fragte er, und zum ersten Mal sprach sie zu ihm, indem sie ihn zu ziehen bat. Einen Moment hielt er inne, als er ihre Stimme hörte, schlang sich dann das Seil fest um sein Handgelenk, fühlte sich etwas kraftlos, doch entschieden und rief zu ihr hinunter, dass sie sich gut festhalten sollte, als er sich mit seinen Beinen gegen das Moos zu stemmen begann, um sie heraufzuhieven. Zu seiner Überraschung fiel es ihm sehr leicht, als hinge am anderen Ende des Strickes kein oder kein nennenswertes Gewicht. Zumindest nicht das Gewicht eines Körpers von einem Menschen. Und unter den beobachtenden Augen der Fulmare, die bereits über der Insel in dem Mondschein zu kreisen begannen, waren Sidhe und Daoine die Ersten, die vor der splitternackten Brian über die Klippe kamen.

Southfield drehte sich um, sodass er die Dohlen landen sah, als die geschundene Frau sich hochzog, dann den Strick losließ und sich durch ihre Arme fangend mit den Knien auf den Felsen stürzte, sich dann noch einmal hochdrückte und doch geschwächt liegen blieb. Der Dunedin ließ den Strick fallen und war sich unsicher, was er tun sollte. In gebührendem Abstand von ihr stand er und gewährte ihr die Zeit, durchatmend zu sich zu kommen. Dann drehte er sich um, während die Fulmare jetzt schweigend auf dem Plateau an dem Wasserbassin gelandet waren. Er wendete sich ab, um die nackte Frau durch seine Blicke nicht zu beschämen, und lief zu den Vögeln, die auf ihn warteten. Die Dohlen waren bei Brian geblieben und verfolgten das nun noch sonderbarere Leben auf der Insel, das sich eingestellt hatte, als auch Makar zu ihnen herangeflogen kam, der sich bisher im Hintergrund gehalten hatte. Während ein Geschrei der Seevögel aufkam und ein scheinbares Gezänk vor der Höhle entstand und der Dunedin sich in das Getöse einmischte, hörten weder Brian noch die Dohlen die Ursache, da zu ihnen nur die lästige Geräuschkulisse herandrang.

Brian war am scheinbaren Ende ihrer Kräfte, doch für eine Tote sehr lebendig. Den Strick hatte sie noch um ihr Handgelenk gebunden und war auf das Moos gekrochen; sie hatte sich auf ihrem Rücken nackt ausgestreckt und atmete tief mit geschlossenen Augen das hypnotisch blasse Licht des Mondes, das sie auf ihrem Körper spürte.

Sidhe kam vorsichtig an sie heran, ließ sie ruhen und sah die Wunden Brians. Ihr Brustkörper, der Bauch, ihre Hüften und auch die Schenkel bluteten wie von Tausenden von Nadeln zerstochen. Kleine Bluttropfen quollen ihr fast aus jeder Pore und liefen langsam in Rinnsalen zusammen über den Bauch, dann zu den Seiten hinab auf das Moos. Und Blut trocknete auf ihrer Haut. Brian lag nur erschöpft, atmete und atmete tiefer. Ihr Brustkorb hob und senkte sich, und die Dohlen schauten sie an, da Sidhe still Makar und Daoine auf die Wunden aufmerksam gemacht hatte.

„Was ... was ist mir passiert?", sprach sie aus der Ferne mit geschlossenen Augen, als die Dohlen wiederholen wollten, was sie wussten. „Nein ..., ich frage nicht euch. Ich fragte mich selbst", meinte sie dann und kam langsam wieder zur Besinnung. „Und aus zwei werde drei ...", sagte sie weiter, als sie die dritte Dohle im glänzenden Schatten des Mondlichtes zum ersten Mal sah. „Wer bist du, dass du eine nackte Frau sehen willst? Und wo ist meine Kleidung, Daoine?", fragte Brian etwas schamhaft bei Sinnen, was ein sicheres Zeichen für die Dohlen war, dass sie sich der Welt besann. Dann erhob sie ihren Oberkörper und sah das noch tropfende sowie das geronnene Blut auf ihrer Haut. Sie erschrak, da ihr wieder die Bilder der Wölfin auf dem Staudamm vor Augen kamen. „Was habe ich getan, Sidhe und Daoine? Wer ist es diesmal, den ich tötete? Und wer ist diese Dohle?", fragte sie in einem Atemzug, als sich der Dunedin, der sich mit den Vögeln vor der Höhle niedergelassen hatte, zu ihr aus der Entfernung umdrehte, um zu sehen, ob alles in Ordnung sei, während Brian sicherlich einhundert Meter entfernt von ihm im Mondschein saß und er es an dem Lagerfeuer, das er derweil vor der Höhle entzündet hatte, sehr gemütlich fand.

„Sidhe, kannst du mir bitte Akitas Pelz aus der Höhle holen? Vielleicht hilft dir Daoine dabei, denn er ist schwer", sagte sie schwach, ohne Antworten auf ihre gestellten Fragen abzuwarten. Sie wollte sich ihren Pelz um den Körper legen, bevor sie aufzustehen gedachte und im Schatten der hohen Felszacke zu dem Wasserbecken laufen wollte, in das sie immer das Destillat als Vorrat gegossen hatten. Dort wollte sie sich das Blut von ihrem Körper abwaschen, als Sidhe etwas durcheinander aufgeflogen war, da er nicht wusste, ob er nun zuerst ihre Fragen beantworten oder zuerst ihren Wünschen entsprechen sollte; Daoine folgte ihm.

„Woher nur kommt das ganze Blut?", fragte sich Brian unter dem sternenglitzernden Nachthimmel und fühlte, wie sie sich nackt selbst vor der fremden Dohle schämte. Sie schämte sich vor einem Vogel und schämte sich plötzlich ob ihrer Blöße, die sie verbergen wollte, auch vor den Seevögeln, die sie zuvor nicht einmal interessiert hatten. Wie oft hatten diese Vögel sie nackt schwimmen gesehen, überlegte sie. Doch jetzt konnte sie ihre Stimmen vernehmen und sie sprechen hören, was ihr zuvor nicht vergönnt gewesen war. Durch die verständliche Sprache wurden die Seevögel offenbar zu wenigstens vernunftbegabten Wesen für sie. Und woher kam diese Dohle, die sich immer schweigend in ihrer Nähe aufhielt, fragte sie sich.

Für Sidhe und Daoine herrschte plötzlich eine große Aufregung vor der Höhle um das Lagerfeuer, das von Southfied weiter betrieben worden war. Es hatte sich wohl noch wenigstens ein weiterer Seevogel zu den anderen gesellt, was im Mondschein für die beiden Dohlen aber nur sehr unklar zu sehen gewesen war. Sie waren jedoch mit dem Pelz Akitas zu sehr beschäftigt, den sie aus der Höhle gezerrt hatten, um dem Treiben der anderen eine angemessene Bedeutung zu schenken. Sie zogen und zerrten ihn langsam über den Felsen, dann über das widerspenstige Moos, das sich oft in den Haaren des Felles verhakte, und hörten, als sie näher an Brian und den höflichen Makar herankamen, dass sich der Gesandte von Alwyyn bescheiden erkundigte, ob sie sich zu dem Ältesten und den anderen Vögeln zurückziehen dürfe, da man Kunde und Ergebnisse von einer großen Versammlung erwarte, die die Suliden, Lariden und ganz augenscheinlich die Fulmare abgehalten hatten. Und sie müsse sich an den Aussagen von dieser Versammlung interessiert zeigen, da sie von größter Bedeutung sein könnten. Brian wunderte sich zu jener Zeit über nichts mehr, sah Sidhe und Daoine sich mit dem Pelz abmühen, ließ einen jeden mit seinen Marotten gewähren und freute sich nur noch auf die schützende Wärme ihres Felles, die ihr in jenem Moment mehr als die großspurigen Reden und eifrig verlockenden Sinnbilder irgendeiner Welt bedeuteten. Vertrauen hatte sie nur in ihre schwer arbeitenden Dohlen und in die Wolfshaut.

„Habt vielen Dank, ihr beiden", sagte sie leise, als sie den Dohlen entgegenging, sich den noch feuchten Pelz nahm und über die Schultern hängte, weil sie ihn nicht mit dem Blut ihres Brustkörpers verschmutzen wollte. „Ich gehe und wasche mich. Und dann sehen wir weiter", meinte sie und spürte die Schmerzen in ihren Organen und Gliedern. Sie spürte jedes Gelenk ihres Körpers und konnte noch nicht einmal richtig auftreten, geschweige denn, ohne zu humpeln, laufen. Ihre Schultern und die Rippenbögen schienen wie verdreht worden zu sein, so sehr stachen sie in ihr Nervenkorsett, als sie sich im Schattenfall der Felszacke von Daoine und Sidhe besorgt begleitet an das Wasserbecken schleppte, um das Blut abzuwaschen, während vor dem Höhleneingang ein Tumult von Hunderten von Fulmaren, einem Dunedin und einer schottischen Bergdohle herrschte, der seinen Höhepunkt noch nicht gefunden hatte und erst etwas leiser in den Ohren Brians klang, als der Schall durch den Felsen, hinter dem sie sich wusch, gebrochen werden konnte.

Das weichfahle Licht fiel auf ihre seidenweiße Haut, als sie sich geschunden und zitterig in das Becken setzte und den ganzen Körper immer wieder mit dem Wasserdestillat übergoss. Auch das Salz wollte sie aus den Haaren und das Blut von der schmerzempfindlichen Haut waschen. Sie schien den Dohlen große körperliche Qualen zu erleiden, und Brian erschien ihnen ernster denn jemals zuvor auf Merlins Insel in jener Nacht. So standen sie bei ihr, sahen sie und wagten es doch nicht, sie anzusprechen, bis Brian, die nackt in dem Wasser saß, ihre Augen schloss und ihren Kopf nach hinten legte, die beiden Dohlen fragte, woher es käme, das ihr Pelz so schwer vor Nässe sei.

Sidhe erklärte ihr, dass in ihrer Abwesenheit imposante Wellen die Gischt und ein gewaltiger Sturm den Regen in die Höhle getrieben hätten. Überall sei Wasser gewesen, und es sei immer noch ein einziges Chaos in der Höhle, die ihr Obhut geboten hatte. Alles sei in der hintersten und dunkelsten Ecke zusammengespült worden – bis auf die Pritsche und das Fell Akitas, das sich im Raum verkeilt haben sollte.

Brian übergoss sich abermals mit dem lindernden und reinigenden Wasser und spürte erst jetzt, dass sie die Augen bereits geöffnet hatte und das Blut wenigstens abgewaschen war. Im Mondlicht konnte sie unzählige blau und schwarz angelaufene Hämatome unter ihrer hellen Haut sehen. Prellungen an Armen, Beinen und über ihren ganzen Körper verteilt. Schürfungen an den knöchernen Knien. Und sie saß, betrachtete sich und schüttelte ihren Kopf.

„Schaut mich nur an. Kein Wunder, dass ihr dachtet, ich sei tot. Das hätte ich auch gedacht. Und wer weiß, ob ich es nicht bin", murmelte sie und besah sich ihre Arme und Beine wieder und immer wieder. Schließlich schaute sie sehnsüchtig zu den Dohlen, atmete einmal flach ein, weil ihr auch das Atmen einige Schmerzen zu bereiten schien, und meinte, dass sie nichts lieber hätte als ihre Ruhe. „Aber stattdessen ist dieses Geschrei und der Fremde auf unserer Insel. Was ist nur passiert?"

„Ich werde mit Oak sprechen", meinte Daoine.

„Was? Jetzt müssen wir schon um unsere Nachtruhe bitten? Nein, nein. Lass nur ...", meinte Brian schwach, doch Daoine bestand darauf, da man schließlich etwas wie ein Hausrecht auf der Insel habe, und machte sich auf den Weg zu dem Dunedin. Brian strich sich noch das Wasser mit ihren wunden Händen von der Haut, als es leiser wurde und die Fulmare gemeinsam aufflogen, einmal in dem Nachtlicht über den Felsen kreisten, sie noch ein vielfaches *Entschuldigung*, *Bis später* und *Es wird schon* von den Seevögeln vernahm, die danach leise wie ein Spuk im Mond verschwanden. Indes kam Daoine um den Felsen zu ihr herumgelaufen, sehr stolz auf den prompten Erfolg und den Eindruck, den er auf die so viel größeren Fulmare als Coloee Daoine, die den Alben begleitet, gemacht haben musste. Und Brian sah ihn dankbar für sein Handeln an, fragte ihn dann, ob der Mann noch am Feuer säße, was Daoine bestätigte, und meinte schließlich zu den Dohlen:

„Na gut. Mit dem werden wir noch fertig. Und dann ab … und etwas Ruhe. Ich brauche Ruhe …“ Sie zog sich den feuchten Pelz dicht um ihren Körper und schritt humpelnd um den Felsen aus dem Mondlicht in den Schein des Feuers auf dem Steinplateau vor ihrem Höhleneingang.

Als der etwas versunkene Dunedin sie hörte, sprang er sofort auf, setzte eine Fulmare, deren Flügel er gerade bandagierte, schnell behutsam auf den Boden und stand so sprachlos vor Brian, wie sie sprachlos vor ihm stand. Southfield verneigte sich selbstachtend würdig vor ihr, und sie lächelte, indem sie ihre Stirn in Falten legte und die für sie unangenehme Situation überspielen wollte.

„Ja. Sie müssen entschuldigen. Aber ich habe hier nur noch das Steinzeitkleid. Meine Kleidung scheint fortgespült worden zu sein“, machte sie einen unbeholfenen Spaß und verbarg ihre Schmerzen, so gut sie konnte, vor ihm. Erst dann sah sie die verletzten Seevögel, um die sich dieser Mann zu kümmern schien. Auch die Fulmare schauten sie mit einer Art Achtung an, die sie nicht verstand. Brian war nur überrascht, wie groß diese Vögel waren, die sie niemals in solcher Nähe gesehen hatte.

„Es ist mir eine Freude“, sprach der Dunedin und entschuldigte sich für die Unruhe, die mit ihm gekommen sei. Er stellte sich ungefragt als Oak Southfield vor, schaute aus seinen unergründlich tief liegenden Augen Brian an und reichte ihr höflich die Hand, die etwas verlegen ihre linke in seine rechte Hand legte, da sie mit der rechten Hand Akitas Pelz als Umhang vor der Brust zusammenhielt. Schließlich bat er, sie solle ihn einfach Oak nennen und auch er wolle von höflichen Anreden Abstand nehmen, da man schließlich miteinander irgendwie bekannt sei.

Was Brian einerseits vernünftig klang, verstand sie andererseits überhaupt nicht, sah auf die Seevögel und entdeckte einen großen Haufen von allerlei Dingen, über die sie sich wunderte, weil sie sie lange nicht mehr gesehen hatte, ohne sie allerdings entbehrt zu haben.

„Ja. Ich habe mir erlaubt, einige Toilettenartikel und Kleidung wohlwissentlich mitzubringen, da ich mir denken konnte, wie es dir hier ergangen ist, nachdem ich durch Alwyyn von dir erfuhr", erklärte Southfield verlegen und brachte dann den Fokus der Unterhaltung auf die Gegenstände, die er in der Tasche gehabt hatte, aus der das Seil geknotet worden war. „Zahnpasta, Zahnbürste, Deodorant. 'n paar T-Shirts und Slips und solche Kleinigkeiten", meinte er. „Schau es dir an, was du davon gebrauchen kannst." Brian sah sich den Haufen der Dinge oberflächlich an, dann schaute sie Southfield ins Gesicht, bevor sie zu den Seevögeln und schließlich zu ihren Dohlen blickte.

„Ha … alles davon kann ich gebrauchen", stammelte sie. „Besonders das Deo", schmunzelte sie, beugte sich unter Schmerzen, nahm es in die Hand und sprühte den Duft in die Luft. „Einmal ein anderer Geruch", meinte sie, als sich die Fulmare über die Frau zu wundern begannen, die ihnen als wahrscheinliche Albe angekündigt worden war.

„Das freut mich. Dann gestatte, dass ich mich wieder um die Vögel kümmere, während du dich ausruhen oder anziehen oder was auch immer tun kannst", bat der Dunedin, wendete seinen Blick wieder ab, setzte sich hin, ließ sie mit den Dingen neben dem Feuer stehen und rief den nächsten Fulmar zu sich heran; er fragte ihn nach seinen Leiden, als sei nichts weiter geschehen, als dass er auf Merlins Insel gekommen sei, um die Vögel zusammenzuflicken und Brian sozialfähig zu machen.

Sie stand, bloß mit dem Fell um ihren Körper, da und wusste nicht, was sie sagen sollte, beobachtet nur von den drei Dohlen.

„Dann sprichst du auch mit den Vögeln?", fragte Brian Southfield erstaunt und dachte noch, wo dieser Mann das gelernt haben mochte.

„O ja", erwiderte er freundlich, „meist lieber als mit den Menschen", als Brian sich wieder der Kleidung zuwendete, die er mitgebracht hatte. „Zwei T-Shirts musste ich leider zerreißen, um die Vögel zu versorgen. Aber es sollte für dich genug übrig geblieben sein", sagte er versunken in seine Arbeit.

Da waren auch kosmetische Hautcremes und Sanddornsaft. Es gab Trockenbrot und getrocknetes Obst. „Ich hoffe, die gierigen Fulmare haben nichts angefressen. Ich hatte sie gewarnt. Ansonsten machen wir morgen ein lustiges Barbecue aus ihnen", sagte er noch froh, ohne Brian eines weiteren Blickes zu würdigen, so konzentriert arbeitete er an der Gesundheit der Eissturmvögel.

Brian war verwundert. Sie wunderte sich über die Vertrautheit und über die fremden Gerüche auf der Insel, auf der sie jetzt seit unendlicher Zeit gelebt zu haben schien. Und dann begann sich alles vor ihren Augen zu drehen, und sie spürte, wie ihre Knie nachgaben, schwächer und zitteriger wurden und wie sie in großer Ruhe ohnmächtig zusammensackte. Sie sah noch kurz den Vollmond, roch die getrockneten Aprikosen, merkte, wie die Kraft aus ihrem unangenehmen Körper wich, verrollte die Augen und spürte sich aus hohen Schwarzkiefern fallen, noch bevor sie die Augen schloss und auf den harten Felsen sank.

# X

In seinem grauen Tuch lag der See. Über ihn strich an jenem Morgen eine scheue Nebelschwade aus den Moorbirken des Ufers hinaus auf das Wasser. Weiß gesprenkelt lagen die aus Stein geschlagenen Höhen der Berghänge wie ein Kessel um das Tal in seinem frühen Grau. Und die Kälte hing mit dem Tau an den vergilbten Trockengräsern des letzten Herbstes. Vergessen schon war die Aufregung für die Teichhühner, die sich ihres Refugiums wieder sicher wähnten und mit eiligen Ruderbewegungen auf dem stillen Wasser ihre Bahnen zogen. Die Singschwäne hatten sich einen anderen Ruheplatz gesucht, und der Morgen schien den angrenzenden Uferböschungen weder Frost noch Schnee zu bringen. Schwer trugen die wenigen Schwarzkiefern an der Last ihres Alters, denn sie hatten einiges erlebt, das einem gewöhnlichen Menschen nicht glaubhaft zu erzählen gewesen wäre. Deshalb hüteten sie ihre Erinnerungen für eine vielleicht klügere und geduldigere Zeit, in der Menschen unter Umständen aus den Erlebnissen der altehrwürdigen Kiefern zu lernen in der Lage wären.

Alwyyn hockte auf einem kräftigen Ast des Ahnen all dieser Nadelhölzer und war an jenem Morgen eingenickt, da er sich die Nacht hindurch viele Gedanken darüber gemacht hatte, was wohl in naher Zukunft geschehen werde und dass er in seinem Leben auch noch nicht an einer solch möglichen Aufgabe teilgenommen hatte, sollte tatsächlich eine Naien gefunden worden sein, als er dösend von einer durch das Tal schallenden Stimme aus seiner Ruhe geholt wurde, da eben jene Stimme an den Flanken der Berge widerhallend nach ihm rief.

„Wo bist du, alter Mann? In welchem Holz hast du dich bloß wieder verkrochen, Alwyyn? Aaaaaalwyyyyn …!", schallte es laut durch das Tal, und die Teichhühner schauten verängstigt nach oben, ob diesmal nicht wieder ein vielleicht noch größerer Vogel vom Himmel in den Teich fallen würde. Vorsorglich eilten sie an das Ufer, steckten ihre Köpfe tief in die Moorbinsen und beklagten aufs Neue ihr erbärmliches Los, diesen Winter wohl auf einem sehr merkwürdigen See Zuflucht vor dem Frost gefunden zu haben. „Zeige dich mir, Freund!", rief die bassig widerhallende Stimme einer schlanken Gestalt, die Southfield sehr ähnlich war.

Und Alwyyn wurde aus seinem Dämmer gerissen, schüttelte die Müdigkeit aus den Federn und erkannte dann an der Stimme die Art eines Dunedin, der gekommen war. Es war einer der Ältesten, die er bereits vor langer Zeit persönlich kennenlernen durfte. Einer der Gefährten, der auf den Namen Lime Camshron hörte. Das Weißhaupt kannte auch die Dunedin Birch Gillespie und Willow Deireadh, die er noch erwartete. Von den anderen sechs Dunedin, welche kommen sollten, wusste er nur, dass sie sich bereits auf dem Weg zu ihm befanden, doch sie waren ihm zuvor nicht begegnet.

„Alter Freund, ich komme!", rief Alwyyn über den See, schwang sich schlaftrunken von seinem Ast in die Luft, glitt mit den runden Flügeln über das Nebeltuch, das leicht verwirbelte, und sah dann Camshron mit unverwüstlichen Gummistiefeln, bis an die Knie nassen Hosen und der unverwechselbaren Lederjacke eines Dunedin sich seinen Weg durch die hohen Gräser bahnen.

„Was ist das schön, dich noch einmal zu sehen, Alwyyn. Ich hatte schon gedacht, die Naien ließen noch ein paar Jahrhunderte auf sich warten, um uns herauszufordern", lachte Camshron und hielt seinen Arm zum Gruß, damit Alwyyn auf ihm landen konnte.

„Sicherlich wolltest du mir nur deine neuen Stiefel vorführen, bevor ich meine Aufgabe an das nächste Weißhaupt weiterreiche", meinte die Dohle im Spaß.

„Und stelle dir vor: Ich trage jetzt auch Unterhosen", lachte der Dunedin und spielte auf die Vorzeiten an, in denen er sich der Unterwäsche immer verweigerte, da sie ihm in seinem Schritt scheuerte; er rieb dem Weißhaupt, der auf seinem Arm gelandet war, unterhalb des Schnabels die Federkehle: „Ich freue mich, dich bei guter Gesundheit zu sehen."

„Und ich danke dir für deine Treue", meinte Alwyyn untertänig gegenüber dem Ältesten.

„Na, was bleibt uns übrig?!", bedauerte die schlanke Männergestalt vorgeblich und war stolz, ein Hüter irdischen Lebens zu sein. „Wir wurden hierherverfrachtet ... und machen das Beste daraus, Alter Mann", sagte Camshron, der Alwyyn immer *seinen Alten Mann* genannt hatte, seitdem er denken konnte. „Von den anderen weiß ich, dass sie auf dem Weg sind. Elm allerdings wird nicht kommen können. Er hat sich eine starke Erkältung zugezogen und liegt im Bett. Ich habe heute Morgen noch mit ihm gesprochen. Doch die anderen sind auf ihrem Weg hierher."

„Ja ... das 21. Jahrhundert", grinste Alwyyn für jemanden, der ihn nicht kannte, unmerklich.

„Ich sage es dir, Alter Mann. Und nichts hat sich verändert. Demnächst entschuldigen wir uns noch von unseren Pflichten, indem wir dir bloß eine Krankschreibung vorbeischicken lassen. Nichts, bis auf das Gestrick der Unterwäsche ...", lachte Camshron und ging mit der Dohle auf dem Arm weiter bis an das Seeufer. „Ein feiner Platz ist das hier. Gut zu verteidigen, würde ich sagen, wenn wir noch im 18. Jahrhundert wären", schaute er sich um und sah auf die hohen, verschneiten Bergflanken. „Die Kuppen hast du ausgezeichnet mit Neuschnee drapiert", schmunzelte er. „Früher wäre das hier uneinnehmbar für Fremde gewesen. Und heute ... heute können sie uns einfach einen *Little Boy* in das Tal jagen ... und kawumm! ...: Dann ist es weg", sagte Camshron, der sich in dem schottischen Tal umsah, in das Alwyyn geladen hatte.

„Falls da die Zeit nicht wäre, die uns zu schützen vermag", fügte Alwyyn als Ergänzung und Bedenken hinzu. „Und, Lime ... wie lange willst du mich noch auf deinem Arm sitzen lassen?", ermunterte die Dohle den Dunedin, sich an einem Ort an dem See niederzulassen.

„Du hast recht. Suchen wir uns einen Platz, an dem wir bequem auf die anderen warten können", meinte der Älteste und schaute sich am Rand des Ufers nach einem trocknen Platz um, den er unterhalb einer ausladenden Kiefer fand, deren Stamm aus grauen Felsen herausgewachsen schien, die mit bunten Flechten als ungleichmäßige Muster zum Rasten einluden. Der Dunedin ließ Alwyyn von seinem Arm auf einen der großen Steine hüpfen, griff dann in die Tasche seiner schweren, dunkelbraunen Lederjacke und sagte der Dohle, dass er ihre Schwäche für getrocknete Aprikosen nicht vergessen habe, die er mit seinen schlanken Fingern in kleine Stücke zupfte und auf den Stein legte, worüber sich das Weißhaupt maßlos, selbst im hohen Alter freute.

Und dann sprachen sie über die vergangene Zeit draußen in der Welt. Sie sprachen über die Entwicklung der irdischen Menschen durch die Ereignisse der Zeitgeschichte, die der Dunedin der Wächterdohle beschrieb. Er erklärte auch, wie nötig einige Fehlentwicklungen und Irrtümer der Menschheit gewesen seien, damit sie daraus Lehren ziehen konnten. Und natürlich kamen sie auch auf Merlin zu sprechen, der vor etwas vierzig Jahren sein irdisches Leben aufgegeben hatte. Camshron fragte Alwyyn, ob jemand bei Merlin gewesen sei, als er gegangen war.

„Ribes. Und wir Dohlen. Man kam im letzten Moment, bevor er mit Hörn verschwand", sagte er.

„O ja. Weißt du, eigentlich hätte auch wenigstens einer von uns bei ihm sein sollen, wenn er nur nicht als Sturkopf diesen Blödsinn verzapft hätte. Er hatte sich so sehr mit allem und jedem überworfen, dass es schade um ihn war. Denn: Zeige mir einen von uns, der die Christen wirklich mochte, die die Menschen nur missbraucht und verachtet haben. Keiner von uns. Uns deshalb aber politisch einzumischen und unseren Hokuspokus für die einen Irdischen gegen die anderen Irdischen zu zelebrieren, kam uns nicht zu. Und das war typisch für Merlin, den Zampano der Schlachthöfe und Arenen", meinte Camshron. „Er hat sich so sehr in diese Sache verbissen, verliebt in seine Eitelkeit und Nimue, dass er sich als Dunedin aufgegeben und verraten hatte. Er hat unsere andere Natur als Ältester der Vergänglichen preisgegeben. Na ja … es ist schade. So viele gibt es ja von uns nicht. Egal. Und seinem armen Gefolgsmann Hörn hätte ich ein besseres Leben gewünscht, als mit einem verbiesterten Ältesten in einem selbst gezimmerten Exil zu leben."

„Hörn habe ich niemals kennengelernt, Lime", dachte Alwyyn nach und durchschritt in seiner Erinnerung die lange Vergangenheit.

„Ein prächtiger Hirsch und geduldiger Freund. Eine stattliche Ehre für seine Art und der ganze Stolz des alten Nordens, in weiser, treuer Ergebenheit. Der hätte dir gefallen … und du ihm auch. Etwas scheu war er, wie alles Alte dem Neuen gegenüber mit Scheu begegnet. Ein bisschen wie du, Alwyyn … eben nur ohne Flügel. Ansonsten wäre er wahrscheinlich ein Pegasus geworden", lachte der Dundin, der für seinen unerschütterlichen Humor trotz ernster Themen unter den Ältesten bekannt gewesen war. „Nein. Hörn war vom alten Schlag. Ich hatte noch gelesen, dass ein Lichtspiel in einem Wanderzirkus stattgefunden haben soll, und dachte mir, dass sich Merlin dort selbst einen krönenden Abschluss unter den Menschen setzt. Die Zeitungen waren damals voll davon. Aber ich wollte mir das nicht ansehen, wenn du verstehst, was ich meine. Ich konnte das mir nicht … und nicht ihm antun. Keiner von uns ist dort gewesen." Und sie sprachen über die Elfen der Menschen, über die großen und kleinen Kriege der Evolutionären, über die Weiterentwicklung des philosophischen Firmamentes der Menschheit und über die Chancen der Dunedin, hier und dort einzugreifen, um dann wieder zu verschwinden, damit man unter den Kurzlebigen nicht auffallen würde. Man hätte sich andernfalls zu großen Gefahren ausgesetzt. Schließlich wollte man ihnen ihre Entwicklung lassen und war mehr dem Schutz des natürlichen Lebens als Ganzes verpflichtet, seitdem man die *Große Schlacht* verloren habe und die vermissten Naien noch auf Erden seien.

„Und meinst du, er hat sie zufällig gefunden?", fragte dann der Dunedin die Dohle, die genießend noch das letzte Stück der Aprikose in ihrem Schnabel hatte.

„Falls du noch eine Aprikose für mich hättest, dann sage ich es dir … vielleicht", erwiderte Alwyyn scherzend, als Camshron in seine Jackentasche griff und das Weißhaupt sagte, dass Merlin wahrscheinlich keine Ahnung hatte, welchem Mädchen er auf den Shetlands begegnet war. Er sei wahrscheinlich zu sehr mit sich selbst beschäftigt gewesen. Mit sich und den Gwyllons und dem alten Glauben der Menschen. Deshalb wahrscheinlich habe er in der jüngeren Menschheit nichts mehr richtig wahrgenommen.

Seine Blickwinkel seien verklärt gewesen, und die Vanyar hätten das nur verstärkt, während sich in Hörn und den Wölfen wohl große Geister erfüllt haben sollten.

„Von einer Grauwölfin habe ich reden hören. Ich weiß nicht mehr, wer es mir sagte, Alwyyn. Doch diese Wölfin hätte ich gerne kennengelernt", meinte der Dunedin. „Dann ist es zufällig gewesen, dass Merlin und das Mädchen zusammenkamen, sagst du?!"

„Was ist zufällig? Und was ist nicht? Wer von uns vermag das schon zu sagen? Sicher ist nur, dass sie die Samen gefangen hat und das Buch Merlins brachte. Und sicher ist noch, dass ich sie gesehen habe und deshalb euch alle rufen ließ, Lime. Und sicher ist: Diese Menschenfrau scheint sehr besonders und hat trotz ihrer Jugend Anlagen, die ich nur den Naien unterstelle", sagte Alwyyn.

„Und falls du dich täuschst, Alter Mann? Falls sie nur eine Venusfliegenfalle für uns ist? Eine Schliche der Menschen, um uns endgültig loszuwerden, damit sie die Welt frei in ihrer gierigen Passion gestalten können?", fragte Camshron. „Dann haben wir ein ausgewachsenes Problem …, und zwar ein gewaltiges."

„Keine Sorge. Daoine und Sidhe sind mit ihr in den letzten Jahren zusammen gewesen; es gibt keinen Anlass zur Besorgnis", erzählte Alwyyn und war sich seiner Einlassung sicher. „Das Mädchen ist zum Beinn gekommen. Sie hat das Buch gebracht und sich dann gleich wieder aufgemacht, um mit meinen Dohlen auf der verlassenen Insel Merlins zu weilen. Worüber sollte ich mir Sorgen machen?!", sagte Alwyyn, was in der Essenz auch den Dunedin beeindruckte.

„Dann … dann ist sie jetzt fünfzig Jahre alt?"

„Eigentlich ist sie erst dreißig. Sie ist in eine der Zeitwellen geraten."

„Dreißig Jahre jung? Und dann dieses Leben auf sich nehmen? Da ist wirklich etwas Besonderes an ihr dran, stimme ich dir zu", dachte der Dunedin. „Das wäre ja ein Ding, falls sie wirklich eine der Naien ist. Dann wäre noch ein Albe auf Erden geboren. An so etwas habe ich niemals gedacht, Alwyyn. Ich war der Annahme, dass die Kräfte mit dem Staub der Asche so sehr verstreut seien, dass wir die Erde, auf der wir gehen, wegen der Alben verehren sollten. Aber ich hätte mir nicht denken können, dass wir es wirklich erleben, jemals einen der bitter Getöteten wiedergeboren zu sehen. Niemals ...", konnte Camshron kaum zu Ende sprechen, als sie Verse durch das ansteigende Tal gerufen hörten.

„Ein Fest zu feiern ... ließ er fernhin verkünden ... und lud seine Gäste ... zum lustigen Schmaus ...", schallte es in den Felsenkessel hinein, in dem der Dunedin und Alwyyn saßen und sprachen.

„Zur fröhlichen Feier ... Freunde und Verwandte ... zum Trinken und Lachen ... und Verteilen von Ringen ..., meine Brüder. Dann seid ihr hier verkehrt", lachte Camshron laut und fröhlich, stand auf und rief zwei weitere Dunedin zu sich heran, die auf dem Weg durch das Tal bereits zu den beiden herangekommen waren. „Hier können wir uns eine Dohle grillen", bemerkte er und sah entschuldigend zu Alwyyn, bevor er ihm leiser erklärte, man sei eben mit den Jahren etwas derb im Ausdruck untereinander geworden, meine es aber nicht wörtlich.

Oleander Murdoch und Spruce Dragh kamen, waren zusammen auf dem Weg. Sie hatten eine gute Unterhaltung geführt und gingen nun großen Schrittes auf Camshron zu, den sie unter der Kiefer an der feuchten Uferseite des Sees zusammen mit dem Weißhaupt an rauen Felsen entdeckten. Auch sie trugen Stiefel und hatten nasse Hosenbeine, trugen ähnliche Lederjacken und hatten schmale Gesichter, die wohl unterschiedlich waren, sich aber alle sehr ähnelten, falls man nicht genau hinsah.

„Ist das wieder einmal schön, nicht nur eure Stimmen zu hören, sondern wieder einmal zusammenzukommen", schallte Camshron herzlich, und sie nahmen sich in die Arme, klopften sich mit glänzenden Augen auf die Schultern, waren stolz, des gleichen Geschlechtes zu entstammen und standen einen Augenblick sich betrachtend gegenüber, bis Dragh spaßhaft dann nach dem Dohlenbraten fragte, der wohl noch gewürzt werden müsse, da er ihn nicht riechen könne.

„Kommt erst gar nicht auf falsche Gedanken", sagte Alwyyn unbekümmert, als sich Murdoch gebührend höflich wie ein Dunedin einem Weißhaupt vorstellte. Man hatte von Alwyyn gehört, und alle Dunedin kannten ihn als den Wächter der Pforten. Doch nur wenige waren ihm jemals begegnet, da die Zeitspannen zu groß gewesen waren, in denen die Naien zu den Ältesten kamen. Die Naien trafen sich etwa alle dreihundert Jahre noch mit den Dunedin, seitdem der *Engelwahn* auf Erden unter den Irdischen ausgebrochen war. Und die Irdischen wurden immer zahlreicher. Nur wenige der Dunedin konnten daher behaupten, jemals einen der Sänger getroffen zu haben, die die Dunedin die Hylen nannten. So lag immer auch ein Hauch von Abschied in der ersten Begegnung mit den Weißhauptdohlen für die Ältesten, stießen sie doch meistens bei ihrem nächsten Treffen auf eine andere Dohle, da die Zyklen der sich öffnenden Tore die Lebenszeit der Vögel meist überstieg. „Dann bist du Spruce, von dem ich hörte, dass er keinem Streit aus dem Wege ginge."

„So ist es. Immer gern zu Diensten, wenn er gerufen wird", lachte der Dunedin.

Murdoch war Alwyyn bekannt, da sie sich zuvor schon einmal begegnet waren, als Ribes noch die Tore hütete. Auch Murdoch verneigte sich. Die Weißhaupte ermöglichten erst den Dunedin, ihren Aufgaben nachzukommen, da sie stets die immer verschwiegeneren Wege der Alben in diese Welt bewachten, um dann die Dunedin zu rufen, wann und wo man sie erwarten würde. „Ein herrlicher Flecken", sagte Dragh. „Und ich freue mich, alle wieder zu treffen. Außerdem ist es hier viel angenehmer, als in Alaska auf die Karibus aufzupassen, damit sie Wege über die Pipelines finden. Es ist so viel schöner hier", meinte er.

„Das stimmt", bekräftigte Murdoch, der sich in jener Zeit mit der Ausschreibung neuer Nationalparks entweder durch die Vereinten Nationen oder den WWF befasste. „Ein Stück alter, guter, unantastbarer Erde für den Moment", und dann setzten sie sich zusammen.

Dragh hatte eine lederne Umhängetasche, in die er griff, um eine Handvoll Rosinen herauszuholen. Auch an die Aprikosen für Alwyyn hatte er gedacht, von denen er als gewünschte Leckerei für das Weißhaupt gehört hatte. Southfield hatte es ihm am Telefon als Schwäche der Dohle verraten. Und Alwyyn musste schmunzeln.

„Werde ich auf meine alten Tage noch fett?!", freute er sich.

„Nur damit du saftig wirst, Alter Mann, bevor dich Spruce am Spieß röstet. Schließlich wollen neun Dunedin von dir satt werden", lachte Camshron.

„Krummnase, ich bin mir nicht sicher, ob ich dir schon einmal einen erzieherischen Hieb auf die Nase gegeben habe. Falls nicht, so kann ich das gerne nachholen, wenn du darum so sehr bittest", sagte Alwyyn nett, und Camshron erwiderte, seine Gesichtsnarben seien ausschließlich Resultate der Schnäbeleien der Weißhauptdohlen, die ihn immer wieder ärgern würden. Und ein jeder freute sich über den anderen und alle gemeinsam auf diejenigen, die noch erwartet wurden, bevor man sich der ernsten Themen annehmen wollte, damit man sich, hatte man sie einmal besprochen, nicht wiederholen müsse.

So sprachen sie über ihre Angelegenheiten, die so faszinierend schienen, wie die Tatsache ihrer Existenz an und für sich. Ihre Themen war so zahlreich, wie jene der Zeitgeschichte der Menschen, die sie auf unterschiedlichen Kontinenten erlebt und mitgestaltet hatten. Und obwohl sie sich durch die moderne Telekommunikation besser als früher verständigen konnten, heimliche Absprachen trafen und ihr Tun zielorientierter koordinieren konnten, war der Abschnitt der Geschichte vor dem 20. Jahrhundert, den ein jeder der Dunedin auf seine Weise erlebt hatte, in der Betrachtung und Erörterung der Ältesten hochinteressant. Zuweilen hatte man sich früher eher zufällig getroffen, gleichwohl sie ständig voneinander wussten, wo ein jeder Dunedin gewesen war und wo sich die anderen aufgehalten hatten. Das 21. Jahrhundert machte für sie vieles erheblich leichter. Ein Telefonanruf. Oder ein E-Mail. Eine Konferenzschaltung via Skype – und man war zusammen. So wussten sie voneinander, was sie wo taten, und konnten ihre Bemühungen aufeinander abstimmen, um gegebenenfalls schneller zu Ergebnissen zu kommen. Das Ziel war allen Ältesten dasselbe: der Schutz allen Lebens auf Erden und die innere, menschliche Weiterentwicklung der irdisch geborenen Menschheit, der sie die dafür nötige Zeit lassen wollten, ohne dass sie auf Kosten der Ausbeutung dieser einen Erde und all seiner Mitbewohner als Bestandteil des Lebens gehen durfte. So waren ihre Aufgaben klar definiert: Sie schützten die Erde vor der gegenwärtigen Quintessenz der Evolution: dem kurzlebigen Menschen, der zu zahlreich und willkürlich geworden schien. Sie meinten, wie es ihnen von den Naien gesagt worden war, dass vielleicht in sechshundert- oder siebenhunderttausend Jahren die hiergeborenen Menschen eine tiefere Einsicht hegen könnten, als sie es gegenwärtig taten, und dass die Evolution zwingend darauf hinauslief, dass man sich mäßigen und verändern müsse, wie es in den anderen erschaffenen Weltenräumen ebenfalls der Fall gewesen sei. Jedoch bis dahin sei es für die Menschheit noch ein langer Weg, und die anderen Geschöpfe des Lebens dieser Welt dürften nicht durch den vielfräßigen, gierenden Menschen heute schon Nachteile erleiden, die an einem herrlichen Sommermorgen eines wunderschönen letzten Tages auf Erden dazu führen würden, den allerletzten Vogel von vielleicht mehr als zehn Milliarden Menschen vom Himmel zu holen, um eben diesen zu verspeisen, bevor Kannibalismus begänne, da die Meere leer, die Wälder gerodet, die Erde dürr verödet und die Menschheit hungernd vor ihrer Zeit sterben würde. Dafür hätten die Hylen die üppige Pracht in diesem Weltenraum nicht zufällig entstehen lassen. Und dafür gab es die Naien und die versehentlich entstandenen Dunedin, die Ältesten, die sich mit ihrem Leben und teils alter, rauer, aber stets gebildeter Weisheit für den Schutz all jenen Lebens dieser Erde einsetzten. An das Herz gewachsen waren ihnen die Vögel, Meister der Leichtigkeit für einen Dunedin und die großen, bescheidenen Freunde der Luft in alten Verbindungen.

Mochten die Ältesten auch noch so viel für den Menschen übrighaben, mochten sie seine Fortschritte und Gedanken bewundern, die sie aus Fehlverhalten und Irrtümern in der Vergangenheit gezogen hatten, so ungeduldig waren sie zuweilen, da sich passable und richtige Gedanken durch die Bequemlichkeit oder durch die Fehlorganisation von Gemeinschaften, Nationen und Staaten oder aber durch einen Irrglauben nur langsam oder gegenwärtig gar nicht realisieren lassen würden. Die große Krux der Menschheit war ihre Vielstimmigkeit geworden. Worin Chancen lagen, wie die Dunedin meinten, lagen auch Irrungen. Wo es Wege und Umwege gab, gab es auch Sackgassen. Worin Weisheit lag, lag leider auch immer der Widerspruch konventionell vorherrschender Glaubensrichtlinien. Weisheiten ließen sich nicht eindeutig belegen – doch deshalb waren sie nicht unwirklich. Logik steht keiner Weisheit zwangsläufig entgegen, auch falls sie ihr zu widersprechen vermag. Die Logik fordert nur, logisch nachvollziehbar zu sein. Und das hat mit einer ungegenständlichen Weisheit tatsächlich nichts zu tun.

Es war die schwierige Aufgabe der Dunedin, sich mittels der Ähnlichkeit zu den Menschen heimlich und unerkannt durch die Geschichte zu stehlen. Sie konnten nicht auffallen und korrigierten Dummheiten der Menschheit, sofern es noch in ihrer Macht lag. Und es lag einiges in ihrer Macht, ohne dass sie es zur Schau stellten oder als Drohung gegen andere einsetzten. Welche Strippen sie wann, wo und weshalb hinter den Kulissen einer ahnungslosen Weltöffentlichkeit zogen, blieb nur ihnen bekannt. Schweigend schmunzelten sie und verschwanden lieber mit ihren stets müden, doch grün leuchtenden Augen, die den Menschen, die sie jemals gesehen hatten, ihr Leben lang im Gedächtnis blieben, ohne allerdings sagen zu können, wie der Mensch, dem diese Augen gehörten, eigentlich ausgesehen haben mochte. Hübsch konnte er nicht gewesen sein – aber faszinierend.

*Weißt du noch …, vor vielen Jahren, der, wie hieß der noch?*, hatte man Menschen oft sagen hören. *Was wohl aus dem und dem geworden ist?* Und wie sehr die Dunedin einerseits verehrt wurden, so sehr wurden sie auch gehasst. So sehr man ihre Erfolge und Weisheiten schätzte, hasste man sie dafür, dass sie irgendwann nicht bleiben konnten und sich mit ihrer Klug- und Weisheit scheinbar entzogen. Und bleiben konnten sie nicht, weil sie nicht wie die Menschen alterten. Auch da sie sich meistens zurücknahmen und die sogenannten Weltbühnen oder jene großen Auftritte scheuten und mieden, machten sie auf Menschen immer einen bleibenden Eindruck, da sie stets einen unerklärlichen Frieden in sich trugen und eine beneidenswerte Balance besaßen, was Streitigkeit und Konflikte nicht ausschloss. Und auch dann waren sie von furchtlosem Mut, da sie gewiss waren, das Richtige zu tun, denn der Schutz der Erde für alle Lebewesen war die einzige Priorität, die sie kannten. Selbst falls es Nachteile für Einzelne bedeutete und wenigen oft auch Not zu bringen vermochte, war und blieb es ihr einziger Sinn, die vielen namenlosen Stimmen dieser Erde zu beschützen, zu bewahren und ihnen gegebenenfalls eine Stimme zu verleihen. Und dem kamen sie unerschrocken nach. Auch dafür wurden sie von den Irdischen verflucht. Sie wurden für ihre Unbestechlichkeit verdammt. Sie waren unnachgiebig und gingen auf ungewöhnlichen Pfaden, die nur ihres Alters würdig schienen, um Bürden zu tragen, die nur sie zu tragen in der Lage waren. Sollte einer der ihren von seinem Weg abgekommen sein, so wurde er von den anderen darauf hingewiesen. Scherte er sich dann nicht, wie der eitle Merlin, um seine Art als Dunedin, dann ließ man ihn als verführten Menschen ziehen – man ließ ihn die Menschen genießen, die sie vielleicht erst in einhunderttausend Jahren mit Überzeugung sein konnten. Das jedoch war nicht allzu oft geschehen, denn schließlich waren die Reize dieser Welt von kurzer Dauer, die Verführung von einer überschaubaren Qualität, würde sich ein Ältester seiner Lebenszeit bewusst werden. Die Dunedin waren dringlicher an der Fortentwicklung der faden Menschheit interessiert, als sich die Jahrtausende mit den gleichen Querelen jener uneinsichtigen Menschen herumschlagen zu müssen, was ihnen über die bisherigen Jahrhunderte, in denen sie dies ausgehalten hatten, sehr langweilig geworden war.

Noch am gleichen Tag kamen die erwarteten sechs Dunedin auf dem gleichen Weg in die Highlands, auf die Alwyyn gewartet hatte, seitdem er durch Camshron wusste, dass Elm Frangach wegen Krankheit nicht kommen konnte und sich entschuldigen ließ. Sicher täte ihr das Fehlen selbst mehr leid, als dass sie von Alwyyn gebraucht worden wäre. Das Erscheinen eines Ältesten hätte ausgereicht, um alle anderen durch den einen ins Bild zu setzen.

Es waren Birch Gillespie, ein zurückhaltender Charakter; Willow Deireadh, der sehr ruhig war; die wunderschöne, große Heather Morag, die jedem sterblichen Mann den Atem hätte rauben können; und die jüngsten unter diesen Dunedin waren Eldar Mackintosh und W. Alnut Mactaggart. Schließlich kam als Letzte hinter allen anderen hergelaufen Pine Cailleach, der man als einzige der Dunedin ein wohl schon hohes Alter ansehen konnte, ohne allerdings zu erahnen, wie viele Jahrhunderte dieses Leben gelebt worden war. Mit ihr war die Gesellschaft jenes Tages in dem verschneiten schottischen Hochland komplett.

Die Freude des Wiedersehens stand allen in den Gesichtern, und sie nahmen sich in die Arme, begrüßten sich als Schwestern und Brüder, waren alle gleichen Standes und sahen sich lange froh in die Augen. Alle hatten in den zuvorgehenden Jahren an Aufgaben gearbeitet und Arbeiten erfüllt, an denen die Normal-sterblichen gescheitert wären. Und alle hatten die Weltgeschichte bis zu jenem denkwürdigen Tag überlebt, wozu schon einiges Geschick und viel Raffinesse gehört hatte, wollte man unter den Menschen einen Sinn säen, für den er nur bedingt bereit war, seine Felder zur Verfügung zu stellen. Tragisch war, dass er diese Erde als sein Feld betrachtete, seitdem es einen Gott zu geben schien, der ihm eben diese Welt angeblich als Untertan geschenkt zu haben meinte, was der größte Blödsinn allen er-denklichen Unsinns eines möglichen Verstandes für die Dunedin war. Sie alle jedenfalls waren gekommen und der Aufforderung von Alwyyn gefolgt. Sie hatten sich entweder freigenommen, beurlauben oder sich krankschreiben lassen, so sie in Lohn und Brot standen. Oder sie hatten sich nur die Lederjacken über-geworfen, um eiligst nach Schottland zu kommen. Dort wollten sie über die Welt sprechen, die eine ihrer Naien geboren haben sollte, den man dann mit gemeinsamer Anstrengung zu schützen hatte, da in der grauen Vergangenheit dem Hörensagen nach Furchtbares geschehen sein sollte, das sich niemals auf Erden wiederholen dürfe.

Die Menschheit hatte sich geändert und die Dunedin ihren Einfluss darauf. Es gab in ihr großartige Strömungen guter

Charaktere, die sich aber nur zögerlich über Generationen unter ihresgleichen durchsetzen konnten. Oft war es für viele unter ihnen auch besser, überhört zu werden, da die Grundtendenz der Mehrheit der Menschen animalischen Ursprungs war und instinktiver Handlungsweisen entsprach. Solange der Glaube an ein Universum und die Einzigartigkeit einer Spezies proklamiert und geglaubt wurde, desto größer war sein Individualitätswahn, falls eine scheinbar öffentliche Ordnung äußerlich Zeit für solch sinnfreies Gedankengut gewährleistete. Die äußere Ordnung war in den meisten Nationen relativ durch die innere Sicherheit eines Staatsapparates gegeben – relativ insofern, da sich korrupte und kriminelle Strukturen auch oder gerade innerhalb von Rechtssystemen nicht vermeiden ließen, wie Mactaggart gesagt hatte, der viele Jahre seines Lebens auf das Studium des Zusammenlebens von Karnivoren verwendet hatte, ohne jedoch die eigentliche Natur des Jägers und Sammlers in der Moderne modifizieren zu können. Denn selbst in einem Fünf-Sterne-Restaurant saß der zivilisierte Bürger mit dem alten, verschlagenen Geist des *Homo ergaster*, auch da er aus einer Kristalltulpe den feinsten Jahrgangsschaumwein mit seinem zuvor und erst dadurch eroberten Weibchen trank, wusste man unter den Dunedin und war auf der Hut.

Die Ältesten saßen und sprachen und tauschten sich aus, auch über die guten Individuen unter den Menschen, trotz der generell bedenklichen Entwicklung der Menschheit, nicht zuletzt durch die schwierigen Maxime einer verlogenen Kapitalwirtschaft, die auf einem heuchlerisch freien Markt regelrecht zu vorsätzlichem Betrug einluden, als der Abend anbrach und es dunkel über den Graten der Bergkämme wurde. Die Bewölkung war dichter geworden, und ein scharfer Wind schien in den Höhen zu toben, der einen Augenblick später etwas Regen in das Tal trieb. Zuerst waren es nur wenige auseinander- und ineinanderlaufende Ringe auf der Wasseroberfläche des Teiches. Kaum sichtbare Tropfen, die mit einem hoch klingenden Ton in das Wasser fielen. Nur einen Augenblick später aber gingen richtige Tropfen nieder, die wie zu kleinen Zylindern auf dem Wasser zersprangen. Und schließlich kam das große, rauschende Orchester mit den Pauken, die den See zum Vibrieren brachten.

„Alwyyn, musst der Regen jetzt fallen?", fragte Camshron, der die Nässe nicht mochte.

„Bin ich Merlin, Lime? Der hätte sicherlich einen Zauber", lachte die Dohle, der die vielen Jahreszeiten kaum etwas auszumachen schienen.

„Wahrscheinlich, Alter Mann. Aber ein Dach würde schon helfen", meinte auch Gillespie, der sich seine schwere Lederjacke bereits über den Kopf gezogen hatte.

„Seht euch an. Und da frage ich euch: Wer schon will von solchen Weichpappen ein Kind?", lachte Morag, die noch keine Kinder geboren hatte, da sie die jüngste der versammelten Dunedin war. „Man muss euch erst einmal genau auf eure Qualitäten hin untersuchen. Die Jahrhunderte werden das schon noch zeigen, wer von euch genug Punkte macht."

„Recht gesprochen", sagte Cailleach, das Urgestein der Dunedin, die zwei Söhne und ein Mädchen auf die Welt gebracht hatte. Die beiden Söhne waren Kinder, die sie mit irdischen Menschen gezeugt hatte; das Mädchen ein Reinblut der Dunedin. „Nimm dir Zeit, denn ich würde mich auch zu keinem dieser Weichlinge legen wollen", schmunzelte sie grob.

„Sagt Pine, die ihr Bett mit Menschenmännern teilte", ergänzte Dragh laut.

„Und selbst die waren richtige Kerle, und ihre Söhne werden gute Menschen unter den Irdischen sein."

„Ha. Die Infiltration des Menschengeschlechtes durch Pine Cailleach. Großartig. Zwei der Milliarden Exemplare sind gute Menschen", sagte Mackintosh spaßhaft.

„Und Beech, Juniper und Cherry haben ebenfalls Kinder mit Männern", fügte die Alte an. „Damit sind es dann schon fünf Neue. Plus die zweiundfünfzig Kinder der bereits gegangenen Dunedin. Damit sind es siebenundfünfzig."

„Hatte Merlin nicht ein Kind gezeugt?", fragte Dragh.

„Das weiß ich nicht. Eine interessante Frage, finde ich. Hoffentlich nicht. Oder hoffentlich nicht so einen religiös exaltierten Dschelada, wie er es gewesen ist", sagte Camshron, als sich der Regen wie aus Kübeln ergoss, die Dunedin im Kreis unter der alten Schwarzkiefer zusammenrückten und Alwyyn sich dicht an Gillespie drückte, der ihn unter seine Lederjacke nahm, die sich ein jeder Dunedin nun in altem Brauch über den Kopf gezogen hatte. Ein Brauch, der die Ältesten über die Jahrhunderte niemals im Regen stehen ließ, falls sie sich in Schottland trafen und besprachen.

„Alwyyn, das nächste Treffen kannst du ja einmal in Tahiti anregen. Da soll es auch sehr schön sein, habe ich gehört", lachte Dragh. „Und da soll es Frauen geben, die uns sicherlich nicht für *Weichpappen* halten."

„Das kann ich mir für dich nicht vorstellen, Spruce", witzelte Morag.

„Ja. Das weiß ich. Darum sage ich es dir, meine liebe Heather. Damit du es dir vorstellen kannst. Ich komme für dich sowieso nicht mehr infrage, habe ich doch meine Tochter bereits mit Pine. Hast du das vergessen? Und damit ist es das für mich gewesen", lachte er. „Alles andere ist bloß noch Lust, Liebelei, Zeitvertreib und heiße Luft", und alle mussten lauthals lachen. Während die Frauen der Dunidin auch Kinder von irdischen Männern bekommen konnten, die dann nicht so alt wie die reinblütigen Dunedin an sich wurden, waren die Männer der Dunedin in der misslichen Lage, nur ein einziges Kind mit einer Frau der Ältesten zu zeugen, wonach sie zeugungsunfähig wurden, da sich die Lebenskraft ihrer Samen in einem Kind erschöpfte, während die Freuden am Paarungsakt an sich blieben und sie dieser Lust mit wechselnden Partnern in der Menschenwelt frönten, mit allen Konsequenzen, die jenes Verhalten hervorrief. Und dazu gab es viele Anekdoten, die ein jeder über und von sich erzählte oder über den anderen wusste, denn man ging mit diesem Thema freizügig und ungenierlich um. Dafür waren es Brüder und Schwestern. Und sie waren Dunedin, das erste und älteste Geschlecht auf Erden, die miteinander Epochen erlebt hatten und immer füreinander da gewesen waren.

„Verkriecht sich bei Birch, anstatt für besseres Wetter zu sorgen", maulte Camshron.

„Das mag Willow ja vielleicht gefallen. Aber mir …? Ohnehin immer nur Regen und Mistwetter im Norden …! Tahiti, Spruce. Darauf werden wir einmal für die Zukunft hinarbeiten. Sobald der Naien kommt, protestieren wir und wollen das nächste Treffen auf Tahiti", und man lachte wieder unter den schweren Lederjacken, die die Ältesten trocken hielten.

„Das auch niemand an ein Zelt gedacht hat", gab Morag zum Besten, was ein Spaß für einen Dunedin war.

„Aus gutem Grund, Heather. Dann wüssten wir nämlich nicht, ob wir bei dir oder bei Pine liegen wollten", sagte Dragh, und man griente, bevor man zu lachen begann, als der Schall aus dem Kreis der Dunedin von den Felsen widergeworfen wurde, Alwyyn sich über die seltene Gesellschaft freute und man die freie, tiefe, unzerbrechliche Freundschaft über die sicherlich tragfeste Schicksalsgemeinschaft der Dunedin hinaus spürte. Die innerlichste Verbundenheit und den tiefsten Respekt zueinander, füreinander und miteinander, für das Leben dieser Erde, auf der sie lebten.

# XI

Konturloses Flimmern vor ihren Augen, als sie die Lider vermeintlich aufschlug. Brian wusste in jenem Moment nicht, ob sie die Augen öffnete, und falls sie sie öffnen würde, ob etwas zu sehen sein könnte, das aus dem Flimmern eines unsteten Lichtes etwas erkennen lassen wollte. Sie suchte in ihrem Gedächtnis nach bekannten Formen, einer optisch markanten Materie, der eine Erinnerung anhaftete. Und sie hörte Stimmen. Da waren der Stimmen viele. Ein Gewirr unzähliger Stimmen verwoben zu einer pulsierenden Schallmauer, die an ihrem Trommelfell dröhnte und in ihren Schädel stach, der sich allein der Lautheit nicht entziehen konnte. Sie schloss ihre Augen wieder, verzog ihr Gesicht, da ihr diese Geräusche Schmerzen zufügten. Mit den Händen hielt sie sich die Ohren zu und kniff die Augenlider zusammen. Sie hörte einen tiefen Atem in ihrer Brust, spürte den dumpfen Herzschlag durch ihre Adern rasen und drückte ihre Handflächen noch stärker auf ihre Ohren. Alles sollte nur noch verschwinden. Ein jegliches Geräusch. Die würgende Übelkeit. Das schwindelige Flimmern in nicht gesehenen Räumen. Alles sollte hinfort. Und mit letzter schwitzend verzweifelter Kraft schrie sie aus der Tiefe ihres Selbst heraus.

„Neeeeeiiiinnn …" Sie hoffte die Gitter ihres inneren Käfigs zu schmelzen, und ein zweites, noch furchterregenderes *Nein* schrie sie, ohne die Augen zu öffnen, um auch die möglichen Wände eines wahrscheinlichen Verlieses zu sprengen. Und dann, als sich die Schwärze vor ihren Augen ausbreitete und sie ihr Blut in die Netzhaut laufen fühlte, flehte sie wimmernd ein letztes, sanftes und herzerweichendes *Nein*, bevor sie zu weinen begann. Sie nahm die Hände von den Ohren, und ihr bleiches, eingefallenes Gesicht war von ihren bitteren Tränen geflutet.

Zitternd und weinend war sie in ihrer Höhle erwacht und schluchzte, weil sie zuerst nichts zu erkennen schien. Der Schleier vor ihren Augen verfloss mit jenen Tränen, die dem Gesicht entrannen und ihr Lager benetzten. Noch weinend fühlte sie Akitas Pelz, zog das Fell über sich, rollte sich unter ihm zu einem Fötus zusammen und schluchzte weiter, während sie durch die Kraft der Wölfin Hoffnung schöpfte, wieder nur einen dieser untragbaren Träume gehabt zu haben, da die Stimmen der Millionen, die sie gehört zu haben meinte, verstummt zu sein schienen. In ihrem Bewusstsein ließ sich ein bedingter Raum für ihre eigenen Gedanken finden, der einen Verstand gewähren könnte, meinte sie.

Als ihre Tränen vergossen waren, sie unter dem Fell der Wölfin noch schluchzte und die Geräusche endlich der Stille gewichen waren, schaute sie vorsichtig unter der Decke hervor und erkannte hinter dem Flimmern den flackernd huschenden Schein der Lichtampeln über die Felswände, die ihr Schutz boten. Dann erst wagte sie langsam an sich zu denken und empfand einen ihr bekannten Raum, dem als Gipfel ihrer Gewissheit jedoch die Dohlen zu fehlen schienen. *Kein Leben ohne Sidhe und Daoine*, dachte sie und rief nach ihren Begleitern. Brian brauchte nicht einmal zu warten, bis die denkenswert treuesten Freunde ihrer selbst hüpfend neben ihrer Pritsche erschienen. Erst dann entließ sie ein zufriedenes Lächeln, dem der zuvor empfundene Schmerz eine größere Bedeutung beimaß, als sie es selbst tat.

„Schön …", sagte sie mit noch tränenverquollenen Augen. „O, wie schön … Was würde ich ohne euch nur machen? Worauf noch vertrauen, falls ihr nicht mehr wäret …", stöhnte sie, lag auf der Seite, schaute von der Pritsche hinab in die Gesichter von Sidhe und Daoine und kuschelte sich in den Pelz der Grauwölfin. „Ich hatte wieder einen furchtbaren Traum", meinte sie, schloss einen Augenblick die Augen und entschuldigte sich bei den Dohlen.

„Patty, geht es dir gut?", fragte Sidhe besorgt.

„Jaaaa …", erwiderte sie mit geschlossenen Augen. „Es geht mir gut, sobald ich euch sehe und euch hören kann. Dann weiß ich, dass wir noch leben", sagte sie leise. „Und die Stille ist der Mantel, in dem wir unser größtes Glück finden", fügte sie noch hinzu und fragte mit geschlossenen Augen weiter, ob es bereits Morgen sei oder eine Nacht einhergezogen wäre. Obwohl sie keine Antwort erwartete, bevor sie die Augen aufschlug, sagte Daoine, dass es ein grauer Tag geworden sei, worüber Brian innerlich schmunzeln musste.

„Die grauen Tage sind lange her. Heute kennen wir nur die Tage des Sonnenscheins. Ein grauer Tag wäre einmal ein anderer Gedanke. Nieselwetter … Das königliche Kind des Regens …", meinte sie und fühlte sich in der Stille wieder geborgen, als sie sich langsam erhob, auf den Rand der grasgefederten Pritsche setzte, den Kopf hängen ließ, ihre Tränen von den Wangen wischte und in ihre Höhle schaute, die vollkommen verändert war. Alles Inventar, bis auf die Ampeln vor der Decke, war am Ende der Höhle zusammengeworfen worden. Die wertvollen Einbände, kostbaren Karten, unschätzbaren Relikte und Sammeleien Merlins, der zum Wackeln verdammte, doch gut gezimmerte Tisch und die renovierten Wandregale. Alles schien von Vandalen ergriffen, zertrümmert auf einen Haufen geschmissen worden zu sein. Und Brian kam zu sich.

„Sagt: War ich das?", fragte sie die Dohlen verlegen, die sich bisher mit Kommentaren zurückgehalten hatten, indem Brian auf den Schrotthaufen deutete, der einmal ihre Einrichtung gewesen war. Sie schüttelte den Kopf und erinnerte sich an die strapaziösen Bilder ihrer scheinbaren Träume. „Ihr beiden, ihr müsst mich doch wecken, wenn ich so etwas im Schlaf anstelle. Was habe ich da bloß getan?", stammelte sie etwas fassungslos, als sie nackt aufstand und an das Ende der Höhle zu dem Desaster ging.

„Nein. Nicht du, Patty. Wir hatten einen Sturm gehabt. Einen gewaltigen Regen. Und Wellen, deren Gischt hier heraufgeleckt sind. Die Höhle stand fast unter Wasser. Das hatten wir dir doch erzählt", meinte Daoine, und Brian war verwirrt.

„Und ich? Wieso weiß ich nichts davon? Ich habe doch hier geschlafen", war sie sich sicher.

„Das ist in der Zeit passiert, als du auf dem Meer verschwunden warst", erklärte Sidhe und sagte weiter, dass man sie dann gefunden und hierhergebracht hätte, wo sie bewusstlos auf dem Plateau zusammengebrochen sein soll, bevor man sie auf die Pritsche gelegt hätte und auf ihr Erwachen gewartet haben wollte.

Brian war sich nun ihrer eigenen Erinnerungen unsicher und schaute auf die Dohlen, dann zu dem Höhleneingang. Sie versuchte zu erkennen, ob es tatsächlich einen grauen Tag geben konnte, um sich die Aussagen der Dohlen zu erklären, denn erinnern konnte sie sich nicht. Und eindeutig schien ihr gar nichts mehr zu sein.

„Wer hat mich hierhergelegt? Doch nicht einer von euch?", fragte Brian provokant.

„Nein. Oak war das. Oak Southfield. Einer der Ältesten ist es gewesen, Patty. Kannst du dich nicht an ihn erinnern? Du hast doch mit ihm gesprochen. Und er war es auch, der dich aus den Felsen gezogen hat … von dem kleinen Sims, auf dem wir dich gefunden haben. Erinnerst du dich?", fragte Sidhe vorsichtig, ohne Brian vielleicht an Dinge zu erinnern, die womöglich lieber aus ihrem Gedächtnis gelöscht werden sollten.

„Und wo sind meine Sachen? Etwa irgendwo da … dort in dem Müllhaufen?"

„Deine Kleidung hat das Meer genommen – wohl im Sturm, denn du hast sie am Strand zurückgelassen. Oak hat dir neue Sachen mitgebracht, die er dir vorne an den Eingang gelegt hat, damit du dich in Ruhe anziehen kannst", meinte Sidhe, als Brian sich plötzlich wieder nackt fühlte.

Sie erinnerte sich an einen Menschen und an die vielen Vögel, die vertrieben aufgeflogen waren. Sie erinnerte sich auch an verletzte, große Seevögel, um die sich ein Mensch gekümmert hatte. Dann wieder hörte sie die übermächtigen Geräusche in ihrem Kopf, und sie hörte sich schreien. Sie sah auch Wasser, in dem sie ertrank, und erinnerte sich an das Blut, von dem ihr Körper bedeckt war. Sie hatte es von ihrer Haut gewaschen und besann sich ihrer Nacktheit vor anderen, die sie auch jetzt wieder empfand. Brian sah an ihrem Körper hinab und entdeckte ihre Haut wie von Skalpellen angeritzt. Die Brust, über dem Bauch, die Hüften und die Oberschenkel. Winzige Schnitte, die über ihren ganzen Körper verteilt waren, doch bereits verheilt schienen, weil sie entweder nicht sehr tief in ihr Fleisch gedrungen waren oder aber …

„Wie lange habe ich hier gelegen?", fragte sie die Dohlen erschrocken und ahnte eine jener unglaublichen Aussagen.

„Zweieinhalb Inseltage, Patty. Wie lange das sein mag, weiß ich nicht mehr: Aber es ist zwei und einen halben Tag her, dass du zusammenbrachst", meinte Daoine, und Brian begriff langsam. Sie erinnerte sich an spärliche Bilder, die wohl teils erlebt worden waren. Andere, die sie ihren Träumen zuzuordnen schien. Sie versuchte ein Mosaik zu legen, auf dem sie aus der Höhle treten konnte und jenem Tag hätte sagen können, dass sie wieder da sei und man wie bisher weitermachen könne. Aber dieses Mosaik ließ sich nicht zu einem Brückenpfeiler fügen. Widerspenstig wehrten sich die Puzzleteile.

Der Mensch. Ja, sie erinnerte sich an einen fremden Mann. Ein Mann, der sie auch angesprochen hatte. Doch ein Gesicht zu dieser Person existierte nicht. Sie konnte sich an kein Gesicht erinnern. An graugrüne, tiefe Augen besann sie sich. Ansonsten war da nichts.

„Und dieser Mann ist noch hier? Hier, bei uns auf der Insel?", fragte sie, was ihr ein Unbehagen zu sein schien.

„Das ist er. Und er ist nicht allein. Es sind weitere gekommen, Patty."

„Noch mehr Menschen?", fragte sie entsetzt. „Wieso? Woher kommen sie? Warum habt ihr das zugelassen? Warum …?"

„Ich bitte dich. Warum sollen wir etwas gegen die Ältesten unternehmen?", sagte Daoine besonnen. „Sie sind doch nur unseretwegen hierhergekommen."

„Euretwegen …? Wieso?", begriff Brian gar nichts mehr, stand in der verwüsteten Höhle und griff nach Akitas Pelz auf der Pritsche, den sie sich instinktiv um den Körper schlang.

„Nicht wegen uns als Dohlen. Vornehmlich deinetwegen, Patty", meinte Sidhe und Brian atmete nun aufgeregter, während sich ihr Puls erhöhte.

„Wieso meinetwegen?"

„Das werden sie dir am besten selbst erklären können", meinte Daoine.

„Was passiert hier?", fragte sie leise, setzte sich auf die Pritsche zurück, senke den Kopf, schaute mit flackernden Augen auf den Boden, dann in die Ecke, in der das angebliche Wasser die verbliebenen Schätze Merlins wie Unrat zusammengespült hatte. Wertvolle Papiere waren nur noch Klumpen feucht-klebrigen Hadernbreies, deren Weisheit in Tinte von dem Wasser mit sich genommen worden war.

„Das werden sie dir sagen, Patty."

„Und wo sind sie jetzt?"

„Draußen. Auf dem Plateau. Vor der Höhle", sprach Sidhe und meinte weiter, dass Brian sich anziehen möge, falls sie sich kräftig genug fühlen würde. Man hatte ihr die Kleidung rücksichtsvollerweise an die innere Seite des Höhleneinganges gelegt, damit sie sich nehmen könne, was sie tragen wolle, ohne von draußen gesehen werden zu können, bevor sie dann angezogen aus der Höhle treten könne. Und Brian schüttelte nur mit dem Kopf.

„Habe ich heute Morgen wirklich Stimmen hier gehört? Und habe ich geschrien? Oder war das nur ein Traum?"

„Tatsächlich ist es sehr laut geworden … draußen. Und dann haben wir dich schreien gehört. Es war ein fürchterlicher, zerreißender Schrei von dir, der uns alle verstummen ließ", meinte Sidhe. „Und jetzt ist wieder Ruhe …, und ich glaube, man erwartet dich", erklärte die Dohle, als Brian sie ungläubig ansah, schwieg, tief einatmete und dann nachfragte, ob man sie wirklich nicht von draußen sehen könnte, falls sie sich etwas von der Kleidung nehmen würde, was die Dohlen ihr versicherten.

„Wir können die Wäschestücke auch einzeln für dich holen, falls du das möchtest, Patty", sagte Daoine.

„Das wird ja immer schöner. Du als meine Gouvernante", sagte Brian trocken, schaute auf die Dohlen und machte sich zum ersten Mal zögerlich auf den Weg durch die Höhle, weil sie offenbar nicht mehr allein auf der Insel waren. Vorsichtig verhalten lief sie mit dem Wolfsfell zu dem Höhleneingang, stellte sich dicht an den Felsen und lauschte hinaus. Sie hörte keine Stimmen mehr, und zu entdecken war auch niemand. Was sie sehen konnte, war, dass sich der immerwährende Nebel aufgelöst hatte und ein wirklich grauer Tag über dem kalten Nordmeer lag. Für den Bruchteil eines Momentes war sie versucht, in alter Gewohnheit herauszutreten, den endlichen Tag, auf den sie gewartet hatte, zu begrüßen, sich zu strecken und die ihr gegebene Zeit auf ihre Weise zu nutzen. Doch davon sah sie ab, schaute sich nach den sie beobachtenden Dohlen um, blickte dann nach rechts und links aus der tristen Höhle hinaus und entdeckte einen Stapel ordentlich zusammengelegter Hosen. Unterwäsche war neben die Hosen gelegt worden. T-Shirts, Strümpfe, Schuhe und Pullover. Daneben lagen Kosmetikartikel, auf die sie lange verzichtet hatte, ohne sie wirklich zu vermissen. Und sie erinnerte sich, ein Deodorant versprüht zu haben, das sie genüsslich hatte riechen wollen. Tatsächlich fand sie eben dieses Deo unter den Pflegeartikeln, die sie leicht überfordert betrachtete. Sie griff nach ihm und roch an der Sprühdüse und erinnerte sich an den frischen Duft. Dann nahm sie den Kleidungsstapel, hob ihn hoch und brachte ihn zu der Pritsche, als ihr Wolfsfell von den Schultern rutschte. Sie legte ihn ab, holte sich das zu Boden gefallene Fell, das sie sich wieder über die Schultern warf, und besah sich als Erstes die Hosen. Die Größe schmeichelte ihr, da sie zu hager geworden war, um sie auszufüllen. Auch die Unterwäsche rutschte, als sie einen Slip anzog. Die T-Shirts hingen so schlapprig wie die Pullover über ihren knöchernen Schultern, als sie die Kleidung angezogen hatte. Einzig die Schuhe passten, wenn sie auf die Socken verzichten würde.

„Und? Wie sehe ich aus?", drehte sie sich vor den Dohlen, als wären sie ihr Image-Coach, als Brian etwas schwindelig wurde, sie sich plötzlich auf dem Rand der Pritsche abstützen musste und ihr die Hosen von den Hüften zu rutschen begannen. „Ist schon gut. Sagt besser nichts. Ich weiß ...", meinte sie, und die Dohlen, die sie bisher schweigend gewähren ließen, sahen sich ebenso stumm an. „Sind die wirklich irgendwo da draußen? Und warten die Menschen, von denen ihr gesprochen habt, auf mich? Oder ist das nur so eine eurer Geschichten, um mich auf Trab zu bringen?", fragte Brian verunsichert, die wieder auf ihre Beine gekommen war und an sich herabsah.

„Sind sie."

„Das muss ja ein gewaltiger Sturm gewesen sein. Ich habe gesehen, dass der Nebel fort ist und der Horizont über dem Meer liegt", bemerkte sie, während sie sich um ihr inneres Gleichgewicht bemühte.

„Fühlst du dich wirklich in der Lage, schon aufzustehen und zu gehen, Patty?", fragte Sidhe, die Brian genauesten beobachtete und sich Sorgen um deren Selbsteinschätzung machte.

„Ich komme, so weit ich komme", sagte Brian kurz. „Wenn die Hose nur nicht so schlapprig wäre. Sieht schon cool aus, oder? Richtig cool und scheiße …", lachte sie trocken. „Ich sollte mir die Zähne putzen. Ich weiß gar nicht mehr, wie sich das an den Zähnen und im Mund anfühlt."

„Dabei kann ich dir vielleicht helfen", nuschelte Daoine verlegen schmunzelnd.

„Ach ja. Mit einem Flint. Na toll …", lächelte sie dann zu der Dohle und zupfte an ihrer Kleidung herum. Brian fühlte sich, als hätte sie Lampenfieber, um auf eine Bühne zu gehen, die sie als ihre Insel annektiert hatte. „Kann ich wirklich so gehen?", erkundigte sie sich und sah auf die anderen Kleidungsstücke, die auf der Pritsche neben dem Fell von Akita lagen.

„Falls du genug Kraft hast, dann kannst du so gehen. Wenn du dich zu schwach fühlen solltest, bleibe lieber hier, und ruhe dich noch aus. Die Ältesten haben dafür Verständnis", war Daoine sicher.

„Wie viele sind es?", fragte Brian mehr neugierig als unsicher.

„Einige, Patty", erwiderte die Dohle und sah Sidhe ruhig an, als Brian nickte, ahnte, dass sie nicht mehr als *einige* erfahren würde, und daraufhin in ihren neuen Kleidern loslief. Sie hielt sich den Hosenbund zusammen und trat aus der Höhle, schloss einen Moment die Augen, atmete die frische Luft tief ein, merkte, wie ihr schummerig wurde und sie, wohl nicht das Bewusstsein, aber das Gleichgewicht verlor. Und als sie die Augen öffnete, um sich die Ruhe des neuen Tages spürte, war sie glücklich über den Moment, den sie dann mit offenen Augen, Sekunden später, kaum begreifen konnte.

Hinter ihr waren die Dohlen aus der Höhle auf das Felsplateau stolziert, und vor ihr stand Merlins Wasserbassin an einem wolkenverhangenen Morgen. Grau der Himmel, und das Nordmeer warf ein titanfarbenes Gewand in Falten, als sie auf ihrer Insel Tausende und Abertausende großer, weißer Seevögel schweigend wie pelzigen Raureif hocken sah. Mit den unfassbaren Blicken ihrer stechenden Augen an den Enden dolchartiger Schnäbel inspizierten schwarz umringte Augenpaare eine scheinbar Neugeborene. Es mussten Zigtausende Vögel gewesen sein, deren genauere Anzahl niemandem bekannt geworden war, die die an und für sich erdfarben moosige Felseninsel mit ihren weiß gefiederten Körpern sitzend wie liegender Schnee bedeckten. Und Brian stand mit ihren rutschenden Jeans und den schmalknochigen Schultern in einem schlapprig hängenden Norweger auf ihrem Felsplateau, während ihre Unterwäsche zwickte und sie sich noch einen Augenblick vorher überlegt hatte, ob sie sich die Zähne nicht hätte putzen sollen.

Brian war sprachlos überwältigt.

Wieder wurde ihr angesichts der Massen von Vögeln schwindelig, als sie die unzähligen Augenpaare spürte, die schweigend streng und prüfend auf sie gerichtet waren.

Erst dann sah sie mitten unter ihnen die Menschen, von denen die Dohlen gesprochen hatten, ohne dass sie die Seevögel erwähnt hatten. Und sie erkannte den einen, den sie bereits kurz in jener Nacht gesehen hatte. Oak Southfield. Als die Menschen sie aus der Höhle treten sahen und Brian sich zu ihnen umgedreht hatte, standen sie auf, da sie in einem Kreis sitzend auf Brian gewartet hatten, und schauten sie schweigend freundlich an.

Es war totenstill.

Nichts wagte sich zu regen, als Brian ein Glanz der gefühlsmäßigen Überwältigung in die Augen stieg und Tränen einer unbekannten Freude für Momente ihren Blick verwässerten. Ihr Herz schlug bis in den Hals, als sie tief einatmete, sich mit einer Hand über die Augen wischte, sich die wild strähnigen, welligen Locken aus der Stirn zurück über den Kopf strich, einmal blinzelte und sich nach den Dohlen Sidhe und Daoine umschaute, die sie hinter sich sah. Und sie entdeckte eine dritte Dohle hoch auf der Felszacke über dem Höhleneingang thronen, bevor sie sich wieder den Tausenden zuwendete.

„Wir dachten, wir bereiten dir einen gebührend eindrucksvollen Empfang. Willkommen zurück in unserem Leben", ergriff derjenige das Wort, den sie bereits als Southfield kennengelernt zu haben schien. Er lächelte sie an, nickte kurz und führte aus, dass seine von ihm bereits angekündigten Freunde gekommen seien, die er eigenwilligerweise, ihre Zustimmung voraussetzend, hier auf sie warten ließ.

Brian war immer noch sprachlos. Reden vor einem solchen Publikum hatte sie nicht halten müssen. Von daher war sie verlegen um ein jedes Wort, als wieder Stille herrschte. Was ihr dann über die Lippen kam, war holperig und hieß, dass sie gern etwas mehr Zeit für ihre Morgentoilette gehabt hätte, hätten ihr die Dohlen bloß gesagt, was sie draußen vor der Höhle auf der Insel erwarten würde. Das war, was sie zurechtgestammelt hatte. Und während die Vögel weiterhin schwiegen, lachten die Menschen ihr zu, bahnten sich dann vorsichtig einen Weg durch die sitzenden Seevögel, die daraufhin langsam watschelnd aufstanden und den Schritten der Menschen auswichen, bevor sich die Reihen hinter den Dunedin wieder schlossen.

„Ich bin überwältigt", sagte Brian dann vor sich her und schaute immer wieder auf die Unzahl der Tiere, die im Wesentlichen wohl Vögel nur einer Art zu sein schienen. Ihre ornithologischen Kenntnisse waren sehr spärlich, und deshalb staunte sie nur, dass ein jeder der Vögel fast das Duplikat eines anderen war, so sehr glichen sie sich äußerlich, als Southfield als Erster zu ihr auf das Felsplateau herantrat, das man für Brians Auftritt unbesetzt gelassen hatte, und ihr seine Hand zum Gruß anbot.

„Du erinnerst dich an mich?! Ich bin Oak. Und von dir wissen wir bereits alles durch deine redseligen Dohlen", lachte er, als Brian den Dunedin zum ersten Mal im Tageslicht sah, der nachts die Tiere versorgt hatte, wie sie sich erinnerte.

„Sie sind ein Kreuz … Sidhe und Daoine. Ich weiß …", spaßte Brian unbeholfen und legte ihre Hand in die des Ältesten, der sie dann höflich schnell zurückzog, bevor er seine Brüder und Schwestern vorzustellen gedachte, die nacheinander durch die behäbig watschelnden Vögel zu ihr herankamen.

Nachdem man Brian begrüßte hatte, setzten sie sich wieder zusammen, diesmal vor den Höhleneingang, sahen sich flüchtig an, wendeten ihren Blick jedoch nicht von Brian. Insgesamt waren es dreizehn Dunedin – vier Männer und neun Frauen – die auf die Insel gekommen waren, von denen sich Brian nur wenige Namen durch die Begrüßung merken konnte. An Fir Samhain, Juniper Southerland und Ash Rionnag konnte sie sich nebst Oak Southfield erinnern. Dann gab es eine Maple Dorch, dunkelhaarig, schlank, drahtig und groß, wie alle anderen der Dunedin. Eine Poplar Eagal, zurückhaltend mit tief liegenden Augen, und eine Beech Damhair. Pine Gaidheal hatte sie bei der Begrüßung als Einzige freundlich in den Arm genommen, während Cedar Dualchar an ihr majestätisch aufrecht vorbeischritt und älter als die anderen schien; Cherry Gaire und Pear Caite machten auf Brian einen lebenslustigeren Eindruck, wohingegen Quince Samhradh etwas braunere Haut hatte als die anderen, eher fahlen Ältesten, was ihr die Dohlen bestätigen konnten. Und schließlich gab es noch Chestnut Cabhak, der sich mit seinen Füßen freundlich an den Vögeln vorbeigedrängelt hatte, bevor er sich zu den anderen auf dem Felsplateau gesellte. Als Allerletzter kam Makar von dem Gipfel der Zacke herabgeflogen und stellte sich selbst ohne die höfliche Unterstützung von Southfield vor; er schlug dann mit seinem Schnabel auf einen Stein und nickte einmal ehrenvoll, bevor er zu den Dohlen Sidhe und Daoine schritt, die hinter Brian standen.

Sie selbst wusste nicht, was geschehen war, und stand verlegen vor der Gesellschaft der fabelhaften Lebewesen, die scheinbar ihretwegen gekommen sein sollten. Und wieder war es Southfield, der sprach, um den schwierigen Augenblick des ersten Kontaktes etwas aufzulockern.

„Jetzt kennst du die wenigen hier. Und die anderen, die gekommen sind, sind die Suliden. Freunde, nun dürft ihr endlich diejenige begrüßen, die wir hier gefunden haben", rief er den Tausenden von Basstölpeln zu, die daraufhin aus unzähligen Kehlen ein Geschrei anhoben, das selbst die stürmischste Brandung, falls nicht zum Schweigen gebracht, denn wenigstens geängstigt hätte. Und Brian schaute über ihre Insel, sah die Tausende und Abertausende von Schnäbeln, und sie war fassungslos. Dann hob Southfield seine Arme, sodass die Suliden nach und nach zur Ruhe kamen. „Ich weiß, ihre alle wollt sie begrüßen. Ein jeder nach dem anderen. Es sei euch versichert: Dafür wird es Zeit geben. Eine der Naien ist unter uns – und sie wird es noch lange bleiben", rief Southfield, und die Suliden hatten verstanden. „Lasst uns ihr helfen, das zu verstehen, was wir ihr an Zeit voraushaben. Denn …", so rief er nachhaltig und machte eine kleine rhetorische Pause, bevor er zu Brian hinübersah und sie anlächelte, „… denn sie ist noch sehr jung", als die Suliden untereinander zu tuscheln begannen.

Die sich so ähnlich sehenden Dunedin hatten sich vor den Höhleneingang gesetzt und baten Brian, bei ihnen in der Runde einen Platz zu finden. Brian stand überfordert bei den Ältesten, hielt ihre zu weite Jeans mit einer Hand am Bund fest, damit sie ihr nicht von den Hüften rutschte, bedankte sich zurückhaltend für die Einladung und fühlte sich, als sei ihre Insel von Fremden annektiert. Alle trugen schwere, warme Kleidung, mittellange, abgetragen speckige Lederjacken in erdig grünen oder schwarzbraunen Farbtönen. Und trotzdem sahen sie sehr gepflegt und auf eine unergründliche Weise kultiviert aus. Die Frauen trugen ihre Haare offen, meist bis wenigstens auf die Schultern fallend, während die Männer mittellange Frisuren hatten. Allen war die bestechende Farbe ihrer Augen gemein. Und falls man genauer hinsah, war es gar nicht einmal so sehr, dass sie ähnlich aussahen, bis vielleicht auf ihren schlanken, aufrechten Wuchs und ihre fast elegant athletischen Bewegungen. Doch durch die unbeschreibliche Präsenz der viel wissenden Augen, die auch Brian ungewollt und von den Dunedin unbeabsichtigt in ihren Bann zogen, war auch sie nicht in der Lage, das eigentliche Gesicht eines dieser Menschen anzusehen, weil sie in die Ansicht dieser Augen gezogen wurde, denen nichts verborgen schien.

„Poplar, gib dem Mädchen deinen Gürtel. Du siehst doch, dass ihr die Hose in den Kniekehlen hängt", sagte Rionnag zu Eagal, der sich entschuldigte, aufstand und seinen Ledergürtel aus den Hosenschlaufen zog, um ihn Brian durch Rionnag reichen zu lassen. „Da, Patty. Leg ihn dir um die Hüften, und setze dich dann zu uns. Man kann wirklich meinen, dass unsere Männer tollpatschiger sind, als die Suliden", lachte Rionnag, und Brian dankte ihr für diese Aufmerksamkeit, während einige der Basstölpel wenig amüsiert Rionnag scharf visierten. Die männlichen Dunedin protestierten vergeblich. Sie meinten, dass sie doch auch ihren Spaß haben wollten. Und sie wollten auf etwas wie *auf ihre Kosten* kommen oder einen Eagal einmal ganz *ohne* erleben dürfen, bevor man sich für ihn vielleicht den Allerwertesten aufreißen wollte. Und sie lachten noch über vieles mehr, das Brain nicht verstehen konnte, da sie keine Ahnung hatte, was geschehen war. Noch ahnte sie, warum es zu geschehen hatte. Und als sie sich den Gürtel in die Bundschlaufen gezogen und den Schnallendorn in das letzte Loch gesteckt hatte, reichte es gerade, die Jeans an ihrem Körper zu halten, als sie sich schließlich zu den Menschen setzte. Trotz der Fremde fühlte sie sich sonderbar wohl, und trotz der anfänglich ängstlichen Beklemmung vor diesen Menschen glaubte sie sich in einzigartig guter Gesellschaft, ohne diese Empfindung für sich präzisieren zu können. Und die Suliden verhielten sich erhaben abwartend.

Die Dunedin hatten einiges an Nahrungsmitteln mitgebracht, und als Erstes wurde Brian Sanddornsaft in einer großen Flasche von einem der Ältesten gereicht, dessen Namen sie vergessen hatte.

„Den haben wir immer, Patty. Er hilft dir, zu Kräften zu kommen und den Verstand zu bewahren", meinte Southfield, als Brian sich zwischen ihn und Rionnag setzte, während die anderen eigentlich wenig Notiz von ihr nahmen und in eigenen Gesprächen vertieft schienen. Wären diese Dunedin ihretwegen gekommen, so hätte sie mehr Aufmerksamkeit erwartet, die sie aber nicht erhielt. Man war an ihr nicht sonderlich interessiert. Die Seevögel, die mit ihren Gefiedern die gesamte Insel bedeckten, schauten überraschend leise den Ältesten und derjenigen zu, die ein Naien sein sollte. Brian hatte den Mut, sich eines der Gesichter dieser Vögel genauer anzusehen. Sie suchte sich ein Exemplar, das seinen

Blick von ihr abgewendet hatte, und erschrak etwas, als sie die Kopfform eines dieser Vögel genauer studierte. Dann schaute sie auf Sidhe und Daoine, die sich zu ihr gedrängelt hatten, während sie im Schneidersitz zwischen den Menschen saß, als Sidhe kaum merklich bestätigend auf den Blick von Brian nickte, da die Dohle spürte, dass Brian jetzt in dem von ihr geschnitzten Holzknauf die Ähnlichkeit zu den Basstölpeln erkannte. Sidhe verstand, dass Brian nun den Vogelkopf in ihrer Schnitzerei entdeckte, den die Dohlen Morus genannte hatten. Ein Name, hinter dem sich eine grauenvolle Geschichte verbergen sollte, die sie nicht kannte. Und nun war sie umgeben von Tausenden dieser Vögel, die sich alle bis auf den feinsten Federstrich in ihren Gesichtern und den Gefiedern glichen. Ein Vogel so eindrucksvoll und schön, wie der andere. Sie schienen wehrhaft zu sein, mit ihren langen, schlagkräftigen, harten Schnäbeln. Darauf nahm Brian einen Schluck des von Southfield ihr gereichten Sanddornsaftes aus der Flasche. Sie hatte diesen Saft nicht so säuerlich erwartet und musste sich leicht schütteln, als sie ihn schluckte, während Southfield und Rionnag schmunzelten.

„Du wirst dich wahrscheinlich daran gewöhnen. Ist wirklich 'ne faszinierende, kleine Beere, die diesen Saft spendet", flüsterte Rionnag Brian zu und sah, wie ihr der Geschmack des Saftes neu war. „Geht es dir gut, Patty? Oder ist dir das alles auf einmal ein wenig viel für den Anfang?", fragte die Dunedin leise und sah Brian in die Augen, als Brian ihren Blick erwiderte und die gütige Tiefe in ihnen erkannte, während Rionnag zum ersten Mal die Faszination des Raumes in den Augen Brians entdeckte und für einen Moment überwältigt schien, doch dann gefasst sagte: „Es wird heute ein bisschen viel für dich sein. Aber gewöhne dich auch daran, dass du wahrscheinlich mehr bist, als du meinst, Patty."

„Ja. Es ist viel", stammelte Brian, wagte aber nicht zu fragen, wovon es ein Anfang sei, als sie ihren Blick wieder abwendete und überlegte, ob und falls, dann was es war, das man von ihr erwartete. Sie überlegte, ob sie etwas sagen sollte, einmal abgesehen davon, dass ihre Morgentoilette kümmerlich gewesen war. „Und was jetzt?", flüsterte sie. „Du bist doch Ash, nicht wahr?!", während die anderen, scheinbar uninteressiert an ihnen, miteinander über alle erdenklichen Themen sprachen und niemand Anstalten machte, irgendetwas anderes zu tun oder erwarten zu wollen, als eben auf dieser Insel mit den Suliden zu sitzen und Dinge zu besprechen, die für Brian gegenstandslos waren.

„Ja. Ich bin Ash. Waren zu viel Namen auf einmal für dich, stimmt's? Aber du wirst sie über die Zeit alle kennenlernen", lächelte Rionnag zuversichtlich.

„Hier hat jemand etwas zu erzählen", meinte Southfield dann laut. „Die beiden Damen mauscheln, weil wir ihnen ganz offenbar nicht zuhören", brachte er Brian und die Dunedin ganz bewusst in das Zentrum des Geschehens, und die anderen Ältesten schmunzelten über die Verschämtheit Brians, als sie plötzlich von allen angesehen wurde. „Sie kann sich an unsere Namen nicht erinnern", rief er lustig, dreist und laut. „Wir werden uns dann Namensschilder an die Jacken stecken müssen."

„Du musst gerade reden. Bei dir hat es siebzig Jahre gedauert, bis du Ash richtig buchstabieren konntest", flachste Rionnag und nahm Brian ein wenig aus dem Brennpunkt, obwohl alle natürlich neugierig auf das Mädchen waren, dem so große Dinge auferlegt schienen. Nur wollten sie sich das nicht anmerken lassen. Weder die Dunedin – noch die Suliden.

„Das lag nur an deinen vielen bürgerlichen Namen, durch die man erst einmal durchsteigen musste, meine liebe Schwester", parierte Southfield.

„Um eine Ausrede warst du nie verlegen", lachte sie und sah es Brian nach, dass sie sich natürlich nicht alle Namen der Dunedin auf einmal merken konnte.

„Und dabei haben unsere Freunde, gefiederten Freunde, noch nicht einmal angefangen, sich Patty einzeln vorzustellen", freute sich Southfield. „Denn bis du ihre Namen nicht aus dem Effeff beherrschst, fliegen sie nicht fort, Patty", lachte der Dunedin, und Brian erschrak, ob er das ernst meinte. Niemals in ihrem Leben könnte sie sich all die Namen der unzähligen Vögel merken, die auf der Insel im Nordmeer an jenem Tag bei ihr und den Dohlen gastierten, das wusste sie.

„Sei ganz beruhigt. Oak macht nur Spaß. Die Suliden haben keine Namen. Wir geben ihnen manchmal beliebige. Aber sie selbst haben ihre Namen vor langer Zeit aufgegeben. Noch zu Zeiten ihrer Ururahnen", flüsterte Rionnag, und Brian bedankte sich bei ihr für die lehrsame Auskunft.

„Und dann will ich noch fragen, wo derjenige ist, dem diese Feder gehört und den ich vor Zeugen Qualms nannte?", rief Southfield laut in die tausendköpfige Schar der Basstölpel, griff sich in die Jackentasche und holte die Feder heraus, die ihm eine Sulide in den Highlands in die Hand gelegt hatte. „Alle einmal vortreten", lachte er und hielt die Feder in seiner Hand hoch, und die Tölpel erwiderten sein Lachen auf ihre unvergleichlich laute Weise, bis sich einer der Seevögel erhob, der mitten in der Schar seiner Artgenossen ausgeharrt hatte, einen kleinen Windzug ausnutzte, damit er nicht über die Rücken der anderen Suliden watscheln musste, einige Meter segelte, sich dann aus der Luft herabließ und vor Southfield in der Mitte des Kreises der Dunedin, Brians und der Dohlen landete.

„Du warst der Übeltäter, der mir das hier verpasste?!", meinte Southfield und hob seine noch verbundene Hand wie zur Anklage hoch.

„So ist es, mein Freund", sagte der Morus, als Brian das Ritual zwischen den beiden verfolgte und kaum noch überrascht war, dass sie alle Vögel verstehen konnte. Sidhe und Daoine, ihre Dohlen, waren zu so stolzen Charakteren in dieser Versammlung geworden, wie sie es für nicht möglich gehalten hätte. Seitdem sie in Russland zusammengekommen waren, hatte sie den wahren Stolz ihrer Dohlen nicht sehen können, der sich erst jetzt in Beziehung zu den anderen Vögeln zeigte. So standen sie als kleine Garden neben Brian, die ihnen den Ritterschlag gegeben hatte.

„Schön, dass auch du da bist", sagte Southfield. „Ich freue mich über alle, die ihr gekommen seid", rief er laut, und die Vögel neigten daraufhin schweigend ihre Schnäbel gegen die Hälse. Nun schwiegen auch die Dunedin, und Rionnag bedeutete Brian diskret, gut dem zuzuhören, was gesagt werden würde, denn es sei von Bedeutung, da man schon geraume Zeit auf sie gewartet hätte.

Nachdem Southfield einleitende Worte zu Nordschottland und Alwyyn fand, zu dem Treffen mit dem Weißhaupt in einem Tal der Highlands und zu den Kenntnissen, die er dort erhalten haben wollte, hatte man sich hier auf der alten Insel im Nordmeer verabredet, um schließliche Sicherheit zu erlangen und um sich entweder gemeinsame Wege zu versprechen oder der eigenen wieder zu ziehen. Und da die Suliden den Dunedin nicht als Zuhörer langer, großer Reden bekannt waren, fasste der Älteste sich kurz und wollte eine klare Aussage über die verbindlichen Ergebnisse der Versammlung der Seevögel erfahren, als der Tölpel zu sprechen begann. Und das war, was er sagte:

„Wir haben uns über Generationen vertraut und taten gut daran. Und haben unsere Differenzen und tun auch gut daran, unterschiedlich zu sein und uns trotzdem Vertrauen zu entgegnen. Unsere Vorfahren haben das Grauen erlebt, und wir sind der Geschichte müde geworden. Die Alten sollen ihre Fehden allein austragen, und wir, die Jungen, die Lebenden, sollten es besser machen, als es bisher gemacht worden ist. Und jetzt ist hier eine, der wir Schutzbefohlene sind, die allerdings unseres Schutz hier in dieser Welt bedarf", und ein Getuschel ging durch die Massen der Suliden. „Wer wären wir, falls wir ihr nicht helfen, den hier geborenen Menschen zu entgehen, sollten sie dem einen hier Übel wollen? Wer wären wir, im Namen von Morus, wollten wir diesem einen hier unsere Hilfe versagen? Und wer wären wir, wollten wir unsere Nester pflegen, ohne die zu ehren, die sie seit alters her beschützten?", und ein weiteres Raunen der Tölpel war als Zustimmung zu hören. „Seit der Großen Schlacht haben sich die Menschen entwickelt. Und es gibt viele Gute unter ihnen. Aber sosehr ich hier und heute stehe, vertraue ich mit meinem Leben nur den Ältesten, ihren Brüdern und Schwestern … und ihren Lehrern aus einer anderen Welt. Daher beschlossen wir, diesen Menschen, der aus dem Staub der Großen Schlacht erwachsen ist, mit unserem Leben zu schützen … und sollte es das Ende unserer Art bedeuten. Hieße es Krieg mit denen, die einen Frieden gewährten, so stehen wir an der Seite der Ältesten und ihren Lehrern, von denen wir einen vor uns sehen." Die Tölpel hoben ihre Köpfe und schlugen mit ihren Schnäbeln zusammen, sodass ein sonderbar transzendental horniges Klappern entstand.

Die Dunedin hörten die Rede und waren erleichtert, dass man ihnen und ihrer Sache Vertrauen schenkte. Sie waren glücklich, dass die Suliden der Einschätzung Alwyyns und der Ältesten folgten. Und schließlich schloss der Basstölpel mit den Worten:

„Sosehr wir euch beschützen werden, darf ich sagen, dass die Fulmare und die Lariden euch ebenfalls untertan sind. Das wurde beschlossen!" Und bemängelnd fügte er hinzu: „Hätte sich der Nebelschreck eine größere Insel ausgesucht, mehr noch, als diejenigen, die bereits hier sind, wären gekommen." Gaidheal musste über den Nachsatz lachen, während der Tölpel sie streng ansah.

Dann watschelte er auf Brian und die Dohlen zu, und die lauten Schnäbeleien der anderen Suliden endeten, damit man Zeuge wurde, was geschehen werde. Selbst die Dunedin, die bisher im Kreis mit Brian gesessen hatten, standen wie einem heimlichen Protokoll folgend auf und gingen ehrfürchtig einige Schritte zurück. Einzig Sidhe und Daoine blieben bei Brian, die nicht wusste, wie sie sich verhalten sollte und was auf sie zukam, während Makar auf den Arm Southfields flog, um besser sehen zu können.

Als der Basstölpel zu ihr herwatschelte, wusste sie nicht, wie ihr geschah, bis der herrliche Vogel vor ihr stehen blieb, sie mit seinen durchdringenden Augen einen Moment ansah und Brian seinem Blick auszuweichen versuchte. Dann senkte er seinen Kopf, legte den langen Schnabel an seinen Hals, schaute sie an und flüsterte ihr zu: „Du darfst jetzt deine Hand auf meinen Kopf legen", was Brian erschrak, da sie etwas Entsprechendes niemals zuvor gedacht, gehört oder vielleicht sogar geträumt hatte. Und sie sah den Tölpel an, nahm ihre rechte Hand und legte sie auf das kühle Gefieder des Hauptes einer Suliden. Um sie herum war es still. Niemand sprach. Niemand tuschelte. Niemand bewegte sich, als sei die Zeit gefroren und man allein für Äonen in sich entrückt auf Erden. Der Tölpel schloss seine Augen, neigte dann seinen Kopf, hob langsam seinen Schnabel und führte ihn mit geschlossenen Augen über die Stirn Brians. Danach erst öffnete er seine stechenden Augen, und obwohl Brian als Einzige saß, schien ihr schwindelig zu werden. Dann hörte sie in der Erhabenheit dieses überirdischen Momentes den Tölpel flüstern, dass er ihr danke, bevor er wieder aufstand, eine unruhige Bewegung in alle Vögel kam und er sich zu ihnen umdrehte, tief atmete und rief:

„Wir werden stolz und mutig sein … für diesen einen Menschen, der keiner ist", und ein ohrenbetäubendes Geschrei der Begeisterung über die besiegelte Allianz brach aus, das allen die klaren Sinne raubte.

Die Dunedin hatten solch eine selbstlose Ergebenheit der Suliden niemals zuvor erlebt. Das Ritual hatte eine getragene, bewusste Schwere, da die Folge ein schicksalhafter Bund war. Morus drehte sich noch einmal zu den Dunedin und Brian um, nachdem er zu den Vögeln gesprochen hatte, nickte freundlich zu Southfield, der zu ihm herankam, sich vor ihm und seinem Stolz verneigte und ihm gleichzeitig verständlich machte, dass, falls er Brian ebenfalls mit seinem Schnabel gekennzeichnet hätte, ihm sein Hals verknotet und sein fedriger After verkorkt worden wäre. Und Morus entgegnete ihm schmunzelnd, seit wann ein Ältester meinen würde, dass er einem Basstölpel hinterherfliegen könne. Southfield lachte, die Sulide war stolz, und noch bevor er unter den anderen Vögeln verschwand, sah er zu Brian, die mit Tränen in den Augen im Schneidersitz auf dem Felsen saß. Bevor Southfield einschreiten konnte, zwickte Morus Brian in das Bein, nickte auch ihr zu und verschwand schnell watschelnd zwischen den anderen Suliden, die immer noch die Allianz lauthals feierten.

Brian rieb sich ihren Oberschenkel, Southfield schüttelte lachend seinen Kopf über den Schalk des Basstölpels, die anderen Dunedin standen noch, und dann bat Dualchar um das Wort, indem sie eine Hand hob, woraufhin sich nach kurzer Zeit Ruhe ausbreitete. Die Dunedin setzten sich, Brian stand immer noch im Eindruck der Geste des Basstölpels und verstand nicht richtig, was all das zu bedeuten hatte, und es war ihr nicht klar, dass es nur um sie ging. Sie fühlte sich irgendwie in den Kreis von Lebewesen aufgenommen und hatte sich doch zuvor geschworen, niemals wieder etwas wie *irgendwie* zu denken, da alles einen klaren Charakter und eine erkennbare Struktur haben müsse.

Und Gaidheal war es, die sprach: „Ihr, die Suliden … und die wenigen der Fulmare und Lariden, die ihr hierhergekommen seid, habt einen Bund mit uns seit Urgedenken. Wir gelobten euch den Schutz vor den Irdischen bis zum heutigen Tag. Und von heute an stehen wir wieder gemeinsam an einem Scheideweg, da wir diese neugeborene Naien auf ihre Bestimmung vorbereiten müssen und sie sicher auf ihren Weg geleitet werden. Wir hatten Ruhe und Auskommen unter den Menschen und halten ihn, solange dem Naien kein Übel droht. Euch allen unser herzlichster Dank und unsere Treue auf Dauer …, für uns gesprochen, für unsere Kinder und deren Nachfahren, und für diejenigen gesprochen, die wir heute noch nicht erdenken können." Damit verneigte sie sich vor den Seevögeln in Ehre und setzte sich zu den anderen Dunedin.

Rionnag erhob sich schließlich und sagte, dass man die Vögel entlassen und man sich in wenigen Tagen in Schottland wieder treffen werde. „Und falls ihr einem Lichtfresser begegnen wolltet, dann solltet ihr alle kommen. Einer ihrer ist uns durch Weißhaupt Alwyyn angekündigt", sagte Rionnag zum Schluss. „Wir sind euch unsagbar dankbar und sehen uns in den Highlands", meinte sie, als die Dunedin geschlossen aufstanden, ihre weisen Köpfe zu Ehren der anwesenden Vögel senkten und Brian ihre Augen am Hinsehen nicht hindern konnte, so faszinierend war der Aufbruch der Suliden und kleineren Fraktionen von Fulmaren und Lariden. Und ein lautes, fast zänkisches Geschrei begleitete die Tiere, die sich wie eine geschlossen weiß zitternde Wolke urplötzlich erhoben, da alles gesagt und besiegelt schien, während Brian überhaupt nichts verstanden hatte.

„Steh mit auf, zu ehren die Vögel, die dir Treue gebieten", wies Sidhe Brian auf einen erwarteten Anstand hin. „Das gebiete die Allianz", und Brian stand auf, hörte flatternde Flügel, die schwere Körper von der Insel trugen, und als sie in der Luft waren, verdunkelten sie das Grau für Momente, so gewaltig war ihre Anzahl, als die Tiere, ihre schmalen Flügel in den Wind gestellt, schweigend balancierten, als seien es die Geister einer imaginären Luft. Und Stille kehrte ein.

Zurück blieben die dreizehn Dunedin, zwei Dohlen und die verletzten und flugunfähigen Fulmare, die Brian vergeblich aus dem Wasser zu retten versucht hatte. Grau war der Himmel, der die Suliden, in den Süden ziehend, verschlungen hatte. Anthrazitfarben war das Meer, dessen Nebel an den Küsten ruhen mochte. Vermisst war eine Brian, die kaum zur Besinnung zu kommen schien, und froh waren die Dunedin, die sich langsam ihrer schweren, geschichtsträchtigen Aufgabe bewusst wurden. Und grau war der Himmel, so wie grau die ungewisse Zukunft schien.

# XII

„Da hast du uns etwas eingebrockt, Patty", sagte Gaire im Spaß, da sie sich des Ernstes der Angelegenheit bewusst war, die größte Opfer fordern könnte. Rionnag nahm Brian zur Seite, rief Gaidheal und Dorch zu sich heran und sagte den anderen, dass man sich um Brian kümmern werde, da sie sehr strapaziert und angestrengt an jenem späten Nachmittag wirkte, an dem die Seevögel lange schon auf ihrem Weg nach Schottland waren.

Brian stand auf und war froh, dass etwas der ersehnten Ruhe eingekehrt schien. Nur noch wenige Augenpaare waren da, die auf ihr lasteten. Verzogen waren die Ereignisse wie im Rausch, und erst als Rionnag fragte, ob sie sich in der Höhle ausruhen oder aber sich abseits der anderen Ältesten auf der Insel unter die graue Wolkendecke setzen wollte, kam Brian etwas zu sich.

Alles hatte sich verändert, selbst die Perspektiven schienen verschoben, da sie zum ersten Mal auf das offene Nordmeer sehen konnte, das bis dahin vom Nebel bedeckt gewesen war. Und mit den Dohlen zusammen entschied sie, draußen bleiben zu wollen, und lief mit den drei Dunedin an das andere Ende der Insel, während sich die übrigen Ältesten wieder vor die Höhle gesetzt hatten und auf etwas geduldig zu warten schienen, von dem Brian nicht wusste, was es sein sollte, dass man noch erwarten könnte.

„Möchtest du einmal richtig gewaschen werden, Patty?", fragte Dorch, und Brian spürte einerseits die Vertrautheit zu den Menschen, die sie überhaupt nicht kannte, andererseits die unbeschreibliche Fremdheit in ihr, mit der sie den Frauen der Dunedin begegnete, da sie in ihr Inselleben eingedrungen waren. Brian bedankte sich distanziert, doch verneinte sie ein Bad in jenem Moment.

„Du hast eine große Kraft in dir, die für dein Alter bemerkenswert ist", meinte dann Gaidheal, als Brian nach ihrem Namen fragte, den sie schon wieder vergessen hatte. Rionnag stellte die beiden Frauen abermals vor.

„Und ihr tragt alle dieselben Jacken …? Wieso macht ihr das?", fragte Brian, um irgendetwas zu sagen. „Und was seid ihr in Wirklichkeit?"

„Wollen wir uns da drüben hinsetzen?", deutete Rionnag auf eine steile Stelle der Insel, nachdem sie an dem auf dem Moos liegen gebliebenen Strick vorbeigelaufen waren, mit dem Southfield sie vom Felssims in der Nacht hochgezogen hatte. Man hatte ihn einfach achtlos liegen gelassen und vergessen. „Von dort aus können wir etwas in die Ferne schauen. Und dann können wir sprechen … mit dem Blick auf den Horizont. So spricht es sich besser", sagte Rionnag, und Brian spürte eine Schwäche in ihren Beinen, die von den zwei Tagen Liegezeit kommen musste. Sie fanden einen Felsquader, an den sie sich setzen und lehnen konnten, und Brian begann es zum ersten Mal auf der Insel zu frösteln. Ob es an der Kleidung lag, die eigentlich wärmer zu sein schien als ihre bisherige, die offenbar vom Meer fortgespült worden war, wusste sie nicht. Was sie wusste, war das, was sie empfand. Und es wurde ihr kalt. Ein kühler Wind spielte mit der Insel und schien sich zu den drei Frauen, Brian und den Dohlen gesellen zu wollen, als man sich an die Klippe setzte.

„Wir sind Dunedin, Patty", sagte Gaidheal knapp. „Vielleicht hast du von den Hyperboreern gehört. Oder vielleicht von den Ältesten … ich weiß es nicht. Die Menschen gaben uns viele Bezeichnungen. Wir selbst aber nennen uns Dunedin … oder einfach nur Menschen", und Brian stutzte, da sie unter keinen Umständen in die hypnotisch scheinenden Augen der Gestalten schauen wollte, die neben ihr auf dem kalten Boden saßen und sich freuten.

„Sidhe, könntet ihr mir meinen Pelz holen? Ich beginne hier etwas zu frieren", meinte Brian, und noch bevor die Dohlen aufspringen konnten, rief Dorch zu Southfield, er solle bitte Brians Fell aus der Höhle holen und ihn zu ihr bringen. Dann rief Brian selbst noch lauter hinterher, dass er genau das unter keinen Umständen tun sollte, denn sie wollte nicht, dass ein Fremder Akitas Pelz jemals anfassen würde, was Southfield dann befolgte, als Sidhe und Daoine losflogen, um Brians Fell aus der Höhle von der Pritsche zu zerren, während die Frauen miteinander sprachen und die Dunedin Erklärungen zu Brians Fragen abgaben, als sie endlich ihr Fell bekam, es sich um die Schultern legen konnte und sich sichtlich wohler fühlte. Was Brian dort erfuhr, war so spannend und abenteuerlich, wie es ihr unglaublich erschien. Dennoch war es ihr gegenwärtig, da diese Menschen, wie sie sich nannten, offenbar tatsächlich neben ihr saßen und von Dingen sprachen, die atemberaubend anders waren.

Brian erfuhr, dass diese Dunedin meinten, die ersten Menschen auf Erden gewesen zu sein, die sich nicht evolutionär aus irdischem Urschlamm entwickelt haben wollten. Sie seien damals bereits so weit entwickelt gewesen, wie sie es heute seien, und seitdem bereits eines der Geschicke dieser Erde. Lange danach haben sich die irdischen Menschen entwickelt, die aus der Evolution hervor-gegangen seien. Die Affenmenschen. Die Fressgierigen. Und es gäbe mehr Beschreibungen dieser Spezies in den Worten der Fauna. Wie diese Welt entstanden sei, könnten sie nicht genau sagen, wollten aber eine Vorstellung davon gehabt haben. Allerdings wollten sie dem Treffen mit den Naien – vielleicht sogar mit den Hylen, wie Dorch irgendetwas nannte, was Brian vollkommen unbekannt war – nicht vorgreifen. Dann meinte sie, dass die Dunedin ein sehr viel längeres Leben haben würden, als das der irdischen Menschen. Ihre Lebensenergie reiche für wenigstens ein Jahrtausend, und es sollen Menschen gewesen sein, die auch eintausendzweihundert Jahre alt geworden seien, sagten sie, ohne dieser Aussage tiefere Bedeutung beizumessen. Man lebe heute unter den Irdischen so unauffällig, wie es ihnen eben möglich sei. Und auf Fragen Brians nach ihren eigenartigen Namen, meinte sie, dass sie viele besessen hatten und dass sich die Dunedin nur untereinander mit ihren ursprünglichen Namen ansprachen, die sie bekommen haben sollten, sowie sie erwachsen geworden seien. In Achtung und Verbundenheit mit dieser Erde, gäben sie sich die Namen der Pflanzen, für die sie verantwortlich seien, sowie sie Verantwortung für die Fauna trugen, die sie vor den auf Erden geborenen Menschen zu schützen gedachten. Die Evolution müsse voranschreiten und die gegenwärtige Menschheit müsse sich weiterentwickeln, bevor sie sich aus Dummheit selbst auffräße, wie Dorch sagte. Und im Laufe der Unterhaltung wagte Brian auch länger in die Augen der Dunedin zu schauen, in denen sie eine wundervoll strahlende Schönheit entdeckte, die wahrhaft nicht auf dieser Welt entstanden zu sein schien.

„Und Hylen … oder wie ihr das genannt habt? Was ist das?", fragte Brian vertrauter mit den Ältesten, als Gaidheal erklärte, dass das schwer zu beschreiben sei. Man selbst habe in seiner Lebenszeit keinen Hylen getroffen. Die Naien kämen alle paar Jahrhunderte mit großer Regelmäßigkeit, um sich mit den Dunedin zu besprechen und um ihnen Kraft für ihre oft aufwendigen Aufgaben zu geben. Und die Naien beschrieben sie wie Wanderer zwischen den Welten, als Gesandte der Hylen, die diese Welten kreierten, wie man Brian erzählte. Und sie fragte nach, ob man von etwas wie einem Gotteswesen spräche. Ob es etwas wie eine Religion sei. Die Ältesten schwiegen daraufhin einen Moment und meinten dann, dass man die Hylen vielleicht mit einem Gründerwesen vergleichen könnte, da einem Gotteswesen von einem Gläubigen unter den Irdischen geglaubt werden müsse. Und das sei den auf Erden geborenen Menschen begrifflich vorbehalten, während ihnen etwas wie ein Gott unbekannt sei und relativ religiös verklärt erschiene. Dann baten sie Brian, dass sie diese Frage konkreter mit den anderen Naien besprechen solle, die sie zweifellos demnächst treffen würde, was Brian zunehmend beunruhigte, da sie niemanden treffen wollte, der sich ihr wie auch immer vorstellen würde. Und es machte sie zunehmend skeptisch, dass die Dunedin mehr über ihre Zukunft zu wissen vorgaben, als sie sich selbst für ihr Leben vorgenommen hatte. Wäre sie gefragt worden, so hätte sie nicht sagen können, was es wäre, das in der Zukunft auf sie zukommen könnte. Sie hätte noch nicht einmal gewusst, ob es überhaupt eine Zeit geben würde, die sie für ihr Leben als etwas wie *Zukunft* bezeichnen würde, da sie nur in einer etwaigen Gegenwart lebte, die ihr glaubhaft schien, weil sie atmete und weil ihr Herz in der Brust schlug. Dann hätte sie die Dohlen gehabt, die ihr bei der Orientierung in Raum und Zeit so weit wie möglich assistieren sollten. Und nun saßen fremde Menschen in finsterfarbenen Lederjacken um sie herum, sagten, dass sie selbst wenigstens ein Jahrtausend alt werden würden und wüssten, dass es Wesen gäbe, die *Naien* und *Hylen* heißen sollten, denen Brian sogar begegnen werden würde, die ihr dann ein neues Universum zurechtbasteln sollten. Und dabei hatte sie erst begonnen, das Schwimmen zu erlernen, um mit Sicherheit sagen zu können, dass sie selbst ist. Was würde sie da ein Universum interessieren? Und mehr noch: Was würde sie jemand interessieren, der ihr gegenüber behaupten würde, er sei ein allmächtiger, wahrer Schöpfer allen Lebens? Wann hatte sie der Glaube an Phantasmen interessiert, wenn sie selbst noch nicht einmal das Phänomen der Zeit begriffen hatte, das ihr begegnet war? Und schließlich hatte sie keine Antworten selbst auf Menschen finden können, die ihr bekannter und wahrscheinlicher als diese Dunedin gewesen waren. Alle Angaben, die ihr gegenüber gemacht worden waren, warfen nur noch mehr Fragen auf, was die Dunedin spürten und sich in ihren Erklärungen daraufhin etwas zurücknahmen, indem sie sagten, man hätte noch genügend Zeit, um Details später zu erörtern.

Dann rief einer der männlichen Dunedin zu ihnen herüber. Er wollte wissen, ob noch jemand Bargeld bei sich haben würde, da er noch vor der bereits anbrechenden Dunkelheit zu dem Festland fahren wollte, um für alle die Flugscheine nach Schottland zu kaufen. Und er brauche sicherlich auch noch etwas Diesel-Treibstoff für seinen Tank, meinte er. Gaidheal stand auf und sagte ihm, dass er ihre Kreditkarte haben könne, während er auch ihr Boot nehmen sollte, denn man müsse ja nicht mit allen Booten einzeln zurückfahren, sondern könne gemeinsam in zwei oder drei Booten nach Tromsø kommen, während man die anderen einfach zurücklassen wollte. Schließlich wisse man noch nicht, was nach dem Treffen mit den Naien und Alwyyn geschehen werde. Dann stand sie auf, ging zu ihrem *Bruder*, übergab ihm die Bootsschlüssel und reichte ihm ihre Kreditkarte zusammen mit der Sicherheitsnummer.

„Du bist in der letzten Zeit immer klamm, Quince. Wird Zeit, dass du dir wieder einmal einen Job zulegst", schmunzelte sie.

„Ja. In ein paar Jahren. Erst muss noch etwas Gras über die letzte Aktion wachsen. Und dann werde ich mich auch wieder um 'ne Arbeit kümmern", sagte er und sprach von seiner letzten Tätigkeit bei einer amerikanischen IT-Gesellschaft, die Sicherheitsprogramme für die Industrie und Banken entwickelte, während er seine dort erworbenen Kenntnisse darauf verwendete, über eingefügte Trojaner an die illegalen Machenschaften der Banken mit ihren Kunden zu kommen. Diese Informationen darüber hatte er an die Medien weitergeleitet. Was vielen Menschen half, war strafrechtlich relevant, woraufhin er untergetaucht war und sich in jener Zeit an anderen Stellen der Menschheitsgeschichte verdient machen durfte. Samhradh war seitdem in Schottland unterwegs, da er seiner Arbeit in den USA nicht weiter nachkommen konnte, und verwendete die Identität eines kürzlich verstorbenen Mannes aus Inverness, eines Allison Stott, dessen Familie er zuvor durch seine Veröffentlichung besagter, bankinterner Vorgänge bei der Bank of Scotland vor dem sicheren, finanziellen Ruin bewahrt hatte.

„Danke, Pine", meinte er, als sie bei ihm stand und sagte, welches Boot er nehmen sollte. „Okay. Und dann buche ich für morgen?"

„Nein. Für übermorgen. Donnerstag. Lasse dem Mädchen und uns noch etwas Zeit. Ansonsten flitzt alles an ihr nur vorbei, ohne sie richtig mitzunehmen", erklärte Southfield. „Wir sehen uns morgen in Tromsø. Ich rufe dich an, sowie wir da sind. Aber die Flüge erst für Donnerstag. Außerdem müssen unsere Kollegen genug Zeit haben, um rüberzukommen", womit er die Seevögel meinte, als Brian, Dorch und Rionnag an der anderen Seite der Insel aufgestanden waren, mit den Dohlen über die Insel liefen und sich zu den Dunedin vor dem Höhleneingang gesellten.

„Na?! Ist alles klar?", fragte Rionnag und sah in die Gesichter der Ältesten.

„Alles in Ordnung. Ich fahre dann und bereite alles vor. Irgendjemand, der mitkommen möchte?", fragte Samhradh, dem sich Eagal, Gaire, Caite und Cabhak anschlossen, um ihn auf dem norwegischen Festland zu begleiten.

Lachend verabschiedeten sie sich von den anderen Dunedin und nickten Brian vielversprechend zu, die ihren Gruß unbeholfen erwiderte, während Rionnag ihr zuflüsterte, dass es über die Jahre leichter werden würde, die Dunedin freundlich zu empfangen und zu verabschieden. Brian hörte und nickte nur mit ihrem Kopf stumm zum Verständnis, weil sie nicht wusste, was sie darauf sagen sollte. Dann drehten sie sich auch schon um und gingen leicht tänzelnden Schrittes von dem Felsplateau den Anstieg hinab. Dort lagen an der Landestelle der Insel zehn Motorboote gut vertäut, die bis zu achtundzwanzig Fuß lang waren, von denen sie sich das nahmen, mit dem Gaidheal gekommen war, da es ihren Angaben zufolge noch genug Treibstoff haben sollte, um an die Küste zu kommen.

Auf dem Plateau kehrte Ruhe ein. Die Grauheit des Tages wich der Dunkelheit eines späten, winterlichen Nachmittags der nördlichen Breiten, als die schweren Motoren eines Bootes auf dem Meer gestartet wurden, die zuerst tief dröhnend bis zur Insel hinauf vibrierten und dann beschleunigt mit hoher Geschwindigkeit in der Ferne singend stummer wurden und schließlich im Klang rauschend sanfter Brandungswellen verschwanden. Brian, ihre beiden Dohlen, sieben Dunedin und die verletzten Fulmare blieben auf der Insel zurück. Sie bat darum, sich entschuldigen zu dürfen, um sich auf ihrer Pritsche ausruhen zu können. Die Dunedin verstanden ihren Wunsch, und sie verschwand mit einem unsicheren Lächeln in der Höhle. Sidhe und Daoine folgten ihr, als sich die Dunedin draußen auf dem Felsplateau zusammensetzten und im Kreis ihres Alters und ihrer Art miteinander unterhielten.

„Ihr könnt ruhig das Feuer entfachen", rief Brian aus der Höhle. „Reisig müsste noch hinter dem Felsen liegen. Daoine kann euch zeigen, wo, falls ihr es noch nicht gesehen habt."

„Danke. Aber wir mögen keine Lagerfeuer. Wir haben uns an die Dunkelheit der Nacht gewöhnt. Feuer macht zu viel Licht, und wir können uns auch ohne Licht unterhalten. Wozu mehr Aufmerksamkeit erregen als nötig? Und wozu mehr Energie verschwenden, als wir wirklich brauchen?", sagte Samhain.

*Ja, wozu mehr Energie verschwenden, als man bräuchte*, dachte Brian still bei sich und sagte, dass sie es nur gut gemeint hätte. So war es auch verstanden worden, meinte Southfield. Aber man brauche das Feuer derzeit nicht, und Brian legte sich einen Augenblick auf die Pritsche, sah Sidhe und Daoine an und betrachtete die vom Wasser verwüstete Höhle.

Alles war an der rückseitigen Wand zusammengepresst. Sie hatte bisher keinen Gedanken an ihre Schnitzerei aufgewendet, die ihr jetzt wieder in den Sinn kam, da sie abends gewöhnlich mit dem Flint aus dem Holz geschnitzt hatte. Und nun fehlte ihr die Arbeit. Den Dohlen sah sie Fragen in ihren Gesichtern, die sie bisher mangels einer Gelegenheit nicht gestellt hatten. Sie selbst sah sich nicht mehr und konnte nichts von dem verstehen, was sie erlebt, gesehen und gehört hatte. Mehr noch: Sie konnte das Erlebte nicht mit ihrer Person in einen Einklang bringen. Sie wusste nicht, was diese Versammlung von Menschen und Seevögeln mit Merlins Insel zu tun hatte. Und dann schoss ihr der Gedanke an die Samen in den Kopf, die sie aufgefangen und in einem Gefäß auf dem Tisch verwahrt hatte, der nun zu Brennholz zerschlagen an die Felsenwand gedrückt lag. Brian sprang von der Pritsche auf. Die Dohlen erschraken sich, und sie sah in dem spärlich flackernden Licht der Ampel kaum mehr als nur die gewollten Bilder ihrer Einbildung, als sie mit ihren wunden Händen die in sich verschränkten Gegenstände auseinanderriss.

„Patty, was suchst du?", fragte Sidhe, die das energisch laute Treiben Brians sah. „Können wir dir helfen?"

Selbst die Dunedin hörten das Gerumpel, als Dualchar sie mit einer besänftigenden Handbewegung aufforderte, Brian in der Höhle wirken zu lassen, während man selbst sitzen bleiben sollte.

„Verdammt", schnaufte Brian in die Dunkelheit. „Ich suche die kleine Tonphiole, die auf dem Tisch stand. Glaubt ihr, ihr könnt mir beim Suchen helfen?", fragte sie die Dohlen nervös. Sie darf nicht fort sein. Sie kann nicht weg sein." Brian hoffte, dass sie nicht, in Scherben zersprungen, den für sie so wertvollen Inhalt verloren hätte. „Ich werde diesen ganzen verfluchten Schrott hier Inch für Inch durchsuchen, bis ich sie habe", und sollte sie alles am nächsten Morgen aus der Höhle tragen müssen, um jedes einzelne Stück im Tageslicht zu untersuchen, was sie noch nicht gemacht hatte, wie ihr erst jetzt auffiel. Sie hatte keinen der Gegenstände jemals aus der Höhle gebracht. In ihr hatte sie alles aufgeräumt und sorgfältig zusammengelegt, die Asche und Holzkohle mit Grasbündeln bis auf den letzten Staub herausgefegt. Aber sie hatte keines der Papiere und keinen der antiken Artefakte an einem jener zahlreichen Sonnentage auf das Plateau mit hinausgenommen, um es genauer zu studieren. Darüber wunderte sie sich in jenem Moment, fand es eigenartig und wühlte in den Schätzen vergangener Zeiten, die jetzt kaum noch mehr als Unrat waren. Die Dohlen halfen ihr so gut sie es vermochten, die Verklumpungen mit ihren Schnäbeln aufzubrechen und die Reste zu entzweien, damit man sich weiter in die Tiefe des Raumes vortasten konnte.

„Es ist doch nicht zu glauben", schwitzte Brian, die sich ausruhen wollte, als sie von dem Gedanken an die Samen ergriffen worden war. Als Southfield dann doch in die Höhle rief, ob er helfen solle, war Brian seinem Angebot gegenüber einen Augenblick unschlüssig und sah die Dohlen an, die ihr zunickten und ihr sagten, dass er sie schließlich auch auf die Pritsche gelegt und zugedeckt habe, was Brian nun noch unangenehmer war und woraufhin sie flüsterte, dass die Dohlen wenigstens das für sich hätten behalten können, bevor sie dann laut seine Hilfe annahm, er daraufhin aufstand, sich streckte und in die Höhle trat.

„Ich dachte, du wolltest dich ausruhen. Aufräumen, falls es denn überhaupt noch sinnvoll ist, können wir auch noch morgen", meinte der Dunedin im Halbschatten und wirkte in dem flackernden Licht der Alkohollampen unheimlicher als im Tageslicht.

„Ich will nicht aufräumen, sondern suche etwas, das mir gerade in den Sinn gekommen war. Es stand zuvor auf dem Tisch. Eine kleine Tonamphore ..., so eine Phiole, weißt du. So groß in etwa", meinte Brian und zeigte eine Spanne zwischen Daumen und ihrem ausgestreckten Zeigefinger. „Sie kann nicht weg sein. Wir müssen das alles hier auf dem Boden verteilen, bis wir sie gefunden haben", sagte sie, und der Dunedin lächelte sie an.

„Wir können es kurz machen, falls du möchtest … oder aber ich folge deiner Bitte …, und dann sind wir morgen noch nicht fertig", sagte er und deutete an den Eingang. „Ich hatte so ein Gefäß gefunden. Es war unzerbrochen und lag auf deinem Lager. Dann habe ich es neben den Eingang zu den Sachen gestellt, die wir dir mitgebracht haben, damit es nicht verloren geht. Wahrscheinlich hast du es übersehen." Brian lief schon zum Höhleneingang und suchte neben den Toilettenartikeln die Tonamphore, die sie dort tatsächlich fand.

„Oak, das ist es. O, wie sehr ich dir danke", rutschte es ihr über die Lippen.

„Gerne …", lachte Southfield. „Kann ich dir sonst noch behilflich sein?", fragte er freundlich.

„Warum tragt ihr alle Lederjacken? Ich hatte vorhin schon Ash oder Pine gefragt, aber keine Antwort bekommen", fragte sie wie beiläufig und nutzte die Situation etwas für sich aus, indem sie das Tongefäß schnell in ihrer Hand verschwinden ließ.

„Die Jacken …? Wenn wir uns treffen – und glaube mir, wir treffen uns nicht oft –, so sind diese Jacken eine kleine Reminizenz an die alten Tage Schottlands. Sie sind aus unterschiedlichen Ledern gemacht und sehr warm durch ein Innenfell, das einem jeden von uns irgendwann einmal in seinem Leben von einem Tier gegeben worden ist. Schau her", sagte er und schlug eine Patte seiner Jacke auf. „Ich habe innen ein Robbenfell, weil ich vielen Robben durch einen glücklichen Umstand das Leben vor Jägern retten konnte. So dankten sie es mir. Und ich bin stolz darauf", sagte er und fragte sie, ob sie noch mehr erfahren wolle oder ob er sich zu den anderen Ältesten zurückziehen dürfe, damit sie die verdiente Ruhe finden könne. Brian hatte brennende Fragen, aber entließ ihn zu seinen *Schwestern*, wie er sie genannt hatte, und meinte, sie würde sich später zu ihnen setzen und wolle nur kurz ihre Eindrücke verarbeiten, woraufhin Southfield ging, sie noch einmal anlächelte, die Dohlen vielwissend ansah und sich wieder in die regen Gespräche der Dunedin von der Höhle einmischte.

Brian ging zu ihrer Pritsche zurück. Sie spürte ihren im Raum zunehmend schwimmenden Körper und stolperte halb auf ihr

Lager, so sehr entglitt ihr die Kraft. Sie sah das Desaster in der Höhle, das die unnötige Suche angerichtet hatte, und stützte sich auf den Rahmen ihrer Ruhestätte.

„Habt ihr gewusst, dass die Samen bei den Sachen waren?", fragte sie die Dohlen, die jede Kenntnis davon zu haben abstritten. „Ihr habt so einiges gewusst, was ihr mir nicht erzählt habt, nicht wahr?", sagte sie dann ernst, während sie sich auf dem Lager sitzend aufrecht zu halten versuchte, da sich ihr vor Schwäche alles vor den Augen drehte.

„Wir wissen einiges mehr. Aber vieles davon haben wir erst jetzt erfahren, Patty. Durch die Ältesten. Und das meiste davon haben wir nicht gewusst", meinte Sidhe.

„Nicht einmal geahnt", ergänzte Daoine.

„Und du musst wissen: Wir sind damals von Alwyyn geschickt worden, ohne irgendeine Vorstellung davon zu haben, was auf uns zukam. Eigentlich sollten wir nur zwischen dir und Akita vermitteln ...", meinte Sidhe.

„Du konntest sie ja nicht verstehen."

„Und wie gerne hätte ich das!", sann Brian mit glänzenden Augen, als sie an die Wölfin dachte, die sie von Russland nach Finnland begleiten durfte.

„Wir haben niemals zuvor einen Dunedin gesehen. Und die Suliden gestern und heute ... wir waren so überwältigt, wie du es warst. Glaube uns. Wir wussten nur, dass sich etwas verändern würde, seitdem du Alwyyn getroffen hast. Aber was es ist, wissen wir selbst jetzt nicht genau. Makar hat uns einiges erzählt, bevor die Suliden kamen. Doch woran wir wirklich sind, werden wir alle zusammen erfahren, wenn wir in den Highlands sind", sagte Sidhe.

„... dorthin zurückkehren ...", korrigierte Daoine.

„Vielleicht zurückkehren", präzisierte Sidhe. „Und stelle dir nur vor: Wir hatten keine Ahnung, dass Merlin auch einer der Ältesten gewesen war, ein Dunedin, einer der Menschen, die sich für die wahren Menschen halten."

„Wir hatten stets eine hohe Meinung von Merlin. Aber seitdem ich die anderen Dunedin hier gehört habe, hat sich das Bild Merlins doch erheblich verändert, Patty."

„Wir haben so vieles nicht gewusst, was wir in den letzten zwei Tagen gehört haben", sagte Sidhe. „Und dafür sind wir den Ältesten wirklich sehr dankbar. Und dass du lebst, Patty. Das ist das Schönste", sagte die Dohle, und Brian stand ein Glanz in den Augen, da sie die wahrhaftige Freude der Dohlen teilte. So hatte sie ihre fantastischen Freunde noch nicht erlebt. Dabei hatten sie bisher nicht über Brians Erlebnisse sprechen können, die sie auf dem Nordmeer gehabt hatte.

„Stimmt es, dass die Vögel sich meinetwegen verletzt haben?", fragte sie.

„O ja, Patty. Ein Fulmar ist sogar ertrunken. Ein Strudel muss ihn in die Tiefe gerissen haben", erzählte Sidhe vorsichtig die Geschichte, die sie von einem Fulmar erzählt bekommen hatte. Danach sollte sie in einem Sog mit in die Tiefe gerissen worden sein. Genauer wollte Sidhe seine Äußerungen nicht beschreiben, da er Brian kannte, die sich vielleicht die Schuld an dem Tode des Fulmaren gegeben hätte. Und Brian schwieg. Sosehr sie sich über ihre glücklichen Dohlen freute, so ernst wurde sie, da sie sich der unerträglichen Bilder ihres Ertrinkens erinnerte und an die Schwarzheit eines Nichts, das sie überleben ließ.

„Weißt du, was dir geschehen ist, Patty? Als du losgeschwommen bist? Möchtest du davon erzählen?"

„Vielleicht. Und trotzdem kann ich nicht sagen, ob es wirklich war, was ich erlebte. Was ich empfand, war, dass ich ertrinken würde. Tiefer und tiefer gezogen und das von einer Art gnadenlosen Todes verführt. Die Vögel habe ich gesehen … ja. Sie jagten mir hinterher, aber ich wurde zu schnell fortgesaugt. Etwas hatte um meinen Körper gegriffen und entließ mich nicht mehr. Und ich sah das Licht in der Höhe über mir schwinden, bis es erlosch", starrte sie sitzend vor sich hin. „Gefangen in etwas, was ich nicht kannte. Und es ließ mich nicht sterben. Es quälte, aber tötete mich nicht. Unter mir dann aufblitzende Lichter, wie auf einem Weg. Und es bewegte sich. Es verknüpfte sich im Raum zu einem Netz, das an den Knoten wie Wassertropfen auf einer Glasscheibe zersprang", atmete sie schwer und erlebte das Gewesene erzählend wieder. „Dann waren da plötzlich menschliche Gestalten, erschrockene Kinder und erwachsene Frauen, die ihre Kinder vor mir in Sicherheit brachten, obwohl ich sie nur verschwommen sehen konnte", atmete sie tief aus. „Danach wieder die grässlich gähnende Tiefe. Und schneller ging es fort, als würde ich geschleudert werden, durch Millionen von vorbeirasenden Bildern, die dann nur noch einen Farbkreis um mich bildeten. Ich in der Mitte dieses Regenbogens. Und dann die Totenstille. Alles schien vorüber. Und ich fühlte mich dem Leben genommen, entzogen meines Körpers, meines Seins und endlich auch meiner Schmerzen. Danach empfand ich mich wie fortgefegt in die Schwarzheit eines Raumes und plötzlich entlassen. Entlassen in einen Körper, der mir als bloßer Schmerz gegeben wurde. Und dann gar nichts mehr, bis ich die Motorengeräusche aus der Ferne hörte und blanke Angst bekam", schlug ihr Herz bis in den Hals. „Ich bin dann irgendwo aufgestanden, habe mir den Tang vom Körper gerissen und bin an Felsen hinaufgeklettert, um zu euch zu kommen, zu meinen Dohlen", sagte sie und kam mit Herzklopfen wieder zu sich. „Es war furchtbar. Ich fühlte mich wie an ein Gummiseil gebunden und dann wegkatapultiert. Und diese Angst in den Gesichtern der Frauen, die zu ihren Kindern rannten, um sie vor mir zu schützen … es war schlimm. Die furchtverzerrten, entsetzten Grimassen kann ich nicht vergessen. Und … ich weiß nicht, weshalb ich nicht ertrank", sagte sie schließlich, als sie innerlich ruhiger wurde. „Nichts davon verstehe ich. Und warum habt ihr mich nicht gesucht? Ich muss doch längere Zeit irgendwo gelegen haben."

„Haben wir nicht, weil uns die Fulmare erzählten, dass du ertrunken sein solltest. Wir haben auf dich gewartet, und dann kam der Sturm. Keiner konnte sich auf das Meer hinauswagen. Als sich das Unwetter verzogen hatte, haben wir dich gesucht, allerdings nicht auf der Insel, sondern dort, wo du im Meer versunken bist. Und dann kam auch schon Makar, der die bevorstehende Ankunft der Ältesten ankündigte, während wir um dich trauerten. Alles kam zur gleichen Zeit, Patty", sagte Sidhe und führte dann aus, wie man sich gefühlt hatte, als man sie fand. Der Rest der Geschichte sei ihr bekannt.

Die Dunedin hatten Brian in der Höhle mit den Dohlen sprechen hören, gleichwohl sie die Unterhaltung nicht belauscht hatten, so laut hatte Brian gesprochen. Und der Schall ihrer Worte wurde aus der Höhle getragen. Sehr aufmerksam hörten sie der Beschreibung zu, der sie sich nicht entziehen konnten. Mit zunehmender Intensität der Schilderung Brians, was ihr auf und in dem Nordmeer widerfahren sein will, staunten sie, hielten sich aber mit ihren Äußerungen zurück, und als Brian schließlich endete, fragte Caite Southfield, was dann geschehen sei. Southfield sagte nur, man habe sie wie ein Seidenäffchen in der Nacht auf einem Felssims an der Steilklippe hocken sehen und sie dann aus ihrer misslichen Lage befreit, auf das Plateau geholt, auf dem sie das Bewusstsein verloren habe. Sie blutete auf der Brustseite ihres Körpers. Er habe sie gewaschen, versorgt und auf ihr Lager gelegt.

„Ein Fliegengewicht. Sie ist leicht wie trockenes Laub", sprach er leise zu den anderen, als sich Brian in der Höhle noch mit den Dohlen unterhielt. „Und falls es so gewesen ist, wie sie beschrieb, dann könnte es sich um einen der uralten Albenwege handeln, den sie entdeckt oder der sie in ihren Bann gezogen hat."

„Es war genau so", meinte dann eine der verwundeten Fulmare, die in der Nähe der Dunedin lagen und herangewatschelt gekommen waren. „Ob da Licht war, weiß ich nicht. Wir hielten es für Luftblasen. Aber sie wurde in die Tiefe gezogen", meinte der Sturmvogel, und die anderen bestätigten das. „Es ging unheimlich schnell. Zuerst schwamm sie auf dem Rücken, als wir sie sahen …, und dann wurde sie unter die Oberfläche gezogen. Etwas glitzerte. Das stimmt. Aber es könnte ebenso gut eine Spiegelung gewesen sein. Wir kennen so was von dem Meer." Und die Dunedin schauten sich an.

Sollte Merlin, der alte Fuchs, wie sie ihn oft nannten, gewusst haben, dass es hier einen der von den Alben versteckten Pfade gab, die sie in Vorzeiten auf Erden für ihre Reisen erschaffen hatten? Sie konnten es sich nicht vorstellen. Oder hatte die Energie dieser alten Pfade Brian gefunden? Denn das letzte Tor, durch das die Naien gezogen waren, als man diese Welt verließ, da die Irdischen zu viel geworden waren, hatten sie weit draußen auf das Nordmeer gelegt, damit man ihnen nicht folgen konnte. Sollte Brian in den Bann dieses Pfades gekommen sein, den sie noch nicht beherrschen konnte? Diese Frage stand den Ältesten in den Blicken, und Southfield nahm einen der Fulmare zu sich heran und fragte, wie es mit seinem Flügeln stünde, den er ihm prüfend mit einer Hand auszog.

„Es geht wieder. Noch ein bisschen, und ich kann ihn wieder in den Wind stellen", bedankte sich der Fulmar. Und auch die anderen waren trotz der Bandagen bereits kräftig am Üben gewesen, ihre Flügel zu schlagen, die wahrhaft zu verheilen schienen. „Habe vielen Dank."

„Ach. Ein Pullover in Streifen gerissen und einmal um die Flügel gewickelt. Dafür will ich deinen Dank nicht. Hebe ihn dir auf", schmunzelte Southfield und war bescheiden wie meist bei allem, was ihm im Leben gelang.

„Das wäre faszinierend. Denn ich glaube nicht, dass sich die Naien dieser Möglichkeit auf Erden bewusst sind. Schließlich hatten auch wir das nur für eine der Legenden gehalten", sagte Dualchor. „Falls das so ist, dann hatte das Mädchen großes Glück gehabt, dass die ungebändigte Energie dieses Netzes sie nicht umgebracht hat. Entweder hat sie ganz besondere Kräfte oder man meint es gut mit ihr, oder aber diese Energien erkennen ihre Meister."

„Und seht: Merlin hatte Brian ja noch nicht einmal gesagt, hierherzukommen. Es war der Gedanke der Wölfin, falls ich die Coloeen richtig verstanden habe. So muss der alte, vergreiste Trickser hier auf einem Albenweg gesessen haben, ohne es zu wissen. Er hat sich weder um das eine noch um das andere in der Welt gekümmert. Was für eine Ironie. Eigentlich tut er mir leid, wie allein er gewesen sein muss, als er ging", dachte Dorch laut.

„Er hat es so gewollt. Er hatte sich in die Welt der Menschen verbissen und ist eitel sowie verletzt vor der Zeit gegen die Gottgläubigen gezogen. Seine Schuld. Das kommt uns als Dunedin nicht zu. Auch der Gottesglaube und die Christianisierung sind nur ein kleiner, irriger Fehltritt in der Geschichte der Irdischen.

Selbst wenn er sie für bestimmte Zeit verdummt und sie bei ihrer Entwicklung aufhält und einschränkt, werden wir auch noch da sein, wenn sie aus ihrer psychosozialen Hypnose religiöser Entrückung aufwachen. Ist alles nur eine Frage der Zeit. Deshalb muss man die Irdischen nicht bekämpfen oder umbringen", meinte Sutherland. „Wozu also Partei ergreifen, wenn es unsere Pflicht ist, auf das Leben der Erde aufzupassen? Da spielen die kleinen Gemetzel und Blutbäder keine größere Rolle, als dass die Menschen eben aus ihnen lernen, wie es nicht geht. Und wenn sie es nicht begreifen, dann müssen sie sich so lange massakrieren, bis sie es satthaben, sich gegenseitig umzubringen. Oder eben … bis keiner mehr da ist, den sie umbringen können, was seine großen Chancen für das Leben hätte – würde ich das Leben fragen, was keine verlockende Vorstellung ist, falls ich es dann den Naien erzählen müsste. Dann wäre auch dieser Weltenraum für die Entwicklung höheren Lebens gescheitert."

„Das große Spiel mit der Geduld und die richtigen Reagenzen", meinte Gaidheal versunken in ihre Gedanken. „Dabei könnte die Menschheit bereits so sehr viel weiter sein, als sie bisher gekommen ist."

„O ja, das hätte sie sein können. Dennoch ist sie auf einem guten Weg, meine ich. Schließlich sind wir ja hier", mischte sich Gaire ein.

„Richtig. Und schließlich hast du, deinem Alter überhaupt nicht entsprechend, schon zwei Kinder, meine liebe Cherry", sagte Southfield.

„Oooo, höre ich da Eifersucht in deiner Stimme?", lachte sie.

„Du hörst hoffentlich meine Stimme", erwiderte er.

„So ist es. Das liegt wohl an meiner Grazie und meiner lächelnden Anmut, denen die Männer erliegen. Und ich hatte zwei ganz besondere Exemplare, Oak. Allerdings: Ein Dunedin fehlt mir noch. Und falls du dich regelmäßiger rasieren würdest, hmmm …, wer weiß, was uns geschähe, falls du dich bewerben wolltest", lachte sie noch lauter.

„Aber da Oak jetzt eine Naien auf ihrem Lager gebettet hat, sind wir ihm nicht mehr gut genug", schmunzelte Damhair.

„Exakt. Woher weißt du das, Beech? Vielleicht würde ich eventuell Heather in Betracht ziehen, oder aber Maple", meinte Southfield im Spaß.

„Ja, Heather, die Schöne. Sie hat immer noch keine Kinder, habe ich gehört", warf Samhradh ein. „Wird sie bei Alwyyn erscheinen?"

„Sie hatte zugesagt. Sie hat einfach ihre Kanzlei verlassen. Bestimmt wird sie kommen", erwiderte Southfield.

„Spekuliere erst gar nicht, Quince. Für dich hat sie am wenigsten übrig. Du bist ihr einfach zu windig."

„Und ein Sackabschneider obendrein", lachte Cherry. „Was hat dich das nicht schon in Nöte gebracht, mein Bruder."

„Irgendwoher muss ja das Geld kommen, damit du die Mondäne spielen kannst", sagte er sich verteidigend. „Und wenn ich mich um die Nationalparks unten in Afrika zu kümmern habe, brauche ich auch Geld, denn wer spendet schon für den Tierschutz? Also schneide ich die Säcke auf, die ich kriegen kann. Und die paar Leute, die mich dafür nicht mögen. Denen gegenüber stehen die vielen, die mich lieben." Und so sprachen die Dunedin weiter, erzählten sich die Geschichten, die sie erlebt hatten, seitdem sie sich zum letzten Mal gesehen hatten, und fanden die modernen Medien einfach wunderbar, durch die man nun in engerem Kontakt miteinander stehen konnte, was noch vor einem Jahrhundert gar nicht denkbar gewesen wäre. Das, was sie für Menschen häufig als Zeitverschwendung empfanden, genossen die Dunedin in seiner vollständigen Vielfalt. Denn Zeit hatten sie genug. Und Entwicklung stand ihnen nicht bevor. Sie waren nur die Hüter und Wächter des Lebens dieser Erde, die sich endlich über große Entfernungen miteinander austauschen und abstimmen konnten.

„Nun ..., und ihr wisst, wie ich das grundsätzlich sehe, wenn es sich für die Welt lohnt und sich eben eine oder zwei Generationen später auszahlt. Dann ist es immer noch für mich gerechtfertigt ..., auch wenn es mich in knifflige Situationen gebracht hat. Ich mache es einfach, weil ich es ertragen und die Freude einer hoffentlich künftigen Generation sehen kann, die die raffsüchtig Irdischen, denen ich es weggenommen habe, nicht erleben, weil sie vorher starben", lächelte er, als Brian kam und die Ältesten fragte, ob sie sich in der Dunkelheit zu ihnen setzen könne, während sich die Dunedin freuten und sie herzlich einluden.

Als Brian sich zu den Ältesten in die bewölkte Nacht setzte und ein gelber Lichtschein aus der Höhle auf das Plateau fiel, entstand Stille, da zuerst niemand etwas zu sagen wusste. Die Themen der Dunedin schienen unpassend, und Brian fühlte sich komisch, weder ihre Schnitzerei zur Hand zu haben noch ihren Träumen mit den Dohlen in einem knisternden Feuerschein nachgehen zu können. Selbst der Mond ging in dieser Nacht nicht auf, und die Geräusche der Brandung, die zuvor unter dem Nebel verhallt waren, spülten sich auf das Plateau der Insel, auf dem die Dunedin mit Brian, den Dohlen und den genesenden Fulmaren saßen.

„Ich wollte mich bei dir bedanken", sprach Brian plötzlich zu Southfield und äußerte ihren Dank dann auch gegenüber den Sturmvögeln, „... von denen ich gehört habe, was sie versuchten", meinte sie ehrlich und war verlegen.

„Das war sehr gern geschehen. Ein Kuss auf die Wange, und wir sind quitt", lachte Southfield, und Brian war irritiert, doch gerade bereit, ihm den erbetenen Kuss zu gewähren, als er seinen Kopf in die Dunkelheit zurückzog und ihr sagte, dass es nur ein offenbar dümmlicher Spaß gewesen sei. Es sei ihm die größte Ehre gewesen, sie aus ihrer misslichen Situation zu befreien, und Lohn genug zu sehen, dass es ihr gut ginge. Doch die Fulmare verdienten einen besonderen Dank, da sie sich für sie zu opfern bereit gewesen waren, woraufhin Brian sich zu den Sturmvögeln umdrehte, die im Halbschatten des spärlichen Lichtes saßen.

„Und was ist für sie als Dank angemessen?", fragte Brian unsicher und dachte, dass sie wenigstens keine Wangen hätten, die sie hätte küssen können.

„Patty, für einen Dunedin denkst du zu laut. Würde ich die Sturmvögel nun fragen, wo sie ihre Wangen hätten, kämen sie bestimmt auf Ideen", sagte Southfield, und man musste herzlich lachen.

„Durch deine Treue", überraschte einer der Fulmare, der bisher durch Reden noch nicht in Erscheinung getreten war. Und Brian verstummte einen Moment, schaute ihn dann im Zwielicht an, sah seine beiden gebrochenen Flügel, und Tränen traten in ihre Augen, als auch die anderen Anwesenden zu lachen aufhörten. Sie stand auf, ging zu dem sitzenden Fulmar, der gesprochen hatte, und nahm ihn zärtlich in ihre Hand; sie hob ihn vorsichtig an und sah den kräftigen Schnabel und die kritisch geduldigen Augen eines wehrhaften Eissturmvogels, bevor sie sprach.

„Durch meine Treue …, die ich dir … und euch … allen hiermit gelobe", sagte sie feierlich, hielt den Vogel und spürte sich in jenem Moment selbst kaum, in dem sie das erste Gelöbnis ihres Lebens abgelegt hatte. Selbst die Dunedin überraschte der zeremonielle Charakter ihrer Geste, und für einen kurzen Augenblick herrschte Stille. Sidhe, Daoine und die anderen Fulmare waren in diesem Moment bereit, alles zu glauben, was diese Frau ihnen versprach.

„Du hast Zeugen, mein Freund. Danke es deinen gebrochenen Flügeln, dass dir Patty die Treue gelobt. Ich hätte nur einen flüchtigen Bisou bekommen. So weit ist es mit uns gekommen", lächelte Southfield und nahm Brians Geste in weiser Voraussicht die Tragweite. Daraufhin erwiderte der Fulmar keck, dass es seine Schuld gewesen wäre, denn vielleicht hätte sie dem Ältesten auch Loyalität versprochen. „Dir vorlautem Frechschnabel werde ich noch einmal die Flügel flicken, denkst du", lachte Southfield und besaß das Talent, Situationen für Menschen und Tiere leichter zu machen, ohne ihnen die Kraft des Momentes zu nehmen, indem er stets gut für einen herzlichen Flachs war.

Brian setzte den Vogel wieder auf den Boden, der schließlich dicht bei ihr sitzen blieb, nachdem sie sich wieder gesetzt hatte, und sagte, wie sie sich fühlte und wie sonderbar alles für sie geworden sei. Und sie meinte, dass sie nicht wisse, weshalb das wurde, was niemand sagen oder greifen konnte.

„Wir haben dich zu den Dohlen sprechen gehört. Wir haben dich berichten hören, was dir widerfahren zu sein scheint", sagte Rionnag frei heraus. „Und falls es so gewesen ist, wie du es erlebt hast, dann meinen wir, bist du eine noch sehr junge und dennoch hier geborene Naien." Alle Zuhörer schwiegen, um auf eine Reaktion von Brian auf diese Aussage einer Dunedin zu warten. Doch Brian war ebenfalls nur still und vermochte mit der neuen Begrifflichkeit nichts anzufangen. Derlei Erklärungen überstiegen ihren vorstellbaren Erfahrungshorizont, und so konnte sie die Aussage kommentarlos im Raum stehen lassen.

„Und weshalb waren die Vögel hier?", fragte sie sich vergewissernd naiv und neugierig, woraufhin sich die Dunedin verwundert ansahen, für Momente sprachlos waren, was Brian bemerkte und schnell hinzufügte, dass es für sie alle wie ein Delirium gewesen sein müsse. Es war wie in einer Trance, der sie sich selbst fremd beiwohnte, die nun aber vorüber sei. Deshalb fragte sie erneut, weshalb die Seevögel gekommen wären.

„Deinetwegen kamen sie. Sie wollten sich überzeugen, ob es dich wirklich gibt und ob du eine sein könntest, wie Alwyyn einen von ihnen dich beschrieben hatte. Sie wollten dich sehen, denn den Menschen gegenüber sind sie misstrauisch", erklärte Dualchar Brian.

„Und jetzt …? Jetzt, da sie mich gesehen haben: Was machen sie jetzt mit ihrer Erkenntnis, dass es mich gibt?", fragte sie weiter und ließ es offen zu fragen, was den Vögeln von Alwyyn über sie berichtet worden sei.

„Hmmm, wir werden sie alle und mehr noch in Schottland treffen. Bei dem Weißhaupt. Und dort werden Entscheidungen getroffen, Patty."

„Ihr sprecht geheimnisvoll. Was für Entscheidungen sollen getroffen werden? Und wieso …?"

„Entscheidungen, die die Zukunft der Menschheit unter Umständen beeinflussen. Aber das wissen wir noch nicht. Auf jeden Fall werden es Entscheidungen sein, die unsere Zukunft maßgeblich und nachhaltig verändern werden. Das ist gewiss", sagte Dualchar freundlich, und Brian schwieg, während alle anderen sie anschauten.

„Es ist alles so anders geworden. Die Geräusche. Gerüche. Der Nebel fort … und auch der Mond. Wolken, wo sonst Sonne war", sagte sie vor sich her.

„Um den Nebel haben wir uns gekümmert", sagte Dualchar.

„Nicht wir: *Du* hast ihn aufgelöst, Cedar. Ich könnte das nicht", meinte Sutherland.

„Und der Mond ist wahrscheinlich nur eine Folgeerscheinung. Wie das aber genau zusammenhängt, können dir die Naien erklären", führte Dualchar dann aus, und Brian nickte, als hätte sie irgendetwas verstanden, was nicht einmal vorstellbar für sie war.

Die Dunedin spürten ihren zögerlichen Zweifel, der sie aber nicht besorgte, da die Zeit kommen werde, in der sie, allen Zweifeln erhaben, die Welt in ihren Salzen verstehen werde, wussten die Ältesten. Und Brian hätte viele weitere Fragen gehabt, falls sie gemeint hätte, den Antworten vertrauend Glauben schenken zu können. Doch da sie sich in diesem Punkt nicht sicher war, beließ sie es dabei, in der Gesellschaft offenbar freundlicher Menschen zu sitzen, die ihr von Dingen erzählten, die ihr fabelhaft klangen, und wunderte sich über sich selbst, was sie geschehen ließ – oder aber geschehen lassen konnte –, ohne an ihrem Verstand mehr zu zerbrechen, wie es ihr fast widerfahren wäre, als sie das erste Mal mit den Dohlen sprach, die in jener Nacht aus ihrem Leben überhaupt nicht mehr wegzudenken wären. Sie waren zu ihrer einzigen konstanten Größe in einem Netz variabler Koordinaten geworden. Und sie selbst konnte nun bereits mit anderen Vögeln sprechen, wie sie sie auch verstehen konnte. Sie saß mit Menschen zusammen, die einen beherrschend intensiven Blick hatten, sich als Älteste ausgaben und mit der Evolution auf Erden an und für sich nichts zu tun haben wollten. Dafür aber konnten sie ein ganzes Jahrtausend oder älter werden. Ein tolldreister Gedanke und zugleich verwerflich insofern, als dass sie andere Menschen als *Fressgierige* bezeichneten und sich für etwas Besseres zu halten schienen. Der eine macht den Nebel – ein anderer von ihnen macht ihn wieder weg. Und je mehr sie sich mit diesem Gedanken angefreundet hatte, dass sie einen Merlin zu akzeptieren bereit war, so unwahrscheinlich schien ihr dieser Streich, dass sie mit acht Schwestern und einem Bruder von ihm auf der Insel hockte, die ihr von Dingen erzählten, die sie tief trafen. Schließlich fühlte sie sich grundsätzlich auch als eine der *fressgierig Irdischen*, hatte irgendwo in der Welt eine Schwester und war ganz sicher hier auf Erden von ihren Eltern gezeugt und geboren worden, die vor langer Zeit bei einem Unfall ums Leben gekommen waren. Sie kam von den Shetlands und hatte in ihrer Jugend nur eine sonderbare Begegnung mit einem Mann, die ihr Leben verändert hatte. Nicht sie allein hätte ihr Leben dergestalt verändern können, dass sie alles zu glauben bereit gewesen wäre. Sie hörte sich Gespräche und Aussagen an, machte sich auch zunehmend eigene Gedanken, als die erste Scheu vor den Fremden verschwunden war, denn es war ein wenigstens grandioser Auftritt der Dunedin, mit Myriaden von Vögeln zu erscheinen und Brian mental einmal richtig zu überfordern, um ihr anschließend einzureden, dass das Erlebte die Wirklichkeit und noch mehr sei. *Wahr war es bestimmt*, dachte Brian, *doch wirklich konnte das nicht sein. Und falls dies nicht wirklich ist, seien es die Dohlen auch nicht mehr. Und nicht die Zeit. Und schließlich könne sie selbst, die Wirkliches vermutete, auch nicht länger sein.* Und was war dann mit Akita? Hätte diese Grauwölfin ebenfalls unwirklich sein können? So unwirklich vielleicht, wie ihr ganzes Leben, seitdem sie England verlassen hatte? Der einzige Bezugspunkt sei in der ganzen Zeit Clarissa Moore geblieben, die so gealterte Gastwirtin aus Dolgellau. Und der bemerkenswert tragische Umstand, dass ihre frühere Freundin Gouveia sich ihrer Stiftung bemächtigt hatte, was durchaus Zeit in Anspruch genommen haben musste. Alles andere war zeitlich unklar und nebulös, denn auch die Dohlen hatten ihr nicht erklären können – *und was schon könnte eine Dohle einem halbwegs denkenden Menschen konkret erklären*, fragte sie sich –, wie es sich mit der Zeit verhielt, die sie selbst erlebt zu haben meinte, die es aber entweder nicht gab oder anders geben würde. Oder sie selbst müsste schlechterdings verrückt geworden sein, wogegen jedoch einiges ihrer Meinung nach sprechen würde. Andererseits spräche aber auch vieles dafür. Sollte sie die Dunedin fragen, was sie von der Zeit verstehen würden? Sollte sie diejenigen fragen, die sich vielleicht nur eitel als *Älteste* ausgaben, wie es geschähe, dass ein Mensch ohne eigenes Dazutun und ohne jegliche Absicht Zeit wie selbstverständlich verlieren könne? *Oder anders formuliert,* dachte Brian, da sie selbst eigentlich keine Zeit verloren hatte, *wie sie Zeit zurückgewinnen könne*, gleichwohl niemand auf Erden an sich Zeit erhalten hatte. Sie müsste präziser nach der Verhältnismäßigkeit möglicher Zeiträner fragen, da ihr mindestens zwanzig Jahre ihres Lebens genommen worden waren, die sie mit den Menschen nicht erlebt hatte, während jene Menschen, die besagte Zeitspanne verlebten, sagen würden, Brian seien zwanzig Jahre geschenkt worden, die sie länger leben würde, obwohl es sich für sie nicht so anfühlte. Doch wie solle sie daraus eine halbwegs verständliche Frage formulieren können, die nicht wahnsinnige Rückschlüsse auf ihren Geisteszustand zuließ, fragte sie sich und wollte sich auf dieses Gedankenspiel erst einmal nicht weiter einlassen. Sicher war, dass sie Wundersames erlebt hatte, egal wie sie es betrachten mochte. Und noch als sie es dachte, flüsterte Rionnag, da die anderen Dunedin schon wieder miteinander in Gespräche vertieft schienen:

„Ja. Du bist, Patty. Du warst, und du wirst sein. Und du wirst viel länger leben als wir alle", sagte sie, legte ihre Hand auf das Knie von ihr wie zum Trost und meinte noch, dass sie nicht so laut denken solle, falls sie sich in ihre Gedanken für Augenblicke zurückziehen möchte, was jeder der Anwesenden verstehen würde, als Brian etwas erschrak, da ihre Gedanken die gegenwärtige Existenz der Dunedin und ihre bisher gemachten Aussagen infrage gestellt hatten.

„Und auch das ist in Ordnung", flüsterte Rionnag. „Wir werden uns noch so gut kennenlernen, wie du es dir heute gar nicht denken kannst", lächelte sie, als Southfield schon wieder eine der Geschichten von Camshron zum Besten gab, die er von ihm vor vielen Jahren erzählt bekommen hatte.

„Und weißt du etwas über Engel? Oak hatte etwas gesagt …", flüsterte Brian, die die gestenreiche Erzählung von Southfield und das laute Lachen der Fulmare ausnutzte, um Rionnag, der sich Brian innerlich näher fühlte, die Frage zu stellen.

„Alles, was ein Mensch über sie wissen kann, weiß ich über deine Engel", lächelte sie Brian an, schaute ihr tiefen Ernstes in die Augen und schlug ihr behutsam auf das Knie, um sie zur Geduld zu mahnen. „Du wirst alles erfahren und alles verstehen. Und du wirst mehr erfahren, als ich mir in meinen kühnsten Träumen vorstellen kann. Lasse dir nur ein wenig Zeit ... und habe etwas Geduld. Wir werden zusammen sein", sagte sie ruhig.

„Ash, werdet ihr wirklich so alt, wie Oak sagte?", fragte sie und hasste sich dafür, diese Frage gestellt zu haben, zu der sie sich verführt glaubte.

„Ja. Das werden wir. Und einige von uns sind es schon jetzt", erwiderte Rionnag, die bereits 714 Jahre alt war und Brian mit ihrer bloßen Bestätigung beruhigte.

# XIII

Bis spät in jene mondlose Nacht hatten sie gesprochen, und Southfield
hatte die Frauen vorzüglich mit vielen Geschichten unterhalten,
die auch Brian begeistert hatten, obwohl sie nur mit einem Ohr
bei den Vorträgen gewesen war, während die anderen Dunedin oft
laut lachten und besonders die Beschreibungen eines Camshrons
amüsant fanden, den alle zu kennen schienen, als dieser in den
Ersten Weltkrieg geraten sei. Und zwar sollte dieser wieder einmal das Bett einer ehelich Gebundenen in Belgien geteilt haben,
wie es Southfield unter seinesgleichen vertraulich erzählte. Und
er habe nicht nur das Bett geteilt, sondern auch die Leibesfreude
mit der Dame. Sosehr er das Bett schätzte, genoss er mehr noch
die Passion seines Liebesspieles mit besagter Claudine Blanchard.
Sie hatte eine kleine Schwadron von Bälgern, die unter Tag gut
beschäftigt werden konnten, um sich zu einem *Stelldichein zu zweit*,
wie Camshron es gerne nannte, in der Heuscheune des Anwesens
zu treffen. Und so geschehen, die Dame genießend und sie ihn
empfangend, fand sie ein Knecht, der meinte, jemand triebe es
mit der Magd, mit der er es oft erfolglos versucht hätte. Er, der
von derjenigen abgewiesen wurde, die sich nun einem anderen
schenkte? Niemals. Keinem anderen sollte sie sich hingeben als
ihm, der *Pfurzforke*, wie man ihn nannte. Und mit der Heugabel
nahm das Schicksal seinen Lauf. Er brüllte, Camshron erschrak, die
Bäuerin schrie, da man den christlich gesegneten Gatten in dem
Knecht vermeinte, und ohne sich weiter in der schönen, molligen
Gattin des Herzens zu *verkorken*, wie er es beschrieben hatte, zog
er mit seinem blanken Geschlecht und putzmunterem Hintern
schneller als gewollt seiner Wege, mit nur seinem Hemd auf den
Knochen, ohne Wäsche an dem Unterleib. So habe er den Liebes-
dienst ungewollt mit seiner Hose bezahlt. Wie die Geschichte für
den Knecht ausging, wurde nicht überliefert, noch, was aus der
fülligen Blanchard geworden war. Wohl aber, das er nach einer
Nacht unter freiem Himmel, mit dem Hemd als Lendenschurz ge-

bunden, unter einem Baum an einer Lichtung, die jedem Feenhain zur Ehre gereicht hätte, am nächsten Tag schon früh am Morgen – wie er es stets betonte – von einem Spähtrupp der Spitzhelme ausgemacht worden war. Der deutschen Sprache mächtig, erfand er eine Geschichte, an die er sich nicht mehr erinnern konnte, die ihm aber eine Uniform und ein Bajonett der Deutschen einbrachte. So gekleidet geriet man schnell in einen Krieg, hatte er gesagt und recht behalten. Und er war in den furchtbarsten aller Kriege, den Ersten Weltkrieg geraten, den er selbst erlebt hatte, bis er nach drei Monaten aus den Reihen verbissener, tief eingegrabener, mordender und gemordeter Soldaten von irgendeiner Front fliehen konnte. Alles nur wegen der schönen Claudine, bei der er seine Komparsenrolle als Galan in schillernden Farben hervorhob. Und Southfield kannte Camshron so gut, dass er ihn ausgezeichnet für die anderen Dunedin imitieren konnte.

Danach hatte sich Brian verabschiedet, allen eine gute Nacht gewünscht und sich in der Höhle auf ihre Pritsche gelegt. Für sie war es fremd gewesen, dass man kein Feuer entzündete, denn an einem Lagerfeuer hatten solche Geschichten lebhaftere Farben. Sie hörte die Dunedin draußen noch lange erzählen, lachen und Dinge erörtern, die sich in der Vergangenheit abgespielt haben sollten und an denen die Ältesten auf ganz unterschiedlichen Seiten beteiligt gewesen sein wollten. Und während Brian gegangen war, waren die Dohlen geblieben, hörten aufmerksam, neugierig und gespannt zu und waren zum ersten Mal Teil der Erlebnisse ihrer Ältesten.

Am Morgen dann, als Brian nach einer traumlosen Nacht aufwachte, bot sich ihr das gleiche Bild. Die Dunedin saßen immer noch und schienen nicht geschlafen zu haben. Offenbar hatten sie sich so viel zu erzählen gehabt, während Sidhe und Daoine irgendwann in der Nacht zu ihr gekommen sein mussten, als sie geschlafen hatte.

Als Brian aus der Höhle schaute, war die Sonne an einem Morgen aufgegangen. Sie konnte über die Insel ziehende Wolken sehen und lächelte, auch da sie gut geschlafen hatte. Am Vorabend hatte sie sich nicht ausgezogen, sodass sie in ihren neuen Jeans und dem Pullover aufgestanden war, sich streckte und in der Höhle rekelte, einen Blick auf das desaströse Ende der Höhle warf und meinte, dass man das Chaos irgendwann einmal aufräumen müsse. Dann begrüßte sie die Dohlen zu einem wunderschönen Morgen, fühlte ihre Brust, tastete den Oberkörper ab, spürte noch die Schmerzen in den Gliedern und erinnerte sich all der blauen Flecken, die sie sich wenigstens an den Beinen anschauen wollte. Sie öffnete die Hosen und ließ sie zu Boden. Die Oberschenkel sahen sehr ramponiert aus, und sie strich sich über die Haut, die kaum noch Schmerzen bei einer Berührung weiterleitete.

„Und den Rest ersparen wir uns“, meinte sie zu den Dohlen, nachdem sie sich die Hosen wieder hoch- und den Gürtel zusammengezogen hatte. „Das wollen wir uns an diesem Morgen erst gar nicht antun.“

„Hast du noch Schmerzen, Patty?“, fragte Sidhe.

„Überraschenderweise kaum. Aber dafür, dass ich eigentlich tot sein sollte, wenn es nach euch ginge, viel zu viel. Wenn ich sterbe, dann will ich keine Schmerzen mehr haben müssen“, schmunzelte sie zu ihren Dohlen und fragte, ob diejenigen, die sich Dunedin nannten, die ganze Nacht miteinander gesprochen hätten.

„Bis wir zu dir gekommen sind. Und sie haben dann noch länger weitergemacht“, antwortete Daoine. „Es ist unfassbar, was sie erzählen. Spannend, Patty. Und niemals fällt einer aus der Rolle, oder wird ärgerlich, oder verletzt einen anderen. Wirklich ein wunderbarer Umgang, den diese Menschen miteinander pflegen. Keine Rechthabereien und keine Dominanzen.“

„Ja. Das habe ich auch gespürt. Wahrhaftige Toleranz und Brüderlichkeit“, sagte Brian und meinte, man wolle den Gästen auch einen guten Morgen wünschen, bevor sie aus ihrer Höhle trat, die Dunedin sich erhoben und sie so freundlich begrüßten, wie sie sich höflich am Vorabend verabschiedet hatten. Und Brian begrüßte auch die Fulmare, die so ein Prozedere nicht kannten, ihr aber gern einen guten Tag wünschten, als Brian an die kalte Feuerstelle trat, über das Steinbassin hinaus auf das Meer sah und schmunzelnd sagte, dass nun alles wirklicher erscheinen würde, während sich die Dunedin wieder setzten und Samhain sie fragte, wie es ihr heute ginge.

„Vielen Dank", antwortete sie. „Gut. Es geht mir gut. Ich danke dir", und sie war verlegen um den Namen von Samhain, den sie vergessen hatte.

„Wir hätten uns Namensschilder über Nacht basteln sollen, anstatt uns über den Un- und Wahnsinn des Geldes zu unterhalten", meinte Dorch.

„Was machst du normalerweise morgens, wen du aufwachst?", fragte Rionnag.

„Das ist eine gute Frage. Ich habe Sidhe und Daoine … und meistens brennt das Feuer noch. Und falls ich keine Träume hatte, nun … hmmm, dann schaue ich über den Nebel, der immer hier gewesen war, und setze mich dann vor den Eingang und …", ihr fiel wieder ihre Schnitzerei ein, die sie, seitdem sie aus Großbritannien zurückgekommen war, betrieben hatte, „… und habe mit einem Stein an Holz herumgeschnitzt. Mit den Dohlen habe ich gesprochen und bin dann an das Meer hinabgelaufen. Wegen der Nahrung … und des Schwimmens und …"

„Herumgeschnitzt?! Einen beeindruckenden Knauf hat sie aus einem Holzstab gefertigt, der den Basstölpeln ähnlicher sah als ich, Sidhe", meinte Daoine laut und entschuldigte sich auch schon dafür, sie mit seinem unangemessenen Kommentar unterbrochen zu haben, nachdem Brian ihm einen ihrer ihm so eindeutigen Blicke zugeworfen hatte.

„… dann haben wir uns etwas zu essen gemacht", schloss sie.

„Was würdest du dazu sagen, falls wir heute den Tag einmal mit Mundhygiene beginnen würden, bevor da eine Zahnfee kommt?", fragte Damhair lächelnd vorsichtig. „Ich meinte, Oak gesagt zu haben, dir eine Zahnbürste und Paste mitzubringen. Nicht, dass es noch nötig wäre, die Zähne zu putzen …", flunkerte sie freundlich, „… aber es kann ja auch nicht schaden, seinen Tagesablauf leicht zu ändern. Man sagt, es schütze den

Menschen vor Demenz", und als sie das sagte, mussten alle laut lachen, selbst Brian, die den höflichen Hinweis peinlich verstand.

„Ist er doch so heftig ..., mein Mundgeruch?", fragte sie, was alle verneinten, aber den Vorzug von Flouriden für den Zahnschmelz in den Vordergrund stellten.

„Der Einzige mit einem strengen Geruch ist Oak. Und ich weiß nicht, ob es an seiner übertriebenen Maskulinität unter uns Frauen liegt oder ob es seine Art der Werbung ist, nach Ochsen zu riechen", sagte Gaire frech, als alle wieder lachen mussten.

„Da ist man als Mann auf einer einsamen Insel mit den schönsten Frauen dieser Erde zusammen, und was machen sie? Sie machen dich nieder. *Nanu?*, sagen sie. *Was ist denn das? Wer hat denn den hierhergeschissen? Kackstelzen mit 'ner Pimmel-Visage?* Das ist die Ironie meines Schicksals. Was für ein bitteres Los, das mich das nächste Jahrhundert hindurch sehr frustrieren wird. Ich hoffe, die Menschen kommen bald mit besseren Psychotherapien, die dann auch uns für unsere Lebenszeit helfen. Oder hatten wir nicht einen von uns, der sich mal so psychomäßig in der Berggasse 19 in Wien umgeschaut hatte?", erwiderte er auf den Spaß, und die Dunedin mussten Tränen lachen, als Brian sich zurückzog, sich die Zähne putzen gehen wollte, die nötigen Utensilien auch fand, dann um die Ecke verschwand und an dem muldigen Bassin des Wasserdestillates stehen blieb.

Als sie in das Wasser schaute, erschrak Brian für einen Moment, als sie die rote Färbung sah, und erinnerte sich wieder an das Blut, das sie sich abgewaschen hatte. Und ihr wurde für Augenblicke ganz schlecht; sie drehte sich dann bleich mit Herzklopfen um und kam zu dem Wasserbecken zurück, in dem Merlin vor vielen Jahren das Gesicht erwartet hatte.

Die Dunedin lachten noch, als sie Brian bleich um die Ecke taumeln kommen sahen, fragten sofort, ob alles in Ordnung sei, ließen sie nicht aus den Augen, auch als sie ihnen nur erwiderte, dass man sich um frisches Wasser kümmern müsse. Southfield verstand sofort; er hatte nicht daran gedacht, dass das wenige Wasser der Insel blutgefärbt sein könnte und antwortete, dass man sowieso abreisen werde. Und während Brian sich bereits Paste auf die Zahnbürste gedrückt hatte und die Bürste in den Mund führte, erwähnte sie wie selbstverständlich, dass sie nicht ohne die Dohlen reisen werde. Ohne die Dohlen ginge sie nirgends mehr hin, was auf die Dunedin in ihrer Klarheit großen Eindruck machte.

„Auch mit den guten Geistern", sagte Dualchar, und Brian putzte sich die Zähne weiter, schöpfte das Wasser aus der Schale, spülte den Mund, gurgelte und ging an den Abhang, um das Schaumwasser auszuspucken. Auch wenn ihr Atem frischer war, konnte sie von sich nicht glauben, dass sie das ihrer Insel antat. Und da der Nebel verschwunden war, das Nordmeer an jenem Morgen weit unter einem aufgeworfenen Sonnenhimmel ferner Cumuli lag, die sich unter dem Horizont auftürmten, erschien ihr dieses Meer als schöpferisch unheimlicher Formenwandler, der seine wahren Abgründe lange vor ihr verborgen hatte. Nun stand sie, spürte die chemische Wirkung an ihrem Gaumen und spuckte schaumige Zahnpasta über den Rand einer Felsenstätte, die einem vorgeblichen Zauberer als letzte Zuflucht gedient hatte, bevor seine Geschwister eben jenes Eiland entzauberten.

„Wir hätten Wasser mitbringen sollen", meinte Gaidheal.

„Ist schon okay so", erwiderte Brian und sah mit der Zahnbürste in der Hand hinaus auf den Horizont. „Es ist schon in Ordnung."

„Möchtest du etwas Saft, Patty? Von dem haben wir genug."

„Und getrocknetes Obst", ergänzte Samhain.

„Nein. Danke. Aber die Möwen brauchen etwas zu essen", sprach sie gedankenversunken, was die Dunedin freute, da Brian sich verantwortlich zeigte.

„Möwen? Wir sind Fulmare! Und Fulmare sind Röhrennasen, Sturmvögel … Eissturmvögel … aber doch keine Möwen", empörte sich eine der Fulmare. Brian entschuldigte sich für ihren missverständlichen Ausdruck und für die unklare Taxonomie, die sie in der Biologie nicht beherrschte, und fragte, ob sie jemand begleiten wolle, um etwas in den Dünungsfelsen zu finden. Schnecken und Muscheln würde man auf jeden Fall finden können, angeln könne man nicht. Und vielleicht hätten einige der Sturmvögel zurückbleiben können, um die Verpflegung der Rekonvaleszierenden zu übernehmen.

„Passierte Kost ließe sich besser löffeln", meinte Southfield und erntete bwwundernde Blicke seiner Patienten.

Rionnag und Dorch erklärten sich bereit, Brian zu begleiten, um Muscheln für die Fulmare zu sammeln, während sich Southfield mit Cabhak telefonisch absprechen sollte, welche Flüge man nach Großbritannien gebucht habe und dass man zwei Dohlen mitnehmen müsse, für die Transportkäfige besorgt werden sollten.

Brian war dankbar für die Begleitung, da ihr das Wasser und die hörbare Brandung einen anderen Respekt eingeflößt hatten, seitdem sie ihr Erlebnis gehabt hatte und der magische Nebel verschwunden war. Überdies sprach sie gern mit Rionnag, die ihr mit heimlichen Gesten und hilfreichen Äußerungen bisher am nächsten gekommen war. Dorch hingegen schien ihrer dunklen Schönheit und Ausdrucksstärke gewahr zu sein, die sie imponierend inszenierte, während sie ihre spielerischen Fähigkeiten unter den Dunedin nicht übertrieb und sich stets sowohl ihrer selbst, aber auch der anderen bewusst war und sich nur als eine von den wenigen Ältesten fühlte, begriff und fügte. Unter den irdischen Menschen hingegen hätte sie großen Eindruck schinden können, wessen sie sich sicher war.

So liefen die Frauen zu dem Meer hinab an den Spülsaum, und Brian sah die kleine Flotte motorengewaltiger Boote, mit denen die Dunedin von Norwegens Küste gekommen waren. Sie staunte und fragte, ob diese Boote den Dunedin gehören würden, während sie befürchtete, dass es vielleicht nur *Leihnahmen* seien, als Dorch lachte. Manche wären an sie verliehen worden, zwei dieser Boote hätte man gekauft, und einige sollten ergaunert worden sein, auf *gute Dunedinart*, wie sie es nannte, was besagte, dass sie ja nicht aus der Welt seien und man hätte sie nur für einen *höheren Zweck* kurz oder mittelfristig ihren Besitzern entzogen. Soviel schulde ihnen die Welt für das, was sie der Menschheit zurückzahlten, indem sie sich um das Leben kümmerten, schmunzelte sie.

Rionnag erkundigte sich bei Brian nach Merlin. Sie wollte wissen, wie man sich getroffen habe und was man gemeinsam erlebt haben würde. Und Brian erzählte die Geschichte, die auf den Shetlands begann, nach Schottland führte und irgendwo in einem Wanderzirkus in England endete – oder genauer gesagt, endete sie eigentlich im Führerhaus eines Lastkraftwagens, in dem sie eingeschlafen war. Als sie erwachte, war Merlin gegangen.

„Das sieht ihm ähnlich, dem alten Schleicher … dem Nebelschrecken", meinte Dorch, die den Begriff der Seevögel für ihn sehr treffend fand. Und während sie Muscheln sammelten und Schnecken für die Fulmare von den Steinen lasen, erzählte Brian von dem letzten, spektakulären Auftritt, den Merlin in dem Zirkus gab. Tatsächlich soll er für die ahnungslosen Menschen berauschend gewesen sein, und je mehr Brian davon erzählte, desto lebendiger wurden die Erinnerungen an jenen Abend in der Manege des Wanderzirkus und desto mächtiger wurde das damals vollführte Erlebnis. Dann sprach sie noch von dem Buch und Merlins Stab, die sie erhalten hatte und meinte, dass die Dunedin eigentlich davon gewusst haben müssten. Bekannt jedoch war ihnen nur die Geschichte um das Buch. Von seinem Stab wussten sie nichts. Und umso interessierter wurden sie auf ihrem rutschigen Weg zwischen den Steinen, über die eine ruhige See an jenem Morgen ihre gnädige Brandung atmete.

Brian erzählte auch diese Geschichte und fasste die darauffolgenden Ereignisse in kurze Sätze zusammen. Sie sprach von ihrer Haft und den wenigen Freunden von früher – Ganapathy, Raimann und Tralee – die bereits alle gestorben seien. Plötzlich wurden Rionnag und Dorch hellhörig. Sie hatten in der Vergangenheit von einer *Patty Brian* gehört. In der Presse war über eine Brian berichtet worden, die viele Jahre verschollen zu sein schien, und man hatte immer wieder eine Gerüchteküche um diese Person am Köcheln gehalten, da man derlei Fugen ständig aufs Neue aus irgendeiner Schublade ziehen konnte, um nach ihnen die Klaviatur öffentlichen Interesses zu bedienen. Brian erwiderte beiläufig, dass sie das wohl nicht abstreiten könne, jene durch die geifernden Gassen schlichter Fantasie Getriebene zu sein. Die Ältesten schauten sich überrascht an, blieben dann stehen und schüttelten ihre Köpfe.

„Was ist? Habe ich etwas Falsches gesagt?", blieb dann auch Brian stehen und sah in die strahlenden Gesichter der beiden Dunedinfrauen.

„Überhaupts nicht!", lachte Rionnag. „Damit – und natürlich dein Einverständnis voraussetzend – ist unsere ewige Geldnot vorbei", lachte sie.

„Moment …", stutzte Brian. „Wieso?"

„Weil, wenn das stimmt, was wir gelesen haben, du so viel Geld hast, dass du uns mitfinanzieren kannst", meinte Dorch, als Brian misstrauisch wurde.

„Finanzieren? Was soll ich finanzieren?", erkundigte sie sich skeptisch und spürte eine neue Qualität in ihrer Unterhaltung, die ihr nicht gefiel. „Falsche Freunde habe ich genug", wurde sie plötzlich sehr deutlich.

„Patty, Naien kennen keine Freunde. Sie haben nur den Raum und uns. Alles andere ist ein Prozess für sie. Das ist, was du von ihnen lernen wirst. Wir jedenfalls können dann unsere Jobs kündigen und uns um dich kümmern", lachte Rionnag.

„Darüber müssen wir noch einmal richtig sprechen. Zuerst die Schnecken für die Möwen", sagte Brian, deren Augen kritisch aufblitzten, weil sie die Essenz der merkwürdigen Wendung ihrer Unterhaltung nicht schätzte und die finanziellen Aspekte vollkommen außer Acht lassen wollte.

„Nenne sie nie wieder Möwen, Patty. Alles, nur das hören sie nicht gern, weil sie keine Möwen sind. Auch das wirst du lernen, schneller und schmerzlicher, als dir lieb sein wird, Patty, die *Multi-Tusse*. So habe ich dich genannt, als ich von dir in den Gazetten gelesen habe. Für deine jungen Jahre hast du dann schon viel unternommen. Hätte nicht gedacht, dass du ausgerechnet die bist, von der man schon einiges gehört hat", sagte Dorch und lachte laut. „In deinem Alter war ich noch ein stilles, unbeschriebenes Blatt." Brian überlegte, ob sie die Dunedin noch einmal nach ihrem wirklichen Alter fragen sollte, was ihnen vielleicht ein Indiz dafür liefern könnte, dass sie bisherige Zweifel an den Aussagen der Ältesten hegte.

„Ich sagte dir doch, dass du leiser denken musst", lächelte Rionnag und schaute Brian auf eine Weise an, die sie das Gleichgewicht auf den Steinen verlieren ließ, als sie spürte, dass man ihre Gedanken erraten, gehört oder gelesen hätte. „Macht wirklich nichts. Dass du bisher alles so geduldet und ertragen hast, ist mehr als aller Ehren wert. Alle deine Zweifel sind nur berechtigt", meinte Rionnag zu ihr. „Komm, lasse uns einen Moment hinsetzen und reden. Vielleicht können wir dir ein wenig erklären, denn morgen geht es so oder so los. Ich freue mich, dich vorher kennenlernen zu dürfen. Und das wird Maple nicht anders gehen, Patty. Wir sind sehr stolz, bei dir sein zu können", sagte Rionnag und deutete auf eine Stelle unter einem Felsvorsprung, unter dem die Steine trockner zu sein schienen. Die drei Frauen schlitterten daraufhin über die rutschigen Steine zu den größeren Felsen, kletterten durch kleinere Spalten hindurch und fanden einen trockenen Platz, an dem sie sich mit der bislang geringen Ausbeute an Muscheln und Schnecken niederließen.

„Ich will dir von Merlin erzählen, den ich allerdings nicht kennengelernt habe. Er hatte an den Treffen, die wir früher abhielten, als ich jünger war, nicht teilgenommen", erklärte sie eingehend und führte aus, weshalb Merlin die meisten Maxime der Dunedin verriet. Einen Teil ihrer Ausführungen bezog sie auch auf den damals üblichen *Alten Glauben*, der nicht besser oder schlechter gewesen sein soll, als jeder andere Glaube es gewesen war. Nur Merlin war der Ansicht, dass jener *Alte Glaube* der menschlichen Natur und der Ordnung eines natürlichen Lebens der Irdischen entspräche, weil er auf sie ausgerichtet war. Andere Glaubensvorstellungen, die nur als Machtinstrumente weniger gegen die Menschen gerichtet waren, lehnte er ab. Den Dunedin jedoch dürfe es nicht darum gehen, den einen gegen einen anderen Glauben abzuwägen, um sich dann auf die Seite des einen oder anderen zu stellen, sondern es sei die Aufgabe eines Ältesten, zum einen eine mögliche Balance herzustellen und zum anderen die innere Entwicklung der Irdischen mit voranzutreiben. Es sei ihre vorrangige Aufgabe, das vor den Irdischen zu schützen, was sie unter Umständen aus Fressgier und Unwissenheit aus der Geschichte der Evolution durch Verzehr oder Verbrauch vorzeitig vertilgten. Die Dunedin üben sich in Geduld und nicht in der Kriegsführung. Sie tauschen ihre Weisheit aus, untereinander oder mit den Naien. Ein jeder Glaube ist nur das Werk eines Irdischen und diene auf unterschiedliche Weise als Instrument, mag man es erkennen oder nicht. Egal, welcher Religion man sei: Die Realität ist eine ganz andere, da möge man glauben, was man wolle. Vielleicht vermag eine *Anderszeit* oder eine *Anderswelt* den Menschen Hoffnungen zu bescheren, die sie zu besseren Individuen über Generationen hinweg werden ließe. Vielleicht aber ist es auch ein Christengott oder der islamische Allah, die sich dergestalt nicht viel nähmen und nur Zwist unter den Menschen schüren, woran wiederum andere profitieren oder verdienen. Sollte sich ein jeder Mensch seines besten Wissens fragen, wieso es einen Gott geben sollte, der seine angeblich irdischen Kinder in Unklarheit lässt, dann sollte ein jedes dieser Kinder darauf plausible Antworten finden und geben können. Von daher käme es den Dunedin nicht zu, vorschnell zu urteilen und die eine, geistige Entwicklung einer anderen vorzuziehen. Es bedurfte schließlich zweier Atombomben, bis die Menschen begriffen, dass man keine Atombomben gegen Menschen einsetzen dürfe. Dennoch mussten sie die Katastrophe probieren, damit sie sie verstanden. Und hätte man nun die Atomwaffen im Vorfeld verhindert, könne man mit Sicherheit sagen, dass wenigstens diese Waffen von den Irdischen gegen Irdische nicht eingesetzt worden wären. Stattdessen wären vielleicht gleich Neutronenwaffen zum Zuge gekommen. Oder man hätte vielleicht noch Grauenvolleres ersonnen, was das erlebte Grauen von Hiroshima und Nagasaki mit einem Fingerschnipp in den Schatten hätte stellen können. So sei es vielleicht nötig, den Moslems, Juden, Christen, Buddhisten, Taoisten und wem oder was auch immer einen Glauben zu lassen, damit der Mensch ihn irgendwann probiert, um ihn dann überwinden zu können. Denn darum ginge es: dass der irdische Mensch im Erkennen seiner selbst zu einem reiferen Menschen wird, der das gesamte Leben irgendwann einmal verstehe und dann den Dunedin gliche, selbst falls es noch Hunderttausende von Jahren dauern würde, bis ihn seine Evolution dorthin führe, wo die Ältesten seit Anbeginn ihres

Alters bereits wären. Und alles, was ihm auf diesem Weg hilft, muss die Unterstützung der Dunedin finden. Selbst jeder seiner Irrtümer, die er allein erkennen und überwinden muss. Nur eines darf er nicht: Er darf nicht aus Unkenntnis und Dummheit heraus sämtliches Leben verzehren, da es den Irdischen schließlich nicht zu dem werden ließe, was er werden könnte, falls er seiner Evolution folge und ihr nicht vorgreifen würde, indem sein Leben suizidiert.

„Kannst du mir so weit folgen, Patty?", fragte Rionnag, und Brian lauschte stumm, da sie sehr aufmerksam zugehört hatte.

Nichts sei von Bedeutung, bis auf die Wirklichkeit, die dynamische Bedingungen an einen jeden stelle. Den Dunedin sind andere Aufgaben angetragen als den irdischen Menschen, die sich erst in ihrer Gänze als Menschheit begreifen und zivilisieren müssen, damit sie das Filigran des Lebens verstehen. Das war über die bisherigen Jahrtausende schon schwierig gewesen, und es würde noch schwieriger werden, da die Menschen zahlreicher wurden als jemals zuvor. Darin läge eine bedrohlich problematische Belastung des Lebens an und für sich auf der Erde – für die Pflanzen wie für die Tiere. Die Unersättlichkeit und die Gier seien problematischer geworden, weil die Weltpopulation der Irdischen steige.

„Lasse zwei oder vielleicht auch fünfhundert Millionen Menschen hier leben …", sagte Rionnag. „… und alles ginge gut. Für acht Milliarden aber wird es knapp." Die Dunedin seien niemals mehr als achthundert auf der Erde gewesen. Heute seien sie noch dreiundzwanzig, die siebzehn Kinder bis zum heutigen Tage hätten. Und zweiundfünfzig weitere, die die Kinder von bereits verstorbenen Dunedin seien. Damit seien sie heute insgesamt zweiundneunzig Älteste, von denen jeder den Namen des anderen kenne und wisse, wo er sich aufhalte. „Und ja, ich bin 714 Jahre alt."

„Und ich fange mein Alter erst bei 600 Jahren an zu zählen", lachte Dorch.

„Maple ist 530 schöne Jahre alt geworden", erklärte Rionnag darauf schmunzelnd.

„Wie ist das nur möglich?", fragte Brian, die diese Aussage mehr erschreckte, da sie den Dunedin zu glauben bereit gewesen war.

„Eine gute Diät … und Freude an der Lebenslust", lachte Dorch und meinte dann ernsthafter, dass man als Dunedin mit den evolutionären Menschen nichts gemein habe, bis auf die große, äußere Ähnlichkeit. Der Ursprung der Dunedin ginge auf den Sternenstaub zurück, aus dem man ohne die komplizierten, körperlichen Verwachsungen über schwierige Wege der Selektion direkt zum Dunedin, zum Ältesten, zum Menschen geworden war. Jahrmillionen früher als der Irdische war man bereits als Mensch entwickelt, während der *Ardipithecus ramidus* noch am Hinterteil seines Weibchens roch, um dessen Fruchtbarkeit zu prüfen. Brian hörte das Gesagte sprachlos an. Die erlebte Zeit der Ältesten sei dieselbe der Irdischen, nur lohne es sich eben nicht für die Dunedin, Sterbeversicherungen abzuschließen, da bisher keine ihnen bekannte Gesellschaft öffentlichen Rechtes einen Dunedin überlebt habe, wollte man die Kirche einmal ausschließen. Und so paradox es klänge: Die Kirche selbst hätte bisher nur wegen der Naien überlebt, die sie als Engelswesen einem Gott zugesprochen hatten, der *ihr klerikaler Gott* war, da sich die gesehenen Lichtgestalten auch von der Kirche nicht leugnen lassen konnten. Zu viele Menschen waren in der Chronologie der Menschheit versehentlich Naien begegnet, denen man meist möglichst brutal nachgestellt hatte. Folglich mussten diese Lichtgestalten in den Annalen der Christenheit auf eine Art erklärt werden, die dem Bild ihres Gottes als omnipotentes, allwissendes und allein erschaffendes Wesen entspricht. Da muss aus einem Naien ein Engel werden, ein mehr oder minder renitentes Wesen, das als tatsächlicher Albe oder Naien mit einem künstlich erdachten Gott nichts gemein hätte. Schließlich aber ginge es nicht um ein wahnsinniges Gottesbild oder dessen Entzauberung. Noch ginge es um die unzähligen Irrtümer der Menschen, die sie manchmal sich schneller oder langsamer entwickeln ließen. Sondern es ginge immer um das Leben – und um die Menschheit als Ganzes, eben als Teil dieses Lebens. Und es gehe ganz sicherlich gegen die gefährlichen Glaubensgrundsätze eines jeden, der sich ausgerechnet als irdischer Mensch anmaße, sich die Erde untertan zu machen, lachte Rionnag trocken.

„Das wäre so, als würdest du Plasmodien in einen Körper injizieren und ihnen sagen, *dass sie es sich einmal richtig gut schmecken lassen sollen*", schmunzelte Dorch, und Brian verstand die Metapher.

„Falls alles das real ist, wie ist es dann mit der Zeit? Wie kann es sein, dass ich meine Freunde nicht habe sterben sehen?"

„Das werden dir die Naien erklären können. Und dann kannst du es uns erklären, Patty. Derzeit kann ich dir nur so viel sagen, dass es Zeitwellen zu geben scheint, die im Weltenraum offenbar verursacht werden und die die einen auf dieser Erde fortzuspülen vermögen, während andere davon nicht betroffen zu sein scheinen. Stelle es dir einfach wie eine große Welle vor, die schwimmende Menschen forttreibt, während du auf einem Boot bist und du die Welle unter deinem Kiel durchlaufen siehst", sagte Rionnag, und Brian versuchte sich die triviale Erklärung plastisch vorzustellen, die ihr aber physikalisch nicht schlüssig genug erschien.

„Und warum können mir die Naien – oder wie ihr sie auch nennt, die Alben – das erklären? Warum könnt ihr es nicht?", fragte sie die beiden Dunedin, die daraufhin einen Moment nachdenken mussten, da die Frage berechtigt schien.

„Hmmm, weil es uns nicht interessiert, Patty. Wir fragen nicht nach einem *Warum* und *Woher kommen wir*, weil wir es wissen. Und du wirst das auch erfahren", meinte Dorch und erklärte damit die große logische Frage allen Seins. „Wir müssen uns nichts erklären, sondern leben hier und geben acht auf dieses Leben, damit es bleibt und werden kann. All der Quatsch, mit den langweiligen Erkenntnissen und den so zwingend nötigen Beweisen für die Wissenschaften. Das Leben ist, wie es ist – mit und ohne Quantenphysik. Beweise, damit man glaubhafte Theorien entwickelt und Hypothesen, Thesen, Antithesen und Synthesen statuieren kann. Das ist nett. Aber wir müssen niemandem etwas beweisen, weil das Leben ist, wie es ist. Wir wissen, warum es geworden ist, und heute kümmern wir uns nur noch darum, dass es so bleibt, damit die irdische Menschheit eines schönen Tages auf ihr Rätselraten verzichten kann und so viel wissen wird, wie uns seit Langem bekannt ist. Das ist alles. Und um das zu verstehen, würden sich die Irdischen schon einmal gern einen Engel fangen, den sie dann interviewen könnten, bevor sie ihn wegschließen oder umbringen müssten, da er der gegenwärtig systemischen Ordnung politischer Macht und ihrer Ausübung entgegenstände", sagte Rionnag. „Nein ..., diese Fragen interessieren uns nicht. Jedes Tier mit seinen Wehwehchen ist uns wichtiger und lässt uns kümmern. Die großen Fragen der Irdischen sind morgen schon keine mehr und werfen ihnen dann wieder ganz andere großen Fragen auf, bis sie verstehen werden, dass man sich die Welt nicht untertan machen konnte ... und das Leben nicht zu hinterfragen ist. Und dass sie nicht, nur weil sie fruchtbar sind, sich sinnlos rammelnd vermehren sollten", ergänzte sie. Solche Doktrin mache für einen fetten König Sinn, der gemästet werden will und sicherstellen muss, dass genug Nachwuchs an seinem Hof gezüchtet wird, der ihm die Dienste leistet, die ihn auch morgen noch egoistisch befriedigen. Doch an der Erde könne man sehen, was aus einem solch idiotischen Gedanken entstehe, falls man nur einen Blick auf Australien werfen würde, „... da die Kaninchen dort in diesem Punkt wahre Bibeltreue bewiesen haben. Und statt dass man sie dafür gepriesen hätte, sie heiligsprechen würde für die Festigkeit ihres Glaubens und spräche: *Schaut her, wir haben Kaninchen, die lesen können, und sehet, wie fruchtbar sie sind und sich mehren. Und hier geschieht Gottes Wille,* kennt man den Ausgang der Geschichte. Sie wurden erschlagen, wo man sie nur erwischen konnte, weil sie zur Pest geworden waren."

„Und ... wohl wahr, dass keines der Gebote für Kaninchen geschrieben worden ist", lachte Dorch. „Aber die Essenz ist für alle die gleiche. Da macht die Evolution schließlich keinen Unterschied. So sehr vielleicht der Gottesglaube heute nötig sein mag, so wenig wird er Bestand haben, falls er sich der inneren Entwicklung und der äußeren Evolution der irdischen Menschheit nicht anpasst."

„Falls der Mensch heute Raumschiffe braucht, um zu erkennen, dass er sich innerlich entwickeln muss, und es keines wirklichen

Raumschiffes bedarf, um Mensch sein zu können, dann soll er sich die Dinger so schnell wie möglich bauen. Und falls er durch seine eher unwahrscheinliche Galaxie donnern will, um vielleicht andere Lebewesen zu treffen, was den anderen Lebewesen bei dem heutigen Stand seiner evolutionären Entwicklung durchaus nicht zu wünschen wäre – man stelle sich nur vor, seine Vorräte wären ihm an Bord ausgegangen, bevor er auf eine neue Spezies träfe. Was wohl würde er als Erstes tun? Vernaschen würde er sie! –, so soll er losdüsen und sich entwickeln, Patty. Er soll erkunden und erforschen, was zu erkunden und zu erforschen ist. Nur … es ändert nichts an uns. Es ändert nichts an dir. Und es ändert nichts an der Realität, dass die Menschheit sich noch einige Male bis an den Rand ihrer eigenen Existenz bringen muss, bevor sie erkennen wird, dass ein *Paradies* hübsch und ein *Garten Gottes* klasse ist, nur als Symbol menschenmöglicher Daseinsform eben nicht für ihn gemacht. Tja …, und da sitzen wir hier, sprechen darüber, lernen uns kennen und sind schon so weit auf Schwachsinn programmiert, dass du all das, was wir dir zu sagen haben, kaum glauben kannst", lachte Rionnag. „Und dabei ist im Moment für uns nichts realer als wir selbst. So geht unter den irdischen Menschen ein *Scheißkonzept* von Fernsteuerung ihrer Bedürfnisse und gleichzeitiger Kontrolle der Massen auf", schüttelte sie lachend den Kopf. „Ich denke, es ist erst einmal genug gesagt …, und die Fulmare werden sicher auf uns warten", meinte sie schließlich, als Brian mit weit geöffneten Augen dasaß, vor sich hinstarrte und das Gesagte verkraften wollte.

„Komm, Mädchen. Du wirst noch so alt werden, dass du die Welt mit ganz anderen Augen sehen wirst. Und dafür werden dich die Menschen eines Tages hassen, solange sie emsig und zitterig an ihrem gegenwärtigen Schicksal basteln und meinen, dass es ihnen ein Gott vergelten werde …, wenn nicht zu Lebzeiten, dann wenigstens nach ihrem Tod", grinste Dorch. „Wichtig ist nur – und das ist schon sehr viel –, dass du die Augen aufhältst und das Leben beschützt. Wir stellen sicher, dass du hier auf Erden überleben kannst. Und das versprechen wir dir mit unserem Leben."

„Damit du uns dann anschließend da oben empfehlen kannst", lachte Rionnag, und Dorch lachte mit ihr mit. Schließlich standen sie auf, zählten die bisher gesammelten Meerestiere und waren davon überzeugt, dass es zum Überleben der Vögel für jenen Tag reichen würde.

Dann kletterten sie unter dem trockenen Steinvorsprung hervor, zurück über die felsigen Bruchstücke auf die rutschigen, mit Algen, Tang und Seepocken übersäten Steine an der Brandung und machten sich auf den Rückweg, den sie halb steigend, halb rutschend meisterten, bis sie nach Kurzem wieder an die Anlege- stelle der Boote der Dunedin kamen und Brian stehen blieb. Sie schaute Dorch und dann Rionnag an, schüttelte schmunzelnd den Kopf und sah auf den Horizont, der als scharfe Trennlinie gegen den erleuchteten Himmel zu sehen war.

„Du musst nicht mit dem Kopf schütteln. Jetzt jedenfalls, Patty, schneiden wir auch ein bisschen an deinem Säckel", lachte Dorch, und Brian schaute sie ruhig an. „Wirst schon sehen. Wir brauchen immer Geld. Und du wirst uns mehr brauchen, als dir lieb ist und du ahnst", sagte sie mit einer freundlichen Gewiss- heit, die auch Rionnag teilte.

„Das werden schwierige Jahrhunderte, einen Naien zu ver- bergen. Hoffentlich können uns die anderen Alben dabei ein bisschen unterstützen."

„Vielleicht ein Merlin und Magie …?!", schmunzelte Brian.

„O ja. Der fehlte uns noch. So viel Hokuspokus sollte Cedar sicherlich auch hinbekommen", erwähnte Dorch beiläufig, als sie bereits auf dem Weg zum Felsplateau hinauf waren, auf dem die Dohlen, die Fulmare und die anderen Dunedin schon auf sie gewartet hatten.

Southfield empfing sie mit den Worten, dass man am späten Nachmittag des nächsten Tages einen Flug bekommen habe. Selbst für die Dohlen sei gesorgt worden, da die Fluggesellschaft Vogelkäfige zur Vermietung stellen würde. Man müsse dann nur noch die Quarantänebestimmungen in Großbritannien erfüllen, wozu ein Veterinär die Tiere untersuchen sollte, bevor man sie dann einführen dürfe. Allerdings hatten die Dohlen einer *Leibesvisitation* durch einen Arzt nicht zugestimmt. So sollte es ein Problem geben. Und zu dem einen gab es ein weiteres: Falls sie alle nach Großbritannien aufbrechen würden – wer versorgte die Fulmare, die noch nicht genesen waren? Die dritte Schwierigkeit schließlich, die sich auftat, waren die Reisedokumente von Brian, die sie nicht erneuert hatte, bevor sie auf Merlins Insel zurückgekommen war. Sicherlich könne sie nicht abermals einen Immigrationsbeamten mit Charme bezaubern, da derlei Vorgänge bei den Behörden protokolliert wurden.

Damhair erbot sich bei den Fulmaren zu bleiben, falls man es wünsche. Außerdem stellte sie ihren Reisepass für Brians Ausreise aus Norwegen und ihre Einreise nach Großbritannien zur Verfügung. Damhair hatte eine ähnliche Statur, eine andere Frisur, der man Brians angleichen könnte, und natürlich vollkommen andere Augen. Darum jedoch wollte sich Dualchar kümmern, sodass Brian nur dicht bei ihr bleiben sollte, und sie griente bereits, dass man über die Jahrhunderte schon etwas gelernt haben sollte, was dann hängen bliebe, wie beispielsweise Beamten von Einwanderungsbehörden schöne Augen machen, lächelte sie introvertiert. Es seien ja auch nur Menschen.

Doch das größte Problem stellte sich in Sidhe und Daoine dar. Flögen sie allein, so bräuchten sie wenigstens drei Tage, da sie die Strecke über das Nordmeer weder schaffen, noch den Weg finden würden. Deshalb hätten sie an der Küste entlangfliegen müssen. Und Brian sperrte sich kategorisch gegen den Gedanken, ohne sie irgendwohin zu gehen.

„Macht euch keine Gedanken. Ich kann euch verstehen. Ich würde mich auch nicht von irgendjemandem aus Jux und Tollerei untersuchen lassen", pflichtete Brian den Dohlen bei, die sich für ihre Einwände leise bei ihr entschuldigen wollten. „Niemand wird euch anfassen. Wir sind ja kein Klobecken, wo jeder mal darf, nur weil es in 'ner Verordnung steht."

„Wir würden alles …", setzte Sidhe verzweifelt zu sagen an, da sie die Schwierigkeiten sah, die ihr Verhalten verursachte, als sich das Gesicht von Dualchar verdunkelte und die Dohlen zuerst noch meinten, dass es ihretwegen sei, weshalb sich die Dunedin veränderte. Aber das war nicht der Fall.

Dualchar war die erste aller Anwesenden, die ein Kräuseln unter der Meeresoberfläche wahrnahm und weit hinaus gegen den Horizont eines an und für sich lichten Nordtages schaute. Und sie war es, die für Momente erstarrte, bevor die anderen dem gewahr wurden, was sich für sie anbahnte. Schicksalsergeben standen die Dunedin auf, und ihre nun versteinerten Gesichter sahen auf das Meer hinaus, ohne dass sie noch einen Gedanken an das vorhergehende Thema ihrer Abreise verschwendeten. Sie schauten schweigend starr auf das Nordmeer und konnten nur geschehen lassen, was von ihnen nicht mehr aufzuhalten war.

Der Felsen begann unter ihren Füßen zu erzittern. Fragend schaute Brian die Dunedin an, die sich weder bewegten noch ansprechbar schienen. Sidhe und Daoine erschraken und flogen vor Angst auf die Schultern von Brian, die als Einzige der Menschen nicht aufgestanden war. Nervöse Unsicherheit herrschte auch unter den Fulmaren, die dichter zu Brian herankamen. Das Kräuseln der Wellen konnte sie nicht sehen, spürte aber die Vibration des Inselfelsens, die durch ihren Körper lief. Wie Schüttelfrost überkam es sie, und sie drückte sich instinktiv gegen den Boden, als die Dohlen von ihrer Schulter flogen und sich in der ängstlichen Gruppe der Eissturmvögel niederließen. Dann wurde es stiller. Das Beben in den knisternden Felsen ebbte ab, und der unheimliche Spuk schien vorüber, als sei ein Gespinst in die Erde gefahren, das ein wellendes Beben ausgelöst hatte, um dann wieder mit der Erdkruste zu verschmelzen.

Brian stemmte sich mit den zitternden Armen hoch und sah die Dunedin an, die noch stoisch standen und in eine Ferne schauten; sie atmete durch und wollte gerade fragen, ob nun alles vorbei sei, als sie ein zweites, viel geringeres Erzittern des Felsens unter sich spürte und danach nur eine plötzliche Stille empfand, die nicht unwirklicher hätte sein können. Sie spürte etwas wie nahende Schönheit und Ewigkeit aus dem knirschenden Felsen fliehen, die in ein Licht schimmernder Unendlichkeit getaucht wurden, als sie ihre Augen schloss und nichts tat, als zu atmen. Dann war aus der gläsernen Ferne ein größerer Atem für sie zu hören, ein neues Leben, das sich im Wasser gebar, und Minerale, die zu kristallenem Staub zersprangen, bevor sie eine Flut anschoben, die in den Süden drängte.

Sie öffnete die Augen, sah in die wartend wissenden Blicke der Dunedin und musste sehen, wie ihre Insel zur Hälfte versunken war. Sie hörte vereinzelte Steine fallen, als sie zu sich kam. Felsenreste brachen, die in die neue Brandung des Nordmeeres stürzten, und sie sah dem Schatten der gewaltigen Welle hinterher, die das Zerbrechen der Insel verursacht haben musste. Sie stand im Eindruck erlebter Schönheit, doch sie sah das zerschmetternde Resultat.

Die Ältesten atmeten durch, als Leben in ihre Gesichter kam und sie sich gegenseitig ansahen. Die Farbe war aus ihnen gewichen, als Brian Angst bekam, da sie den verheerenden Untergang des größten Teiles ihrer Insel erkennen musste und dem mit einem herrlichen Gefühl der Unendlichkeit beigewohnt hatte, während der wirkliche Anblick, der sich ihr bot, zerstörerisch war. Auch die Dohlen waren vor Angst erstarrt. Mehr noch die Fulmare, die sich nicht in die Luft hätten retten können. Nur Dualchar, Damhair und Gaidheal, die ältesten der Dunedin waren ruhig geblieben, gleichwohl sie ein solches Schauspiel auch noch nicht gesehen hatten und endlich wieder tief einatmen konnten.

Brian hingegen reagierte auf das unvorstellbare Geschehen mit wachsender Sorge und steigender Hysterie, da sie anregte, die Insel dringend zu verlassen, denn für sie schien sie ganz im Meer zu versinken. Was dem größten Teil des Eilandes geschehen war, könnte dem verbliebenen Rest des Felsens, auf dem sie standen, ebenfalls widerfahren, als Gaidheal, sie beruhigend, ihr diese Sorge nahm.

„Es ist der Rand eines Albensternes", sagte sie ruhig. „Alles, was hätte geschehen können, ist geschehen. Und nun kehrt wieder Ruhe ein."

Kurzatmig zitterte Brian noch am ganzen Körper. Die Fulmare waren dicht an sie herangekommen und ließen sich von ihrer Unruhe anstecken, anstatt zu den gelasseneren Dunedin zu gehen. Die Dohlen jedoch stolzierten schon wieder auf und ab, da sie Brian in Stresssituationen kannten und die Erfahrung der Dunedin schätzten. Southfields erster Gedanke galt den Booten, und er rannte mit Samhain den Anstieg hinab, während Rionnag zu Brian trat und sagte, falls Gaidheal meinen würde, alles sei vorüber, dann müsse man an ihrer Aussage nicht zweifeln. Doch Brian sah sie verstört an.

„Ich habe erst jetzt Angst bekommen", sagte sie leise. „Ich muß mir ansehen, was passiert ist. Wer würde mich begleiten?", was Rionnag ihr augenblicklich zusagte.

Gemeinsam gingen sie an die neu entstandene Klippe der Insel. Brian lief umher, stand und staunte, hielt sich die Hand vor den Mund, strich sich ihre Haare zurück und fingerte nervös an der Kleidung. Die Insel schien zerbrochen. Eingestürzt. In ein unergründliches Meer gefallen. Und verschlungen. Und Brian stand gemeinsam mit den Dohlen und der Dunedin an der Klippe. Sie schaute an einem freundlichen Nachmittag in den Süden. Sie hörte noch späte Steine herabfallen, da der Felsen sich noch nicht zur Ruhe begeben hatte und seinen Überfluss in die Tiefe warf. Von Weitem hörte sie Southfield, der erleichtert feststellte, dass alle Boote unbeschädigt seien, da der Inselbruch dankenswerterweise auf der anderen Seite stattgefunden hatte, als Brian sich vorsichtig dem schwarzen Abgrund näherte, der eine neue Linie auf den Atlanten anmahnte. Sie schaute in die Tiefe und sah den gebrochenen Felsen. Riesige Quader, aus der Insel gerissen, und eine frische Dünung kündeten von einer neuen Zeit. Geschaffen mit Gewalt lag die Insel und ruhte der falsche Ozean.

„Stelle dir vor, wir hätten uns unten aufgehalten, Ash."

„Ich stelle mir vor, dass wir in der Welt leben", sagte sie ruhig, als Brian ihren Blick von dem Abgrund abwendete.

„Was ist ein Albenstern, von dem Pine sprach?", fragte sie ohne Umschweife und sah Rionnag zum ersten Mal fest und standhaft in die Augen.

„Eine Wegkreuzung der alten Energien von den Naien ... oder eben den Alben, wie die Menschen die weißen Naien auch nannten. Daher kommt der Begriff *Albenstern*. Die Naien hatten diese Wege wie ein Netz über die ganze Erde gesponnen, damit sie schneller von Ort zu Ort kommen konnten.

„Und jetzt? Warum ist die Insel deshalb zerbrochen? Was hat das eine mit dem anderen zu tun?", fragte Brian.

„Wahrscheinlich hat sich Energie entladen und ein Weg an einen anderen gelagert. Ich kann es nicht sagen. Und niemand anders als die Naien können dir Auskunft geben. Dir wird einer dieser Energiewege begegnet sein, den du nicht einschlagen konntest", meinte Rionnag und sah auch die Dohlen an, die jedes Wort der Dunedin hörten.

„Würdest du den Vögeln bitte die Meeresfrüchte bringen, während ich hier noch einen Moment allein stehen möchte, Ash? Bitte ...", bat sie und Rionnag zog sich nickend zurück.

Während Brian hinter sich Gespräche entbrennen hörte, stand sie nur fassungslos an der neuen, scharf geschnittenen Klippe und sah auf das Meer hinaus, als suche sie eines der flirrenden Lichtbänder, die sie vielleicht gesehen hatte. Aber das Nordmeer höhnte nur ihrem Wunsch, spielte mit ihrem Blick, atmete tief unter ihr und lächelte, weil sie ahnungslos war und es jeden Stein entfesselt hatte, um ihn mit Getös peitschend in sich zu verschlingen.

„Wir hatten Angst, Patty", sagte Daoine.

„Das hatte ich auch ... zuerst ... und dann gar nicht mehr. Und als alles vorbei war, zitterte ich am ganzen Körper", sagte sie. „Hat es lange gedauert? Ich habe kein Zeitempfinden mehr, ihr beiden. Wie lange hat es gedauert?"

„Es ging schnell, würde ich sagen. Und die Wellenrücken waren gewaltig. Hast du so eine Welle schon einmal gesehen? Sie war wie eine rollende Walze, die von uns gestoßen wurde", erzählte Sidhe beeindruckt, ehrfürchtig und verängstigt darüber, dass es solch eine Macht zu geben schien, die man sich nicht vorstellen konnte, noch beschreiben mochte. „Und zum Glück waren wir hier nicht allein, Patty. Da Pine sagte, es sei vorbei, müssen wir uns wirklich nicht mehr ängstigen. Stelle dir nur einmal uns allein vor. Was hätten wir bloß getan? Und wir hätten nicht gewusst, ob die ganze Insel unter uns zusammenbricht oder nicht."

„Da hast du recht, Sidhe. Es wäre eine grauenvolle Zeit in Ungewissheit gewesen", dachte Brian den Gedanken Sidhes für sich. „Habt ihr jemals zuvor etwas von einem Albenstern gehört?", fragte sie die Dohlen.

„Nein, eigentlich nicht. Man hatte sich viel erzählt, und wir hörten auch, dass es geheime Wege geben sollte, auf denen die Ältesten mit den Alben vor Jahrtausenden gereist sein wollen. Mehr als dieses Sagen wissen wir aber nicht. Und wie solche Wege aussehen können, weiß keiner von uns Lebenden, falls es dann wirklich ist, Patty", antwortete Sidhe. „Vielleicht weiß Alwyyn mehr darüber. Oder vielleicht treffen wir wirklich auf einen der Alben … auf einen Naien. Der kann uns dann bestimmt alles erzählen."

Brian schaute ernst auf den Ozean hinaus, in die gleißende Sonne über ihm, die ihr auf der Haut zu brennen schien. Und sie sah in ein Licht, das ihr Tränen in die Augen trieb. Sie dachte an Akitas Pelz, an die Phiole mit den Samen und sah ihre beiden wundervollen Vögel an, die sie mehr als jeder Mensch in ihrem Leben begleitet hatten. Dann kniete sie sich nieder zu ihnen, kraulte mit ihren Fingern das Gefieder am Hinterkopf, was sie manchmal mochten, und schließlich fragte sie, ob die Dohlen den Dunedin Glauben schenken würden. Sie fragte, ob die Ältesten wirklich wären.

„Du meinst, allen Ernstes, Patty?"

„Allen Ernstes."

„Wir glauben ihnen jedes gesprochene Wort. Weder verführen die Dunedin noch lügen sie", sagte Daoine, was Sidhe uneingeschränkt bestätigte.

„Und da gibt es keinen Zweifel?"

„Nicht den geringsten Zweifel", erwiderte Sidhe.

„Dann ist es gut, meine Freunde", lächelte Brian ihre beiden Dohlen an, als Tränen über ihre Wangen liefen. „Dann muss es gut sein", und sie wischte sich die Tränen mit ihren Händen aus dem Gesicht, bevor sie ihre noch feuchten Handflächen betrachtete. „Wofür sind sie geweint worden?", fragte sie leise und hörte eine innere Stimme sagen, dass sie für eine Welt vergossen wurden, die bisher nicht geworden ist, was sie hätte werden können. Dann sah sie auf den Horizont, wendete ihren Blick von der stechenden Sonne ab und drehte sich zu den Dunedin, die sich wieder ruhig zusammengesetzt hatten und die Ereignisse debattierten.

Die Steinschale Merlins war zerbrochen, und ein Riss zog sich durch die Felszacke, unter der der Höhleneingang lag. Die Insel war zu einer Ruine ihrer selbst geworden. Und dieses gestaltet hatte ein Albenstern, den niemand zu entschlüsseln vermochte, als Brian mit den Dohlen zu den Ältesten ging, die sich berieten.

# XIV

Bereits der zweite Tag heftigen Dauerregens, und die Laune der Dunedin hatte sich verschlechtert. Sie hatten auch noch keine Nachricht von Southfiled und den anderen Ältesten erhalten. Die Ankündigungen des Weißhauptes waren bisher unerfüllt geblieben, und so saßen sie in ihre Lederjacken gehüllt in der Nässe, ihrer Treue folgend, waren müde und fühlten die Feuchtigkeit in ihren Gelenken.

„Heute machen wir uns ein Feuer. Komme, was wolle", sagte Dragh, der sich die klammen Finger rieb. „Niemand wird sich bei solchem Wetter draußen herumtreiben", und die anderen nahmen seine Aussage schweigend zur Kenntnis.

„Wir hätten ein paar mehr Frauen hier haben sollen, damit wir etwas Spaß haben und unsere Zeit vertreiben könnten", meinte Murdoch und schmunzelte zu Camshron, dessen zeitweilige Vorlieben allen bekannt waren.

„Mag sein. Aber vor der schönen Heather und unserer ältesten Pine würde es sicherlich wenig Freude machen, da Heather durch ihre Schönheit straft und Pine durch ihr Alter. Vor ihnen wären wir nur die dusseligen Jungs", schmunzelte Camshron zu den beiden Frauen hinüber, die unter ihren triefenden Jacken saßen, die sie alle über die Köpfe gezogen hatten.

„Als würden wir deine Anekdoten nicht kennen. Immer aus irgendeinem ehebrüchlichen Bett in einen Krieg geraten", lachte die alte Cailleach. „Und? Hast du schon ein Kind gezeugt? Hast du nicht. Bald wird es also Zeit, dass du dich etwas läuterst, mein Jungspund", und alle grinsten Camshron an, über den sie diverse Novellen hätten schreiben können, was seine Liebeslust mit Menschenfrauen betraf. „Und ein Feuer wird auch heute Nacht nicht entzündet", schloss die Alte ihren Beitrag zu einer kargen Konversation im Dauerregen.

Alwyyn hatte sich bei Gillespie unter die Jacke gehockt und fühlte sich so angenehm warm wie selten, da er meist allein in den hohen Tälern Nordschottlands wachte oder mehr döste. Er hatte sich jedes Mal gefreut, falls ein Dunedin bei ihm vorbeikam oder falls sie sich bei ihm trafen, denn gemeinsam hatten sie noch nicht auf einen Naien gewartet. Es gab Unterhaltungen und ungezählte Abenteuer, denen er gern zuhörte, bevor es wieder still um ihn geworden war und er der Zeit allein trotzen musste, die ihm gegeben schien. Viele der Dunedin kannte er, die in ihrem Leben wohl alles getan haben, um unter den Menschen nicht aufzufallen, und sich die Jahrhunderte mit Beschäftigungen vertrieben, sodass ihnen kaum ein Berufsstand fremd war. Niemals jedoch hatte sich ein Dunedin freiwillig in den Dienst einer Armee gestellt, es sei denn, dass er, wie beispielsweise Camshron, in Kriege geraten sei. Niemals war einer der Ältesten ein Metzger oder Schlächter geworden. Selbst als Fischwirte machten sie sich keine Namen, während es einmal einen gegeben hatte, der ein Henker gewesen sein sollte.

Die versammelten Dunedin hatten sich alle schadlos am Leben gehalten, gleichwohl welche unter ihnen waren, die Menschen getötet hatten, wie Alwyyn wusste. Falls es zu einer Tötung eines anderen gekommen war, dann hatte ein guter Grund vorgelegen. Ein jeder der Dunedin hätte sicherlich rechtlich relevante Strafen zu erwarten gehabt, da man sich nicht um die Gesetze eines Landes scherte, sofern sie Ungerechtigkeiten schützten oder Gerechtigkeit nicht widerfahren ließen. Gesetze aller Länder, in denen sie waren, wurden von ihnen gebrochen, und sei es auch nur, dass sie Zwangsabgabe oder Steuern nicht entrichteten, die sie selbst verteilt für gescheiter hielten. Sie verwendeten keine Mittel für einen persönlichen Lebensstil, hielten sich meistens bedeckt und waren immer miteinander verbunden. Ein jeder vertraute dem anderen, ohne zu zögern. Die Ächtung Merlins hatte Alwyyn nicht gefallen, weil auch er einer des *Alten Geistes* war, der mit den Riten der Vor- und Unchristlichen sympathisierte, gleichwohl er verstand, dass Merlin die tolerablen Grenzen der Dunedin überschritten hatte, die ein Dunedin niemals anrühren dürfe.

Es geschah, wie es geschehen ist, und es war an jenem regnerischen Wintertag im feuchtkalten Hochland bereits Vergangenheit. Eine Geschichte von nur Hunderten von anderen Geschichten. Alwyyn dachte über die Suliden nach. Er überdachte die Aussage, *dass die Alten ihre Fehden allein zu Ende bringen sollten, während die Jungen mit der Vergangenheit längst ihren Frieden geschlossen hatten, um ihr Glück in der Gegenwart zu haben.* So, wie er es gesagt hatte, machte es Sinn, falls es um die Aussöhnung mit der Vergangenheit ging. Kaum etwas sei weiser, als die Geschichte zu kennen und ihr trotz ihrer möglichen Konsequenzen ohne Verachtung und Rache in der Gegenwart begegnen zu können, um die Fehler der Großväter nicht zu wiederholen. Das sei die weiseste Haltung, die man auf Erden haben könnte, meinte Alwyyn und hatte die Seevögel immer für ihre Stärke, Unverwüstlichkeit und Klarheit bewundert. Bei den Corven hingegen wusste man nie genau, ob man sich auf sie und ihre Zusagen verlassen konnte oder ob ihnen nicht doch etwas in den Sinn gekommen sein könnte, das sie von ihren gemachten Zusagen abrücken ließ. Die Suliden waren unmissverständlich und ihrer Sache ergeben bis in den Tod. Ebenso zuverlässig waren sie aber auch, falls sie einmal eine Angelegenheit abgelehnt hatten. Dann konnte sie nichts bewegen, um den Sachverhalt erneut zu erwägen. Wie sie zu ihrer Entscheidungsfindung kamen, konnte Alwyyn nicht sagen, da sich die Seevögel fernab der Küsten trafen und besprachen und niemals jemand bei ihren Versammlungen dabei gewesen war, der nicht zu ihnen gehört hätte. Das blieb auch ihm eines der großen Rätsel, obwohl er einiges an *Altem Wissen* besaß.

Ein jeder Dunedin war mehr oder minder ein Ganove, wenigstens im Sinn eines positivistischen Rechts, wie Deireadth gesagt hätte, der in drei verschiedenen Zeitepochen Rechtswissenschaften studiert und praktiziert hatte. Und es waren die charmantesten, stolzesten und überzeugendsten Ganoven, auf deren Bekanntschaft Alwyyn größten, erhabenen Wert legte. Gillespie, unter dessen Jacke er hockte, hatte sich sogar als Diener eines Bischofs unrühmliche Ehren verschafft, die unter seinesgleichen zu großer Freude gereichten, da er den Kirchenschatz einer französischen Gemeinde entwendete und den Aufgaben der Dunedin zur Verfügung stellen konnte. Ihm einmal gelungen, praktizierte er eine ähnliche

Schandtat nach gleichem Muster, bei der man ihn in flagranti erwischte. Damals verurteilt und dem Scharfrichter überstellt, war es dem Henker zu danken, der sein Leben rettete, da dieser Vollstrecker ebenfalls ein unerkannter Dunedin, Poplar Eagle, unter den Irdischen war. Um das Leben des Gillespie zu verschonen, hatte Eagle die Guillotine präpariert, um den blutdürstigen Zuschauern ein Gottesurteil vorzutäuschen. Mactaggart war einer derjenigen Ältesten, die sich sogar erdreisteten, als Priester in Gotteshäusern zu kanzeln und gaffenden Menschen von einer möglichen Unfrömmigkeit als Freiheit zu predigen, bis er seines Amtes enthoben und in alle Verdammnis des Kirchenrates geschickt worden war, da er eine Bedrohung für die Geschichtsschreibung des 17. Jahrhunderts gewesen sei. Und er hatte sein Bündel schon geschnürt, als ein Gottesmann ihn dingfester machen als ihn nur *zur Hölle fahren lassen wollte*, woraufhin er nach einem Tête-à-Tête mit der hübschen Gemahlin des Küsters auf immer aus jener Gemeinde verschwand. Töricht sei er gewesen, hatten seine Brüder gesagt und ihn für seinen Mut trotzdem gelobt, denn die Dunedin waren alles gewesen – nur Feiglinge waren sie nicht. Der selbe Mactaggart stellte nur wenige Jahre später von einer anderen Kanzel eines anderen Bistums die Frage, ob Gottesdienste tatsächlich entlohnt werden sollten, und wollte dann eine Diskussion über die Relativität der Engel und ihre möglichen Erscheinungsgründe mit den Gläubigen führen, bis ihm auch in jenem Bistum eine zweijährige Schweigezäsur auferlegt worden war.

Die Dunedin waren eine Handvoll guter Menschen und eine Schar erlesener Geister, denen nichts über ihr Ehrenverständnis und den Lebensstolz ging. Dieses Verständnis ließ sich in seinem reinsten Ausdruck weder mit menschlichen Angelegenheiten in Einklang bringen, noch von einem legislativexekutiven System dulden. Verfolgung der Dunedin war die logische Konsequenz. Handelte man aus solchen unverbesserlich idealistischen Motiven, konnte man nicht freigesprochen werden, sondern galt als Überzeugungstäter und wurde in anschließende Sicherheitsverwahrung gesteckt, hatte Deireadth einmal vorgetragen und vor bestimmten Handlungsweisen sowie Verteidigungsstrategien gewarnt.

Der kalte Winterregen, der in das nasse Tal der Highlands peitschte, hörte nicht auf. Sie saßen und harrten aus. Sie warteten. Die schweren Lederjacken über die Köpfe gezogen – die Mienen oft verfinstert. Die Stimmung gedrückt.

„Alter Mann, ich glaube, du wolltest nur Gesellschaft, um dir deine Einsamkeit zu erleichtern", meinte Camshron, und Alwyyn erwiderte ihm, dass er ein scharfsinniger Analytiker sei, als Mackintosh schmunzelte und sich an die Geschichte von Morag und Gaire erinnerte, die einen Earl um sein ganzes Vermögen gebracht hatten. Morag schaute unter ihrer Jacke mit funkelnden Augen auf und grinste, als Mackintosh die anderen fragte, ob sie diese Geschichte kennen würden, und die Ältesten begierig waren sie zu erfahren. Morag wollte von Mackintosh wissen, woher er sie kannte. Er meinte, er habe Gaire eher zufällig getroffen, und da habe sie ihm von der englischen Lordschaft erzählt.

Es handelte sich um einen südenglischen Earl, der begütert und betucht gewesen sei. Da die Dunedin aber Geld für die Entwicklung neuer Energien brauchten, um das Walschlachten unlukrativ zu machen, hatte sich Morag an eben diesen Earl herangemacht. Man sei so lange in London flaniert, bis ein jeder der höheren Gesellschaft darüber im Bilde war, in wessen Begleitung der Earl unterwegs gewesen sei. Migräneanfälle, feminine Unpässlichkeiten und generell gestörte Weibchengebärden der Oberen hielten den übereifrigen Gierling auf höflicher *distance*, bis er, der Schönheit Morags erlegen, seiner Beherrschung nicht mehr Herr werden konnte. Diese Frau musste er besitzen, koste es, was es wolle. Außerdem hatte man ihn so lange in der Gesellschaft besagter Schönheit bereits flanieren sehen, dass sich andere schon öffentliche Gedanken über den finalen Krönungsakt erlaubten, wie Mackintosh es beschrieb. Und dann begegnete der Beklagenswerte wieder der Migräne, Ausflüchten der Schönen selbst in das Monatsbett, als Morag bat, ihre Geschichte dann zu Ende erzählen zu dürfen, was sie schließlich zelebrierte.

Sie sprach von einem *schmierig schmutzigen Geilgrabscher*, der in seinen teuren Tüchern öffentlich posierte und ekelhaft billige Abgründe besaß. So gingen sie eingeärmelt. Er in der einen Hand einen Stock, die andere meist an seinem übertriebenen Zylinder, den er stets zum Gruße anderer lüpfte. Und sie sah ein mit unzähligen Brillanten besetztes Collier in der Auslage eines Juweliers, vor der sie stehen blieb und ihn in gebotener Zurückhaltung darauf aufmerksam machte, da er mit seinen Blicken mehr in der Umgebung streifte, um auch niemanden zu übersehen, dem ein *guter Tag* gewünscht werden musste.

„Liebling", habe ich dann gesagt. „Schau doch einmal. Ein so zauberhaftes Collier. Würde mir das nicht stehen? Was meinst du?" Und er wollte eigentlich eher gehen und sagte etwas wie *meine Schönheit bedürfe keiner Brillanten, um Aufmerksamkeit zu erregen.* Und ich dachte mir: „Denkst du dir, Geizhals", doch meinte, dass er so recht besäße. Und am Hals von der grässlich hässlichen Schweißbeule Lady Rebecca Gardener wäre es bestimmt besser aufgehoben. So wurde sein Interesse geweckt. Lady Gardener war ihm ein gesellschaftlicher Dorn in seinem schockerwachten Auge. Diese Dame sollte das Collier, das seiner Begleitung zu gefallen schien, keinesfalls tragen können. Stehenden Fußes drehte sich mein Ritter und sagte, wenn es das Collier sein müsse, dann erstände er es. Und ich sagte, dass ich schön genug mit meiner Jugend sei. Und er dann, dass mir dieser Schmuck nur gemäß wäre, womit er meinte, meine prüden Tore englischer Noblesse aufzustoßen und sich endlich in mein Bett zu kaufen. Zwei Fliegen mit einer Klappe erschlagen. Die *Kackwumme* Gardener bekommt kein Collier, und er kann die Attacke in sein Schönchen reiten. Und schon standen wir im Laden dem Juwelier gegenüber, der dem wirklich königlichen Collier einen kaiserlichen Preis gegeben hatte, der meinen kleinen Gierling ins Schwitzen brachte. Ohne jedoch zu zucken, zahlte er die Hälfte mit seinem guten Namen und die andere mit einer Schuldverschreibung seiner Bank. Und ich besaß ein Collier, das endlich dem Geschlechtsakt des Galans und der Dunedin Gewähr leisten sollte. Doch noch auf dem Rückweg, bevor wir seine Kutsche erreichten, saß dann eine arme Straßenhändlerin mit Blumen. Unsere Cherry. Sie sah mich, und ich sah sie, und wir verstanden uns sofort. Ein kleines Sträußchen musste es schon von dem Blumenmädchen für mich sein. Und als mein Earl die Rosen mit einem Shilling bezahlen wollte, stahl mir das Mädchen das Collier. Ein Aufruhr in der Straße. Und man rief nach den Bobbys. Und Trillerpfeifen, während Cherry sich längst aus dem Staub gemacht hatte. Vor Kummer und Tränen wollte ich gleich in der Kutsche sterben. Ich weinte und schrie hysterisch. Untröstlich war ich. Selbst der Earl konnte mich nicht besänftigen. Mein Herz schien ihm mit dem Collier gestohlen. Und so starb ich die Tode, die ich sterben musste, damit mein geiles Earlchen zurück zu dem Juwelier fuhr, um dem heulend tobenden Jammer seiner Begehrten endlich ein Ende zu setzen. Es musste ein spontaner Ersatz für den Klunker her, damit sich dieser Mann mich als Trophäe an jenem Tag in sein Haus stellen konnte. Und Ersatz wurde in einem noch schöner funkelnden Armband gefunden, das den Preis des Colliers noch überstieg und diesmal mein Frettchen im Juwelierladen doch zum Nachdenken anhielt. Ach Liebling, kannst du dir das etwa nicht mehr leisten?, fragte ich ihn und er warf mir einen für einen Engländer bereits nervösen Blick zu, der genau das bestätigte, was er mir gegenüber nicht offenbaren wollte.Und ich atmete seufzend laut aus, tupfte mir die Tränen von den rosa Wangen, und seufzte, wie ich jetzt bloß weiterleben sollte. Er wischte sich den Schweiß mit einem Seidentuch von der Stirn, steckte es sich wieder in die Hosentasche, zog seinen Füllfederhalter und sein Schuldverschreibungsbuch – denn einmal an der Front, weicht ein Engländer nicht zurück, während ihn der Juwelier besorgt fragend anschaute, ob er das wirklich tun wolle. Er, mannhaft, wie er sich gab, dumm, wie er war, nickte englisch und verlor an einem einzigen Tag seiner lüsternden Triebhaftigkeit sein Vermögen. *Unsere Frauen sind es wert*, sagte der Juwelier noch zum Trost und Abschied, *und die Ihre im Besonderen.* Während der Earl stumm mit mir aus dem Laden schritt, den fröhlichen Glanz meiner Augen begrüßte und sich gleich in der Kutsche über seine so erworbene Ware hermachen wollte, während ihm sein Geschlecht fast die Hose sprengte, im Trab einer ruckelnden Kutsche, rutschte das spitze Knie der Lady Beatrice de Cobalt versehentlich in seinen Schritt. Und … o weh, o weh, davon weiß man Strophen dieses Liedes zu singen, sank er maskulin, für einen entscheidenden Moment indisponiert, stöhnend auf seine Knie. Ich versicherte ihm mein untröstliches Bedauern, und er nahm es, wie ein Earl es nehmen musste, dem die Flanke der Kavallerie einbrach. So verabredeten wir uns auf den Abend. Lady Beatrice de Cobalt zuckelte mit ihrem Armband und ihrem spitzigen Sonnenschirm aus der Kutsche in einen grauen, Londoner Nachmittag vor ihrem angeblichen Appartment, affektierte noch freundliche Gesten zum Gruß und spielte die ersehnte Defloration, indem sie prätentiös ihr Hüftchen jungfräulich schwang; sie winkte der Kutsche mit dem blaublütigen Patienten um die Ecke nach, zog sich das rüschigweiße, sündige Sommerkleidchen aus, schenkte den Sonnenschirm einem vorbeilaufenden Arbeiterjungen und war wieder Heather Morag, die sich für das Leben und die Dunedin ein Vermögen ergaunert hatte", schloss sie lachend ihren Bericht und die anderen mussten mit ihr lachen.

„Hast du es dann irgendwann wieder gutgemacht?", fragte Murdoch. „Oder bist du die Schwarze Witwe geblieben?"

„Da gab es nichts wieder gutzumachen. Als er alles verloren hatte, ging es ihm zuerst sehr schlecht. Aber nach Jahren dann ist er gereift und schließlich als glücklicher Mann gestorben", schmunzelte sie. Den Kniestoß in sein Geschlecht habe er überlebt und das verlorene Vermögen habe seine Familie auch nur irgendwo gestohlen. So jedenfalls kam es vielen zugute, und die sitzenden Ältesten hatten sich mit solchen Geschichten die schmuddelige Zeit in dem Regen vergessen lassen können. Ein kalter Winterregen, der unaufhörlich auf sie herabprasselte.

Aus dieser Geschichte ergaben sich dann weitere, weil die triste Stimmung etwas leichter wurde, die Ältesten wieder miteinander waren und sprachen, anstatt sich meditativ der Zeit zu entziehen. Sie besannen sich der Streiche und Schabernacke der letzten Jahre, die sie in der Menschenwelt gespielt hatten, um sich manchmal nur die Zeit zu vertreiben, meistens aber die Finanzierung der ihnen gestellten Aufgaben zu ermöglichen. Und dem kam sie zu jeder Zeit und mit nur erdenklicher Opferbereitschaft nach. Die Dunedin kamen auf die Gegenwart zu sprechen, wie schwierig bestimmte

Entwicklungen in der Politik geworden seien, die einer Weiterentwicklung der Menschheit massiv im Wege stände. Die neuen
Märkte, die nichts anderes sind als die Sicherungen der Renten auf
der einen Seite der Menschheit, auf Kosten der Renten der anderen
Seite Menschheit. Und Politiker, die das zuließen, indem sie von
einer scheinbaren freien Marktwirtschaft sprachen. Man mache
sich Sorgen um die sonderbaren Dogmen der Zeit, die nirgends
hinzuführen scheinen, da ihnen eine grundlegende Vision fehlen
würde. Man richtete sich nur noch kurzfristige Ziele ein, um zu verbergen, dass man kein Konzept habe, wohin man eigentlich wolle.
Man freute sich über Unruhen, da man sich wenigstens in Krisen-
herden profilieren konnte, um von der dramatischen Visionslosig-
keit einer ganzen Generation abzulenken. Es gab keine Richtung
mehr, sondern nur noch verbalisierten Unfug, den Menschen
glaubten, solange sie sich einen Flachbildschirm leisten konnten,
damit sich die *Belle de jour* abends von dem Fernsehen in 3-D plattmachen lassen konnte, wie Dragh sinnig und laut beisteuerte und
Alwyyn nachfragte, was *plattmachen lassen* und *3-D* heißen sollte.

Sie sprachen über vieles, weil es die Zeit zuließ und das nasse
Wetter gelitten wurde, bis es am Abend des dritten Tages aufhörte zu regnen. Schlagartig besserte sich der Grundton einer oft
schwierigen Stimmung. Gar nicht, dass sie schlecht gelaunt gewesen wären. Aber die Dunedin waren trotz ihrer Wetterhärte
nach zwei Tagen Regen angegriffen und zermürbt und freuten
sich, wie jeder andere Mensch sich freuen würde, endlich unter
ihren schweren Lederjacken wieder hervorkriechen zu können
und sich einmal zu strecken, ohne gleich nass zu werden.

„Wissen wir eigentlich irgendetwas über dieses Mädchen?",
erkundigte sich Murdoch. „Ein bisschen mehr als die Aussage,
sie habe Merlins Buch gebracht und war in der Lage, die Samen
aufzufangen? Was macht sie? Woher kommt sie?"

„Gar nichts mehr als das wissen wir. Alles, was ich weiß, habe
ich euch erzählt. Und nicht mehr darf euch von Bedeutung sein,
bis ihr sie kennenlernen werdet", meinte Alwyyn, der sich über
die frische Abendluft so sehr wie die Ältesten freute. „Und ich
wüsste wirklich nicht, was sonst von Bedeutung wäre, Oleander."

„Na, die Welt, in der wir leben, ist teuer", meinte Camshron. „Und wenn wir sie beschützen müssen, ist das schon eine Kostenfrage für uns. Schließlich können wir einen Naien nicht einfach so mal vergraben und ihn für die nächsten fünfhundert Jahre vor sich hingären lassen, bis er sich ausgebrütet hat", schmunzelte er. „Bei dir hier oben ist alles erschwinglich, und du musst dir keine Sorgen darum machen, was du morgen auf den Tisch bekommst. Das ist bei uns etwas anderes. Und die Reisen kosten richtig, da keinem von uns Flügel unter den Jacken gewachsen sind. Vielleicht sollten wir die Hylen bitten, was sie in dieser Hinsicht für uns in Zukunft machen können, damit es billiger wird", und die anderen mussten lachen.

Und so wenig sie wussten, desto größer war Alwyyns Achtung vor ihrer Ergebenheit, da sie trotz ihrer leichten und oft scheinbar groben Rede sich und ihrer Aufgabe immer treu blieben, gegen jeden Widerstand und gegen einen etwaigen Zeitgeist, falls er intolerabel war, was zugegebenermaßen selten vorgekommen, doch bereits geschehen war.

So spekulierten die Ältesten über Brian und ihre Verbindung zu Merlin, und man meinte, man hätte den alten Nebelschreck nicht so einfach leben und gehen lassen solln, egal was er fabriziert hatte. Vielleicht hätte man einen größeren Einfluss auf seinen Werdegang nehmen müssen und sollen, gleichwohl er sich als Dunedin falsch, unrühmlich und egoistisch verhalten und dadurch dem Menschenkult und seinem Aberglauben nur Vorschub geleistet hatte, anstatt sich um eine tatsächliche Entwicklung zu kümmern, die jenseits des bloßen Glaubens und der eitlen, magischen Spielereien lägen.

Sie konnten die kalte Abendluft eines winterlichen Tales der Highlands einatmen. Sie sahen die Gipfel der Hügel in der Dämmerung tief verschneit, da die Grate eisiger als die Täler waren. Die Ältesten hatten genug mit sich und genossen an dem Abend die geringe Höhe eines bewölkten Himmels, nachdem sie über zwei Tagen unter ihren Jacken gehockt hatten, als eine Gestalt unbemerkt an ihren Lagerplatz herankam. Sie ahnten nichts und hörten niemanden – gleichwohl man sie durch das ganze Tal lachen hören konnte.

Das Weißhaupt Alwyyn wurde jener Gestalt als Erster gewahr und wusste, dass von ihr keine Gefahr ausginge, während sie sich weiter an das Lager heranschlich, um die Dunedin zu überraschen, was ihr gelang. Denn auf ihren plötzlichen Ruf hin, dass sie alle umstellt seien und ihre Hände in die Höhe strecken sollten, waren tatsächlich Morag, Dragh und Camshron erschrocken schuldbewusst aufgesprungen und hatten ihre Arme in die Höhe gestreckt.

„Ja. Hier spricht die Polizei", lachte es dann schallend laut in das Tal, und Elm Frangach, die Letzte der Dunedin, die sich bei Southfield krankgemeldet hatte, trat hinter einem Baum hervor und bog sich vor Lachen, als den anderen der Schrecken noch in den Knochen steckte. „Ihr seid mir ein Trupp von schlafenden Nachtwächtern und ängstlichen Pfurzkissen geworden", lachte sie weiter, und besonders Camshron wurde verlegen, da er sich seiner Missetaten häufig rühmte und nun wie ein Schuljunge und Duckmäuser von Frangach vorgeführt worden war. „Es ist mir eine große Freude", sagte sie und wollte zuerst Alwyyn begrüßen, da der Respekt es ihr geböte, sich zuerst vor dem Wächter der Naien-Pforten zu verneigen, den man oft nicht kannte, da die Treffen mit ihnen so selten waren. „Alwyyn, es ist mir eine große Ehre. Ich bin die, die du als Elm, die Älteste, kennen wirst", sagte sie und neigte ihren Kopf stolz vor der Dohle.

„Auch mir ist es ein vergönntes Glück, dich kennenzulernen, Elm. Einige deiner Brüder und Schwestern sind bereits hier. Andere sind noch auf dem Weg hierher", sagte er, schlug mit seinem Schnabel auf einen Stein und wünschte ihr einen guten Abend im Kreis der Familie, wofür sie dankte, bevor sie zu den anderen ging und herzlich in den Arm genommen wurde.

„Ihr könnt froh sein, dass ich meine Flüstertüte nicht mitgebracht habe", grinste sie, nachdem sie alle umarmt und in großer Freude gedrückt hatte. „Dann wärt ihr wohl alle aufgesprungen, was?"

„Ich dachte, du seist krank. Das hatte mir Oak erzählt", erkundigte sich Murdoch.

„Ja. Das habe ich ihm gesagt. Seit dem Abhörscheiß – entschuldigt die Derbheit, aber es ist noch mehr als nur dampfende Kacke – bin ich am Telefon viel vorsichtiger. Ich will ja nicht gleich mit einem SEK hier anrücken, obwohl es, wenn ich es mir richtig überlege, meiner Karriere sicherlich gedient hätte, diesen ganzen Haufen hier hinter Schloss und Riegel zu bringen", lachte sie.

„Dann hättest du dich gleich mit verhaften können", rief Camshron, denn bevor Frangach zum Scotland Yard gekommen war, ist sie als Prostituierte *anschaffen gegangen*. Davor war sie Rittmeisterin in einem privaten Reitstall, zehn Jahre lang eine Taschendiebin in Birmingham und die Gespielin vieler am spanischen Hof. Camshron mochte nicht weiterdenken, da alle der Dunedin das Talent besitzen mussten, sich und ihre *Familie* über Wasser zu halten, wie er oft betonte.

Frangach meinte, sie habe bereits Bruchstücke der Unterhaltung mitbekommen und sagte, sie habe, bevor sie gekommen sei, Erkundigungen über Patty Brian einziehen wollen. Und falls es die eine Patty Brian war, denn es gäbe Hunderte von ihnen, dann hätten sie *das große Los gezogen*, da es eine gäbe, die sehr vermögend sei, und man müsse sich wenigstens um die finanziellen Aufwendungen ihres Schutzes keine Gedanken machen. Über diese Aussage war die Begeisterung groß. Und falls es sich um die Brian handele, dann habe sie ein Profil, das den Dunedin Freude bereiten würde, denn schon mit ihren wenigen Jahren fülle sie Aktenordner, deren inhaltliche Gegenstände ein Ältester erst einmal erfüllen müsse. So gab es diverse Klassifikationen dieser Brian. Uneinsichtig. Untherapierbar. Ungefährlich. Kriminell. Eine Mörderin und eine Mutter. Die einzige Hoffnung, die Frangach äußerte, war, dass sie sich geradezu wünsche, dass es sich eben um diese Patty Brian handele.

Als Camshraon Alwyyn fragte, ob er etwas von einem Mord wisse oder von einer kriminellen Vergangenheit des Mädchens, mochte das Weißhaupt derlei nicht ausschließen, konnte es aber nicht bestätigen. Schließlich erinnerte sich auch Deireadh an das Aufsehen, dass eine Patty Brian in der Presse ausgelöst hatte, da sie über lange Zeit verschwunden war und erst kürzlich wieder aufgetaucht sei, um dann wieder zu verschwinden. Rätselhaft war es allemal. Er kannte sogar Details ihrer Vitae und meinte, es wäre wirklich ein Glücksfall, würde man sich um diese Brian kümmern müssen. Schließlich schlug er in die gleiche Kerbe der Frangach, da auch er an die finanziellen Mittel dachte, die bei einem solchen Projekt in jener Zeit stets im Vordergrund stehen müssten und niemals außer Acht gelassen werden dürften.

„Dann meint Alwyyn, die Naien würden kommen? Und wo sind die anderen? Wo ist das Mädchen jetzt?", fragte Frangach, als man ihr sagte, dass die anderen nach Norwegen geflogen seien, um Brian dort zu treffen und abzuholen, weil sie offenbar mit zwei Dohlen zusammen auf der Insel leben sollte, von der Merlin aufgebrochen war.

„Ach ja. Das große Spektakel damals. Ich bin ja nun schon eine zweite Generation beim Yard. Und damals wollte man ihn tatsächlich dingfest machen, weil die Geschichte um diesen Ganymed eine Unruhe in die Bevölkerung gebracht hatte, die extrem schwierig für die öffentliche Ordnung hätte werden können. Merlin, ein Traumtänzer, der den antiken Dingen viel zu viel Aufmerksamkeit schenkte", meinte sie und wusste, dass es sich damals nur um Merlin gehandelt haben musste, weil die Dunedin von dem Elfenzauber und Elshyyn gehört hatten, das in den Medien faszinierend beschrieben worden war.

„Komisch. Ich habe davon überhaupt nichts gehört", meinte Dragh überrascht.

„Das hätte mich auch gewundert, wenn du mit deinen 600 Jahren doch noch das Lesen gelernt hättest", meinte die alte Cailleach trocken, worüber man sehr lachen musste und sich zusammensetzte. Frangach sah Alwyyn fragend an, ob man sitzen könne oder in den Tälern neuerdings stehend auf die Naien warten müsse, denn sie habe das Tal erst einmal finden müssen und sich zuvor in einem anderen verlaufen, sodass sie also schon einen guten halben Tag unterwegs sei mit einer Hand voller getrockneter Äpfel.

„Dann bleibe besser stehen. Ansonsten kommst du nachher nicht mehr hoch", nutzte Dragh die Aussage, um den zuvorigen

Kommentar zu retournieren. „So ein Schreibtischjob beim Yard soll einen ja nicht gerade fitter machen", schmunzelte er als Einziger über seinen misslungenen Scherz.

„Du hast auch ein bisschen zugelegt, seitdem ich dich das letzte Mal gesehen habe. Vielleicht sollte ich mir einmal deine Akte vorknöpfen."

„Ich bin blütensauber", schmunzelte er und wies jede auf sich geladenen Schuld weit von sich. „Da müsstest du wahrscheinlich noch die alten Kirchenbücher zurate ziehen, um mir Fehlverhalten nachweisen zu können", lachte er, und die anderen grinsten, weil Spruce Dragh kein Kind der Traurigkeit gewesen war, und man sagte der neu angekommenen Frangach, dass man aufgestanden sei, weil man seit zwei Tagen, ohne sich zu rühren, im Regen gehockt hätte und sich über das bessere, wenn auch kältere Wetter freuen würde. Man war eben bereit, sich etwas zu bewegen. Aber sie könne sich gern nach ihrer Wanderung setzen und ausruhen, was sie tat. Morag nahm sie erneut herzlich in den Arm, da die beiden sich häufiger gesehen und gemeinsame Unternehmungen gestaltet hatten.

Morag fragte nach den zwei Kindern von Frangach, denen es gut gehen sollte. Bald seien sie mit ihrer Ausbildung als Dunedin fertig, die für gewöhnlich zweihundert Jahre Menschen- und Lebenskunde umfasste.

„Und du, Heather? Hast du eine Wahl getroffen?", fragte Frangach, da eine Dunedin ein Kind mit einem anderen Dunedin haben konnte, den sie sich aussuchen durfte. Darüber hinaus konnten sie zwei weitere Kinder mit normal sterblichen Menschen haben.

„Nein. Noch nicht. Ich bin guter Dinge, aber nicht froher Erwartung", und sie sprachen über Diverses, das die beiden Dunedin betraf. Dann erzählte Frangach, welcher der Ältesten sich besonders vorsehen sollte, da er unter Umständen in das Visier von Ermittlern gerückt sei, und schließlich erkundigte sie sich nach den Vögeln. Sie fragte, ob die Vögel die alte Allianz bestätigt hätten, falls eine Naien geboren und gefunden worden wäre. Das allerdings vermochte Morag nicht zu sagen. Irgendwie war man sich schon sicher, dass wenigstens die Suliden kommen würden.

Gesehen hätte man sie bisher nicht, sondern in allem eigentlich nur auf die Aussagen von Alwyyn gebaut, dass sie kommen würden und man sich besprechen wollte. Man wusste noch nicht einmal zuverlässig, ob Brian nun wirklich eine Albe wäre, oder nicht.

„Und wie ist das alte Weißhaupt?", erkundigte sich Frangach.

„Er ist sehr höflich und fast rührend bemüht, uns unsere Zeit zu vertreiben. Er ist keiner der Stoiker, sondern ansprechbar, sogar freundlich und schlagfertig", beschrieb Morag ihre Eindrücke der Dohle. „Du kannst dir vorstellen: zwei Tage Dauerschauer, und selbst unsere Laune ist im Keller." Frangach musste etwas kichern.

„Weißt du noch? Dein Job als Model? Als ich eine festnehmen ließ, nur damit du dich an den einen Emir ranmachen konntest?", schmunzelte sie.

„Will ich nicht dran denken."

„Aber es hat doch geklappt", meinte sie verschmitzt.

„Drei Tage in der Kloake von Doha gesessen. Schönen Dank. Die Fäkalien blühten nur so auf bei 40, 50 Grad C. Und das mit einem Nichts von Versace. Wäre damals Quince nicht gekommen ..."

„Komm, wir hatten immer alles unter Kontrolle."

„Und trotzdem war's Mist. Ausgezahlt hat es sich. Okay. Aber Mist war es dennoch. Tansanite und Smaragde. Na, egal", lachte sie trocken. „Es hat ja geklappt", und so kicherten und alberten die beiden Dunedin alte, erlebte Abenteuer durch, die ihnen mehr oder minder Freude gemacht hatten, und sponnen für die Zukunft neue, mögliche Gedanken zusammen, die dann hoffentlich weniger brisant werden würden, als einen Emir in seinem eigenen Palast um die Pracht seiner farbigsten Edelsteine zu erleichtern, weil man wieder einmal Kapital für die Gemeinschaftskasse der Ältesten brauchte.

Der kalte Abend war lange in seine noch kältere Nacht gewandert, und man hatte erwogen, einmal eines der unüblichen Lagerfeuer zu entfachen, falls sich eine Mehrheit dafür ausspräche, die sich dann aber nicht finden ließ. So blieb es nur finster und kalt, auch in dieser Nacht. Keine Sterne, die winterlich funkelten, während die Dunedin saßen, wieder aufstanden und sich die zitternden Beine vertraten. Nasse Kälte war ihnen in die Gelenke gezogen, gleichwohl es niemand zugeben wollte. Doch die Kälte schmerzte in ihren Gliedern und heimlich ärgerten sie sich, dass Alwyyn sie ausgerechnet im Winter hatten rufen lassen.

„Wenn nicht Tahiti, dann doch wenigstens im Sommer, bitte", bibberte Dragh und zog sich seine Lederjacke enger vor die Brust, vor der er seine Arme verkreuzte. Die anderen Dunedin waren kaum fröhlicher als er mit ihrem Dasein eines kaum vorstellbaren Lebens für einen Irdischen. Und sie redeten sich ihr Los so angenehm wie möglich, als Gillespie zu den anderen kam, um sie bei guter Stimmung zu halten.

„Weißt du, Oak hatte mich vor einer Woche nach North Berwick geschickt, zum Bass Rock, weil er meinte, dass die Suliden kommen würden. Und ich sollte an der Küste die Haltung der Menschen erkunden, damit man nötigenfalls die richtigen Entscheidungen zu treffen wisse", erzählte er. „Und dort trieb ich mich dann unauffällig ein bisschern herum. Kennst du das Bildnis des *Heiligen Antonius aus Padua?*"

„So wenig wie irgendein anderes Bildnis eines Heiligen", erwiderte Dragh barsch.

„Das hat einmal ein Zubarán, Francisco de Zubarán, gemalt, glaube ich, und gesehen habe ich das wohl einmal in Madrid. Egal. Als ich abends einen Kaffee trinken wollte, habe ich eine Frau getroffen, die eine Zwillingsschwester des *Heiligen Antonius* hätte sein können. Sie war bildschön. Mit ruhigen Augen. Und einer herrlichen, inneren, melancholischen Balance, die sie als Frau begehrenswert machte. Laura Cacace hieß sie, die mir den Kaffee brachte und mit ihrer elfenbeinfarbenen, feinen Haut, die einer Jasminblüte entsprach, fast verlegen vor mir stand. Schwarz glänzendes, gestecktes Haar und eine innerlich leuchtende Kraft, die sie wahrscheinlich aus ihren zwei Kindern zog, welche sie zu haben vorgab. Eine Schönheit, die ich sonst nur von Heather kenne, aber niemals zuvor in einem Menschen gesehen habe, für den ich mich dreihundert Jahre jünger gewünscht hätte", sagte Gillespie, und Dragh, anstatt die Unterhaltung für sich zu behalten, rief laut:

„Hergehört! Unser vornehm zurückhaltender Birch hat sich in eine Sterbliche verliebt, die wie ein Mann aussieht, aber eine Frau sein soll", lachte er, und die anderen lächelten über die Aussage von Dragh, die den eher scheuen Gillespie grob bloßstellte.

„Warum nur erzähle ich dir das?", meinte er enttäuscht und schüttelte seinen Kopf.

„Mach dir nichts draus. Wir nehmen Spruce sowieso nicht allzu ernst", tröstete Morag und freute sich für Gillespie, ein so schönes Wesen gesehen zu haben. „Es gibt immer wieder bezaubernd anzusehende Menschen."

„Und es ist einfach nur wunderbar, sich in diesen einen Moment zu verlieben, den man mit sich tragen kann, ohne sich am Menschen vergangen zu haben", meinte er romantisch, und Morag nickte stumm, weil sie ihn verstand.

„Das verstehen aber nicht alle wie du", sagte sie und fragte, ob er ihren Namen kennen würde, da sie seine Erzählung nicht verfolgt hatte. Er wiederholte ihn ihr und meinte, dass er diese wenigen Tage in North Berwick nur in dem Gedanken genossen hatte, dass es diese Venezianerin gab, die ihm Kaffee, Wasser oder Bier servierte. Morag nickte still und kannte derlei reine Schwärmereien, während sich Dragh schon wieder abgewendet hatte und zu den anderen gegangen war, die entweder schweigend oder in wenigen Gedanken mitteilsamer herumstanden und nur die Winternacht vergehen lassen wollten. Frangach kam zu Morag und Gillespie, hatte wenige Sätze der Erzählungen gehört und fragte ihn, ob er die Irdische wiedersehen wollte, und Gillespie erwiderte, dass er sie durch einen Stein bei sich habe, was die Dunedin auf ihre Weise verstanden.

„Hat mir noch jemand seine Geschichte zu erzählen? Vielleicht von einer jungfräulichen Putte, die einen Granatbaumzweig hält und aussieht wie der *Heilige Lime of Camshron*, der sich in den Bacchus verliebte?", fragte Dragh unsensibel.

„Seit wann bist du so bibelfest und geschichtsfetischistisch?", lachte Camshron.

„Seitdem wir uns hier die Ärsche verkühlen und ich mir größte Mühe gebe, diesem Umstand einen Gefallen abzuringen", erwiderte Dragh, während Morag Gillespie auf die Schulter klopfte und zuflüsterte, dass sie sich für ihn und diesen Augenblick freute, der erhaben gewesen sein durfte. Solche Momente seien viel zu selten, und Dragh sei jede Romantik abhandengekommen. Und plötzlich veränderte sich alles, ohne dass es jemand mitzubekommen schien. Stille in der Nacht im Herzen einer Dunkelheit, die niemand verstand.

„Fragte jemand, weshalb man sich träfe?", fragte plötzlich eine unfassbar präsente Stimme aus der Finsternis in jene gegenwärtige Winternacht, und die Dunedin waren zuerst irritiert, da sie nicht wussten, ob es ein Gedanke war, den sie dachten, oder ob es eine hörbare Stimme gewesen sei, die sie gehört hatten, welche sich ihnen fragend vergegenwärtige. Und noch bevor jemand Stellung beziehen konnte, hörten sie es sagen *Weil die Zeiten sich hier trennten*, und die Ältesten schwiegen.

Grau trat aus dem Nichts ein hellerer Schatten, der allgegenwärtig zu sein schien, ohne jegliches Licht zu besitzen. Er war weder beklemmend, noch war er einnehmend. Und derjenige, dem die letzte Erscheinung eines Naien noch gegenwärtig gewesen wäre, hätte etwas von hellstem Licht und stolzerer Größe erwartet, was nun still und unerkannt gekommen war und alle Macht des Lebens sowie ein jedes Tuch der Zeit trug, gleichwohl es sich bescheiden ausnahm.

„Wir danken dir", sprach es aus der Dunkelheit zu Alwyyn. „Wir danken euch", sprach es weiter zu den Dunedin, deren Namen einzeln genannt wurden, und gesagt war: „… und sind gekommen."

Danach breitete sich eine allumfassende Stille aus. Eine alles einnehmende Harmonie in der Gleichheit immerwährender Ruhe und unfassbaren Friedens. Die Ältesten senkten ihre Köpfe und genossen diesen ersehnt unendlichen Raum, der mit den Naien kam und in das Tal strömte, als seien sie ergriffen von einer unteilbaren Ewigkeit fließender Universen. Dann strömte glitzernder Staub dem matten Schatten hinterher, der gekommen war. Und es waren vor der Staubwolke drei Silhouetten, die vor ihnen standen, ohne erschienen zu sein. Drei der Naien, die als Alben den Menschen früher bekannt waren und als Engel eines Gottes verschrien wurden. Gräulich rieselte ein Lichterregen in das Tal und erfüllte es mit einer überirdischen Wärme, die einem liebend glückliche Tränen in die Augen trieb und einen jeden durchflutend erfüllte, der diesem fahlen Licht begegnete, ohne ihm nah zu sein. Räumliche Stille ergoss sich in dem Tal, das die Nichtgefallenen für sich und die Ältesten in jener Winternacht einnahmen.

„Es ist, dass wir uns sehen, und sehen werden wir uns wieder. Es ist, dass ein Naien geworden scheint. Es ist uns unser Dank", schwemmte die Stimme des einen Naien durch den Geist aller, stumm oder verlautet, doch gehört von allen. Und sie sagte *Ruht jetzt*, als die wundersamen Schwaden in das Tal der Highlands strichen, die die Dunkelheit verschlangen und wahrscheinliche Zeiten vertrieben, durch das Geäst der kahlen Bäume strichen, die zu atmen begannen, um die rauen Felsen herumstreichelte und sich über die Gemeinschaft der Ältesten legte, die sich willenlos dem Schutz der Naien befahlen, ausatmeten und der Erde für ihnen neu gegebene Zeit entgleiten durften. Das war der Lohn in ihrem Leben, und sie entwichen mit dem Geist in dem Licht des Winters. Sie erklommen ihre Träume und wurden ihren Gedanken entnommen. Sie fielen miteinander und entschwammen in die Nacht erhabener Schilfe, zaubernder Pfade und sanken mit den Künsten der Schwertmeister in müde Winde, als die Naien es ihnen gestatteten. Weder Nacht, noch war es Tag, weder Raum, noch waren es Äonen. Doch es war. Und es war wundervoll.

Nur das Weißhaupt blieb und tat, was es zu tun hatte: Es wachte über alle Naien und blieb – schwarz wie seine Federn.

# XU

Die Suliden, Fulmare und Lariden hatten die Nordroute in das schottische Hochland gewählt, angeführt von Makar, der ohne Unterlass bis zu seiner Erschöpfung über das offene Meer geflogen war. Erst kurz bevor er abzustürzen drohte, nahmen ihn die Suliden gegen ihre Gewohnheit in den Windschatten einer V-Formation, damit er sich erholen konnte. Die Seevögel waren von dieser Coloee zutiefst beeindruckt, obwohl sie zuvor geringschätzige Kommentare über die *schwachen Heimchen* und *Steinschläger* gemacht hatten, wie manche Raubeine unter den Seevögeln die Dohlen genannt hatten. Dabei kannte niemand diese Dohlen. Und keiner der Vögel, die auf Reisen waren, hatte jemals einen Naien gesehen. Noch hätten sie sich zu einem solchen, für sie historischen Unternehmen durchgerungen, wären sie nicht Brian und den Dunedin begegnet. Ein jeder war nun von dem möglichen Unternehmen einer geschichtlichen Dimension überzeugt, da es unter den Seevögeln keine Anführer oder Stammesoberhäupter gab, wie es bei anderen Tieren bekannt war. Die Vögel waren die freien, gleichberechtigten Geister der frühzeitlichen Erde, bis sich die Evolution den Menschen ursprünglich in Afrika ersann und ihm Hunderttausende von Jahren später einen scheinbar noch freieren Geist vermachte, der ihm schriftlich attestiert, doch praktisch entzogen wurde.

Auf der Nordroute – etwas südlich von Inverness – trafen sie am zweiten Tag auf die Küste Schottlands. Von dort an waren sie auf die Ortskenntnisse Makars angewiesen. So erstaunt die Seevögel über die Energieleistung Makars waren, als sie über das offene Nordmeer geflogen waren, so grandiose Flugfähigkeiten offenbarte er über den Berggraten und in den Tälern des Nordens von Schottland, während sie oft den Auftrieb an den Flügeln verloren und immer wieder in die Tiefe taumelten, um sich dann wieder zu fangen und Anschluss an den Schwarm zu finden. Makar war darauf bedacht, möglichst keinen Menschen zu begegnen, da eine Schar von Zigtausenden von Seevögeln sicherlich Schaulustige zwingend in die Berge bringen würde. Auf die Irdischen wollte man als Zaungäste verzichten, da sich laut Alwyyn die Tore öffnen sollten und wenigstens ein Naien kommen würde. Und tatsächlich gelang es ihnen, unbemerkt in die Highlands hineinzufliegen, indem sie die Menschenwege, welche sie in der Tiefe sahen, schnell kreuzten und sich dann in den wolkigen Weiten mit ihrem eigenen Ziel verloren. Zu jenem Zeitpunkt wussten sie nicht, dass bereits drei der Naien erschienen waren, und ahnten nicht, was sie erwarten würde, da sie nur das Nordmeer und die Felseninseln kannten. Worauf sie sich einlassen würden, konnten sie nicht überschauen und hatten von den alten Geschichten kaum jemals im Detail etwas gehört. Sie wussten nur, dass sie sich bereitgefunden hatten, in die schottischen Gebirge zu fliegen, da sich auch andere dazu bereitgefunden hatten. Und sie wussten, dass auf die Dunedin Verlass war, da sie einige von ihnen in früheren Notlagen um Hilfe gebeten hatten, die sie durch die Ältesten erhielten und die über ein bares menschliches Interesse weit hinausgegangen war. Sosehr sie den Dunedin vertrauten, verließen sich die Ältesten auf sie, was unter allen Vögeln bekannt gewesen war.

Es war in der Nacht des zweiten Tages, als einige der See-vögel unruhig wurden und nach vorne riefen, ob es denn noch weit sei, da die Winde der Berge unter ihnen durchaus schwierig auszubalancieren seien. Makar bat darum, absolute Stille einzu-halten, da man es bald geschafft habe und die Angelegenheit, in der man unterwegs sei, eines bedingtes Stillschweigens bedürfe, was sich auch auf laut gerufene Klage bezöge. Da man nicht wissen würde, wie lange man auf die Naien zu warten habe, und man bis dahin unbemerkt im Tal des Alwyyn wäre, wolle er nicht, dass sich ein vielleicht verlaufener Wanderer an ihre Schwanz-enden heften würde, um sie in jenem Tal zu überraschen. Darauf-hin wurde die Rufstille eingehalten, obgleich sie von nur einer Coloee erbeten worden war. Sie schien erfahren, bedacht und sicherheitsorientiert. Das schätzten die Seevögel an dieser kleinen, respektablen Dohle am meisten. Auch die Höflichkeit, mit der die

Dohle ihnen begegnete, die ihnen zuerst als gekünstelte Schwäche vorkam, schätzten sie nach der langen Seeüberquerung hoch ein, da die Dohle sehr diszipliniert zu sein schien.

Die Berge waren die Heimat der Coloee, und sie hatten ihr Einverständnis gegeben, zu folgen. So taten sie es klaglos, bis Makar in eben jener Nacht zum Anflug in das nur ihm bekannte Tal kreiste, in dem er sich mit Alwyyn verabredet hatte. Und er, der Basstölpel, der zuvor in den See gestürzt war, hielt alle zur äußersten Aufmerksamkeit an, damit keinem das in der dunklen Nacht geschähe, was ihm an einem helllichten Tag widerfahren war.

Geräuschlos schlug die schweigende Schar der Tausenden in eine weite Spirale ein und segelte, angeführt von Makar, über die verschneit dunklen Grate der Bergkette und ließ sich dann von einem schwachen Aufwind getragen langsam in ein finsteres Tal hinabgleiten, in dem sich ihr bisher gekanntes Leben vollkommen und unwiederbringlich verändern sollte. In jenem Tal jener winterlichen Nacht begegnetem sie ihrem neuen Schicksal.

Lange bevor die Seevögel gekommen waren, hatte Alwyyn ihre bevorstehende Ankuft bereits durch die Naien erfahren, während die Vögel selbst aus der Höhe in der Dunkelheit des Tales nichts erkennen konnten. Und die Naien waren es, die das Tal für die Tausenden, die kommen sollten, bereitet hatten. Da man in der Dunkelheit nur die tiefgrau verschneiten Höhengrate ausmachen konnte, segelten die Vögel treu ihrem Wort ergeben Makar, der Dohle, in ein für sie schwarzes Loch hinterher. In der Luft strauchelten sie einige Male zusammen, entschuldigten sich leise, da sie für keine Unruhe sorgen wollten und um absolute Ruhe gebeten worden war, und zirkelten in weiten Spiralen tiefer, um denjenigen, den sie Alwyyn, das Weißhaupt der Dunedin nannten, kennenzulernen. Er war ihnen als Wächter der Naien-Tore geläufig, die sich nach vielen Jahrhunderten wieder und wieder öffnen sollten, während den Seevögeln niemals zuvor einer der Urahnen begegnet war, die ein scheinbar jämmerliches Interesse an ihnen zu haben schienen. Die schlimmen Geschichten grauer Vorzeit, die man angeblich zusammen erlebt haben sollte, die allerdings in jener Nacht nur Geschichte bleiben sollten, stärkten auch den Vögeln kein Interesse an einem Wiedersehen mit den Alben. Doch was sie in jener kalten Nacht in den geheimnisvollen Highlands erleben durften, war so unfassbar, dass es niemals wieder vergessen werden sollte.

Noch im Anflug begriffen und ob der Erwartung eines harschen, kalten Felsenstales, mit wahrscheinlichem Gestrüpp, Kräutern und Baumhölzern, was den Seevögeln niemals gefallen hatte, pufferte sie plötzlich in der Luft ein warmes, unsichtbar graues Polster, das sich wie ein lichter Seidenkokon an allen Talrändern die Berge hinaufzog. Es war, als sei ein Amphitheater aus unsichtbarem Licht für die Audienz der Seevögel geschaffen worden, dass sie aus der Höhe nicht sehen konnten, in das sie nun aber weich einschwebten, ohne auf dem Boden des Tales landen zu können. Selbst ihr Flügelschlag half nicht weiter, sobald sie in dieses graue Nichts getaucht waren. Sie fühlten sich weich und beschützt gebettet. Mit größtem Erstaunen und einiger Sorge, dass man in einer Art Zauber gefangen sein könnte, unterließen sie dann auch schnell die Versuche, aus dem herauszufliegen, in das sie geraten waren, und zu Abertausenden wurden sie an die warmen Wände eines in sich grau widerspiegelnden Felsens platziert, an dem sie sich schweigend und widerstandslos niederließen. Großes war am Werden, was sie in jener schattendurchsponnenen Dunkelheit erkannten. Und je mehr der Vögel das Tal füllten, umso mehr erstrahlten die Berghänge wie unter transparentem Glas, aus dem das weiße Federkleid der Vögel herausschimmerte. Und warmes Leben wurde, was Stein gewesen war. Leben war, was Felsen blieb. Und das Bewusstsein eines großen Augenblickes war allen gegeben. Wie sie sich sahen, fühlten sie sich als Zuschauer und Akteure gleichermaßen, hatten den gesamten Talkessel ausgefüllt, während immer noch Vögel geflogen kamen, die ihren Platz tiefer unter den Gipfeln gewiesen bekamen. Einer Glocke gleich aus grauem Rauch zogen Lichtschwaden zwischen den Höhengraten, als die letzten Vögel herabsegelten und sich einfindend schwiegen.

Wer gemeint hatte, man würde Alwyyn sehen können, sah sich jetzt getäuscht. Selbst der See, der in der Mitte des Hochtales mit seinen Blesshühnern gelegen hatte, war in diesem sonderbar stofflichen Licht verschwunden. Nichts, was nicht gesehen werden sollte, konnten die Vögel erkennen. So viel verstanden sie, nicht aber, wo die Weißhauptdohle und die Dunedin seien, die man zu sehen erwartet hatte. Das war ihnen von Makar versichert worden. Dennoch schwieg man, gefesselt von den Eindrücken und Empfindungen des magischen Momentes, fasziniert von der eigenen Machtlosigkeit und ergeben in die Treue, die sie durch ihr geleistetes Wort schuldeten.

Danach sahen sie drei menschenähnliche Silhouetten aus einem Schatten treten, der sich zuvor ihrer Wahrnehmung gänzlich entzogen hatte. Das Erscheinen war unspektakulär ruhig. Gerade durch die dumpfeste Tiefe der Stille war jener Augenblick eindringlicher, als alles, was sie zuvor erlebt hatten. Ein Hauch der Wärme strömte die glasigen Berghänge hinauf, bedeckt von den tausend und abertausend schweigenden, matt schimmernden Federkörpern der Seevögel. Denn da sie auch schwiegen, konnten sie, nach dem langen Flug gelandet, noch nicht still verharren. Und der Wärme folgte eine Stimme, vielleicht gesprochen, vielleicht nur als ein eingebildeter Schall in das Tal gegossen, von einer der wahrscheinlichen Gestalten, deren Umrisse man erkennen konnte. Mit einem etwaigen Vogel auf dem Arm, von dem die weiter unten sitzenden Suliden sagen konnten, dass er Makar sehr ähnlich gewesen wäre, doch ein weißes Haupt besessen haben sollte.

Sanft dankte die Stimme den erschienenen Vögeln für ihr Kommen und versprach ihnen in Frieden die Ruhe, die sie sich auf der Reise zu dem gemeinsamen Treffen nicht hätten gönnen können. So gesagt strömte die Gleichheit allen Seins durch sie, wie ein Frühling ohne Menschen, ein türkises Nordmeer ohne Not. Ein Moment des glaubenden Ergebnisses, bevor man in das Wasser schoss und die Sicherheit des Windes aufgab. Endliche Ruhe kehrte ein in Bewegungen der Hunderttausenden, die ihren Kopf zur Seite senkten, ihre Schnäbel unter die Flügel steckten oder ihn den Hals entlang hinabneigten und von einem Ozean mit seinen laufend weißen Schaumkronen an einem herrlichen Sommertag träumten. Wie ein Negativ der Berghänge ruhten die Seevögel und sollten Kraft schöpfen, für das, was kommen mochte, von dem keiner wusste, wie es werden würde.

Einzig Alwyyn, Makar und die drei Naien wachten und warteten auf die Ankunft der verbliebenen Dunedin mit Brian aus Norwegen. Auch auf die Ankunft Sidhes und Daoines, bevor man die Träumenden von ihren Meeren zurückrufen wollte.

Makar, erschöpft von dem langen Flug über die offene See, ergeben dem, was er kannte und wofür er lebte, war wie Alwyyn gefesselt und gebannt, als das geschehen war, was niemand jemals zuvor gesehen hatte. Die Erschöpfung wich aus seinem Körper, als er in die Nähe der Naien gekommen war, die weder sprachen noch in irgendeiner Weise zu agieren schienen. Man nahm sie gar nicht wahr. Und doch waren sie alles zur gleichen Zeit. Sie waren so viel mehr als ein jeder Herzschlag der Bergdohlen, erzählte Makar später den Generationen anderer Dohlen. Man konnte sie nicht spüren und dennoch wäre nichts ohne sie in jenem Moment gewesen. Sie waren die Luft, die zu atmen war, und wie das Sonnenlicht, auf das man vor der Morgenröte baute. Sie waren der Augenblick des tiefsten, eigenen Gleichgewichtes, in dem sich das Leben mit dem Tod umarmte und versöhnlich auf einen zweiten Mond schaute. Die Naien waren, ohne zu sein. Ein Sein verlangte Gegenwärtigkeit, die sie weltlich nicht besaßen. So hatte Makar es noch Jahre später erklärt, als er längst Hüter und Wächter der Tore geworden war, während Alwyyn durch die Naien von seinen Aufgaben in jener Nacht befreit werden sollte. Er erlebte sein erstes Treffen mit den Naien, was zu den bedeutendsten auf dieser Erde zählen sollte, da sie gekommen waren, um eine der ihren zu begrüßen, die Unzeiten in dieser Welt verschollen schien.

Und Brian kam am späten Nachmittag des darauffolgenden Tages. Mit den Dohlen hatten die ewiglichen Naien die Nacht hindurch gewacht. Verträumt wurde die vergehende Zeit von den Dunedin und von den Seevögeln, während bereits am scheinbar frühen Morgen stumm in majestätischer Bescheidenheit, elfenbeinfarben wie ägyptische Säulen, deren Lotuskapitelle ihre leicht gesenkten Häupter waren. Nichts schien sie in ihrer immerwährenden Ruhe räumlicher Einheit zu bewegen. Nichts, was sie aufhorchen oder besprechen ließ. Gar nichts, was irdisch wäre, und nichts, was auf eine schöpferische Kraft oder verteilte Magie hinwies. Nur Weisheit mehr und tiefer als bloß durch sie selbst. Weisheit ohne Lehre, ohne jeden größeren Verstand. Und eine in sich geschlossene Intelligenz. Sie waren einfach und hielten ihren Atem inne, bis das wurde, was zu werden hatte. An diesem Morgen war es Stille. Der See geschluckt von einem neuen Licht, das dunkler als jeder Tag schien. Wie ausgeschüttelte Daunen harrten die Vögel träumend in diesem Tal, das wie eine Bühne auf seinen Hauptdarsteller wartete. Und die Dunedin, gelehnt an die Borken alter Kiefern, wachten ruhend und wurden für diese Zeit ihrer Erinnerungen beraubt, verweht durch die Kunst der Gesandten, ausgetauscht durch ein festliches Glücksgefühl, das für die nächsten Jahrhunderte ausreichen müsste, bevor sie wieder erscheinen würden und ein Weißhaupt Makar dann die treuen Dunedin rufen würde, die man dann nicht mehr bei den alten Namen nennen könnte, damit man sich verständige.

Was Brian, Sidhe und Daoine sahen, die Southfield und Rionnag folgten, während die anderen Dunedin hinter ihnen herliefen, übertraf ihre kühnsten Erwartungen, die sie sich trotz der bisher teils magischen und überwirklichen Erlebnisse ihres Lebens gemacht hatten. Das zu glauben, was sie sahen, als sie den großfelsigen Weg, der ein Wasserablauf aus dem Hochtal hinaus zu sein schien, den sie seit geraumer Zeit emporstiegen, war ihnen nicht möglich.

Zuerst sahen sie die Kieferkronen. Schließlich offenbar verschneite Felshänge, die in einem überwirklich gläsernen Glanz zu schimmern schienen, ohne jedoch spiegelnde Reflexe eines Tageslichtes zu sein, das sich dem Westen näherte. Brian fragte die Dohlen und Southfield gerade, ob die Seevögel noch kommen würden, weil sie doch vor ihrer Abfahrt von der Insel losgeflogen waren, als Southfield vorauslaufend schon am Taleingang stehen blieb und als Erster von den Ankommenden sah, was sich wie changierende Bewegungen als Lichtspiegelungen auf einer Wasseroberfläche in dem Tal getan hatte, das er zuvor mit Qualms besucht hatte, bevor er nach Norwegen aufgebrochen war.

Kein Schnee, sondern unzählige Vogelkörper, die langsam zu sich kamen und als ein gesamt wellendes Federtuch weder Felsen noch Moore, weder Teich noch Gräser, weder ein Ufer, die Berghänge oder gar eine Jahreszeit erkennen ließen. Von den Naien erweckt schüttelten sie sich, während die oberen Ränge, dicht an den höchsten, eisverharschten Graten tief unter sich, die Erwarteten eine kleine Bühne inmitten der Tuffe ihrer Artgenossen betreten sahen.

Brian blieb staunend neben Southfield stehen, der ihr eine Antwort schuldig blieb. Sie vermochte nichts anderes als hellste Federn und ein grauestes Licht zu sehen, aus denen die Kronen von nur wenigen Kiefern herausragten. Es war kein Moor. Da waren kein Sumpf und auch kein See, von dem Southfield auf der Anreise gesprochen hatte. Nicht ein Grashalm war zu entdecken. Alles verborgen unter Vögeln, die in eine Art von einem nebeligen Lichtkissen getaucht waren, das in das Tal geworfen zu sein schien. Dann erst, aus der Indifferenz dieser kunstvollen Landschaft, traten in den gleichen Farben drei konturierte Gestalten, von denen die eine Alwyyn auf dem Arm ehrend trug, eine andere Makar schützend in den Händen hielt. Hinter ihnen standen die zehn Dunedin aufrecht in einem Halbkreis und unirdische Stille breitete sich in jener grauen, irisierenden Blase aus, bis die Naien Alwyyn zum Flug entließ, um Brian willkommen zu heißen.

Alwyyn flog zu Southfield, Brian, Sidhe und Daoine und lächelte die beiden Dohlen an, die neben Brian auf einem warmen, dunkelgrau gewobenen Boden standen und wie erstarrt ob des Anblickes waren. Nichts war zu sagen und nichts war mehr zu wissen, als dieser Augenblick, um das herrliche Wissen aller Welten zu verstehen und endlich auf ein Dafürhalten verzichten zu können. Keine Gegensätzlichkeiten mehr. Kein Disput. Keine Schizophrenie. Nichts mehr war als bloße Wirklichkeit in ihrer erhaben friedlichsten Gestalt, die alles miteinander teilte.

Und Alwyyn sprach als Einziger, als alle anderen die Seele der Erde atmeten.

„Dich kenne ich", sagte das Weißhaupt, das vor Brian gelandet war und zu ihr aufsah. „Und an euch erinnere ich mich als andere", meinte er dann zu Daoine und Sidhe. Dann zog er sich zwei Federn aus seinem Gefieder unter den Flügeln und überreichte jeder Dohle eine mit seinem Schnabel. „Stolz bin ich auf uns", meinte er kurz, zwinkerte trotz der Größe des Momentes den beiden Dohlen zu, die sprachlos neben Brian standen und Alwyyn dann sagen hörten: „Ja. Es ist sie, die ich kenne … und ihr seid, die sie kennenlernen werdet." Dann hüpfte er im Doppelschritt und flog zurück auf den ihm hingehaltenem Arm der Naien, von der sie zuvor geschickt worden war.

Die Ältesten, die Brian aus Norwegen nach Schottland begleitet hatten, blieben fassungslos im Hintergrund. Und diejenigen, die auf sie in dem Tal des Alwyyn gewartet hatten, standen reglos hinter den Naien. Die nun erwachten Suliden, Fulmare und Lariden saßen zusammengedrängt und bildeten den gefiederten Flor des Hochtales, das im Grau seines eigenen Lichtes nun den Tag ausschloss. Eine der Naien löste sich aus der Gruppe der drei erschienenen Alben und schritt langsam auf Brian zu. Porzellanfarben war alles, was sie sehen konnte, ohne deutliche Strukturen ausmachen zu können. Und sie spürte die erfahrenen Dunedin hinter sich zurückweichen, als die Naien, kaum größer als sie, aber aus lichter doch nicht leuchtender Unbeschaffenheit an sie herantrat.

Brian konnte ein Gesicht erkennen, das sie an eine geschlossene Tulpenblüte erinnerte, wie sie es später auf Fragen einem Dunedin beschrieb. Und sie meinte in blinde, allgewahrende Augen zu schauen, ohne sie beschreiben zu können. Da war eine wehend formlose Kopfbedeckung und das grazil schlanke Schreiten einer Gestalt auf sie zu, die vor ihr stehend sie einhüllende Güte in sich trug, wollte sie es mit einer menschlichen Eigenschaft beschreiben. Eine magische, allwissende, geduldige Güte durchflutete sie. Sie, die die Augen nicht mehr zum Schauen brauchte, sondern den eigenen Körper als Resonanz allen Seins empfand.

Die Naien streckte ihr ihre Hand entgegen und nahm Brians gegebene in ihre. Die andere Hand legte sie ihr vor den Augen aller Anwesenden behutsam auf die Stirn und begann Leises zu summen, als Brian die Welt zu verlieren schien. Während die Ältesten ihren Blick abwendeten, schauten die Seevögel zu, was geschah. Doch was sie erkannten, war nicht mehr, als die Handreichung, die Berührung der Stirn Brians durch eine Naien, die dadurch erstarrt zu sein schien, und sie hörten das Summen einer bassigen Stimme, die man diesen kleinen Wesen nicht zugeschrieben haben würde. So standen sie. Und sie standen zeitlose Augenblicke in Einheit, in Ganzheit des Erkennens und des stummen, entweltlichten Glückes einer Wiedergeburt.

In einen spirituellen Fluss geraten, glitten die Hände der Naien von Brian herab. Sie drehte sich zu den beobachtenden Vögeln, zu den majestätisch bescheidenen Naien und zu den allzeit ergebenen Dunedin. Und sie alle hörten sie sagen:

„Wesen *Ifrinns* and *Adhors* … sie ist euch eine Naien", und Stille legte sich in das Tal. Niemand sprach, noch schaute man. Jene auch neugierigen Blicke senkten sich. Ringe aus tränendem Licht spannten sich zwischen den stehenden Gestalten und Brian, die dann in einem lichteren Nebel zerstaubten, um einen empfundenen Zauber zu hinterlassen, damit man die Ringe für wahr erachten musste. „So sorgt für sie. Eine wird bleiben, um sie zu bringen. Schützt sie beide … in dieser Welt und eurer Zeit."

Ein jeder vernahm, was vernommen werden sollte, und als sie ihre Köpfe hoben, waren zwei der Naien mit Alwyyn offenbar verschwunden, während die dritte in größter Präsenz versteinert stand und leise vor sich hinsummte, den glänzenden Bann mit einer Handbewegung von den Vögeln nahm und die graue Schleierglocke über den Höhengraten der anliegenden Berge ließ. Moos, Binsen und Felsen waren wieder zu sehen, obschon die Wärme blieb. Ein kleiner, graubrauner Teich, der von seinen sumpfigen Ufern gesäumt war, auf dem die wenigen, steinalten Schwarzkiefern standen. Und ein unsicherer Makar, dessen Haupt ergraut war, saß auf dem liebevollen Arm der einen Naien, während die anderen Vögel, ihrer Träume genug, ein mitteilsames Stimmengewirr verursachten, das weit über das Tal hinaus zu hören gewesen wäre, hätten die Naien die Geschichte der Menschheit für Augenblicke nicht zu einem Stillstand gebracht. Jene Momente, die nirgends gewesen sein konnten, weil sie nicht zwischen zwei Augenblicke einer Welt passten, die sich in ihrem Takt die Annalen schrieb.

Zuerst nahm man nur wahr, dass zwei der Naien verschwunden waren, die Alwyyn mitgenommen zu haben schienen.Dann erst bemerkte man, dass eine der Naien geblieben war. Und danach dann, dass Brian bei ihr war, in einem friedlichen Glück geborgen. Und schließlich wurde man mit nun doch größter Sorge dessen gewahr, dass man jemanden vor dem irdischen Menschen zu beschützen hatte, was vor einer längst vergangenen, von keinem Anwesenden erlebten Zeit schon einmal versucht worden, doch verheerend misslungen war. Eine Niederlage der alten Allianz, die die Menschheit verändert hatte. Die frühesten Wesen *Ifrinns* und *Adhors*, wie die Naien die ersten Menschen nannten, die aus ihrem Staub auf dieser Erde geworden waren, hatten sie nicht verhindern können und waren mit allen anderen in einem Inferno umgekommen.

Nun waren diese zwei vor dem sich fraglos entwickelten, irdischen Menschen zu schützen. Vor einem Menschen, der kontrovers diskutierend, untersuchend oder kategorisch ablehnend der Tatsache gegenüberstehen würde, wollte man ihm erzählen, zwei Engel seien auf Erden. Der eine sei hier, um die Menschheit zu erlernen, und der andere geblieben, um ihm aus der Welt zu helfen, sobald er das Fliegen gelernt haben sollte. Zwei Alben, von denen der eine auf Erden geboren sei und der zweite die Geburt des ersten erklären sollte. Zwei Naien, von denen der eine eine vage, routierende Menschheit in Balance zu ihrer natürlichen Art halten und ein zweiter den ersten schließlich von dem einen in einen anderen Weltenraum geleiten sollte, da er auf Erden nur gefallen schien.

Und während jetzt Leben und Bewegung in das Tal gekommen war, das immer noch im pelzigen Grau, trotz neuer Farben, lag, die Dunedin so ein intensives Erlebnis noch nicht gehabt hatten, kam die verbliebene Naien mit Makar auf dem Arm zu Brian, die schnell ihren Blick abwenden wollte, als sie ein allumfassendes Lächeln um sich herum spürte, das die Geräusche dämpfte.

„Diese Zeit ist vergangen", hörte sie eine Stimme sagen, die nicht gesprochen worden sein konnte, und sie war erfüllt von dem Tonfall der Worte. „Wir sprechen, doch wir hören nicht", und wie eine gewisse Umarmung in ihr, zog die Stimme sie zu gedankenlosen Ufern fort, die ihr gestaltet wurden, bis sie zu verstehen begann, was sie nicht mehr zu formulieren verstand. Und sie hörte keine Vögel mehr, sah die Dunedin nicht aufeinander zutreten und sich gegenseitig in den Arm nehmen, spürte nicht Sidhe und Daoine neben sich und entließ ihr Leben. Sie ließ es fließen und löste sich von der Zeit, die gegeben schien in einem ihr widernatürlichen Rest eines geformten Körpers, der ihrer war. Sie ließ ihr Leben gleiten, zu der, die ein Naien war und es behutsam berührte. Und sie hörte ihre Stimme, die nicht mehr sprach. „Nun wirst du ... und bist uns willkommen." Und Brian empfand noch die seidene Hand in ihrer, trunken ihrer Seele, und formte Lippen zu Worten, die keine anderen ergaben, als ein in sie tauchendes Seufzen.

Die beiden Naien gingen im Duft der freudig erregt harzenden Kiefern, als Kinder in Spuren ihrer Ahnen. Sie hörten Southfield nicht, der die beunruhigten Sidhe und Daoine zu sich nahm, da Brian vollkommen schien. Und sie hörten nicht mehr die Unterhaltungen der anderen. Sie sahen nicht, wie die Seevögel zusammenrückten, und bemerkten nicht die Sorgen der Welt, diese beiden Wesen vor jedem Unglück auf Erden schützen zu wollen. Brian bändigte ihre Sterblichkeit, schritt mit einer Naien und flüsterte zärtlich, dass sie eine Apfelblüte sähe, bevor sie in der Naien entschwand.

# XLI

Unter den Seevögeln herrschte Aufregung. Mit der größten Fassung wurde das Geschehen jener Tage von den Suliden getragen. Wenigstens ihre Art war schon einmal in eine Schlacht mit den irdischen Menschen verwickelt gewesen, ohne dass jemand der Anwesenden den früheren Verlauf jener ausgelöschten Zeiten kannte. Man schwieg und ließ die toten Geister ruhen. Ein jeder kannte nur den grauenvollen Ausgang und erinnerte sich an den Namen des Morus, als einen von ihnen voller Achtung – aber auch voller Angst. Dass sie zu dem Erscheinen der Naien eingeladen worden waren, schenkte ihnen eine unfassbare Erfahrung, der sie weit auf den Meeren der Stürme trotzten oder in ihr umkamen. Ein solch geborgener Frieden, wie in jenem Moment, als ihnen die Naien erschienen waren, hatten sie niemals zuvor empfunden und sollte sich während ihrer Lebenszeit auch nicht mehr empfinden lassen. Dieselben Eindrücke teilten die Fulmare und Lariden, die stolzer Freude waren, gekommen zu sein, um zu helfen, falls ihre Hilfe erbeten und benötigt werden sollte. Niemand konnte sich zu diesem Zeitpunkt vorstellen, wie man die Naien beschützen könnte und ob ein Schutz überhaupt nötig sei. Man wusste auch nicht, weshalb die beiden anderen Naien nicht geblieben waren, da sie ebenfalls hätten helfen können. Doch die Vögel und die Dunedin nahmen die Dinge schließlich, wie sie waren. Und sie waren stolz auf sich, geflogen zu sein, und die wenigen, ermutigenden Worte der Naien in ihrer Magie mit eigenen Ohren gehört zu haben. Von anderen erzählt oder überliefert, hätte man nicht den mindesten Eindruck der Erhabenheit jener albischen Naien gehabt, und ein Zweifel an den Worten jedes Boten wäre stets geblieben, hätte er wiedergegeben, was er gehört zu haben meinte.

Wer Adhar und Ifrinn waren, wussten sie nicht. Es ginge sie auch nichts an, denn schließlich sollten sie nur die beiden Alben auf Erden schützen. Das war, was sie tun wollten, denn die eine

Naien hatte auch ihre Treue gegenüber den Seevögeln gelobt. Und dem wollte man sich immer erinnern, gleich, wer die Wesen Ifrinns und Adhars waren. Sie fühlten sich erstmals verantwortlich. Auf der See hatte man sich gemieden und unterschiedliche Lebensräume gesucht, damit man sich nicht in die Quere kam. Hier jedoch waren die Vögel alle eins. Und sie waren froh darüber, ohne es sich gegenseitig übermäßig zu bezeugen, weil die Empfindung noch zu neu war. Die Freude über die Union war schöner, als die zur Schaustellung gewesener Dominanz und die Standesmäßigkeit der Sippen.

Der vielen Fragen von Hunderten von Vögeln konnten sich die Dunedin nicht erwehren. Vollkommen überfordert waren sie, da die Tiere wissen wollten, wo sie Kriegserfahrungen bekommen würden, wer diesen Krieg anführe und gegen wen konkret man ihn führen müsse. Man war sich nicht sicher, wie viele Generationen ausbleiben sollten und ob man sich neue Jagd- und Brutgebiete suchen müsse, bevor man den Krieg begänne. Man erkundigte sich, ob es nicht klüger sei, in Zukunft im Tiefflug die Wege zurückzulegen oder aber nur noch schwimmend auf den Meeren, den Schutz der Wellen als Deckung vor dem Menschen zu nehmen, falls man eine Deklaration des Kampfes den Evolutionären überbrächte. Und man wollte sich um eine bessere Tarnung durch das Gefieder bemühen, bis man zu guter Letzt fragte, wie eigentlich eine albische Naien zu schützen sei und weshalb sie beschützt werden musste.

Erst an diesem Punkt griff Southfield die Fragen auf, während die Naien mit Brian an der Hand an einem Baum stand und weder der Unruhe durch die Ungewissheiten noch irgendeiner der Fragen die mindeste Bedeutung beimaß.

„Sollen wir nicht warten, bis Patty bei uns ist, bevor du etwas erzählst, das nachher vielleicht gar nicht stimmt?", fragte Sidhe Southfield leise, damit die anderen Vögel ihre Bedenken nicht hörten, dass sich Southfiel vielleicht blamieren würde. Der aber lächelte nur und meinte, dass er durchaus die Tragweite seiner Worte ermessen könne, ohne einer Naien vorzugreifen. Er kenne die irdischen Menschen, die keine Ältesten waren und die auch die Dunedin über die Jahrhunderte hindurch immer wieder gejagt und gefoltert hatten, nicht nur, weil sie ein anderes Verständnis völkischer Lehren der Menschlichkeit hatten, sondern auch, weil sie Fremde gewesen wären, die trotz großer Ähnlichkeit zu den Irdischen auf deren Seziertischen geendet hätten. So viel hatten die Dunedin verstanden, und Sidhe begriff, was Southfield ihm damit sagen wollte. Er war sich bewusst, was er den wartenden Seevögeln erklären könne, ohne sich als Dunedin Lügen strafen zu lassen.

„So hört dann zu!", rief er laut in das verzauberte Tal Schottlands und es dauerte einen Augenblick, bis er sich genügend Aufmerksamkeit verschaffen konnte, da er kein Albe war. Er wartete, bis auch die Letzten der Gekommenen schwiegen, und sprach dann mit lauter Stimme:

„Die Naien werden auf Erden von uns geschützt, weil wir diese Welt besser kennen als sie. Wir kennen die Ozeane und die Gebirge, die Wälder, Weiten und die Wüsten. Wir kennen die Länder, Inseln und die Städte. Und wir kennen die Menschen, die uns überall begegnen."

„Aber die eine ist doch auch ein Mensch. Oder sie war bis jetzt ein Mensch gewesen. Also kennt sie doch auch die Welt", rief eine der Fulmare.

„Das stimmt. Aber ihre Perspektive wird sich verändern. Sie wird nun andere Aufgaben wahrnehmen, die wir uns nicht vorstellen können. Und dabei müssen wir ihr helfen, weil sie sich selbst nicht mehr helfen kann. Wir kümmern uns um die einen Dinge, und sie wird sich um die anderen Dinge kümmern müssen, damit es für uns alle einen Morgen geben wird", sagte Southfield.

„Morgen schon? Wieso? Was ist denn morgen?", fragte eine Laride unangebracht und erntete schallendes Gelächter, während andere von weiter hinten und oben an den Berghängen riefen, man möge lauter sprechen, da man kaum etwas verstände. Southfield erwiderte nur freundlich, dass man dann umso besser zuhören müsse, was wohl keines der nennenswerteren Talente der Seevögel zu sein schien, denn er sei kein Albe.

„Es ist so, dass die Menschen einen Glauben haben, der einiges zulässt und anderes ganz und gar ausschließt. Und dieser Glaube ist ihnen über lange Zeit eingetrichtert worden. Heute gründet sich ihr kurzes, menschliches Leben darauf. Nun ist es aber auch so, dass dieser Glaube wohl die Naien zulässt, die sie Engel nennen, während sie ihnen gedanklich Eigenschaften zugedacht haben, die die Naien nicht besitzen – so, wie sie lange geglaubt haben, dass ihr bloß Eier legt, damit sie sie essen können. Und dafür hatte ein Gott gesorgt, glauben sie."

„Na, diesen Typen will ich kennenlernen, der mich Eier legen lässt, damit man sie mir wegfrisst", rief ein Vogel, und andere stimmten ihr zu, als wieder Ruhe einkehrte.

„Sie glauben nun auch, dass die Engel schwierige Boten ihres Gottes sind, die den Menschen mit ihren überirdischen Fähigkeiten, die sie ihnen unterstellen, helfen könnten oder eben nur schwierig bleiben. Dabei haben die Naien in Wirklichkeit mit den Menschen überhaupt nichts zu tun, sondern achten nur auf die natürliche Balance und hoffen, dass die Menschheit irgendwann einmal besser wird, als sie heute ist – und sich nicht schon vorher selbst auslöscht. Und dafür haben sie uns, die Dunedin, die hier auf Erden, so gut es eben nur geht, aufpassen."

„Aufpassen? Worauf aufpassen, Dunedin?", fragte eine der Fulmare.

„Dass sie aus deinen Eiern kein Omelett machen, mein Freund", und wieder mussten viele der Vögel lachen. „Wir versuchen ihnen geduldig einen besseren Sinn in ihrem Leben zu geben, damit ihre Weiterentwicklung anhält und sie sich nicht eines Tages selbst auffressen müssen, weil nichts anderes mehr da ist, das sie essen könnten. Daran arbeiten wir mit viel Geduld, meine Freunde. Sollten die Menschen wissen, dass es Naien wirklich gäbe und dass nun zwei von ihnen hier auf Erden leben, wäre es das größte Glück für uns, dass sie es einfach nicht glauben würden. Bei der hier geborenen Naien kann man noch den Menschen gut erkennen. Aber bei der Gesandten überhaupt nicht mehr, so anders und unbeschreiblich ist sie."

„Ja. Das stimmt. Als Mensch geht der nirgends durch!", rief jemand aus der Menge.

„Deshalb müssen wir sie schützen, weil sie von den Irdischen nichts Gutes zu erfahren hätte. Man würde sie zerreißen. Die einen würden wollen, dass Wunder vollbracht werden würden. Sie würden ein besseres Schicksal für sich selbst fordern, ihr Leid klagend, sich ein leichteres Los erzwingen wollen, von denen, die sie für Engel halten. Und wenn der Engel dann sagen würde, *Moment. Ich bin nicht wegen deines Lebens hier, sondern muss alles im Auge haben*, dann würden die Menschen ziemlich pikiert darauf reagieren, denn falls schon einer ihrer Engel da ist, dann sollte er doch auch gefälligst alles gut für sie machen. Und *gut* für sie ist nicht, zu wissen, dass vielleicht in tausend Jahren ein besserer Mensch aus der Evolution hervorgeht, dessen Teil sie heute sind. Sondern *gut* ist nur, was sie heute auf den Tisch bekommen und was ihnen heute hilft."

„Und was ist das, was ihnen hilft?"

„Dass du ihnen gebraten und mit einer knusprigen Honigkruste in den Mund fliegst, ohne dass sie dafür bezahlen müssen", gab eine andere Sulide auf die Frage Antwort, und die Seevögel verstanden.

„Sollten die Menschen vielleicht überzeugt sein, dass die Naien weder wahnsinnige Abraham-Hike-Junkies sind noch von dieser Erde kommen, dann würden die Mächtigen dieser Welt sie fangen wollen, weil sie eine mögliche Gefahr darstellen, indem sie zum Beispiel die künstliche Ordnung untergraben könnten. Außerdem würde man sie gern zu Dingen befragen, die man gewinnbringend gegeneinander – also innerhalb der Menschheit – einsetzen würde. Beispielsweise Techniken, wie man erscheinen und wieder verschwinden könne. Oder wie man Licht macht. Und daraus würde die höchste Ingenieurskunst dann Waffen produzieren, die man gegen andere überlegen einsetzen könnte. Wer den Knüppel hat, braucht den Gegner nicht zu fürchten", sagte Southfield, und die Vögel schwiegen, weil sie so etwas häufig selbst erlebt hatten und von den Menschen kannten. „Deshalb müssen wir mit unseren Leben die Naien vor den Menschen schützen, solange sie auf Erden sind, damit ihnen nichts widerfährt und sie mit ihrer Weisheit die Irdischen vor sich selbst beschützen, damit die Erde mit uns allen ein gutes Leben haben kann."

„Dann … dann gibt es keinen Krieg?", fragte jemand.

„Falls es sich vermeiden lässt, gibt es keinen Krieg. Und wir suchen ihn nicht, sondern sind still und freundlich. Aber dort, wo sich Streit und Unruhe gegen die Naien richten sollte, werden wir erbarmungs- und gnadenlos sein. Das ist so sicher, wie ich hier stehe und zu euch spreche", rief er, und die Vögel hörten seine Worte stumm, sahen alle die Dunedin in ihren Lederjacken hinter Southfield stehen und spürten den Ernst seiner Worte. Dann stimmten sie zu, dass es so sein möge, wie der Dunedin es wünsche. Doch was solle man tun, und wie könne man die Naien schützen, waren nun die pragmatischen Fragen der Tiere.

„Das wird euch die, die wir als Patty Brian kennen, selbst erzählen, sobald sie sich mit ihrer Schwester besprochen hat", sagte Southfield und hörte sich *Schwester* sagen, gleichwohl er nichts über den tatsächlichen Ursprung und die Herkunft der albischen Naien wusste. Die Ältesten wussten nur, dass die Naien die Gesandten der Hylen waren, die diesen Weltenraum geschaffen hatten, in dem sie nun in einem Sonnensystem den dankbaren Zustand des Lebens auf einem blauen Planeten erleben durften, während die Irdischen den Zustand zunehmend erlitten, da sie sich das Leben gegenseitig erschwerten und ein Gleichgewicht allen Lebens nicht gönnten.

„Was ist mit Alwyyn? Wo ist der hin? Denn seinetwegen sind wir hergekommen. Und wer soll uns in Zukunft Bescheid sagen, wenn die Naien kommen, wenn das Weißhaupt nicht mehr da ist?", fragte ein anderer.

„Alwyyn ist offenbar mit den Naien gegangen. Schaut euch Makar an", rief Daoine. „Er ist bei Patty und der Naien. Für mich sieht es so aus, als würde uns Makar sagen können, wer der Wächter der Tore bleibt."

„Und dir sei gesagt, der du gefragt hast: Bis sich die Pforten wieder öffnen werden, wirst du schon nicht mehr sein. Wir haben zwei Naien auf Erden, derer unser alleiniges Streben gilt. Was willst du mehr?!", mischte sich Rionnag in die Unterhaltung und unterstützte Daoine. „Oder wärest du lieber mit Alwyyn durch den Spalt geschlüpft, weil du Probleme mit deinem Weibchen hast?", und alle lachten, und sie lachten noch mehr, als der Seevogel, der gefragt hatte, erwiderte, dass sie das Mädchen sei und die Eier legen würde. Die Dunedin sollten sich einmal mehr Sorgen um die Nöte der Weibchen machen. Und Rionnag lachte mit ihnen mit, indem sie antwortete, dass sie dann ja Schwestern im Geiste seien, falls eine Älteste Eier legen könnte, und die Ansprache der Dunedin war vorüber, was die Fragen nach den Gründen des Schutzes für einen Naien auf Erden betraf. Alle hatten verstanden, worum es ging, und alle waren einverstanden, sich dieser Aufgabe zu unterwerfen. Die Sicherheit der Alben besaß von jenem Augenblick an einen absoluten Vorrang, während Brian immer noch mit der Naien in eine Art von Kontakt getreten war, die ein Betrachter nicht verstehen konnte. Es wurde nicht gesprochen. Was man hörte, war ein Summen wie der gleichlautige Grundton einer Welle.

Unter den vielen Tieren entwickelten sich rege Gespräche, während man auf Brian und die Naien wartete. Die Seevögel waren auf deren Aussagen so gespannt wie die Ältesten. So nutzte man die Zeit, sprach und erzählte sich das jeweilig Erlebte. Die Dunedin waren erstaunt, wie unscheinbar die Naien geworden waren und mit welch großen Erwartungen man gekommen war, die sich nur durch den Anblick erfüllt hatten, als sie zum ersten Mal in das Tal der Highlands hochgestiegen waren und die vielen Vögel in dem unwahrscheinlichen Licht der Wärme gespürt hatten. Obwohl immer noch eine Naien und eine zweite bei ihnen waren, vermochten sie sie nicht wirklich zu empfinden. Dennoch schienen sie alles und jeden Augenblick unaufdringlich zu bedingen.

Die Seevögel waren einander gegenüber freier geworden, lernten sich kennen und tauschten Erfahrungen in Gesprächen, als sei es selbstverständlich, dass Suliden mit Lariden und Fulmare Reden führten. Die tägliche Wirklichkeit auf hoher See war eine andere, in der man kaum Notiz voneinander genommen hätte, wäre man sich begegnet. Wahrscheinlich hätte man sich sogar eher einen Spaß daraus gemacht, den einen oder anderen über das Wasser zu jagen, denn mit ihm über seine Sippe und Gebräuche zu sprechen und sich sogar mitzuteilen.

Und die Dunedin, die mit Brian aus Norwegen gekommen waren, wurden nun herzlich von ihren Brüdern und Schwestern in Empfang genommen, da man zuvor keine Zeit dafür gefunden hatte. Man begrüßte die Umgebung und war fröhlich, da man Frieden ohne Hunger und Durst in einem milden Schottland fand, in dem man sich wieder, für einige nach langer Zeit, begegnete und gute Neuigkeiten zu berichten hatte.

„Und reich ist sie", sagte Dragh begeistert.

„Na, wenn das stimmt, was ich gehört habe, dann gibt es enorme Probleme mit ihrer Stiftung, die sich eine andere unter den Nagel gerissen hat. Irgendeine Ausländerin, falls ich mich nicht verhört habe", sagte Frangach.

„Das kriegen wir mit unseren erfahrenen Talenten doch wieder hin", schmunzelte Southfield. „Wenn nicht wir …, wer sonst?", und die anderen lächelten wohl wissend, als sie sich zusammen in das wärmende Graulicht gesetzt hatten und für die wartenden Dunedin die regennasse Kälte aus den Knochen gekrochen war.

„Und ich bin überrascht, welche Eintracht hier unter den Vögeln herrscht. Die haben wir in dreihundert Jahren harter Überzeugungsarbeit nicht erreicht. Nun bedarf es nur einer Naien und schon zwitschern die Vögelchen miteinander, als hätte es Neid, Hackereien und Streitigkeiten unter ihnen nie gegeben", meinte Murdoch, und man stimmte ihm zu.

Dorch, Rionnag und Samhain erzählten den anderen, was auf der Insel Merlins passiert sei und dass man offenbar einen Albenstern entdeckt habe. Offenbar sei er durch Brian gefunden worden. Man beschrieb die Insel im Nordmeer, ihre Höhle, die sich Merlin aus dem Felsen geschlagen hatte, und wie sie schließlich in ihrem Dabeisein auseinanderbrach. Dann habe man sie am darauffolgenden Tag verlassen, um nach Schottland zu reisen. Wäre Dualchor nicht gewesen, hätte man Brian nicht durch den Zoll und die Einwanderungsbehörde bekommen, sagte Samhain. Dualchar soll die Beamten *bezirzt* haben, wie er es nannte, falls man die Menschen ein wenig hypnotisiert, und es sei gut, jemanden wie sie zu haben, da man gewaltigen, administrativen Schwierigkeiten spielerisch vorbeugen konnte. Die

Dohlen hatten dann ihre Probleme am Flughafen in Edinburgh, da sie als schottische Dohlen nicht erkannt wurden und in Quarantäne sollten. Auch dort, die gleichen, harmlosen Tricks von Dualchar, und man klemmte sich schnell die Vogelbauer unter den Arm, öffnete sie, und noch bevor es jemand monieren konnte, entschuldigten sich die Ältesten bei den behördlichen Aufsehern für das Malheur, das geschehen sei. Aber sie sei eben nur eine alte Frau, hatte sie gesagt, was man ihr, mit dem Wolfspelz der Akita als Stola über ihre Schultern gelegt, ungefragt abnahm. Ihre Personalien wurden aufgenommen, und man würde sich bei ihr melden, war ihr auf den Weg mitgegeben worden. Wahrscheinlich eine Ordnungswidrigkeit, hatte man ihr gesagt, womit sie einverstanden war, während Sidhe und Daoine bereits auf dem Vordach des Flughafens als beste Schotten auf Brian und die Dunedin gewartet hatten. Dann schon war man auf dem Weg in die Highlands gewesen.

„Und? Wie ist sie so?", fragte Morag. „Ist sie schwierig oder verständig? Schön ist sie, finde ich."

„Weder dass sie es weiß, noch dass es sie interessiert", sagte Southfield und beschrieb, wie er sie gefunden hatte, als sie wie ein Affe an der Felsenwand gekauert hatte, nackt und ängstlich. „Ich würde sagen: Sie ist großartig und talentiert. Sie hat eine ganze Menge bisher schadlos weggesteckt und eine Menge akzeptiert, was ein anderer Mensch sich noch nicht einmal vorstellen könnte. Sie fragt, aber hinterfragt nichts, sondern wartet", was die beiden Dohlen bestätigten, die sie bisher am Längsten begleitet hatten.

„Sie ist ganz wundervoll geworden", meinte Sidhe, der damit die ganze Zeit und die gewesenen Ereignisse zusammenfasste.

„Leider hat sie keine Wahl", erwähnte Rionnag laut, die nachdenklich wirkte und an das Los einer Naien unter Menschen dachte, der als Mensch geboren worden sei. „Es muss furchtbar sein, das alles so nebenbei zu erfahren und akzeptieren zu müssen, weil man eben keine Wahl hat. Mir würde es nicht nur schwerfallen. Ich würde mich zuerst dagegen zu wehren versuchen."

„Das kannst du so sagen, weil du eine Wahl hast. Hättest du aber keine, so wärest du gut beraten, die Dinge zu akzeptieren, wie sie sind. Sonst haderst du Jahrhunderte hindurch, ohne dass es dir etwas bringt", meinte Cabhak.

„Natürlich. Du wieder", schüttelte sie nur mit dem Kopf. „Von wem auch sonst erwarte ich so einen Kommentar als von dir."

„Dafür wäre auch Spruce gut gewesen", schmunzelte er, als sich Camshron in das Geplänkel einmischte und meinte, dass alles Bisherige mehr als nur erstaunlich gewesen sei. Man solle sich langsam einmal darüber Gedanken machen, wie man ihren Schutz und den Schutz der offenbar bleibenden Naien sicherstellen und organisieren wolle. Wozu seien die Seevögel zu verwenden? Was könne man selbst tun? Und wäre ein Naien in der Lage, ihnen zu assistieren? Oder seien sie nur als Relikt eines anderen Weltenraumes auf Erden geblieben, um sie an ihre Pflichten zu erinnern? Das waren seine Gedanken, die er kundtat, um tatenlustig und zielsicher die bevorstehende Zeit mit zwei Naien auf der Erde zu überstehen.

„Schließlich kann man aus diesem Tal nicht einfach so mal einen zeitlosen Raum für Jahrhunderte machen, da die Menschen ihn ja bereits auf ihren Landkarten haben. Und irgendeiner wird sicherlich auf den schrägen Gedanken kommen, irgendwann hier heraufzukraxeln, um dann seinen eigenen Engel zu finden. Das wäre doch dann der Super-GAU", meinte er.

„Mal sehen, was uns Patty sagen wird, wenn die beiden miteinander fertig sind", erwog Rionnag und schaute zu Brian mit der konturlosen Gestalt der Naien hinüber. „Ich würde einmal gern eine Naien berühren, wisst ihr. Ich möchte gern wissen, wie sich das anfühlt, und habe Angst, danach zu fragen", fügte sie ihrem Wunsch hinzu.

„Dann frage ich für dich", meinte Cabhak.

„Das war wieder einmal klar", lachte Rionnag.

„Was hast du gegen mich?", fragte er etwas gekränkt.

„Gar nichts. Nur du bist immer mit deinem Mund voraus. Gebrauche doch einmal deinen Verstand. Denke dir einfach, dass ich sie fragen würde, wenn ich dazu bereit wäre."

„Dann tue es, wie du willst", erwiderte er und war für kurze Zeit ruhig.

„Das würde ich auch gerne", erklärte Morag und dachte nach, wie es war, als ihr eine Naien das erste Mal in ihrem Leben erschienen war. Es war so anders gewesen. Vögel waren nicht dort. Man war unter seinesgleichen gewesen und hatte sich eigentlich mehr auf die Dunedin gefreut als auf die Naien gewartet. Man hatte nicht gehofft, dass sie ihr Schicksal auf Erden verbessern konnten, sondern den Dunedin nur für die Erfüllung ihrer Aufgaben gedankt, die sie ohnehin erfüllt hätten, da sie den Hylen verpflichtet waren und ihnen das Leben der Erde an das Herz gewachsen war. Diese Zusammenkunft war so anders. Und die neue Verantwortung, die in diesem Umfang auf ihre Schultern gelegt worden war, indem nicht nur eine auf Erden geborene Naien gefunden, sondern eine zweite auf Erden gelassen wurde, war immens. Die Entscheidungen waren von tragender Bedeutung für alles Leben an und für sich. Und das Vertrauen in sie, die Dunedin, war wohl grenzenlos. Aber ob die Naien und Hylen auch wussten, dass man sich die Erde nicht mehr mit 500 Millionen Menschen teilte, sondern eine Weltbevölkerung von nun mehr als 7 Milliarden Menschen zählte? Und dass die Spielräume enger geworden waren, in denen man sich sicher mit einer Naien verstecken konnte? Und falls man entdeckt werden würde und nicht gerade den Gesichtszügen von Fawcett, Travolta oder Landon entsprach, gejagt werden würde, bis man zur weiteren Verwendung in Alkohol konserviert worden wäre? Alles das wusste Morag nicht und musste warten, bis die *unio mystica* zwischen Brian und der Naien abgeschlossen war, falls es sich um eine Vereinigung handeln würde.

„Sie blutete auf der ganzen Brustseite ihres Körpers", erzählte Southfield gerade Cailleach, die darauf antwortete, so etwas schon einmal gehört zu haben.

„Die Naien, die hier wiedergeboren werden …, und es müssen jetzt noch sechs auf Erden sein, damit auch dieses böse Kapitel der Evolution ein Ende findet … soll Dementsprechendes passiert sein. Wenn alle sechs gefunden wären, hätten wir endlich etwas wie Ruhe in einem niemals erklärten Krieg, der geführt worden ist", sagte sie in sich gekehrt. „Ich wünschte, deine Patty könnte erfahren, was damals wirklich geschehen ist. Bevor ich gehen werde, würde ich das gerne noch erfahren. Denn wissen tut es keiner von uns. Es macht immer nur Angst."

„Mir nicht, alte Schwester Pine", rief Camshron. „Angst habe ich nicht, gleichwohl ich auch gerne erführe, was damals geschah."

„O doch, Lime. Auch dir macht es Angst ... tief in deinem Innersten. So geht es uns allen. Ansonsten wären wir nicht Dunedin, die *Kinder Ifrinns und Adhars* für die Alben", meinte die älteste der Menschen, die auf ein Leben von 935 stolzen Jahren zurückblicken konnte, welche sie gelebt hatte, und Camshron gestand sich ein wenigstens beklemmendes Gefühl in seiner Brust ein, das er jedoch nicht Angst genannt hätte. Dennoch ließ er Cailleachs Aussage stehen, wie sie es sagte, und vermied Bilder, die er sich hätte ausmalen können, da er in Kriegen gewesen war, die unbeschreibliche Gräuel in ihrer Brutalität an Menschen wie auf Schlachtfeldern hinterlassen hatten. Und ja, gestand er sich heimlich ein: Das Böse im Irdischen machte ihm Angst. Das instinktiv Animalische, die Luzifer-Effekte, die er als ein Dunedin verstand, doch nicht besaß, bezeichnete er als das Böse schlechthin. Dabei dachte er nicht an christliche Maxime, die für ihn wie für alle Ältesten nur lächerlich karikierte Dogmen eines anderen Aberglaubens waren. Er dachte auch nicht an die Welten verschlingende Schlange oder gar an die noch gewalttätigeren Drachen. Das einzig wahrhaft Böse ist ihm immer nur in dem Menschen begegnet. Nicht dass ihm die scheinbar heutigen Scharmützel und Massaker vor Augen kamen, die ein jeder kennt, weil sie ihren Weg in die Geschichtsbücher gefunden hatten, sondern die Bestien, die Ungeheuer und die Monstren, die sich jeden lieben Tag ihren ungeheuerlichen Weg bahnten und freien Zugang mit Vorfahrtsrechten zu den Menschen hatten, wie er es bei einer anderen Gelegenheit beschrieben hatte. Die Bestie, die einen halben Tag friedlich im Salonsessel eines Stylisten sitzen konnte, um dann die Politesse, die ihr einen Strafzettel wegen falschen Parkens an die Windschutzscheibe ihres falsch geparkten Fahrzeuges heftete, die Beulenpest angedeihen zu lassen. Die Monstren, die Kleinigkeiten zum Anlass nehmen, um ihren zügellosen Aggressionen liebend gerne freien Lauf zu lassen. Die Rachsucht. Und die Angst. War es die Angst im Menschen, die er eigentlich vor sich und seiner möglichen Bos- und Gemeinheit besaß, dass er anderen das präventiv antat, was er selbst gegen andere zu tun sich vorstellen konnte? Zerstückelte man bereits tote Menschen, und häutete man sie obendrein, um wirklich sicherzustellen, ihrer wahrscheinlichen Rache zu entgehen, die man sich vorstellen konnte, da man selbst zu ihr befähigt war und sie gegen andere zelebrieren würde? Und weshalb war der Mensch bis zu jenem Tag nicht in der Lage, dieses animalische Element zu bändigen? Er dressierte es bestenfalls und nannte es dann humaner als noch zu viktorianischen Zeiten. Diese niederen, bösen Reflexe der irdischen Menschheit verachteten die Dunedin, und darin unterschieden sie sich von jenen. Die gezielte Manipulation – eine weitere Seite der Bosheit und intelligenten Kriegsführung gegen sich selbst, dachte Camshron und hörte dann die anderen, die sich anderer Themen widmeten. Er sah die Seevögel mit ihnen sitzen, hatte Trockenobst in seiner Jackentasche und Brot, trug eine Uhr als Schmuck, vermochte nicht sich Hass vorzustellen und verdammte einen jeden Menschen innerlich, der ein Streichholz in der Tasche trug, mit dem er gern zu zündeln bereit war, sobald ihm ein Dispens von einer möglichen Strafe erteilt wurde. Nicht der wahnsinnige Schuldspruch eines Inquisitors war das größte Übel. Sondern das Monster schlummerte in der gaffenden Masse, die dressiert worden war, das Streichholz zu zünden, das den Scheiterhaufen entfachte. Die animalischen Rudimente eines gefährlichen Tieres, denen alle Chancen auf der Erde gegeben waren, die es trotz seiner Intelligenz nicht ausnutzte. Die Erde hatte für dieses intelligente Raubtier offenbar keinen Wert, sondern nur einen Preis, wodurch sie ihren wahren Wert verlor. Und all das durch die schwächelnde Menschheit, die sich größerer Ruhmestaten hätten zieren sollen, als Sonden in ihr Sonnensystem zu schicken und Fotos vom Titan zu bejubeln, während man in der Nachbarschaft einen Immigranten wegen seiner Hautfarbe auf der Straße vor Passanten erschlug. Es gab noch viel zu tun, dachte Camshron, und der Menschen seien zu viele geboren, die nun zwangsläufig irgendeinem Ende entgegensehen mussten, was die Säcke der Missionare, Sektierer und anderer Wirrköpfe füllte, der irdischen Menschheit aber nicht wirklich bei ihrer Entwicklung half. Sei der Mensch, wie es geschrieben stand, seinem Gott nachempfunden, dann wäre es eine Ironie, wollte er diesem Gott wirklich begegnen, dachte er, während der Tag über die Berge schwamm und irgendetwas auf einen weiteren Nachmittag hindeutete, von dem Camshron nicht sagen konnte, was es war, da sie im Schutz der Naien waren, die eine Magie für irdische Verhältnisse aus Energie gewonnen hatten, die ihm das graue, warme Licht schenkten, in dem sie sich sonnten, wohlfühlten und begegnen konnten.

Die anderen waren noch mit den Albensternen beschäftigt und sprachen über die möglichen Konsequenzen dieser Pfade. Sie hatten Mitgefühl für Brian, da sie sich vorstellen konnten, wie sich ein ahnungsloser Mensch fühlen musste, der plötzlich von einem schlingernden Zweig eines Pfades in die Tiefe des Nordmeeres gerissen wurde, ohne im Geringsten darauf vorbereitet worden zu sein.

„Falls das heißt, dass sie nun die Pfade benutzen kann, dann ist sie relativ sicher, auch ohne von uns beschützt zu werden, finde ich. Denn wir haben nichts vergleichbar Effizientes zu bieten", meinte Caite.

„Die Naien haben alle Tore verschlossen, bis auf das eine, das sich weit draußen auf der See befindet. Von daher kann das Mädchen verschwinden, falls Gefahr drohe. Aber sie kann nirgends hin. Und ob sie die Kraft hat, die Pfade neu zu ordnen und ihre eigenen Wege hier auf Erden zu gehen, das weiß ich nicht", sagte die alte Cailleach.

„Albenstern hin oder her. Alles wird seine Zeit brauchen, und wir können uns nicht ihren Kopf zerbrechen", meinte Rionnag. „Patty ist sehr jung. Und sie ist vernünftig. Mit dem Alter werden wir ihr helfen müssen. Was ihre Vernunft betrifft, werden wir uns überraschen lassen müssen. Mir machte unsere Unterhaltung jedenfalls Spaß. Sie ist aufgeschlossen, hat so gar nichts von diesem

Esoterik-Ethic-BS an sich und ist einfach ziemlich erstaunlich in jeder Hinsicht. Ich wünschte, ich hätte eine solche Tochter, auch wenn ich ihr Pattys Leben nicht wünschen würde", und die anderen schwiegen, dachten nach und sahen möglicherweise wirklich harte Zeiten auf Brian zukommen.

„Geben wir uns größtmögliche Mühe, ihr zu helfen", meinte Gaidheal, und man nickte ihr stumm zu.

„Keine Abenteuer, die wir uns nicht leisten können", meinte Mactaggart und wusste, wovon er sprach. Und auch darin stimmten die Ältesten überein.

„Keine unnötigen Abenteuer", ergänzte Dragh präziser. „Und falls Abenteuer, dann von ganzem Herzen", und die anderen mussten über den lauten Dragh lachen, der sich gern einmal zu schnell in die Streitereien Fremder einmischte.

Während der Abend über Schottland angebrochen war und einige Seevögel bereits ihre Schnäbel in das Gefieder gesteckt hatten, bevor sie eingeschlafen waren, andere noch sprachen oder auch nur an ihren Feder nestelten, weil man auf Brian wartete, begann irgendwo in der Welt die Spätschicht in einem Hüttenwerk, das Hunderte von Arbeitern in ihren Sicherheitsanzügen und Stahlkappenschuhen zu ihrem Arbeitsplatz laufen ließ. Irgendwo gingen fünf Mädchen zusammen zu einer entfernten Brunnenstelle, an der sie das Wasser für ihre Familien für den Abend holen mussten, und fragten sich auf dem Rückweg das kleine Einmaleins ab. Irgendwo saßen Pendler in dem allmorgendlichen Stau auf einem Highway fest, weil sie ihren Erwerbstätigkeiten in einer Stadt nachgingen und über Radio hörten, dass die Temperaturen bis zu 33 Grad C am Tag ansteigen sollten und auch für die Nacht keine Besserung zu erwarten sei, bevor die Top Ten der Charts gespielt wurden. Irgendwo schürften Menschen mit ihren Händen noch die kleinsten Kohlestücke aus für die Industrie unergiebigen Flötzen, die sie dann mit auf Fahrrädern geladenen Säcken über eisglatten Pisten nach Hause brachten, um wenigstens die Küche gegen die klirrende Kälte zu heizen, wenn man schon nichts zu essen hatte. Und irgendwo schritt eine grazile Schönheit, einen

Strand als Laufsteg nutzend, um eine gute Mahlzeit und ein weiches Bett für eine Nacht durch einen bezahlenden Freier dem Leben abzuringen. Und schließlich ruhten oder warteten irgendwo Hunderttausende Lariden, Suliden und Fulmare auf die Aussagen eines Alben und einer irdisch Geborenen, um die mögliche Geschichte eine bessere werden lassen zu können, die ihren Irrtümern nicht beraubt werden konnte, aber deren Nachteile für alle Geschöpfe auf Erden begrenzt werden könnten.

Camshron stand mit Southfield auf. Sie wollten sich ihre Beine vertreten gehen, da sie lange genug gesessen und zugehört hatten. Sie waren auf Brian und darauf gespannt, was der Naien tun wollte. Seit ihrer Geburt hatten die Dunedin keinen Alben so lange auf Erden verweilen sehen. Auch wenn sie nur selten und dann kurz zu den beiden hinschauten, so schienen sie sich nicht zu verändern. Sie standen bloß zusammen, die Naien hielt Brians Hand, Makar saß abwesend auf dem Arm des Alben, und Brian schien wie versteinert, obgleich ihr gesenktes Gesicht von innerem Leben übermenschlich strahlte.

So gingen Camshron und Southfield und unterhielten sich etwas abseits, um die Zeit für sich zu nutzen. Sie hatten etwa das gleiche Alter – Southfield war nur 35 Jahre älter als Camshron – und hatten sehr ähnlich gelagerte, persönliche Interessen. Während Southfield sich vornehmlich im Norden aufhielt, bevorzugt in Schottland und Skandinavien, hatte Camshron nach dem Ersten Weltkrieg Europa oft verlassen und die Auswirkungen der Europäer, Amerikaner und Asiaten auf Afrikaner gesehen. Sie hatten schon oft darüber gesprochen, doch Camshron wurde mit den Jahren immer betroffener, da nicht nur die Märkte und die perfiden Interessen der Ersten Welt den Menschen das Leben unmöglich machten, sondern, geschuldet einem Klimawandel, schwierigste Wetterschwankungen dazukamen. Dürren und Trockenzeiten ungekannten Ausmaßes. Überschwemmungen und Cluster-Gewitter nie geahnter Heftigkeit. Und davon berichtete er gern, gleichwohl allen Menschen auf diesem Kontinent nicht mehr zu helfen sei. Afrika sei zu groß. Die Interessen zu vielschichtig. Das Vertrauen der Menschen ineinander gezielt entzweit und untergraben. Und der Glaube an die *Weißen*, die ihnen wie allen anderen Irdischen früher erschienen waren – doch die nichts mit den hellerhäutigen Menschen zu tun hatten, sondern die albischen Naien gewesen waren –, sei so groß und naiv treu, dass es ihn schmerzte, wie brutal und hinterhältig sie von den weißen Menschen ausgesaugt, missbraucht und verachtet werden, während viele immer noch Gutes glaubend doch nur Schlechtes erfuhren. Und umso dramatischer die Lebensbedingungen wurden, desto lauter wurden sie zu ganztägigen Gottesdiensten gerufen. Und sie beteten kräftiger und jeden Tag länger und spendeten mehr von dem wenigen, was ihnen geblieben war, damit sie der Gott erhöre, den die Weißen projizierend verhießen hatten. Doch er hörte nicht die Gebete derjenigen, die nichts mehr besaßen. Und es geschah nichts, selbst falls man sich als Opfer dargebracht hätte, außer vorgetäuschten Wunderheilungen, um dann den Herrn umso mehr zu preisen. Was in Europa längst der Vergangenheit angehören sollte, fand seine exakte Wiederholung in Afrika, meinte Camshron. Mit großer Betroffenheit hörte Southfield das Gesagte und machte sich darüber Gedanken, wie wohl die Entwicklung in der Wiege der Menschheit vorangebracht werden könnte.

„Selbst wenn es zynisch klingt, Lime: Auch dort müssen wohl weitere Millionen von Menschen sterben, bevor die Afrikaner aufwachen, sich zusammenschließen und sich das Unrecht nicht mehr gefallen lassen. Denn sie werden schon noch begreifen, dass ein Naien kein Engel ist und der allerorts verkündete Heiland kein Segensbringer sein wird. Es tut mir für die Menschen so leid, die jeden Tag aufs Neue betrogen werden."

„Es schnürt dir die Brust zu, wenn du diese guten Irdischen siehst, die dann einfach im Dreck liegen gelassen werden", meinte Camshron. „Und sie haben das nicht verdient. Sie leben in reichen Ländern, haben Bodenschätze und Ressourcen und werden nach Strich und Faden selbst von ihren eigenen Präsidenten verarscht. Die Machthaber werden mit ein paar Milliönchen aus der Ersten Welt gekauft und gefügig gemacht, die Bodenschätze billig abgefahren und übrig bleibt der Staub, den sie dann mit etwas Wasser vermischt backen und als Brot essen, um den Magen mit irgendetwas zu füllen, da sie sich kein Mehl mehr leisten können."

„Hoffentlich ist das der letzte Schritt vor ihrer Befreiung, die sie selbst herbeiführen müssen. Andernfalls können sie ihrer Entwicklung nicht entsprechen", sagte Southfield. „Was meinst du, würde geschehen, falls Patty da unten einmal auftauchen würde? Würden die Afrikaner sie hören? Würden sie einem Alben zuhören? Oder sind sie bereits so weit einer Gehirnwäsche unterzogen worden, dass alles umsonst wäre?"

„Falls man Patty an ein Kreuz tackern würde … und sie im Sterben begriffen wäre, dann würde man ihr wahrscheinlich glauben. Weißt du, so wegen der gleichen Bilder. Aber man müsste großes Leid auf die eigenen Schultern laden, bevor die Menschen ihre Augen öffneten, denn es ist großes Leid in ihren Herzen, und mit ihren klagenden Seelen wissen sie schon lange nicht mehr, wohin. Sie lachen bereits, so groß ist ihr Schmerz", sagte Camshron, als Sidhe und Daoine zu den zwei Ältesten herübergeschritten kamen und Sidhe prompt klarstellte, dass man Brian nicht nach Afrika lassen werde, da sie Bruchstücke der Unterhaltung aufgeschnappt hatten. Die beiden Dunedin mussten lachen.

„Na, irgendwie muss sie ja Geld einbringen. Und wenn wir sie da unten ein bisschen predigen lassen, schlagen wir uns hier mit den Gewinnen die Bäuche voll", lachte Southfield, den die Erzählung von Camshron sehr bewegt hatte. Seit langer Zeit wusste man um das Unrecht, das mit Glasperlen und Spiegelscherben angefangen hatte. Und was als die Gaunerei von wenigen Ganoven angefangen hatte, ist heute eine gesellschaftstragende Kraft in der Ersten Welt, die zulasten derjenigen geht, die zuerst von Glas und dem eigenen Antlitz verzaubert gewesen waren. Und sprach das Glas nicht alle Menschen an? Um wie viel mehr die Afrikaner, die dieses Glas von ihren scheinbar weißen Göttern bekamen, die sich als Teufel ihres eigenen Glaubens verhielten. Sie konnten sich nur einer anderen Hautfarbe rühmen, sich aber weder human und noch weniger nächstenliebend verhalten haben. Sie waren eben nur irdisch evolutionär, was man ihnen noch nicht einmal vorwerfen konnte. Dennoch hätten sie sich nicht mit falschen Federn schmücken dürfen – was auch nur menschlich sei, aber weder human noch zivilisiert. Dann verstanden auch die Dohlen den Spaß und schmunzelten.

„Wir haben nur ein wenig über die Afrikaner gesprochen, weil Lime, die Krummnase, sich häufig da unten aufhält", meinte Southfield erklärend. „Und ihr beiden: Kennt ihr Lime eigentlich? Man hat euch noch gar nicht richtig vorgestellt, nicht wahr?!", fragte er und machte die Dohlen mit Camshron bekannt, der große Achtung vor den beiden bekam, als er hörte, dass die zwei Bergdohlen Brian die ganze Zeit begleitet haben sollten. Und die Dohlen erzählten ihm auch, dass die Blondelfen Alwyyn gebeten hatten, jemanden zu Akita, der freien Grauwölfin zu schicken, der zwischen Brian und der Wölfin vermitteln könne, da die Frau die Wölfin nicht verstehen konnte. So seien sie in Finnland zu Brian gekommen.

„Die Vanyar ... Wieder einmal", schnalzte Camshron.

„Ihr kennt sie? Als Dunedin?", fragte Daoine.

„Ja. Wir kennen sie. Aber wir interessieren uns nicht sonderlich füreinander. Sie haben keine Lust auf diese Welt, und wir sind die ach so edlen, hochtrabenden Reden der Vanyar leid. Sie beschreiben immer nur die Vergangenheit, während sie in Wirklichkeit hier nicht sehr produktiv sind", sagte Camshron enttäuscht von den Elfen.

*„Jedenfalls Patty haben sie geholfen. Oder vielleicht haben sie auch nur Akita geholfen!?"*, dachte Daoine.

„Ach, Patty konnte mit ihnen sprechen?", fragte Southfield sehr überrascht nach.

„Nein, das nicht. Aber Akita, die Wölfin, konnte es. Und die Vanyar haben getan, was sie von ihnen gewünscht hatte."

„Von der Wölfin habe ich reden gehört. Pattys Fell, nicht wahr?!", und eine der Dohlen nickte und meinte, die Elfen hätten es der freien Wölfin nach ihrem Tod abgezogen und sogar mit dem Garn ihrer Graumäntel genäht. Sowohl Southfield wie Camshron waren beeindruckt, denn davon hatten sie zuvor niemals gehört, dass ein Vanyar die Decke eines Tieres mit ihrem Elfengarn für einen Menschen genäht haben sollte.

„Das ist wirklich eine Ehre", staunte der Dunedin. „Wir mussten uns unsere Jacken selbst füttern, stimmt's, Oak?", sagte Camshron, der lachend nickte. „Respekt, meine zwei kleinen

Freunde. Ja, die Daoine Sidhe haben sich immer schon kleine, tapfere, mutige Gesellen gesucht. Und ihr seid ganz besonders", freute er sich. „Schade, dass sich Alwyyn nicht verabschieden konnte. Auch jemand, der mir sehr ans Herz gewachsen war."

„Uns allen", ergänzte Southfield.

„Dafür werden wir gleich Makar begrüßen dürfen sowie Patty, die albische Naien, was ich niemals für möglich gehalten hätte", meinte Sidhe. „Und was ich noch fragen wollte: Die Naien haben von den *Kindern Ifrinns und Adhars* gesprochen. Wer sind diese Kinder? Meinen sie uns alle damit? Und wer waren die beiden?" Southfield musste – wenn auch respektvoll – lachen.

„Nein. Ihr seid keine Kinder Ifrinns und Adhars. Wir sind deren Kinder. Die Ältesten. Die Dunedin. Ifrinn und Adhar waren die ersten von uns, die hier geboren wurden. Aus dem Namen *Adhar*, den die Irdischen irgenwie aufgegriffen haben müssen, wurde Hundertausende von Jahren später der Name *Adam*. Und aus *Ifrinn* wurde *Eva*. Die Irdischen haben die Namen tumb übernommen und ihre eigene, einfältige Geschichte dazu erzählt, Sidhe. Die Dunedin sind die *Hellen des Himmels* und die *Hellen der Luft*. Obwohl wir die Sonne schätzen, setzen wir uns ihr aber nicht gerne aus", erklärte Southfield.

„Das habe ich nicht gewusst", staunte Daoine. „Dann ist Patty also auch … Nein. Sie ist ja keine von euch. Patty wird eine Albe", korrigierte sich die Dohle schnell und überlegte die Worte Southfields sehr sorgsam. Sidhe war noch mehr überrascht als Daoine, denn es war das erste Zusammentreffen mit den Naien, das sie erlebt hatte. Die Ansprache der Naien für die Dunedin war ihr also fremd und die Geschichte von Adam und Eva hatte sie wohl schon einmal gehört, ihr aber nicht genügend Bedeutung beigemessen. Sie wussten wohl so viel, dass es sich laut dem Christenbuch um die ersten Menschen handeln sollte, was laut Southfield und Camshron dann wohl auch zu stimmen schien. Aber sie waren von keinem Gott in einen Garten Eden gesetzt?, erkundigte sich Sidhe bei den Ältesten.

„O doch. Und wir alle sind ein Teil dieses Garten Edens. Es ist unsere Erde. Witzig genug, wonach die Menschen streben und den Wald vor lauter Bäumen nicht sehen. Und wenn in der Nennung der Irdischen immer *Adam und Eva* geschrieben stehen sollte, so ist es doch *Ifrinn und Adhar*, da der weibliche Aspekt so wertvoll wie der männliche ist und dem Manne immer vorausssteht. Deshalb nennen wir immer zuerst die Frau und erst dann den Mann", erklärte Camshron weiterführend.

„Das ist ja sehr wenig orginell", erwähnte Daoine abfällig. „Die hätten sich ja wenigstens eigene Namen ausdenken können …, so was wie John und Lilly. Ziemlich fantasielos, finde ich. Aber sehr interessant", und die Dunedin sahen die beiden schwarzen Dohlen an, bewunderten sie für ihre Geduld mit Brian und für ihre Leichtigkeit, mit der sie einfach über das eine der zehn heiligen Bücher der Menschheit hinwegschreiten und kopfschüttelnd fliegen konnten, während es der Menschheit so viele Probleme verursacht hatte.

„Ja. Es ist sehr unorginell. Manche Passagen sind spannend zu lesen, für diejenigen, die eine Erbauung brauchen. Und ich bin mir auch sicher, dass es bestimmt nicht verkehrt ist, falls die Irdischen, die innerlich zerrissen sind und nichts ahnend dahinvegetieren, sich aufrichtende Literatur in die Hände nehmen, so sie ihnen dann hilft. Aber wirklicher wird diese Welt mit ihren Menschen dadurch nicht. Das Paradies ist hier und heute und jetzt. Deshalb müssen wir es pflegen, weil es ein anderes Paradies in diesem Weltenraum für uns nicht gibt", sagte Southfield. „Aber die Geschichten sind von Irdischen für Irdische gemacht. Und all der ganze Aufwand …", wollte er noch weiter ausführen, als er unterbrochen wurde, da unter den Seevögeln Unruhe aufkam, die beobachteten, dass sich Brian und die Naien bewegt zu haben schienen.

Makar war bereits von dem Arm des Alben geflogen, hatte sich mit seinem weißen Haupt in eine Astschere der alten Kiefer gesetzt, als alle anderen sahen, wie Brian mit geschlossenen Augen ihre beiden Hände auf die Brust der Naien legte, während die Naien eine ihrer Handflächen nahm und sie gegen ihre Stirn hielt. Brian wurde in jenem Augenblick von einem plötzlichen Licht erfasst, das die ganze Zeit grau in dem Hochtal gelegen hatte.

Nun durchströmte es sie aus allen Richtungen, strahlte matt für sie durch ihre Augen, wallte zwischen ihren Lippen, als sie den Kopf hob und sich die beiden Alben zu umarmen schienen. Und im nächsten Moment war das Licht jenes Tales der großen Zusammenkunft in den Naien verschwunden.

Die Vögel erschraken. Die Dunedin verstummten, kamen zusammen und stellten sich mit ihren schweren Lederjacken in einem Halbkreis auf, als Brian noch wie benommen stand. Sie konnte sich nicht regen. Ihr Kopf schien halb gesenkt und halb zur Seite gelegt, bevor sie langsam wieder ihre Augen öffnete, in ein dunkles, nordisch kaltes Tal schaute und ihre Dohlen auf sich zufliegen sah. Ein Strahlen lag auf ihrem Gesicht, das Sidhe und Daoine niemals zuvor bei ihr gesehen hatten. Eine Ruhe schwemmte durch ihre Adern. Ein tiefes Pochen schlug noch in ihrer Brust, und ihre Haut fühlte etwas wie einen Nieselregen, der durch ihre Poren tropfte, als sie die äußere Stille vernahm. Schemenhaft erkannte sie die Versammlung und ihre beiden Dohlen, derer sie sich sicher wahr. Mit einem glücklichen Seufzen begrüßte sie das wohlbekannte Flattern ihrer Begleiter. Dann sah sie in der Dunkelheit die Silhouettenschar der Dunedin und hörte das nervöse Geraschel des Gefieders aller anderen Vögel. Sie fühlte nur, wo sie war. Und das war Schottland. Das zaubervolle Hochland der schottischen Berge. Der Berge, in denen sie gut aufgehoben war, im Kreis von Freunden, mit Tränen in dem Gesicht, in der Kleidung der Dunedin, und fragte Sidhe leise als Erstes nach ihrem Pelz der Grauwölfin, den Dualchar bei sich aufgehoben hatte, um ihn für Brian bereitzuhalten. Alles war so schnell gegangen, da sie bereits von den Naien erwartet worden waren. Brian nickte kurz zu ihr hinüber, die vor ihr in dem Halbkreis der stolzen Dunedin stand, während sie die unzähligen Seevögel ob der Dunkelheit kaum noch sehen konnte.

Makar saß über ihr, als Weißhaupt und neuer Wächter der Tore, und hatte weder die Stimme Alwyyns noch seine Autorität, die durch die Jahre gewachsen war. Doch die Nähe zu der Naien hatte ihn verändert und ließ ihn plötzlich den anderen erscheinen, wie Alwyyn ihnen erschienen war. Die Vögel meinten, etwas erleben zu müssen, was ihnen in fantastischer Erinnerung bleiben müsse. Doch das Erleben blieb aus. Keiner, der eine Rede hielt, und die andere Naien schien mit dem Graulicht verschwunden. Man war in der Finsternis einer schottisch feuchten Januarnacht angekommen und wartete ab, während ihnen die Kälte wieder in die Glieder fuhr und die Dunedin ihren Atem vor dem Mund spürten. Ein guter Geist schien mit Alwyyn gegangen, und die Kraft Makars musste sich erst noch beweisen, denn sie zeigte sich nicht, und er war sich seiner gastgebenden Rolle nicht bewusst.

Dann trat die erfahrene Rionnag aus dem Halbkreis der Dunedin hervor. Morag und Dorch folgten ihr und näherten sich gesetzten Schrittes über den sumpfigen Boden Brian. Sie wussten nicht, was sie zu erwarten hatten, als sie zum ersten Mal Brians Augen nach der Union mit der Naien friedlich leuchten sahen. Doch Brian verstand zu sagen, dass alle hier auf Erden willkommen seien. Dann nahm sie Rionnag in den Arm, und plötzliche Tränen liefen auch ihr über das Gesicht, als Brian, in der Umarmung von Rionnag gehalten, bewusstlos wurde und durch die Dunedin geborgen zusammenbrach. Das erschrockene Raunen in den Reihen der Vögel hörte sie nicht mehr. Auch hörte sie nicht die Ansprache von Southfield und die erklärenden Weisungen der Gaidheal für die Fulmare, Lariden und Suliden. Sie spürte nicht den Wind unter den Flügeln der Tiere und sah sie nicht in die Nacht ausschwärmen. Sie hörte nicht die Stimmen und spürte nicht die Umarmung Rionnags. Sie schwamm und sank in einem grauen Wasser in sich davon, glücklich verschmolzen in der Endlichkeit aller Räume.

# XLII

*„Sucht keinen Streit — doch geht ihm nicht aus dem Weg, falls er sich nicht vermeiden lässt,* hättest du nun wirklich nicht sagen müssen, Spruce", meinte Samhradh, da die Dunedin noch bis in die Morgendämmerung zusammengesessen hatten. Rionnag hatte Brian in jener Nacht in ihren Armen aufgefangen, sie vorsichtig auf den feuchten Boden gelegt, sich dann zu ihr an einen Kiefernstamm gesetzt und sich ihren bewusstlosen Kopf in den Schoß gelegt; sie hatte Brian mit Akitas Pelz zugedeckt und streichelte über ihre Haare. Sie war verwundert, wie leicht Brian trotz ihrer Größe war und wie kühl sie sich anfühlte, obwohl sie eine zarte, rosa Hautfarbe besaß. Aber ihre Körpertemperatur war kühl. Besser konnte sie die Temperatur Brians auf Fragen von Morag nicht beschreiben.

Southfield hatte noch in der Nacht allen Vögeln gedankt, diese großen Zeitenwenden in der Geschichte des Lebens durch ihre Anwesenheit bezeugen zu können, da bisher nur zwei Naien auf Erden geboren worden waren und diese die dritte sei. Keiner der Anwesenden hatte jemals einen solch geschichtsträchtigen Moment erlebt, da die anderen geborenen Naien lange vor den nördlichen Eiszeiten die Welt verlassen hatten. Er hatte den Lariden und den Suliden, den Fulmaren und allen, welche anwesend gewesen waren, angemessen gedankt. Dann hatte er sie zurückgeschickt, zu allen anderen Vögeln der Küste, um ihnen zu erzählen, was sie gesehen hatten. Drei bat er zu bleiben, einen einer jeden Art, die gekommen waren, um das Erwachen von Brian abzuwarten und zu hören, was sie zu sagen haben würde, damit man gemeinsam Pläne fassen konnte, um sie auf Erden zu schützen.

So waren die Vögel losgeflogen. Sie hatten keine frohe Kunde zu bringen, sondern die zu tragen, dass man, falls nötig, auf Generationen hinaus sich um wenigstens einen Alben auf Erden zu kümmern habe, der hier geboren sei, doch nicht in diese Welt gehöre. Und es sei eine der alten Gesandten, die ihr Leben damals für sie gelassen hatten. So war die Botschaft, die sie an den Küsten verbreiten sollten, eine tragische. Aber sie waren geflogen, mit den imposanten Eindrücken der großen Versammlung um die Naien und dem wunderbaren Frieden, den die Naien sie erleben ließen. Sie flogen mit dem Wissen, dass diese Erde der einzige Ort sei, an dem sie leben könnten, und hofften, dass sich die Menschheit dessen ebenfalls besinnen würde. Sie flogen mit ermutigendem Idealismus und würden sicherlich auf verständnislose Ohren derjenigen stoßen, die an diesem Treffen nicht teilgenommen hatten – und sich nicht glücksbeselt auf ihren Weg machen konnten, um eben diese bittere Nachricht den Vögeln zu bringen.

Und als Southfield noch in der Nacht seine Ansprache geschlossen hatte, dachte er für Momente an Beethoven. Er dachte an das großartige Werk der *Ode an die Freude* und die Innigkeit, mit der die Menschen zur Brüderlichkeit aufgerufen wurden. Und der Tonmeister selbst stand bereits taub am 7. Mai 1824 im Kärntherthor-Theater, um seine Symphonie neben einem Dirigenten mitzugestalten. Southfield, der bei der Uraufführung gewesen war, hatte das Werk zu Tränen gerührt. Tumulte der Begeisterung unter den Menschen, bis die Polizei eingeschritten war. Und der Meister Beethoven, der weder seine Musik noch das Toben der Massen zu hören vermochte, dirigierte weiter, bis ihn Frau Unger behutsam an den Schultern vom Orchester wegdrehte und in das rasende Publikum schauen ließ, damit er wenigstens sehen konnte, was seinen Ohren verwehrt blieb. *Endlich einmal zu wissen, anstatt nur zu glauben*, dachte er bei sich. Sich endlich aus dem verschlagenen Schatten herauswagen, in das Licht treten, die Hände zum Gruß aller Menschen geöffnet, das schartige Schwert in den Boden gerammt und das Kreuz endlich als praktisches Friedenssymbol begriffen, und dann in das Licht treten und mit trockenem Blut an den Händen fragen, was man endlich tun könne, um die offenen Wunden der Vergangenheit zu heilen und sich gemeinsam mit anderen in keines Herren Dienst zu stellen, der einen mit Glauben verwirrt, indem er die Wirklichkeit verwäscht. Endlich mutig und frei in das Licht hinauszutreten, in einen wolkigen Himmel zu schauen, Regen auf der Haut zu spüren und verlässlichen Wissens sagen zu können: *Wir brauchen kein versprochenes Paradies. Wir haben diese Erde ...* und einen anderen, wie man selbst einer ist, zu einem Stück Trockenobst einzuladen, um ihn seines sicheren Weges zu fragen. In keiner Fron zu stehen. Keines Herren dienender Lakai zu sein. Ein intelligent freundlicher Wanderer als Mitglied der gesamten Menschheit zu werden. Hilfreich. Furchtlos. Tolerant. Fantasievoll. Und endlich human.

Er hatte die *Ode an die Freude* nicht gesungen, kannte aber jede Strophe und hatte bei dem Gedanken an sie und die Erinnerung der Uraufführung einen glücklichen Glanz in den Augen, als er an den freudigen Moment und die Größe möglicher Menschlichkeit dachte. Keine falschen Versprechungen und kein tollpatschiges Irren in dunklen Klausen und muffigen Kellern, weil man sich schuldig fühlte. Sondern frei zu atmen, den Tag auf dieser Erde einen Tag sein zu lassen und sich über die eigene Kraft zu freuen, die die Kinder in ihren Kindern und Kindeskindern pflanzen konnten. In Sicherheit als Mensch ohne Angst vor anderen leben zu können. Diesen Gedanken hing Southfield oft nach und empfand wahre Freiheit nur unter den Dunedin, mit den Tieren und in seinen nordischen Wäldern, die noch nicht zervölkert waren, wie die Sommer- und Frühlingswälder des Südens. Der Norden schien den Menschen kalt und unkomfortabel – aber er atmete und hatte seine verschneit gütige Wärme.

Daoine und Sidhe hatten sich mit den drei zurückgebliebenen Seevögeln ein wenig abgesetzt, während Makar über Rionnag und der ruhenden Brian wachte. Die Seevögel hatten sich in das weiche Süßwasser begeben und waren mit ihren Körpern tiefer eingetaucht, als sie es erwartet hatten. Doch das Schwimmen in dem Wasser entspannte sie. Die Dohlen Brians hatten sich auf einen Felsquader an das Seeufer gesetzt, nachdem sie sich einige Würmer aus dem Boden gezogen hatten. Die Blesshühner waren sich nicht länger sicher, ob sie jemals wieder die ersehnte Ruhe an ihrem Tümpel haben würden, als es zu nieseln begann. Vielleicht aber würden von jenem Tag an, an dem die merkwürdigen Dohlen in ihrem abgelegenen Tal der Highlands erschienen waren, derlei sonderbare Veranstaltungen auf der Tagesordnung stehen, mutmaßten sie.

„Aber es macht Spaß …, so im Süßwasser zu paddeln. Man schwappt so mit seiner Brust auf und ab … bei den Bewegungen", meinte der Fulmar, und die anderen beiden schauten ihn verwundert an, wie er mit seiner Brust das Wasser bei jedem Beinschub verdrängte. „Außerdem schmeckt es."

„Du hast Ideen", erwiderte die Sulide.

„Ja, die braucht man, wenn man sich etwas langweilt", erwiderte die Mantelmöwe und probierte, was der Fulmar ihr demonstrierte. Die Dohlen saßen nur und schmunzelten über die beiden Seevögel, die sich im spielerischen Wettstreit mit dem Wasser beschäftigten, während der ehrenwürdigere Basstölpel zu ihnen herangeschwommen kam und das jugendliche Gebaren der anderen kommentierte.

„Und mit solchen Kindsköpfen wollt ihr gegen den Menschen ins Feld ziehen?", fragte er die Dohlen. „Da bist du besser gestellt, wenn du eine Dohle an deiner Seite hast."

„Falls du ernsthaft meinen würdest, was du sagtest, dann würde ich darauf zu antworten wissen", erwiderte Sidhe.

„Das glaube ich dir aufs Wort", sprach der Tölpel und hatte eine ungeahnte Achtung vor den kleinen schwarzen Vögeln, die ihm zuvor nirgends aufgefallen waren. Doch jetzt, da man sich bekannt geworden war, hatte er großen Respekt vor den Leistungen und vor allem der treuen Hingabe bei der Erfüllung ihrer Aufgaben bekommen und schämte sich fast für seinen ersten, arrogant rüden Auftritt am Bass Rock, bei dem er ausgerechnet auf die Dohle getroffen war, die nun das neue Weißhaupt schien und sich bisher noch nicht geäußert hatte. Sie saß bei den Dunedin im Baum, unter dem Brian mit ihrem Kopf im Schoß Rionnags lag, und wachte einer neuen, angetragenen Pflicht. Ausgerechnet dieser Dohle hatte er Angst machen wollen, während sie von ihm als Basstölpel nur bewundernd geschwärmt hatte. Doch, es war ihm sehr unangenehm, was sein Stolz aber laut nicht zugeben lassen wollte. „Wenn ihr nur noch schwimmen könntet, dann würdet ihr mir den Respekt abverlangen, der meinesgleichen in den Schatten stellen würde. Wie gut, dass ihr es nicht könnt."

„Für das Erste ist das genug der Ehre", sagte Daoine, die den Basstölpel für sehr beeindruckend, stolz und unbestechlich hielt.

„Wenn da noch mehr Achtung wäre, würdest du wahrscheinlich dein Gefieder schwarz färben", spaßte Sidhe, und die Sulide hatte verstanden, als Southfield von hinten zu den sich unterhaltenden Vögel in der Dunkelheit herangelaufen kam, auf dem großen Felsen der Dohlen Platz nahm und Sidhe ihm erzählte, dass man nun auch noch schwimmen lernen müsse, damit man einen Tölpel von seiner Kampfesstärke überzeugen würde.

„So. Dann würde vielleicht ein längerer Schnabel auch sinnvoll sein", lachte Southfield zufrieden, und der Tölpel kam an das Ufer geschwommen, watschelte dann behäbig raschelnd durch das hohe Gras, während der Sturmvogel und die Mantelmöwe noch ihre Experimente mit dem Süßwasser trieben. „Siehst du. Hier hast du mich gekennzeichnet, Qualms", sagte der Dunedin und zeigte seine Hand, die wohl verheilt, aber noch mit einer wunden Narbe versehen war.

„Hmmm …, das musste sein. Und du weißt das", sagte der Tölpel reuelos.

„Hättest du mir keine deiner Feder dafür freiwillig gegeben, dann …"

„Dann was, mein Freund? Was dann? Was dann tut ein alter Dunedin einem Morus?", schmunzelte der Tölpel.

„Geht es euch gut?", wechselte Southfield das Thema und lachte nickend zu den Vögeln, die sich ausgezeichnet fühlten. Der Tölpel wollte von Southfield wissen, was er meinen würde, wann Brian erwache, damit man keine schnellen Schlüsse unter den Vögeln an der Küste fassen würde, die man dann schwer, falls überhaupt, korrigieren könnte. Und er kannte die kurzluntigen Charaktere der Küsten. Southfield wusste nicht mehr als seine Freunde und sagte nur, dass man abwarten müsse. Man wisse auch nicht, was mit der dritten Naien geschehen sei, da sie plötzlich verschwand, wie sie gekommen war. Eigentlich würde das den Naien nicht entsprechen.

„Und habt ihr auch diesen Frieden gespürt?", fragte er die Vögel, die sich jetzt alle in seiner Nähe aufhielten.

„Ja. Satt und friedlich. Kein Sturm. Kein Wind und kein Nordmeer. Keine Klippen und keine Fischer. Es war wunderbar", meinte der Tölpel, als die anderen sagten, dass er es war, der als Erster eingeschlafen sei und nichts mitbekommen hätte. Und sie lachten zusammen. Sie freuten sich des nächtlichen Augenblickes in dem Norden der Welt, in der man ohne Sorgen herumalbern konnte, um einen Engel erwachen zu sehen, wie es die Fulmare scherzhaft nannten, in Anspielung auf einen Herren *Lukas*, der keinen der Seevögel oder gar der Dunedin hatte kennenlernen dürfen.

So hatten sie die Nacht bis zum Morgen verbracht. Die meisten hatten sie durchwacht. Der Sturmvogel und die Mantelmöwe waren auf dem See schwimmend eingeschlafen, so sicher hatten sie sich gefühlt. Rionnags Kopf war dösend auf die Brust gefallen, während die anderen Dunedin unter ihren Jacken miteinander sprachen und leichter Regenfall von den Berghängen tropfend herabrann. Kleine Rinnsale, die in das sumpfige Tal flossen und in den winterlichen See fielen, als Brian von niemandem bemerkt erwacht worden war, bis sie sich wonnig unter dem Pelz Akitas drehte, den Kopf hob und in den Tag hineinsah.

Die Ersten, die sofort zu ihr kamen, waren ihre beiden Dohlen, als seien sie aufeinander abgestimmt wie ein folgsamer Wildhund seinem menschlichen Begleiter. Sie hatten wahrhaft immer einen Blick auf Brian gehabt. Selbst schlafend hatten sie zwischendurch geblinzelt, um sich ihrer zu vergewissern, bis sich dann die furchtbaren Ereignisse der letzten Zeit auf Merlins Inseln entwickelt hatten. Umso mehr achteten sie nun auf Brian, da sie sie einmal bereits verloren zu haben glaubten. Diesen unerträglichen Schmerz wollten sie nicht wieder in ihrem Körper spüren müssen.

Brian erwachte so leise, dass selbst Rionnag von den Bewegungen ihres offenbar leichter gewordenen Körpers nicht zu sich kam und weiter an den Kiefernstamm lehnend saß, bis sie etwas an ihrer Hose störte, das sie vertreiben und mit ihrer Hand danach in den herrlichen Pelz der Akita fahren wollte, der dann schon aber nicht mehr auf ihren Beinen lag. Und als sie ihre Augen öffnete, standen bereits alle Dunedin um Brian herum, lachten dann über sie, die verschlafen hatte, und hatten jene, die ihr Fell fest um die hageren Schultern zog, in ihre Mitte genommen.

Brian war erfreut. Sie war gegenwärtig. Sie war ansprechbar. Sie war wach und voller Glück. Sie strahlte in einer überirdischen Aura, die die Dohlen niemals zuvor um sie strahlen sahen. Früher hatte sie lachen und sich übermäßig freuen können. Aber ihre gegenwärtige glückliche Ruhe und friedlich strahlende Größe waren nicht in dieser Welt zu Hause. Ihre Haut war fahl, und ihre Lippen schienen schmaler geworden zu sein. Und als Rionnag noch etwas verschlafen aufstand, mit schweren Knien, die sie durchdrückte, nickte Brian ihr nur zu und dankte ihr für die Fürsorge und das weiche Lager ihres Hauptes. Danach schaute sie zu allen anderen, die sich erwartungsvoll um sie herum aufgestellt hatten, als sie tief einatmete und die Dunedin fragte, ob sie einen Moment mit Daoine und Sidhe allein sein dürfte, weil sie ihre guten Geister und treuen Weggefährten ganz persönlich und *privat* begrüßen wollte. Selbstverständlich gewährte man ihr diesen Wunsch, freute sich über den offensichtlich klaren Geisteszustand von Brian, da man eine Begegnung von einem Menschen und einer Naien noch nicht miterlebt hatte, und war sich in jenem Moment sicher, alles auf Erden richten und erledigen zu können, was für die Menschheit angestoßen und angeregt werden müsse, damit sich das Leben aller weiterentwickele.

Daoine und Sidhe waren stolz auf den nicht vermuteten, doch ihnen nun dargebotenen Respekt, den sie von allen erhielten. Und sie waren sicherlich die erlauchtesten Dohlen – neben dem Weißhaupt Makar –, die es auf dieser Erde geben sollte. Dessen wurden sich die beiden durch die ihnen plötzlich gezollte Zurückhaltung in jenem Moment bewusst.

Brian, mit dem Wolfsfell über den Schultern, nahm sie dieses Mal auf, trug die beiden in ihren Händen, was sie nie zuvor getan hatte, und fragte sie, wo man ungestört sprechen könnte.

Sidhe und Daoine waren verwundert, sagten aber dann, dass sie auf einem gut geschützten Felsen gesessen hätten, am Ufer des Teiches, zu dem man gehen könne, um sich seiner Ruhe gewiss zu sein. Es seien nur einige Schritte. Dann schaute Brian die drei Seevögel an, die kaum verstanden, was sie zu tun gedachte. Ihnen warf sie als Ersten einen tief dankbaren Blick zu und erklärte nur, dass sie gleich kommen werde, sowie sie einen Moment mit ihren Dohlen verbracht habe, was die Vögel so weit verstanden und achteten, indem sie sich zu den Dunedin gesellten, die sich gerade über Rionnag lustig machten, als Brian, Sidhe und Daoine den Steinquader erreichten, auf dem die Dohlen die Nacht verbracht hatten.

Der Morgen lag in feuchter Luft. Ein grauer Wolkenhimmel hing hoch über den Bergen, und man konnte von dem Felsen aus auf den Fußpfad hinab aus dem Tal schauen, durch das sie gekommen waren. Erdige Farben überall und so ganz anders als auf Merlins Insel. Der leichte Wind roch nach dem ausströmenden Harz der alten Kiefern und dem frühen Birkenwasser, das mineralstoffreich sauer in den Winterwurzeln lagerte. Es roch nach jungem Torf des sumpfigen Moores und nach organischen Fasern der Jahrhunderte. Brian setzte die Dohlen auf den Stein, zog sich das Fell um die Schultern, obwohl sie nicht fröstelte, und strahlte die beiden Freunde ihrer Einsamkeit an, denen sie ein vielfaches Überleben zu verdanken hatte.

„Sagt ihr mir nur, ob es wahr ist oder nicht, was ich hier erlebe und sehe. Und falls ihr mir sagen solltet, dass es real ist, ihr beiden …, erst dann glaube ich dem, was hier geschieht", flüsterte Brian zu Sidhe und Daoine, die Brians wundervoll leuchtenden Augen sahen und ihre veränderte Haut bemerkten; sie strich sich ihre Haare aus dem Gesicht, als Daoine sagte:

„Also …, falls ich deine Zähne sehen darf, dann sage ich es dir", und alle drei mussten herzlich lachen. Sie vermochten zu lachen, wie es ihnen auf ihrer Insel nicht gelungen war, und fühlten sich in jenem Moment als ein einziges, fröhliches Kind dieser Erde.

„Du bist so verändert", freute sich dann Sidhe über Brians Gegenwart mehr denn je.

„Wir sind es. Wir alle. Wir zusammen machen die Veränderung aus", sprach sie und lächelte mit freundlichen, tief blickenden Augen in das hellblaue Wasser der beiden Dohlenaugenpaare. „Was ich empfinde, ist so großartig schön, ihr beiden, dass mir nach Worten nicht zumute ist. Und trotzdem."

„Dann sage doch nichts, denn dafür, dass dir nicht nach Worten ist, sagst du schon sehr viel", meinte Daoine, und man musste wieder herzlich über eigentlich nichts lachen. Und dann fragte sie die beiden, ob die Dunedin und die Seevögel irgendwelche Reden von ihr erwarten würden.

„Na ja", erwog Sidhe. „Sie warten schon auf dich. Und keiner von ihnen wusste, was mit dir passierte, als du lange mit der einen Naien gestanden bist. Also, gespannt werden sie auf dich sein, glaube ich. Auch wenn sie das so nicht zeigen."

„Das kann ich verstehen. Alles hat sich verändert, obgleich ich mich nicht verändert fühle. Eigentlich ganz und gar nicht anders", meinte sie und spürte den Schnee so sehr, wie das wenige, un-verrottete Herbstlaub zwischen den Gräsern. Sie spürte die ver-ängstigten Blesshühner in den hohen Binsen des flachen Ufers und glitt mit dem Wind durch das kahle Geäst der sich sehr wohl bewussten Bäume. Sie spürte den Weg, ohne ihn gehen zu müssen, und zog die Erde in sich, so, wie sie das Wasser leben konnte. Sie atmete die wunderbare Luft derer, die hastig eilten, und atmete das Leben wieder aus.

„Dann schaue dich an, Patty. Du bist für uns die alte Patty Brian einerseits. Aber dir scheint ein tieferes Bewusstsein und eine größere Kraft gegeben zu sein, als du jemals zuvor geahnt hast. So kommt es mir vor", meinte Sidhe, und Brian strahlte die Dohlen an.

„Ja. Das hast du wunderschön gesagt", schmunzelte sie und brachte noch zum Ausdruck, bevor sie es vergessen würde, dass Alwyyn jedem von ihnen eine Feder geschenkt habe, mit denen er sein Leben für das ihre eingetauscht habe, meinte sie. „Ihr habt auf euer Leben für meins verzichtet, sagte man mir, und dafür schenkt man es euch, solange ich hier auf Erden bin", und die beiden Dohlen sahen sich schweigend an. Das hatten sie nicht geahnt. Sie waren der Meinung gewesen, Alwyyn sei mit den Naien gegangen, weil er seine Zeit auf Erden vollendet habe, als Brian dann weiter erklärte, dass niemand mit den Naien gehen könne, da sie Reisende seien, denen ein anderes Leben gegeben ist, als dass es auf Erden bekannt war. Alwyyn jedoch dankte ihnen ihre Treue durch sein Leben, das ohnehin ein Ende gefunden hätte, meinte sie, und die Dohlen schwiegen, sahen sich still an, versanken einen Augenblick in sich, besannen sich und klopften dann mit ihren Schnäbeln auf den Felsen, wodurch sie Alwyyn auf ihre Weise an jenem Morgen verabschiedeten.

„Dann heißt das, dass wir zusammen bleiben, Patty?", fragte Daoine und wünschte, er hätte die Frage nicht gestellt, fürchtete er doch die Antwort, falls sie verneint werden würde.

„Nein, Daoine. Das heißt, wir bleiben *hier* zusammen. Und von heute an bitte … *O große Patty Naien*", lachte sie, und die Dohlen waren irritiert, wie sie das meinte. Dann aber mussten sie in das herzhafte Lachen Brians einstimmen, bis ihnen die Tränen gelaufen wären, wären sie Irdische gewesen.

„Das ist ja fantastisch", rief Daoine fröhlich so laut, das selbst die entfernteren Dunedin aufhorchten und neugierig wurden, was *fantastisch* sein könne, während Daoine entschuldigend sagte, dass er die Eichhörnchen nicht aus ihrem Winterschlaf aufschrecken wollte.

„Passt auf, meine guten Geister. Ich werde mich verändern. So viel weiß ich. Aber das ist ein kontinuierlicher Prozess, und er wird offenbar eine lange Zeit in Anspruch nehmen. Und es wird nicht einfach werden. Glaubt es mir. Aber am Anfang ward ihr auch nicht einfach für mich gewesen. Also … ertragt es …", lächelte sie warm.

„Einen Moment mal …", wendete Daoine ein, überlegte noch einmal und verstand erst dann Brians Humor.

„Also, wir können gar nicht genug Hilfe bekommen, denn falls das werden wird, was ich erahne, stelle ich anschließend ein vollkommen neues Feindbild für die Menschen dar. Die Naien hat mich innerlich darauf vorbereitet, dass gleichwohl alles nur Denkbare geschehen kann. Ich muss mich um den Albenstern kümmern. Ich muss das Singen erlernen. Ich muss sich das Leben weiterentwickeln lassen, indem wir die Erde vor der Gier der irdischen Menschen schützen – oder vor ihrem voreiligen, kurzsichtigen Geschäftssinn. Wir brauchen die Dunedin. Die Erde braucht sie. Und für uns sind sie die einzigen Menschen, denen wir vollkommen vertrauen können."

„Das stimmt. Genauso empfinde ich das auch", sagte Sidhe, als Brian die Dohle ansah, zuerst griente und dann laut zu lachen begann, bevor sich Sidhe ihres überflüssigen Kommentars gegenüber einer Naien schämte und verlegen mitlachte. Als Brian dann wieder etwas ernster wurde, sagte sie weiter:

„Wir können nicht alle der Dunedin von ihren Aufgaben wegen mir abziehen", und sie dachte daran, einige auszusuchen, um die anderen ihre Tätigkeiten erfüllen zu lassen. Daraufhin fragte sie die Dohlen, mit welchen der Dunedin sie am besten über lange Zeit zusammenleben könnten, und die unterschiedlichsten Überlegungen kamen plötzlich zutage. Je nachdem, was man zu tun gedachte. Der eine sei kräftiger, der andere klüger. Die Frauen der Dunedin seien geschickt und erfahren. Die Männer waren wenigstens unerschrocken. Humor und Geduld besaßen wohl alle. Southfield sei ein großartiger Begleiter, würde er nicht so viel erzählen wollen. Auch Dragh wäre sicherlich über die Jahre passabel. Doch nach allen Überlegungen und Einwänden unterschiedlichster Art entschieden sich Brian und die Dohlen für Ash Rionnag, in deren Schoß ihr Kopf gebettet lag. Heather Morag und Lime Camshron als Nächste, die ihre ständigen Begleiter werden sollten, ohne ihre weiteren Talente bisher zu kennen und etwaige Vorzüge zu berücksichtigen. Die Entscheidung diesbezüglich war von den dreien getroffen. Dann kam Brian auf die Seevögel zu sprechen.

„Unter keinen Umständen werde ich auf sie verzichten, sondern ihnen die Ehre zuteilwerden lassen, die gemeinsame Geschichte fortzuführen. Diesen Vögeln gehört die Erde mehr denn den Menschen, die viel jünger sind als sie."

„Hmmm, wenn wir dir nicht mehr ausreichen", meinte Sidhe.

„Was? Seit wann sind Dohlen denn Vögel?", spaßte Brian.

„Wie recht du da wieder einmal hast Patty. Das stimmt. Seit wann sind wir Vögel?!", schmunzelte Daoine.

„Treue habe ich gelobt …, und Treue werde ich halten. Ich denke, dass fünf Fulmare, die Oak versorgt hat, bei uns bleiben. Wißt ihr, die mit den gebrochenen Flügeln. Und dann würde ich noch jeweils zwei von den Basstölpeln und den Möwen nehmen. Was meint ihr dazu?"

„Ein guter Gedanke von dir", sagte Sidhe stolz auf seine Naien, denn ein Mensch hätte sich für die Tausenden der stolzen Suliden entschieden. Der Dohle zeigte es, dass Brian genügend Vertrauen in die eigene Kraft zu besitzen schien. „Und dass du die Fulmare Norwegens bedenkst, werden sie dir nie vergessen, Patty. Dessen kannst du gewiss sein."

„Meine Freunde, ich werde alles bedenken", sagte Brian den beiden Dolhen sehr freundlich mit einem tief tönenden Gedanken, den sie in sich von nun an leben musste. „Dann sind wir uns einig? Ash, Morag und Lime. Fünf Fulmare. Und je zwei von den anderen. Und falls wir Hilfe brauchen sollten, rufen wir sie nach Bedarf?", fragte Brian, und die Dohlen waren einverstanden. Anderes noch wollte man später besprechen, da man von nun an genug Zeit haben würde, meinte Brian, was die Bergdohlen ihr glaubten, als sie zu den Dunedin und den wartenden Seevögeln einer jeden Fraktion zurückgingen.

Unsicher, wie sich Brian nach dem ersten Kontakt mit einer Naien verändert haben könnte, wartete man einerseits neugierig auf sie, andererseits entschlossen, sich jeder Herausforderung zu stellen, die einem von ihr oder durch sie angetragen werden würde. Und noch bevor Brian im Kreis der Dunedin und der Seevögel erschien, segelten Sidhe und Daoine voraus, landeten neben Rionnag und erhöhten durch ihr Kommen die Spannung, da sie auf Fragen, wie Brian alles verkraftet habe, verheißungsvoll antworteten, dass man warten und sehen solle und sich ein jeder sein eigenes Urteil bilden müsse. *Des einen Eule sei des anderen Nachtigall*, sagten die Spaßvögel hochtrabend, sodass die Dunedin nur schmunzelnd die Köpfe schüttelten, während die Seevögel die Aussage bloß verwunderte.

Brian kam herangelaufen. Ihre Hände streiften durch das hohe Gras. Ihre Haare hingen feucht durch das Nieseln und lagen ihr strähnig auf den Schultern. Als sie mit ihrem Wolfspelz herankam, standen die Dunedin als Höflichkeitsbezeugung auf. Brian lächelte – immer noch etwas verlegen ob der Gesten – und bedeutete allen, wieder Platz zu nehmen, auch falls es nass und ungastlich sei. Dann warf sie einen Blick Makar in die Schwarzkiefer zu und schaute danach auf die Seevögel, bevor sie sich schließlich in den Kreis der gespannt wartenden Dunedin setzte.

„Geht es dir gut, mein Mädchen?", fragte Cailleach, sah ihr in die selig strahlenden Augen und beantwortete sich ihre Frage selbst: „Diesem Mädchen geht es gut. Es geht ihr besser, als es uns jemals gehen wird. Habe ich recht, Patty?", fragte sie und freute sich für Brian.

„Nein. Euch geht es ebenfalls gut … und so gut, wie es mir niemals gehen wird", erwiderte sie klug, was die Dunedin verstanden, während es den Seevögeln ein Rätsel blieb, was man zum Ausdruck bringen wollte.

„Dann ist hier wahrhaft Größtes geschehen", sagte Cailleach.

„Was geschah, ist gut für alles Leben dieser Erde – so hoffe ich für die Menschheit", meinte Brian kurz, wollte sich aber nicht lange mit Begrifflichkeiten auseinandersetzen, die Dinge beschreiben zu müssen, die auf sie zukommen würden, weil sie ohnehin kommen werden, wie sie zu kommen haben. Sie wollte nur sagen, dass sie glücklich sei und dankbar für die Dunedin, die sie an Aufgaben durch ihre Person nicht hindern wolle, obwohl man bestimmte Angelegenheiten gemeinsam erledigen müsse. Und dafür baue sie auf die Unterstützung der Dunedin sowie aller Verbündeten auf Erden.

„Unterstützung?", erkundigte sich Dragh verwundert. „Wir werden dich mit unserem Leben beschützen", rief er, und die anderen sahen sich nur still an.

„Das stimmt. Seit gestern weiß ich es", gestand Brian. „Doch ich habe noch das Singen zu lernen. Und dabei kann mir keiner von euch helfen."

„Doch. Ich kenne Noten und habe auch Instrumente, die ich überdurchschnittlich gut beherrsche", sagte Samhain und wusste nicht, wovon Brian sprach.

„Bei den Albensternen und ihren Wegen könnt ihr mir auch nicht helfen. Ich weiß, dass ich den Menschen ein völlig neues Feindbild geben werde und zu ihrer Zielscheibe werden muss. Und ich weiß, dass ich eure Hilfe mehr brauchen werde, als ich es mir wünschen würde – dazu auch die Hilfe einiger Vögel, die ich mir suchen werde, um meine ersten Schritte zu gehen", sagte Brian und führte ihren Gedanken klar aus, indem sie Rionnag, Morag und Camshron von den Dunedin für ihre Begleitung wählte. Und die Dunedin senkten ihre Köpfe.

Sie hatten gemeint, sie würden zusammenbleiben und gemeinsam leben, ruhen und streiten. Um eine Naien zu beschützen. Dann meldete sich Morag zu Wort und warf ein, dass sie ihrer Gefolgschaft so nicht nachkommen könne. Dunedin haben wenigstens ein Kind zu gebären – und sie hätte noch keinem Kind das Leben geschenkt. Sie sei noch eine Nullipara. Wollte sie Brian so begleiten müssen, wie sie es sich erdenken konnte, dann würde sie wahrscheinlich, ohne einem Dunedin das Leben geschenkt zu haben, sterben. Das aber könne sie nicht, da es der Dunedin zu wenige gäbe. Von daher bat sie um die Entbindung von der Pflicht, falls nicht alle Ältesten von der Albe gleichzeitig berücksichtig werden könnten.

Brian verstand den Einwand, als sie dann Rionnag und Camshron die Wahl des dritten Dunedins vorzunehmen bat, mit dem man gemeinsam leben müsse. Und ihre gemeinsame Wahl fiel augenblicklich auf die lustige, schlagfertige Cherry Gaire, die bereits zwei Kinder hatte und von daher prädestiniert für zukünftige Unternehmen abseits der Menschheit schien, um eine Naien auf Erden vor den Irdischen zu schützen. Und Gaire freute sich ausgewählt auf die Aufgaben so sehr, wie Rionnag und Camshron es taten. Die anderen Dunedin waren etwas irritiert, nahmen den Vorzug der drei aber nicht persönlich, da sie einen Alben nicht infrage stellten.

Schließlich bat Brian die Vertreter der Vögel zu sich in den Kreis der Dunedin. Ihnen wiederholte sie vor allen Ältesten, dass sie Loyalität gelobt habe und einhalten werde. Von den Fulmaren wünsche sie eine Delegation von fünf der Vögel, die versucht hatten, sie vor dem Ertrinken im Nordmeer zu bewahren. Von den Suiden und Lariden wünsche sie sich jeweils zwei Charaktere, wenn auch nicht zu ihrer ständigen Begleitung, so sollten sie sich wenigstens zu ihrer steten Verfügung halten. Und damit zeigte man sich vonseiten der Seevögel mehr als einverstanden. Der Basstölpel, der von Southfield Qualms genannt worden war, wollte sich einen Partner suchen, und die Mantelmöwe, für die man keinen Namen hatte, tat es dem Tölpel gleich. Dem wollte man Folge leisten und in dauerhafter Gesellschaft zu der Naien bleiben.

„Und nun zu den anderen", sprach Brian. „Ihr braucht Kapital. Ich habe Kapital. Etwas Barvermögen und ausreichende Anlagen, die mir in meiner Abwesenheit entwendet worden sind", meinte sie den Fragen der Dunedin vorgreifend. „Oak hat mir bereits auf dem Flug nach Edinburgh erzählt, dass ihr mir mein Geld sowieso stehlen werdet", lachte sie, was die anderen weit von sich wiesen und gekünstelt beklagten, dass Southfield eine solche dreiste Behauptung über sie aufstellen konnte. Solche Gedanken können nur aus dem kranken Hirn eines neidischen Einsiedlerkrebses kommen, für den man Southfield ohnehin hielte, wenn er trunken der Schönheit eines Alben sei, meinte Dragh, und die anderen lachten. „Also ..., ich werde eure Unterstützung brauchen, um mein Kapital zurückzubekommen, damit ich meinen Aufgaben gerecht werden kann und wir dieses Erbe euch allen hilfreich zur Seite stellen können." Und sie sagte, dass man zuerst gemeinsam nach Dolgellau fahren wolle, wo sie ihnen eine Clarissa Moore vorstellen werde. Bündig erwähnte sie, dass sie genügend Barschaften haben müsste, da sie das letzte Mal, als sie sie getroffen habe, zu schnell aufgebrochen war. Und sie erzählte den Dunedin von einem Herrn Doheny und Herrn Herrity, die ihnen assistieren sollten, ihre frühere Freundin Gouveia zur Vernunft und um das Geld zu bringen. Sie selbst werde sich um die Albenwege kümmern müssen und das zu erlernen haben, was sie das Singen nannte. Vor alledem jedoch müsse eine Reise unternommen werden, die zu einem Berg in Deutschland führen würde, an der die letzte große Schlacht der Menschen, der Dunedin, der Vögel und der Naien stattgefunden haben soll. Von dort soll die Asche der Gestorbenen in alle Winde getragen worden sein. Und dorthin müsse sie, um ihr schweres Erbe auf Erden anzutreten, da sie viele Hundert Jahre vor sich habe, *bevor dieser Weltenraum sich ihrer Zeit beugen sollte*, sagte sie, was die Seevögel inhaltlich nicht verstanden. Dafür aber bemerkten sie den Hinweis auf ein Mittelgebirge in Deutschland.

Man wollte in engem Kontakt bleiben. Die Ältesten waren längst firm und vertraut mit der modernen Technik des Mobilfunks, auf die man zurückgreifen wollte. Frangach meinte als Erstes, dass sie sich um Krypton-Funktelefone bemühen werde, damit man sicher miteinander kommunizieren könne. Es war auch sie, die man eine Strategie ausarbeiten lassen wollte, um Gouveia in die Schranken zu weisen und ihr einen Platzverweis zu erteilen.

„Wäre doch gelacht, falls uns das mit unserer Erfahrung und den zahlreichen Talenten nicht gelingen sollte", lachte sie verächtlich laut. „Da haben wir schon ganz andere geschnappt, was?" Von daher wollte man sie die Organisation des Gesamteinsatzes vorbereiten lassen, während man sich bis dahin still und abwartend verhalten sollte.

„Dann habe ich noch eine Bitte. Sie betrifft meinen Pelz. Noch kann ich ihn tragen, und es wird auch noch einige Zeit dauern, bis ich ihn in der Welt lassen muss. Aber bis dahin würde ich gern eine Jacke wie eure haben wollen und das Fell meiner Wölfin als Futter tragen können, denn auf Dauer ist Akitas Pelz zu auffällig. Ein Wolfsfell ist eben unter Menschen ungewöhnlich. Gibt es jemanden von euch, der diese Arbeit für mich übernehmen kann?", fragte sie höflich, doch bestimmt.

Murdoch antwortete darauf, dass die Dunedin einen Kürschner kennen, dessen Familie diese Arbeit seit langer Zeit für die Dunedin schweigend erledigt. Eine jede Lederjacke der Ältesten sei dort gefertigt worden. Falls sie es wünsche, würde man sie zu ihm bringen, damit man ihn bitten und er das Leder anpassen könne. Brian freute sich über diese Aussage, da sie, dann ohne sonderbare Blicke zu ernten, sich unauffällig unter den Irdischen bewegen könnte, falls es nötig sein sollte. Sie bedankte sich und schloss die Versammlung mit den Worten:

„Der Zauber ist vorüber. Lasst uns mit der Arbeit beginnen", und Camshron, dem die Rede gefiel, stand als Erster lachend auf, ging zu Brian, schloss sie in seine Arme und meinte, dass ihm das ein Herzenswunsch gewesen war, solange sie noch mehr Mensch als Naien sei. Auch Gaire kam zu ihr, drückte sie einmal herzlich, als Rionnag stolz neben ihr stand.

„Ja. Der eine Zauber ist vorüber. Jetzt lasst uns mit unserem Zauber beginnen", erwähnte sie und dachte an die Zukunft.

„Sollen wir dann jetzt losfliegen und die anderen holen? Und wo treffen wir uns?", fragte der Basstölpel.

„Ihr kommt hierher. Zu mir …", erklärte Southfield. „Ich werde auf euch warten und sage euch, wo Patty sein wird. Ich bleibe in Kontakt mit Ash, Lime und Cherry. Ihr kommt hierher. Und ich werde mich in der Zwischenzeit mit Makar, dem neuen Weißhaupt, vertraut machen, falls niemand Einwände hat, während ich mir für die anderen von euch noch vortrefflichere Namen ausdenken werde", lachte er und sprach sich kurz mit seinen Brüdern und Schwestern ab, die damit einverstanden waren, dass er in dem Hochtal auf die Vögel warten wollte, die Brian sich zur Begleitung gewünscht hatte.

Mackintoshs Mobiltelefon hatte die größte Batterieleistung. Deshalb gab er sein Telefon Southfield, der die Signalfeldstärke prüfte, die in diesem Tal wieder vorhanden war. Während des Aufenthaltes der Naien hatte es kein Signal auf einem der Telefone gegeben. Von daher war er zufrieden, als er gegen Mittag jenen Tages mit Brians Zustimmung die Vögel schickte, um sich ihre Artgenossen holen zu lassen, wie Brian es erbeten hatte. Und er gab ihnen auf den Weg mit, dass sie die Seevögel an den Küsten so ruhig wie möglich halten sollten, bis man weitere Weisungen für sie hätte. Fünf Mantelmöwen. Zwei Basstölpel. Und zwei Eissturmvögel. Das erwarte er in den Highlands von Schottland.

„Dann brechen wir jetzt auf", meinte Camshron, bevor ein jeder zu Makar ging, sich vor dem Weißhaupt in Ehre verneigte und sie sich dann auf den Weg hinab aus dem Hochtal machten. Sie begaben sich auf den Weg hinab in die Zivilisation. Sie wollten sich die Barschaften Brians sichern, die bei Moore in Dolgellau deponiert worden sein sollten. Und bevor Brian mit Sidhe und Daoine das Hochtal verließ, schaute sie auf den völlig überforderten Makar, der hilflos und zögerlich auf dem breiten Ast der Schwarzkiefer saß und ihnen unglücklich hinterherschaute. Als die anderen schon vorausgelaufen waren, ging Brian noch einmal zu ihm zurück, stellte sich vor ihn und Southfield, leuchtete mit einer inneren Kraft, die die Tage vergessen machten, beide an und meinte, dass man es gemeinsam schaffen werde. Es war keine Zuversicht, die aus ihren Worten sprach.

„Wir brauchen keine Hoffnung mehr, mein kleiner Freund. Wir haben Gewissheit. Die Hoffnung ist nur etwas für die Verzweifelten", fistelte sie. Dann strich sie ihm über das Haupt, schaute nochmals Southfield an, der sie auf der Insel aus den Felsen gezogen hatte, bedankte sich bei ihm und hörte ihn zu Makar sagen, bevor sie aus dem Tal mit den anderen verschwand, dass es das Wundervollste gewesen sei, was sie bisher in ihrem langen Leben erlebt hatten, eine albische Naien in dieser Welt geboren zu sehen und sie vor den Begehrlichkeiten der Menschheit dieser Welt zu schützen. Dann tauchte auch sie mit ihren Dohlen in die Tiefe des abfallenden Weges, mit der Phiole in der Hosentasche und Akitas Pelz zusammengerollt über der Schulter, als verängstigte Blesshühner noch einmal das Wasser wagen wollten, das ihre winterliche Heimat schien, von der man sich trennen wollte, würden diese Veranstaltungen in der eigentlich fuchslosen Stille ihres Tales weitergehen.

# XLIII

„Es tut mir so leid für Clarissa", bedauerte Brian, als es wieder Nacht geworden war, bevor sie in Dolgellau ankamen. „Sie wird einen Mordsschrecken bekommen."

„Im Winter sind die Tage eben kurz, und leider ist nicht alles gemacht, um in der wenigen Tageszeit erledigt zu werden, die wir im Januar haben", meinte Sutherland. „Es wäre gut, falls das so wäre. Dann würde im Winter weniger Unheil angerichtet werden. Aber: So ist es nicht, Patty."

„Möchtest du, dass wir auf morgen früh warten, damit sich deine Bekannte nicht allzu sehr erschreckt?", fragte Rionnag rücksichtsvoll.

„Nein. Wir überfallen sie einfach. Clarissa wird das sicherlich verkraften. Sie würde mir kaum verzeihen, wenn wir schon hier sind, sie nicht zu jeder Tag- und Nachtzeit zu wecken, glaube ich. Damit würde ich sie zum sprichwörtlichen *alten Eisen* abstempeln. Das würde der alten Dame noch weniger gefallen, als zu Tode erschreckt zu werden. Außerdem würde es in der Gegend nur für Aufsehen und Gerede sorgen, sollten wir hier irgendwo herumlungern und auf den Morgen warten", erwiderte Brian, die stets große Achtung vor der Courage der ehemaligen Gastwirtin besaß.

Drei Kleinbusse hatten die Dunedin in Edingburgh gemietet. Dann war man gemeinsam aufgebrochen. Brian wollte Moore die Dunedin als ihre Freunde vorstellen, die bei dem gemeinsamen Vorhaben, Gouveia in ihre Grenzen zu weisen und zu Fall zu bringen und die Stiftung entweder Brian oder einem Treuhänder ihrer Wahl zu unterstellen, helfen sollten. Und es war wieder sehr spät in der Nacht, als sie vor dem geschlossenen Etablissement hielten, in dem Brian früher, *in einem anderen Leben*, wie ihr es schien, mit einem alten Clown Freiheiten gefunden hatte, die ihr die damalige Welt ohne diesen Pub und ohne jenen Clown Ganapathy verwehrt hatte. Zu Sidhe und Daoine sagte sie leise:

„Hier seht ihr einen Spielplatz meiner Kindheit. Der Kindheit eines Alben. Einer Naien. Und eines Engels, der hier gesoffen hatte ...", und lächelte die beiden Dohlen an, die ihr links und rechts auf der Schulter saßen. Die Dohlen nickten ernst, um ihr zur Kenntnis zu bringen, dass sie verstanden hätten, als sie auf den schmalen Platz vor dem Pub einbogen und drei Busse vor dem verschlossenen Haus stehen blieben. Brian hatte nie bemerkt, wie klein der Parkplatz für die Gäste eigentlich gewesen war. Erst jetzt, da die Busse kaum richtig geparkt werden konnten, sah sie diesen Umstand. Sie stellten ihre Motoren aus und warteten, was Brian, die im ersten Bus gesessen hatte, zu tun gedachte.

Äußerlich hatte sich an dem Ort und den Lokalitäten kaum Nennenswertes verändert. Die Ortschaft war die gleiche geblieben. Die Fassaden der Häuser gähnten in die spärlich beleuchtete Umgebung. Gelboranges Licht fiel auf den kleinen Vorplatz vor dem ehemaligen Lokal, das vor langer Zeit geschlossen worden war. Die Fenster in der oberen Etage waren mit neuen, schalldichteren Läden versehen worden. Das war, was Brian auffiel, als sie die Beifahrertür des Busses aufzog. Sie setzte die beiden Dohlen ab, die augenblicklich aus dem Fahrzeug herausflogen, und sprang dann von dem Sitz. Mackintosh hatte ihren Bus gefahren und öffnete die Fahrertür, als wie auf ein Kommando die Schiebetüren aller Busse aufgingen und die Dunedin aus ihren Fahrzeugen stiegen.

„Wie wenig mag ich dieses Autofahren", meinte einer. „Wir sind für Autos nicht gemacht. Motorräder ... ja. Aber diese geschlossenen Fahrkabinen und die hässlich künstlichen Gerüche ... grauenvoll", meinte er, und kaum einer der Ältesten mochte die Automobile. Sie standen einen Moment zusammen und streckten sich in ihren Lederjacken, als Brian um etwas Ruhe bat, damit man die Nachbarn nicht aufwecke. Schließlich schlugen schon einige verschlafene Wachhunde an. Sie bat die Dunedin, in den Bussen zu warten, bis sie mit Moore gesprochen haben würde, damit sie sich nicht allzu sehr ängstige.

Als sich Brian dem Haus näherte, gingen an den Außenwänden plötzlich Scheinwerfer an. Man hatte offenbar Bewegungsmelder installiert, die mit zwei Überwachungskameras gekoppelt waren, die sie sofort ins Visier nahmen. Und im hellen, blendenden Kunstlicht stand nun Brian. Die Scheinwerfer hatten eine solche Wattleistung, dass sogar noch die vor dem Haus parkenden Klein- busse beleuchtet wurden und einer der Dunedin gereizt wie ge- stört Brian zurief, ob man das Licht abstellen solle. Man würde schon wissen, wie man diesem technischen *Knallgedanken* be- gegnen könne, worauf Brian erwiderte, sie sollten nur still sein. Alles wäre gut, als sie plötzlich ein metallisches Quietschen in jener Nacht die Straße zum Vorplatz des Pubs herab hörten, das sich schneller näherte, als ein Fußgänger laufen konnte.

Sofort sprangen Camshron, Murdoch, Dragh und Samhradh aus den Bussen, um die Naien, vor was auch immer die Straße entlangkommen mochte, zu schützen. Brian sah zum ersten Mal, wie gut die Dunedin ausgebildet und aufeinander ein- gespielt waren und mit welchem blinden Selbstverständnis, ohne sich weiter abzusprechen, sie räumliche Positionen bezogen, die taktisch trainiert und routiniert schienen. Brian war von der gnadenlosen Bedingungslosigkeit der Ältesten überrascht und schaute in die fast entspannten, doch entschiedenen Gesichter ihrer Begleiter.

Eine arme, einsame Seele auf einem alten, quietschenden Fahrrad ruckelte die nächtlich abfallende Straße hinunter, ohne einen Dynamo oder jedwedes Licht. Der Sportsgeist des Radlers war tief in den Menschen versunken, der nichts ahnend seine Dorfstraße quietschenderweise herabhoppelte. Es war ein Mann, der aus seinen nächtlichen Radlerträumen erschrak, da er keine Menschen auf seinem Weg zu jener Tageszeit in einer Winter- nacht erwartet hatte. Und als er dann den verwegenen Gestalten näher kam, da er die Kontrolle über sein rahmenschwaches Fahr- rad verlor, die sich ihm in den Weg zu stellen schienen, begann er sich zu fürchten. Dazu das plötzlich helle Licht, als er von dem Kunstlicht vor Moores Haus erfasst worden war, an das er sich früher immer als einen guten Ort der Gesellschaft als Harlow's Pub zu erinnern vermochte. In seiner Angst konnte er nur noch, sich selbst Mut machend, rufen:

„Ist ja alles okay. Ganz ruhig. Ich fahre ja bloß nach Hause. Macht mir kein' Ärger, und ich mache euch keinen. Ist alles okay."

Durch die Stimme wendete Brian ihren Blick von den Dunedin ab und versuchte sich zu dem Mann hinzudrehen, der auf seinem rostigem Fahrrad auf den Vorplatz zusteuerte. Die Dunedin wendeten sich vorsichtig ab, weil sie den einzelnen Mann für harmlos hielten. Und als der einsam verängstigte Geist sich im Licht Dolgellaus noch umschaute, um keine falsche Richtung einzuschlagen, erkannte er in der einen Frau Brian und erschrak. Er schaute ein zweites Mal hin, verlor dabei die Kontrolle über sein Fahrrad, riss die Augen weiter aus und rief:

„Doc …? Doc, bist du das?", als Brian sich zu ihm umdrehte, da es nur einen gab, der sie jemals *Doc* genannt hatte. Der alte Wicklow, den sie nie wieder gesehen hatte, nachdem sie sich in Harlow's Pub verabschiedet hatten. „Doc?", rief er wieder und wieder ohne Verstand, als die Dunedin langsam unruhig wurden. Sie warfen einen Blick auf Brian, hofften, sie würde ihnen sagen, was sie tun sollten, und fixierten dann den Radfahrer, als Brian reagierte.

„Pssst …", zischte sie zu ihm hin, und die Dunedin, die sich nun wie eine Mauer vor ihr aufgebaut hatten, bat sie, den armen Tropf einfach seiner Wege ziehen zu lassen, da man sich aus dem Vorleben kenne, nun aber fremd geworden sei.

„Doc Brian …", sagte Wicklow. „Ich fasse es nicht."

„Pssssst, Franceman. Du machst noch alle Leute wach", sagte Brian und lächelte ihn hinter den Dunedin stehend an. „Hast du deinen Feengarten gefunden, David?", fragte sie freundlich, als schon einer der Läden vor einem Fenster Moores aufging und die Dunedin zunehmend wachsamer die gesamte Umgebung beobachteten.

„Doc?! Ja … Irgendwas …" stammelte er durcheinander und ließ sein Fahrrad scheppernd fallen. „Was ist mit dir? Was wollen die Männer von dir? Wer sind die? Bist du in Schwierigkeiten? Oder habe ich jetzt auch Probleme mit denen, Doc?", fragte er wirr, als Moore ihr Fenster öffnete und herausrief, dass die Polizei bereits auf dem Weg sei und man sich entweder trollen solle, oder aber den nimmermüden Arm des Gesetzes zu spüren bekäme.

„Alles ist gut, David", flüster Brian ihm zu. „Keine Sorge. Fahre nach Hause, Freund. Nimm dein Rad und fahre. Ich kümmere mich von jetzt an um alles", sagte sie zwingend und besänftigend.

„Und wir haben echt keine Probleme, meine ich?", fragte er.

„Die lassen mich einfach so wieder zu meinem Fahrrad …?", von dem die Kette abgesprungen war, als es auf die Steinstraße gefallen war.

„Patty …?", rief es dann aus dem Fenster. „Patty? Bist du zurück?"

„Ja. Das bin ich", antwortete sie verhaltener, da nun überall Lichter in den Fenstern der anreihenden Häuser angingen, sie noch zu Franceman sagte, er möge heute Abend nach Hause fahren und morgen sehen, was von seinem *Gestern* geblieben sei. Und die Dunedin gerieten ein wenig in Aufruhr, da sie alles, nur nicht diese Aufmerksamkeit haben wollten.

„Patty? Was sind das für Leute? Die Polizei wird gleich hier sein", rief Moore noch lauter drohend, um die Dunedin zu warnen, da sie Angst um Brian hatte, dass sie in die Finger von Gouveias bezahlten Häschern geraten sein könnte. Vertrauenswürdig sah keiner von denen aus, die sie sehen konnte.

„Scotland Yard ist bereits hier", rief Frangach mit lauter, fester Stimme in der Mitte des kleinen Parkplatzes, griff dann in ihre Tasche, holte ihren Ausweis heraus und rief mit noch lauterer Stimme, man möge sich bitte wieder zur wohlverdienten Ruhe begeben, da man nur wegen einer routinemäßigen Personenbefragung gekommen sei. Und als die neugierige Nachbarschaft Scotland Yard hörte, erloschen die Lichter jener Nacht in den Fenstern schneller, als man meinte. Nicht dass die anschlagenden Hunde „Scotland Yard" verstanden hätten, aber die Menschen duckten sich hinter ihren dunklen Scheiben und wollten sicherlich alles, nur keine Scherereien mit dem Staat wegen ihrer Neugierde oder möglicher, wahrscheinlich verjährter Altlasten bekommen. *Nein, der Exekutive ging man lieber aus dem Wege. Man konnte ja nie wissen.*

„Scotland Yard?", fragte Moore von dem Fenster hinunter. „Patty, hast du was ausgefressen? Wartet. Ich komme runter", meinte sie dann couragiert, trotz der unheimlichen Gestalten, von denen nicht alle aus den Bussen gestiegen zu sein schienen. Falls Brian in Nöten wäre, musste sie helfen. Das war alles, was sie konnte.

„Toll ist das gelaufen. In aller Heimlichkeit. Einfach wunderbar. Das gibt eine saftige Manöverkritik", schmunzelte Brian. „Da habt ihr noch einiges zu üben. Die Feinabstimmung. Aber ihr seid ja auch nicht mehr die Jüngsten ..."

„Wir waren doch gut", meinte Dragh lachend.

„In der Tat. Still. Klamm. Und dämlich", schmunzelte Brian.

„Na ja, den Fahrradfahrer konnte ja keiner vorhersehen." Brian nickte kurz, dachte darüber nach, was für eine Ausbildung die Dunedin eigentlich hatten, denn durchtrainiert wirkten sie nach dieser Aktion alle auf sie, da ein jeder ruhig geblieben, aber stets präsent war. Alle waren sie furchtlos. Darüber wollte sie später noch mehr herausfinden, denn Zeit genug hatten sie, was sie wusste, seitdem sie der Naien begegnet war. Und vor ihr öffnete sich die Seitentür, nachdem mehrere Schlösser entriegelt worden waren, durch die Moore im Nachtmantel zu ihnen hinaustrat.

„Patty, ist das schön, dass du wieder da bist", meinte sie und umarmte Brian. „Und du hast das Yard im Nacken?", fragte sie und sah erst dann, dass die drei Kleinbusse voll besetzt mit Menschen waren. Moore erschrak für einen Moment, fand dann aber ihre Fassung wieder. Sie flüsterte zu Brian, ob sie die Hunde holen sollte, um Brian einen kleinen Vorsprung zu verschaffen. Doch Brian lächelte sie nur mit einer unbeschreiblichen Freundlichkeit an und sagte, dass diese Menschen wahre Freunde seien.

„Das Scotland Yard? Polizisten deine Freunde, Patty?", fragte Moore skeptisch.

„Können wir nicht reingehen und die Scheinwerfer ausschalten, Clarissa?", fragte Brian und rief dann die anderen Dunedin heran, die sie in das Haus begleiten sollten.

„Warte, Patty. Die Hunde sind frei. Die werden deine Freunde sicherlich nicht mögen", sorgte sich Moore um die Sicherheit der

Ältesten, als Brian sie wissender anlächelte, als Moore jemals von einem Menschen angelächelt worden war.

„Lasse es darauf ankommen, und mache dir keine Sorgen. Vielleicht sollten wir uns in die alte Gaststube setzen", meinte Brian, da die Wohnung von Moore ihr zu klein erschien.

„Aber die ist doch geschlossen, Patty. Ich heize da unten nicht. Und sauber gemacht habe ich auch schon lange nicht mehr. Was sollen die Leute denn denken", entschuldigte sich Moore.

„Genug Platz in deiner Wohnung werden wir nicht finden. Sind wir nun willkommen?", fragte sie und brachte Moore etwas in Verlegenheit.

„Ja. Natürlich. Ja. Ja. Und Gott …, gleich wird die Polizei hier sein. Was sage ich denn bloß?", raufte sie sich die Haare.

„Ich kümmere mich darum", bewarb sich Frangach und bat die anderen Dunedin aus den Bussen zu steigen und Moore und Brian zu folgen.

„Und die Hunde …?", besorgte es Moore abermals. „Die hören wohl auf mich. Aber sie haben auch ihren eigenen Kopf."

„Keine Sorge, Miss Moore. Wir haben alle unsere kleinen Aussetzer zuweilen. Doch wir mögen Hunde", meinte Camshron, der noch vor Brian hinter Moore herlief. „Wo sind sie denn, die Guten?", fragte er, als die Rottweiler bereits zähnefletschend herangesprungen kamen und Moore ihnen strengstens befahl, Platz zu nehmen. „Nein. Nein, Miss. Lassen sie sie ruhig kommen. Wir machen uns mit ihnen bekannt", und Moore war perplex. Winselnd und jaulend sprangen die Hunde zu dem ersten Dunedin, dann zu den anderen, die ihm in den schmalen Gang gefolgt waren, der zu dem Hintergang der Gaststube führte. Und die Tiere freuten sich wie junge Welpen, die einen Ball gejagt und erlegt hatten, bevor sie ihn apportieren konnten. Moore glaubte nicht, was sie sah. Aber sie lief, einer Sorge erleichtert, weiter, öffnete die alte Hintertür zu der Gaststube, die schwer und knarrend in den Angeln hing, als Camshron ihr seine Hilfe anbot, die sie mit dem Kommentar ablehnte, dass man einer alten Frau nicht die wenigen Aufgaben abnehmen sollte, zu der sie noch in der Lage sei. Er könne sich gern im Garten verdient machen, lachte sie trocken, indem sie die

Tür mühsam aufzog und an der rechten Mauerinnenseite einen Lichtschalter suchte, der von Spinnenweben verhangen war.

„Vorsicht. Da ist eine Stufe. Das Licht scheint kaputt zu sein. Ist nur'n Vorratsraum. Ich gehe und mache Licht in der Wirtsstube. Dann könnt ihr sehen", sagte sie und verschwand für einen Moment, bevor in der Dunkelheit eine weitere Tür unter sonderbarsten Geräuschen geöffnet wurde und Licht durch den dunklen Raum fiel, den sie früher als Vorratsraum für den Gastbetrieb verwendet hatte. „Könnt ihr sehen?", rief sie, als Camshron als Erster kam. Brian folgte ihm. Dann erschienen alle anderen. Und schließlich die drei großen, gebändigten Rottweiler, die verspielt an Murdoch hochsprangen, da er sich am besten mit diesen Tieren zu verstehen schien.

Erst im Licht der von außen verdunkelten Gaststube konnte Moore die sonderbaren Gestalten genauer sehen, in deren Gesellschaft sich Brian herumzutreiben schien. Unheimlich waren sie alle. Sie schienen verwegen. Ungewaschen war ihre Kleidung. Sonderbar uniformiert sahen sie aus, und keiner schaute ihr in die Augen. Trotz allem schienen sie nicht unfreundlich zu sein. Und sicherlich waren sie auch nicht angsteinflößend. Verwegen? Ja, aber nicht verschlagen. Die Hunde schienen vernarrt in sie zu sein. Und Moore schüttelte nur immer wieder ihren Kopf. Solch sonderliche Taugenichtse, Tagediebe und Tunichtgute hatte sie in der Stückzahl auf einem Haufen noch nicht gesehen.

„Patty, du machst Geschichten. In was für eine Gesellschaft bist du da bloß wieder reingeraten?", schüttelte Moore den Kopf, als ihre Begleiter unaufgefordert Platz an den verstaubten Tischen nahmen und das Rücken der Stühle laut in der leeren Gaststube widerhallte. Als sich Moore einen Moment besann, Brian ansah, um sie schließlich persönlich herzlich willkommen zu heißen, fuhr ihr ein Schrecken in die Glieder. Ihre Augen weit aufgerissen starrte sie Brian sprachlos an.

„O Mädchen, was ist mit dir geschehen?", faselte sie und schaute eine Frau an, die sie als Patty Brian kennengelernt hatte, die nun aber Überwirkliches in den Augen hatte. „Warum …", stammelte sie und konnte die Schönheit dieser Augen nicht fassen.

„Alles ist gut, Clarissa. Beruhige dich und setze dich zu uns. Nichts ist geschehen, und doch hat sich alles verändert. Darf Ash uns etwas zu trinken bringen, Clarissa?", fragte Brian und nickte Rionnag schon zu, dass sie bitte Wasser und Gläser holen möge. Moore saß auf einem Stuhl, alt und fassungslos, hatte einen Arm auf die Rückenlehne des Stuhles gelegt und starrte zu der späten Nachtstunde auf den kalten Steinboden.

„Was machst du für Geschichten?", wiederholte sie abwesend, als Rionnag bereits das Wasser brachte und sich alle hilfreich und emsig zu Händen gingen. Es war ein eingespieltes Team, das schon über Jahrzehnte ähnliche Situationen gehandhabt und gemeistert hatte. Sie waren eine kleine, verschworene Gemeinde unweltlicher Gegenwart, die keine Angst vor ausgebildeten Wachhunden hatte und einen Polizisten in den eigenen Reihen besaß. „Bist du sicher, dass dies Freunde sind? Du hast dich so verändert, Patty", sagte sie und traute sich nicht noch einmal in die Augen Brians zu sehen, geschweige denn in die Augen derjenigen, die ihren Blick ohnehin von ihr abwendeten.

„Wir sehen alle ein wenig mitgenommen aus, Clarissa. Mache dir aber bitte keine Sorgen. Das sind die besten Menschen, die es auf Erden gibt. Wir kommen gerade von einer gemeinsamen Tour in den Bergen. *Corporate Identity* … falls du weißt, was ich meine", sagte Brian so belanglos wie möglich, als ein jeder ein Glas Wasser hatte und Moore hastig trank.

„Und was sage ich bloß der Polizei? Wieder ein Fehlalarm? Seitdem Martin die Alarmanlage angeschlossen hat … o Gott, o Gott …", meinte Moore und schaute auf ihre guten, aber nutzlosen Wachhunde. Irgendetwas schien mit diesen Menschen anders zu sein, meinte sie und wagte sie nicht zu betrachten. Sie mussten Regen in den Bergen gehabt haben, nass, wie sie waren. Und eine Herberge hatten sie in den letzten Tagen sicherlich auch nicht aufgesucht, so wie sie aussahen.

„Patty, bist du sicher …?", flüsterte Moore und dachte an Gouveia, die ebenfalls eine angebliche Freundin gewesen und nun zum Gegenstand all ihrer Quälerei im Alter geworden war.

Dann sahen sie das blinkende Blaulicht von Polizeifahrzeugen durch die Lamellen der geschlossenen Fensterläden, als Frangach aufstand und Deireadh bat, sie nach draußen zu begleiten, da man den Polizisten glaubhaft machen wollte, dass man mitten in einer Personenvernehmung sei. Ihre Identifikationskarte von Scotland Yard sollte die Polizisten wenigstens in jener Nacht von einer unnötigen Obacht über Clarissa Moore fernhalten. Und als sich zwei Constables von Frangach und Deireadh in jener Nacht nicht abwimmeln ließen, musste Moore die Situation aufklären und verstand schnell, dass man wohl gesagt habe, man sei gekommen, um sich nach einem früheren Gast von ihr zu erkundigen, der irgendwo aktenkundig geworden sei, was sie den beiden Polizisten bestätigte und weiter beteuerte, dass alles in Ordnung sei, bevor sie wieder in das Haus gingen und die Constables die Nummernschilder der Busse notierten, die man, ob amtlicher Langweile, kontrollieren wolle. Das Blaulicht wurde ausgestellt, die Polizisten nahmen ihre Hüte ab, setzten sich wieder in ihr Fahrzeug und fuhren zurück auf ihre Wache.

In Harlow's Pub saß man wieder ungestört zusammen, und Moore war das Treffen mit Brians Bekannten unbegreiflich. Doch sie bot den Dunedin endlich etwas zu trinken an, als sie zurück in die Gaststube kam, was die Ältesten jedoch freundlich zurückwiesen.

„Wir trinken niemals in der Gegenwart einer Naien", rutschte es natürlich Dragh heraus, wofür er von allen einen strafenden Blick erhielt, als Moore nachfragte, da sie nicht verstanden zu haben schien, und er korrigierte: „Nein, wir trinken niemals in der Gegenwart einer Dame."

„Ha", lachte Moore laut auf. „Meinen Sie damit Patty oder mich?" Sie hatte andere gesehen, die nur durch die Gegenwart bestimmter Damen zum Trinken gekommen waren. „Ein Schwindler ...", schmunzelte sie. „Er heuchelt. Aber er heuchelt charmant", flüsterte sie dann Brian zu, und sie flüsterte weiter, ob es um Geld ginge, weshalb sie gekommen seien, und ob sie wirklich nicht in Nöten stecken würde, denn ihre Bekannten sahen ihr in jener Nacht nicht vertrauenswürdig aus. Und Brian nickte.

„Ich brauche alles, was du entbehren kannst, Clarissa."

„Was? Alles? Mädchen ..., in welche Schwierigkeiten hast du dich denn da wieder gebracht?"

„In keine, die mit Geld zu lösen wären, Clarissa. Und meine Freunde hier werden dir und Martin helfen, Mad in ihre Schranken zu weisen", wobei sie mit *Mad* Magdalena Ines Gouveia meinte, ihre einstige Freundin, die Vorteile aus einer einstmals ihr gegebenen Unterschrift von Brian gezogen hatte, die ihr nicht zugedacht gewesen waren. „Drei von ihnen werden mich begleiten. Und auf jeden Einzelnen der anderen kannst du dich verlassen, Clarissa. Falls es gute Menschen auf Erden gibt, findest du keine besseren als diese unnützen Gestalten", lachte sie vertraut freundlich und sah die Dunedin an. „Ein jeder von ihnen beherrscht sein Handwerk, und keiner von ihnen nimmt seinen Mund zu voll. Es sind wundervolle, ehrliche Charaktere, die den Menschen nur Ehre machen würden", sagte Brian mit einem bestärkenden Lächeln.

„Gott, wie oft habe ich das schon in meinem Leben gehört", sagte sie enttäuscht in ihrem Morgenrock.

„Das glaube ich dir. Und dennoch. Sie werden dir ... sie werden uns helfen."

„Du hast dich verändert."

„Ja. Was ist das für ein Glück", lächelte Brian, als die anderen Dunedin um die Tische herumsaßen und miteinander zu sprechen begannen, während die, die sich hingelegt hatten, eingedöst waren und auch Moore sich die gähnende Müdigkeit aus dem Körper schlug.

„Ja. Du hast dich verändert. Und das auf eine Weise ..."

„... die wir weiter nicht besprechen wollen, Clarissa, denn ich würde dich heute anlügen müssen. Und das möchte ich nicht", meinte Brian. „Sei doch bitte so gut und hole mir das Geld, von dem du dich trennen kannst."

„Ja, ja ... einen Moment. Und du bist sicher, dass diese Landstreicher ..."

„Ich bin mir sicher", meinte Brian, um keine Diskussion über die Dunedin zuzulassen, als Moore ging, um die Barschaften aus ihrer Wohnung über dem Lokal für Brian zu holen. In einem Karton hatte sie sie aufbewahrt, um sie Brian auf ihr Bitten hin jederzeit auszuhändigen.

„Mit Landstreichern meinte sie uns?", fragte Dragh.

„Nein. Nur dich, mein Bruder", lachte Samhain, und Brian fragte Frangach, ob alles in Ordnung sei, die ihr das durch ein kurzes Kopfnicken bestätigte.

„Wir werden unsere Aufgaben teilen, Patty. Ein paar von uns werden hierbleiben. Und ich nehme ein paar mit nach London, damit wir uns ein Bild über die gesamte Situation verschaffen können, okay? Du willst dir deine Jacke machen lassen, soweit ich das verstanden habe. Dann kümmerst du dich um den Albenstern, während wir uns um die Portugiesin und das Kapital kümmern. Ich würde Cherry bitten, mit mir mitzukommen. Dann kann ich ihr die Krypton-Apparate mitgeben, damit jeder eins hat und wir in Kontakt stehen können. Lime und Ash begleiten dich zu unserem Schneider, okay. Ich würde sagen, wir brechen auf, sobald wir das Geld haben. Wer will hier bei der alten Dame bleiben?", fragte sie und niemand meldete sich freiwillig. „Gut. Walnut, Birch, die beiden Pine und Quince. Ihr bleibt hier und passt auf sie und die Umgebung auf. Barmouth ist doch gar nicht so weit von hier entfernt, wie Patty sagte. Dann schaut ihr euch auch das genauer an, weil Gouveia dort ihre Partys zu feiern pflegte. Die anderen kommen mit mir mit und machen sich ein klares Lagebild in London. Ein paar von euch sind schon lange nicht mehr dort gewesen. Es wird euch und uns allen Spaß machen."

„Nehmt Clarissa alles ab, was ihr Sorgen macht. Ich werde gleich mit ihr sprechen, wenn ihr euch schon auf den Weg gemacht haben werdet", ergänzte Brian, und es gab keinerlei Einwände, da es niemals Einwände der Dunedin untereinander gab, falls Entscheidungen getroffen wurden, da man sie demjenigen zutraute, der eine Entscheidung traf. Deshalb unterhielt man sich, stritt aber nicht und verfocht keine langen, argumentativen Auseinandersetzungen, da man eins mit sich und den anderen war.

Für Brian war dieser Umgang miteinander vollkommen neu, aber wunderbar. Er basierte auf Vertrauen. Ein Vertrauen, das die irdischen Menschen untereinander zu Recht nur sehr selten hatten. Es gab immer die Abwägungen, das intelligente Zögern, ein sporadisches Verstehen, um dann aber doch nicht zu wissen, ob oder ob etwas nicht praktikabel ist und welche Vorteile es einem bringen würde oder wohin es führe, falls man sich so oder so entscheide. Unter den Dunedin war immer alles klar. Das, was gesagt werden musste, wurde gesagt, und was getan werden sollte, musste getan werden. Wer eine Entscheidung traf, dem folgte man. Das war wunderbar klar, da man sich vertraute. Als Moore zurückkam, hoben die Hunde kurz den Kopf, legten ihn dann aber wieder zwischen die Pfoten oder rollten ihn auf dem harten Lokalboden ein. Moore kam verstohlen und ängstlich mit dem Karton unter dem Arm heran und fragte Brian unausgesprochen, ob sie sich sicher sei, dass sie keine Fehler mache. Brian verstand ihre Besorgnis und gab ihr zu verstehen, dass es wenigstens keine Fehler seien, die man noch erleben werde, und dann fragte sie laut, wer für das Zählen des Geldes zuständig sei. Rionnag erklärte sich bereit, woraufhin Moore ihr widerwillig den Karton reichte und zum ersten Mal den Blick eines Dunedin streifte. Er war ihr so unheimlich, wie er wundervoll war, und der Karton fiel ihr daraufhin aus den Händen auf den staubigen Tisch.

„Entschuldigen Sie bitte, dass ich Sie verwirrt habe", sagte Rionnag, öffnete den Pappkarton, in dem bis zum oberen Rand Geldscheine gestapelt waren, bat Dorch und Samhradh zu sich, die ihr ungerührt beim Zählen des Geldes helfen sollten, und begann ihr Geschäft in einer stolzen Ruhe, die Moore bei einem Menschen noch nicht gesehen hatte, dem so viel Kapital überreicht worden war. Niemand schien sich wirklich für das Geld zu interessieren, was sie in jener Nacht sehr verwunderte. Und dazu der Blick dieser sonderbaren Frau. Er war unwirklich, hätte sie ihn beschreiben müssen. Irgendwie kam er ihr nicht menschlich vor, hätte sie gesagt. Die Augen waren glasig gewesen und stachen in hellen, graugrünen Farben; wie die Augen eines erfahrenen Tieres, hätte sie einem Dritten das beschrieben, was sie in Augenschein genommen hatte. Sie fühlte sich all diesen Menschen ausgeliefert, da sie sich nicht gegen sie zu wehren verstand, hätte sie sich wehren wollen. Sie schienen ihr alle gleich zu sein, obwohl vollkommen anders und untereinander unterschiedlich – und doch waren diese Menschen alle eines Schlages, wie sie für sich dachte.

„Hoffentlich bist du da nicht in etwas reingeraten, Patty. In irgend so eine Sekte oder so was. Sollten wir nicht vielleicht noch zuerst Martin anrufen?", fragte sie scheinbar leise, was von den Dunedin aber gut zu verstehen war, ohne dass Moore es wusste.

„Es wird schon sehr spät in der Nacht sein", meinte Brian.

„3 Uhr 17, um genau zu sein", half Frangach mit der Uhrzeit aus.

„Alles ist so gut, wie es besser nicht sein könnte", sagte Brian.

„Und du bist auch so blass geworden, Mädchen. So schmal und so blass, und in deine Augen traue ich mich schon gar nicht hineinzuschauen", meinte Moore. „Wenn das noch der alte Maynard erlebt hätte. Und du bist so kalt", sagte sie weiter, als sie die Hand von Brian nahm, die hellhäutig geworden war. Feingliedrig. Gar nicht, wie Moore sie in Erinnerung hatte. Der rote Lockenschopf mit den fröhlichen Sommersprossen. Auch die Haare konnte sie nicht richtig beschreiben. Sie waren nicht mehr rot – und statt lockig waren sie nur noch wellig. Hätte man sie nach einer Farbbeschreibung für Brians Haare gefragt, hätte sie *matt* geantwortet. „Soll ich dir nicht irgendetwas zu essen machen. Etwas werde ich schon noch finden und es schnell in die Mikrowelle schieben."

Brian zog sich, allein bei dem Gedanken daran, etwas zu essen, der Magen zusammen.

„Nein. Vielen Dank. Weißt du, ich bekomme schnell Durchfall. Ist im Moment einfach so."

„Aber du siehst nicht gesund aus", meinte Moore, ohne ihr in die Augen zu sehen, während die anderen noch das Geld auf dem Tisch zählten.

„Was? Ich sehe nicht gesund aus? Ich habe mich nie besser gefühlt", lachte sie plötzlich so laut, dass auch die anderen Dunedin diese Aussage von Moore belächeln mussten, und Caite sagte, dass Moore Brian hätte sehen sollen, als man sie getroffen hatte, und ergänzte schnell *vor vielen Jahren*, da sie fast verraten hätte, dass man sich erst wenige Tage kennen würde, was vollkommen neue Fragen aufgeworfen hätte. Moore jedenfalls war mit der gegebenen Situation nicht glücklich. So froh sie war, dass Brian hatte kommen können, so unerfreulich war es, *dass es ihr nur um das verflixte Geld ging*, wie sie dachte.

„Und weißt du, wen ich draußen getroffen habe?", fragte Brian, um von dem Thema abzulenken, während die anderen Dunedin immer noch beschäftigt waren. „Den Franceman …"

„Ja. Genau. Den habe ich auch gesehen. Nachts radelt der manchmal herum und spricht mit keinem Menschen. Genau. Der Franceman ist wieder aufgetaucht. Kurz nachdem du weg bist. So etwa vor drei Monaten, meine ich."

„Er hat mich wiedererkannt. Und sicher wollte er reden. Na, vielleicht kommt er einmal bei dir vorbei, um nach mir zu fragen. Dann bestelle einen schönen Gruß, und sage ihm, dass ich ihm seine Reise gönne. Er wird dann schon verstehen, was ich meine", lächelte Brian Moore an, die immer wieder scheu wegsah, wenn Brian sie zu betrachten begann. „Und wie läuft es mit Martin? Und Herrity?", fragte sie, und Moore erzählte, dass Doheny eine große Hilfe in der kurzen Zeit geworden sei. Er sei zwar ein bisschen *einfach* und stelle sich manchmal etwas kompliziert an, hätte aber eine gute Seele und sei grundehrlich. Er sei nicht tückisch verschlagen, könnte zuweilen etwas humorvoller und spritziger sein, aber tue dafür, was er tun müsse. Und er lerne schnell – selbst von Herrity, der sich sehr auf ihn verließe.

„Clarissa, du musst mit meinen Freunden einmal nach London fahren, um sie Herrity als meine Vertrauten vorzustellen. Man soll mit ihnen Hand in Hand arbeiten, damit man so schnell wie möglich vorankommt und die Stiftung die Arbeit wieder aufnehmen kann. So war es ja eigentlich einmal gedacht", bat Brian.

„Du weißt, wie wenig ich die Stadt mag. Und London mag ich schon gar nicht."

„Einmal noch, bitte", bat Brian.

„Warum machst du das nicht? Ihr habt doch Autos. Ist doch schnell reingefahren und dann auch erledigt."

„Ich habe andere Pläne, Clarissa", erwiderte Brian lächelnd, aber distanziert zu Moore.

„Ich hatte auch *andere Pläne* für heute Nacht. Und was ist? Du bist hier mit einer wilden Meute von Fremden. Hab ich dir gesagt, dass du morgen oder übermorgen wiederkommen sollst, weil ich *andere Pläne* habe?", fragte Moore. „Nein. Das habe ich nicht. Also, Patty. Bitte. Ich will nicht wieder in die Stadt."

„Nur das eine Mal noch, Clarissa. Danach nehmen dir meine Freunde all deine Wege ab. Aber du musst sie Herrity vorstellen, damit er weiß, wer sie sind. Oder … du rufst ihn an und lässt ihn herkommen. Dann müsstest du nicht in die Stadt fahren. Was meinst du?", lächelte Brian. Der Gedanke, Herrity aufs Land zu holen, gefiel Moore. Und Brian gefiel die Idee ebenfalls, denn den Dunedin wäre es sicherlich auch lieber gewesen, ihren damaligen Brooker nicht in seinen Büroräumen aufsuchen zu müssen.

„Puuuh …", stöhnte Rionnag, als man das Geld gezählt hatte, und Moore meinte, dass es etwas weniger als zuvor sein würde, weil man ja bereits Ausgaben bestritten habe. Die Belege dafür könne sie aber beibringen, und Brian dankte es ihr, doch lachte dann nur und fragte fröhlich in die Runde:

„Ist einer von euch einmal ein Buchhalter gewesen?", worauf sich niemand meldete. Doch als sie fragte, wer sich am besten auf das Ausgeben von Geld verstände, trat man in einen eifrigen Wettstreit miteinander, und Brian lachte herzlich. „Clarissa, es ist nicht die Münze, die du sparst, die dir Glück bringt, sondern diejenige, welche du ausgibst", und Moore hörte Brian und fürchtete nun umso mehr um das Vermögen in der Gesellschaft ihrer neuen Freunde. „Und …?", fragte sie dann leise Rionnag.

„Es ist genug, Patty."

„Wie viel ist für die alte Dame übrig?"

„Alles. So viel sie braucht. Und wir verwenden den Rest so sparsam wie möglich", meinte Rionnag und fügte hinzu: „Wir brauchen nichts für uns und Trockenobst, wie wir gern sagen", und die Dunedin ließen sich am liebsten für ihre gelungenen Arbeiten von guten Menschen auszahlen.

„Wer soll das Kapital verwalten?", erkundigte sich Brian.

„Elm. Die wird zuerst die größten Ausgaben haben. London ist teuer …, und sie werden einiges Gerät brauchen, um deine komische Freundin zu knacken. Entschuldige, so war das nicht gemeint", sagte sie leise zu Brian, die sich dann bei Camshron erkundigte, was der Kürschner für die Anfertigung ihrer Jacke berechnen würde, die zu ihrer Überraschung für die Dunedin kostenlos hergestellt werden sollten, wie er sagte, obwohl er in der Anwesenheit von Moore nicht den Begriff *Dunedin* verwendete, sondern von der *Bruderschaft* sprach, was Moore überhört hatte, da sie mit den Gedanken dem guten Geld nachhing, das sie für Brian immer aufgehoben, zurückgehalten und geschützt hatte, damit es nun in einem Anfall von irgendeiner Verrücktheit verschleudert werden sollte? Sie war irritiert. Sie fühlte sich unglücklich. Sie fand keinen Gefallen an den Freunden Brians und mochte kein Gerede, das die Sparsamkeit eines bescheidenen Menschen infrage stellte. Brian wendete sich an Moore und sagte ihr eindringlicher denn je, dass alles gut sei und noch besser werden würde. Diese Aussage nahm einen spontanen Raum in ihrem Bewusstsein ein, der alle Zweifel glaubhaft zerstreute, so dominant war der ihr eingepflanzte Gedanke. *Es ist gut und wird besser*, und sie fragte sich selbst, *was auch sonst?!*, denn sie fühlte sich entweder trotz oder gerade wegen dieser Korona von Menschen sicher. Also, was auch sonst konnte es werden, als eben nur besser.

„Und weißt du, Clarissa, damals hatte ich …", und wie es Brian sagte, klang es, als sei es eine Ewigkeit her gewesen, „… noch nicht einmal gedacht, dass wir uns wiedersehen könnten."

„Patty, so was darfst du nicht sagen. Und denken darfst du es schon gar nicht. Das liegt nicht in unseren Händen", meinte Moore empört und zog ihre Stirn in Falten.

„Da hast du recht", nickte Brian. „Also los. Birch, Walnut, Quince und die beiden Pine bleiben bei dir. Und ich werde mit Lime, Cherry und Ash fahren."

„Cherry fährt zuerst mit Elm noch London und kommt dann später nach, Patty", erinnerte Rionnag sie. „Wir brauchen doch ein paar technische Spielereien."

„Stimmt. Ihr klärt das mit dem Geld ... und wir das mit meiner Garderobe", meinte Brian und stand dann auf.

Sie fühlte sich leicht und wunderbar. Sie spürte ihren Körper und empfand Wärme und Kraft in sich wachsen. Sie spürte eine gestaltende Größe in sich, auf die andere verändert reagierten, und bemerkte, wie schwer es ihr fiel, sich mit Moore über die Dinge zu unterhalten, die nicht mehr Teil ihres Lebens zu sein schienen, obwohl sie sie gelebt hatte. Sie empfand sich wachsend und spürte der Zeit zu entwachsen, um das loslassen zu können, was Irdische ein Leben lang festhalten mussten, damit sie irgendeinen Halt haben könnten. Brian brauchte diesen Halt nicht mehr, hatte Sidhe und Daoine und darüber hinaus die Treue der Seevögel und der Dunedin. Das hätte sie einmal Moore in jener Nacht erklären sollen.

„So leicht haben wir noch keinen übers Ohr gehauen. Hat irgendwie gar keinen richtigen Spaß gemacht", meinte Dragh wieder einmal zu vorlaut, als Frangach einiges des Geldes verteilte, und Dorch schüttelte nur mit dem Kopf.

„Du und deine dämlichen Kommentare. Warum ängstigt du Clarissa so?"

„Tut mir leid", meinte er wieder kleinlaut und freute sich wenigstens darüber, dass die Dunedin für die nächsten Jahrzehnte keine Gelegenheitsjobs, merkwürdig geregelten Tätigkeiten oder Gaunereien nachgehen mussten, um die ihnen bevorstehende Zeit zu überleben.

„Clarissa, ihr werdet gut aufeinander aufpassen. Mache dir nur nicht unnötige Sorgen, denn ich stehe mit meinen Freunden immer in Kontakt. Grüße Herrity von mir, wenn du ihn siehst. Auch Martin. Und sage Martin, dass er die Sterne nicht aus den Augen verlieren soll. Heute kann ich dir mit Gewissheit sagen, dass wir uns nicht wiedersehen werden. Clarissa, du bist ein guter Mensch, und ich freue mich, deine Bekanntschaft gemacht zu haben, die mich reicher machte", sagte Brian, dann drängte es sie aus dem Haus, da sie Abschiede nicht mochte. Sie wollte von Moore nicht in den Arm genommen werden und sah dann doch die Tränen über die Wangen der alten Frau laufen, nahm ihre kühle Hand und linderte Moores Schmerzen für Momente, in denen sie ihr die Tränen von der Wange wischte, sie anlächelte, sich umdrehte, im Hinausgehen den Hunden einmal über den Kopf strich, Rionnag und Camshron zu sich rief, die anderen eines klugen Blickes würdigte und aus der Gaststube, durch den dunklen Vorratsraum hinaus in die nächtliche Luft trat. In diesem Moment tat sie ihr gut.

Sie fühlte die Dohlen in der Nähe, spürte den kommenden Tag, sah die Busse stehen und trank die Zeit, als sei es die letzte auf Erden. Und hatte sie gemeint, nie wieder nach Dolgellau zu kommen und bereits Abschied genommen, so hatte sie recht daran getan, denn Brian war nicht mehr diejenige, die gekommen war, sondern fortan jene, die sein würde, was Brian nicht war.

# XIX

Schweigend saßen Camshron, Rionnag und Brian in dem an-
gemieteten Kleinbus auf dem Weg zum Kürschner der Dunedin.
Sidha und Daoine saßen auf der Lehne des Beifahrersitzes und
schauten über die Schulter von Camshron durch die Frontscheibe.
Rionnag fuhr, da Camshron einfach kein Talent zum Autofahren
besaß. Brian saß in der zweiten Reihe hinter den Dohlen. Wäre
ihr ein Abschied von Moore vor Kurzem noch schwergefallen,
hatte sie fast aufgeatmet, als sie sich wieder auf den Weg gemacht
hatten und der letzte Gruß ein *farewell* gewesen war. Die anderen
Dunedin waren unterwegs nach London, bis auf diejenigen, die
für eine bestimmte Zeit Moore in Dolgellau unterstützen sollten,
bis man die Kontrolle über Brians Stiftung wiedererlangt haben
würde. Die Dohlen, die des nächtens auf dem Dach des Pubs
gewartet hatten, waren neugierig gewesen, wie sich das Leben
Brians abgespielt haben könnte, bevor sie nach Russland aufgebrochen war.

Und Brian erzählte von einer Tralee und einem Clown
Ganapathy, die zusammen in einer kleinen Ortschaft nahe bei
gelebt hatten. Sie erzählte von Merlin, der dem Clown und den
Menschen einen würdigen Abgang präsentiert hatte, indem er
die letzte Vorstellung des Clowns vor einem Publikum übernommen hatte, das Ganapathy unsterblich machen wollte. Und
sie sprach von den Wochenenden, die sie bei den beiden Alten
auf dem Landsitz verbrachte, bis sie nach Russland geflogen
seien, um Raimann, der sich um die Grauwölfe gekümmert
hatte, aufzusuchen, da ihm das Geld ausgegangen schien. So
sei sie mit den Dohlen zusammengekommen. Auf Nachfragen
erzählte sie auch, dass sie im Gefängnis gewesen war und keine
einfache Zeit unter den Menschen verbracht haben wollte. Sie
hätte noch eine Schwester, zu der der Kontakt wahrscheinlich
bewusst abgebrochen worden war. Und sie habe einen Sohn,
den sie niemals gesehen hatte. Als die Dohlen von ihr wissen

wollten, ob es ihr schwerfallen würde, lächelte Brian auf ihre unverkennbar menschliche Art und meinte nur, dass alles seine Richtigkeit habe. Spekulationen darüber lägen ihr nicht und würden sie auch nicht klüger machen, weil alles sei, wie es ist, meinte sie unmissverständlich. Was daraus werden könnte, sei fallspezifisch mit einem offenen Ausgang. Doch die Vergangenheit hat sich vollendet und gestatte keine Korrektur.

„Ich kann mir nicht vorstellen, dass einer von euch beiden jemals stirbt. Und doch weiß ich heute, dass ich euch überleben werde. Und fällt es mir heute schwer, das zu akzeptieren? Nein. Es fällt mir nicht schwer, weil ich umso mehr die Zeit mit euch genieße. Dieses Bewusstsein habe ich den Ältesten zu verdanken … und der Naien, denn ohne sie hätte ich nicht gewusst, wer wen überleben könnte", meinte sie, und die Dohlen vor ihr auf der Sitzlehne des Beifahrers waren von ihren Ausführungen bewegt. „So konkret hätte ich das vor einigen Tagen noch nicht sagen können. Heute aber kann ich es. Und ich bin jeden Augenblick stolz auf euch und auf all das, was uns bisher widerfahren und gelungen ist", strahlte sie die beiden in dem dunklen Bus an, der sich auf dem Weg nach Gullane, am Firth of Forth befand, einem kleinen schottischen Küstenort, in dem der Lederschneider seiner verborgenen Kunst für die Dunedin nachkommen sollte, wie ihr Camshron erzählt hatte.

„Aber jetzt …, jetzt sprechen wir einmal über eure Kindheit", lächelte Brian. „Ihr beiden ward doch sicherlich zwei Kuckuckseier, falls ich mich nicht sehr täuschen sollte. Wer nur hat euch wem in das Nest gelegt, damit zwei so neunmalkluge, besserwisserische Dohlen aus Eiern schlüpfen, ihr kleinen, missratenen Schwarzstörche?", fragte sie schelmisch, und Rionnag musste hinter dem Steuer laut lachen, als sie Brian fragen hörte und eine der Dohlen tatsächlich darauf antworten wollte.

„Sie macht nur Spaß", meinte Rionnag zu Sidhe und Daoine, die daraufhin ein wenig erleichtert schienen, denn sie würden Brian unter den neuen Umständen ihrer Existenz alles erzählen, falls sie gefragt werden würden, da sie nun wussten, dass ihre Freundin eine albische Naien werden würde.

„Lasse mich sie ruhig ein wenig in Verlegenheit bringen", lachte Brian und freute sich der Freunde, die sie gefunden hatte, sowohl in den Vögeln wie in den Dunedin.

„Patty, dürfen wir dich fragen, wie das für dich war, als du mit der Naien zusammen warst? Als ihr zusammengestanden seid? Was ist da passiert?", fragte Sidhe, als Rionnag bereits Edinburgh passiert hatte, sie die flimmernden Lichter der Stadt hinter sich ließen und auf eine Nebenstraße nach Longniddry bogen.

„Das dürft ihr. Ja, das dürft ihr mich fragen. Nur sagen kann ich euch derzeit nichts. Ich weiß nicht, wie ich es sagen sollte, was da geschehen ist. In Sprache ist das nicht möglich", lächelte Brian ehrlich, als auch Camshron neugierig wurde, der die ganze Unterhaltung verfolgt hatte.

„Dann ist es so anders, als dass es nicht beschrieben werden kann?", fragte er, was Brian ihm dankbar bestätigte, da sie nicht wusste, wie sie es ausdrücken könnte.

„Hast du Bilder übertragen bekommen?", fragte dann Daoine.

„Nein. So nicht. Es ist, als wenn du anders bist. Da ist nichts Körperliches mehr. Da ist gar nichts mehr, Daoine. Und dann ist doch alles gleichzeitig präsent. So ist das in etwa …", meinte sie. „Sobald ich das Singen beherrsche, zeige ich es euch, falls ihr einverstanden seid."

„Davon haben wir gehört. Ja. Und du meinst, du wirst das lernen können?", fragte die Dohle ungläubig, da sie für Momente vergessen hatte, dass Brian auf dem Weg war, eine Albe zu werden.

„Ich werde es lernen müssen", lachte sie, und Camshron drehte sich wieder nach vorne, um auf die Straße zu sehen, denn es konnte nicht mehr weit sein.

In Longniddry mussten sie nach Aberlady abbiegen und dann wären sie schon einige Kilometer später in Gullane. Irgendwo an einem Weg zu den Park Hills sollte dann der Kürschner wohnen, den sie aufsuchen wollten.

„Durch die Naien habe ich erfahren, was Engel sind, aber den irdischen Menschen nicht Engel sein dürfen", schmunzelte Brian dann vor sich her, und Camshron, der die Aussage Brians gehört hatte, drehte sich auf seinem Sitz um und meinte, dass das eine wunderbare Erklärung sei, die er sich merken wollte. Und obwohl Rionnag fuhr und nur halb zuhören konnte, stimmte sie Camshron in diesem Punkt zu.

„Im Dienste der Engel, die nicht Engel sein dürfen … Das ist gut gesagt, finde ich. Und es macht auch dem Dümmsten einen Sinn", rief sie nach hinten zu Brian und fragte Camshron im gleichen Atemzug, wo sie abbiegen müsse, da sie immer wieder Orientierungsprobleme in dieser Gegend haben würde. Man käme eben nicht oft genug nach Gullane. Und sollte man wieder einmal zufällig dort sein, so gäbe es neue Straßen, neue Häuser und völlig veränderte Perspektiven. So war es auch an jenem Morgen, an dem sie Brians Wunsch nach einer eigenen Lederjacke entsprechen wollten und nur den einen Menschen auf Erden kannten, der diese Arbeit für einen Kupferling zu tun bereit wäre.

Camshron wies ihr die Richtung nach Park Hills, als sie im Licht der eben aufgehenden Sonne das alte, geduckte Gehöft mit der Steineinfriedung sahen, von dem man auf den ersten Blick nicht vermutet hätte, dass dieses niedrige, in der Feldlandschaft vergessene Haus überhaupt bewohnt sei, als sie in eine schlammige Auffahrt einbogen und nach kaum fünfzig Metern in einer Art Hof mit dem Kleinbus zum Stehen kamen.

Die Dohlen waren froh, als Brian die Schiebetür des Busses öffnete und sie endlich wieder hinausfliegen konnten. Rionnag und Camshron öffneten ihre Türen ebenfalls, stiegen aus und tranken die frische Luft des sonnendurchfluteten Morgens, der sein ganzes Licht erst Augenblicke später über die Berge im Süden werfen sollte. Und während sich die Dohlen wie Wilde die Körper schüttelten und die Federn zurechtlegten, freute Brian sich, einmal an einem ganz anderen Ort zu sein, mit wenigen Menschen und ihren Dohlen, die es alle gut miteinander meinten und sich Mühe um den anderen gaben. Unter Menschen, die sich nicht voreinander zu fürchten hatten, gleichwohl sie nicht genau wussten, ob sie Menschen zu fürchten haben müsste. Man konnte sich allerlei einbilden und ausmalen, wodurch die realen Tatsachen aber nicht anders wurden. Dort jedenfalls, irgendwo in der Nähe von

Gullane, sollte der Schneider leben, der den Dunedin die Lederjacken nähte, mit den Fellen als Fütterung, die sie ihm gaben.

„Müssen wir irgendwo klingeln?", fragte Brian, als Camshron
laut zu lachen begann.

„Nein. Der alte Gaul kommt von ganz allein. Es gibt nichts,
was ihm entgeht. Oder wenigstens gab es nichts, was ihm entging, denn es ist sicher dreißig oder vierzig Jahre her, dass ich
ihn zuletzt gesehen habe", meinte er, als Sidhe und Daoine auf-
flatterten und in einen alten, windschiefen Holunderstrauch
flogen, um dort abzuwarten. Und der Kürschner ließ nicht lange
auf sich warten.

Ein alter, gebückter, bartstoppeliger Mann mit grauen Haaren,
Hosenträgern und einer schmalen Lesebrille kam um die Ecke
seines alten, einstöckigen Steinhauses durch das taunasse Gras
geschlurft. Die Besucher schienen ihm nur randläufig, und er
würdigte sie keines Blickes. Er räusperte sich, indem er halb ge-
bogen durch sein Alter mit der Hand am Hinterkopf in seinem
spärlichen Haarkranz kratzte.

Brian war von der distanzierten Begrüßung überrascht, da sie
jemanden erwartet hatte, den man freundlich und herzlich in den
Arm nehmen würde, wie es die Dunedin bisher miteinander getan hatten. Das allerdings schien hier anders.

„Da bist du ja wieder, Krummnase. Hatte ich mir eigentlich
nicht gewünscht. Aber gut. Sei's drum", sagte derjenige, der von
Camshron *Gaul* genannt worden war.

„Ja, Nag. Du hast Glück heute. Meine Nähte halten noch.
Sonst wäre es wohl heute dein letzter Tag gewesen", meinte
Camshron lächelnd.

„Ob das ein Glück ist, weiß ich nicht, alter Mann", erwiderte
er mürrisch. „Heute wäre ein guter *letzter Tag*. Dann muss ich
wohl etwas falsch gemacht haben", murmelte er, räusperte sich
wieder und meinte, es sei noch etwas Wasser auf dem Herd. Wasser
könne am Morgen nicht schaden, gerade falls einem offenbart
worden sei, dass man den Abend des Tages wider Erwarten doch
noch erleben müsse, sagte Nag, drehte sich wieder in seiner gebeugten Haltung um, winkte mit einer Hand einladend über den

krummen Rücken und schlurfte um sein Haus herum über das feuchte Gras, durch das ihm die anderen folgen sollten, was Brian, Rionnag und Camshron taten. Brian wollte noch die Türen des Busses schließen, als Camshron abwinkte und meinte, dass gar nicht genug Luft in die Fahrzeuge kommen könne und dass an Orten wie diesem, niemand käme, um sich an irgendetwas zu vergreifen, das mit Menschen wie jenem Kürschner in irgendeiner Verbindung stehen würde. Offenbar wurde er gemieden, oder man musste ihn für schrullig halten. Oder vielleicht lebte er auch gar nicht in dieser Zeit der Menschen – sondern lebte an einem Zeitrand neben den Irdischen her. So viel Unwahrscheinliches war Brian denkbar geworden, dass sie es für unmöglich hielt, die Aussage Camshrons mit irgendeinem guten Grund abzusichern. So blieben die Wagentüren auf Geheiß Camshrons offen. Brian deutete ganz kurz auf den Pelz von Akita, und der Dunedin winkte nur ab, indem er ihr unsprachlich verständlich machte, zuerst Nag zu folgen. Alles andere käme dann schon in Ordnung. Und Brian folgte.

Sie gingen um ein altersgezeichnetes, graubraunes Natursteinhaus mit Schiefersteinschindeln, die teils schon Flechten angesetzt hatten oder gebrochen waren, als die alte Stimme vor ihr nach einem Räuspern sagte, man solle nicht so genau hinsehen. Die Zeit kenne keine Gnade. Und mit diesen sinnigen Worten verschwand er in seinem Haus. Camshron folgte ihm als Erster, dann Brian und schließlich Rionnag, die hinter sich eine windzügige Tür zuzog, nachdem sich alle durch einen tiefen Rahmen in das Haus hineingedient hatten. Innen war es gemütlicher, als man es von außen vermeinen würde. Tatsächlich gab es einen Herd, auf dem Wasser köchelte. Obwohl von außen Fenster zu sehen gewesen waren, fiel durch sie kein Licht in die Räume, da sie von innen verhängt worden waren. Trotzdem ergab sich innen eine freundliche Stimmung durch viele Lampen, die, von Nag aufgehängt, das Tageslicht ersetzten. Ein uralter, massiver Eichentisch, der nicht ausladend, aber groß genug für wenigstens acht Personen gewesen war, stand auf der dem Herd gegenüberliegenden

Seite an der Wand. Und scheinbar mürrisch bat der offenbar abweisende Gastgeber seine Gäste, Platz an ihm zu nehmen.

Eine kleine Spüle neben dem Herd, ein Regal mit Porzellanbechern und unterschiedlich farbigen Tellern, eine Wasserleitung in die Spüle und ein Schaukelstuhl vor einem kleinen Kamin. Das war die Gemütlichkeit Nags, der Camshron grob bat, er möge drei Becher auf den Tisch stellen, während er etwas Besseres zu trinken gedenke, wofür er einen Tumbler brauche.

Brian und Rionnag setzten sich an den Tisch auf angenehme und bequeme, ledergepolsterte, weiche Stühle und warteten darauf, dass die beiden Männer mit ihrem Begrüßungsritual fertig werden würden. Camshron stellte die Becher auf den Tisch, der Alte goss das heiße Wasser ein, sah einmal kritisch über seine schmale Lesebrille Brian kurz in die Augen, schmunzelte verschmitzt und schlurfte dann selbst zu seinem Schaukelstuhl, griff sich seinen Tumbler, der neben ihm auf dem Boden stand und genehmigte sich einen Highland Single Malt, als sich Camshron an den Tisch zu den anderen beiden gesetzt hatte und an seinem Becher nippte.

Und dann schwieg man. Man schwieg einen Moment, und ein zweiter kam hinzu. Man sah den alten Kürschner in seinem Schaukelstuhl und man schwieg, bis der alte Mann in der gemütlichen Bewegung seines Stuhles meinte, dass so ein volles Gold gelöst in Malt an einem Morgen wie jenem keine Verschwendung sei. Dafür wäre er gemacht. Dann lächelte er zu Rionnag und Brian und hieß ihnen einen guten Morgen.

„Das du noch den Weg hierherfindest, Krummnase", lachte der alte Nag. „Einiges habe ich von euch gehört, ihr Schwerenöter … so einiges …"

„Und doch nicht alles, du alter, sturer Gaul", lachte Camshron, als Brian und Rionnag ihm zunickten, um ihm ebenfalls einen guten Tag zu wünschen. „Geht es dir gut, Nag?", fragte er dann freundlich, und der Alte schaukelte sich mit seinem Stuhl in eine der vielen möglichen Antworten, nippte an seinem Glas und schaute unter schweren Augenbrauen zu den drei Gestalten hinüber.

„Reich bin ich durch euch ja nicht geworden. Deshalb bleibt mir nichts anderes, als dass es mir gut geht – obwohl es mir besser gehen könnte", erwiderte er freundlich in scheinbarer Verstimmtheit. „Und wie es mir aussieht, hast du wieder nicht mehr als ein Kupferstück für mich, um dem jungen Kitz zu einer anständigen Bekleidung zu verhelfen. Wie ist dein Name, Mädchen?", fragte er, und sie sagte, dass sie Patty Brian hieße. Er stutzte verwundert und fragte, ob den Dunedin die Namen ausgegangen seien, als er Camshron fragend ansah.

„Ich muss gestehen, dass sie keine Dunedin ist, mein alter Freund. Daher ein anderer Name."

„Und dann bringst du dein Liebchen her, Lime?" schüttelte er seinen Kopf.

„So ist es."

„Dafür bezahlst du mir diesmal meine Arbeit doppelt", sagte er entschieden und schaute zu Brian. „Und du lässt dich auf so ein stinkendes Urgestein heißer Luft ein?" Sie mussten herzlich lachen. „Na, wenigstens lachen kann sie", meinte er, roch an seinem Malt und trank einen Schluck, nachdem er sein flüssiges Gold in dem Tumbler Farbspiele treiben sah, die ihn träumen ließen, als die anderen das noch warme Wasser tranken und er in seinem Stuhl zu schaukeln begann. Verliebt in den Malt dachte er nach, griente und sagte dann ernster: „Gut, dann lasst mich mal das Futter sehen", und Camshron bat Brian, jetzt ihren Pelz zu holen.

Sofort stand sie auf, ruckelte sich die schwere Eingangstür auf, lief zu dem Bus, dessen Türen immer noch offen standen, und holte von der Rückbank die Rolle, zu der sie den Pelz von Akita zusammengerollt hatte, um ihn dem angeblichen Kürschner zu zeigen, der darum gebeten hatte. Die Dohlen saßen noch in dem Holunderstrauch, sahen Brian zu dem Bus eilen, fragten sie auf ihrem Weg, wie der Schneider sei, und sie erwähnte nur kurz, dass es ein komischer Kauz sei, den die Dunedin kannten. Sie wäre gleich fertig mit dem Kürschner und würde dann herauskommen. Dann könne man einen kleinen Spaziergang unternehmen. Sie klemmte sich die Fellrolle unter den Arm und verschwand über das feuchte Gras wieder im Haus. Dem alten Mann legte sie die Fellrolle in seinen Schoß und sagte, dass sie dieses Fell als Futter für ihre Lederjacke haben wollte. Und der Kürschner betrachtete zuerst sie, dann schaute er die Dunedin stumm an, rollte schließlich Akitas Pelz aus, was von Brian fast schmerzlich erlitten wurde, da sie nicht wollte, dass dieses Fell von jemand anderem als ihr berührt werden würde, als er sie mit einer Handbewegung beschwichtigte, da er Brians Sorge zu verstehen schien.

„Hmmm …", sagte er. „Artenschutz. Grauwolf. Hmmm …", und strich vorsichtig über den wundervollen grauweißen Pelz eines wohl sehr besonderen Tieres. „Ich möchte wissen, wer eine solch ausgezeichnete Arbeit hier abliefert", murmelte er vor sich hin. „Von dem Liebchen der Krummnase." Er strich mit den alten, faltigen, durch Gerbsäuren harten Finger durch das Fell. „Eine einzigartige Arbeit …, und da ist wohl auch etwas Elfenzauber in dem Fell." Er schloss die Augen und fühlte das Garn, so wie er auch die kunstvolle Arbeit verstand, die Brian selbst nicht beurteilen konnte. Und er schwärmte. „Nicht einfach mal den Tod aus der Decke geschlagen. Nein, nein. Hier steckt Magie und Alter in diesem Fell", murmelte er weiter vor sich her, als sich die Dunedin ansahen.

„Was nun, Nag?", fragte Camshron, da er den Kürschner so schwärmerisch verträumt nicht kannte. „Machst du's?", stellte er seine obligatorische Frage, und der Alte öffnete seine bereits glänzenden Augen. Er trank noch einen Schluck seines Malts und schaute dann Brian an.

„Seamus Eachann", sagte er dann voller Stolz. „Patty Brian, es ist mir sehr angenehm, deine Bekanntschaft zu machen", sagte er und reichte ihr sitzenbleibend seine Hand zum Gruß.

Brian schaute ihn erstaunt an. Dann schaute sie zu den Dunedin und wieder auf den alten Mann, stand vom Stuhl am Tisch auf, an dem sie wieder Platz genommen hatte, lächelte den Mann an, der sich als Seamus Eachann vorstellte, und reichte ihm vorsichtig die Hand, die der alte Kürschner sofort befühlte und gar nicht mehr loslassen wollte, als er wieder die Augen schloss, während er noch Brians Hand in seiner fühlte.

„Was lässt ein Wesen, wie du es bist, sich mit solchen Schurken und Herumtreibern ein, wie die Dunedin es sind?", fragte er leise für sich.

„Ein gutes Gewissen und das Beste aller je empfundenen Gefühle", erwiderte Brian, als der Kürschner seine alten Augen aufschlug, schmunzelte und nickte.

„Das gute Gewissen, ja. Habt ihr das gehört? Krummnase und Ash: Habt ihr gehört, was sie gesagt hat? Sie hat ein gutes Gewissen dabei, sich mit euch abzugeben", griente er. „Dann macht ihr keinen Kummer." Rionnag und Camshron saßen nur noch kopfschüttelnd am Tisch, weil sie Eachann niemals so viel hatten sprechen hören.

„Nag, es ist sie, die uns hoffentlich keinen Kummer machen wird", sagte Rionnag, der nun bekannt wurde, dass der Kürschner tatsächlich einen bürgerlichen Namen besaß, den wahrscheinlich keiner der Dunedin kannte. Er strich abermals über das Fell und sagte, dass es ein wundervolles Tier gewesen sein musste und außerordentliche Umstände, die ihr dieses Fell vermacht hatten. Aber er spüre die Liebe und die Zuneigung, in der es gegeben worden sei, und mache sich Gedanken.

„Was heißt das: Du machst dir Gedanken?", fragte Camshron.

„Habt ihr eure Jacken am gleichen Tag bekommen?", und der Dunedin schüttelte den Kopf. „Seht ihr ... ich mache mir eben so meine Gedanken. Drei Tage ... und das Trockenobst, weißt du, wo es ist? Immer noch im Schrank, mein Freund", sagte Eachann, strich abermals über den Pelz, stand langsam aus seinem Schaukelstuhl auf, warf die Decke über seine Schulter, winkte Brian mit seinen Fingern heran und sagte ihr, sie würden Maß nehmen müssen.

Er öffnete eine schmale Tür, die in einer dunklen Nische des Raumes nicht zu sehen gewesen war, und bedeutete Brian ihm zu folgen, was sie tat.

Hinter der aufgeschobenen Kammertür lag das zerwühlte Schlafgemach Eachanns, der vorweglief und schmunzelte, dass seine Zeit, in der er dort auf dem krausen Bett Maß an Damen genommen hätte, endgültig vorbei sei, und er entschuldigte sich bei Brian für seine Unordnung, da er nur selten auf seinem Lager schlafen würde. Meistens genüge ihm sein Schaukelstuhl für ein Nickerchen. Er rückte einen Schrank zur Seite, hinter dem eine dunkle Treppe in einen Kellerraum zu führen schien. Er meinte, dass sie warten solle, bis er Licht gefunden habe, als ihr bereits Ledergerüche aus dem Keller entgegenströmten. Gerüche, die sich miteinander vermischt hatten, ohne dass sie eine Beize in der Nase spürte. Es war angenehm und fast waldlich, was sie roch. Erdige Aromen, die sie nicht besser zu beschreiben wusste, als durch den Duft von Pflanzen, deren botanische Namen sie nicht kannte, dann von Tierhäuten, denen eine sichere Schwere in der Luft vorausging, bevor man sie hätte sehen können. Schließlich musste er einen Lichtschalter gefunden haben, denn er rief sie die Treppe herab zu sich, als mehrere nackte Birnen an der Decke, vielleicht nur zwei, vielleicht auch fünfzehn Steinstufen in die Tiefe ausleuchteten. Und sie stieg betört ob der Aromen hinab.

Dann sah sie den Fundus, den dieser alte Mann verwaltete. Hunderte von Fellen vieler Tierarten, unterschiedlichste Garne, scharfe Schwerter, Dornen und Keile zum Bearbeiten des Leders. Nähmaschinen und Messer, Schaber und Eisen aller Art. Und Brian gingen die Augen über.

In der Mitte des Kellerraumes stand ein gewaltiger Holztisch zum Schneiden der großen Häute. Diverse Schnittmuster hingen an den kahlen Steinwänden. Kleinere Skizziertische, genug Papierbögen und ausreichend Zeichenkreide überall auf jedem der Tische und Arbeitsflächen. Dazu unzählige, unterschiedlichste Körbe mit Pflanzen und Blütenteilen. Schemel, mehr als genug, und alles dominiert von den Häuten, die auf große Rahmen gezogen an der der Treppe gegenüberliegenden Wand zu sehen waren. Tierhäute in jeder Farbe.

„Ja. Das ist mein Operationstisch", grinste er und warf das Fell von Akita scheinbar achtlos auf den großen Schneidetisch für die Häute in der wahrscheinlichen Mitte des Raumes. „Wo nur ist das Bandmaß, alter Stoffel?", sprach er mit sich selbst bereits in Vorbereitung seiner Arbeit. „Verflixt. Wo hast du nur deinen Kopf? Lässt dich so aus der Ruhe bringen", lachte er und räusperte sich wieder. „Und du, mein schöner Grauwolf, wirst auch deine Geschichte bei dem alten Seamus lassen … Ach, da. Hier haben wir das Maßband, Patty. Dann wollen wir einmal", freute er sich, und so alt und so müde er gewirkt haben mochte, so flink und sicher war er in seiner Arbeit, vermaß Brian mit einigem Gemurmel für sich selbst, bevor Strähnen seines weißen Haares in sein Gesicht fielen, die er sich aus der Stirn strich und wieder über den Kopf legte. Schließlich waren Brians Arme, Hüften, ihre Oberweite und der Brustumfang, die Schultern und die Rückenpartie vermessen, ihre Werte in Zahlen auf Papier skizziert, das Maßband um seinen Hals gelegt, als er sich auf einen Schemel setzte und Brian das Gleiche zu tun bat, da ihn stehende Menschen nervös machen würden. Sie würde etwas von einer sinnlosen Eile ausstrahlen, führte er aus, als sich Brian auf einen Schemel ihm gegenüber an den gewaltigen Zuschneide-tisch setzte. Sie sah Akitas Fell bereits auf den Tisch geworfen und war sich bei dem Anblick nicht mehr sicher, ob sie diesen herrlichen Pelz wirklich bearbeiten lassen wollte.

„Mache dir keine Sorgen, Mädchen", meinte Eachann, der noch mit seinem Zahlenwerk auf dem Papier beschäftigt war und die Maße vor sich hermurmelte, doch ihre Unsicherheit gespürt hatte. „Das geht allen so. Zuerst kommen sie mit einer großen Klappe und *gaaaaaanz* genauen Vorstellungen. Und dann bekommen sie es mit der Angst zu tun, dass der alte Seamus etwas mit ihren Schätzchen tun könnte, was ihnen nicht recht wäre", und Brian hörte das, was sie nicht wirklich beruhigen konnte. „Also gut, Patty. Die Maße habe ich jetzt. Zum Schnitt. Wie soll das Aussehen, was du tragen willst?", fragte er und sah sie zum ersten Mal richtig an und ihr unter seinen buschigen Brauen tief in die Augen.

„Ich dachte an eine Jacke, wie die der anderen Dunedin", sagte sie unbeirrt lächelnd.

„Du aber bist keine von denen. Und der Pelz, der der deine ist, ist außergewöhnlich. Da waren schon einmal sehr bemühte, kunstfertige Finger am Werk", meinte Eachann schlau. „Also, wenn du nicht weißt, was du haben möchtest, dann glaube ich, dass ich weiß, was du brauchst", murmelte er und schaute auch schon wieder auf seinen Arbeitstisch, auf dem er den Pelz Akitas nun behutsam ausbreitete. „Ja, ein jedes erzählt mir seine Geschichte", sagte er und strich mit der Hand über die weichen, sich schnell wieder aufstellenden Haare des Felles. „Als Futter bist du zu schade. Und ein Albe trägt keine Lederjacken, wie die Wegelagerer und Ganoven. Nein … eine Albe und ihre Grauwölfin … wunderbar …", murmelte er.

„Darf ich bei dir bleiben und zusehen?", fragte sie freundlich.

„Du willst die Geschichten eines alten Mannes hören?", räusperte er sich wieder. „Nein, nein. Du gehst. Und du kommst morgen zu mir wieder runter. Dann sehen wir weiter. Zur gleichen Zeit. Und jetzt warten deine Vögel auf dich", meinte er schroff, und Brian war beeindruckt, dass dem alten Mann selbst Sidhe und Daoine nicht entgangen waren. „Und komme bloß nicht auf die Idee, aufräumen zu wollen. Ich mag keine Unordnung", sagte er noch und beugte sich vom Schemel über den massigen Holztisch, bevor er sich in seine Arbeit versenkte und Brian die Treppe hinaufging, durch das Schlafzimmer schlenderte, ihre Blicke tatsächlich etwas schweifen ließ, dann aber schon in der Wohnküche bei Rionnag und Camshron war, die sich bei Wasser, Brot, Honig und etwas Trockenobst unterhielten und sich unterbrachen, als Brian kam.

„Und?", fragte Rionnag. „Macht er's?"

„Er macht mir ein Kleidungsstück aus Akitas Fell. Ja. Und er ist sehr geheimnisvoll", sagte sie den beiden, als sie sich zu ihnen an den Tisch setzte. „Seid ihr einmal in seinem Arbeitskeller gewesen?"

„Jeder von uns. Zur Anprobe. Bis auf Pine, Cedar, Walnut und Willow", antwortete Camshron.

„Morgen soll ich zur gleichen Zeit zu ihm runterkommen, sagte er mir."

„Das ist ein neuer Zug an ihm. Wir mussten immer drei Tage warten, bis er fertig war und uns die Jacken hochbrachte", schmunzelte Rionnag über Eachann.

„Ja, wird Nag auf seine alten Tage doch noch schwach", lächelte Camshron.

„Warum nennst du ihn Nag? Er heißt doch Seamus", fragte Brian, trank einen Schluck Wasser und nahm sich etwas Brot, als Rionnag die Geschichte erzählte, die wohl seinem Urgroß-vater zugeschrieben werden musste, als einer der Dunedin schwer verletzt zu ihm kam, mit einem Kaninchenfell als Umhang über den Schultern und sich von ihm gesund pflegen ließ. Schließlich aber war das Cape der Kaninchen so zerschlissen und blutig von den Schwerthieben, dass er genesen ohne einen neuen Umhang nicht in die Winterkälte gehen konnte. Und da meinte der Vor-fahre von Eachann, er werde einen Hirsch erjagen, ihm das Fell abziehen und daraus eine einzigartige Tunika für den Dunedin nähen, die ihn über sein Leben hinaus begleiten sollte. Kaum dass der Bruder gesundete, hatte auch die Tunika ihre Form erhalten, die herrlich weich und schmeichelnd gewesen sein soll, von einem kräftigen Leder, das einem stattlichen Hirschen zur Pracht gereicht haben musste, da die Haut so großzügig geschnitten worden war und die Nähte sie in wenigen Streifen zusammensetzte, wie man es von einer Hirschhaut her kaum kannte. Und der Dunedin war stolz auf dieses edle Leder, das ihn durch den Winter brachte. Schon durch die Erscheinung in seiner Tunika, flößte er jenen Respekt ein, die ihm begegneten. Für seine Pflege und die Haut hatte er gut bezahlt. Es kam ein Sommer auf den Winter, und er traf sich mit einer seiner Schwestern, die ein Burgfräulein spielte, deren Herren sie um seine geschundenen Hunde, die gequälten Pferde und einen Teil seiner Silbermünzen erleichtert hatten. Und man war ihr auf den Fersen, als sie ihren Bruder traf, der einen der Armbrustschützen des geprellten Edelings von einer Misse-tat gegen seine Schwester abhalten konnte, während ein zweiter ihm mit einem leichten Streich die wertvoll kräftig scheinende Tunika durchbohren konnte. Den Schlagabtausch für sich ent-schieden, wunderte sich der Dunedin, wieso sein Leder, das den Hirschen zierte, ihn nicht zu schützen vermochte, als seine Schwester ihn als Toren auslachte und ihm erklärte, dass dieses Leder sicherlich keines Hirsches Haut sei, sondern jene eines alten Gaules, der vielleicht mit einem Geweih in den Wald ge-trieben worden sein mochte, was ihn aber nicht zu einem Hirsch machen würde. Der Dunedin fühlte sich betrogen und geprellt; er hatte fast sein Leben diesem Irrglauben als Tribut zahlen müssen und suchte noch im gleichen Sommer denjenigen auf, der ihm das Leder geschneidert und verkauft hatte. Massiv konfrontierte er ihn mit dem Betrug, bis er erfuhr, dass der Kürschner wahrhaft nicht das wertvolle Leder eines Hirsches für sein Handwerk nutzte, sondern es mit der gefärbten und getränkten Haut einer altersschwachen Mähre, die er seinem Nachbarn abgeschwatzt hatte, ausführte. Den Dunedin erboste der Schwindel gegen ihn. Er fühlte sich veralbert und machte an jenem Tag deutlich, wer er war und was man von diesem Tag an in alle Zukunft von dem Häuteschneider erwarte. Das war nicht weniger als gute, haltbare Lederjacken für die Dunedin für nicht mehr als einen Kupferling, da er bereits den Preis für die Handwerkskunst des Kürschners auf Lebenszeit hinaus für eine schäbige Pferdedecke bezahlt habe, falls ihm sein Leben lieb sei. Und dem Schneider war sein Leben lieb gewesen. Seitdem hieß der Kürschner der Dunedin immer wieder *Nag*. Heute zahlten sie ihm selbstverständlich nicht mehr einen Penny, sondern bekamen ihre Anfertigungen umsonst, da auch Eachann ein halber Dunedin und ein halber Irdischer sei.

„Wir sorgen uns umeinander und lassen uns nicht aus den Augen", meinte Camshron. „Und wir mögen den alten Nag sehr gern, der uns ausgezeichnete Jacken macht. Und falls er eines Tages nicht mehr sein sollte, wird sein Sohn in dieser Tradition stehen und unser neuer Kürschner werden. So ist es von dem Tag an gewesen, an dem der Urvater Nags sein Leben behalten wollte."

Brian hatte die kleine Geschichte verfolgt und bekam ein völlig neues Bild von der Welt, die nicht durch Glaube und Aberglaube geprägt war, sondern durch ein langlebiges, dauerhaftes Bemühen und durch Zuverlässigkeit. Das Bild einer Welt, die sich in der Zeit neben der Zeit der irdischen Menschen ereignete und fortdauerte, ohne aufdringlich zu sein. Ein Bild auch von Menschen, mit einer unfassbaren Geduld, die einem gelittenen Geschehen noch Gutes abringen konnten und meinten, dass durch ein bestimmtes Leid Menschen eines Tages vielleicht aus ihrer Dämmerung erwachen könnten. Und dann fragte sie nach Merlin. Sie erinnerte sich schwach, dass er einen Fellanorak getragen hatte, wie sie meinte.

„Das kann gut sein. Er kam ja nicht wieder zurück. Von daher wird er sich ein anderes Stück zugelegt haben müssen", sprach Camshron. „Der Vater von Seamus müsste Merlin noch gekannt haben."

„Das ist sehr interessant", nickte Brian. „Und die Dunedin, die mit den Menschen gezeugt werden? Wie alt werden sie?"

„Unterschiedlich. Manche werden dreihundert Jahre alt, manche sogar vierhundert Jahre", erzählte Rionnag.

„Dann könnt ihr Frauen euch einen irdischen Mann suchen und sein Kind austragen? Verstehe ich das richtig?"

„Ja. Und dann geben wir es den Vätern. Wir selbst ziehen nur unsere Dunedin-Kinder auf und bilden sie aus."

„Und eure Männer?", fragte Brian und meinte schon einmal etwas während einer Unterhaltung aufgeschnappt zu haben, während sie sich nicht genau erinnern konnte.

„Unsere Männer können nur ein einziges Kind zeugen, mit einer von uns. Dann dürfen sie so viel Spaß haben, wie sie wollen – aber Nachwuchs können sie nicht mehr zeugen, da sich ihre Fruchtbarkeit in eben diesem einen Kind erschöpft", führte Rionnag aus.

„Also, Ash, meine Energie nicht. Gut …, Impotenz ja. Aber Energie und Manneskraft kannst du ja einmal auf den Prüfstand stellen", lachte Camshron, und die anderen freuten sich für ihn mit.

„Ich hatte davon keine Ahnung, Ash."

„Hat kein Irdischer. Es ist ein bisschen wie eine Parallelwelt, in die ihr uns gebracht habt."

„Wieso wir?"

„Na, die Naien und die Hylen. Und da du nun zu einer Naien geboren bist, bist du für uns eine von ihnen. Der andere Teil dieser Parallelwelt wird von den irdischen Menschen für uns vorgegeben, die sich beharrlich gegen jede Vernunft, jeden Verstand und jede Dynamik versperren. Die Menschen, die sich am liebsten gegenseitig auffressen würden, die bringen uns ins Abseits, weil wir nur so wenige sind und uns um eine Balance jenseits dieser Eindimensionierung zu sorgen haben."

„Das ist alles so spannend, wenn ich es als Mensch sehe und höre. Und andererseits ist es so schade, dass ich nicht schon früher dessen gewahr gewesen bin. All dieser irrige Wahnsinn, den man betreibt", sinnierte Brian vor sich hin und vermochte ein Leben gar nicht zu erfassen, so gewaltig war die starke Gleichzeitigkeit allen Lebens auf Erden – die nötige Gleichberechtigung, das Außer-Acht-Lassen eines jeglichen Geschlechtes und einer jeden Art. Alles war gleichzeitig und gleichwertvoll. Diese Empfindung war für Brian überwältigend. Die Kraft, die in dieser Erkenntnis lag, war übermenschlich und unirdisch. Und keines irgendeines je gesagten oder geschriebenen Wortes vermochte ohne ein Gleichnis das zu sagen, was sie seit der Begegnung mit der Naien zu empfinden in der Lage war.

„Kommt, wollen wir nicht ein wenig rausgehen? Wir haben Zeit bis morgen früh, und ich möchte etwas von der Umgebung sehen. Ich habe den Eindruck, dass es die Ruhe vor dem Sturm ist, wie man so schön sagt. Und ich möchte genießen. So lange schon bin ich mit Menschen nicht mehr zusammen gewesen …"

„Das, Patty, hat sich grundlegend für dich geändert. Nun hast du uns am Hals", lachte Camshron. „Und das länger, als dir lieb sein wird. Ja. Lass uns rausgehen. Vielleicht an den Forth. Da ist das Meer anders als auf deiner Insel, glaube ich. Und außerdem hast du den Vögeln Treue geschworen. Mal sehen, ob sie dich erkennen …"

„Keine schlechte Idee", stimmte Rionnag zu, stand mit Camschron gleichzeitig auf, ließ die Becher, das Brot und den Honig auf dem Tisch stehen und meinte zu Brian, dass man sich später darum kümmere, als seien sie zu Hause. Und Brian hörte auf die Dunedin, trat dann mit ihnen an die frische Luft und sah die Sonne schon über die Lammermuir Hills gestiegen, als Sidhe und Daoine zu ihr aus dem Holunder herabgeflogen kamen.

„Es geht ans Meer. Ein Ausflug … Klingt das nicht komisch in unseren Ohren?", lachte Brian laut.

„Für uns schon. Für dich als Engel mit Dohlen …, na ja", lachte Camshron.

„Aber wir fahren ans Meer, bitte", bat Rionnag, die sich noch daran erinnerte, dass man ansonsten nur an Straßen entlanglaufen müsste, was sie keinesfalls wollte. „Was ist heute für ein Wochentag?", fragte sie dann noch, was ihr keiner zu beantworten wusste und dann lachten sie alle herzlich. „Also ans Meer. Witzig genug, Patty, dass hier ausgerechnet die große Brutstätte der Tölpel ist. Gleich hier, vor der Küste, auf dem Bass Rock.

„Wirklich?", fragte sie. „Können wir den sehen?"

„Klar. Ist eine Insel vor North Berwick. Gleich hier um die Ecke. Wenn du willst", meinte Rionnag und lächelte. „Nein. Alles was du willst, Patty. Wir sind für dich da", nickte sie und bat alle einzusteigen.

„Und wo ist deine Jacke? Wo ist das Fell von Akita?", fragte Daoine, die sich Brian ohne den Pelz nicht mehr denken konnte.

„In drei Tagen ist sie fertig. Und bis dahin vertreiben wir uns hier die Zeit", antwortete sie. Und alle stiegen in den Bus. Die Dohlen nahmen wieder Platz auf der Lehne des Beifahrersitzes, als Rionnag den Motor startete, man die Türen schloss und sich auf Nebenstraßen durch unbestellte Felder auf den kurzen Weg nach North Berwick machte. Die Dohlen fragten noch im Bus Brian nach der Phiole mit den Samen, und Brian tippte lächelnd nur auf ihre Hosentasche.

„Und was ist eigentlich mit deiner Schnitzerei geschehen?", fragte Sidhe.

„Sie ist lebendig geworden. Wie recht ihr hattet …, und ich sollte wahrscheinlich gar nicht mehr sagen", schmunzelte sie die beiden Dohlen an, als sie auch schon den kurzen Weg nach North Berwick hinter sich hatten, durch mehrere enge Straßen der gepflegten, kleinen Stadt am Firth of Forth fuhren, um dann ihren Bus in einer Parallelstraße zur Küste zu parken.

Es war eine enge Einbahnstraße, in der viele Autos von den Anliegern standen. In einem zweiten Parkstreifen fand Rionnag einen kleinen Freiraum, in den sie gerade so den Bus einparken konnte, als Camshron sich zu Brian umdrehte und meinte, dass, falls er sie so ansähe, sie durchaus einen Friseurtermin vereinbaren könnte, denn diese Ortschaft sei dafür berühmt, mehr Salons in einer Straße als Polizisten im ganzen Ort zu haben, und Brian zog die Augenbrauen hoch, nickte zum Zeichen, dass sie seine Andeutung verstanden habe, als Rionnag schon aus dem Wagen gestiegen war, und es sie an das Meer drängte.

„Hast du gewusst, dass sich Qualms hier mit Makar getroffen hat, bevor er zu Alwyyn geflogen und dann zu uns gekommen ist?", fragte Sidhe, und Brian zeigte sich überrascht, da sie das selbstverständlich nicht gewusst hatte.

„Hier?", fragte sie. „Nein. Wusste ich nicht. Ich erfahre ja sowieso alles als Letzte. Und von hier ist der Tölpel losgeflogen? Und alles nur wegen mir?"

„Nein. Alles nur wegen der Naien, Patty", sagte Sidhe, und Brian nickte.

„Dann lasse uns den Felseen mal anschauen", meinte sie und folgte Rionnag, die vorausgelaufen war. Camshron hatte sich hinter Brian aufgehalten, um ihren Rücken zu sichern, wie er meinte, und die Dohlen waren davongeflogen, um als Erste den Firth of Forth sehen zu können.

Von den Menschen wurden sie an jenem milden Wintermorgen kaum wahrgenommen. Für die Strandläufer waren sie eine von vielen skurrilen Gruppen, die sich, aus welchen Gründen auch immer, wieder einmal an den Küsten der Welt zeigten. Man kam gern aus Glasgow oder Edinburgh auf einen Kurzbesuch, um dann nach einem Wochenende irgendwo wieder in die Welt heimzukehren, die man ein Zuhause nannte.

Es war an jenem Morgen fast windstill. Umso erstaunlicher war der Seegang, der wohl durch die Gezeiten und eine Dünung vom Nordatlantik in den Firth of Forth gedrückt wurde, dass die sonst flanierenden Menschen diesem wohl seltenen Schauspiel ihre ganze Aufmerksamkeit schenkten, so gewaltig spülten die Wellen auf den Strand der zwei Buchten von North Berwick, bevor sie an den Felsen und der kleinen Hafenmauer hochleckten, sie fauchend und zischend überspülten, um dann in der Bucht als ein Wellenrollen am Strand die Energie auszuatmen.

Als die drei dieses Spektakel sahen, waren sie wie gebannt von der Kraft des Wassers und der Höhe jener Wellen. Und sie waren fasziniert von dem pastellfarbenen Licht, das nebelig über dem Wasser lag und die gegenüberliegende Uferseite in dem Dunst der schweren Brecher und ihrer aufgeworfenen Gischt versinken ließ.

„Das ist ja umwerfend", sagte Brian, die ihren Blick nicht von Wasser lösen konnte und fragte, ob dieser Seegang hier immer so gewaltig wäre. Camshron erwiderte, dass er eine solch aufgewühlt tobende See hier überhaupt noch nicht gesehen habe und er sich Sorgen um die Häuser mache, die wie kleine Steinschachteln direkt an der Meeresbucht standen. Und Brian konnte sich dieser Naturgewalt einfach nicht entziehen, so sehr zogen die Farben und die Geräusche sie in ihren Bann. Sie sagte, dass auf Merlins Insel, falls der Ozean zu toben begann, der Schweiß des Meeres zu riechen sei, der den Anstrengungen der Bewegungen entströmte, weil das Wasser einen anderen Geruch an seinen Ufern zurückließ, falls es, von Macht angetrieben und vor Kraft nur so strotzend, tosend zu kochen begann. Und dieser bestimmte Schweißgeruch lag auch an jenem Tag in der Luft, an dem das rosagraufarbene Licht der Sonne hinter den Lammermuir Hills den Gischtdunst in einer der Buchten von North Berwick zum matten Glühen brachte, eine neue Welle an der schützenden Molenmauer des kleinen Hafens explodierte und weißgrau schäumend weiter geifernd in die Bucht fauchte.

„Diese See hätte uns vor Norwegen von unserer Insel wegradiert", sagte Brian lachend; sie war froh, dass sie auf dem Festland standen, und dachte für den Teil einer Sekunde an das Zerbrechen des Felsens, auf dem sie im Nordmeer gelebt hatten. Sie schaute auf einen Schornstein der Steinhäuser, auf dem sie die beiden Dohlen sitzen sah, die sie ebenfalls betrachteten und sicher ihren Gedanken erraten hatten, als sich die ersten Seevögel einfanden. Herings- und Lachmöwen, die die fremden Dohlen fragten, ob sie entweder eine Berechtigung hätten, dort auf dem Schornstein zu sitzen, oder aber ob sie die Daoine Sidhe seien und ob das andersartige Triumvirat unter ihnen die *Eine* sei und zwei Dunedin, was die Dohlen den Vögeln zögerlich bestätigten. Und dann, auf einige laut krächzende Schreie hin, segelten plötzlich von allen Seiten Möwen heran, die auf den Dächern gesessen und das Wasser beobachtet hatten.

Brian und die Dunedin schauten in die Höhe, als Hunderte und Aberhunderte von Seevögeln direkt über ihnen laut krakelnd kreisten und die drei begrüßen wollten. Und während Brian noch in die dunstige Ferne der gewaltigen Brecher schaute, die sich gegen die Küste laufend immer höher auftürmten, bevor sie donnernd eskalierten, und das faszinierende Farbenspiel des Lichtes dann in dem Gefieder der segelnden Möwen von unten beobachtete, kam eine winzige, gut gekleidete ältere Dame mit einem noch kleineren Terrier-Mischling an der Leine höflich lächelnd zu ihnen heran, die in der gesamten Atmosphäre demonstrativen Lebens aufgingen.

„Hi ya", meinte die zierliche Person mit grauen Locken, die ihr weniges Haar stilsicher den künstlichen Zähnen und einem sehr geschmackvollen Make-up angepasst hatte. „Wenigstens regnet es nicht", lachte sie freundlich zu den großen Gestalten hinauf.

„Das ist wahr", erwiderte Rionnag, und schwanzwedelnd kam der kleine Mischling an sie heran, der einen Namen wie Nicolas nicht verdienen konnte.

„Was ich sagen wollte", meinte dann die Dame in ihrem cognacfarbenen Kniemantel, „... die Leute mögen es hier nicht, wenn man die Möwen füttert", sagte sie leise und freundlich zu Rionnag und Camshron, die sich ein wenig zu ihr herunter-gebeugt hatten, als sie auf Brian hindeutete, die ganz im Ein-druck des Meeres und im Rausch der Vogelstimmen aufging. „Die Möwen kacken dann so viel in die Gärten und auf die Autos", sagte sie und lächelte nickend, dass man das doch bitte dem Mädchen sagen möchte, da die Dame in der Annahme ge-wesen zu sein schien, die Vögel seien gekommen, weil Brian sie anfütterte. Rionnag nickte verständig, lächelte zurück, hielt ihr ihre Hand auf den Arm und sagte, sie werde es Brian ausrichten.

„O, das ist sehr freundlich von Ihnen", lachte die Dame mit einem alterszufriedenen Gesicht und schaute auf ihren Misch-ling, der scheinbar hoffnungslos verliebt in die drei Personen zu sein schien, bis auch Brian die alte Dame wahrnahm, die sie mit einem lachenden Gesicht und nickend begrüßte, woraufhin sie nun Brian selbst sagte, dass man das Anfüttern der Möwen hier in dem Ort nicht schätze, was Brian verstand, obwohl die Vögel hoch über ihr kreisten und es auf Rufen der Vögel hin, dass die *Eine* gekommen sei, immer mehr Seevögel wurden.

„Ja. So ist es eben, wenn man mit einem Engel auf Reisen ist. Man hat immer seine liebe Not", lächelte Camshron und bat die Dame um Verständnis.

„Ja, ja ...", lachte sie und schaute die drei mit einer tiefen Freude unbefangen an. „Wenigstens hat Nicolas seinen Gefallen an euch gefunden", lachte sie, streichelte den Kleinen und nahm ihn, nass, wie er war, mit seinem Igelgesicht auf den Arm. „Ich möchte wieder nach Hause. Das war sehr nett, mit Ihnen zu sprechen", sagte sie lachend, reichte noch ihre Hand und meinte, sie hieße Joanne, und man verabschiedete sich mit guten Wünschen und einem Winken über die Schulter.

„Patty, wir sollten wirklich gehen. Schicke die Vögel auf die andere Seite der Bucht. Schau einmal ... Dorthin. Sie machen ein zu großes Aufsehen und exponieren uns geradezu", meinte Camshron, denn auch andere Menschen, die wegen der faszinierend beängstigenden See gekommen waren, schauten nun auf die zahllosen Vögel, die zu einer Wolke über den drei seltenen Gästen gewachsen waren. Brian rief zu Sidhe, dass man die Vögel zum Kürschner bringen möge. Dort wollte man sich dann in aller Abgeschiedenheit treffen. Und die Dohlen taten, was ihnen aufgetragen wurde, als sich dann Momente später die gewaltige Schwarmwolke der Seevögel auflöste und ein Tausendfaches *In Ordnung, danke, bis gleich, wie schön* für die Ältesten und Brian zu hören war, bevor die drei allein zurückblieben und die Blicke der Zuschauer wieder dem Schauspiel der anrollenden Wellen galten.

Daoine und Sidhe führten den Schwarm an und zeigten ihnen den Ort, zu dem Brian und die Dunedin etwas später kommen würden. Nicht dass die Seevögel Gullane nicht kannten, und sicherlich sind sie Hunderte Male über das schäbige Anwesen der Park Hills geflogen. Umso mehr erstaunte es sie, dass man sich ausgerechnet hier treffen wollte. Doch es war ihnen recht, solange sie nur einen Blick auf Brian werfen durften.

Die Dunedin deuteten auf eine tobend umspülte Insel, die sie in der kochenden See vor sich sahen, als Brian fragte, ob das der Bass Rock sei, was Camshron verneinte und sagte, dass diese Insel Craigleith hieße. Der Bass Rock sei in der auf der anderen Seite gelegenen Bucht von North Berwick, zu der man gehen wollte, während die galoppierend auslaufenden Wellen auf den Strand fast bis an die steinernen Bewährungsmauern vor den Wänden der ersten Häuser mit der auflaufenden Flut spülten. Ein kurzer Weg auf dem nassen Sand, das dröhnende Fauchen des Meeresschweißes zu ihrer Linken, und sie stiegen eine kleine Treppe zu einer höher bewährten Straße. Ein großes Steinkreuz mit keltischen Ornamenten vor einer uralten kleinen Kapelle und eine Straße, die links in einen Bootshafen und zu einem schottischen Seevogelzentrum führen sollte. Auf der anderen Seite gelangte man auf der gleichen Straße in den Ort an sich. Hexen sollten vor der Kapelle verbrannt worden sein, und Hexen wollte man auch tanzen gesehen haben, wie es auf einer Gedenktafel für Interessierte geschrieben stand.

Und dann sahen sie die See mit ihrer ganzen Kraft in die Bucht der Melbourne Road rollen, Felsen schlucken, in die Gesteine brechen und meterhohe Schaumkronen in die Luft werfen. Weit im Hintergrund noch vor dem Horizont dann der Bass Rock, gemeißelt von den Jahrtausenden seiner Metze und niemals vollendet. Bis heute schienen die Meister mit ihren Gesellen Hand an ihn gelegt zu haben, während ein ängstlich vergänglicher Leuchtturm nur eine kurze Episode in den Jahrmillionen seines Wachens war. Brian gefiel, was sie sah, und sie war begeistert, all das an so einem windstillen Tag mit dieser allmächtig verschlingenden Brandung erleben zu dürfen. Hunderte von Besuchern, Gästen, Einheimischen und Schaulustigen – mit und ohne Kinder – teilten dieses Erlebnis mit ihnen. Sie machten Erinnerungsfotos oder standen nur und staunten. Manche ängstlich, andere übermütig. Und da waren genug, sich vor Schaumkronen von sich in den Felsen brechenden Wellen auf Smartphones abbilden zu lassen. Brian dachte bei sich, dass mit den Menschen doch eine Entwicklung möglich sein müsste, solange sie sich einer natürlichen, urgewaltigen Dynamik ihrer Umgebung anpassen würden. Falls sie jedoch nur vor ihr posieren und das Faszinierende als Kulisse ihrer Selbstdarstellung nutzen würden, wäre es vergeblich. Und darüber hatte sie an jenem Tag keine Klarheit gewinnen können.

Brausend rauschte der Schaum an den Strand, und brachial schlugen die Wellen in die Felsen ein, bevor sie schäumend explodierten. Auch Camshron und Rionnag waren von diesem Seegang gefesselt, der etwas Bedrohliches hatte: Stelle man sich nur die Kraft einer Welle vor, der man nichts entgegenzusetzen hatte. Und dann war es für sie beruhigend, da sie die jungen Leute hin und her hampeln sahen, in übertriebenen Posen sich vor einem kochenden Nordmeer zeigend, um sich fotografieren zu lassen und ihre Bilder dann als *share ware auf facebook zu posten*. Früher hatte man an gleicher Stelle Hexen verbrannt. Oder Reisende, die das Wasser überqueren mussten, hatten später an gleicher Stelle für eine gute Überfahrt gebetet. Heute hatte man ein Zentrum für Ornithologen auf demselben Felsen und ausgelassene junge Leute, die weder Furcht noch Ehrfurcht kannten. Sie wollten vor der ultimativen Welle gefilmt werden und der ganzen Welt mitteilen, wo man gewesen war, was für einen zweifelhaften Mut man besäße und dass man das wilde Tier des Ozeans wenigstens trockenen Fußes an dem Strand besiegt hatte. Oder aber man freute sich nur selbstverliebt, um in vierzig Jahren den Kopf über sich schütteln und darüber nachzudenken, wie ignorant und unbeschwert man einmal in seinem Leben gewesen war, bevor es die anderen Menschen einem richtig schwer gemacht haben würden.

„Dort drüben. Da brüten unsere Freunde, wenn die Fische gekommen sind", sagte Rionnag und zeigte auf den sich aus dem Gischtdunst erhebenden Felsen, und Brian nickte, vollkommen fasziniert von dem Moment, von den vielen Menschen, die keine Notiz von ihnen nahmen und den gewaltigen Hintergrundgeräuschen des Meeres. „Und um diese Kiddies geht es", lachte Rionnag laut und zeigte auf eine Gruppe lustiger Jugendlicher, deren asiatische Mädchen waghalsig auf einer salzrutschigen Zementbalustrade tanzten, übertriebene, kichernde, lachend schreiende und exaltierte Grimassen vor ihren fotografierenden Zuschauern zogen und sich von den Jungs mit ihren Handys filmen ließen. Und Brian nickte, als sie Rionnag in die Augen sah.

„Ja. Darum geht es. Und um alles andere. Es geht um die Zurückeroberung der Erde für alles Leben." Worüber Rionnag lachte und sich dann dicht an Brian drückte, während Camshron hinter ihnen stand und stolz auf seine Andersart war.

„Es ist eine Tollwiese", sagte er nur und schaute den Leuten zu, gleichwohl er Brian von hinten stets aufmerksam gegen jedermann absicherte. „Zum Glück kommt heute keiner in der Gefahr um, mit der er kokettiert und liebäugelt", und Brian drehte sich zu ihm, schaute dann auch ihn an und überlegte sich, welchen Gedanken Camshron nachginge, falls er solche Äußerungen machte.

„Wie alt bist du, Lime?", fragte sie ihn dann.

„Ich bin die Ältere, Patty. Über siebenhundert Jahre", lachte dann Rionnag heimlich und verstohlen. „Und er hat noch nicht einmal sechshundert auf seinem Buckel, der Naseweis", lachte sie dann noch lauter, und Brian musste auch schmunzeln, ärmelte sich bei den beiden ein und forderte sie zum Gehen auf.

„Ich möchte wissen, wie ihr das hier alles erlebt", fragte sie.

„Du wirst es selbst erleben. Denn so schnell lassen wir dich hier nicht weg", sagte Rionnag, und Brian nickte. „Sollen wir wieder fahren? Zu Nag und zu den Vögeln, die auf ihre Naien warten?"

„Ja. Für heute war es genug. Und es war grandios. Vielen Dank", sagte sie, als Camshron dachte, wofür Brian sich bedanken würde, doch er fragte sie nicht, als sie durch die Straße zurück zum Bus schlenderten, das Dröhnen des Meeres und die schreienden Stimmen der Menschen hörten, während die Seevögel verschwunden waren, was keinem auffiel. Brian sah die verunsichert ängstlichen Augen der Hunde, die alle, nur nicht an jenem Tag, an dieses Meer gehen wollten, was ihr sehr viel vernünftiger erschien, als sich vor der tobenden See fotografieren zu lassen. Sie liefen eine kurze Weile auf der Straße, und Menschen kamen ihnen entgegen, die diese Wellenwucht sehen wollten. Dann bogen sie in die Forth Street ein, hörten die Brandung immer noch, sahen schon ihren Bus, stiegen dann ein und fuhren wieder nach Gullane. Es war ein unbeschwerter Ausflug von Freunden gewesen, die einige Stunden zusammen verbracht hatten, von Jahrhunderten, die ihnen noch bevorstehen sollten. Und sie lernten sich eben erst kennen.

„Ich fühle mich sonderbar ohne Sidhe und Daoine", erwähnte Brian, als sie in den Bus gestiegen waren, und die Dunedin konnten sie verstehen, da sie Jahrzehnte mit den Vögeln verbracht hatte. „Auch ohne meinen Pelz. Mir fehlen sein Halt und die Wärme, die er mir gegeben hat."

„Du wirst ihn wiederbekommen, Patty", meinte Camshron.

„Ich habe Angst, dass er dann seine Magie für mich verloren haben wird", sagte sie, und Rionnag startete den Wagen.

„Keine Sorge. Das hatten wir alle. Aber Nag ist ein einfühlsamer Mann. Darum sind wir hier. Und dann sehen wir weiter", lächelte sie im Rückspiegel Brian an und fuhr los. Alle spürten das Salz der Luft auf der Haut, und keiner der drei dachte an ein Bad. Der schwache Atem über dem Meer hatte in ihren Haaren gespielt. Sie aber hatten es nicht empfunden. Und wie sie ausgesehen hatten, hätten sie nicht beschreiben können. Sie waren. Und sie waren anders. Anders, ohne gewöhnlich aufzufallen, solange man ihnen nicht in die Augen sah oder ihre Hände schüttelte. Und Camshron drehte sich auf dem Beifahrersitz um, lächelte Brian an und sagte ihr, dass sie nicht so laut denken sollte, damit nicht der gesamte Weltenraum die Gedanken einer jungen Naien hören und archivieren würde, worüber Brian schmunzelte, doch auch etwas verschämt nickte, als sie bereits zurück auf dem Weg zum kleinen, verwahrlosten Anwesen Eachanns waren, das sie schon hinter der alten Feldsteinmauer mitten in den erdigen Feldern liegen sehen konnten. Rionnag sagte zu Camshron, dass es doch komisch sei, dass sie sich den Weg von Edinburgh nach Gullane einfach nicht einprägen könnte.

„Die neuen Straßen. Und bis wir das nächste Mal hier sind, wird es wieder neue geben, da die halbe Stadt abgesoffen sein wird", lachte Camshron. „So ist das Leben der Irdischen immer ein wenig kunterbunt und bewegt. Nur innerlich stecken sie in einer Sackgasse."

„Hast du das eben gesagt? Oder habe ich dich das nur denken gehört?", fragte Brian schelmisch, und sie mussten lachten, als Rionnag auf den Hof fahren wollte, aber an der offenen Einfahrt abbremsen musste.

Der ganze Hof war weiß wie von Schnee bedeckt durch die Hunderte von Seevögeln, die sich auf Geheiß von Daoine und Sidhe eingefunden hatten, um eine Albe zu sehen und zu begrüßen. Man hatte ihnen gesagt, dass ein Naien auf Erden sei und man wieder die Küste zu bewachen habe, damit einer jener alten Albensterne seinen neuen Weg finden sollte, ohne dass die Irdischen jemals wieder hindurchrutschen sollten oder die Naien einer Gefahr ausgesetzt werden würden. So hatte man von dem Tag an Ausschau gehalten. Und die Kunde hatte sich um das ganze Nordmeer herum verbreitet, damit der Irdische vielleicht seinen Frieden mit der Erde fände, die ihm ein himmlischer Garten sein könnte, falls er sie und sich verstehen lerne. Dafür seien die Dunedin und die Naien da, meinten die Vögel. Und so groß war ihre freudige Erregung, als sie die fremden Dohlen in North Berwick sahen und Boten in alle Richtungen der nahen Küsten sandten, um die Vögel wissen zu lassen, wo sich der Naien aufhielt. Als man ihn unter den Menschen sah, machte man sich schon Sorgen. Umso froher war man, als sie den Bus kommen sahen und sich ihr Warten schließlich doch gelohnt hatte.

Dann sahen sie Brian überwältigt aussteigen. Diesen Empfang konnte sie innerlich kaum verkraften, so gerührt war sie nach all dem Alleinsein mit den Dohlen auf einer abgeschiedenen Insel irgendwo im Nordmeer vor Norwegen. Alles veränderte sich so schnell. Gefühlsmäßig konnte sie dem kaum folgen. Tränen schossen ihr in die Augen, und sie schluckte, als Rionnag und Camshron ihr aus dem Auto folgten, die Türen zuschlugen und den Bus in der Einfahrt stehen ließen. Auch sie waren fassungslos, hatten sie sich ein solches Interesse der Vögel nicht vorstellen können, die einmal einen Naien erleben und sehen wollten. Offenbar waren ihre Geschichten vitaler, als die Dunedin gemeint hatten. Ihr Vertrauen gegenüber dieser Albe und die Hoffnung, die sie in ihn zu legen schienen, mussten grenzenlos gewesen sein, was sich die Dunedin so nicht hätten vorstellen können. Die alten verpflichtenden Allianzen – ja. Aber die schiere Begeisterung der Tiere über das Erscheinen von Brian und der unerschütterliche Glaube an sie, der sich über all die Generationen gehalten haben musste – niemals.

„Sollte ich gekränkt sein, dass ihr unseretwegen so zahlreich noch nicht erschienen seid, obwohl die Dunedin für euch immer da gewesen sind?", rief Camshron vergeblich laut, als die Seevögel verstummten, weil sie nicht wussten, wie der Älteste das Gesagte meinte, als die Dohlen bereits zu Brian geflogen waren und sich auf ihre Schulter gesetzt hatten. „Das war nur ein Spaß, meine Freunde. Ein Spaß. Hier seid ihr alle jederzeit willkommen!", rief Camshron mit kräftiger Stimme, sodass es alle hörten, als Rionnags Telefon in ihrer Jackentasche klingelte. Sie entschuldigte sich einen Moment und bat um Ruhe, als sie das Gespräch annahm.

Es war Gaire. Sie wollte wissen, ob alles in Ordnung sei, und meinte, sie selbst seien mit Frangach gut angekommen und die Bestellung – wie sie die Krypton-Telefone nannten – sei auf dem Weg. Sobald sie einträfe, käme sie nach Schottland. Aber man würde vorher noch miteinander sprechen. Sie sagte noch etwas von lieben Grüßen auch an Nag und an die Dohlen, und dann brach Rionnag das Gespräch ab.

„Es war Cherry. Schöne Grüße an alle, und sie ist bald bei uns. Zwei, drei Tage noch", sagte Rionnag zu Brian, die neben ihr stand und etwas Rückhalt bei ihr suchte, da sie mit den vielen erwartungsvollen Vögeln nicht zu sprechen wusste. Das Telefonat mit Gaire war angesichts der Tiere gleichgültig, als Rionnag indirekt fragte, ob sie mit den Vögeln reden sollte, was Brian sehr begrüßte, was sie ihr über einen Augenkontakt zu verstehen gab. Und Rionnag sagte Folgendes:

„Es ist wunderbar, dass ihr alle hier seid. Und es ist wunderbar, was uns geschehen ist. Patty Brian ist als junge Naien geboren und wird für uns da sein, so wie wir für sie hier sind. Wir alle waren ahnungslos, bis uns das Weißhaupt zu sich rief. Nun ist er gegangen, und Makar ist sein Nachfolger. Diese albische Naien ist geblieben, um diese Erde und ihr Leben zu erlernen und die Kreise den Irdischen zu zeigen. Während Patty Brian wächst, schützt ihr die Küsten, damit der wohl letzte Albenstern, der bereits gefunden wurde, von dieser Naien als sicheres Tor für alle Zeiten bleiben kann", sagte Rionnag und wusste, dass für die Seevögel *aller Zeiten* viele ihrer Generationen bedeuten würde, die aber trotzdem nicht mehr als wenige Jahrhunderte der Dunedin wären. Schließlich hatte es keine größere Bedeutung, wie lange es dauern würde, da es jedem klar war, was zum Ausdruck gebracht werden sollte. Und dann knuffte Rionnag Brian in ihre Seite, damit sie wenige Worte fand, die gesprochen sein sollten, mit den Dohlen auf den Schultern, dem Salz der Brandung auf der Haut und der Verlegenheit in ihrer Haltung.

Schließlich atmete sie tief ein, und die Vögel wichen erschrocken. Manche flogen sogar schreiend auf, was Brian nicht verstand; sie wusste nicht, was sie falsch gemacht hatte. Rionnag beruhigte die Tiere, indem sie meinte, dass Brian noch nicht singen könne, was diese als Aussage noch weniger begriff, aber Worte in jenem Moment fand, die von ihr gesprochen werden konnten.

„Ich bin überwältigt und ergriffen", sagte sie. „Was Worte heute nicht sagen können, werde ich als Taten folgen lassen. Für euch. Für uns. Für all das Leben …", und die Vögel hatten sich wieder beruhigt. Sie schwiegen. Sie schauten aus ihren kritischen Augen und erstaunten diejenige, die nicht von dieser Erde war, obwohl sie hier geboren wurde. „Es ist unser aller Glück, dass wir uns haben. Und mehr noch, dass wir uns bleiben", sagte sie mit erstaunlich kräftiger Stimme und endete ihren kurzen, sicheren Vortrag.

Ein jeder der Vögel glaubte ihr jedes gesprochene Wort, und dann leisteten sie auf ihre Art das Gelöbnis ihrer treuen Verbindung, indem jeder eine Feder aus seinem Brustkleid zog, es in den Schnabel nahm und still aufflog, bis sie aus der Höhe ein vielstimmiges *Danke* rufen hörte, die Federn wie weiße Pelzflocken aus den Schnäbeln herabsegelten, als sie hinabriefen, und die Vögel noch einen Augenblick segelten und dann wie ein

Spuk verschwunden waren. Wären Brian, das feuchte Gras, die anderen Dunedin und die Dohlen nicht von Federn bedeckt gewesen, sie hätte alles für ein Hirngespinst gehalten.

Rionnag sah sie stolz an, da Brian scheinbar die richtigen Worte im richtigen Moment gefunden hatte, was einem nicht immer gelang. Camshron lachte laut und freute sich. Derlei Gesten der Seevögel waren den Dunedin fremd, und es war ihnen auch nicht bekannt, dass Vögel etwas Ähnliches jemals getan haben könnten. Dafür wussten die Ältesten nicht, wie sich Vögel grundsätzlich gegenüber einer Naien verhielten, denn gemeinsam sind sie zuvor nicht auf die Lichtfresser getroffen.

„Ein beeindruckendes Verhalten, Patty, und ein großer Moment. Wo, frage ich mich, ist nur das Pech?", fragte er und schmunzelte, was Brian erst zu verstehen schien, als Rionnag lachend über den möglichen Scherz Camshrons den Kopf schütteln musste, während mehrere der Federn auf der tränenfeuchten Gesichtshaut Brians haften blieben.

„Dann lasst uns die Federn aufsammeln", sagte sie gerührt einerseits, lachend zu Camshron anderseits, als Brian noch wie verzaubert dastand, bis Sidhe und Daoine ihr sagten, dass sie gut gesprochen habe und den Vögel Mut zu machen schien. Es wurde oft viel mehr mit wenigen Worten gesagt als mit vielen Begriffen gemeint, bemerkte Daoine, als die anderen die Federn aufzusammeln begannen und Camshron Rionnag fragte, ob sie den Brauch der Seevögel gegenüber einer Naien kannte, was Rionnag beschäftigt verneinte. Sie hatte es zum ersten Mal gesehen und niemals zuvor von einer ähnlichen Sitte gehört, sagte sie ihm. Brian schickte die Dohlen in die Bäume, um den Dunedin zu helfen, die Federn einzusammeln, damit eine unachtsame Windbö keine der Federn verwehen würde. Sicherlich eine ganze Stunde waren sie beschäftigt, bis auch die letzte kleine, flaumige Daune in den Händen der Ältesten und Brians waren, die die Hoffnung äußerste, dass nicht alle Vögel, denen sie noch begegnen werde, Gleiches für sie tun sollten, denn dann wisse sie nicht mehr wohin mit den Federn, als der späte Nachmittag jenes Tages anbrach, die Sonne hinter den Bergen unter den Horizont getaucht war und das kurze Entflammen der hastigen Wolken eine Wirklichkeit verhieß.

„Lass uns reingehen und etwas trinken", sagte Camshron zu Brian und bat Rionnag, den Bus auf das Grundstück zu fahren, da er noch außerhalb der Einfriedung vor der Einfahrt stand.

„Darf ich Sidhe und Daoine mit in das Haus bringen – oder würde das Seamus nicht recht sein?", erkundigte sie sich höflich.

„Ihm ist alles recht, solange er es nicht weiß", lachte Camshron und meinte, dass die Dohlen selbstverständlich ihren Platz an der Seite Brians hätten. Man ließe die Tür sowieso auf. Und falls Alwyyn Trockenobst geschätzt hatte, würden es Sidhe und Daoine ebenso mögen, was Brian nicht mit Sicherheit sagen konnte, obwohl sie all die Jahre mit den Vögeln zusammengelebt hatte. Sie kannte ihre Schwächen und Vorlieben eigentlich gar nicht, fiel ihr plötzlich auf. Und das wunderte sie in jenem Moment. Hatte sich in ihrem Leben alles nur um sie selbst gedreht, fragte sie sich? Die Nabelschau, die sie bei anderen negativ besetzte, bei sich selbst praktiziert? Nein. Sie hatte sich äußeren Bedingungen vollkommen ergeben, aber dabei andere eben auch nicht wahrgenommen. Jedenfalls nicht die Schwächen und Neigungen der beiden Dohlen, die noch selbstloser als sie zu sein schienen. Außerdem war sie in der ersten Zeit noch nicht einmal sicher gewesen, ob die Dohlen nicht nur sie schützende Ausgeburten ihrer eigenen Fantasie waren, was ihr manchmal noch im Kopf herumschwirrte. Ihr Leben war von Beginn an so sehr anders gewesen, als das Leben anderer Menschen, dass sie auch diesen minderen Umstand gern für sich annehmen konnte. Die Seevögel auf Merlins Insel und die Versammlung in den Highlands auf der anderen Seite des Firth of Forth bereiteten ihr enormere Schwierigkeiten, da sie noch nicht verstanden hatte, was es war, das geschah. Sosehr sie es eventuell verbalisieren konnte, wurde es dadurch doch nicht wirklicher. Wahrer vielleicht – aber lange noch nicht wirklich.

„Wollen wir mal sehen, ob sie auf Äpfel reagieren?", flüsterte Camshron Brian zu, als Rionnag bereits den Bus gestartet hatte, aber noch einen Anruf bekam, den sie hinter dem Steuer angenommen hatte, und mit jemandem sprach. „Ich frage mich, ob ich meine Äpfel wegwerfen soll", rief Camshron laut. „Oder ob sich für die trockenen, alten Lappen noch jemand finden ließe, der auf eben das Appetit hätte", meinte er laut genug zu Brian, damit es auch die Dohlen hören könnten, die sich wieder abwartend in den Holunder gesetzt hatten und augenblicklich zu Camshron herübersegelten, vor ihm landeten und meinten, dass er ihre Intelligenz nicht unterschätzen sollte, da sie nicht die Geißen einer Bergziege seien, sondern die Dohlen einer Naien und man sich gerne des Obstes erbarmen würde.

„Siehst du", sagte er zu Brian. „Es sind eben doch nicht alles Kinder, wie wir meinen", und Brian lachte, bevor sie die Dohlen fragte, weshalb sie nie gesagt hätten, was ihnen schmecken würde. Sidhe schaute Daoine an und dann wieder Brian.

„Als hätte es eine Bedeutung gehabt. Fragten wir, ob du Seetang mochtest? Und es gibt vieles mehr, was wir noch nicht gesagt haben, Patty. Doch hätte es einen Unterschied gemacht?", fragte Sidhe verwundert, und Brian musste wieder lachen. Nein, natürlich hätte es keinen Unterschied gemacht, ob sie nun Trockenobst mochten oder nicht, denn sie hatten es nicht gehabt. So weit stimmte die Aussage. Aber es wäre schön gewesen, es zu wissen. „Und du? Haben wir über deine Vorlieben gesprochen? Nein. Keine Zigaretten mehr. Der Italiener auch gestrichen. Kräuter gerade so viel, wie Basilikum und Dill versprechen, Rentierflechte aber nicht herzugeben vermag. Tja …, haben wir über deine Neigungen gesprochen? Wir haben es nicht. Und jetzt sitzen wir hier, wundern uns, was wir eigentlich in den letzten Jahrzehnten voneinander erfahren haben, und lernen: Es ist nicht der Kräuterquark und das Trockenobst, was uns uns kennen lässt. Es ist das stille Strahlen in unseren Augen, was uns einander vertrauen lässt", meinte Sidhe, als sich Daoine bereits über seine ersten, zugeworfenen Apfelringe hungrig hergemacht hatte.

„Sidhe, das stimmt. Du hast so recht. Ich wunderte mich nur, wie sehr wir uns kennen und vertrauen und andererseits noch nicht einmal wissen, welche Geschmacksrichtungen uns liegen. Das kommt dann in den nächsten einhundert Jahren ganz oben auf die Programm-Liste: Lieblingsgerichte", lachte Brian, als Sidhe fragte, ob Unklarheiten beseitig seien und sie nun auch ein Stück Obst haben dürfe, bevor der gierige Daoine alles wegfressen würde. Und mit einem Stück Obst belohnt flog er in den Strauch, als Camshron und Brian froh in das Haus gingen, während Rionnag immer noch im Bus telefonierte.

Drinnen nahmen sie am Tisch Platz. Ein Krug frischen Wassers stand auf der Tischplatte und wohl auch abgewaschene Becher. Die beiden beklagten sich nicht, dass es weder Scottish Tea noch Kaffee gäbe. Sie waren mit dem klaren Wasser, dem Brot, dem Honig und etwas Obst zufrieden, als Camshron zum ersten Mal seine Lederjacke auszog und sie über die Stuhllehne hängte. Brian erstaunte das, sie wagte aber nicht zu fragen, als er sie aus seinen dunklen Höhlen mit leuchtenden Augen ansah und schmunzelte, sie müsse ihre Gedanken wirklich zügeln, bevor er ihr auf die unausgesprochene Frage sagte, dass er immer seine Jacke ablege, wenn er zu Hause sei.

„Wir tragen sie nur auf Reisen in eigenen Angelegenheiten, Patty. Ansonsten lassen wir sie schon einmal hängen. Wir sind nicht die *Banditos*, weißt du?", lächelte er, und Brian nickte.

„Wie bekomme ich das mit den Gedanken in den Griff, Lime?"

„Indem du fragst – und die Frage nicht erst denkst, bevor du sie stellst."

„Stimmt. Wie blöd von mir", lächelte sie zurück. „Ja, das stimmt wirklich."

„Sage ich doch", erwiderte er und lachte. „Du bist lange allein gewesen. Und das sind wir auch. Vergesse niemals, dass du noch verflixt jung bist. Du hast schon so viel erleben und erfahren müssen, bei dem dir keiner half. Manch einer wäre dabei durchgedreht. Und du hast das bisher mit einer Menge Verstand getragen."

„Oder mit einer Überdosis Wahnsinn, der mir Verstand suggeriert, während er nur Wahnsinn ist", sagte sie.

„Oder das. Aber du hast es ertragen. Und so glücklich wir sind, dir helfen zu können und dich so früh in deinem Leben gefunden zu haben, so wenig möchte ich das bereits erlebt haben, was du durchgemacht hast, dass ich mir nur vage vorstellen kann. Was auf dich noch zukommen wird – und durch dich auch auf uns – das will ich heute gar nicht wissen. Das leise Denken jedenfalls, das wirst du noch lernen, bis du so anders und allumfassend zu denken vermagst, dass wir deinen Gedanken an und für sich als Mensch kaum oder gar nicht mehr verstehen können", sagte er freundlich, und Brian wurde etwas betrübt, atmete dann einmal tief ein und erinnerte sich, dass die Vögel einen Schreck bekommen hatten und sogar kurzzeitig flohen, als sie zuvor eingeatmet hatte. Auch danach fragte sie Camshron, ob er wisse, was es damit auf sich gehabt habe und weshalb es die Vögel beruhigt hatte, als er ihnen gesagt hatte, *dass sie noch nicht singen könne.*

„Das ist eine Geschichte, die wir nicht genau wissen. Wir meinen, dass die Naien und mehr noch die Hylen Farben atmen können. Das steckt tief in unserem Bewusstsein ... Wenn du so willst, etwas, was wir glauben, weil es keiner von uns erlebt hat. Falls du also tief einatmest und seufzen möchtest, bekommen die Vögel einen Schrecken, da sie in dir bereits die albische Naien sehen und nicht mehr die irdisch geborene Patty."

„Man hat mir gesagt, ich werde das Singen erlernen. Das stimmt. Aber das mit der Farbe hatte man mir nicht gesagt. Interessant. Und es gab auch die ganze Zeit unserer Verbindung einen Grundton. Ich weiß nicht, ob nur ich den hörte oder ob er für euch auch zu hören war?", ergänzte Brian.

„Wir alle haben ihn gehört. Was er bewirkte, weiß ich nicht. Aber das wirst du uns eines Tages sicherlich erzählen können.

„Meinst du?!"

„Nein. Ich weiß es, weil ich dich sehe", lächelte er.

„Das würde ich auch so gern, Lime. Ich würde mich einmal gern sehen können. Ganz ehrlich. Einen Spiegel hätte ich gern, jetzt, da du es sagst. Es ist schon so lange her, dass ich mich anschauen konnte ...", beschäftigte sie der Gedanke.

„Hmmm ..., morgen. Frage Nag. Der wird unten einen Spiegel haben, den er dir bestimmt zur Verfügung stellt", lachte Camshron und konnte den Wunsch von Brian irgendwie nachvollziehen, als sie Rionnag vorfahren hörten.

Mit ihr kamen die Dohlen in das Haus stolziert. Rionnag sah angespannt aus, und die Dohlen setzten sich, noch bevor sie auf einem der ledergepolsterten Stühle Platz nahm, auf die Rückenlehne eines Stuhles. Sie sah Brian an, lächelte, wendete dann ihren Blick wieder ab, schüttelte den Kopf, und Brian sagte nur, dass sie nichts gedacht habe.

„Deine Freundin Ines ist ein wirkliches Schätzchen", sagte Rionnag und meinte, sie habe mit Frangach gesprochen, als sie einen Schluck Wasser nahm. Man hole Erkundigungen ein und sei wohl noch mehr überrascht, mit welcher Energie Gouveia Kapital an sich gezogen hatte und wie gierig sie in eine Welt reinvestiere, gegen die sich jede belastbare Vernunft stellen würde. Brian hörte ein wenig zu, Camshron war schon neugieriger, und Rionnag sagte schließlich, dass man mehr wissen werde, sobald Gaire käme, da sie nicht alles mit Frangach am Telefon besprechen könne. „Aber es ist ein echter Giftkraken. Heuschrecken sind dagegen gar nichts. Das Schätzchen ist wie Blausäure als Düngemittel."

„Für mich ist das alles so weit weg, Ash. Als hätte es in einem anderen Leben stattgefunden. Und das hat es ja offenbar auch", sann Brian und versuchte sich das Gesicht Gouveias vorzustellen, das schon in ihrer Erinnerung verblasste, obwohl man viele Jahre gemeinsam im Gefängnis verbracht hatte. „Alles ist kaum noch zu glauben. Und nichts ließe sich aufhalten. Gar nichts. Als sei man nur ein Ball in irgendeinem Spiel."

„So geht es den Irdischen, Patty. Du wirst aber zu jemandem, der die Regeln für ein jedes Spiel entwerfen kann. Und wir sind diejenigen, die dann die Mannschaft schiedsrichten", meinte Rionnag.

„Das spüre ich, weiß es aber nicht. Ich weiß nicht, ob ich die Kraft habe, die ihr in mir seht. Ich weiß eigentlich gar nichts. Und doch spüre ich Veränderungen."

„Du hast alle Zeit der Welt", sagte Camshron, und zum ersten Mal machte dieser Denksatz für ihn richtigen Sinn. In seiner Kernaussage besaß er zum ersten Mal Wirklichkeit. „Wir kümmern uns um die Rahmenbedingungen und du dich um die Inhalte. Wir durften noch niemals eine Naien begleiten. Also ist es für uns alle auch neu. Dass du uns ausgesucht hast, macht uns stolz", sagte er, was Brian aus ihren Gedanken riss.

„Ja, Mad …, ja. Da bin ich gespannt, wie das ausgehen wird. Und ihr …? Darf ich euch einmal etwas fragen?", begann Brian. Sie wollte wissen, ob die Dunedin Wohnungen besaßen und wie sie lebten. Sie wollte wissen, wo der Besitz der Dunedin war, denn irgendetwas mussten sie besitzen, abgesehen von ihren Lederjacken und ihrer Kleidung. Und sie erfuhr, dass die Ältesten Grundstücke, Häuser und Anliegen besaßen, wie beispielsweise das von Eachann, das sie immer wieder aufsuchten. Sie erfuhr auch, dass alle Dunedin diese Häuser beliebig nutzten und diese somit Allgemeingut der Dunedin waren. Alles stand ihnen gemeinsam zur Verfügung. Persönliches Eigentum war nur ihre Kleidung. Ansonsten hatte man aufgehört, Gegenstände zu sammeln. Man schätzte die Gesellschaft und die Ruhe mit den eigenen Brüdern und Schwestern und achtete die gemeinsame Geschichte. Aber dass man sich eifersüchtig und neidisch um eine Habe scherte oder Vermögen durch irgendeine Art von Ambiente und Interieur in seine Häuser als Luxus stellte, war ihnen fremd. Zudem erzählten sie, dass sie bis zu ihrem 250. Geburtstag ausgebildet werden. Ein jeder Dunedin hatte wenigstens fünf Sprachen fließend zu sprechen und musste die ganze Erde bereist haben. In dieser Zeit musste er die Älteren finanzieren und sich um die eigenen Schwerpunkte seiner Aufgaben bemühen, die er sich selbst stellen konnte. Danach gab es eine Zeit, in der er völlig frei seinen Neigungen und Schwächen nachgehen konnte, bis er sich nur noch um das Allgemeinwohl der Erde im Sinne der Dunedin einzubringen hatte.

„Ich war überrascht, wie massiv und koordiniert ihr reagiert habt, als der Franceman auf seinem schäbigen Rad um die Ecke kam. Es sah so einstudiert aus. Wie eine Choreografie, die ihr untereinander beherrscht", meinte Brian.

„O ja. Wir haben alle eine gute Ausbildung durchlaufen. Auch in Selbstverteidigung. Das hilft manchmal und schreckt die Irdischen davon ab, Dummheiten zu tun, die sie eigentlich bei genauerer Betrachtung gar nicht tun würden, zu denen sie sich aber häufig hinreißen lassen", sagte Camshron.

„Selbstverteidigung …? Muss ich das auch lernen?", fragte Brian staunend.

„Du? Sicher nicht. Du bist kein Dunedin, Patty", lachte Rionnag. „Du wirst eines Tages Möglichkeiten haben, die unsere bei Weitem übersteigen."

„Und ihr alle habt die gleiche Ausbildung?"

„Mehr oder weniger", sagte Camshron. „Du musst eine Menge wissen, um den Menschen in seiner Entwicklung zu verstehen und ihn als Teil des gesamten Lebens zu begleiten. Das klingt manchmal leichter, als es wirklich ist. Und … es ist ein immerwährender Abschied von ihnen."

„Studiert ihr auch? Ich meine so richtig … an Universitäten?"

„Manche von uns haben das gemacht. Andere legen darauf keinen Wert, weil sie lieber die Zeit auf ein eigenes Studium verwenden. Denn vergesse das nie: Wo immer wir auf den hier geborenen Menschen treffen, gibt es früher oder später Schwierigkeiten", sagte Rionnag. „Wir sind die guten, stillen Geister, die unter die Menschen kommen und gehen, sie faszinieren und dann urplötzlich wieder verschwinden müssen, weil wir den Naien, der Erde und uns treu sind. Den Irdischen können wir nur in ihrem kurzen Leben mal hier und mal dort begleiten. Letztendlich beobachten wir seine Entwicklung und seinen Einfluss auf das Leben an und für sich. Früher war das Eingreifen in die Geschichte leichter und das Wissen bescheidener, doch was uns schließlich interessiert, ist nicht, wie viel die Menschen wissen, sondern in welche Richtung sie denken."

„Wenigstens habe ich den Rollstuhl von Stephen Hawking nicht geschoben", warf Camshron ein, und alle mussten lachen. „Aber ich hörte, auch er hat noch nicht ausgedacht."

„Aber immerhin kennst du seinen Namen. Und damit es auch so in der Zukunft bleibt – das mit dem Rollstuhlschieben –, habe ich dich mit ausgesucht, mir zu helfen", lachte Brian.

„Autorität werde ich dir beibringen", sagte Camshron.

„Patty hat ihren eigenen Stil, und sie wird uns alle Lügen strafen, die wir glauben, dass ihr etwas beizubringen sei, was nicht bereits in ihr angelegt ist", meinte Rionnag wieder etwas ernster und schaute Brian an. Dann sah sie auf die Dohlen, die die Unterhaltung mitverfolgt hatten. „Und deine Dohlen werden schon das eine oder andere sich entwickeln haben sehen, seitdem sie dich begleiten, oder?", fragte sie.

„Es ist viel passiert", fasste Daoine nur kurz zusammen.

„Das meine ich", nickte sie, und Brian konnte sich nicht mehr detailliert daran erinnern, wie sie früher gewesen war. Ereignisse konnte sie sehr wohl ausmachen, und sie wusste auch, was sie getan hatte und womit sie beschäftigt gewesen war. Aber wie sie früher gewesen war, konnte sie nicht mit Sicherheit sagen, was sie heute unter den Ältesten aber auch nicht besonders störte. Wäre sie allein mit den Dohlen gewesen, hätte sie diesen Gedanken sicherlich mit erheblicher Akribie verfolgt. In der Gesellschaft der Dunedin, in dem Haus eines Kürschners, der ihr ein Kleidungsstück aus Akitas Fell schneiderte, während ein gewaltiger Haufen Daunenfedern als Treuebezeugung der Seevögel vor ihr auf dem Tisch lag, hatte es nur noch eine relativ unwesentliche Bedeutung. Wesentlich war der Moment und das, was aus diesem Moment hervorgehen würde, von dem sie wusste, dass es ihr bevorstand. Und der erste Schritt, der gegangen werden musste, war eine Reise nach Deutschland, zu einem Berg in einem Mittelgebirge, auf dem eine blutige Geschichte geschrieben worden war. Diese Geschichte musste sie erfahren, um die irdisch evolutionären Menschen zu verstehen. Dem hatte sie sich als Naien zu stellen, ob sie es wollte oder nicht, damit sie zu dem werden konnte, was sie war, denn auch ihre Asche war angeblich in alle Winde verweht. Nur wenige, die aus ihr bisher auferstanden waren, hatte die Naien vermittelt und sie mit glücklichsten Freuden unter ihresgleichen begrüßt.

„Weiß eigentlich jemand von euch, wo dieser Berg ist, zu dem ich muss?", fragte sie, da sie nur innere Bilder besaß, die sie jedoch keinem Ort zuordnen konnte.

„Nein. Aber ich werde es herausfinden. Hier haben wir leider keinen Empfang, und ich habe jetzt keine Lust …", sagte Rionnag.

„Nein, nein. Das hat Zeit. Morgen früh ist zuerst Seamus an der Reihe", atmete sie tief ein und seufzte. „Und wenn ich darüber nachdenke, habe ich eigentlich alles verloren, weiß nicht mehr wohin, und fühle mich andererseits wie noch nie in meinem Leben so geborgen und sicher. Ist das nicht paradox? Das Einzige sind Sidhe und Daoine und mein Pelz, an dem ich sehr hänge. Dann habe ich noch die Phiole. Und jetzt euch und auf irgendeine Art auch die Vögel. Ihr seid mir so vertraut – und andererseits will ich gar nicht wissen, was ihr in eurem Leben getan haben müsst, damit wir heute hier zusammensitzen können. Ja …, morgen früh muss ich runter zu Seamus", sagte sie etwas in ihre Gedanken versunken. „Habt ihr auch die vielen Gerüche und Aromen gerochen, die er in seinem Arbeitskeller hat?"

„Hat er dir nicht gesagt, dass du darüber eigentlich nicht sprechen darfst?", fragte Camshron.

„Nein. Das sagte er mir nicht", und Camshron wunderte sich, weil niemand, der zu seiner Anprobe in den Schnittkeller gerufen wurde, über das sprechen durfte, was er sah, erlebte, hörte, roch oder fühlte. Das war eines der Geheimnisse, die jeder Dunedin in seiner Lederjacke mit sich trug. Warum hatte er es Brian nicht untersagt, über ihre Eindrücke mit jemandem zu sprechen, fragten sich die Dunedin und schauten sich an.

„Wirklich nicht. Er hat mich vermessen, ich sollte mich setzen, und dann träumte er sich in meinen Pelz von Akita, bevor er mich nach meinem Designwunsch für den Pelz fragte. Ich konnte es ihm nicht sagen, und er meinte, er würde dann schon etwas für mich machen können. Das war's. Kein Verbot. Keine Geheimnisse", sagte Brian unbedarft und nahm einen der Brotbrocken vom Tisch, die in einer großen, runden Tonschale lagen. „Meine Dohlen darf ich doch von hier …", führte sie den Gedanken nicht weiter, als die Dunedin selbstverständlich lachten und Sidhe sowie Daoine schnell von der Stuhllehne auf den Tisch sprangen und Brotkrümel aus der Schale herauspickten.

„Patty, du und deine Vögel, beziehungsweise alle deine von dir gesuchten Begleiter, dürfen alles auf Erden, da du ihre Salze in und ihr Wasser mit dir trägst. Daran darfst du dich gern gewöhnen", erklärte Rionnag.

„Bildet euch nichts darauf ein", riet Brian den Dohlen laut. „Auch wenn wir heute Brot und Trockenobst haben. Morgen setze ich euch wieder auf Diät. Und ihr wisst, was das heißt", lachte sie, und mit vollem Schnabel erwiderte Daoine.

„Sei du mal ganz bescheiden. Wenn ich mit dem Flint nicht gewesen wäre, säßest du heute hier ganz schön in der Patsche", und Brian musste lachen, als Daoine sie an die eiterige Entzündung in ihrem Oberkiefer erinnerte. „Da wussten wir noch nicht, dass du ein Engel wirst, der uns beim Fliegen Konkurrenz machen will", alberte er weiter.

„Mit meinen Flügeln werde ich euch Beine machen", sagte sie lustig, und die Dunedin waren froh, dass in einem Menschen wie Brian eine albische Naien heranwuchs und nicht in einer verschroben komplizierten Persönlichkeit, die sich der neuen Talente und Fähigkeiten eitel brüsten könnte. Eine Persönlichkeit eines Merlins wäre viel unangenehmer gewesen, oder die vielen egomansichen Selbstdarstellungsfetischisten, die es zuhauf gab. Und so sprach man, die Nacht war lange hereingebrochen, erzählte von sich und machte sich mit dem anderen bekannt, denn vertraut war man bereits, bis der Morgen anbrach, der seine vergangene Nacht mit den langen Gesprächen der Ältesten und einer Naien im Schoß seiner Zeit vor einem kommenden Tag bewahrte.

# XX

In dem Sonnenaufgang über den Lammermuir Hills war Brian mit den Dohlen an die frische Luft gegangen. Sie musste weder Muscheln, Seeschnecken noch Tang sammeln. Sie roch die fruchtbar schwere Erde der umliegenden Felder und schaute nicht nur über einen flaumigen Nebel in einen Sonnenaufgang. Sie hatte eine mindeste Entsprechung ihrer selbst zu einer wahrscheinlicheren Zeit, da sie sich unter Menschen befand. Und sie hatten sich eine lange Nacht hindurch erzählt.

Sidhe war einige Male auf dem Tisch eingenickt, und Daoine hatte sich nicht für alles interessieren können, was Brian über die Ältesten wissen wollte, da ihm das Wesentliche bekannt gewesen schien. Und eine Ausführung von Camshron zum Alter der Menschen und ihrer Lebenszeit schien bemerkenswert zu sein, da er meinte, falls die Menschen älter werden würden, wären sie vorsichtiger mit ihren Ressourcen, Vorräten und Taten. Da sie aber nur vierzig bis fünfzig aktive Lebensjahre besaßen, scherten sie sich nicht um die nachfolgenden Generationen, die sich dann genauso wenig darum scherten, weil es ihre Eltern ihnen nicht vorgelebt hatten.

Einiges an Erfahrung steckte in diesem Mann, meinte Sidhe, und so standen die drei im nassen Gras eines Anwesens, dessen heimlicher Eigner ein Lederschneider war, der zuweilen sehr alte Gäste als seine Besucher empfangen durfte. Brian reckte sich und fragte die Dohlen, ob sie sich verändert habe, und die beiden Begleiter wussten nicht darauf zu antworten. Sie meinten, dass sich Brian sicherlich verändert haben müsse, da sie Dinge zu sehen bereit war, die ihr zuvor zu fantastisch gewesen wären. Außerdem verstände sie nun die Vögel, was ehedem bestimmt nicht der Fall gewesen sei. Und sie erwarte eine Lederjacke aus der Haut einer Grauwölfin, die ihr bisher als Decke und Umhang gedient hatte. Zuvor hätte sie dieses Fell sicherlich niemandem freiwillig überlassen.

„Ja, du hast dich verändert", schloss Sidhe aus seiner Indizienreihe.

„Und äußerlich …?", fragte sie, was die Dohlen ihr nicht ohne große Umschweife beantworten konnten.

„Verändere ich mich äußerlich für dich, Patty?", erkundigte sich Daoine, und Brian musste schmunzeln, da sie den Vergleich verstand. „Sidhe hingegen würde sagen können, dass ich wenigstens älter geworden bin."

„Blöde Frage. Du hast so recht", gestand sie ein und schüttelte den Kopf. Wieder dachte sie an den Spiegel und war neugierig darauf, sich zu betrachten. Wie lange war es her, und wie anders hatte sie sich gefühlt – wie menschlich und wie fraulich war sie damals gewesen! All das wollte sie sich noch einmal ansehen dürfen. Sie wollte Züge und Furchen ihrer Not und ihrer Angst in ihrem Gesicht eingegraben optisch nachzeichnen können. Sie wollte sich auch als Frau erkennen dürfen, die sie war, obschon in ihr ein Wesen zu wachsen schien, dem sie sich noch stellen musste und von dem sie nicht wusste, ob sie es war, die dem entsprach, was andere bereits in ihr sehen mochten. Kein einziger Vogel hatte seine Daune in Watford vor ihre Tür gelegt, wo sie früher als Studentin residiert hatte. Auch nach Barmouth waren die Seevögel nicht gekommen, um eine Naien zu begrüßen. Weder in Russland, Finnland noch in Norwegen hatte man sie großartig beachtet, bis eines Tages ein Dunedin daherkam, der sie aufforderte, einen alten Bekannten aufzusuchen: Alwyyn. Und von jenem Moment an veränderte sich alles, obwohl ihr Bewusstsein und die Erinnerungen einer menschlichen Kindheit blieben. Ihr Esprit war geblieben. Ihre Gedanken und Fragen waren geblieben, gleichwohl sich ein fragwürdiger Dunst hob, der sich lange schon falsch angefühlt, dem sie aber zu begegnen gelernt hatte. Die Vernebelung durch ihre Zivilisation. Eine gewollte Täuschung durch ihre Kultur und Erziehung. Unumstößliche Statuten allen Menschseins, das jetzt und fortan niemals so sein würde, wie es ihr und allen anderen geheißen worden war. Und sie nahm nicht nur daran teil. Man erwartete von ihr, Akzente zu setzen, von denen sie noch keine Vorstellung besaß. Die sie quälenden Fragen hatte sie sich noch nicht gestellt, aus Angst, die Antworten nicht zu verstehen oder sie besser nicht verstehen zu wollen. Und da stand sie mit den Dohlen in dem noch dunklen Morgen, sich Größtem bewusst, doch wollte sie nur einen Blick in einen Spiegel werfen dürfen, den es allerdings nicht gab. In Barmouth war dieser Eitelkeit mehr als Genüge getan worden, indem gleich mehrere Spiegel in der Eingangshalle hingen. Und hier gab es scheinbar keinen, bis auf die Rückspiegel im Bus, kam ihr plötzlich in den Sinn. Diese Idee verwarf sie schnell wieder, da sie sich ganz sehen und in Ruhe betrachten wollte.

„Die Erde will sich mir zu Füßen legen, und ich bin eitel genug, um nur einen Spiegel für den Moment zu erbitten", schüttelte sie den Kopf über sich selbst und lachte verächtlich über den mädchenhaften Wunsch. „Wir sprechen über die Relativität von Engeln …, und ich möchte sehen, ob ich mich schon verändert habe und vielleicht ein paar Fältchen kamen, wo sonst Popohäutchen war. O weh, o weh, o weh …, wie albern ist denn das?"

„Und doch kann ich dich irgendwie verstehen, Patty."

„Na klar. Du. Als Dohle. Du willst ausgerechnet mir, deiner Naien, weismachen, dass du das verstehen kannst?", lachte sie noch herzlicher. „Das ist rührend von dir", und Sidhe sagte nichts mehr, da sie einen ironischen Unterton zu hören meinte. „Komm, sei nicht eingeschnappt. Ich habe es nicht böse gemeint", und sie dachte an die Künstlichkeit, mit der sich der Mensch oft selbst begegnet. Diese Künstlichkeit verstelle das tatsächlich mögliche Wirken seiner Intelligenz. Die einfältige Geziertheit und Eitelkeit hindere den Irdischen, der Wirklichkeit mit Freude gewappnet zu begegnen. Das unablässige Streben nach eigener Hübschheit lässt ihn zudem die wahre Schönheit anderer erst gar nicht erkennen, da er viel zu sehr mit sich selbst beschäftigt sei. Und je mehr dieser Mensch auf sich selbst fokussiert ist, desto weniger helfe ihm seine Intelligenz, die sich zwischenmenschlich beweise und ein generelles Erkennen ermögliche, nicht aber für die eigene Eitelkeit gebraucht werden würde, dachte Brian. Trotz dieser Gedanken, denen sie nachging, wollte sie in einen Spiegel schauen dürfen. Wahrscheinlich weniger aus Eitelkeit, denn aus blanker Neugier, hielt sie sich zugute.

„So, jetzt ist es wieder gut", lachte sie und fragte ihre Dohlen, wie sie sich hier in Schottland fühlten, was sie empfänden und wie ihr Befinden im Allgemeinen sei, denn es sei ja auch eine Veränderung für sie.

Die Dohlen genossen es ihren Aussagen zufolge. Sie freuten sich, zurück in Schottland zu sein, und konnten Merlins Insel niemals etwas *Richtiges* abgewinnen, was sie Schottlands Kälte bevorzugen ließ. Und sie wünschten sich, dortbleiben zu können, gleichwohl ihre Priorität an der Seite Brians war, woran sie keinen Zweifel ließen. Dennoch hofften sie, Brian könne aus dem Norden heraus wirken, was sie noch zu lernen hatte. Die Reise nach Deutschland bereitete innere Sorgen. Weder, dass sie wussten, wo dieses Land lag, noch, wie sie dann dorthin kommen sollten, denn einen weiteren Flug in dem Käfig einer Fluggesellschaft schlossen sie kategorisch aus. Aber was auch geschehen sollte und wo immer es geschehen werde, sie würden an der Seite Brians bleiben, ob sie es mochten oder nicht, brachten sie zum Ausdruck.

Dann rief Camshron Brian, die noch den Morgen gierig in sich stürzte, als sie den Dunedin rufen hörte, der ihr sagte, dass Nag sie erwarte und schon ungeduldig heraufgekommen war, um nach ihr zu sehen, da er wohl die erste Anprobe vornehmen wollte. Und lachend fügte Camshron hinzu, als Brian dicht genug bei ihm war, dass es kein anderer hörte, auch Eachann lasse sich trotz seines Alters gern für seine Arbeit loben, was er dann immer mit einer abwehrenden Handbewegung scheinbar abtat, während seine Augen strahlten. Aber er brauche wie jeder Künstler die Anerkennung seiner Arbeit. Das solle Brian nicht vergessen, wenn sie zu ihm ginge. Dann zwinkerte er ihr zu, als sie bereits in der Wohnküche des Hauses waren, Sidhe und Daoine draußen in den Sträuchern blieben und Camshron sich wieder zu Rionnag an den Tisch setzte.

„Das Gute im Alter ist, das wir uns immer etwas zu erzählen haben, Patty ...", sagte Camshron noch und verabschiedete sie mit diesen Worten zu Eachann.

Brian lief nun allein durch das Schlafgemach die Treppe hinab in den Keller, zu dem alle Türen an diesem frühen Morgen offen standen. Sie hörte ein Rumpeln aus dem Arbeitsraum. Etwas musste Eachann auf den Steinboden gefallen sein, was ihn lautstark ärgerte, und als er Brian kommen hörte, murmelte er verärgert weiter, während er sich auf den Knien rutschend unter dem Tisch befand. Brian bot ihm zuvorkommend seine Hilfe anbot, erntete dafür aber nur einen mürrisch abfälligen Kommentar.

„Macht sich das junge Ding lustig über den Alten, nur weil ihre Gelenke noch nicht krachen und knacken. Setz dich auf den Schemel!", raunzte er sie von unter dem Tisch her an und stieß sich erneut, als er hochkommen wollte, zu allem Verdruss auch noch den Hinterkopf an der Tischplatte, was ihn ob des Missgeschickes fluchen ließ. Seinen Kopf reibend, kroch er mit seinem weißen, wirren Haar hoch, schimpfte, schaute Brian über seine schmale Nasenbrille an und prüfte, ob er sie beeindruckt hatte oder ob sie lachte, was, wenn sie es bisher auch nicht getan hatte, sie nun angesichts Eachanns umso herzlicher tat. Und er griente auf verschmitzt schrullige Weise.

„Entschuldigung …", lachte sie laut.

„Damit ist mir auch nicht geholfen", knurrte er und rieb sich noch den Hinterkopf.

„Dann lass mich die Beule wegreiben", sagte Brian und fing erst richtig laut zu lachen an, worauf Eachann seinerseits sich ein Lachen auch nicht länger verkneifen konnte.

„Schabernack mit einem alten Mann treiben. Schadenfreude. Das sieht dir ähnlich. Und da sagt ihr, es gibt keinen Gott …? Mistwinkel …", schmunzelte er Brian an, da offenbar ein Zeichenwinkel unter den Tisch gefallen war, den er aufheben wollte, als Brian gekommen war, die einfach einen Moment albern fröhlich sein konnte. Und Eachann stützte sich auf den Tisch, auf dem diverses Material, Garne, Scheren und Messer sowie unterschiedlichste Lederschwerter lagen, stöhnte einmal und sagte schließlich, dass sie ihm noch mehr Arbeit gemacht hätte, als er es dachte, da er die Federn, die Brian auf den Esstisch gelegt hatte, sich bereits in seiner Westentasche befanden, die er nun auf den Arbeitstisch legte. „Hast du wohl vergessen, was ...?!"

„Nein. Das habe ich nicht", meinte Brian. „Die Federn bekam ich erst ..."

„Papperlapapp ... Auf solche Rede gebe ich nichts", meinte er und sah Brian an. „Ihr lasst einen die ganze Nacht arbeiten, vergnügt euch ... und dann so was hier hinterher. Eine Schande mit euch jungen Dingern, die die Welt verbessern wollen ..." – und Brian mochte diesen Eachann sehr ...

Sie hörte plötzlich vertraute Geräusche. Sie hörte, was sie früher einmal die *Musik der Wölfin* genannt hatte. Es waren die sphärischen Klänge, und sie sah fasziniert den Kürschner an, der ihrem Blick nur kurz unter seinen schweren Augenbrauen begegnete. Und Brian stieg ein Glanz in die Augen, der sich wie ein Vorhang über ihr Gesicht zu legen schien und ihr die Bilder einer langen Wanderung mit der stolzesten Wölfin Akita auf diesen Stoff projizierte. Gerüche wurden wahr. Die Tundra und die Nässe. Die fürchterliche Kälte. Der Hunger und das Delirium. Und vor ihr immer das wippende Rückgrat einer aufrechten, erhabenen Wölfin als Kompassnadel vor einem beliebigen Horizont. Brian liefen zwangsläufig einige Tränen die Wangen herab, die sie sich mit dem Handrücken aus dem Gesicht wischte. Eachann wusste, was in jenem Moment in ihr vorging.

„Alte Heulsuse ...", meinte er barsch und schaute gutmütig.

„Die Klänge ... Du hörst sie, nicht wahr?!", schluchzte Brian.

„Ja, ja, die Töne. Die Wasserleitung pfeifft hier 'n bisschen. Deshalb musst du nicht heulen. Mir sollst du zuhören – und nicht den ...", meinte der Alte und unterbrach sich, doch Brian verstand so viel, dass er Hilfe bei seiner Arbeit brauchte. Die Dohlen hatten ihr bereits von den Blondelfen erzählt. Sie hatte sie nicht sehen können, da sie sich irgendwo unter ihren Magie wirkenden Graumänteln verborgen unterhielten. Und alles war ihr wieder präsent, als würde Akita gleich wedelnd um die Ecke kommen und sie zum Gehen auffordern.

Eachann schob mit seinem Arm das Werkzeug auf der linken Seite des Tisches zusammen, um Platz zu schaffen, während Brian noch glückliche Tränen aus den Augen liefen, ob ihrer Erinnerungen, die so wundersam waren und durch die Wölfin Akita zuerst, schließlich durch Sidhe und Daoine erträglich geworden waren. Er drehte sich um und ließ sie einen Moment mit sich allein, als ihr neben den Klängen der Blondelfen wieder die Gerüche fast körperhaft erschienen, die sie einzunehmen bereit waren, wie sie es niemals zuvor erlebt hatte. Für einen Moment schloss sie die Augen, um das Gemisch aller Gegenwart zu sondieren, was ihr nicht gelang, als Eachann zurückkam und ein Bündel laut auf den Tisch vor ihr warf, verbunden mit der harschen Aufforderung, sie solle es einmal anziehen, damit man sähe, ob sie vielleicht über Nacht fetter geworden sei, wie er es formulierte.

Und als Brian die Augen aufschlug, wurde es still um sie herum. Der Kürschner beobachtete sie heimlich aus seinen Augenwinkeln, und Brian verschlug es den Atem. Der Pelz von Akita war zu einem unfassbar schönen Anorak gearbeitet worden, der als Bündel vor ihr auf dem Tisch lag. Sie riss die Augen auf und konnte den Mund vor Begeisterung nicht mehr schließen, so herrlich war das Resultat der Kunst des Eachann und wohl auch der Blondelfen. Brians Hände strichen über das feine weiße Leder der Haut, die er nach außen gesetzt hatte, während der Pelz innen gleichzeitig das Futter des Anoraks war. Er hatte keine zweite Haut zum Schutz des Leders aufgenäht, das grauweiß schimmernd schöner als gebleichtes Papier glänzte, ohne auffällig zu scheinen. Es leuchtete nach innen und dem Träger dieses Geistes gerade recht geschneidert.

„Anziehen", sagte er nur, fast befehlend, und sein Ton riss Brian aus ihren Gedanken, als sie sprachlos den alten Eachann hörte und ihn über den Tisch mit weit offenen Augen und offenem Mund anstarrte. „Patty, probier den Anorak an", meinte der Alte noch einmal, dessen Lohn durch Brians Fassungslosigkeit bereits gezahlt war, was ihm schmeichelte.

„Ich … ich weiß nicht. Ich …", stammelte sie, und Eachann kam um den Tisch zu ihr herum, nahm den Anorak und hielt ihn ihr zum Hineingleiten hin. Mit den Armen auf dem Rücken fuhr sie in die Jacke. Er zupfte sie zurecht, lief um sie, die sie völlig sprachlos stand, herum und sagte, dass er sich solche Absteckpuppen wünsche, die nicht sprechen würde, sich aber bewegen könnten, während er seine Arbeit an Brian begutachtete. Dann stellte er sich einige Schritte entfernt vor ihr hin, hielt sich den einen Arm vor den Bauch, stützte den anderen darauf und hielt sich die Hand vor den Mund, meinte, Brian solle sich drehen, schaute und wog seinen Kopf und bemerkte dann, dass der Anorak so weit ganz passabel sei. Und Brian drehte sich wie im Rausch in dem Fell einer Grauwölfin, das sie nicht wieder ablegen wollte. Das Kleidungsstück reichte ihr bis zum Po. Es war hinten etwas länger geschnitten und leicht auf Taille gebracht. Der Anorak besaß keine Schubtaschen, so wie keine der Jacken der Dunedin eine Tasche besessen hätte. Das Fell an den Ärmeln war nach innen umgeschlagen, und ein kleiner Stehkragen schützte den Nacken vor möglichem Wind. Die Brustseite war offen. Keine Knopfleiste. Kein Reißverschluss. Dafür eine Art Gürtel, der auf der einen Innenseite des Anoraks befestigt war, durch einen Schlitz im Fell auf die andere Seite gezogen und zurückgebunden werden konnte, damit man das Stück gegebenenfalls hätte schließen können. Und Brian stand dann wie angewurzelt.

„Hmmm. Gut", sagte er kurzsilbig und bat sie den Anorak wieder auszuziehen, da sie ihre Magie bereits zur Genüge versprüht habe, wie er meinte. „Gut. Dann weiter, Mädchen", sprach er. „Und nun wird's richtig schwierig, denn du musst mir gut zuhören. Damit haben so manche ihre Probleme und beklagen sich nachher …", schmunzelte er, half ihr aus dem Leder, freute sich über ihre Faszination und legte das Stück wieder auf den Tisch. „Es soll ja nicht gleich speckig werden", und Brian war wie aus der Welt gehoben.

„Fühlen sich alle Dunedin so in ihren Jacken?", hauchte sie abwesend.

„So viel, wie ein alter, schrulliger Dachs einem Rabauken eben manchmal hergibt", murrte er. „Oder 'ne Robbe. Deine Wölfin war eine ganz Besondere, Patty", nickte er ihr zu, und sie hörte es kaum. Sie sah nur den Pelz auf dem Tisch liegen. „Für die Federn mache ich dir einen kleinen Beutel aus Hirschleder. Oder willst du dir etwas anderes aussuchen?", fragte er und versuchte sie zurück zu sich zu holen. „Patty, hörst du mich?", und sie erwiderte von fern, dass sie ihn höre, schaute aber mit einem glasigen Blick auf den beladenen Tisch und strich mit der Hand über den zaubervollen Anorak.

„Warum Hirschleder für die Dunedin und für mich keine der schützenden Außenhäute?", fragte sie, denn die bedeutenden Felle der anderen waren stets nur das Futter ihrer Jacken.

„Du bist keine Dunedin", erklärte er kurz. „Die Artemis verwandelte Aktaion in einen Hirsch, der dann von seinem eigenen Hund gerissen wurde. Und das nur, weil er ihr angeblich beim nackten Baden in einer Quelle zugesehen haben soll. Du hast nichts mit einem Hirsch zu tun ...", faselte Eachann, und Brian kam etwas zu sich.

„Wie bitte? Artemis? Wer ist Artemis?", fragte sie, und Eachann schmunzelte sie an.

„Ach. Mythologie. Diana und Chronos. Dahin gehört der Hirsch, und für die Dunedin gehört er hier auf Erden zu dem Gehörnten. Und die anderen machten dann Bilder einer Seele daraus, die nach Gott lechzte. Der Hirsch als Feind der Schlangen, der sie mit Wasser aus den Löchern triebe und sie zertrete", sponn er seine Geschichte weiter. „Nein, mein Mädchen. Für dich sind keine Symbole gemacht ..., und den Hirsch lässt du den Dunedin."

„Aber der Schimmer des Außenleders? Er wird stumpf werden, Seamus, schmutzig und stumpf, schön, wie er ist", sagte Brian und sah die Kunst über die Jahre schwinden.

„Dagegen habe ich ein Mittelchen", sagte er viel bedeutend. „Zuerst aber geht es um Größeres. Der Geruch, Patty", meinte er und rieb sich abermals den Hinterkopf. „Du musst mir sagen, welchen Geistes Kind du sein möchtest."

„Ich verstehe nicht", stutze Brian, denn das Leder des Grauwolfes roch bereits wundervoll.

„In deinen Anorak webe ich dir zuletzt einen Geruch, der dich immer begleiten wird und dir Mut gibt, wo du schwach wirst", sagte er und deutete auf ein Regal mit Amphoren, die zu einer

Unzahl dort standen. „Jedem seine Jacke und sein Duft", meinte er und bat sie dann, dass sie sich alle Zeit nehmen sollte, die sie brauche, um darüber nachzudenken. Einmal entschieden und geprägt, sei das Odeur nicht mehr zu ändern. Und Brian saß auf dem Schemel, ihre Augen glänzten, als Eachann schon wieder aufstand, den Pelz nahm und meinte, sie dürfe sich jetzt der Gerüche bedienen, während er sich etwas weiter hinter ihr in dem Raum um die Imprägnierung des Anoraks kümmern würde. Als er an den Häuten vorbeiging, die auf Rahmen an der Wand hingen, ergänzte er. „Fühle dich ganz frei. Schaue dir alles ruhig an. Und suche dir deinen Duft"; dann im Umdrehen noch, dass es auch ein Duft von Tiramisu sein könne, oder Gänseleberwurst mit Koriander und Petersilie. Er habe auch gehört, dass Aphrodite eines jener Darmgase entfahren sei, als sie den kleinen Cupido an seinem Vögelchen spielen sah, dass es nur so krachte, und seitdem die Myrte den Menschen als Symbol der ewigen Liebe gelte, da man eine furzende Schöne sehr lieben müsse, um sie gasig zu ertragen. Das wäre einmal eine Herausforderung für ihn, gackerte der Alte und wünschte sich mehr Raum für seine Imagination. Doch meinte der Kauz, man könne schließlich jeden Geruch erdenken und zusammenmischen. Er sei zwar nicht Serge Lutens, aber die Grundsubstanzen für entsprechende Resultate seien auch in seinem Keller gelagert. „Suche du nur, Patty …, und suche sorgsam dein Parfum, mit dem du dich den Göttern gleichstellst", kicherte Eachann und hatte vergorene Säfte von süßen Limonen oder den Angstschweiß eines Maizière vor einem parlamentarischen Untersuchungsausschuss in der Nase sowie die Salze des Indischen Ozeans oder die Losung einer Wühlmaus, die just vor einem Mini Cooper über die Straße gelaufen war, es wohl schaffte, aber an Herzversagen im Straßengraben starb, nachdem sie sich erleichterte. „Suche du nur, Mädchen …, und du wirst unsterblich."

Und es gab wahrhaft Düfte, die Brian nichts und niemandem zuordnen konnte. Gerüche, die einem Gedanken rauben konnten, voller schwerer, süßer Aromen. Frische Wiese oder gemähtes Gras so sehr wie Trockensträuße von Strohblumen oder harzige Düfte der Koniferen. Sie sah die Wölfin und erinnerte sich an

Moor. Da waren organisch saure Gase und das scharfe Gras. Und sie roch den so anderen Wind der Wanderung. Den Kontinent des Ostens. Das Süßwasser und Brotteig. Sie roch teerige Stoffe in dunklen Ölen und den Atem der Menschen in Flugzeugen. Sie sah die Bezüge des Kleinbusses und erinnerte sich an Tabak und Kaffee, Tee und Freundschaft. An die frischen Kräuter und Fruchtsäfte. An den starken Geruch der alten Männer Ganapathy oder Raimann, und selbst Palluck lag ihr noch in der Nase. Dann die stark parfümierten Salben der alten Damen, die ihren Körpergeruch selbst kaum noch ertragen konnten. Sie sah die Cardigan Bay und roch die beißenden Aromen des Gefängnisses. Harnstein und Ammoniak, gegen Jasmin und WC-Frisch. Die schweißige Arbeit des Nordmeeres und den Schnee roch sie. Dann die eigene Angst und die Ausdünstungen ihrer Poren. Strenge Felsenufer und graue, nebelige Morgen. Sie roch den Klee und den Honig, die Taubnessel und die Straßen, die sie durchquert hatte. Und sie roch das Eisen des eigenen Bluts, das nur von dem Blut Akitas übertroffen wurde. Da waren vitale Bäche und wunde Füße, geschundene Schenkel und die leidenschaftliche Lust eines Windes, der an ihr nicht mehr vorbeigeweht war. All das war zu riechen, neben dem Leder und der Beize, dem Metall und der Leere des Naien. Jeder Vogel roch nach Luft in seinem Federkleid, nach Fäulnis aus dem Schnabel. Verbranntes Horn und beißende Dünger. Stinkende Halden und schwelende Gase, so sehr wie Schilfe, Früchte, Wildkräuter und Räuchereien. Und nur einen Duft durfte sie sich aussuchen. Von Millionen von Nuancen nur ein Aroma, das ihrem Anorak ein künstliches Additiv sein durfte. Asche, schwere Erden und aromatisierte Hölzer aller Art. Stoffe. Leiber. Ungetüme. Kerzen, und wie sehr roch die Vergänglichkeit. Es roch die vergebliche Buße anders als der Argwohn Unwissender und der seinerseits anders als jener Wissender. Und dann die Obertöne dieser Noten, die Fette, Basen und die flüchtigen Alkohole. Was war in einem Single Malt an Melodie, während nur ein grauer Grundton im Cognac lag. Die hohe Kunst orchestraler Meister stand dem verschnupften Sänger eines Volksliedes gegenüber. Bergamotte im Frühjahr, Sommer, Herbst und Winter –

auf Kalkböden oder in schwerer, dunkler Marscherde. Gerüche, die das Leben bedingten, dem man mit geschlossenen Augen berauscht begegnet. Und dann ein alter Mann, der einem sagt, *suche dir einen aus, der dir als Schild gegen vermeintliche Götter dient.* Schimmelpilz, Rost und Eiter. Bäche, die einen mit mineralischen Düften einnahmen. Torfe, die man kannte, und Sande, die man bloß erträumen durfte. Der Geruch eines Lächelns, falls es einen Geruch hatte, und jener der endlichen Melancholie, die stets ihre Hand in die Unschuld legte. Und wie roch die Macht? Wie roch ein Triumph? Roch der eine Krieg anders als der andere? Und wie war es mit der Ehre und dem Mut, fragte sich Brian und versponn sich in ihren Gedanken, die ihr nicht mehr helfen konnten.

So sehr ihr Eachann bei dem Schnitt des Anoraks geholfen hatte, so sehr überforderte er sie bei der Wahl eines Geruches. Zudem war sie darauf nicht vorbereitet gewesen und wusste noch nicht einmal, wer eigentlich Artemis war. Und sie ging vorbei an Düften einer arabischen Vergangenheit und alter Samen indianischer Krieger, die alle fremd und eigentümlich waren. Dann die maskulinen Gerüche und femininen Verführungen, dazu die schwierigen Konglomerate der Kaufhäuser und Aromenblöcke unterschied-lichster Stadtviertel, Städte, Landstriche und Länder. Brian war von der Aufgabe überfordert und hörte Eachann immer noch seiner eigenen Fantasie nachhängen, von Gerüchen, die er gerne einmal für jemanden kreieren würde, zu denen er aber nicht kam, weil ihn niemand je danach gefragt hatte. Es fehlte dem Antragsteller meist an Fantasie. Und erst im Zuge aller Gedanken, als Brian an den Amphoren vorbeistrich, bemerkte sie, welche Faszination von den Gerüchen und Düften ausging und mit welcher Inspiration es sich in diesem Keller arbeiten lassen musste, da man durch die Aromen der Erde Bilder ihrer selbst erhielt, die man erobernd nicht wahrnahm, da man sich in ihr befand.

Brian war so sehr begeistert, wie sie gelähmt war, und hörte Eachann in seiner hintersten Ecke unter einem Tischlicht mit sich selbst – oder vielleicht den Elfen – spaßen, während er ent-weder an dem Anorak, oder bereits an dem Hirschlederbeutel für ihre Federn arbeitete.

So mürrisch und wortkarg er in seiner Wohnküche war, so sehr blühte er mit Inspiration und Kreativität bei seiner Arbeit auf, liebkost von den Materialien, die ihm die Gegenstände seiner Kunst waren und ihm eine wahre, schöpferische Größe gestatteten.

Brian lief um den Tisch herum und setzte sich fast benommen auf einen Schemel, legte ihre Arme auf die Tischplatte und auf die Arme ihren Kopf. Sie hatte vergessen, nach einem Spiegel zu fragen, woran sie dann denken wollte, bevor sie den Keller Eachanns verlassen sollte. Jetzt aber hatte sie eine Erde in der Nase und eine Aufgabe zu bewältigen. Sie durfte sich nur einen einzigen Aspekt dieser Welt aussuchen, wobei man Stimmungen zufolge unterschiedliche Dinge zu verschiedenen Zeiten mochte. Aber darum schien es hier nicht zu gehen. *Einen einzigen Duft als Schild im Kampf gegen Götter* oder so etwas Ähnliches hatte Eachann gesagt. Doch sie wollte in keinen Kampf mit Göttern ziehen. Sie hatte es ja schon schwer, gegen die eigenen Gespinste genug Verstand aufzubringen, um sich vor ihnen zu schützen. Und dabei hatte ihr kein Geruch wesentlich geholfen. Ein Geruch war ihr kein Schild, kein Hort und keine Festung gewesen. Brian dachte nach und streifte aus dem Keller. Ölfarben strichen ihren Sinn. Fermente, Harze, seltene Erden und Öle, schwere, bassige Töne von klumpigem Kautschuk, nachdem der weiße Baumsaft über Feuer härtete, und alte Zedernhölzer erdachte sie. Zedernhölzer und ihre Harze, in orangen Watten gehüllt, roch sie. Und sie dachte an Hüllen. Akitas Fell wie ein Kokon. Geschweißt in die Haut eines einzigen Freundes, um selbst zu werden? Oder um Freunde in einem selbst werden zu sehen, fragte sie sich, als ihr schmutzig graue Grachten den Gedanken verdarben. Ein einziger, anhaltender Geruch, döste sie langsam vor sich hin, mit dem Kopf und dem Oberkörper auf dem Tisch des Kürschners liegend, in einer ihr neu aufgeschlossenen Welt. Nichts zu lernen hatte sie – sie hatte eine Entscheidung zu treffen, ohne darauf vorbereitet worden zu sein. Hatten es die Dunedin gewusst und sie in das kalte Wasser springen lassen? Und die Schönheit des Anorkas, der wesenhafte Geist, der in ihm steckte, gepaart mit den Erinnerungen unirdischer Wege.

„Die Dummheit bringt uns in Bedrängnis", sagte plötzlich eine Stimme von weit her. „Die Schönheit aber auch, da sie ein Unmaß an Chaos verbraucht und dadurch bedrohlich wird. Und dabei ist die Schönheit gerade der Moment, in dem der Mensch sich über sich selbst zu erheben vermag. Es ist ein *Circulus vitiosus*." Brian schlug die Augen auf. War sie eingeschlafen? Oder hatte Eachann zu ihr gesprochen?

„Ich spreche nur selten. Und wenn …, dann rede ich nur so vor mich hin", sagte der Alte, der emsig mit den letzten Stichen an dem Beutel für ihre Federn beschäftigt war. „Eine Fummelei hier …, und du, Mädchen, du denkst zu laut", sagte er mit einem Schmunzeln in einem kurzen Blick über seine Arbeitsbrille, als Brian gähnte.

„Jaaaa …, das sagen mir alle", schmunzelte sie zurück, nachdem sie sich gestreckt hatte. Wahrscheinlich war sie an dem Tisch eingeschlafen. „War ich eingenickt?"

„Das macht die Wärme", erklärte Eachann, obwohl Brian keine Wärme spürte. „Manche sind hierhergekommen und schliefen zwei ganze Tage", lachte der Kürschner. „Da draußen muss es wohl ziemlich anstrengend sein …, manchmal", und Brian erschrak etwas, weil sie in dem immer gleichen Licht des Kellers kein Zeitempfinden besaß.

„Was willst du damit sagen? Wie lange habe ich hier gelegen?", fragte sie unruhig.

„Hmmm, dein Anorak ist jedenfalls fertig geworden. Bis auf den Geruch, den du mir noch nennen musst", schmunzelte Eachann.

„Wie kann das sein? Ich bin doch eben erst …"

„Wie kann das sein? Wie kann das sein? Ihr alle unterschätzt eben die Macht des Duftes. Wollt euch mit den Drachen anlegen und habt die Sonne im Gesicht. Ihr seid mir schon eine Bande von kindlichen Halunken. Emporkömmlinge …", murrte er und zog freundlich den letzten Knoten der Naht. „So, dann haben wir das auch", sprach er, beschaute sich das Stück und befand es für gelungen. „Nun zum Geruch."

„Ich weiß nicht …"

„Natürlich weißt du nicht. Keiner von euch weiß was mehr, wenn er hier unten sitzt. Aber oben habt ihr alle eine große Klappe. Mann, mann, mann …", schüttelte er seinen Kopf und sah sie ernst an. „… am Rande einer erkennbaren Wirklichkeit", murmelte er leise vor sich hin und meinte zu ihr, sie möge die Augen schließen und ihm sagen, was sie als Erstes sähe. Und Brian schloss die Augen.

Sie war verwundert, doch sie sah nichts. Schwärze. Kleine schwimmende Pünktchen, die vor ihrem inneren Augen nach unten liefen, als Eachann sie fragte, ob sie die Klänge höre, die sie so deutlich vernahm wie die Vorstellung Merlins auf den Shetlands von Midhirs Lied. Und hätte sie nun Bilder vor Augen? Und sie sah das Lichterspiel, als sie Fuchsien ahnte, und sah das Nordland und spürte wieder die geschwollenen Knie. Da war das Nordland mit Flechten, Moosen, Feuchtigkeit – und sie hatte ein Übermaß an plötzlichen Bildern, und die Klänge verhallten in den Landschaften. Sie ebbten in den Abend auf ein unsicheres Wiedersehen, als sie die Augen öffnete und Eachann schon nicht mehr am Tisch ihr gegenübersaß, sondern mürrisch aufgestanden sein musste und noch gesagt hatte *O diese alten Kinder* und sich dann an seine Arbeit machte, bevor er über seine Schulter Brian fragte:

„Welche Tageszeit?", und Brian war wieder wie vor den Kopf gestoßen.

„Äh … Abend …", stammelte sie.

„Und welcher Monat?"

„Seamus …?"

„Seamus ist kein Monat. Welcher Monat? Mache es doch nicht schwerer, als es ohnehin ist, Mädchen", rief er ärgerlich.

„September …, vielleicht. Oder Mai? Nein. September", legte sie sich fest, und er muffelte nur und meinte, sie könne jetzt gehen. Morgen sei er fertig. Und das *Spiegelding*, wie er es nannte, aus dem sowieso nur der Tod herausgrinsen würde und einem immer wieder sagen wollte, dass er einen schon bekommen würde, sollte sie dann morgen angehen, falls sie es dann noch für nötig hielt.

„Auf morgen …", verabschiedete er sie kurz und erwartete keinen weiteren Gruß von ihr.

„Ja. Auf morgen …", erwiderte sie höflich.

„Nun ist es gut. Besser du gehst. Reden und reden und reden, die Menschen. Wozu das wohl gut sein soll …?", fragte er laut und verwies sie freundlich seines Kellers. „Obwohl … gerade diese … hmmm …, gerade Patty Brian wohl alles, nur keines dieser Banausen-Menschenkinder ist. Das arme Mädchen, das keins sein kann, weil sie die Weltenräume zusammenhalten will. Die arme Kleine … und jung schon so groß", murmelte er vor sich hin, als Brian schon längst gegangen war. „Ja, die Welten-räume und ihre Alben. Was sind wir dagegen schon? Machen unsere Arbeit und machen sie gut. Und sind glücklich, dass wir alles haben. Arbeit. Die Naien. Die Erde. Und die Zeit für alles. Ja, wir sind glücklich. Und dass ich mein Meisterstück machen darf", brummte er vor sich an seinem kleinen Arbeitstisch her, auf den das Licht fiel und er an einer Zeichnung arbeitete, um den Geruch des Bildes zu spüren. „Ein Anorak für eine Naien, um ihn auf Erden zu schützen. Das kommt uns nur einmal im Leben vor. Und was für ein edles Stück", sagte er, schob die Brille auf die Nase, beugte sich nach rechts und holte das fast fertige Stück aus Grauwolfshaut hervor. Ein edles Tier mit einer großen Geschichte, fand er. Gehäutet und genäht von den Vanyar, den Blondelfen und Querulanten der Menschen. Behutsam vermessen an Brian, von ihm – Seamus Eachann, dem Nag der Dunedin –, angepasst und veredelt mit seltestem Garn: dem Spinnenfaden. „O ja, was für ein bemerkenswertes Garn, der Stützfaden eines Spinnennetzes. So elastisch. So leicht und reißfest zugleich, wie kein Menschengarn. Gespult und gewoben. Damit hast du noch keine Jacke genäht, alter Mann. Zu wertvoll für die Dunedin, die Herumtreiber, für die es ohnehin keinen Unterschied macht. Aber für diese eine Naien ist der Faden selbst von der Spinne gern für sie gesponnen worden. Wie wunderbar. Und ihn getränkt in den Duft der grauen Rentierflechten des Nordlandes, gemischt mit etwas feuchtem Moos eines frühen Abends des Septembers, wenn das Licht eben so noch in den Bodennebel fällt, bevor es im Abend verschwindet und Sternenlicht am Himmel die Kälte entzündet …", fabulierte der alte Kürschner vor sich an seinem

Tisch. „Das getränkte Spinnenweb unsichtbar als zweite Haut auf dem Leder seidig weich und fester als Stahl", schwärmte er, stand auf und holte sich die Zutaten für das Aroma des Nordens an einem Septemberabend, um das feinste und kostbarste Gewebe mit ihm zu tränken, damit der Norden die Naien schütze und ihr Mut gäbe, wo immer sie sei, im Geiste ihrer Wölfin und der Kraft aller Menschlichkeit.

Eachann hatte niemals mehr Freude an einer Arbeit gehabt als an dieser. Und niemand auf Erden konnte es ihm gleichtun, da er von Brian im Vertrauen aufgesucht wurde. Das war der größte Stolz dieses Mannes und die ehrenvolle Krönung seines Lebens. Dazu dieser Anorak sein Meisterstück. Noch nach dem Duft der Rentierflechte suchend, dachte er an einen Spruch, den er jedem Dunedin mit seiner Jacke als Formel für sein Leben mitgegeben hatte. Für Brian jedoch wäre es sinnlos. Denn kein Gedanke und kein Wunsch vermochte es zu fassen, um diesem Wesen ein Leben zu wünschen, das seinem so weit voraus und mit Verantwortung versehen war, die er sich nur in seinem Keller erdenken, in der Welt aber nicht erleben könnte. Keine Begrifflichkeit auf Erden würde ihr helfen können, bis auf seiner Hände Arbeit, die er in einen majestätischen Pelz hatte fließen lassen. Dann hatte er den Geruch der Flechte gefunden, öffnete den Flakon und aus seinen Augen liefen die Tränen der Erinnerung der Wölfin und des Schmerzes, den Brian noch fühlen würde. Die einsame Weite, die sich das Mädchen suchte, fand sie mit gutem Grund. Und die Entscheidung der Wölfin, die Dohlen für sie zu holen, zeigte die intuitive Klugheit und Weisheit dieses Tieres, das sein Leben für Brian gegeben hatte. Zu wünschen war ihr seiner Meinung nach nur Kraft, um das zu tun und ertragen zu können, was sie zu tun hatte. Und er hatte sein bestes Können und Werk mit dazu beigetragen: die meisterhafte Kunst des verschwiegenen Kürschners der Dunedin, der wenige seiner alten Tränen als Segnung heimlich in den Duft einer Naien mischte, bevor er ihn mit etwas Wacholder abrundete.

## XXI

„Unten im Keller, bei Seamus, fühlte ich mich plötzlich wie hypnotisiert von den Gerüchen. Habt ihr das auch so erlebt?", fragte Brian, als sie mit Camshron und Rionnag an die frische Luft getreten war, während Sidhe und Daoine in der näheren Umgebung herumflogen, mit der Bitte Camshrons, gut auf sich aufzupassen, denn die einheimischen Vögel seien dort nicht sonderlich freundlich mit Neuankömmlingen und ihre Methoden, um sie zu verjagen, seien nicht zimperlich. Die Dohlen erwiderten, es habe sich bestimmt herumgesprochen, wer sie seien und von daher werde man wahrscheinlich nur mit Achtung empfangen werden, wo auch immer man sei. Obwohl Camshron einwand, dass es sich um Seevögel handele, nicht aber um Krähen, die vielleicht nur auf eine Revange für die Freiheitsberaubung ihres Kollegen warteten. Dennoch waren die Dohlen über die Felder geflogen und ließen die Dunedin mit Brian allein, die einen ganzen Tag bei dem Kürschner im Keller verbracht hatte und verändert zurückgekommen war.

„Bei Nag ist es immer etwas unheimlich, Patty. Und was einem da unten widerfährt, weiß anschließend keiner ganz genau zu sagen", meinte Rionnag.

„Faszinierend", sagte Brian und trank einen Schluck Wasser aus dem Becher, den sie mit in die Morgenluft genommen hatte. Sie gingen einige Schritte durch das feuchte Gras. Ein grauer Morgen, an dem keine Sonne zu erwarten war, da er eine geschlossene Wolkendecke hatte. Und obwohl es Januar war, sollte es auch aus diesen Wolken in Gullane nicht schneien. Für Schnee war es zu warm. Wohl aber Regen würde kommen, sagte Camshron.

„Und ihr habt euch die Reiseroute für uns zurechtgelegt?", fragte Brian.

„Ja. Den Berg haben wir gefunden. Im Harz. In Deutschland. Und wenn du dort hinmusst, sollten wir bis nach Hannover fliegen und uns dort ein Auto mieten", erklärte Rionnag. „Deine

Dohlen bleiben hier bei Nag und warten auf uns, bevor wir dann weitere Pläne fassen."

„Okay. Dann warte ich auf meine Jacke morgen, und dann können wir los", sagte Brian zuversichtlich, gleichwohl sie eine klammernde Angst in sich spürte, die sie für sich mit diesem Berg verband, welche scheinbar unbegründet schien. Das war ihre erste Reise, zu der sie von der Naien aufgefordert worden war, um die Geschichte der Erde zu verstehen und den möglichen Ursprung der Geschichte Irdischer zu begreifen, damit sie selbst werden konnte, was sie war: eine Naien, die sich gewahr wurde, als Mensch unter Menschen von Menschen geboren worden, doch so anders als die Dunedin verschieden von den Evolutionären zu sein.

„Das machen wir. Und Cherry wird entweder heute Abend oder heute Nacht kommen. Dann haben wir auch die codierten Telefone …, und los geht's", meinte Camshron. „Sprichst du eigentlich Deutsch?", fragte er Rionnag.

„Nein. Kein Wort. Cherry spricht Deutsch, glaube ich. Da war doch einmal die Episode mit jemandem aus dem Haus Sachsen-Anhalt, der sich unsterblich in Cherry III. verliebt hatte. Kannst du dich erinnern?", fragte Rionnag.

„Ach ja. Damit hatte sie uns über lange, eisige Jahre gebracht. Aber das waren damals auch Winter. Manche wollten überhaupt kein Ende nehmen. Schnee bis in den Juni", lachte er trocken und dachte an die damalige Zeit.

„Cherry III.?", fragte Brian nach und erinnerte sich schwach, ihre frühere Lebenszeit der *Patty Brian* durchnummeriert zu haben.

„Ja, unsere Cherry. Die I. ist die *Naive*. Die II. die *Dominante*, die sie den Männern spielt. Die III. ist die *Scheu-Jungfräuliche*. Die IV. die *Gekränkte*, die V. die *Verführerische*. Nummer VI. gab die *Ahnungslose*. Die VII. dann der *Eiskale Engel* und die VIII. die *Unnahbare*. Nummer IX. die *Egomanin*, und ihre letzte Trumpfkarte war die X. als *intellektuell Überlegene*. Mit diesem Blatt spielte sie die ahnungslosen Männer immer aus", lachte Rionnag. „Falls es wirklich nötig war. Und damals war es dringend nötig gewesen. Es waren bitterkalte Winter und hässliche Sommer, und wir alle in der Welt beschäftigt, damit nicht schon damals die letzten Tiere von den Menschen in der Welt aufgefressen worden wären, die auch hungrig waren. Nun, leider darf es in der Evolution nicht so gehen, dass die positive Selektion durch Verzehr ganzer Arten wegen weniger, kalter Winter stattfindet. Dafür sind wir dann da gewesen", schmunzelte die Dunedin. „Und dann müssen eben ein paar Menschen verhungern, damit wenige Kowalski-Pferde überleben können, die dann wichtiger, weil weniger sind als der vielgefräßige Mensch. So ist das und so tragieren wir. Und so schaffen wir uns auch Feinde, weil wir die Schwächsten vor vorzeitiger Ausrottung bewahren", schmunzelte Rionnag, und Brian verstand, was sie zum Ausdruck bringen wollte. „Der gute Zweck heiligt uns die Mittel, wie man das so schön und platt sagt. Mit allen Konsequenzen, die wir dann auch gern zu tragen bereit sind, falls wir sie tragen müssen. Dafür setzen wir unsere Prioritäten, die oft anders aussehen als die Prioritäten der Irdischen, die nur kurze Zeit auf der Erde leben … und dann sterben."

„Dann seid ihr immer knapp bei Kasse, falls ich das so sagen kann. Arbeitet ihr denn auch, oder ergaunert ihr euch das Geld nur, das ihr braucht?"

„O. Wir arbeiten, sooft wir können. Überall. Und wir haben die meisten Berufe durch, Patty. Aber dann muss man eben irgendwann wieder untertauchen, weil wir zu alt werden", lachte Camshron. „Und schließlich ist alles Geld so oder so nur Gaunerei. Heute hat es der eine und morgen schon ein anderer. Die Idee des Geldes und der Geldwirtschaft an und für sich ist bereits eine einzige Gaunerei. Aber das ist ein anderes Thema, wir müssen uns um die Evolution des Lebens kümmern, bei der das eine eben nicht ohne das andere auskommt, auch falls das ein witziger Gott anders sehen sollte. Soll er kommen. Die Wirklichkeit straft ihn Lügen, und er wird in der Evolution so verschwinden, wie die Flugechsen und die Mammuts verschwunden sind. Es ist ein scheinbar temporärer Entwicklungsprozess und wird sich vollenden, solange wir hier sind. Und dafür kämpfen und ackern wir und haben unsere Freude", freute er sich. „Dafür haben wir jetzt auch dich am Hals. Das macht vielleicht keinen Spaß …, aber es macht uns voller Stolz glücklich."

„Lime, was meinst du, wohin das führt?", fragte Brian nachdenklich, die Camshrons Spitze überhörte.

„Das kann keiner sagen. Hoffentlich zu einem Weltenraum, in dem es Menschen gibt wie uns – und wunderbare Wesen, wie dich und wenigstens eine Bagage streitender Vögel. Das wollen wir mit unserem Leben gewährleisten", meinte Camshron. „Alles andere liegt in der Stabilität dieses Weltraums, die nicht absolut gewährleistet ist."

„Du sagst Sachen …", schüttelte Brian den Kopf und lächelte.

„Sei du nur froh, dass ich die *Genesis* nicht rezitiere", lachte er laut, und dann musste auch Rionnag mitlachen.

„Könntest du denn …?", wollte sie wissen.

„Fordere mich nicht heraus, denn falls ich anfangen sollte, dann höre ich auch nicht auf, bis ich mit ihr durch bin. Willst du dir das antun?", warnte er sie.

„Nein. Wirklich nicht", lachte Brian. „Warum haben wir uns nur nicht früher getroffen? Old Jerry hätte Freude an euch gehabt. Wisst ihr …, der Trinker von den Shetlands, von dem ich euch erzählt habe. Mit seiner Nixe", führte sie kurz aus, als die Ältesten schmunzelten. „Und schließlich verprassen wir sein Vermögen, das er mir hinterlassen hatte. Eigentlich ist es sein Geld."

„Siehst du … *Taler, Taler, du sollst wandern* …", grinste Camshron. „Und außerdem meinte ein Benjamin Franklin, *das Geld Zeit sei*. Er leitete diesen Gedanken von einem Calvin ab, der behauptet haben soll, dass wirtschaftlicher Erfolg eines Gottes Wille sei. Von daher … Zeit haben wir mehr als die Irdischen. Dann dürfen wir auch mehr Geld haben", lachte Camshron und stellte die Aussage Franklins in einen vielleicht absurden Zusammenhang.

„Das ist ja eine verschrobene Argumentation", schmunzelte Brian.

„Das stimmt. Aber … sie hat was. Das kannst du ihr nicht absprechen."

„Ja. Sie hat eine Asymmetrie", erwiderte sie.

„Vielleicht. Oder … immerhin. Doch falls Calvin gewusst hätte, dass es Dunedin auf Erden gibt, hätte er sich vielleicht nicht zu solchen Aussagen hinreißen lassen. Und dann hätte ein Herr Franklin vielleicht sagen müssen, *dass Zeit Leben ist*", lachte Camshron, und die beiden Frauen waren nur sprachlos über seine lustigen Gedanken. „Ja, ja, man sollte sich nicht mit einem Ältesten auf Streitgespräche einlassen", flachste er weiter. „Das wird dann sehr schnell zu einer öffentlichen Hinrichtung."

„Wie gut, dass wir dich haben, Lime", lachte Rionnag. „Aus dem Grund hat dich Patty wahrscheinlich ausgesucht. Falls also jemand hingerichtet werden sollte, komme ich gern auf dich zurück, wenn du dich schon so anbietest."

„O, ich meine die Hinrichtung durch streitende und wider-streitende Rede."

„Was du alles so meinst", sagte Rionnag und schweifte ab, sah zu Brian und fragte, ob man nicht wieder reingehen wolle, da es gleich zu regnen beginnen würde.

„Geht nur, falls ihr möchtet. Ich stehe noch etwas und schaue. Vielleicht könnte mir jemand noch etwas Wasser und ein Stück Brot bringen, bitte, wenn ihr schon geht", bat Brian, was Camshron gern übernahm.

Einen ganzen Krug Wasser brachte er und fragte, wo er ihn hinstellen solle. Und er brachte ihr trockene Scheiben Brotes. Brian bat ihn, den Krug einfach auf die Eingangsschwelle zu stellen und dankte ihm, bevor er seine Gespräche mit Rionnag im Haus fortführte, in die die Welt, Brian, der Werdegang und die unmittelbar nächste Zukunft eingeschlossen waren. Und gerade als Brian sich Wasser in ihren Becher einfüllen wollte, hörte sie das Telefon von Rionnag klingeln, das sie offenbar in dem Kleinbus vergessen hatte und im Haus nicht hören konnte.

Brian rief Rionnag, die daraufhin aus dem Haus geeilt kam, um das Gespräch entgegenzunehmen. Als sie die Wagentür öffnete, brach das Klingeln ab, und sie prüfte auf dem Display die Nummer des Anrufers.

„Es war Birch", meinte sie. „Ich rufe sie zurück", sagte sie Brian, wählte und bekam einen Kontakt. Sie sprach einen Moment, bevor Rionnag Brian sagte, dass alles gut sei, zu ihr herankam, ihr das Telefon reichte und meinte, es sei noch jemand in der Leitung, der mit ihr sprechen wollte, was Brian zuerst verwunderte. Rionnag hielt ihr das Telefon auffordernd hin und meinte lächelnd, dass es jemand sei, den sie kennen würde und der ein ziemlich ängstliches Gebaren habe.

„Martin?", fragte sie schmunzelnd, und Rionnag nickte lächelnd zurück, als sie ihr das Telefon hinhielt, damit Brian mit ihm sprechen konnte. Und sie nahm es. „Hallo Martin?", rief sie in das Mikrofon und hörte nichts außer einer Störung im Empfang des Mobiltelefons. „Hallooo …", wiederholte sie mehrfach und schüttelte dann den Kopf. „Das Gespräch muss abgebrochen sein", erläuterte sie Rionnag und gab ihr das Telefon zurück, die es sich an das Ohr hielt und ebenfalls lauschte, dann aber die Sprache von Doheny hörte.

„Nein. Ich bin nicht Patty. Warten Sie bitte noch einmal …", meinte Rionnag und gab Brian das Telefon zurück, die dann erneut nichts hörte und es Rionnag reichte, die den Teilnehmer wieder klar vernahm. „Warten Sie, bitte. Ich stelle einmal den Lautsprecher an", meinte sie, und Brian hörte dann tatsächlich die Stimme von ihrem ehemaligen Taxifahrer Doheny.

„*Patty, sind Sie das?*", rief es aus dem Lautsprecher.

„Martin. Wie geht es?"

„*Gut. Danke. Hier sind komische Typen bei mir aufgekreuzt, die mir gesagt haben, dass Sie sie geschickt haben*", und Brian wollte das Telefon dichter an den Mund nehmen, um nicht so laut in das Mikrofon schreien zu müssen. Doch je dichter sie kam, umso mehr verschwand das Gespräch wieder, und es waren nur noch Interferenzen zu hören, als sie es in die Hand nehmen wollte, bevor sie es wieder Rionnag gab und der Empfang klar wie zuvor war.

„*Hallo? Hallo? Sind Sie noch da?*", fragte Doheny, der wohl auch nichts verstanden zu haben schien.

„Ja, Martin. Wir sind hier auf dem Land. Ein echt miserabler Empfang."

„*Und die Gestalten? Was ist mit denen? Die sehen alle so krass aus, Miss Patty.*"

„In Lederjacken …?"

„*Ja. Alle …*"

„Heißt eine von ihnen Pine Gaidheal?", erinnerte sich Brian an einen Namen.

*„Keine Ahnung. Die haben alle merkwürdige Namen."*

„Dann frag doch einmal", meinte Brian schmunzelnd, und Rionnag nickte ihr zu.

*„Ja. Pine Gaidheal. So eine ist hier."*

„Gib sie mir mal ans Telefon, bitte."

*„Okay, Miss Patty. Wird gemacht. 'nen Moment"*, und man hörte Doheny nach Gaidheal rufen, die einen Augenblick später in den Hörer sprach.

„Hallo Pine. Ist es schwierig mit ihm und Clarissa Moore?"

*„Hallo. Was soll ich sagen. Es geht schon. Wir finden zusammen. Mache dir keine Sorgen. Wenn der Kleine nur nicht so ein Schisser wäre"*, hörten Rionnag und Brian. *„Ist Ash bei dir?"*

„Ja. Sie hört mit", erwiderte Brian.

„Denn mit Patty scheint irgendetwas nicht zu stimmen. Sie ist ein wandelnder Störsender. Hallo Pine. Ist alles gut?", erkundigte sich Rionnag.

*„Alles gut, Ash. Habt ihr schon mit Elm gesprochen?"*

„Nur kurz. Nichts fürs Telefon. Sie wird bessere Geräte besorgen. Und dann können wir sprechen. Wir sind noch bei Nag. Und danach muss Patty einmal kurz nach Deutschland. Wir warten noch auf Cherry, bevor wir fliegen."

*„Okay. Patty? Bist du da?"*, fragte Gaidheal am anderen Ende, und Brian meinte, sie habe alles gehört. *„Mache dir keine Sorgen. Wir kümmern uns um alles"*, sagte Gaidheal.

„Das weiß ich, Pine. Vielen, vielen Dank."

*„Du machst mir vielleicht Spaß. Wir danken dir und möchten nicht in deiner Haut stecken"*, lachte Gaidheal. *„Willst du noch einmal mit Martin sprechen?"*, und Brian bat darum.

*„Miss Patty?"*

„Martin, die komischen Lederjacken sind meine einzigen, wahren Freunde auf Erden. Hörst du?"

*„Ja, ich höre, Miss Patty."*

„Sie haben einen ganz verrückten Erfahrungsschatz, aus dem du viel lernen kannst. Sie helfen mir und euch bei der Angelegenheit mit der Stiftung, okay."

*„Okay, Miss Patty. Ich höre und verstehe."*

„Gut, Martin", lachte sie und fragte ihn dann spaßeshalber, ob er noch wisse, was sie ihm zum Abschied gesagt habe.

„*Ja, weiß ich noch. Und ich habe es nachgeschlagen. So was wie ‚auf einem Weg zu den Sternen‘ oder so. Stimmt's?*"

„Oder so ...", lachte Brian. „Stimmt. Mache es gut, Martin. Sei gut zu Clarissa. Und höre auf meine Freunde", sagte Brian zum Schluss.

„*Ist gut, Miss Patty. Mache ich*", meinte Doheny, als Rionnag ihm dann noch einen schönen Tag wünschte und Grüße an alle ausrichten ließ, bevor sie das Gespräch beendete.

„Na, das ist ja ein Früchtchen. Wo hast du denn den aufgegabelt?", lachte Rionnag über den eingeschüchtert wirkenden Doheny.

„Ein Taxifahrer. Der einzige, der mich damals fahren wollte. Und er war vertrauenswürdig, fand ich", sagte Brian und erinnerte sich an den ersten Moment in London, als sie nach zwanzig Jahren zurück nach England gekommen war.

„Ich verstehe. So etwas Intuitives", nickte Rionnag und wunderte sich dann, dass Brian am Funktelefon kein Gespräch führen konnte, während sie selbst eine kräftige Signalfeldstärke hatte. „Eigenartig, Patty."

„Finde ich auch."

„Von den Naien wissen wir, dass sie ein eigentümliches Kraftfeld besitzen, Patty", überlegte Rionnag. „Aber du müsstest noch zu jung und zu menschlich sein, um über dieses Schwerefeld als körpereigenen Bestandteil zu verfügen" Brian vermochte das nicht zu glauben. „Doch. Alben sind ganz anders. Das hat irgendetwas mit Elektrostatik oder Magnetismus zu tun, falls ich mich nicht täusche", sagte Rionnag, nahm Brian am Arm und schob den Ärmel ihres Pullovers hoch. „Deine Haut wird sich über die Jahre verändern. Und du sollst bereits heute schon sehr leicht sein, sagte jedenfalls Oak. Wir haben keine Naien zuvor berührt. Von daher wissen wir nicht, ob die Naien überhaupt ein Gewicht besitzen. Aber falls, dann wahrscheinlich nur ein Gewicht geringster Masse."

„Woher willst du das wissen?", fragte Brian sich ihrer selbst unsicher.

„Na, er hat dich doch die Klippen hochgezogen. Am Seil ..., und dann hat er dich auf deine Pritsche gelegt, als du zusammengebrochen warst, oder?" Brian bestätigte das.

„Dann lass uns noch einmal das Telefonieren probieren ...", meinte sie mit dem Becher Wasser in der Hand und einem Stück Brot, als Sidhe und Daoine herangeflogen kamen. Und sie kamen nicht allein. In ihrer Gesellschaft waren die ersten Begleiter der Naien, die sich Brian auserkoren hatte. Es waren die der Suliden und Lariden, da die Fulmare noch auf der Insel vor Norwegen mit Damhair zu sein schienen.

So aufgeregt, wie die Vögel waren, hatte Brian auch ihre Dohlen noch nicht gesehen. Es sollte tatsächlich Streit gegeben haben, entnahm sie dem wirren Durcheinander von Stimmen, als die Vögel vor ihr gelandet waren. Dieser Streit wäre für ihre Dohlen, die offenbar noch unter Schock standen, fast sehr teuer bezahlt worden, falls die Suliden nicht zufällig im richtigen Moment erschienen wären und eingegriffen hätten.

„Rechtzeitig. Gerade noch rechtzeitig", krächzte Daoine.

„Bei den Seevögeln hat sich euer Name herumgesprochen, mein Freund. Auch in den Highlands, wo ein jeder die Bergdohlen kennt. Sei aber mit den anderen Vögeln vorsichtig, mit denen wir keine Räte pflegen. Die Greife scheren sich einen Kehricht um gute Manieren, Stolz und Würde. Und noch weniger scheren sie sich um andere", belehrte der Basstölpel den unvorsichtigen Daoine.

„Ein Habicht hatte irgendwo gelauert und uns dann von einer Böschung heraus angegriffen", meinte Sidhe vollkommen verstört. „Was wäre nur aus dir geworden, ohne uns, Patty."

Brian musste über Sidhes Aussage schmunzeln. Doch es schien ihr sehr ernst auf der anderen Seite zu sein. Sie hatte nicht daran gedacht, dass Greifvögel eine tödliche Gefahr für ihre Dohlen sein könnten, da sie sich bisher aus allen Zeiten herausgenommen zu haben schienen, nun aber offenbar wieder gegenwärtig auch für derlei Probleme geworden waren.

„Dem Tölpel sei Dank, dass der Habicht einstecken musste", sagte einer der Lariden.

„Im Sturzflug den Flügel des Greifs durchschlagend erwischt, der sich seine Dohle schon ausgesucht hatte. Das war wunderbar", meinte die andere Laride.

„Vielen Dank", nickte der Basstölpel nur und bat, in Zukunft auf unnötige Exkurse zu verzichten, denn es hätte auch anders ausgehen können. Man hatte Glück gehabt, ein gutes Augenmaß bewiesen, den perfekten Wind in den Flügeln und den richtigen Zeitpunkt erwischt, meinte er selbstbewusst, aber bescheiden. Und Brian konnte sich nur für die glückliche Fügung und den Mut der Sulide bedanken, der das als *Kleinigkeit* abtat, was unter anderen Umständen den Tod von Daoine bedeutet haben würde. Er nickte kurz und setzte sich dann auf den feuchten Rasen.

„Das uns ein Habicht erjagen wollte, hätte ich mir nicht denken können. Das wäre bei uns im Hochland nicht passiert. Unsitten unter diesen Greifern hier", sagte Sidhe noch zitternd, als er zu Brian heranstolzierte. „Dohlen jagen. Was soll das schon für ein Vergnügen machen? Vögel sollten so oder so keine Vögel fressen wollen", meinte er empört, und Brian wurde einen Augenblick nachdenklich. Was Sidhe erregte und er wahr, doch leicht dahergesagt hatte, schien ihr einen tieferen Sinn zu besitzen, der auf den ersten Blick schwer erkennbar war. Der Satz allein hörte sich richtig an: *Vögel sollten keine Vögel fressen*, dachte sie und sah in die scharfen Augen des Basstölpel.

„Wo er recht hat, hat er recht", bestätigte die Sulide und fühlte sich von Brian aufgefordert, genau das zu sagen. Und dann mussten sie laut lachen.

„Ja, die Dohlen sind nicht zum Gefressenwerden da", meinte sie, ließ aber an ihren weiteren Gedanken niemanden teilhaben.

„Und die Federn flogen, als Morus in den Flügel des Habichts stieß, der daraufhin abgestürzt ist", meinte Daoine. „Auf so was waren wir wirklich nicht vorbereitet. Das ist das erste Mal, dass man uns angegriffen hat."

„Wenn ich einmal was sagen darf: Draußen ist es viel sicherer. Da kommt so was nicht vor …, ich meine draußen, auf See", fügte eine der Mantelmöwen hinzu.

„Wir sind jetzt hier. Die Küsten sind informiert. Wie geht es weiter, Patty?", fragte die Sulide, die Southfield ihre Feder gegeben hatte. Brian erzählte, dass sie auf ihren Pelz von Akita warten müsse, um anschließend zu einem Berg nach Deutschland zu reisen, um dort etwas über die Naien zu erfahren, das nur dort zu verstehen sei, bevor sie zurückkäme und sich um die Albensterne zu kümmern habe. Wie das allerdings aussähe und was sie wo zu tun hätte, könne sie jetzt noch nicht sagen.

„Dann sollen wir dich begleiten?", fragte eine Laride.

„Nein. Ihr wartet hier mit Sidhe und Daoine. Und vielleicht sind bis dahin auch die Fulmare hier. Dann entscheiden wir zusammen", sagte Brian, als der Basstölpel sie noch nach dem Namen des Berges fragte, zu dem sie reisen müsse. Brian sah ihn an, fragte sich, weshalb er nach dem Namen fragte, doch nannte ihm den Brocken.

Der Tölpel konnte nicht fassen, was er hörte, warf seinen Kopf in den Nacken, hob seinen Schnabel in die Höhe vor Schrecken, kam auf seine Watschelfüße und begann nervös herumzulaufen.

„*Der zerbrochene Berg*", sagte er dann. „*Mons ruptus ...*", und bereits der Gedanke schien ihn zu quälen, als wisse er etwas, was er nicht ausdrücken wollte oder konnte.

„Wie nennst du ihn? *Den zerbrochenen Berg?*", fragte Rionnag erschrocken den Tölpel.

„Du kennst ihn, so wie wir, nicht wahr?", hauchte der Vogel.

„Den Namen kennen wir alle. Aber woher weißt du, dass diese Berge die gleichen sind?", fragte Rionnag. „*Mons ruptus* schien für uns verschwunden, ausgelöscht aus der Geschichte. Er war nicht mehr existent."

„Die Eiszeiten hatten es versucht. Aber auch sie sind mit ihren Gletschern gescheitert. Und dieser Berg liegt heute wie ehedem geschliffen nur von Wind und Regen. Und Nebel sei um ihn", sagte der Basstölpel. „Dorthin möchtest du, Patty?", fragte er mit größter Sorge.

„Ich muss dorthin", erwiderte sie und verstand nicht. „Was ist dort geschehen, dass ihr wisst und mir sagen könntet, von dem ich wissen sollte?"

„Falls er wirklich der *Zerbrochene Berg* ist, dann bist du dort gestorben, wie ich glaube. Dort hat sich dein Tod ereignet. Und der Tod vieler anderer. Was hat dir die Naien gesagt? Deutschland? Harz? Brocken? Und sie hat nichts vom *Mons ruptus* erwähnt?", forschte Rionnag.

„Nein. Nichts. Ich habe nur ein klares Bild von dem Berg vor Augen. Ständige Kälte, unberechenbarer Wind und fortdauernder Nebel. Aber keinen Namen, den ihr mir nennt", sagte Brian, und die Sulide fragte Rionnag, die etwas von diesem dunklen Kapitel zu wissen schien, ob man dann doch nicht besser alle Vögel rufen sollte, um Brian zu eskortieren. Nun wurde auch Rionnag nervös und rief nach Camshron, der noch im Haus saß und gar nicht mitbekommen hatte, dass die Suliden und Lariden bereits gekommen waren, die sich Brian ausgesucht hatte.

Als er aus der Tür trat, sah er die erschrockenen Gesichter aller und hatte eine solche Furcht von Rionnag niemals für möglich gehalten. Nur beim beklommenen Anblick aller fröstelte es ihn bereits.

„Was ist mit euch geschehen? Schlechte Neuigkeit? Wer hat dich angerufen, Ash?", fragte Camshron und meinte, die offenbare Sorge beziehe sich auf eine Nachricht, die Rionnag über das Telefon erfahren hatte. Doch sie verneinte.

„*Mons ruptus*. Der *Zerbrochene Berg*", sagte sie nur.

„Gibt es nicht mehr. Gut … und weiter?", fragte er.

„Die Suliden sagen, es gibt ihn doch noch. Und Patty sagt, sie muss dorthin", erklärte Sidhe schnell den Sachverhalt.

„Wie …, Patty will dorthin? Wir werden nach Deutschland, in den Harz fahren. Zum Brocken. Oder habe ich etwas missverstanden?"

„Eben, Lime. Der Brocken soll der *Zerbrochene Berg* sein, sagt uns dieser Tölpel", meinte Rionnag ernst.

„Qualms? Und woher willst du das wissen?", befragte er den Tölpel selbst.

„Weil wir dort unsere Namen verloren haben, nicht aber unsere Erinnerung, die wir daran nicht haben wollen."

„Der Berg ist seit Urzeiten verschwunden, erzählen wir uns. Wie kommst du nur darauf, dass der Brocken der *Mons ruptus* ist?", fragte Camshron erneut.

„Der höchste Berg südlich der Skanden, dem selbst die Gletscher nur sein Haupt schoren, den Granit aber nicht zermalmen konnte", sagte der Tölpel. Brian lauschte nur allen unterschiedlichen Ausführungen, sah in den Gesichtern aller wachsende Unruhe und Unsicherheit, bevor sie dann alle Brian ansahen, die schwieg.

„Ash. Bitte rufe Elm an. Sie soll sich schlau machen, ob der Berg, den Patty Brocken nennt, der *Zerbrochene Berg* ist, von dem wir nur vage Geschichten kennen, bitte", sagte Camshron, und Rionnag hielt das für eine ausgezeichnete Idee. Frangach könnte das am besten ermitteln. Und während Rionnag anrief, wurde Brian von der allgemeinen Nervosität angesteckt. Sie hatte eigentlich zuvor kein beklemmendes Gefühl gehabt, um nach Deutschland zu reisen und etwas über wahrscheinlich ihre eigene Geschichte in Erfahrung zu bringen. Aber die plötzlich unbegreifliche Hysterie angesichts eines Berges übertrug sich auf sie, obwohl sie jenen Berg mit großer Gleichgültigkeit betrachtete. Ein Berg wie viele andere, die alle ihre Legenden zu erzählen hätten. Und keine der Geschichten, die man lange in seiner Erinnerung behielt und die sich gar in das Gedächtnis dieser Erde eingegraben zu haben schienen, waren schöne Geschichten von Freude, Glück und Eintracht. Es waren die grausamen, blutigen und fürchterlichsten Erzählungen, die lehrreich bleiben sollten. Immer war es die Furcht, die lehren sollte, durch die eigene Angst, die durch die Furcht entstand, bestimmte Verhalten zu unterlassen oder aber Dinge zu tun, die man nicht tun wollte. Und für Brian verband sich mit diesem Berg kein größerer Schrecken als seine sonderbar harten Namen, falls sie denselben Berg bezeichneten. *Mons ruptus* – hässlich und kalt; zerstörerisch klang es. Der *Zerbrochene Berg* – klang ihr gewalttätig, brutal, kriegerisch. *Brocken* – verächtlich, namenlos, tonlos, unharmonisch und grob, wie sie meinte, und was ihr auffiel, war eine sonderbare Entsprechung in allen Namen. Doch den Namen wollte sie nicht mehr glauben. Zu viele gab es für alles Schreckliche auf Erden, sodass sie wenigstens in dieser Hinsicht Merlin hätte gut verstehen können: *keine Namen mehr.* Sie werden von Menschen gegeben und sollten mit ihnen vergehen. Und falls, dann nur zufällige, wie Ash oder Lime. Qualms war auch einer dieser Namen, entsprechend einem Nag, der Seamus Eachann hieß, und wer weiß, wie viele andere Namen er getragen hatte, im Laufe seines Lebens.

„Macht sie. Sie ruft zurück", sagte Rionnag. „Und fragte, ob alles in Ordnung sei."

„In Ordnung? Falls das stimmen sollte, dann bringt uns ein Basstölpel auf den Gedanken, zu fragen, ob wir eigentlich behämmert sind", sagte Camshron verärgert.

„Was sich eine Dunedin ohnehin immer fragen sollte", meinte der Tölpel.

„Wie wahr, mein Freund. Falls es aber nicht stimmen sollte, werde ich dir deinen langen Schnabel für mindestens eine Woche zubinden und dich mit ihm in den Boden rammen", sagte Camshron. „Und das nur für die Angst, die du unter uns sinnloserweise verbreitet hast", als Sidhe und Daoine, ihre Konfrontation verkraftend, von der gleichen Nervosität eingenommen wurden, ohne zu wissen, worum es ging. Und vor ihr stehend schauten sie sie fragend an. Sie hatten gemeint, es würde sich nur um eine kurze Reise handeln, so wie sie damals von ihnen zum Beinn a Ghlo geschickt worden war, um für sich selbst Erkenntnisse zu gewinnen. Hier schien der Fall aber ganz anders gelagert zu sein. Man spürte förmlich, wie Brian einer möglichen Gefahr ausgesetzt sein könnte, was alle beunruhigte. Deshalb fragte Sidhe, ob die Naien nichts weiter vermittelt hätte, als das, was Brian erklärt hatte, da sich die Dohle nicht vorstellen konnte, dass eine Naien eine andere Naien unvorbereitet bewusst irgendwelchen Gefahren aussetzen würde.

„Nein, Sidhe. Nichts. Ich soll dorthin, um mein Leben zu verstehen und die Gestalt der möglichen Menschen, wollte ich es ausformulieren. Keine Hysterie. Keine Panik. Und keine Warnung von der Albe. Von daher kann ich nicht verstehen, was hier gerade passiert. Meine Sorge um euch ist viel größer, weil ich nicht daran gedacht habe, dass ihr von Raubvögeln gejagt werden könntet. Was würde ich ohne euch machen? Aber dieser Berg in Deutschland macht mir keine Angst."

Rionnag ging einige Schritte entfernt auf und ab. Sie hatte ihren Kopf gesenkt, die eine Hand an den Mund gelegt und wartete auf den Rückruf von Frangach. Camshron teilte ihre Nervosität. Er hatte sich nur besser unter Kontrolle. Dabei warteten beide an jenem Morgen mit der gleichen Spannung, um vielleicht auch eine Lücke ihrer Geschichte und ihres Wissens schließen zu können.

Einer der Basstölpel kam zu Sidhe und Daoine herangewatschelt und fragte, ob man, falls man warten müsse, nicht vielleicht auf dam Bass Rock warten könne, da man sich auf dem flachen Land der Menschenfelder nicht wohlfühle, falls Brian mit den Dunedin nach Deutschland reisen würde und sie ohnehin hier auf sie zu warten hätten.

„Es ist ja gleich im Forth. Dauert keinen Augenblick, bis wir wieder hier wären. Und wer weiß, was noch kommt, bevor wir den Bass wiedersehen", fragte der Tölpel die Dohlen und Brian um Erlaubnis, was sie ihm nicht abschlagen konnte, wenn sie sich ohne die Vögel auf Reisen machen würde. Und dann kam der sehnsüchtig erwartete Anruf von Frangach, der die freundlich ruhige Miene von Rionnag zum ersten Mal verfinsterte.

„Ich hätte dir den Schnabel vorher zubinden sollen", sagte Camshron ernst zum Tölpel, als er die Gesichtszüge Rionnags richtig zu deuten verstand und nun der mögliche Umfang der Reise nach Deutschland auf völlige andere Umstände stieß. Eine Neubewertung der Situation wäre nötig gewesen. Er hätte nicht gedacht, dass die Naien Brian in ihrer Jugend und Unerfahrenheit zum *Zerbrochenen Berg* schicken würde. Vieles Mögliche und Unmögliche hätte er für wahrscheinlicher gehalten.

Selbst Rionnag war zutiefst betroffen, als sie das Gespräch mit Frangach beendet hatte. Brian war in der Lage, die Sorge der anderen für sich zu relativieren und fühlte sich der gestellten Aufgabe gewachsen, da sie in ihrem Leben bereits einiges hatte durchmachen müssen, bei dem andere vielleicht innerlich erkrankt oder gebrochen worden wären. Und je weniger sie im Vorfeld wusste, desto besser wäre es wahrscheinlich. Deshalb schaute sie die Ältesten an und fragte:

„Traut ihr mir nicht?" Ihre Frage kam für die Dunedin vollkommen unerwartet und so freundlich. „Traut ihr mir nicht zu, dem begegnen zu können und mich meiner Geschichte zu stellen?" Und weiter fragte sie, als sie die Aufmerksamkeit aller auf ihrer Seite hatte. „Erst vor Kurzem gelobte ich Treue und Schutz – uns allen. Und nun meint ihr, ich sei dem nicht gewachsen, da es auf mich zukommt?"

„Es kommt zu schnell auf dich zu, Patty", wendete Rionnag ein.

„Es kommt, wie es kommen muss, Ash. Und dann werden wir sehen, ob wir uns dem stellen können. Wir sollten uns vertrauen. Hättet ihr erlebt, was ich bereits erlebt habe, dann wäret ihr vielleicht ein wenig entspannter", sagte sie.

„Grünschabel …, mit allem Respekt vor dir, Patty. Hättest du erlebt, was wir erlebt haben, dann wärest du mit solchen Aussagen vorsichtiger", ärgerte sich Camshron. „Aber ich stimme dir zu: Wir gehen die Geschichte an und hoffentlich reichen unsere Erfahrungen aus, sie auch zu überstehen. Denn es geht nicht um uns. Und es geht nicht um den Kampf gegen die eigene Natur. Es geht nicht um leichtfertige, tollkühne Abenteuer und ein bisschen versponnene Zauberei. Es geht um alles, was wir haben. Es geht um dein Leben. Und das werden wir schützen, was uns schon einmal nicht gelungen war."

„Dann strengen wir uns an", sagte Brian ruhig und selbstbewusst, voller Zuversicht in die eigenen Fähigkeiten. „Falls mein Leben euer aller Leben schützt, dann lohnt sich jeder Aufwand und jedes Risiko, das wir uns nicht aussuchen, dem wir aber Paroli bieten können", und die anderen schwiegen. „Der *Zerbrochene Berg* war offenbar der Spielplatz einer Vergangenheit, die ich nur dort erfahren kann. Also …, sollten wir uns guter Dinge aufmachen, damit die Vergangenheit sich unter keinen Umständen wiederholt", meinte sie, lächelte leichtsprachig, und die anderen schwiegen immer noch. „Wir sind doch zusammen. Was kann uns passieren?", freute sie sich, während die Dunedin Brians Motivationsversuche beeindruckten. Doch was würde sie unter Umständen erfahren, das sich bisher in ihrer eigenen Historie so erfolgreich verschleiert hatte? Und gab es für die Verschleierung nicht bessere Gründe, als eben diese zu zerreißen?

Camshron kam sich wie der dümmste aller Köpfe vor, dass man selbst im Internet Namen zusammenbringen konnte, auf deren Zusammenhänge man allein nicht gekommen wäre. Man hätte es früher wissen können – und die Dunedin hätten es wissen müssen. Dafür waren sie die Ältesten und konnten sich doch nicht von einem Basstölpel die Vergangenheit erklären lassen. Wohl hatte Morus damals eine tragende Rolle in den Geschehen des *Mons ruptus* gespielt, die ihn bis heute in geteilter Erinnerung hielt. Und Brian sprach leichtfertig davon, sich guter Dinge dorthin aufzumachen. Doch so gut konnten die Dinge gar nicht sein, um eben diesen Ort zu besuchen, falls auch nur die Hälfte dessen stimmte, was man als Mosaik über jenes Ereignis in Erfahrung hatte bringen können. Camshron atmete tief ein und fragte Rionnag, ob man nicht alle Dunedin zusammenrufen sollte, denn man würde es sich nicht verzeihen, würde Brian in Gefahr geraten, der man allein nicht trotzen könne.

„Glaubt mir: Nichts dergleichen wird geschehen. Wir fliegen. Ich schaue es mir an. Und wir fliegen wieder zurück", zerstreute Brian die Sorgen Camshrons zuversichtlich.

„Scheiße", rutschte es Camshron heraus. „Mitten unter den Menschen, und wir mit einer Naien …, und dann zum *Mons ruptus*, zu dritt. Was für ein Wahnsinn …"

„Zu viert", sagte Rionnag, da Camshron Brian nicht mitgezählt hatte, weil sie keine Ausbildung in Kampftechniken und Taktik besaß.

„Für diesen Zirkus könnten wir Merlin gebrauchen. Das ist sein Genre. Mist", sagte er und entfernte sich etwas von den anderen. Er steckte seine Hände tiefer in die Hosentaschen, lief mit steifen Beinen, senkte seinen Kopf und wollte das alles nicht wahrhaben. Und Brian ihrerseits wollte Abstand von dem Thema gewinnen. Sie ging zu den Vögeln, als der Basstölpel sagen wollte, dass sie sich keine angenehmen Ziele setzen würde und Brian sich zu ihm hinhockte.

„Mag sein. Aber lassen wir das für den Moment. Ich will euch Namen geben, damit ich euch auseinanderhalten kann, falls ihr damit einverstanden seid", meinte sie zu den Suliden und Lariden freundlich, die nicht wussten, ob Brian das ernst meinen würde.

„Wir wollen und wir brauchen keine Namen", meinte eine von den beiden Lariden.

„Ich muss euch rufen können, wenn ich euch brauche. Und ich kann in euren Augen sehen, wer ihr seid. Ihr könntet es also als temporäre, taktische Maßnahme verstehen, wenn ihr so wollt", und die Seevögel dachten einen Moment lang nach, bis es ihnen durchaus einen Sinn zu machen schien. „Außerdem: Wer ist schon einmal von einer menschlichen Albe getauft worden? Und den, den ihr als Morus kennt, soll endlich der Vergangenheit angehören", was den Basstölpeln und Eissturmvögeln gefiel.

„Gut", meinte Brian. „Dann nenne ich die Basstölpel Eins und Zwei … und die Mantelmöwen Drei und Vier", worauf sich die Vögel verwundert ansahen und schließlich protestierten. Bei einem solchen Namen wollten sie nicht genannt werden und zeigten damit einen bestimmten Geschmack mit einer Vorliebe für Bedeutungen. Und Brian musste herzlich lachen, als sie sah, wie sich die Vögel verhielten, denn dafür, dass sie zuerst keine Namen haben wollten, waren sie dann doch wählerisch.

„Natürlich nummeriere ich euch nicht durch", lachte sie, während sich Rionnag über den natürlichen Umgang einer jungen Frau mit den Vögeln freute, die sich zu mögen und zu verstehen schienen. Brian war bereits zu besonders, wie sie es nicht hätte glauben können, falls es ihr jemand erzählt hätte. „Ich mache euch die Vorschläge für die Tölpel, und ihr wählt euch die Namen für Lariden", sagte sie kurzerhand. „Qulams … finde ich für dich schon angemessen, aber klanglos. Dich werde ich also Fergus nennen. Und deine Partnerin, mit dem hübschen Stern in den Augen, nenne ich Aileen", sagte sie, worüber sich beide erfreut zeigten.

„Und woher weißt du, dass ich ein Weibchen bin?", wollte Aileen wissen, als Brian sie freundlich ansah, ihr an den Brustfedern zupfte und sagte, dass sie die Naien werde und die Dinge anders sähe als die Irdischen. Einen Augenblick stutzen Aileen und Fergus, aber sahen dann in den Augen Brians, dass sie wahr sprach, und neigten ihre kräftigen Schnäbel gegen ihren Hals.

„Und welche Namen fallen euch für die Möwen ein?", und die Lariden protestierten, da man keine Möwe, sondern eine Laride sei, die mit den kränkelnden, zänkischen, egoistischen Möwen nichts gemein habe, als Sidhe und Daoine, die ihren

Schrecken verdaut hatten, sich über die Empörung der großen Mantelmöwe amüsierten.

„Und ihr habt nur Glück, dass ihr noch lebt", empörten sich die Lariden über das Lachen der Dohlen. „Ihr wäret ein Häufchen Federn und Fischbein gewesen. Also mal nicht so vorlaut, bitte", meinten sie. Dann lachten alle über die unnötige Empörung. Schließlich einigte man sich auf die Namen Gawin und Una, auf die die beiden Mantelmöwen mit Stolz hören wollten.

„Una ... hört sich ein bisschen nach Truthahn an", kam Camshron dazu und hatte sich wieder etwas gefangen. „Findet ihr nicht?"

„Dann müsste es Truthenne heißen. Und danach hört es sich nun ganz und gar nicht an, Krummnase, falls ich über deinen Namen richtig informiert bin",sagte die Möwe etwas gekränkt.

„Ein Mädchen, das sich Truthahn nennt und eine Möwen-henne ist ..., das klingt nach einer besseren Geschichte als die einer Krummnase", lachte Camshron und erfreute sich der Ein-tracht derjenigen, die zusammen die Zeit genossen, die sie mit-einander hatten. Und nun hatten sie auch Namen, an die sie sich gewöhnten – sich mit ihnen sogar überraschend schnell abfanden und selbst untereinander plötzlich als praktisch ansahen. Dann stieß Fergus, der Basstölpel, seine Gefährtin an, der wohl etwas auf dem Herzen zu liegen schien, was sie Brian fragen wollte und sich bisher nicht getraut hatte. Camshron hatte sich zu ihnen gesetzt, Rionnag stand hinter Brian im Gras, und die beiden Dohlen hockten links von Brian bei diesem Ting.

„Ja ...", druckste Aileen, „Ich wollte fragen ..., jetzt, da wir mit dir zusammen sind, ob wir dann auch so unendlich alt werden wie du?", fragte sie verlegen Brian, und alle horchten auf, da diese Frage nur berechtigt schien. Niemand hatte sie sich zu denken ge-wagt, doch nun war sie ausgesprochen. Und als Brian einen Moment nichts zu sagen wusste, wollte Aileen schon sagen, dass es ja nur eine Frage sei, die man vielleicht später einmal erörtern könnte.

„Aileen, möchtest du denn so alt werden, wie wir meinen, dass ich werde?", fragte Brian zurück und sah den wunderschönen Tölpel an, dem man eine Verlegenheit auf den ersen Blick nicht zugetraut hätte.

„Das weiß ich nicht. Ich weiß ja bloß, wie mein Leben heute ist. Aber wenn ich darüber nachdenke … Nein. Dann möchte ich es nicht", sagte sie ehrlich heraus und legte ihren Schnabel wieder am Hals herab.

„Ich möchte das auch nicht", erwiderte Brian mit einer faszinierenden Präsenz und einer gleichwohlen Stimme. „Aber ich weiß es noch nicht, Aileen. Und bis dahin leben wir das Leben alle zusammen …, Tag für Tag."

„Danke, Patty", sagte Fergus und wusste, dass es gute und *andere* Tage geben würde, und freute sich über die Antwort, die Brian seiner Partnerin gegeben hatte. Er war stolz darauf, dass Aileens Anliegen von Brian ernst genommen worden war. Für den Moment waren auch die Dunedin froh, und Rionnag war richtig fröhlich, einen solchen Menschen als Naien geboren zu sehen, dem man nicht erst die Affektion und die Flausen austreiben musste, damit er begriff, worum es ging.

Aileen bedankte sich höflich bei Brian und freute sich, den Mut für die Frage aufgebracht zu haben und wert erachtet worden zu sein, von Brian eine Antwort zu bekommen.

„Das musst du nicht, Aileen – und das gilt für uns alle. Wir brauchen keinen Mut, um uns was auch immer zu fragen oder zu sagen. Wir sind zusammen, und wir sind eins. Und was uns voneinander unterscheidet, sollte den anderen umso stolzer auf die Freundschaft zueinander machen. Fragt, was gefragt werden muss, und sagt, was ihr sagen wollt, frei heraus. Nur so lässt sich gut leben", lächelte sie alle an. „Außer … Lime. Bei dem müssen wir Abstriche machen …", und alle mussten herzlich lachen, während sich Sidhe und Daoine freuten, wie erwachsen Brian unter den Dunedin binnen weniger Tage geworden war. Oder war es den Dohlen zuvor nicht aufgefallen, da sie Brian stets allein erlebt hatten? Jedenfalls lachte man, vergaß für Momente den *Zerbrochenen Berg*, saß sich einen nassen Hintern auf dem Boden, wie es Camshron zu bemerken pflegte, stand auf und spürte den Mittag in seinem leeren Magen. Er wollte etwas zu essen finden und fragte, ob noch jemand etwas haben wollte, als Una ihn bat, einen Hering aufzutreiben, und auf die Aussage von Brian verwies, dass man auch seine verborgensten Gedanken frei äußern sollte, als die anderen Camshron anlachten, er mit dem Kopf nickend abwinkte und im Gehen sagte:

„Was kann ich schon von einem Truthahn erwarten, der eine Henne ist und euch eine Laride sein will? Ein Heringswunsch zum Lunch. Na klar. Als Bismarck oder Rollmops, meine Liebe? *Als Rollmops natürlich, Krummnase*", redete er im Scherz vor sich hin und verschwand im Haus.

Rionnag war müde und wollte sich einen Moment ausruhen, wie sie sagte, und meinte zu Brian, man werde das mit dem Telefonieren anschließend ausprobieren. Jetzt wolle sie sich ein Plätzchen suchen, an dem sie einen Augenblick ungestört schlafen könne, und die Vögel blieben bei Brian sitzen, als Fergus sagte, dass er stolz war, von Brian ausgesucht worden zu sein. Er habe Freude und wünsche sich nichts mehr als ein erfülltes Leben. Und ihm gefiel der Umgang dieser Menschen miteinander, die sich respekt- und ehrenvoll behandelten. Unter Menschen hatte er so etwas nicht kennenlernen dürfen. Sich selbst wünschte er, irgendwann den anderen Tölpeln von den Dunedin und der Naien erzählen zu können, damit man wissen würde, wer sich um diese Erde wie kümmere. Er wollte seinen Artgenossen mitteilen können, wie die Charaktere der Dunedin seien und worin sie sich von den irdischen Menschen offenbar unterschieden.

Brian dankte ihm für die Ehrenbekundung, und Camshron kam mit einem dicken Brotlaib, etwas Käse, dem obligatorischen Trockenobst und mit in Salzwasser eingelegten Muscheln für die Seevögel zurück.

„Nicht viel. Aber das muss reichen", sagte er den Vögeln. „Morgen könnt ihr zum Bass fliegen und euch etwas von uns erholen. Bis dahin muss das genug sein. Nag hatte euch nicht mit auf seinem Speiseplan gehabt", schmunzelte er, und zu Una frotzelte er: „Und, Liebling: Rollmops ist aus", und man freute sich über den unbeschwerten Moment der Ruhe, alberte und aß.

Die Muscheln schmeckten den Seevögeln sehr, die Dohlen genossen das Brot und das Obst, Camshron stand noch einmal auf, um Wasser in einer Schale und einem Krug zu holen. Den

Krug dachte er für Brian und sich, und die Schale war für die Vögel bestimmt.

„Und nicht, dass du dir zuerst deine Watscheln darin wäschst", spaßte der Älteste mit der Mantelmöwe. „Sonst machst du den netten Onkel ärgerlich, und du kannst dir die nächste Schale Wasser selbst holen." Brian freute sich im Kreise dieser so unterschiedlichen Lebewesen zu sein, die es derart gut miteinander meinten und füreinander sowohl da waren wie auch einstehen wollten.

Während des Nachmittags saß man immer noch zusammen. Camshron war mehrere Male aufgestanden, weil es ihm frisch geworden war, er sich im Haus aufwärmte und dann wieder zu den anderen auf dem Gras gesellte. Brian schien die Temperatur nicht zu spüren. Es erschien ihr selbst eigenartig, und sie meinte, dass etwas sich in ihr verändere, thematisierte diese Beobachtung aber nicht weiter, sondern ließ sich von den Vögeln ihr Leben erzählen. Sie ließ sich erzählen, wie sie ihre Erde wahrnahmen und wie sehr sie die Meere brauchten und ihre Winde schätzten. Sie erzählten auch, wie viele von ihnen in schweren Winter-, Herbst- und Frühjahrsstürmen umkamen, und trugen das mit einem Selbstverständnis vor, als würden sie keine Trauer um die Gestorbenen kennen. Dem war nicht so. Die Klage um die Toten war den Vögeln nur fremd, denn die Erde fordere ihre Opfer. Klage hieße für sie, das Leben der Erde infrage zu stellen. Sie forderten das Leben in ihrem Biotop heraus, das sie andererseits spendete.

Unter diesem Aspekt hatte Brian das Leben noch nicht betrachtet. Aber es stimmte. Das Leben auf diesem Planeten barg Risiken und erneuerte sich aus sich selbst heraus. Es würde immer wieder neues Leben aus seiner Vielfalt erschaffen. Und dass das so bliebe, dafür seien die Dunedin da. Der Tod an und für sich habe keine größere Bedeutung, als dass neues Leben durch ihn erwächst. So wünschten sie sich nur, die sie heute lebten, dass es ihre Kinder und Nachfahren besser haben würden, obwohl es heute schon besser als gestern sei.

Brian war von der Tiefe ihrer Einsicht und der Ehrfurcht der Vögel bewegt. Das hatte sie sich nicht vorstellen können, dass die Seevögel eine solche Haltung zum und Erkenntnis vom Leben besaßen, die vielen Menschen als Kompliment gereicht hätten. Das Leben organisiere sich selbst, falls man es ließe. Und darauf mussten sie aufpassen.

„Das ist wunderbar gesagt", lobte Brian und staunte über die vier tapferen Seevögel, die sich ausgewählt nun ihrer Begleitung verschrieben hatten.


Gaire kam am späten Nachmittag jenes Tages aus London. So froh sie in ihrer meist unverwüstlichen Robustheit mit den Krypton-Telefonen kam, die Frangach über dubiose Kanäle, die das Scotland Yard besaß, besorgt hatte, so sehr wich die Freude aus ihrem Gesicht, als sie erfuhr, dass ihr erstes Reiseziel ein deutscher Berg sei, den die Dunedin hatten vergessen wollen, welchen es aber noch zu geben schien. Rionnag, die aufgewacht war, als Gaire kam, wechselte noch schläfrig zuerst die SIM-Karte von ihrem Telefon in ein abhörsicheres von Frangach und fragte Camshron, ob er die Telefone aufladen könne, was er tat, indem er sie in das Haus brachte, an eine Stromquelle anschloss und die komplizierte Technik nicht im Mindesten schätzte.

Gaire und Rionnag sprachen etwas abseits über die veränderte Situation und zeigten sich sehr besorgt, da Gaire Deutschland etwas zu kennen schien und ihre Erfahrungen mit einem Herren in Sachsen-Anhalt gehabt hatte. Ausgerechnet in diesem Bundesland musste nun auch noch der Berg in einem Nationalpark namens Harz liegen. Für sie stiegen schlechte Erinnerungen auf, zu denen sich nun noch die kaum jemals gehörte Geschichte unglückseligerweise paarte. Doch sie nahm es wie die Dunedin, die einer Naien begegnet waren, dem auf Erden geholfen werden musste. Gaire war kein hadernder, zögerlicher oder klagender Charakter, sondern stellte sich den Herausforderungen, wie sie kamen. Sie atmete nur einmal tief ein, mochte den Gedanken überhaupt nicht, war aber bereit, alles Notwendige zu organisieren, während Brian noch auf ihren Pelz von Eachann wartete, der ihr für den Folgetag zugesagt worden war.

Danach sprachen sie über Brians Stiftung und die Portugiesin. Gaire erzählte, was Frangach bisher herausgefunden hatte und wie effizient sie sei. Man war sehr zufrieden mit der Entwicklung in dieser Angelgenheit, strukturiere eine umfangreiche Operation, wie sie es nannte, und wäre lieber in London geblieben, da ihr unternehmungslose Taten und Aktionen mehr lagen als die Bewachung und das Gardieren eines Naien, wie sie sich ausdrückte – ohne die Tatsache an und für sich zu bedauern, da sie so klare Zielsetzungen wie alle Ältesten hatten, die ihre Prioritäten niemals verletzten, auch gegen ihre eigenen, inneren Widerstände, die schließlich immer menschlich und daher lächerlich seien, hatte sie oft gesagt und trotzdem gemault. Frangach jedenfalls wollte in zwei bis drei Wochen genug Informationen gesammelt haben, um das Management der Stiftung langsam und vorsichtig zu infiltrieren. Den damaligen Investmentberater von Brian habe man auch getroffen und er sei, Gaires Beschreibung zufolge, ein *ausgebuffter Profi*, der ohne Scheu, Skrupel und falsche Zurückhaltung agieren und gegen Gouveia rücksichtslos vorgehen werde.

„Also da wird eine richtige Lawine losgetreten, um das einmal so sagen zu dürfen", meinte Rionnag.

„Und es ist richtig viel Schotter, was Patty da bekommt. Pizza bis zum Lebensende", lachte sie.

„Das ist gut. Dann können wir uns alle um sie kümmern, bis sie eines Tages aufbrechen wird", freute sich Rionnag. „Wer von uns hätte das alles vor einem Monat geglaubt, was?!", meinte sie, schaute zu Brian hinüber, die still bei den Vögeln saß und den Dohlen zuhörte, die wohl einige ihrer Erlebnisse der Naien zum Besten gaben, die sie dem Menschen nicht erzählt hätten.

„Und? Wie ist sie?", frage Gaire Rionnag leise.

„Erstaunlich, Cherry."

„Wirklich."

„Ja. Dann wird es eine reiche, gute Zeit für uns alle."

„Toll. Freue ich mich drauf", meinte Gaire und schaute wieder zu der bleichen Brian, die wie ein Kind auf dem Boden saß, das mit Stoffvogelpuppen spielte, falls man es nicht besser wüsste. „Sie hat sich eine schlechte Jahreszeit ausgesucht für den Berg. Wenn es der Harz ist, haben wir wahrscheinlich sehr viel Schnee und können ein richtiges Scheißwetter da oben bekommen. Habt ihr mal nachgeguckt, was der Wetterbericht für die Gegend dort sagt?", fragte sie, was bisher keiner getan hatte. „Weißt du, dann fahre ich kurz nach Edinburgh, mache mich schlau und bereite alles vor. Tickets und so. Ob ich hier nun herumsitze mit euch oder nicht, macht keinen großen Unterschied. So werden jedenfalls gleich Vorbereitungen erledigt."

„Du bist auf deine Pizza aus statt auf Brot."

„Haarscharf erraten", lachte Gaire, was natürlich nicht stimmte, denn die Dunedin vertrugen noch nicht einmal Pfeffer. Ihre Nahrung durfte bestenfalls zehn Scoville haben. Ansonsten hätten sie sie nicht vertragen. Von daher gingen sie niemals in Restaurants und hatten oft unter anderen Menschen Schwierigkeiten, ihre Essgewohnheiten zu erklären, falls sie zum Essen eingeladen worden seien. Sie entschuldigten sich dann schnell mit dem Vorwand eines Magen-Darm-Virus oder eines Infekts und umgingen komplizierte Fragen nach ihren sonderbaren Gewohnheiten, die ihre Andersartigkeit implizierten.

„Dann nehme ich den Bus und fahre einmal. Ihr braucht ihn jetzt doch nicht, oder?!", frage Gaire Rionnag, die ihr selbstverständlich die Schlüssel gab. Gaire machte sich auf, ging zu Brian, lachte sie offen an, sagte ihr, was sie vorhatte, bat um die Erlaubnis Brians und nahm sie dann in den Arm, als Brian aufgestanden war. „Dass ich in meinem Leben einen Engel in Freundschaft umarme … Hoffentlich erzählt das niemand meinen Kindern", lachte sie Brian an, die ihr viel Glück wünschte und nachfragte, ob sie sicher sei, was den Berg betraf und die Vorbereitungen der Reise bedingte. „Keine Frage, Patty. Ganz sicher weiß ich, wo der Brocken im Harz liegt. Und ganz sicher kommen wir dorthin. Aber ich sagte schon zu Ash: Die Jahreszeit ist richtig scheiße, wenn ich das mal so asudrücken darf. Das ist das Wetter – und da oben ist das Wetter zu Hause. Aber wenn's um Wellness ginge, würde ich Thailand vorschlagen. Da gibt's auch Berge. Macht also keinen großen Unterschied. Solange du dir sicher bist, dass wir zum Brocken müssen?", fragte sie indirekt und ein wenig skeptisch nach.

„Ja. Ganz sicher", meinte Brian fast etwas weltfremd, und Gaire nickte mit einem *null problemo* auf den Lippen den anderen zu, grüßte die Vögel im Vorbeigehen kurz und wollte in der Nacht wiederkommen; dann stieg sie in den Bus, startete ihn und fuhr hupend vom Hof Eachanns, bevor sie in der Landschaft hügeliger Felder verschwand.

„Das wird Nag wie ein Taubenschlag vorkommen", sagte Camshron, der wusste, dass die Lautheit der Welt dem Kürschner nicht gefiel. „Vielleicht laden wir die Nachbarn noch zu einem frühen Tänzchen in den Mai", sagte er zu Rionnag, die neben ihm stand.

„Mit Cherry werden wir viel Spaß haben", nickte sie und ging zu Brian, um sich nach ihrem Befinden zu erkundigen. Sie hatte mit den Vögeln zusammengesessen, den Geschichten zugehört, die auch Sidhe und Daoine den Seevögeln über sich und Brian zu erzählen wussten, und einmal eine andere Perspektive erfahren, da sie auch erst jetzt erfuhr, dass die Dohlen sie bereits in einer Tanne irgendwo in Russland absichtlich erwartet hatten, was sie ihr zuvor nicht gesagt hatten, und meinte dann zu Rionnag, dass sie sich selten so wohlgefühlt habe, wie mit den Dunedin und den Vögeln, was sie gar nicht fassen konnte.

„Für uns ist das auch ungewohnt, Patty. Eigentlich geht jeder seiner Wege, und mit der modernen Kommunikation stehen wir seit Jahren in engerem Kontakt. Aber dass die Dunedin jemals ein solches Unternehmen zusammen angegangen sind, ist mir nicht bekannt. Wir arbeiten Hand in Hand, doch sind wir selten längere Zeit zusammen. Wir koordinieren unsere Bemühungen. Das ist, was wir tun. Aber … wir sind Einzelgänger, glaube ich, falls du mich fragen würdest."

„Und geht es dir dabei gut? Heute, in der dauerhaften Nähe zu anderen?"

„Ja. Sehr. Es macht mir überraschende Freude. Wir können einmal unbefangen und wir selbst sein, was unter den Irdischen immer schwierig ist", führte Rionnag aus. „Ach, siehst du. Wir wollten doch noch das Telefon ausprobieren, Patty. Das könnten wir jetzt angehen. Und sehen, woran es lag, dass es immer eine Störung hatte. Was meinst du?", und Brian stimmte zu. Camshron brachte die neuen Krypton-Telefone von Frangach aus dem Haus, die er aufgeladen hatte. Es war genügend Batterieleistung für den Moment, um sie probeweise anzuschalten und damit zu experimentieren. Rionnag hatte einen Blick für die Technik. Camshron lehnte sie grundsätzlich ab. Und Brian hatte einige Schwierigkeiten in der Handhabung dieser Geräte, sodass Rionnag allen half.

Schließlich waren die Telefone entsperrt und einsatzbereit, als Rionnag die neue Nummer von Brian und Camshron anzurufen versuchte, die Gaire mitgebracht hatte. Das Telefon Camshrons meldete sich sofort mit einer schrillen Melodie, sodass er erschrak, wie laut es war. Das Telefon in Brians Hand jedoch klingelte nicht, und Rionnag hörte nur eine Ansage, dass der Teilnehmer vorübergehend nicht zu erreichen sei. Als Brian jedoch ihr Gerät Camshron gab und sich von ihm entfernte, hatte Rionnag sofort Kontakt, und derselbe Signalton erschallte laut. Sowie sich Brian wieder näherte, brach das Signal ab, und das Telefon verstummte. Das probierte sie einige Male mit allen Krypton-Telefonen auf Seiten von Camshron und Rionnag und kam zu dem unzweifelhaften Ergebnis, dass Brian tatsächlich eine Störquelle sei und dass die elektromagnetischen Interferenzen von ihr ausgelöst wurden. Rionnag meinte, dass das zu einem Problem werden könnte, da die Verständigung mit den anderen durch Brians Nähe eingeschränkt sei. Camshron sah darin kein größeres Problem, da man früher auch keine Telefone hatte und trotzdem miteinander umging. Schließlich könne sich einer von ihnen immer näher bei Brian aufhalten, während der andere dann eben etwas entfernter telefonisch erreichbar bliebe, falls es brenzlig werden sollte, sagte Camshron. Dann versuchten sie herauszufinden, in welchem Umkreis von Brian das Telefonieren unmöglich war. Es waren vielleicht fünf bis sechs Meter, was beiden noch relativ unbedenklich schien, denn man wollte nicht Arm in Arm den *Zerbrochenen Berg* erwandern, sondern war ohnehin durch die Geschichte gewarnt und durch die eigene Vergangenheit gestraft.

Die Vögel schauten sich nur an, verstanden wohl, was vor sich ging, aber wussten nicht, weshalb Rionnag meinte, dass es gut sei, diese Anomalie rechtzeitig erkannt zu haben, bevor man nach Deutschland aufbräche und sich in einer falschen Sicherheit wähne. Es verschaffe einem eine taktische Variante im Notfall, meinte sie, damit man gegebenenfalls Hilfe holen könne und nicht stets in einem Funkloch sei. Die Vögel nickten artig, verstanden aber nicht richtig, denn sie hatten Augen, Ohren und eine Kehle, die ihnen zu dem reichen mussten, was die Dunedin mit Funk überbrücken wollten. Trotzdem nahmen sie deren Technik zur Kenntnis und hörten die da heraus erwachsenden Bedenken. Dass Brian auf sie einen anderen Einfluss hatte als die Dunedin, konnte tatsächlich etwas mit dem Magnetismus zu tun haben, was die Seevögel für sich nicht so weit ausformulieren konnten. Wohl aber, dass sie sich vollkommen anders in der Nähe von Brian als in der Nähe der anderen Menschen fühlten. Das war unbestreitbar. Sie hatten einen Sinn für die Feldlinien in der Schwerkraft der Erde, die sie auch in schwierigen Wettern gut navigieren ließen. Allerdings machten sie sich keine tieferen Gedanken darüber, da sie für Brian da sein wollten, wo auch immer sie gebraucht werden sollten. Getreu diesem Wort sollte es sein, für eine albische Naien, die sie werden und sich vom Menschen verändern sahen, ohne dass er ihnen fremder wurde. Im Gegenteil: Brian wurde ihnen vertrauter und liebenswerter, hätten sie etwas wie *liebenswert* empfinden können. Und sie hätten gesagt, sie würde ihnen näher geworden sein als selbst die auf unzertrennlicher Freundschaft basierende Verbindung zu den Ältesten. Brian wurde ihnen gleich – die Dunedin waren ihnen bekannt, hatte Fergus Jahre später anderen erzählt.

Brian schien unbeeindruckt das Leben an sich herankommen zu lassen und wollte sich mit der möglichen, eigenen Kraft, die sie vielleicht entwickelte, nicht überraschen. Für sie war es, wie es war – und in jenem Moment war es für sie angenehm, wenn auch ein wenig unruhig, da so viel Neues auf sie zugekommen war, nachdem sie in die Tiefe des Meeres gerissen worden und einen Tod gestorben war, der nicht zu ihrem Leben zu gehören schien. Sie wollte den Harz auf sich zukommen lassen, hatte keine Vorstellung von einem Albenstern, noch wie sie das Singen erlernen konnte, was ihr von der Naien aufgetragen worden war.

Ob irgendetwas überhaupt einen erlernbaren Sinn hätte, konnte sie nicht sagen, oder aber ob alles nur seine Zeit brauche, um zu wachsen und zu werden. Das Leben der Dunedin ergab einen gewaltigen Sinn für sie, denn falls sie werden sollte, was die anderen von ihr erwarteten, dann schwebte sie wahrhaft in Gefahr, falls sie als Engel erkannt den Menschen nicht ihre unstillbaren Wünsche erfüllen würde, was man von einem himmlischen Wesen erwartete, wäre es auf Erden eines selbst erdichteten Gottes, der dieser Menschheit auf den Leib geschneidert worden war, damit man sie besser lenken konnte. Die Religion schien ein unlauteres Instrument zu sein, um das Leben der Menschen zu organisieren, konnte aber selbst kein Leben hervorbringen, obwohl es das als Kernaussage vorgab. Die Macht der Schöpfung … und ewig ist man versklavt, während das Leben in der Realität sich selbst erzeugt und man sich ihm nicht in den Weg stellen kann, ohne sich lächerlich zu machen, falls man klaren Verstandes ist.

Brian schmunzelte vor sich hin, was die Dunedin bemerkten und fragten, ob man nicht in das Haus gehen wolle, was die Vögel sofort und etwas später auch Brian dankend ablehnten. Sie erklärte es damit, dass sie solange draußen gewesen sei und den Himmel über ihrem Kopf genoss, selbst da es dunkel geworden sei. Und sie schätze die Ruhe. Sie musste sich um nichts sorgen und vermisste nur ihre Pelzdecke, die zu einem unbeschreiblich schönen Anorak geschnitten worden war, den sie hoffentlich am nächsten Morgen ausgehändigt bekäme. Außerdem spüre sie die Temperaturen nicht und empfinde gegenwärtig reine Freude, sagte sie. Rionnag wolle ihr daraufhin Gesellschaft leisten und nur ihre Lederjacke aus dem Haus holen, meinte sie, denn ihr sei kühl geworden und sie sei keine Albe, was sie weiter ausführte, als sie aus dem Haus zu Brian zurückkam.

„Wisst ihr eigentlich viel über die Naien oder Alben?", fragte Brian Rionnag, die dann ein wenig zu erzählen begann. Erstaunlich viel konnte auch Fergus beisteuern, woraus hervorging, dass wenigstens die Basstölpel unter den Seevögeln sich tatsächlich auf die Wesen verließen, die kaum noch jemand zu Gesicht bekam, gleichwohl sie durch die Dunedin immerfort zu wirken schienen.

Viel über die Naien war nicht zu sagen. Man wusste, dass sie von den Hylen gesandt wurden, die die Weltenräume kreierten, um nicht von *erschaffen* zu sprechen. Der Weltenräume gab es viele. Und einer dieser Räume, der, den die Menschen für ein Universum hielten, war tatsächlich nur ein Weltenraum unter vielen. Solange sie nur den einen kennen würde, wäre es sogar richtig, ihn Universum zu nennen. Doch tatsächlich handele es sich in der Komplexität vieler Weltenräume insgesamt um Multiversa. Die Naien sendete man aus, um die Entwicklung des Lebens über große Zyklen zu beobachten, um dem Leben an und für sich eine Chance einzuräumen, da keiner der bisherigen Weltenräume so viel Beständigkeit in seinem evolutionären Leben gezeigt hatte, dass das Leben über eine bestimmte Ebene der sich immer wieder organisierenden Zivilisation Krisen entwickelt hatte, durch die das Leben schließlich ausgelöscht worden war, noch bevor es sich zu seiner Gänze entwickelt hatte. Die Dunedin hier auf Erden wollten dafür sorgen, das eben diese Krisen vermieden werden könnten, damit sich das Leben nicht durch künstliche Zivilisationskrisen vorzeitig vernichte, denn die nötige Grundlage allen Lebens waren die Wesen, die assimilieren konnten. Sie vermochten Energie aufzubauen, die der Dissimilation zur Verfügung stand, sofern eine unsichtbare Balance eingehalten wurde. Auf wohl vielen anderen Erden sei das grundlegend missglückt, und ob es dort Dunedin gegeben hatte, wusste man nicht. Auch wie der Mensch dort ausgesehen haben konnte oder sich das Leben an und für sich entwickelt hatte, wäre ihnen nicht bekannt. Schließlich sei es auch egal, weil man hier auf Erden sei und sein Bestes tun wollte, um diesem Leben eine möglichst lange Entwicklung zu gewährleisten, die hoffentlich zu einem brauchbaren Lebewesen führen würde, was die irdische Menschheit heute in ihrer Gänze sicherlich noch nicht sei. Es sei wohl so, dass die Evolution unter ähnlichen Bedingungen überall sich entsprechende Resultate brächte, allerdings mit keinem bisher befriedigenden Ergebnis, da weder die Vernunft noch der Verstand offenbar über die Triebhaftigkeit und immanenten Instinkte hinausgewachsen war. Nirgends – soweit die Ältesten das von den

Naien verstanden hatten. Noch vor dem zwangsläufigen Ende der Entwicklung eines Weltenraumes hatten sich die Menschen alles einverleibt, versuchten sogar in ihren jeweiligen Raum zu flüchten, soweit es ihre technischen Entwicklungsstufen zugelassen hatten, aber waren alle immer und immer wieder umgekommen. Hier auf Erden wolle man nun darauf achten, dass der *Finale Unfall* in seiner Evolution so weit wie möglich in die Zeit geschoben werden würde, wozu eine innere Entwicklung der Menschen gehöre, die sie daran hindere, alles Essbare anzuknabbern, nur weil es essbar ist, sagte Camshron.

„Dann gibt es viele Weltenräume zur gleichen Zeit, die wir als Naien bereisen können?", fragte Brian.

„Ja. Und jedes Mal, wenn es hier auf Erden zu einer kleinen Zeitanomalie kommt, ist irgendwo ein Weltenraum zerplatzt", sagte Rionnag. „Stelle es dir wie Lufblasen vor, die aneinander kleben … wie Froschlaich …, und die Wellen eines zerplatzten Raumes wabern durch die anderen Räume. Dabei streifen sie nicht alles, sondern berühren das eine, nehmen es mit und lassen Gleizeitiges zurück. So kannst du es dir vorstellen. Du hast doch einmal Physik studiert, oder?"

„Ha …, genau die hilft mir hier nicht mehr. Sidhe und Daoine haben meine Kenntnisse ohnehin generell infrage gestellt, und heute beginne ich Dinge zu hören, die eigentlich nicht sein dürfen", lachte Brian. „Ja, die grandiose Physik. Die räumliche Hintergrundtemperatur. Die Heisenbergsche Unschärfe. Die Gravitation und das Licht. Energie und ihre Erhaltung. Magnetismus und elektrische Leitfähigkeiten …", sagte sie und führte ihre Gedanken für die Vögel kurz aus, bis sie verstand, dass es wahrscheinlicher wäre, Mulitversa zu haben, die man als Mensch nicht erobern könne, da wenigstens dadurch die Temperatur im Raum zwischen den Galaxien eine mögliche Erklärung fände. Und Hylen, die Weltenräume erzeugten, um in ihnen mögliche Erden zu suchen, auf denen eine Evolution stattfände, die es dem Menschen ermöglichen würde, selbst Weltenräume zu erschaffen, solange er sich nur im Wesen seiner Evolution nicht selbst auffräße, was bisher immer geschehen sei. Und Brian sprach, hörte zu, entwich mit ihren Gedanken, erinnerte sich an ein Früher und sann laut vor sich hin.

„Quantenmechanik. Nanopartikel und Higgs-Teilchen …", hauchte sie in sich gekehrt.

„Was …? Hicks-Teilchen?", lachte Gawin auf. „Schluckauf-Teilchen? Mit so was befasst sich der Mensch?", und die anderen lachten über ihn.

„Genau …", meinte Brian. „Der Schluckauf der Hylen …, und ein neuer Weltenraum ist gemacht, der sich dann entwickeln soll und hoffentlich irgendwo eine Erde hat, auf der sich die Menschen nicht vor dem Ende ihrer Evolution aufgegessen haben. Vieles, was ich mir vorstellen kann, Ash. Sehr, sehr vieles. Aber kaum noch etwas, auf das ich vertrauen könnte, mit all der althergebrachten Lehrmeinung. Quantenmechanik …"

„… und Schluckauf-Teilchen …", warf Daoine sinnigerweise noch einmal ein.

„… und die Suche nach den Gottes-Teilchen. Und wir sitzen hier, müssen uns gar nichts mehr beweisen, weil wir ein anderes Wissen haben, während man einige Kilometer entfernt an allem herumforscht und Formeln sucht, die Gedanken und Grundsätze logisch erscheinen und belegen lassen. Was ist das für ein Wahnsinn? Und was bin ich für ein Fantast, sowohl das eine wie auch das andere für wahrscheinlich zu halten?", öffnete sie die Augen. „Sitze mit dir und den Vögeln zusammen, soll zu etwas werden, was ihr Naien nennt, kann vielleicht eines Tages durch Räume schreiten, verstehe das Licht nicht, habe aber einen angeblichen Albenstern gefunden und schwatze gebildet mit Vögeln, die mir mehr bedeuten, als ich mir selbst als Patty bedeutete. Was für eine irre Geschichte ist das?"

„Das ist unsere Geschichte", sagte Sidhe treu, und Brian konnte ihn anschmunzeln.

„Siehst du. So einfach ist das. So leicht hebeln wir die Gelehrten dieser Erde aus", lachte sie laut, und Rionnag wusste, wovon Brian sprach, hatte sie es doch als Dunedin hundertfach in ihrem Leben erlebt und würde es weiter erleben müssen, solange sich der Irdische nicht seines Glaubens entledigte und mutigere

Gedanken anstellte, als die nur eines Universums. Jeder Gedanke ist wahrscheinlicher als das, auch wenn das beim Hunger und Durst keine Rolle spielt, ob man es in einem Universum oder eben in einem von vielen Weltenräumen hat. Und da hilft einem auch nicht der Gedanke an Engel, die einem bei der eigenen Not zusehen und mit erhobenem Zeigefinger meinen würden, dass es anderen auch so ginge und man nur zusehen würde und sie leiden ließe, was sicherlich ehrlich wäre, da es stimmen würde, dem Leidenden die Not aber nicht nahm, sondern er sich verhöhnt vorkommen müsste.

„Kommt, wollen wir nicht reingehen, Patty? Es wird auch mir etwas kalt. Und da wir einmal nicht draußen sein müssen, ist es doch unter dem Dach eines guten Freundes manchmal sehr angenehm", meinte Rionnag.

„Lass mich noch etwas mit den Vögeln. Ich komme später", sagte Brian, die die Dunedin allein ins Haus gehen sah, während sie die Eingangstür offen ließen. Der Abend war längst angebrochen, und Brian schien die feuchte Luft nichts auszumachen. Sie saß in ihrer Jacke, die Southfield ihr nach Norwegen mitgebracht, und in der Kleidung, die man für sie ausgesucht hatte, schaute ruhig vor sich auf den grasigen Boden, ließ die Wolken passieren, berührte den Wind nicht und wünschte sich einen Spiegel. Sie konnte sich ihre Haare und ihre Gesichtshaut nicht vorstellen und konnte kaum beschreiben, was sie von ihrem Spiegelbild erwartete.

„Hat das für Menschen eine Bedeutung …, der Weltraum? Ob nun ein- oder zweihundert oder gar Hunderte zusammenkleben wie Lurcheier?", fragte Fergus.

„Was weißt du schon von Lurcheiern?", erkundigte sich Una.

„So viel, dass sie zusammenkleben."

„Für manche Menschen hat es eine Bedeutung. Ja. Für mich hätte es vor einigen Jahren auch noch eine Bedeutung gehabt. Es wäre umwerfend gewesen, zu wissen, anstatt zu glauben … und die Freiheit zu haben, auch Verkehrtes denken zu dürfen. Man gibt sich viel zu viel Mühe mit dem *richtigen Denken*", sagte Brian, als Camshron herauskam und laut rief, dass das stimmen würde. Und was wäre schon *richtig*, und falls auch richtig gedacht, was würde dann daraus Vorhersagbares resultieren, fragte er rhetorisch und antwortete selbst.

„Nichts. Rein gar nichts. Weil alles so oder so werden kann. Aus Belanglosigkeiten entstehen Katastrophen. Nicht etwa aus Unachtsamkeit, sondern aus einer merkwürdig verzwickten, verschachtelten Welt der zu vielen Irdischen", sagte er. „Und es kann gut werden … oder auch total in die Hose gehen."

„Wie meinst du das?", erkundigte sich Daoine.

„Stelle dir vor, dass es Bauern gäbe, die heute arbeiten. Und wie sie so hart gearbeitet haben, wird der König des Landes darauf aufmerksam und sagt: *Liebe Leute, ihr habt so hart gearbeitet, dass ich euch Land gebe, und ich schenke euch dazu noch einen bürgerlichen Stand.* Und sie sind glücklich, dass endlich mehr aus ihnen werden kann, als nur hart schuftende Bauern", erzählte er, und man hörte ihm zu, weil man die Zeit zum Zuhören hatte. „Und weil man nun bürgerlich war, konnte man sich etwas Geld verdienen und seine Kinder zur Schule schicken, die man sich als Bauern nicht hätte leisten können. Und da gab es einen Ilja, der Lehrer werden konnte. Und weil er Lehrer geworden war, verliebte sich eine Maria in ihn, die gut erzogen mehrere Sprachen allein erlernte. Und man heiratete. Sie schenkte ihm zwei gesunde Söhne, und man war froh seines Lebens. Der eine, Alexander, konnte dann der Schule entwachsen zum Studium in die Stadt geschickt werden, wo er andere Studenten kennenlernte, die nun ihrerseits neues Ideengut in anderen Zeiten hatten und alte Zöpfe abschneiden wollte. Der König war durchaus nicht mehr so beliebt, und der Zeitgeist strebte freiheitlich. Und so plante man, den König umzubringen, da er nicht mehr in das Bild eines jungen, modernen Landes passte, das sich diese Jungs wünschten. Doch alles ging schief. Alexander wurde geschnappt, nebst anderen, verurteilt und hingerichtet. Dann gab es noch den Wladimir, den jüngeren Bruder Alexanders, der auf dem Land noch die Schule besuchte. Als er hörte, sein Bruder sollte exekutiert werden, fuhr er in die Stadt und sah, wie Alexander hingerichtet wurde. Darauf lernte er umso härter und schloss sich jedem Widerstand gegen den König an, der seinen Bruder töten ließ. Und Widerstand fand sich, dem er sich anschließen konnte, bis der König dann eines Tages gemeuchelt wurde. Heute kennt kaum noch jemand diese Maria, die sicherlich aus Liebe ihren Ilja Nikolajewitsch Uljanow geheiratet hatte, um gesunde Söhne mit ihm in Glück zu zeugen, von denen dann der eine exekutiert und der andere ein zwielichtiger Machthaber wurde, dem Hunderttausende zum Opfer fielen, als Wladimir Iljitsch Lenin. Und was wäre nun richtig oder falsch gewesen? Hätte die Blank einen Uljanow niemals heiraten dürfen? Oder hätte der Zar dem Vorfahren des Uljanow keine großbürgerlichen Rechte einräumen sollen, damit die Nachfahren nicht zur Universität hätten gehen können? Oder hätte man alle Studenten umbringen sollen, um die Flausen im Kopf Studierender auszuschließen? Nichts war hier vorhersagbar. Und was wäre aus Wladimir geworden, hätte man seinen Bruder nicht exekutiert? Was aus ihm geworden ist, das weiß man. Aber man weiß nicht, was aus ihm hätte werden können", sagte Camshron, und man dachte über die Worte des Gesagten nach. Auch Brian, die davon nichts wusste. Sie war historisch nicht im Mindesten so sicher wie die Ältesten und fand die Geschichte von Camshron gut vorgetragen.

„Das ist sehr schwer zu sagen, Lime", meinte Daoine. Wirklich. Erst die Zeit hätte gezeigt, was aus dem einen entsteht, falls etwas anderes geschieht. Und selbst dann kann man es nicht vorausdenken, weil es zu viele Variablen gibt, würde jetzt Patty gesagt haben", schloss Daoine, und man musste über seinen Zusatz lachen.

„Ausgerechnet du weißt, was ich gesagt hätte. *Variable ...*", lachte sie. „Du bist mir ein kleiner, schwarzer Klugfurz", meinte sie und hatte sich versprochen, weil ihr der richtige Begriff nicht in den Sinn kam. Und dann fragte sie, ob er das auch gewusst hätte, dass sie es sagen würde.

„Ein Klugfurz?", lachten die Vögel und Camshron. „Das haben wir noch nie gehört. Aber jetzt, da du es sagtest ... ja. Es ist für ihn perfekt", meinte Fergus amüsiert.

„Na, dann bist du ein käckernder Schlauscheißer", nahm Sidhe Daoine in Schutz, und man hatte Freude zusammen, als Rionnag aus dem Haus kam, kurz herausrief, dass Gaire angerufen habe und sie erst morgen früh kommen werde, die Tickets aber bereits besorgt hätte, sowohl für morgen, wie unter Umständen auch eine Reservierung für einen Tag später, je nachdem, wann Brian mit Eachann fertig sei. Und dann wollte sie am Spaß teilhaben, den die anderen ihr aber in ihrer Albernheit nicht mitteilten.

Und Brian überlegte einen Moment, ob es wirklich Bedeutung habe, ob es nun ein Universum gäbe oder viele Multiversa, solange man so froh auf Erden sein konnte und einfach das Leben, welches sich darbot, in guten, verantwortungsvollen Zügen genoss? Und sie lächelte tief in sich hinein, erwartete ihren wundervollen Pelzanorak, schaute die Dohlen neben sich an, strich ihnen über die Kopffedern, was Sidhe und Daoine etwas überraschte, und strahlte sie in der Dunkelheit an.

# XXII

Noch bevor der frühe Morgen graute, kam Eachann erschöpft, übermüdet und dennoch fröhlich aus seinem Arbeitskeller. Rionnag hatte sich in sein Schlafgemach gelegt. Als er das Zimmer leise passierte, hielt er sie an, ruhig weiterzuschlafen. Camshron wachte in der Wohnküche und nickte dem alten Kürschner zu, der ihn freudig ansah und ihm bedeutete, dass sein Werk wohl vollendet sei.

Müde war Brian, die sich auf die Türschwelle gesetzt hatte, da die Seevögel nicht in dem Haus unter einem Dach übernachten wollten. Gebäude waren ihnen ungeheuer. Deshalb hatte sie sich zu denen gesetzt, die ihretwegen gekommen waren, um ihnen Anerkennung zu erbieten, die sie den Vögeln dafür zu schulden meinte, dass sie sie aus ihrem Leben zu sich geholt hatte, als Eachann von hinten an sie herantrat, ihr sanft auf die Schulter tippte und sie bat, ihm zu folgen.

Brian sprang auf, strahlte Eachann an, hatte mit den Dohlen in der Nacht kurz über Akitas Fell und seine Schönheit gesprochen und konnte nun kaum erwarten, diesen Pelzanorak ihr Eigen nennen zu dürfen, der ihr auf den Leib geschneidert worden sei. Eachann spürte ihre innere, vorfreudige Unruhe und konnte sie verstehen, denn niemals zuvor hatte er durch die Haut eines Tieres eine solche Lebensgeschichte wie die der freien Grauwölfin erfahren, während er mit dem Tierfell beschäftigt war. Er hatte eine jede Lebensphase gespürt, die Wanderung der Wölfin in ihrer Jugend, das Eis, die Ängste, die Freuden, das Glück tollender Welpen und den Stolz einer sowohl ungewöhnlichen Weisheit als auch großer Erhabenheit. Aber ebenso das grauenvoll blutige Ende des Tieres, für das Brian ihr Leben zu geben bereit war, was die Wölfin gewusst hatte, Brian aber nicht ahnte, dass es Akita bekannt gewesen war.

Leise folgte sie ihm, als sie an der halb schlafenden Rionnog vorbeilief, stieg dem alten Mann die Treppe hinterher und fand sich wieder in dem Arbeitskeller mit den verzaubernden Gerüchen, die sie jetzt allerdings eindeutig ausmachen konnte. Es war nicht mehr das Gemisch aller blumigen Farbigkeit, sondern das Nordland mit seinen Flechten, der Heide und kriechendem Wacholder. Es war ein grauer, indifferenter Geruch der freien Weiten nördlich aller Emsigkeit. Ein Duft, der leichter wog als der eigene Schritt und windig kühl die Kraft einsichtigen Erkennens in sich schloss. Freiheit. Weite. Gleichheit. Schwerelos. Raumlos. Entschleunigt. Und alles war zur gleichen Zeit und zu gleichen Teilen zu riechen.

„Da hast du dir etwas ausgesucht, mein Mädchen", sagte der alte Eachann. „Wunderbar, nicht wahr!", schwärmte er für den Geruch und bedankte sich bei ihr für die Reise, die er durch sie machen durfte, da er selbst niemals in den Nordlanden gewesen war. „Und ich darf dir sagen: Deine Wölfin wusste, dass du dein Leben für ihres zu geben bereit gewesen warst." Brian stiegen die Tränen in die Augen, sie musste sich auf den Tisch stützten; sie senkte den Kopf und fand mit dem Körper Halt auf dem Schemel. „Eine ganz wunderbare Sache, im Leben dem anderen so nahe zu sein, dass man seinen Tod nicht scheut. Ganz wunderbar, meine Naien", sagte er etwas verstört, wollte Brian dann aber auch nicht länger auf die Folter spannen, obwohl ihr noch die Tränen über die fahlen, eingefallenen Wangen liefen, halb vor Schmerz und halb vor Glück.

Er griff unter den Tisch und hatte ihren Anorak in ein feines, weißes Leinentuch gelegt, das er als Paket auf den Arbeitstisch legte und sich dann auf den Schemel auf der ihr gegenüberliegenden Seite setzte, einmal die Haare raufte, seine Lesebrille auf der Nase zurechtrückte und sagte, dass er seine ihm aufgetragene Arbeit vollendet habe.

Brian blickte ihn mit ihren verweinten Albenaugen fragend an. Dürfe sie das Tuch entfernen, fragte sie, und er lächelte ihr nickend zu, während er seine Arme auf den Tisch legte und Brian abwartend beobachtete.

Sie stand auf, um mehr Bewegungsfreiheit zu haben, und entfaltete das Leinen, aus dem der transzendierende Duft des Nordens strömte und in dem sie mit unsicheren Blicken ihren Fellanorak zu entdecken hoffte, dessen Außenhaut sie bereits gesehen hatte. Und mit dem letzten Rückschlag des Tuches lag das Kleidungsstück entpackt vor ihr und war so anders von dem, was sie zuletzt gesehen hatte. Es war verwirrend schön. Der Geruch entfloss dem Pelz und nahm sie gefangen, und sie breitete das Stück auf dem Tisch aus, schlug die Brustpatten zurück und fühlte Akitas Nähe durch das Fell, als der Glanz vor ihren Augen ihr den Blick nahm, sie den Mund nicht schließen konnte und ihn mit beiden Händen bedeckte, während sie ihre Augen von der Schönheit nicht abwenden konnte. Sie schloss die Augen, dann den Mund und legte ihren Kopf nach hinten, während sie ihre Hände in das Fell streckte, während Tränen ihr an den Schläfen herabliefen. Dann seufzte sie und atmete weinend tief ein.

Eachann war von der tiefen Bindung Brians zu ihrem Fell sehr berührt und schwieg, bis sich Brian etwas beruhigt hatte und zu sich kam, bevor sie den Anorak an und für sich als Schulterkleid zu bewundern begann.

Was zuvor weichestes Außenleder gewesen war, fühlte sich jetzt wie mausgraue Seide an, und die helle, elfenbeinfarbige Haut des Pelzes schien mit einer zweiten Haut versehen, von der Brian nicht mehr sagen konnte, als dass es sich wahrscheinlich um kein Leder handeln würde. Und Eachann war mit seinem Meisterstück zufrieden. Er krönte sein Lebenswerk als Lederschneider mit diesem wundervollen Stück, als sich Brian die letzte Träne in dem Licht des Kellers aus dem Gesicht wischte. Und immer wieder strich sie über die silbergrau glänzende Seide mit den Händen und wollte sie eigentlich nicht berühren, weil sie so empfindlich schien, im Gegensatz zu den kräftigen, teils grob genarbten Jacken der Ältesten.

„Seamus …? Was ist das? Ist das wirklich? Was hast du nur gemacht?", fragte sie und schaute ihn bewundernd und verzweifelt begeistert an, weil sie nicht wusste, ob es nur ein Zauber sei, der gewirkt wurde.

„Hmmm …", meinte er, lächelte und atmete tief ein. „Das ist ein Garn der Spinnen, das wir für dich gewoben haben", beschrieb er stolz.

„Was ist das?", fragte sie nach und strich immer wieder mit den Händen über das feine Gewebe, das sie niemals zuvor gesehen hatte und das fast weicher schien als das lange Fell des kuscheligen Innenpelzes. Und dennoch ließ sich die Außenhaut nicht fassen.

„Zieh sie einmal an, bitte", bat er. „Und ziehe dir vorher dein Hemd aus", meinte er und machte gleichzeitig deutlich, dass sie sich nur bis auf das Unterhemd entblößen sollte, damit sie den Anorak auf ihrer Haut spüre, was Brian befolgte, ihre Oberbekleidung auf den Tisch legte und sich dann den Pelz überzog.

Er war schwer. Er war schwer, als sie ihn mit der Hand anhob und als sie mit dem Arm in den Ärmel fuhr, ihre Schultern in den Pelz steckte und sich aufrecht hinstellte. Und plötzlich verlor sie jegliches Gewicht in nordischen Sphären eines Septemberabends, der unter einer grauen Wolkendecke tiefe Sonnenstrahlen über perlende Heide sandte, die unter Spinnenweben wie ein rötliches Wasser zu leuchten begannen. Vergessen der Keller in Gullane und vergessen die Dunedin. Vergessen auch Britannien und die Vögel. Und für erlaubte Momente eine Brian als Frau, die sich hatte verlieren müssen, um das Leben zu finden. Berauschend. In Einsamkeit und niemals allein.Und sie driftete in das Licht mit Herzklopfen, eben als es unterging. Ein Wacholder rief sie zurück und ein Klingen des Nordlandes, das Akita umschwirrte und Eachann, der sagte, dass sie nicht fühlen sollte. Und dann war sie im Arbeitskeller des Kürschners der Dunedin, benommen und verzaubert von dem Ergebnis eines wahrscheinlichen Magiers, der ihren feinen Gedanken hörte und ihn nur kurz aufgriff.

„Ein bisschen mit Magie nur …, für eine Naien eben angemessen. Mehr aber mit altklassischer Handwerkskunst", sagte er bescheiden und freute sich über die maßlose Begeisterung von Brian, die ihm Dank für alles war, was ihn die Nächte in seinem Alter gekostet hatten.

„Sie ist wunderschön", stöhnte Brian und kam nur langsam von ihrer Flucht aus den Nordlanden zurück. „Wunderschön", und sie sagte: „Was nur hast du hier geschaffen, mein Freund, Herr Eachann?"

„Das, worum du mich batest: deine Jacke, die ein Anorak geworden ist, meine Freundin, Frau Naien", sagte er freundlich müde und strahlte auf eine verschmitzte Art, die ihm angeboren schien.

„Ja. Das, worum ich dich bat, Seamus", erwiderte sie und strahlte ihn an. „Bist du zufrieden mit deiner Arbeit? Und bist du zufrieden mit deiner Naien?", fragte sie ihn dann schwer atmend, zog sich den Anorak mit den Armen vor der Brust zusammen und kuschelte sich in ihn ein, während Eachann stumm nickte und sie anlächelte. „Unbeschreiblich. Es ist nur herrlich." Und weiter meinte sie unvermittelt, ob er ihr nicht die verborgenen Helfer seiner Kunst nur einmal vorstellen möchte, weil sie sich auch gern bei ihnen für dieses Wunderwerk bedanken möchte. Eachann horchte auf, fiel aus seinen Betrachtungen und meinte, falls sie es wollte, da sich nichts und niemand ihrem Wunsch auf Erden widersetzen könne, der wisse *wer* und *was* sie sei.

„Im Übrigen kennen sie dich, Patty", schmunzelte der Alte und bat die Blondelfen, die bei ihm in Lehre der Nähtechniken mit kleinen Fingerschwertern volontierten, ihre Graumäntel zurückzuwerfen, um sich den Dank einer Naien für geleistete Arbeiten abzuholen, der nicht mehr als ein kühler Händedruck sei, wie er es geringschätzig bemerkte. „Aber es ist immerhin von einer Albe", meinte er. „Und das hat noch keiner von euch bekommen", und während er das Kichern aus der Ecke der Vanyar bereits vernahm, hörte Brian nur die fantastischen Melodien und Klänge, die sie kannte, aber wovon sie niemals irgendetwas zuordnen konnte, weder bei Merlin, noch auf der Wanderung mit Akita. „Na kommt schon", rief Eachann, und aus der hintersten Ecke seines Arbeitsbereiches kamen plötzlich vier Gestalten, die nicht größer waren als die Marionetten von Merlin, die er bei sich hatte.

Zuerst erschrak Brian und meinte daraufhin, dass dann vielleicht auch Merlin noch leben müsse und sich womöglich nur irgendwo in diesem Keller, der für undenkbare Überraschungen gut wäre, über die Jahre versteckt und aufgehalten haben könnte. Doch der Schrecken verflog, als sich die Vanyar Brian kurz vorstellten, was sie allerdings nicht verstehen konnte.

„Du bist eine Naien und kein Ältester, Patty. Die Vanyar sind für die Dunedin hier und helfen uns nur manchmal. Wir verstehen sie, doch du offenbar schon nicht mehr", sagte Eachann als die vier mit ihren zurückgeschlagenen Mänteln auf den Arbeitstisch sprangen, sich tief vor Brian verneigten, mit einem Knie auf der Tischplatte knien blieben und die Häupter senkten.

„Verstehen sie mich?", fragte Brian den Kürschner.

„Sie hören dich, ja."

„Dann danke ich euch für dieses Wunder, das ich tragen darf", sagte sie holperig. Und konnte kaum richtig fassen, was alles gleichzeitig geschah. Und die Blondelfen regten sich nicht, bis Brian Eachann ansah und fragte, ob sie etwas Falsches oder Kränkendes gesagt habe, was er verneinte.

„Du musst sie wieder entlassen. Sonst knien sie bis zum Nimmerleinstag dort, regen sich nicht ..., und ich komme nicht mehr zum Zuschneiden von meinen Häuten", lachte Eachann, als Brian dann mit einer steifen, ungeübten Verbeugung sie mit großen Ehren entließ. Darauf standen sie auf dem Tisch auf, dienerten noch einmal, zogen sich die Kapuzen wieder über ihre Köpfe, schlossen ihre Graumäntel und waren verschwunden, wenn auch ihre Stimmen blieben, und Brian schaute nur den alten Eachann an, der sie anlächelte und meinte, dass es eine kleine Ewigkeit gedauert hätte, ein solches Tuch aus Spinnenseide zu weben, hätte er nicht die sachkundige Assistenz gehabt. Und dann griente er wieder.

„Doch nun ..., Patty. Ich muss dir etwas sagen und bitte dich, mir sehr genau zuzuhören", meinte er dann ernst und schließlich auch müde, als er mit seiner rauen, gesenkten Stimme sprach. „Das Gewebe hat eine unermessliche Qualität, doch es darf nicht in die Nähe von Feuer geraten. Das werde ich auch noch den anderen sagen. Du darfst es nicht der Hitze aussetzen. Hitze vernichtet es. Ansonsten ist es unzerstörbar. Den Beutel mit den Federn habe ich dir an die rechte Innenseite genäht, damit du ihn bei dir haben kannst. Und der unendliche September deines Nordens wird dich begleiten, wo immer du sein wirst, meine Naien", sagte er stolz und müde. „Meide immer nur das Feuer", sagte er hinter geschlossenen Augen.

„Seamus, darf ich dich bloß einmal in den Arm nehmen, denn vor den anderen wäre es dir bestimmt nicht angenehm", fragte Brian dankbar mit leuchtenden Augen, und Eachann schnupfte und atmete ein.

„Willst wohl einen alten Gaul einmal drücken, bevor er dich mit seinen Hufen aus seinen heiligen Hallen tritt", sagte er knurrend. „Na, dann komm schon her, und drück den alten Nag. Und dann ist es auch gut", meinte er, und sie stand auf, ging um den Tisch zu ihm und nahm ihn herzlich in die Arme. „Mädchen, du bist so kühl und voller Wärme", sagte er plötzlich, da er eine solch innerliche Umarmung noch nicht erlebt hatte. Jeden Geruch hätte er finden, mischen und beschreiben können, nicht aber jenen Moment in seinem welkenden Leben, weder *was* noch *wie* er war, und behielt diese Empfindung für sich bis zu seinem Lebensende, aber er war durchflutet von einem friedlichen Leben und einer unerschöpflichen Kraft, die ihn überkam, bis er Brian vorsichtig zurückwies und meinte, dass es genug sei, da er weder als Mann noch als Mensch mehr ertragen könne, weil er noch etwas weiterleben wollte. Und diese Energie, die in dieser Umarmung lag, wollte er nicht tiefer spüren müssen, weil sie ihn kaum leben lassen könnte, da die Erde der Güte mit Gewalt begegnete, sagte er. Und Brian verstand, wie er es meinte. „Aber das bleibt unter uns", sagte er, und aus der Ecke kicherten die Blondelfen, als Brian ihn anlächelnd nickte. „Du bist der Norden, Patty. Ich danke dir … für alles", räusperte er sich, schob sich die Brille wieder auf die Nase, blickte mit seinen Augen unruhig in verschiedene Richtungen und räusperte sich wieder. „Ja …, der Norden …"

„Ich danke dir, Seamus", meinte sie voll von Glück und schmiegte sich mädchenhaft in den Pelz der Grauwölfin. „Ich habe noch eine Bitte, und zwar: Darf ich mich einmal in einem Spiegel betrachten? Hast du hier unten einen Spiegel, Seamus?", fragte sie verlegen und wusste nicht, ob es der richtige Moment sei, nach einem Speigel zu fragen und den Eindruck einer etwaigen Eitelkeit zu erzeugen.

„Natürlich. Dahinten. Ein großer Bekleidungsspiegel. Zwischen der Wisent- und der Mammuthaut, die jemand nicht abgeholt

hat … Warte", sagte er und machte sich auf, um einen schmalen
Ganzkörperspiegel auf einem Ständer mit einem Drehmoment-
gelenk in die Mitte zu holen. „Komm hier herüber …, und fühle
dich frei. Ich mache noch ein bisschen hinten sauber, und dann
gehen wir", sagte er und räusperte sich; er stellte den Spiegel in
den Raum, und Brian konnte sich zum ersten Mal seit langer
Zeit sehen.

Brian wurde ernst. Ihn hörte sie noch etwas von einem goldenen
Schnitt sagen, und dann versank sie in ihr für sie neues Antlitz,
das sie erfasste und sie ohne Tod mit sich nahm. Ihr Abbild
dort nur bildlich manifestiert. Sie sah die Haut der anderen und
schaute in Augen, die sie verstanden. Lippen, die nicht mehr
Worte zu Begriffen formten, und eine Stirn, die keine Reue, keine
Gnade und keine Zweifel kannte Sie sah die fahlen Wangen eines
Menschen, dem sie als Projektionsfläche erlag, einer törichten
Bedrohung körperlicher Schönheit ausgesetzt, die über Grenzen
schritt, die nicht mehr menschenmöglich waren. Sie sah die Haut
und fühlte ihre Fasern und spürte den kühlen Norden aus ihren
Adern durch die Poren tropfen, die nicht mehr Blut, sondern
leichter waren. Sie sah ihre Haare als Rahmen eines Gesichtes,
das sich anstarrte und die Schwester erkannte, sich selbst aber als
Zwilling verlor. Und tiefer wiederfand, als sich die Schwester je
begriffen hatte. Sie sah sich als Proportion zu einem Raum, nicht
aber als Abbild eines Körpers, der Raum an sich besaß. Und sie
sah nichts, was ihr bekannt, noch etwas, was ihr fremd gewesen
wäre, als sie die Augen schloss, einige Schritte zurücktaumelte
und sich auf der Tischplatte abstützte, damit sie nicht strauchelte
und dann trotzdem fiel – dankenswerterweise auf den Schemel
hinter ihr glitt, bevor sie schwach atmend und schwitzend das
Gleichgewicht verlor. Hinter geschlossenen Lidern rollte sie die
Augen und fühlte Übelkeit in ihre Kehle steigen, die sie jedoch
bezwang, als Eachann schon bei ihr war und sie etwas fragte,
was sie nicht verstand; sie roch etwas wie ein Glas Wasser – mit
schweren Salzen – und hörte etwas von gesprochenen Träumen.
Als sie kurz die Augen öffnete, war ihr immer noch schwindelig,
sodass sie sie wieder schloss. Bei ihr aber die Symphonien und

der alte Kürschner. Bei ihr die Tausenden Vögel, die Wölfin und die Ältesten. Bei ihr auch das ungeborene Leben der Erde und die Schönheit eines Septemberabends, der niemals vergehen würde. Und von Ferne eine besorgte Stimme, die meinte, dass sie sich Zeit nehmen solle – Zeit, die sie brauchen würde, um zu eigenen Ergebnissen zu kommen, als sie sich wunderbar warm in der Kühle ihres Körpers fand, der sich lieben ließ, wie er war, und gewärmt wurde für das, was er in sich barg.

„Ganz ruhig, Patty. Sachte …, und hier Wasser und etwas Brot", hörte sie Eachann, der nicht von ihrer Seite wich, solange sie sich schwankend nicht allein auf dem Schemel halten konnte, bis sie ruhiger atmete, einen tiefen, rhythmischen Herzschlag spürte und neu atmete, die trockenen, schmalen, blutleeren Lippen zusammenpresste und langsam die Augen erneut öffnete. Wieder sah sie Eachann, der neben ihr stand, sie festhielt und sie immer wieder mit den Worten beruhigte, dass sie alle für sie da seien, was sie spürte und dadurch noch größere Verantwortung für alle anderen empfand. Schließlich fragte sie ihn, ob er etwas die Lichter löschen könne, was er ohne zu gehen vermochte, als es dunkler hinter ihren Lidern wurde und sie die Augen öffnen konnte. Er hielt sie noch fest an der Schulter, ihren Kopf an seinem Bauch, hinter ihr stehend, und sie spürte den Halt des scheinbar mürrischen Künstlers, der unwahrscheinliche Fähigkeiten für einen Menschen besaß, während sie noch die knorrigen Kiefern und schwammigen Moore roch, deren Atem im Wind herangetragen wurde. Knisterndes Laub sah sie aus Krüppelbirken segeln, gelbe Flocken an einem milden Abend, der einer Drossel Laune machte, die schallend durch die Zweige der Nadelgehölze flog und dann in den Abend tauchte. Dann ihr eigener Kopf, gelehnt an eine Feste, ihre Schulter an einen flechtigen Felsen gedrückt und eine Stimme, die ihr sagte, sie solle sich Zeit nehmen.

Da waren sie wieder, der schwere Zuschnitttisch des Kürschners und der kleine, gedrungene Mann mit den starken, weißen Augenbrauen, den gutmütigen Augen und der Arbeitsweste über einem karierten Hemd. Kräftige, altfaltige Hände und altersfleckige Unterarme, die sie an seine Brust drückten, als sie atmete und sich die leeren Adern wieder mit Kraft pumpend füllten. Ein Atem, der wieder in die Glieder fuhr. Augen, die im Licht der Dämmerung mehr sahen und ruhiger lagen als in der Helligkeit. Leben strömte in ihre Fasern zurück, und sie vermochte ihre Bleiarme zu heben, legte sie langsam auf den Tisch, indem sie den harten Griff Eachanns um ihre Schultern lockerte und sich vorsichtig wieder selbst überlassen wollte.

„Geht es, Patty?", erkundigte er sich fürsorglich, ohne die eigentliche Furcht zu besitzen, dass es nicht gehen könne, da in Brian mehr Stärke wuchs, als sich ein Mensch, auch falls er ein Dunedin war, erdenken konnte.

„Ja … Ich kann dir nur danken", hauchte sie. „Was war es, das über mich kam?"

„Hmmm … Nimm dir Zeit. Mach nicht so schnell …", meinte Eachann, der den Spiegel vorsorglich längst wieder zwischen die großen Rahmen der Tierhäute geschoben hatte, die von der Decke hinab vor einer Wand hingen.

„Ich habe mich im Spiegel gesehen, nicht wahr", sagte sie und raufte sich mit den Händen in den Haaren, als hätte sie einen Druckschmerz im Kopf.

„Das hast du."

„Und ich habe den Tod nicht mehr sehen können, Seamus."

„Das weiß ich. Und dabei belasse es, Patty. Es wird dir über die Jahre vertrauter werden. Er ist dir und deinem Wesen entwichen … oder so", räusperte sich Eachann. „Trinke Wasser. Das tut dir gut", und er reichte ihr das Glas von dem Tisch. Sie nippte langsam. Eachann sah ihr zu und wartete auf seine ruhige Art, indem er sich wieder auf die gegenüberliegende Tischseite auf seinen Holzschemel gesetzt hatte.

„Der Norden …? Warum immer wieder der Norden, Seamus? Kannst du mir das sagen?", fragte sie dann und leckte sich die Lippen feucht.

„Man sagt, die Naien seien über den Norden gekommen, weil sie das helle Sonnenlicht nicht mögen. Sie seien in den Norden der Erde an die Abendgrenze gekommen und hätten sich erst dann langsam an die Sonne gewöhnen können, die dieses irdische

Leben spendet, es aber auch nimmt. Der Norden ist der, der Kraft verlangt und Weisheit gibt. So war es immer schon, und so wird es bleiben. Deshalb der Norden ...", antwortete er ihr kurz.

„Über den Norden auf die Erde ... Ja. Die Abendgrenze ...", wiederholte sie und verstand langsam. Aber sie verstand. „Die Wirklichkeit ..., sie muss keinen Sinn ergeben, nicht wahr? Die Fiktion muss logisch sein, damit sie wahrscheinlicher wird und wie auch immer ersponnen logisch erscheint. Aber die Wirklichkeit ..., sie muß nicht logisch sein, weil sie ist", sinnierte sie. „Die Quantenwirklichkeit ..., die Quanten ..., auch sie entsprechen keinen dem Menschen bekannten Regeln ..., und daher sind sie als beliebig einzuschätzen ... die Beliebigkeit der Realität ..., das ist der Norden, Seamus. Ich danke dir sehr", sagte sie etwas stärker, trank das Glas Wasser und bat um ein weiteres, was er ihr irgendwo in seinem Arbeitskeller von einer Wasserleitung zapfte und ihr brachte.

„Du bist klug, Patty", nickte er und spürte ihre Gaben.

„Das liegt an deinem klaren Wasser", lächelte sie schon wieder.

„Und zum Glück nicht an deinem Verstand", schmunzelte er.

„Genau. Zum Glück nicht an meinem Verstand", nickte sie und strich sich dann mit ihren Händen über den faszinierenden Anorak, der jetzt ihrer war. „Wenn wir gehen, werden wir uns wahrscheinlich nie wiedersehen, Seamus. Ist das richtig?", fragte sie den Kürschner, der stumm aber freundlich nickte, indem er ihr einen kurzen Blick über den Rand seiner Brille zuwarf.

„Ihr haltet einen alten Mann ja sowieso nur vom Geldverdienen ab", spaßte er auf seine unverwechselbare Art, und Brian sah ihn einen Moment schweigend an.

„Ich will dir sagen, dass du für mich ein Zauberer bist, mein Freund", sprach sie und versank einen Augenblick in dem Gesicht des Alten, der daraufhin zum ersten Mal verlegen dem Blick eines anderen auswich. „Wie dankbar ich dir bin, kann ich nicht sagen. Aber ich werde immer da sein, wo ich gebraucht werde, Seamus, auch bei dir, falls du danach verlangst. Das will ich, dass du weißt", sagte sie und streckte ihm beide Hände über den Tisch, in die er seine legen sollte, und bedankte sich dann nochmals bei ihm, worauf er sie freundlich anlächelte, sich kindlich freute und sie an seine Mahnung erinnerte, was das Feuer betraf. Dann sagte er ihr, dass sie sich ihr Oberhemd wieder anziehen und den Anorak darüberstreifen sollte, um zu den anderen zu gehen.

Brian trank das Wasser aus, warf einen letzten Blick in den Keller des Kürschners, hörte aus einer Ecke ihr Windspiel klingen, grüßte und verabschiedete die räumliche Transparenz der Blondelfen, zog sich an und folgte Eachann die Treppe hinauf in die Wohnküche zu den anderen, die schon auf sie warteten.

Als die beiden aus dem Keller kamen, war es bereits spät am Vormittag. Gaire war aus Edinburgh zurückgekommen, Rionnag ob der ruhigen Nacht ausgeruht, während sie Camshron durchwacht noch in den Gliedern steckte. Die Mantelmöwen, die Suliden, Sidhe und Daoine warteten in dem Vorhof auf dem grasigen Boden, da die Suliden und Lariden sich kaum in dem Geäst der Bäume und Sträucher niederlassen und halten konnten. Es war ein steter Balanceakt für sie, den die Dohlen den Seevögeln nicht zumuten wollten.

Gaire war noch dabei, ihre Nacht in Edinburgh zu beschreiben, in der sie durch die Stadt gestrolcht war, was sie unbeschwert schon lange nicht mehr getan hatte. Sie schilderte ihre Eindrücke und Empfindungen über die atmosphärische Veränderung der altehrwürdigen Straßen, als Eachann, gefolgt von Brian, in die Wohnküche trat, in der die drei Dunedin zusammensaßen, tranken, aßen und warteten. Als sie Brian durch die Tür des Schlafzimmers treten sahen, verschlug es ihnen die Sprache. Weder hatten sie jemals einen solch charismatischen Menschen mit selbstsicherster Ausstrahlung gesehen, noch einen heimlich eminent, bestechend schillernden und doch nur mattsilbergrauen Pelzanorak, wie den der stolzen Naien. Und sie schien mehr zu schweben als lächelnd zu schreiten.

Mit leuchtenden Augen brach Gaire als Erste das Schweigen und konnte die Bewunderung für Brian nicht zurückhalten, als sich Eachann erschöpft in seinen Schaukelstuhl setzte, zurücklehnte, sich des Staunens der Ältesten über sein Können erfreute und sich nach einem guten Single Malt sehnte.

„Was bist du für ein umwerfendes Wesen? Und mit dem Pelz. Erschütternd ist deine Schönheit ...", schüttelte Gaire nur abwesend staunend den Kopf.

„Nag, wenn du so etwas für meine Liebchen machen kannst, dann hast du uns bisher mit dem Können veralbert und betrogen", machte Camshron einen Scherz, da auch er angesichts der stimmigen, doch überwältigenden Schönheit Brians keine Worte fand, und Rionnag nickte Brian nur mit glänzenden Augen zu.

„Dann lasst uns unsere Naien beschützen", sagte sie und atmete tief ein.

„Ein meisterliches Stück für eine Albe", faszinierte es Gaire, und sie konnte kaum widerstehen den Pelzanorak anfassen zu wollen, um dann vor der äußeren Seide fast zurückzuschrecken, damit sie sie mit ihren Händen nicht schmutzig mache oder vielleicht entweihe.

„Nur Feuer wird ihr gefährlich. Alles andere kann ihr nichts anhaben", sagte der Alte aus seinem Schaukelstuhl. „Noch nicht einmal dein Schweiß, Cherry", meinte er barsch, um ihr zu gestatten, den Anorak einmal zu betasten, nachdem Brian zugestimmt hatte.

„Alter Mann, was ist das für ein verwunschenes Material? Und warum habe ich das nicht?", fragte Gaire fast neidisch, nachdem sie über die Außenhaut des Anoraks strich.

„Zum einen hast du bloß 'ne Katze als Futter, falls ich mich recht erinnere. Zum anderen hast du der Katze nur aus einer Falle geholfen, in die sie getreten war. Und schließlich bist du eine Dunedin ... und keine Naien, mein kleines, eitles Fräulein. Da geziemt sich so eine Frage für dich nicht", sagte Eachann mürrisch.

„'ne Katze, Nag. Ein Puma war es. Ein Silberlöwe. Gelten lasse ich nur, dass ich keine Naien bin", und si estreichelte über die Außenhaut des Anoraks, von dem sie wusste, niemals erfahren zu können, woraus dieser Stoff gemacht wäre. Dann sah sie Brian zum ersten Mal richtig an, die bisher als Gesamtkunstwerk verstanden wurde. Und aus dem Augenblick heraus lachten die beiden Frauen. Beide hatten einen sonderbaren Glanz in den Augen, und Gaire, die Brians Blick nicht standhalten konnte, nahm sie dann einfach in den Arm.

„Ich bin überwältigt, Patty. Und nichts anderes hätte ich mir gewünscht", sagte Gaire mit aller Herzlichkeit. „Deine Erscheinung macht mich stolzer, als ich jemals war." Auch Rionnag kam bewundernd heran, nickte noch einmal und senkte dann den Kopf vor Brian, was auch Camshron und Gaire taten, als sie einen Schritt von Brian zurückgetreten waren.

„Wir folgen dir und schützen dich", sagte Rionnag voller Würde und Ehrerbieten, nahm ihre Hand und legte sie mit dem Handrücken in Brians Hände. Das Gleiche taten Gaire und Camshron, in bestem Gewissen, mit aller Entschlossenheit ob eines unwiderruflichen Schicksals, das in Brians Hände gelegt wurde.

„Helft mir, alles zu verstehen und alles zu ordnen", sagte Brian mit einer Freude in den Augen, die Menschen nur entflammen konnte. Und alle drei nickten stellvertretend für alle lebenden Dunedin, die die Ältesten dieser Erde waren. „Darf ich jetzt zu meinen Vögeln gehen, bevor wir aufbrechen, bitte", fragte sie und riss die Dunedin aus ahnenden Vorstellungen, was ihnen mit dieser Naien bevorstehen könnte. Selbstverständlich machten sie den Weg für sie frei, und die Vögel hatten nur so viel gehört, dass Brian wohl ihre Jacke bekommen habe und dass man nun wohl bald für kurze Zeit zum Bass Rock fliegen konnte, um auf die Rückkehr der Dunedin mit der Naien aus Deutschland zu warten. Und als Brian mit dem neuen Oberkleid durch die Tür trat, sahen sie wohl eine ansprechend mausgraue Farbe eines Anoraks, die sie aber so wenig bewunderten wie Brian, die in ihr für sie unverändert wirkte. Von daher verstanden sie den eigentlichen Aufwand nicht. Und auch nicht das feierliche Gebaren.

„Gut. Dann ist auch das getan", meinte Fergus nüchtern.

„Ja, ihr beiden. Es beginnt", meinte sie und atmete die frische Luft East Lothinas ein, die Schnee in den Highlands gebracht haben mochte, der in Gullane nicht gefallen war, da es zu warm blieb und Jahreszeiten nur noch unverlässliche Zeiten eines Jahres waren, die ihre wahrscheinliche Verlässlichkeit in Pflanzen, nicht aber im Wetter der nordischen Breiten wiederfanden. „Und es wird am *Mons ruptus* beginnen", sann Brian lächelnd, die als Frau über sich hinausgewachsen schien, doch als Naien eben erst Bewusstsein erlangte.

Eachann hatte sich zufrieden in seinen Schaukelstuhl gesetzt und sich bereits einen Single Malt zu Gemüte geführt, den er sich verdient hatte, wie er meinte. Die Dunedin beobachteten Brian von der Tür und nahmen zum ersten Mal die Majestät in ihrem Ausdruck wahr. Brian drehte sich zu ihnen um, als sie sie bemerkte, und erklärte, sie sei jetzt gerüstet und könne ihre ersten, kleinen Schritte auf dem Weg zu ihrer neuen Stimme setzen. Gaire, die einen Flug für jenen und den darauffolgenden Tag gebucht hatte, warf kurz ein, dass, falls sie binnen der nächsten Stunde aufbrächen, sie heute noch fliegen könnten. Andernfalls wäre man erst morgen in Deutschland. Den Duendin machte das keinen Unterschied, Brian aber war jetzt bereit und drängte dann zur baldmöglichsten Abreise.

Wie erbeten, so geschah es. Rionnag machte einige Anrufe. Sie sprach auch mit Southfield, der bei Makar in den Highlands auf die Fulmare und Damhair wartete. Er berichtete kurz, was sie zu tun gedachten, und auch er erschrak bei dem Gedanken, dass der Berg, den man in einer Geschichte eingeäschert sah, noch existierte. Es sei aber nichts anderes, das er tun sollte, als auf die Eissturmvögel zu warten. Sie sprach mit Frangach in London und machte noch einige andere Anrufe, während sich Brian bei den Basstölpeln bedankte, die den Dohlen ihren Brutplatz als zeitweiliges Heim anboten und auch den Lariden genehmigten, dort mit den anderen auf Brians Rückkehr zu warten beziehungsweise darauf zu erfahren, wo man sich treffen werde, damit sie in Ruhe und Sicherheit die Albenwege sortieren und ihren Gesang erlernen könne, um zu einem *Lichtfresser* werden zu können, wie es die Tölpel früher genannt hatten und heute vielleicht nicht mehr tun würden, da sie Brian begleiten und kennenlernen durften, auf ihrem Weg, zu einer Albe zu werden.

Wie sooft unter den Dunedin gab es keinen richtigen Abschied, da sie nie genau wussten, ob man sich nicht doch im Laufe der Jahrhunderte wiedersehen würde, was ihnen meist wahrscheinlicher erschien, als sich nicht zu treffen. Deshalb gingen sie nur kurz zu dem alten Nag, der mit seinem Single Malt und sich zufrieden im Schaukelstuhl döste, nickten sich respektvoll, wissend und brüderlich zu und waren froh, dass niemand die Aufgaben des anderen erledigen musste, da sie alle verschiedene hatten.

Eachanns Meisterstück war gelungen. Nun musste Brian ihnen gelingen. Und während sie die Vögel vorausschickte, um sie sich am Bass Rock noch einmal richtig vollfressen zu lassen, da man ja nicht wissen konnte, was einem noch bevorstand, verabschiedeten sie sich herzlich von Eachann und strahlten ihn mit ihren durchdringend glänzenden Augen an, bis er sagte:

„Nun ist es gut. Oder willst du wirklich den Tritt haben, den ich dir versprach, damit du dich endlich auf deinen Weg machst?" Sprach's und schmunzelte mit seinen guten Augen. Als Rionnag, Gaire und Brian zum Wagen gingen, blieb Camshron einen Moment bei Eachann, besprach etwas mit ihm, und auf Brians Frage, was noch zu besprechen sei, sagte Rionnag nur, dass Camshron und Eachann Halbbrüder seien und die alte Krummnase sich sicherlich nach dem Nötigsten für den Kürschner erkundigte, worum man sich dann kümmern werde. Und als sie bereits im Kleinbus saßen und noch warteten, waren die Basstölpel mit den Dohlen und den Mantelmöwen losgeflogen, um es sich auf dem Felsen im Firth of Forth wartend auf ihre Naien besser gehen zu lassen als zwischen den Feldern.

Der Tag war ruhig, und es war ein Nachmittag, als sie auf dem meerumfluteten Felsen ankamen, der die Tölpel so stürmisch begrüßte, wie er es sich gewünscht hatte. Kein Wind, aber eine hohe See, die gegen den steil aufragenden Stein tobte und aus Südosten die Art eines Schwells von den Niederlanden hatte, schäumend, dröhnend und Felsen brechend fauchend, sodass die Dohlen sich erschrocken ansahen, als sie auf der Kuppe des Bass Rock landeten und Fergus nur lachte, man solle sich keine Gedanken machen. Auch da der Meeresspiegel stieg, noch würden die Wellen sie nicht von dem Bass gewaschen haben, meinte er, als Aileen ihn ob seines Mutes stolz ansah und ihm als Sulide zustimmte. Sie wollten noch viele Generationen hier zur Welt bringen, und die beiden Dohlen staunten, wie anders ihre Lebensräume waren. Schon Merlins Insel hatte ihnen nicht gefallen. Der Reiz des Neuen war enorm gewesen – auch da es sich um Merlin gehandelt hatte, vor dem sie damals noch große Achtung besessen hatten. Aber seitdem sie mit den anderen Dunedin gesprochen hatten, die Merlin in ein ganz anderes Licht gesetzt hatten, überdachten sie ihre Haltung zu ihm und verstanden auch, weshalb die Ältesten diese Achtung vor ihrem Bruder nicht gehabt hatten, wie sie als Dohlen, im Wesentlichen geprägt duch Alwyyn. Und von den Suliden hatten sie gelernt, dass man die Erledigung der alten Geschichten besser den Alten überlassen sollte, während man sich dem gegenwärtigen Leben stellen sollte, was ihnen eigentlich mehr Sinn machte.

„Patty ist anders", sagte Fergus plötzlich. „Sie ist ganz anders, als ich dachte."

„Hattest du dir etwas Altertümliches vorgestellt? So was, wie es dir nicht gefällt und du es zwangläufig erdulden müsstest, weil es eben da ist? So etwas wie eine Extrakralle an deinem Bein, weil deine Großväter noch auf Ästen hockten, du die Wälder aber längst aufgegeben hast und dich mit deiner Kralle nur noch schmerzhaft bei jedem Schritt im Moos verfangen würdest, in das du heute deine Nester baust? So was …?", fragte Sidhe und schmunzelte.

„Ja. Eine Dohle versteht mich", sagte der Basstölpel. „Du bist ein kluges Kerlchen, obwohl du viel von dem alten Simsalabim verkörperst und in dir hast, nicht!?!"

„Haben wir gelernt. Und wir sollten ja auch bloß einer Wölfin helfen, die sich einem Menschen nicht verständlich machen konnte. Was wussten wir mehr als das, was wir in den Highlands gelernt und von den Menschen in den Städten gehört haben? Nichts."

„Nein. Ich muss sagen, dass ihr mir gefallt, ihr beiden. Und natürlich auch Gawin und Una. Ich bin sehr überrascht", meinte Fergus mit einem Respekt, den er selten vor anderen gehabt hatte.

„Weißt du mehr über den *Zerbrochnen Berg*, als du uns sagtest?", fragte Una plötzlich mutig, als Fergus stand, den Abend heranziehen sah und die Flut weichen spürte. Und mit der spürbaren Dunkelheit aus dem Osten wurden Schatten in seinen Augen sichtbar, die eindeutig schienen, aber keinesfalls Aufschluss geben wollten. Als auch Aileen ihn fragend ansah und auf die Kenntnis seiner Geschichte hoffte, die er vielleicht mitteilen würde, sagte er nur, dass eine der wenigen Überlebenden von damals, Morus, eine Sulide, gewesen sei, der man Feigheit nachgesagt hatte und die man bitter beschimpfte, bis einer der noch kurz lebenden, doch schwerstverletzten Dunedin eine andere Geschichte von Morus erzählt haben soll, die wenigstens ihn in einen ehrenvolleren Zusammenhang mit einer wahrscheinlich schicksalhaften Schlacht der Irdischen brachte. Und das sei alles, was er dazu wisse. Man sagte, es sei um Metalle gegangen, die die Naien bei sich getragen haben sollten. Sollte es mehr zu wissen geben, würde Brian wahrscheinlich dazu etwas sagen können, falls sie als Naien sich veranlasst sähe.

„Nur eins: Es muss sehr furchtbar gewesen sein, da diese Sache bis heute bei uns mehr oder weniger bekannt ist. Und wir sind nicht dafür berühmt, die besten Historiker zu sein. Die Historie geht uns fix an unserer Schwanzfeder vorbei oder perlt wie ein sinnloser Regentropfen von unserem Gefieder", meinte Fergus, und die Dohlen schauten sich fragend an.

Hätten sie Brian unter diesen Umständen wirklich allein nach Deutschland fliegen lassen sollen? Wäre ihre Aufgabe nicht immer an der Seite von Brian gewesen? Gut, wog Daoine leise ab, sie hatte die Dunedin bei sich, eben aber nicht die Dohlen, die nicht wieder in einen Käfig gesperrt in einem Flugzeug transportiert werden wollten, und er fragte in plötzlicher Sorge, ob Fergus genau wisse, wo dieser Berg in Deutschland läge, der ihn daraufhin skeptisch anschaute und den Kern der Frage erriet.

„Ich bin nie da gewesen. Aber die Gänse haben von ihm erzählt. Sie nehmen ihn als eine ihrer letzten magnetischen Landmarken, soweit ich weiß. Komme auf keine falschen Gedanken, mein Freund. Denke an den Habicht. Wenn du einer Naien sagst, dass du hier auf sie wartest, dann tust du das gefälligst auch. Vögel, die aus der Reihe tanzen, verursachen mehr Probleme für andere, als sie häufig meinen, Daoine. Wir bleiben hier und warten. Die Naien weiß, dass wir hier sind und verlässt sich darauf. Also bleiben wir auch hier und machen keine Dummheiten. Einverstanden?!", sagte Fergus, ohne irgendeinen Zweifel aufkommen zu lassen, Daoine nötigenfalls selbst zum Bleiben zu zwingen.

„Ich stimme dir vollkommen zu", meinte Sidhe und verstand den tieferen Sinn in der Aussage der Sulide, die scheinbar eine kluge Wahl von Brian gewesen war, ohne es gewusst haben zu können. Fergus hatte praktische Talente, die sie bereits vor einem Greifvogel in den Feldern East Lothians gerettet hatten. Er hatte eine tiefe, ergebene Treue, die ihn genau das tun ließ, worauf andere sich verlassen und zählen konnten. In einer Gruppe war nichts wichtiger, als dass jedes Glied ineinandergreifend funktionierte, damit die ganze Gruppe zusammenwirken konnte. Und falls es einen freischaffenden Geist gäbe, der Sand in ein Getriebe streue, um zu sehen, was geschehe, hätte der sicherlich wenig Freude in einer stehenden Phalanx an einem Morgen, dessen Abend nicht alle erleben würden und der dennoch ein guter, weil notwendiger Morgen war, damit am Abend für die Überlebenden ein neuer Morgen käme. Zuverlässigkeit und Mut seien gefragt, auf den die Feldherrin baut. Kreativität und Intelligenz sei in diesen Momenten nur der Trost für die Feiglinge, die die Phalanxen zu Fall bringen konnten. „Wir bleiben hier und rühren uns nicht von der Stelle, bis Patty wieder da ist", bekräftigte Sidhe nochmals und empfand Stolz in den Worten an der Seite von Mantelmöwen und Basstölpeln. Stolz, weil sie es als Dohle Brians, einer Naien, sagen konnte. Und stolz, weil sie es an der Seite eindrucksvoller Seevögel sagen durfte, die dem Wort einer Dohle Glauben schenkten und ihm folgten.

Gawin und Una hörten zu, mischten sich aber nicht in die Unterhaltung ein, weil sie eigentlich nur vom Bass Rock fasziniert waren, von dem sie gehört hatten, niemals aber daran dachten, Sulidenland betreten zu können. Daher fühlten sie sich wie die erlesenen Mantelmöwen, die mit einem Fergus und einer Aileen den Bass Rock einmal erleben durften, um auf einen noch faszinierenderen Menschen warten zu dürfen, dem sie ihr Leben verschrieben hatten. Für sie war das alles noch so unwirklich wie für Brian damals ihre Reise von England nach Russland oder für die Dohlen das Elfengesuch, man möge bitte die Wolfssprache für eine Menschenfrau übersetzen. Die Lariden genossen nur den für sie großen Augenblick, den sulidischen Felsen zu betrachten, auf dem man willkommen sei.

Und die vielen Seevögel an den Küsten Schottlands ruhten nicht mehr, seitdem ihnen mitgeteilt worden war, dass die Dohlen der Ältesten gekommen seien, um mit einer Naien für eine endliche Erde zu sorgen, auf der sie alle ein Auskommen finden würden, denn schließlich lebten sie schon so sehr viel länger hier als die *Äffischen*, wie die Seevögel die irdischen Menschen manchmal nannten, falls sie ihnen zu dumm gekommen waren. Man war informiert, und man war zu allem bereit. Einige gaben vor, die Naien bereits gesehen zu haben, die mit den Ältesten zum Strand in North Berwick gekommen sein sollte, hörte man sagen, wusste aber nicht, inwieweit es nur eine Legende, einfaches Möwengeschrei oder aber wahr gewesen sei. Hoffnung hatten sie jedenfalls alle und wollten ihr Bestes geben, zu dem sie in der Lage waren, um dieser Naien hier auf Erden zu helfen.

# XXIII

Gaire hatte die Reise für vier Personen nach Deutschland vorzüglich organisiert. Keiner hatte sich um irgendetwas kümmern müssen. Sie waren nach Edinburgh gefahren, hatten ihren Kleinbus in einem Bereich für Dauerparker in Ingliston abgestellt, waren in das Flughafengebäude gegangen und durch die Sicherheitskontrollen geschleust worden. Ein Beamter hatte die sonderbare Qualität von Brians Anorak bemerkt, als sie ihn zum Durchleuchten ausziehen musste. Auf einem Fließband lief sie durch die Röntgenanlage und kam auf der anderen Seite des Apparates heraus. Sie wurden nach Flüssigkeiten und elektronischen Geräten gefragt, worauf Camshron den Beamten trocken erwiderte, dass er außer seinen eigenen Körperflüssigkeiten, wovon er eine Menge habe, keine synthetischen Sprengstoffe bei sich führe, wobei er allerdings nicht mit Gewissheit sagen könne, ob seine Körpersäfte eben nicht explosiver seien. Rionnag konnte über die Provokation von Camshron nur den Kopf schütteln, und die Beamten winkten ihn durch, trotz des Restrisikos von detonierender Bioeffizienz eines Dunedins, wie Camshron später zum Besten gab.

Sie flogen über Frankfurt nach Hannover.

In Hannover hatte Gaire bereits einen Mietwagen für zwei Tage reserviert, mit dem man in den Nationalpark fahren wollte. Da nur Rionnag und Gaire Handgepäck bei sich hatten, Toilettenartikel einer Dame als Alibi fungierten, wie sie es nannte, denn sie brauchten nichts für sich, waren sie schnell durch die Zollabfertigung gegangen und warteten vor der Ankunftshalle des hannoverschen Flughafens auf Gaire, die das Auto abholen und vorfahren wollte.

Brian bemerkte leicht verklärt, wie sie sich instinktiv nach ihren Freunden umschaute, die jedoch nicht angeflogen kamen. Dann lächelte sie still in sich hinein, zog sich ihren Anorak enger um den Körper und fühlte sich zu Hause, was die beiden anderen bemerkten, während sie in der betriebsamen Hektik des Flughafens zwischen Hunderten von an- und abreisenden Menschen standen, die sich begrüßten oder umarmend verabschiedeten, telefonierten und sich über Empfangsstörungen beklagten, falls sie zu dicht an die anders gekleideten Gestalten kamen. Camshron wollte noch eine seiner typisch ironisch-sarkastischen Bemerkungen loswerden, als Rionnag ihn im Vorfeld darauf hinwies, dass es wirklich nicht nötig sei, jeden Menschen durch seine freundlich lebenshelfenden Kommentare zu beglücken, was er verstand und frohgemut Brian ansah, die schweigend zurücklächelte.

„Wenn die Leute hier wüssten, dass in uns drei Männeken …, äh, zwei Männeken und einer Naien, die Milliarden aller irdischen Menschen vereint wären …", flüsterte er zu ihr und konnte seinen Gedanken nicht ausführen, da Gaire bereits in einem Mietwagen sitzend hupte, was Rionnag bemerkte, da die Zufahrt zu dem Flughafenterminal durch Taxis versperrt gewesen war. Sie mussten über die Straße zu ihr laufen, was sie taten, und dann einstiegen.

Gaire war sich über die Verkehrsführung in dem Rechtsverkehr Deutschlands etwas unsicher, als Rionnag meinte, sie würde fahren wollen und es sich zutraien. Autos hupten bereits hinter ihnen, da sie den Verkehrsfluss behinderten, und Camshron sagte nur lachend, dass er ruhig die Leute hier etwas *anblaffen* könnte, wie er es nannte, da sie ihn hier sowieso nicht verständen. Dann war es schließlich ein Navigationsgerät, was sie durch den Verkehr lotste, wobei Gaire die deutschen Anweisungen Rionnag übersetzte, die kein Wort der fremden, blechern klingenden Sprache verstand. Und flugs waren sie auf einer der für ihre Geschwindigkeit weltberühmten Autobahnen in Richtung Süden auf dem Weg in den Hochharz nach Wernigerode.

Schon am Flughafen in Hannover war es bitterkalt. Klares Winterwetter und ein eisiger Ostwind, der in alle Richtungen verwirbelt wurde. Und nun auf dem Weg in ein kleines Mittelgebirge, das seinem Namen durch wenige Berge Ehre machte, aber kaum als Gebirge zu bezeichnen wäre, kehrte ein Winter ein, der jedem Felsen auf Erden Achtung abverlangt hätte, der den eisigen Frost und dessen schonungslose Umklammerung fürchtete.

Auf tief verschneiten und eisigen Straßen waren sie längst von der Autobahn abgefahren und auf auf dem direkten Weg nach Wernigerode. Sie fuhren auf schlängelnden Straßen durch weite Wälder, deren Bäume sich an den Straßenrändern unter der Schneelast bogen. Andere waren schon gebrochen und wohl auch auf die Straße gefallen, da man frische Sägearbeiten an noch duftendem Holz an beiden Straßenseiten sah. Rionnag hatte gehörige Schwierigkeiten, das Auto auf der richtigen Straßenseite zu halten, und bereits Räumfahrzeuge, die mit schweren Pflügen vorne und hinten mit Salz die Fahrwege offen halten wollten, machten ihr beim Ausweichen immer wieder Probleme. Camshron meinte schon, man hätte sich rechtzeitig auf die guten, alten Pferdestärken verständigen sollen, dann säße man jetzt nicht in einem Schleuderkäfig der Physik ausgesetzt, der gegen seinen natürlichen Sinn von Fortbewegung verstieße und gut für Astronauten sei, nicht aber für einen Dunedin, während Rionnag große Mühe hatte, das immer wieder rutschende und seitlich weggleitende Fahrzeug im Schneematsch der Straße fahrtüchtig zu halten, was für sie immer schwieriger wurde, ihr dann schließlich aber bis nach Wernigerode gelang.

Der Ort war voller Touristen, als es leicht zu schneien begann. Nasser, brauner Schneematsch lag in den Straßen. Die Menschen in ihrer Winter- oder Skibekleidung quetschten sich auf den Bürgersteigen förmlich aus dem Weg. Gaire meinte, man müsse noch etwas weiter durch diesen Ort zu einem etwas kleineren Dorf namens Schierke. Und von dort aus könne man dann auf den Brocken laufen. Camshron sah sie verwundert an, Rionnag gefiel die Idee der Wanderung bei diesem Wetter ganz und gar nicht, und Brian schwieg, schaute durch die leicht beschlagenen Scheiben und ließ die Dunedin das organisieren, was sie schließlich zum *Mons ruptus* bringen sollte. Dass man an jenem Tag dorthin wollte und musste, stand jenseits jeder Überlegung um das Wetter, um die Jahreszeit und um die Geländeform. Brian schaute nur unbeteiligt und fühlte sich innerlich entleert für das, was sie erfahren sollte. Sie bereitete sich auf ein Schicksal vor, von dem sie keine Vorstellung besaß, und ließ das geschehen, was geschehen sollte, während die Dunedin noch diskutierten, Rionnag über viele, unachtsame Passanten schimpfte, die ihr vor das Fahrzeug liefen und sie immer wieder bremsen ließen, sodass sie verärgert fragte, ob man das in Deutschland immer so mache, worauf keiner von ihnen zu antworten wusste. Ihr lautes Ärgern durch die heruntergekurbelte Scheibe verstand keiner der Passanten, da sie des Deutschen nicht mächtig war.

Aber schließlich passierten sie auch Wernigerode, als der Schneefall in größeren Flocken stärker wurde und sich die Atmosphäre verdüsterte, da ein Nebel aufgezogen war, der nur noch eine Sicht von kaum mehr als zweihundert Metern zuließ. Scheinwerfer entgegenkommender Autos, die vollkommen mit Schnee und Schneematsch befroren waren, mit kleinen Aussichten durch die Frontscheibe für die Fahrer, infolge unermüdlicher Scheibenwischer, die eben gerade noch genug für die Sicht wischen konnten, ohne eine wirklich sichere Verkehrtsteilnahme dieser Herrschaften zu gewährleisten, und Rionnag fuhr die Straße weiter empor, an deren Seite schon kein Wald mehr zusehen war. So grau war es geworden. Nur noch die unsicher matten Lichter des entgegenkommenden Verkehrs ängstlicher Frontscheinwerfer. Dann wieder Räumfahrzeuge und Traktoren mit Schneepflügen. Und wieder graue Düsternis nach den orangefarbenen Signallichtern.

Brian schaute durch die von außen anfrierende Seitenscheibe und gewann mit zunehmender Dauer der Fahrt an Sicherheit, während den Dunedin immer mehr Fragen entstanden. An einer völlig unübersichtlichen Straßenstelle plötzlich meinte Brian fast apathisch, dass man angekommen sei, und forderte Rionnag zum Bremsen auf. Die Dunedin schauten sich überrascht an, denn es war nichts, wo man hätte auf dieser Straße in jenem Moment ankommen können.

„Nein, Patty. Wir müssen noch höher …", meinte Gaire, die scheinbar ein konkretes Bild von dem Ziel hatte. Doch Brian hörte sie überhaupt nicht und bestand darauf, anzuhalten. Sie wollte aussteigen und zu Fuß weiterlaufen, als Camshron, der neben ihr saß, sie darauf hinwies, dass man bei diesem tiefen Schnee nicht in das Gelände laufen könne. Er sei einfach zu hoch. Und die Gefahr, dass Bäume in dem Wald unter der Schneelast brächen, sei enorm. Außerdem die Temperatur, die für längere Wanderungen in den Bergen tatsächlich auch für einen Ältesten nicht geeignet war.

„Wir sind da und steigen aus", wiederholte Brian mit weltfernem Blick und letztendlicher Sicherheit.

„Gut. Dann muss ich hier irgendwo den Wagen stehen lassen", meinte Rionnag. Sie hörte hinter sich nervöse Autofahrer hupen, bemerkte, dass sie fluchten und sah sich auch schon einen Rückstau auf der schneeglatten Straße verursachen, wodurch sie hinter dem Steuer etwas nervös wurde, ob des Aufsehens, das man erregte.

Camshron seufzte einmal tief, sagte dann, er würde mit Brian aussteigen, und sie sollten weiterfahren. Man würde sich telefonisch miteinander absprechen, wo Rionnag eine Parkmöglichkeit gefunden hätte, als Brian auch schon die Seitentür aufdrückte, die etwas zugefroren war und Camshron ihr auf der anderen Seite aus dem Auto hinaus folgte. Sie schlugen die Türen wieder zu, Rionnag fuhr seitlich rutschend am Hang an, konnte das Fahrzeug jedoch abfangen, als die anderen Autofahrer wüste Flüche spuckten, die Camshron hörte, aber nicht verstand. Sie zeigten mit ihren Gesten, dass sie sie für irrsinnig hielten, als Brian auch schon über die Straße gelaufen war und am Böschungsrand in den hohen Schnee sprang. Camshron setzte sich noch mit den seiner Meinung nach *falsch fahrenden Deutschen* gestikulierend auseinander, bis der Weisheit letzter Schluss sein demonstrativ gestreckter Mittelfinger war und er Brian folgen musste, damit er sie beschützen könnte.

Die Straße war in dem Moment verschwunden, als er Brian in den tiefen Schnee unter die gefährlich beladenen Waldbäume folgte, die ächzend mit der Last zu kämpfen hatten. Nebel, der nun gefror, und eine Winterlandschaft, die dem Auge schmeichelte, dem Wanderer aber den sicheren Tod zu bringen vermochte.

„Patty! Du weißt, was du tust?", rief er in den klanglosen Wald seinem Mündel hinterher, als sie sich zu ihm umdrehte und den Kopf schüttelte.

„Nein. Ich weiß es nicht, Lime. Aber ich muss es tun", rief sie freundlich, jedoch ernst.

„Mädchen, Mädchen …, hoffentlich geht das hier gut. Ein Windstoß, und wir werden hier bis zum Frühjahr eingefroren. Kryotherapie habe ich mir anders vorgestellt", sagte er und folgte ihr tiefer in den Wald hinein, der sich zunehmend verdunkelte. „Jedenfalls für mich, Patty. Du kannst scheinbar nicht mehr erfrieren."

„Doch. Von innen, Lime", sprach sie als Naien zu ihm, und er erschrak für einen Moment, da eine Verwandlung vonstattenzugehen schien, die einen offenen Ausgang haben würde.

„Alben erfrieren von innen?", fragte er nach, während er durch den tiefen Schnee stapfte und ins Schwitzen geriet.

„Ja", erwiderte sie und sank kaum in den Schnee ein, was auch Camshron bemerkte. Er hatte um jeden Schritt zu kämpfen, während sie nur lief. „Von innen", meinte sie, was Camshron in der Deutlichkeit der Aussage neu war, da ihm eine Naien niemals etwas zu erklären hatte. Und so liefen sie unter den gefährlich knirschenden Gehölzen des Waldes einige Minuten weiter.

Brian war darauf bedacht, wenigstens eine kleine Furt durch den hohen Schnee für Camshron zu bahnen, da es sie nicht anstrengte, was er dankbar bemerkte. Obwohl er tief in den feinen Schnee sank, während er immer wieder zu den Bäumen hinaufschaute, die wahrhaft bedrohlich mit Schnee bedeckt waren. Und trotz aller Tortur erbat er kein Mitleid für sich, da es um höhere Ziele zu gehen schien, als selbstgefällig seiner Bequemlichkeit und seinem faulen Egoismus zu gehorchen, die eine solche Wanderung sicher nicht zugelassen hätten. Bereift war auch Brian und bedeckt von Schnee. Aber sie atmete nicht so schwer wie Camshron und fand zielsicher einen Weg zu einer Stelle mitten im Schneewald, der unter seiner Last jeden Augenblick in jedem einzelnen Stamm zu bersten drohte, als Brian dem Dunedin plötzlich gebot, stehen zu bleiben. Seine Brust hob sich auf und ab, seine Erschöpfung dröhnte in seinem Schädel, er prustete und legte eine Hand an einen Baumstamm, als sein Schweiß ihn an den krampfenden Beinmuskeln frieren ließ.

„Hörst du die Quelle, Lime?", fragte sie mit fernem Blick.

„Nur meinen Herzschlag. Bis in den Kopf", erwiderte er, was sie unberührt ließ. Sie begann mit den bloßen Händen im

Schnee zu schaufeln, als gäbe es keine Kälte, keinen Frost, keine Erschöpfung. Und Camshron erholte sich langsam körperlich, gleichwohl ihm seine Beine, ob der niedrigen Temperaturen und des sehr tiefen Schnees, zu schaffen machten. Die Gefahr, brechender Baumkronen stellte er nun der wahrscheinlicheren Gefahr von Erfrierungen hinten an. „Patty, was machst du da nur?", fragte er laut, und sie versuchte auf den Grund des Schnees zu kommen, weil sie eine Quelle in der Tiefe zu hören meinte. „Das ist ein Quellgebiet für einige Flüsse", sagte er ihr schließlich, aber es schien ihr um diese bestimmte Quelle zu gehen, falls es unter dem Schnee eine solche geben sollte, die Camshron nicht hörte, als von einem der Bäume eine gewaltige Schneemasse durch den Wind in den Kronen und Wipfeln heruntergeschüttelt wurde. Und mit einem dumpfen Aufschlag fiel der ausgefrorene Schnee nur wenige Meter neben sie. „Es wird dunkel. Und nun fängt das Spektakel erst richtig an, lustig zu werden", sagte er ironisch, was Brian auf der Suche nach der Quelle in der Tiefe nicht hörte.

Bestimmt einen Meter hatte sie sich bereits in den Schnee vorgegraben, als ein leises Plätschern zu hören war. Auch Camshron entging dieses Geräusch nicht. Etwas derangiert, mit kaum zerschundenen oder entkräfteten Händen, erhob sich Brian, schaute den Dunedin an und sagte, sie seien auf dem richtigen Weg.

„Das ist eine der Adern dieser Erde, mein Freund, die mich zu dem werden ließen, was ich bis heute bin", atmete sie tief ein und schaute zurück auf einen kleinen, an die Oberfläche quellenden Wasserlauf. „Und er strömt ins Meer …", sagte sie schon abwesender. Camshron kam langsam heran, besah sich den Quell, dachte, dass jeder Fluss in ein Meer fließe, empfand nichts außer Durst und fragte, ob er aus dieser Quelle etwas trinken dürfe oder ob es den Naien ein bedeutender Ort sei, was Brian verneinte

„Trink", sagte sie ihm, um ihn danach zum Weiterlaufen aufzufordern, was er in Diskussion stellen wollte.

„Es wird zu gefährlich, Patty. Die Nacht kommt. Und der Wind. Das sind zwei Probleme auf einmal, von denen eins für uns schon nicht zu bewältigen ist. Und meine Beine erfrieren mir. Irgendwo suchen wir uns einen Felsvorsprung und laufen dann morgen weiter", bat er. „Ich brauche Ruhe. Und du musst mir mit den Beinen helfen, bitte. Ansonsten habe ich morgen tote Klumpen."

Brian überlegte einen Moment und wunderte sich, warum sie die Kälte nicht spürte, die sie vor Kurzem noch in Norwegen ebenso umgebracht hätte wie Camshron jetzt. Die Erinnerung daran war vorhanden, aber die Gegenwart ließ sie etwas anderes spüren.

„Ein Feuer machen? Dir als Dunedin?", fragte sie.

„Ja. Heute Nacht. Einmal ein Feuer", meinte er etwas angeschlagen, verzweifelt und zitternd.

„Du erinnerst dich, was Seamus sagte in Bezug auf meinen Anorak?", fragte sie ihn weiter, und er gestand, dass er es tatsächlich vergessen hatte.

„Es stimmt. Kein Feuer, Patty. Aber irgendwo einen Platz unter einem Felsen, oder aber ihr seid morgen nur noch zu dritt", meinte er und sie begann mit ihren Augen einen Platz in der näheren Umgebung zu suchen, der geeignet schien, Camshron aus der Kälte zu bekommen. Sie entdeckte eine Granitformation von Steinen, die wohl eng verschneit zusammenstanden, an ihrer Basis aber Spalten zu besitzen schienen, in denen man vielleicht übernachten könnte. Und sie lief los, begutachtete den Lagerplatz, befand ihn für ausreichend, rief Camshron, der mit steifen Beinen aus den Hüften heraus humpelte, aber den Weg gerade noch schaffte.

„Hast du Empfang mit deinem Telefon?", fragte Brian und entfernte sich einige Schritte von Camshron, der daraufhin ein Signal bekam. Er sollte Rionnag anrufen und fragen, wo sie sich aufhalten würden, was er tat und tatsächlich mit den Dunedin sprechen konnte.

Sie sagte Camshron, dass sie bereits auf dem Gipfel des Berges seien und dass sie Schutz vor einem furchtbaren Sturm hinter einem Lokal gefunden hätten, das geschlossen sei. Und der ganze Berg schien *geschlossen* zu sein, wie sie es ausdrückte. Imposante Schneewehen, und sie würden nur auf ihn und Brian warten, damit man so schnell wie möglich wieder fahren könne. Es sei unerträglich kalt. Und als Rionnag dann hörte, wie es Camshron in dem Schneewald ging und dass er wahrscheinlich erst morgen in der Lage sei, auf den Gipfel zu steigen, weil seine Beine langsam zu erfrieren beginnen würden, machte sie sich allergrößte Sorgen, da sie Camshron so nicht kannte. Ihn hatte niemals etwas umgeworfen, und kein Vorhaben, das er anging, brachte er nicht auch zu einem Ende.

„*Und Patty? Was ist mit Patty?*", fragte sie fast ängstlich, was Camshron wegen des brüllenden Sturmes auf dem Gipfel, den er durch das Telefon hörte, kaum verstand.

„Patty, meinst du? Es geht ihr gut", schrie er durch Rionnag animiert zurück.

„Stelle sie laut, Lime. Ich will mit ihr sprechen", sagte Brian aus der Entfernung, was er tat, und nun hörten die beiden den heulend keifenden Wind des Gipfels aus dem Lautsprecher, obwohl sie Schutz hinter einer Hauswand gesucht hatten, wie Rionnag sagte.

„*Was sagst du?*", schrie sie in das Telefon. „*Ich kann dich nicht verstehen.*"

„Ash, hörst du mich?", rief Brian, und Rionnag bestätigte, sie gehört zu haben. „Bleibt, wo ihr seid. Ich komme zu euch rauf", rief sie.

„*Du kommst zu uns?*", fragte sie nach.

„Ja. Bleib, wo du bist. Ich kenne den Weg", meinte Brian urplötzlich und fühlte sich sicher, dort schon einmal gewesen zu sein. „Hörst du?!"

„*Ja. Gut*", schrie Rionnag ins Telefon und brach das Gespräch ab, als auch Camshron auflegte und sie zweifelnd ansah.

„Lime, du brauchst Hilfe, damit wir das gemeinsam beenden können. Ich hole Ash und Cherry …, und dann bringen wir dich zusammen von dem Berg", sagte Brian, schaute ihm in die hellen Augen seiner dunklen Gesichtshöhlen, indem er sich steifbeinig aus dem Schnee schleppte und an einem Granitfelsen einen Platz für seinen Rücken fand, an den gelehnt er seine tauben Beine mit den Händen aus dem Schnee ziehen konnte. „Es ist nicht weit zum Gipfelplateau. Und ich bin schnell wieder zurück, mein Freund."

„Ich weiß …, und es tut mir leid", sagte Camshro beschämt, der das in seinem gesamten Leben noch nicht an Schmach erlebt hatte, an einem Berg in einem gefährlich ächzenden Gehölz durch Kälte gelähmt zu sein.

„Ich komme gleich wieder", meinte sie zuversichtlich und ließ ihm zu Ehren sogar ihren Anorak zurück, den sie ihm über die Knie legte. Und Camshron erschrak.

„Das darfst du nicht tun, Patty. Es ist deiner", sagte er entsetzt.

„Willst du einer Albe sagen, was sie tun darf und was nicht? Bestimmt nicht. So darf ich es sehr wohl, da ich die Entscheidung für meine rechte Hand treffe. Und du wirst hier keinen Schaden nehmen", sagte sie, drehte sich um und sprang mit einer Leichtigkeit durch und über den hohen Schnee, dass er nicht glauben konnte, was er sah. Und als sie in der nahen Dunkelheit verschwunden war, saß er an einem von Schneehauben gekrönten Granitpluton, dessen Nischen frei des weißen Kristalls waren, mit dem Fellanorak Brians über den Beinen, der seinem Körper Wunder tat, da er die Schmerzen des Frostes in seinem Fleisch nicht mehr spürte. Kalter Atem als Raureif in seinem Haar und eisige Finger, die er auch unter den Anorak Brians steckte, und Ruhe, die in seinen Körper einkehrte.

Ein Wald, der zu sprechen begann, und ein Wind, der über den Kronen zu hören war. Knisterndes Verlangen nach seinem Leben, was einst die Irdischen mit seinen Vorfahren nicht schafften: Hier wollte es der *Zerbrochene Berg* spät, aber sicher anmahnen. Sein vergessenes Leben, das er gegen jede Vernunft gelebt und gelitten hatte. Ein Leben, dem der Menschen so entsprechend und dennoch so unähnlich. Und wieder ein Schicksal an dem verfluchten Berg. Diesmal das seine, denn Brian hatte einen Schneesturm für sich gesucht, um dem Gebiet seinen Schrecken für sich zu entnehmen. Ob gefügt oder unbewusst: Es wäre ihre Zeit, meinte er, und hörte die unheimlichen Geräusche dieses Waldes, der unter den Schneemassen erdrückt zu werden drohte. Und immer wieder dumpfes, schwaches Frontfeuer und ein kurzes Vibrieren, wenn das Schnee-Eis aus einem der Bäume herausfiel und in den Pulverschnee des Bodens schlug. *Nur keinen Regen*, dachte er. *Keinen Blitzregen jetzt*, damit die Bäume nicht brechen und alles Leben unter sich begraben würden. Und in der Dunkelheit stöhnte das Holz klagend, das dem Leben mehr gab, als ein Schneesturm ihm jemals nehmen konnte. Der Pelz Brians war faszinierend, dachte er und widerstand jeder Versuchung, ihn an sich zu drücken. Er berührte ihn nicht mehr, als er ihn berühren durfte, und sah sich in einem Nordland an einen uralt murmelnden Stein gelehnt sitzen, der ihm sagte, dass man da sei. Camshron dachte noch, dass er in seinem Leben so müde gewesen wäre, dass er selbst Mülleimer sprechen gehört und Steine laufen gesehen hatte. Und diese sagten ihm wieder, dass es Zeit sei, aufzustehen und Brians Anorak seinem Eigentümer zurückzugeben, was er widerwillig tat.

„Selbst Mülleimer, so wahr ich Lime Camshron heiße …", faselte er noch, als Rionnag und Gaire ihm unter die Arme griffen und lachend meinten, dass das das ehrlichste Kompliment sei, was sie seit Jahrhunderten von ihm gehört hätten. Und selbst Brian musste lachen.

„Lime? Bist du bei uns?", fragte Brian, und der nickte nur mit seinem vereisten Haupthaar und den bereiften Augenbrauen.

„Bis zum Ende …!"

„Dann setze einen Schritt vor den anderen. Und wir bringen dich zu dem Wagen, mein Bruder", sagte Rionnag nachdrücklich. „Einen Schritt vor den anderen …"

„Natürlich. Wie auch sonst", stammelte er und gab sich, von den verschneiten Frauen gestützt, größte Mühe, die Kontrolle über seine Beine wiederzugewinnen. „Der Schnee und das Eis fressen mich nicht."

„So ist es recht, Lime", lachte Cherry. „Ein Scheißberg, der uns nicht auffressen wird. Eher räuchern wir dich … und genießen dich dann mit Pflaumen." Camshron musste flach lachen.

Der Schnee war sehr tief geworden, obwohl der Weg, den Brian in der nun angebrochenen Dunkelheit beschritt, zum Gipfel tatsächlich nicht sehr weit gewesen war. Und sosehr sie den Wald wegen der Schneelast gefürchtet hatten, tobte nun auf dem Gipfel mit seinem Funkturm, seiner Wetterstation und seinem Restaurant ein Sturm, der jeden Felsen schliff.

Sie näherten sich von Norden dem Gipfel, der nicht zu sehen war, wegen des peitschenden, kreischenden Windes und der zu schnell hereingebrochenen Dunkelheit. Leichte, ferne, verwehte Lichter der hohen Wetterstation konnte man sehen, als die beiden Dunedin den dritten unter den Armen stützend gegriffen durch den flachen und härter werdenden Schnee führten und nun auf einer eisig polierten Fläche mit ihm standen, auf dem es keinen Halt mehr gab. Der Schutz des Waldes war aufgegeben worden.

„Scheiße. Wir müssen runter – von diesem verdammten Brocken!", schrie Gaire gegen den lauter schreienden Winter. „Die Kälte ist hier grauenvoll. Mörderisch."

„Lasst uns auf Händen und Füßen zu der Straße kriechen. Und Lime ziehen wir hinterher. Sonst schaffen wir es nicht", schrie Rionnag zurück, als der Wind in gnadenlosen Böen Maß nahm, um den Dunedin ihre Endlichkeit zu zeigen, während Brian aufrecht stand, sich gegen den Wind kaum zu stemmen schien, ihren Pelzanorak nahm, den sie von Camshron zurück-bekommen wieder auszog und ihn den Dunedin gab. Offenbar konnte sie besser sehen und mit der Eiseskälte umgehen, als die Ältesten es in jener Dunkelheit vermochten.

„Was machst du?", schrie Rionnag, die auf dem Boden lag.

„Ich habe eine Verabredung. Mit der Vergangenheit", sagte Brian plötzlich und war den beiden Frauen verständlich, ohne in den Sturm zu schreien. „Schreit nicht gegen den Wind", meinte sie. „Flüstert mit ihm, und ihr vermögt euch zu hören", sagte sie ruhig, stand grau in dem Sturm, als gäbe es ihn nicht, und leuchtete mit ihren Augen in die Gesichter der bereits am Boden liegenden Dunedin.

„Du kannst noch nicht so weit sein, Patty. Der Berg hat keinen von uns geschützt", schrie Rionnag, als Brian lächelte.

„Das finden wir heraus, und falls, dann sollte er sich schämen", sagte sie, während ihr auf der Brust bereits der Schnee zu Eis ge-fror. „Bringt Lime zum Auto und wartet auf mich. Ich atme den Wind ein, damit ihr Zeit gewinnt", meinte Brian erstaunlich ruhig.

„Er vereist deine Lungen!", schrie Gaire. „Tue das nicht", doch Brian stand ungerührt, während die drei sich auf dem Boden festkrallten, um nicht fortgeblasen zu werden. „Hörst du nicht?", und Brian stand unbewegt als Silhouette und strahlte eine Sicherheit aus, die furchterregend war, gleichwohl der Sturm sich nicht legte, sondern in Böen noch an Kraft gewann, um diesem Menschenkind Einhalt in seiner Dummheit zu gebieten und es Demut zu lehren.

„Geht!", rief sie. „Geht. Und geht jetzt."

Doch der Sturm ließ nicht nach.

„Lass uns Lime auf die Straße ziehen", schrie Gaire, und langsam schoben sich Rionnag und Gaire dicht auf den eisigen Boden gedrückt voran; sie hatten die Jacke von Camshron an den Schulterteilen gepackt, Brians Pelz fest um seine Beine gewickelt und schoben sich Stück für Stück mit ihren Füßen langsam zu der gesperrten Straße, die heraufgeführt hatte, um Touristen einen possierlichen Berg vorgaukeln zu können, dem ein gutes Geschäft den Steinhoffs zu jeder Zeit folgte, die seit Jahr und Tag Eigentümer der Lokalität des Brockens waren. Und die beiden Dunedin schafften es trotz des verheerenden Windes, allmählich zu der glatten Anfahrtsstraße zu gelangen, mit Camshron an seinen Schultern im Schlepp.

„Lime, kannst du mithelfen?", schnaufte Gaire schon vollkommen außer Atem. „Meine Hände frieren mir fast ab. Kannst du auf allen vieren kriechen?", fragte sie, was Brian noch im Wind hörte, bevor sie das Eis auf ihrer Haut spürte, an Norwegen dachte und ein noch ferneres *Ja* von Camshron durch den Sturm an sie herangetragen wurde.

Und sie spürte eine Kälte in den Lungen, hörte die Gewalt in ihren Ohren, fühlte Eis unter ihren Sohlen und zog sich die Wanderstiefel aus, die sie trug, um den Boden unter dem Eis zu spüren. Fühlbar sank ihr Puls, und Schneekristalle schnitten in ihr Gesicht. Gefroren die Haare zu schlagenden Zapfen, als sie zu summen begann und die Augen schloss.

Sie drehte sich in den Westen und schaute innerlich um sich herum, als Zwergstrauchheide unter ihren Fußsohlen kitzelte und sie zum Lächeln brachte. Sie sah die Quellgebiete des Brockenbettes östlich des Berges und westlich die Ecker und die Oder. Ruhig setzte sie sich in den Sturm und fragte, weshalb sich dieser

Stein unter der Heide schämen sollte. *Was ist dein Geheimnis?*, summte sie melodisch. *Wieso bist du die Wiege?*, und der Brocken antwortete nicht. *Wieso trägst du es allein und teilst es nicht mit mir, die ich kommen musste und nun gekommen bin?*, summte sie weiter vor sich hin in den tobenden Sturm, der ihr nichts anhaben konnte. Und der *Zerbrochene Berg* schwieg, als hätte er sich selbst vor Jahrtausenden verlassen. Brian saß und weitete die Augen, da von den tiefdunklen Wäldern Lichter herankamen.

Brian hockte barfuß auf dem Boden, als das Eis langsam unter ihr zu tauen begann, der Schneefall nachließ und der Sturm sich legte. Und das Eis floss in Wasser unter ihrem Körper fort, als sie in hohen Gräsern auf dem Berg saß, Felsenrücken sich hinter ihr erhoben, ein Mond aufstieg, der gerade vor der Sonne zu fliehen begann und Lichtpunkte zwischen den Bäumen wie Glühwürmer schwirrten. Es war still um sie herum geworden. Fantastische Stille auch in ihr. Unter ihren Händen spürte sie den feuchten Boden, und Wasser lief ihren Körper hinab. Sie spürte Freude und Wohlempfinden und wanderte mit ihrem Blick durch einen waldigen Schrein der alten Zeit. *Zeit war gekommen, um sich zu geben und sich wieder zu nehmen*, dachte sie, und unangemessen war jede Frage der Scham an einen Berg gerichtet, selbst da er das Attribut *zerbrochen* besaß. Hüpfende Lichter, als seien sie von Menschen getragen in der Dunkelheit eines schattigen Mond-lichtes, das der Waldgrund nicht erhellte. Und der Boden, der sich wehrte, von etwas anderem als von der Sonne erstrahlt zu werden. So sprangen die Lichter wie Amplituden und pendelten, wippten auf und ab, und Brian erfreute das Sehen und hoffte dem fröhlichen Morgengrauen entgegen, das an jenem ruhigen Tag nicht Morgen, sondern Grauen barg.

Hastiges Knacken im Unterholz und flüsternde Stimmen ganz nah. Man bewegte sich leise, doch in Aufruhr vor Angst. Schattenartige Umrisse raschelten über den Waldboden, und sie empfand die leichten Erschütterungen von vielen, flink laufenden Beinen und schweren Körpern, die den Waldboden erzittern ließen. Knackendes, trocknes Geäst wurde lauter, und die tuschelnden Stimmen drangen dichter an sie heran. Von Norden schienen sich mehr auf den Berg heraufzubewegen, denen ein schwerer Atem vorausging. In der Ferne noch die Lichtpunktamplitude, während nahe, sodass Brian es sehen konnte, Stimmen in Furcht und Panik Eiliges flüsterten, und dann ein weißes Grau zwischen den Bäumen die alten Nadelgehölze kurz erhellte, dem ein Summen wie ein wellender, wohlklingender Teppich durch den Wald folgte, das die Hölzer ob der Schönheit des Tones widerklingen ließ. Harze lagen in der Luft, zum Entfachen schwer, als die ersten, erschöpften Gesichter zwischen Gesteinquadern erschienen. Angstvolle Augen in tiefen Höhlen und verwundete Körper, sah und spürte sie, und in ihrer Mitte neun helle Gestalten, die bläulich, glänzende Gegenstände trugen. Gesichter keiner Menschen und ihnen doch so ähnlich, als könne man ihre feinen Züge menschlich beschreiben. Und die anderen, vielleicht einhundert, vielleicht mehr, die nun wie eine versprengt geschlagene Kohorte einer Garnison aussahen, verwundet, unsicher, schmutzig einer kläglichen Schande, die über sie hergefallen schien. Und sie waren in Aufruhr. Und Stimmen, die deutlich klangen und meinten, man müsse den Gipfel des Berges erreichen, um sich besser verteidigen zu können. Vielleicht dort oben endlich die Macht eines Albensternes. Man sagte, dass die Naien nicht in ihre Hände fallen dürften, und schweißgetriebener Atem um sie herum.

Brian stand in ihrer Ruhe auf und sprach, doch niemand hörte sie. In raschen, waldgewandten Schritten, rannten die Menschen den Berg hinauf. Katzengleich nahmen sie die felsigen Hindernisse, und andere unter ihnen umringten die neun Naien, die erhobenen Hauptes ohne jede Furcht von den Ältesten beschützt wurden. Sie waren auf der Suche nach einem Fluchtweg. Ihre stark riechende Kleidung war teils zerschlissen, und der Schmerz einiger Körper war zu spüren. Blut an allen Händen, nur an denen der Naien nicht. So trieben sie sich durch den Wald und hofften vergeblich.

Diejenigen, welche vorangegangen waren, kamen mit großen Augen den pfadlosen Hang hinab und riefen, dass die *Äffischen* auch von anderen Seiten kämen. Man sei umzingelt, und falls es keinen Albernstern auf dem Gipfel gäbe, werde hier ein Berg unter dem Tod der Naien zerbrechen. Die Alben sprachen nicht. Sie hielten einen schwertförmigen, metallisch glänzenden Gegenstand in ihren Händen, dass jedem gemäß seiner Größe geschmiedet schien. Brian war erstaunt. Sie war von Fassungslosigkeit ergriffen, als die Ältesten mit den Naien in ihrer Mitte dem Gipfel entgegenliefen, der kaum fünfzig Meter über ihr lag. Und der wundervolle Duft flüssigen Harzes aller Bäume, das aus dem Holz die Rinden hinablief, betörte sie. Niemand nahm sie wahr. Niemand sah sie, doch sie spürte die Angst, die die Dunedin trieb, und die Gleichheit der Naien, die einem jeden Umstand empfindungslos begegneten.

Was war dem vorausgegangen? Weshalb und wo hatten sich die Dunedin verwundet oder verwunden lassen? Und wieso fühlten sie sich von wem umzingelt – eingekesselt auf dem *Mons ruptus?* Das war, was sich Brian fragte. Dann brach Hektik aus, als man erfuhr, dass auch Lichter an jenem Morgen aus dem Süden, dem Osten und dem Westen auf den Berg zuzuschaukeln schienen. Tausende. Wie Irrlichter blinkten sie auf, reihten sich nebeneinander und zogen durch den Wald den offenbar Fliehenden hinterher. Brian stand auf und konnte keine weiteren Menschen sehen als jene, die an ihr, die Naien schützend, vorbeigeeilt waren. Und sie spürte kein Echo neuer Schritte in dem Boden. Keine Vibration anderer, die vielleicht die Flüchtenden verfolgten. Oder die Verfolger wären sich ihrer Sache so sicher, dass sie sich nicht eilen mussten. Brian jedenfalls folgte der Schar der Dunedin und sah, wie wenige von ihnen auf einem hohen Gipfelfelsen standen und ängstlich in alle Richtungen blickten. Sie besaßen keine Waffen, sondern nur ihr intelligentes Geschick, was sich kaum bewähren würde, wären die Lichter von Menschen getragen, die ihren Streit ausfechten wollten. Auf dem Gipfel war zu sehen, was die Dunedin befürchteten.

Aus dem grauen Nebel heraus, der von unten gelblich lodernd angeleuchtet war, zog sich ein sich schließender Kreis um den Berg, der ihnen jede Chance zu entkommen nahm. Und immer wieder die flehentliche Frage der Ältesten, ob man nicht einen Albenstern öffnen könne, was die melodisch summenden Naien verneinten. Es gäbe keinen, der sie durch die Tore der Naien hätten fliehen lassen können. Dann spürte Brian die wachsende Entschiedenheit der Ältesten, sich jedem zu stellen, der es wagen würde, den Naien zu nahe zu treten, und sie beratschlagten die Taktik. Ein Entkommen war unmöglich, als sich der Lichterkreis unter dem Nebel bedrohlich enger um den Gipfel des Brockens schloss. Als sie hören wollte, was die Dunedin untereinander besprachen, sah sie eine der Naien auf den höchsten Granitplutonen steigen, sich dort unbeweglich hinstellen, und erkannte etwas wie ein Langschwert – oder eine kürzere, scheinbar metallische Lanze in seiner Hand, die er vor sich stellte, sie mit beiden Händen umklammerte und stoisch in sich ruhte, während sich die anderen acht Naien erhabenen Stolzes um den Felsbrocken herumstellten, ihre glänzenden Lanzen mit einer Passierstange mit der Spitze vor sich auf den Boden setzten und abwarteten, während die Dunedin sich hastig berieten.

Erst dann, in der Stille des Morgens, begann der Boden unter ihren Füßen leicht zu vibrieren. Es gab keine Geräusche. Es gab auch keinen Schlachtengesang. Es gab keine Krieger. Und keine Heeresordnung. Es gab nur eine Gefahr. Ansonsten gab es nichts, von dem sie gewusst hätte, als die Dunedin aufstanden, sich zu den Naien stellten und jedem eine Hand der Naien auf die Stirn des gebeugten Kopfes gelegt wurde, bevor sie sich schweigend blank aller Waffen vor sie stellten und warteten. Und dieser Morgen wurde dunkler. Eine verdunkelnde Front zog aus dem Nordwesten über die frühe Sonne heran und verhieß unabwendbares Unglück. Der Schatten strich schneller als der Wind heran, der den Dunedin in den langen Haaren und auf dem Gesicht spielte, das sich keinem Schicksal ergeben würde. Entschlossen ruhige Züge in ihren Gesichtern und die Angst der Unabänderlichkeit gewichen. Stolzer als die Naien, standen die Ältesten vor ihnen, mit den gefalteten Händen vor der Brust, und sahen in den Himmel auf den sich über sie zu werfen scheinenden Schatten, der sich, je näher er kam, in Millionen Punkten unzähliger Flügelpaare auflöste.

Es waren die Seevögel, die sich mit großem Geschrei zu den Dunedin und den Naien begaben. Und während noch Hunderttausende an dem Himmel kreisten, ließen sich nur eine Handvoll zu den Ältesten hinab. Ein Basstölpel legte seinen Schnabel in die Hand eines Dunedins, der sich zu ihm herabkniete. Es wurde etwas besprochen, was Brian nicht hören konnte. Und einen Moment später schien es, als würde sich der Ring der Verfolger mit den Lichtern unter dem Nebel nicht enger ziehen. Die Vibrationen der Schritte verklangen, die auf den Waldboden getrommelt waren. Für Momente schien es, dass es eine Aussicht auf eine friedliche Verständigung gäbe. Dann flogen die Suliden und Fulmare, die gelandet waren, wieder hoch zu ihren Artgenossen und bildeten eine riesige Spirale, in der sie über den Ältesten und den Naien kreisten. Es war ein gewaltiges Szenario an jenem Morgen, an dem die Sonne nicht mehr aufgehen sollte.

Dem großen Geschrei folgte die unerträgliche Stille. Und zum ersten Mal bemerkte Brian, dass sie die Vögel nicht fliegen hören konnte. Sie spürte auch die Unsicherheit der Verfolger in dem Wald, die sie noch nicht gesehen hatte, und bemerkte die nun ruhige Haltung der Dunedin, die abwartend allem und jedem begegnen konnten. Danach kam Bewegung in den Boden, die sich langsamer als zuvor näherte, und der Himmel war eine einzige Spirale der Vögel, die ihn kreisend verdunkelten. Nebel kroch an den Flanken des Brockens empor und züngelte ihnen entgegen, während Brian stand und im Nebel den Brandgeruch der Fackeln roch, die sie aus der Ferne für Lichtamplituden gehalten hatte. Dann die ersten Gesichter, die sich ängstlich zwischen den Stämmen der Waldbäume herausschälten, die die Schmach des Tages anschließend nicht ertragen würden und des nächsten Morgens starben.

Menschen, beharrt und rau, noch wilde Barbaren mit Holzspießen und klobigen Steinäxten. Jäger – keine Krieger. Erfahren wohl im Jagen und Töten – nicht aber in unerwartet intelligenter Gegenwehr eines Gründergeschlechtes. Und so kamen sie in gebeugtem Gang in Fellen, bärtig und stinkend wie die Tiere, die sie fraßen, durch den Wald, zwischen den großen Steinblöcken und Baumstämmen des *Mons ruptus* hervor, hielten ihre Fackeln über sich, bleckten ihre schmutzigen Zähne, die verstummelt hinter spröden, rissigen Lippen lagen, und schlichen wie Raubtiere näher an die wenigen Dunedin und neun Naien heran. Dann schauten zu dem Himmel hinauf und erkannten die Myriaden von Vögeln, aber kannten ihre Art nicht, da sie nicht an den Küsten lebten. Und Gemurmel breitete sich aus. Aus dem Norden erschienen die ersten Barbaren, dann die aus dem Osten, Süden und schließlich jene aus dem Westen. Sie waren eingeschüchtert, verängstigt und trotzdem getrieben von einem gemeinsamen Ziel, das sich Brian nicht denken konnte. Trotz der zahlenmäßigen Überlegenheit richteten sie ihre langen, gespitzten Holzlanzenspeere tausendfach gegen die unbewaffneten Dunedin, die sich im Kreis um den Felsblock gestellt hatten, auf dessen oberster Spitze die eine Naien gebieterisch stand und um die herum sich die anderen versammelt hatten, mit den Gesichtern zu den Evolutionären, die nun von allen Seiten bis auf etwa einhundert Meter an die Ältesten herangekommen waren. Immer wieder schauten sie zu den Vögeln nach oben, die in einer unglaublichen Spirale aus Unzähligen schweigend über dem Schauplatz kreisten und scheue Furcht unter den Irdischen erzeugten. Sie konnten die Himmelsbewegung nicht einschätzen, noch waren sie auf etwas Derartiges vorbereitet, da sie niemals zuvor einen solch intelligenten Schwarm gesehen hatten. Und schleichend murmelnd näherten sie sich geduckt, als aus ihren Reihen wild maskierte Männer hervortraten, die etwas wie Stammeszeichen als Standarte trugen. Farbige Sande in das Gesicht als gräuliche Maske geschmiert und an Holzstangen gebundene Symbole, aus Knochen und Horn geschnitzt, mit Federn verziert. Skelettierte Tierschädel waren auf die Stangen anderer gesetzt. Knochenketten als Fetische, Krallen, Schnäbel und Vogelfüße. Verwegene, unruhige Augen, die benommen aus dunklen Höhlen herausschauten. Und diese Schamanen – oder waren es Stammesführer – traten vor die ungeordneten, hordischen Reihen derjenigen, die von den Dunedin zuvor *Äffische* genannt worden waren. Die anderen – und kaum dass alle Angreifer aus den unterschiedlichen Himmelsrichtungen Platz auf dem Gipfel fanden – standen fest geduckt hinter ihren Anführern, die nun sehen wollten, inwieweit sie den Dunedin Angst machen konnten. Sie versuchten es mit merkwürdigen

Gesten, Scheinangriffen und Imponiergehabe. Doch die Dunedin rührten sich nicht, noch zuckten sie. Keine Muskelfaser, die sich im Reflex bewegte. Brian konnte nicht glauben, was sie sah und von wem ihr diese Geschichte erzählt wurde, da sie mitten in einem Geschehen zu stehen schien, ohne teilzuhaben.

Es mochten dreißig, vielleicht auch mehr Schamanenführer vor der Unzahl der Jäger stehen, die in die Tausende gehen musste, und sich, als sie zusammenkamen, mit kehlig harten Lauten halbwegs verständigen konnten. Die Naien begannen ruhig zu summen, und eine graue Wärme breitete sich auf dem Gipfel aus. Einige der Urzeitenmenschen reagierten mit Angst; anderen musste etwas Ähnliches bekannt gewesen sein, da sie scheinbar überhaupt nicht reagierten. Und als die angsteinflößend kriegerisch beschmierten Führer sich verständigt hatten, liefen drei in Felle gehüllte und mit Hauptmützen geschmückte Schamanen mit ihren Stammeszeichen in den Bereich des inneren Ringes zu den Dunedin. Fußrasseln aus Muscheln klapperten und dingliche Fetische an den Stäben, als sie liefen, während die anderen ihre hölzernen Lanzen immer noch gegen die Wesen richteten, deren Väter sie künftig hätten werden können.

Dann trat auch einer der Dunedin aus dem Kreis seiner Brüder, trat vor und stellte sich entschlossen vor die Seinen. Und einer der Schamanen, mit einer Tierkrallenkette um den Hals, zwei Hörnern an seiner Fellmütze befestigt und einer schwarzen Erde in seinem Gesicht, ging zu ihm heran. Er roch scheinbar an dem Dunedin und krächzte etwas zu den anderen. Dann lief er um ihn herum und versuchte ihn durch sein Äußeres zu erschrecken, was dem Schamanen nicht gelang, da der Älteste ruhig stand und den Wilden mit allem gewähren ließ. Schließlich ranzte er ihn mit seinen rot geäderten Augen an, als stände er unter einer Droge, die ihm den Mut zu dieser Tat gab und Stimmen brüllten laut aus den Reihen der Barbaren auf. Die beiden anderen Schamanen standen mit ihren Lanzen und Stammeszeichen – den Wirbeln eines Tieres beziehungsweise dem Totenschädel wohl eines Wildrindes – hinter ihm und klopften mit ihren Holzstangen auf den Boden, worauf einige Knochen an Lederbändern zu klappern begannen.

Der Schamane vor dem Dunedin trat mit seinem stinkenden Atem zwei Schritte zurück und zischte dann mit merkwürdigen Lauten, hielt seine Stange dem Dunedin hin, zeigte dann auf die glänzenden Lanzen der Naien und schlug sich auf die Brust, drehte sich zu seinen Leuten um, die sein Verhalten lautstark begrüßten, und sah danach wieder den Dunedin an, bevor er seine Geste wiederholte.

Der Dunedin hob seine Hand, strich durch die Luft und machte dem Schamanen und allen anderen deutlich, dass man ihnen nichts der Naien überlassen werde, falls es auch nur um die Lanzen ginge. Schließlich faltete er seine Hände wieder. Einen Augenblick blitzten die Augen des Schamanen in zügelloser Wut und grenzenloser Unsicherheit auf. Dann starrte er den Dunedin an, mied in seine Augen zu schauen und lachte in einer übertriebenen Pose ein heiser laut gellendes Geräusch, bevor er seinen Fetischstab nahm, der von Adlerfedern und Kleintierschädeln Kunde trug, und stupste den Dunedin wütend provozierend mit der Bodenseite seiner Standarte an die Schulter. Dann lachte er wieder, um sich selbst Mut durch den Zuspruch der anderen zu machen, während sich in Wirklichkeit Nervosität breitmachte, da sich ein Unheil ankündigte. Und Brian spürte die wachsende Spannung, hielt sich die Hände vor den Mund und sah den Barbaren mit weit aufgerissenen Augen vor dem Dunedin auf und ab schreiten. Er zeigte ihm seinen Rücken, brüllte Flüche, wie es schien, und veralberte die Dunedin vor seinen Sippen, um für ein lachendes Gefallen unter den Jägern und Sammlern zu sorgen. Selbst die Vögel in der Höhe empfanden die eskalierende Situation, der keine diplomatische Lösung folgen konnte.

Dann drehte sich der Schamane zu dem vorgetretenen Dunedin, schrie ihn an, kam mit seinen furchterregenden Grimassen dicht vor das Gesicht des Ältesten, zeigte dann schreiend zum letzten Mal mit seinem Stab auf die Lichtlanzen der Naien, als der Dunedin ihn durchdringend streng anschaute und den Kopf verneinend schüttelte, indem seine Arme über der Brust verschränkt waren. Wieder trat der Barbar einen Schritt zurück, brüllte etwas zu seinen Stammesangehörigen, nahm seinen symbolkräftigen Fetisch und versuchte nun wütender das Holz gegen die andere Schulter des Dunedin zu führen, der diesmal schützend auswich, den Stab des Äffischen ergriff, ihn den Händen des Eigners mit einer schnell entschlossenen Drehung entriss und zum Zeichen seiner Überlegenheit sichtbar für jedermann über seinen Kopf hielt.

Die Irdischen verstummten ängstlich und am meisten der Schamane, der seinen Fetisch verloren hatte. Mit offenem Mund stand er für Sekunden, bevor er seine Schmach durch das Aufwiegeln seiner Horden überspielen wollte. Noch bevor ihm das gelang, nahm der Dunedin das Holz, hob sein Knie und zerbrach des Schamanen Zauberei in zwei Teile, zum Zeichen seiner erbarmungslosen Entschiedenheit. Solch eine Macht war dem Schamanen zuvor noch nicht begegnet. Stille, Erschrecken und Angst. Und die gepaart, mussten sich in größter Aggression entladen, was alle Beteiligten wussten. Diese Stille war furchtbar, weil sie Endgültiges barg.

Der Dunedin nahm die beiden Teile des Stabes in jeweils eine Hand, führte sie wie ein Kurzschwert und rammte mit einer schnellen Drehung, den einen Teil des Stabes direkt in das Herz des Anführers. Mit wenigen tänzelnden Schritten war er schon bei den zwei weiteren Parlamentären, schlug den anderen Teil des Holzstabes mitten durch die Stirn in den Schädel des einen, entwendete mit einem Schritt des dritten Standarte und zerschlug ihm mit dem Totenschädel des Wildrindes in einer schnellen Bewegung den Kopf. Dann warf er sein Handwerkszeug als Geste getaner Arbeit auf den Boden, ging an den drei getöteten Schamanen vorbei, die noch in ihren warmen Blutlachen lagen, ehrte sie und stellte sich dann wieder zu seinen Brüdern zurück in die Reihe der Ältesten, um das Verhalten der Äffischen zu beobachten.

Schweigendes Zittern – vor Wut und Angst und Fremdheit – war in den Irdischen gewachsen. Und das Blut pulsierte noch aus den Körpern der Getöteten, als sich die Ohnmacht der Vergeltung und Rache Raum schaffen wollte. Stimmgewaltig, da ein jeder Einzelne zu feige war, den ersten Hieb zu führen und einen vielleicht tödlichen Schlag einzustecken. Bewegungen wie die dieses Menschen hatten sie noch nicht gesehen. Und obwohl sie in der Überzahl waren, trauten sich die ersten Reihen nicht dichter an diese zur Verteidigung bereit scheinenden Dunedin und Naien heran. Manche, die den tödlichen Akt gegen ihre großen, unverwundbaren Medizinmänner und Geistanbeter sahen, wären wahrscheinlich durch die leere Welt in ihre armseligen Höhlen zurückgewandert. Aber der Druck der hinteren Reihen wuchs, die überhaupt nichts mitbekommen hatten, da man kämpfen musste, wollte man überleben. Und den ersen Tod hatten sie auf diesem Berg nicht gesehen. So drängelten die noch weit im Wald Stehenden die Vordersten immer dichter an die Dunedin heran. Und hatten die Ersten auch ihre gespitzten Holzlanzen nach vorne ausgerichtet, wurden sie doch nur nach hinten geschoben. Ängstlich geducktes Murmeln vorne − hinten lautes Geschrei, so bekam es Brian zu erfahren. Wie die Herden der Gnus der Masai Mara diejenigen, welche die Gefahr der Flüsse erkannten, trotzdem von hinten in das Wasser drängten, schoben die Ur-zeitmenschen diejenigen, die andere Entscheidungen nach dem für nicht möglich gehaltenen Tod ihrer Schamanen durch einen Fremden getroffen hatten, als erste Welle gegen die Dunedin, die aufrecht zusammenstanden und die sich nähernden Barbaren mit ihren Lanzen sahen, spürten, ihre Angst rochen und ihr eigenes Blut wie das des anderen bereits schmeckten. Dann kamen die Seevögel tiefer herabgesegelt. Ohne jeden Laut zu verursachen, senkten sie sich tiefer über das Feld, von dem Blut in Strömen fließen sollte und erstes vergebenes Leben nicht ausreichte, um diesen Wahnsinn zu unterbinden.

Was Brian verstand war der Ruf eines Dunedin an die Vögel, dass sie auf die Augen oder die Schädel der Irdischen zielen sollten. Nur so seien diese Erdlinge von einem Vogel zu schlagen. Und zurück fragte man, ob die Naien sich beteiligen würden, was die Dunedin nicht beantworten konnten, da sie ihre Aufgaben hatten und die Alben ihren eigenen folgen mussten, die den Dunedin unter diesen grauenvollen Umständen nicht klar waren. So be-gann die furchtbarste Schlacht, die es auf Erden gegeben hatte. In späteren Jahrtausenden starben in vielen anderen Schlachten und

Massakern mehr Menschen als an jenem Tag. Doch das Grauen allen Mordes nahm dort am *Mons ruptus*, dem Brocken im Herzen Deutschlands, seinen finstersten Anfang.

Von allen Seiten näherten sich die Jäger, drängelten sich anderen vor, die nicht wussten, warum es vorn nicht weiterging, und dann zurückschreckten, als sie in die gnadenlos entschlossenen Augen der Dunedin sehen mussten, die dieser fatalen Entwicklung nicht hatten entgegenwirken können. Und dann griffen sie schreiend an, weil sie sich der nachdrückenden Massen nicht länger erwehren konnten.

Von oben stürzten nun die Vögel auf die Menschenmassen herab, hackten auf die Schädel der überraschten Irdischen und wünschten, die Barbaren würden nach oben schauen, um im Sturzflug, wie von den Dunedin angeraten, die Augen der Angreifer zu treffen, da die Schädelknochen so hart waren, dass sich viele bei dem Versuch, sie zu durchbrechen, den Schnabel brachen oder aber ihn in das eigene Gehirn trieben und starben. Die erste Angriffswelle wurde von den Dunedin pariert. Die in Angst waren, ließen sich leicht töten, da sie keine Ausbildung im Kampf mit Menschen besaßen, außer sie durch Stärke und Gewalt zu bezwingen. Und die Dunedin waren durch Stärke und Kraft nicht zu besiegen, da sie den Irdischen überlegen waren. So lagen Hunderte von ihnen erschlagen und im eigenen Blut ertränkt, bevor die nachrückenden Scharen des Desasters in der ersten Linie gewahr wurden und über die toten Leiber ihrer Sippen laufen mussten, um an die Dunedin erst heranzukommen.

Und alles das spielte sich vor Brians Augen ab, ohne dass sie körperlich daran teilnehmen konnte. Sie erlebte es virtuell, und ihre Schmerzen waren umso größer. Selbst ein feuchter Nebel, den der Morgen schickte, konnte das schlachtende Morden nicht beenden. Mutig stürzten sich die Vögel aus der Höhe hinab, als sei ein Schwarm Heringe unter ihnen im Meer entdeckt worden. Wie viele starben und wie viele ihr Ziel verfehlten und im Geschrei der Irdischen untergingen und wie viele von den langen Holzspießen durchbohrt wurden, konnte niemand sagen. Doch viele Urzeitmenschen fielen auch den Vögeln zum Opfer, denen die Augen ausgeschlagen werden konnten oder deren Schädeldecken besonders von den Furcht einflößenden Schnäbeln der Suliden zerschlagen wurden. Andere rannten erblindend und schreiend vor Schmerzen umher, bis sich jemand ihrer erbarmte. Tausende starben in den ersten Stunden der Schlacht, und man gab das Töten nicht auf, bis der Nachmittag hereinbrach, da die Leichenberge um die Dunedin so hoch geworden waren, dass die Angreifer nicht mehr über sie hinwegsteigen konnten. Knöcheltiefes Blut stand auf dem Gipfel und rann in Strömen den trauernden Berg hinab, und das wilde Kampfgeschrei ebbte ab. Die Vögel verdunkelten den Himmel nicht mehr, so viele waren gestorben. Und von den Dunedin standen an jenem Nachmittag kaum noch die Hälfte, da die anderen aufgespießt oder erschlagen worden waren und in dem metallischen Blut aller schwammen. Die noch lebten, waren getränkt des roten Lebenssaftes, die Kleidung schmierig, der Grund nicht mehr standfest und der Nebel nicht dicht genug, um den Ringwall der toten Körper zuzudecken, als die Angreifer eine Pause machten, da die Verluste gewaltig waren, um an die Lichtlanzen der Naien zu kommen, die sie sich als Trophäe von dieser Schlacht erdacht hatten.

Die überlebenden Dunedin verschnauften einen Augenblick, und die Naien hatten nicht eingegriffen, sondern standen unverändert summend um den Pluton. Ihnen kam es nicht zu, das Geschick der Evolution zu beeinflussen, und folglich blieben sie ungerührt stehen, beobachteten scheinbar alles aus der Distanz einer Weisheit, die nicht dieser Erde entsprang noch ihren Regeln des Lebens entsprach. Vögel kamen zu den Dunedon herabgeflogen, und man war glücklich, sich noch einmal im Leben zu sehen, wünschte sich ein Ende dieses sinnlosen Gemetzels, war aber bereit, auch den Letzten für eine Naien zu opfern, falls es nötig wäre. Die Basstölpel waren die erfolgreichsten Kämpfer, während die Lariden die meisten Opfer zu beklagen hatten, sagte einer der eindrucksvollen Suliden, der von den Dunedin Morus genannt wurde. Sein Schnabel war schon gerissen, seine Brust und sein Kopf mit dem Blut derjenigen verklebt, deren Schädel er gespalten hatte. Und er machte keine Anstalten, auch nur einen der Äffischen zu bedauern, die dieses Blutbad gefordert hatten.

Am späten Nachmittag begann der zweite Angriff, der nicht zum gewünschten Erfolg führen sollte, sondern nur die Reihen aller Beteiligten lichtete und am Abend vor Einbruch der Dunkelheit abgebrochen wurde. Man schöpfte schon Hoffnung, die Naien beschützen zu können, und hatte die Hartnäckigkeit der Irdischen und ihre Versessenheit auf die Lichtlanzen der Naien unterschätzt. Dann, nach einer lange durchwachten Nacht, die niemals wieder eine wahre Morgendämmerung am Brocken zulassen würde, stand die Entscheidung an, die von den auf Erden Geborenen herbeigeführt werden wollte. Für Brian waren diese Urzeitmenschen nicht zu verstehen, so merkwürdige Sprachlaute kamen aus ihren Kehlen der Ururväter menschlicher Evolution. Doch ihre Taten sprachen damals wie heute die gleiche, unerbittliche Sprache und wurden damals wie heute von denselben, animalischen Instikten angetrieben. Darin hatten sie sich nicht verändert, und daran ließen sie sich erkennen. Das unterschied sie als Spezies von allen anderen.

Auf ihren hölzernen Spießen hatten sie einige der abgetrennten Dunedinköpfe schändend als Abschreckung gepfählt, die sie in den Haufen toter, zerfetzter Leiber gefunden hatten. Und diese Köpfe trugen sie als neue Stammeszeichen ihrer wiedergewonnenen Stärke, da in den Schlachten Grenzen überschritten worden waren, die man als Mensch nicht gefahrlos überschreiten konnte. Und so waren die Urzeitlichen auch am zweiten Tag im Blutrausch.

Ihr Ziel war immer noch, eine der Lichtlanzen der Naien zu erbeuten. Doch hinzu kam nun die Vernichtung eines scheinbaren Gegners, der, falls er am Leben bliebe, sich rächen müsste, wie man es selbst getan hätte, würde einem solches Leid zuteil, meinten die Angreifer wohl. Und so kamen sie in Scharen schreiend aus dem Wald, während die Dunedin hinter dem Wall toter Körper in gleicher Ruhe standen, um die Naien zu schützen. Wohl dezimiert, aber entschlossen. Die Seevögel stürzten sich wieder aus der Höhe herab, zertrümmerten die ersten Schädel, noch bevor die Angreifer den Leiberwall auf der Außenseite erklimmen konnten. Es war ein Schlachtfeld getränkt von Blut auch am zweiten Tag, und man rutschte nur noch über Körper und

Gedärme der Erschlagenen. Schreie Blinder, denen von den nun in Angriffswellen fliegenden Vögeln die Augen herausgehackt worden waren. Und lagen Tausende bereits tot, so starben weitere an jenem Morgen.

Unverzeihlichkeit auf allen Seiten. Die Augen der Dunedin geädert und schweißverklebt, gemischt mit blutigen Spritzern der erschlagenen Körper. Sie töteten sie mit den Waffen, die man den Angreifern entwendete, um sie gegen jene zu richten, welche ihnen den Tod zu bringen gedachten. Bevor die ersten Irdischen den Leiberwall erklommen, hatten die Suliden schon Hunderte getötet, waren wieder aufgeflogen, hatten sich neu formiert, um wieder und wieder in die anstürmende Menge zu stürzen und ihre Übermacht zu schälen. Es waren so viele – doch man hielt stand. Man schützte die reglos summenden Naien. Man klagte nicht und handelte. Man überlegte nicht, sondern atmete. Man brüllte nicht, sondern tötete.Man war nicht stolz, sondern notwendig. Und Brian lernte an jenem offenbaren Morgen, was ihr zuvor in der Bedeutung nicht klar gewesen war. Sie lernte, dass es galt, das Leben an und für sich zu schützen.

Dunedin waren umgekommen. Aber immer noch standen einige. Tausende von Vögeln waren in den Tod gezwungen worden. Doch viele kreisten noch in hohen Bahnen über dem Schlachtfeld. Andere flogen Scheinangriffe auf die nun schon in den Wald fliehenden Äffischen. Urzeitliche waren erschlagen worden oder krochen blind wimmernd in dem blutigen Schlamm der Schlachterei. Grauen. Unerträgliche Gräuel. Und die Naien standen reglos wie zuvor. Sie schienen nicht beteiligt. Auch schienen sie nicht anwesend. Sie summten ihren melancholischen Klangteppich und schienen körperlich längst nicht mehr vorhanden.

Die Vögel kamen zu den Dunedin heruntergeflogen, als sie aus der Höhe sahen, dass die Irdischen in alle Richtungen flohen und in den Wäldern verschwanden. Man wünschte sich nichts mehr, als dass sie den Berg verließen und man selbst den grauenvollen Schauplatz verlassen konnte, um einen Albenstern für die Naien zu suchen. Die Ältesten wollten sich waschen und die Tage vergessen können, nachdem man die Naien verabschiedet hätte.

Man wollte wieder atmen können und höher in den Norden. Man hoffte gemeinsam mit den überlebenden Vögeln, dass es vorüber sei und die Evolutionären für immer in den ausgedehnten Waldflächen Mitteleuropas verschwänden, bis sie in vielen Tausenden von Jahren, als aufrecht gehende Spezies weiser geworden, sich dessen schämen würden, was den Alben von ihren Vorfahren angetan werden sollte.

Nur täuschte man sich. Die zeitweilige Ruhe über dem totstinkenden Blutfeld trog. Man führte Böseres im Schilde, da man die Dunedin mit bloßer Kraft an jenem Tag nicht bezwingen konnte, um an die scheinbar harmlosen Naien heranzukommen. Und Brian sah, was dem Gemetzel ein Ende bereiten sollte.

Als noch viele Vögel bei den Dunedin saßen, riefen andere schon von oben herab, dass etwas im Wald vorginge, aus dem sich die Äffischen offenbar zurückgezogen hatten. Einige der Dunedin stiegen daraufhin auf den etwas höheren Felsen zu einer der Naien und wollten über den Wall als Bollwerk hochgeschichtet schauen, um die neue Situation einzuschätzen. Zuerst war nichts weiter zu sehen, als das Blutfeld außerhalb des Ringes um sie. Dann ein leichter Bodennebel an jenem Vormittag, der seine Sonne schamhaft vor dieser Rasse verbarg. Und man erkannte, was sich die Angreifer ausgedacht haben mochten oder ob sich die Vögel geirrt hatten und die Irdischen einfach nur geschlagen abzogen.

Die Vögel hatten damals in ihrer Sprache noch kein Wort für das, was sie sahen. Und was sie in der Höhe sahen, umschrieben sie als *rauchendes Licht*, da sie Feuer nicht kannten. Und dann sah man um sich herum aus den Bäumen kleine Rauchfahnen tanzen, die sich in die Höhe züngelten, und erkannte nun die Gefahr. Die Irdischen hatten einen Ring aus Feuer in dem Wald um den Gipfel herumgelegt. Und dafür entzündeten sie nun die Bäume. Diesem Feuerring sollte keiner entkommen können, der noch siegreich auf dem Berg stand.

Aus kleinen, züngelnden Fahnen wurde qualmender, feuchter Rauch, der tuffig aus den Kronen stieg. Das Unterholz des Waldes begann zu brennen und dann an einigen Stellen die schweren, ätherischen Harze, die aus den Bäumen zu Ehren der Naien traten, die noch unter dem Blätter- und Nadeldach hingen, zu explodieren. Die Kronen der Bäume wurden auseinandergerissen, fielen auf den Boden und gaben dem Feuer neue Nahrung.

Die Ältesten schauten und standen. Nichts mehr, was getan werden konnte, außer abzuwarten, wie sich das Feuer entwickelte. Sie sandten die Vögel fort, um hoffentlich eine Bresche zu finden, durch die man schlüpfen könnte, um vor dem Feuer des Gipfels zu entkommen. Aber auch aus der Höhe begann nun das Ausmaß des Feuers Formen anzunehmen, die unabänderlich schienen. Der Qualm stieg in großen Wolken empor, und einigerorts rissen die Flammen bereits die trockenen Blätterdächer entzwei, um sich Luft und neue Energie zu verschaffen. Es war eine Feuerwalze, die sich aus dem Wald auf den Gipfel des *Mons ruptus* zufraß. Eine heiße Wand, höher als die Bäume selbst, noch bevor die Flammen in dem Wald vom Gipfel aus zu sehen waren. Dunkelgrau, dann schwarz verdunkelten sie den Himmel, als die Vögel immer unruhiger wurden, da sie nicht wussten, was sie machen sollten. Die aufsteigende Hitze trug sie hoch empor, doch der Rauch nahm ihnen den Atem und der Qualm die Sicht. Abend nun, was als Vormittag begann, und es wurde Nacht, noch bevor die Sonne ihren Zenit erreichte. Dann hörte man langsam die Feuerwalze heranrollen, die sich der kleinen Feuer des Unterholzes annahm, um mit großen Sprüngen von den verzehrten Bäumen weiterzuspringen. Noch gab es Luft zum Atmen auf dem Berggipfel, und noch sah man nur die Rauchwände himmelwärts als Ring um sich, während man Wolken über sich erblicken konnte. Und man musste warten, was geschähe, hatte man doch auf diese List keine Antwort. Und was geschah, entwickelte sich zu einem Grauen, das Brian bis dahin nicht erlebt hatte. Es war furchtbarer als in Selbstwehr einen Wolf auf einem Staudamm in Finnland mit seinen Händen zu töten.

Die wenigen überlebenden Irdischen, die den Wald entzündet hatten, waren vor den Flammen bergabwärts geflüchtet, um ihr Leben zu retten. Die Dunedin und die Naien konnten diesem Inferno nicht mehr entfliehen. Und über der ringförmigen Feuersbrunst Tausende und Abertausende von verzweifelten Seevögeln, die über der lodernden Glut unter ihnen durcheinander hin und her flogen und versuchten, etwas zu tun, was nicht mehr möglich war. Die Hitze der Glut ließ nun die Bäume explodieren, und inmitten des Infernos standen die Dunedin noch lebend vor den Naien, die das Schauspiel teilnahmslos zur Kenntnis nahmen. Brian wusste nicht, was ihr geschah, da sie nur visuell anwesend schien, doch die wachsende Hitze spürte. Und der schwarze Qualm, der sich wie eine Glocke über das Inferno unter ihm legt. Sie bat, wünschte und flehte inbrünstig, der Rauch möge das Feuer ersticken, das sich weiter hinauf zum Gipfel des Berges fraß und mit zunehmender Dauer noch schneller brannte. Je heißer es wurde, desto gewaltiger schossen die rasenden Flammen in den Himmel und heizten die Luft unter dem Rauch noch mehr auf. Die Dunedin standen machtlos ob dieses Elementes. Sie machten keine sinnlosen Anstalten, sich gegen dieses Flammenmeer, das von allen Seiten herantobte, zu wehren, und wussten, sie würden in ihm ertränkt werden. Ein entsetzliches Vernichten. Und Brian stand dabei, keine Tränen auf dem Gesicht und eine Gluthitze, die ihr Blut zum Kochen brachte.

Bevor der Flammensturm den Gipfel verschlang, stürzten sich die Seevögel durch die mahnende Rauchglocke zu den Ältesten und den Alben hinab, die noch lebten. Und Augenblicke später wirbelten Feuertornados die Glut verbrannter Asche empor zu den Wolken. Es dröhnte, und fauchende Asche wurde von dem Feuer in alle Richtungen geschleudert, als Brian einen Dunedin schreien hörte, dass Morus jetzt fliegen müsse, um zu leben, damit dieses Geschehen nicht in Vergessenheit geriete. Und eine Sulide entkam dem Flammeninferno, das alle anderen vertilgte. Vögel aller Arten. Nicht ein Dunedin, der überlebte. Und die Naien von Flammen verschlungen wie der Wald.

Und Brian brach in sich zusammen. Sie spürte ihren Körper brennen, ihre Haut rösten und ihr Blut innerlich verklumpen. Sie fühlte sich von Glut skalpiert, das Fleisch an den Knochen gebraten, knöchern weiß die Reste ihres Lebens, grinsend kahl in einen Tod, den sie wieder lebend starb. Zischende Gier eines

Feuers griff nach ihren Haaren und verschlang sie von ihrem Nacken her, da ihre Tränen nicht und nicht ihr Blut diese Brunst erlöschen konnten. Ihre Fingernägel schmolzen und stanken nach verbranntem Horn. Und sie schrie gegen die Flammen, die schlangengleich züngelnd nach ihr greifen wollten. Doch ihr Schrei erstickt von Glut, die ihre Lungen verbrannte. Feuer, das in ihre Nase stieg und die Luft fraß, bevor ihr bereits glühender Atem Sättigung empfand. Ihre Haut begann sich unter knisternden Blasen zu verfärben. Sie schmerzten flüssig, platzten auf und pellten von dem rohen Fleisch. Vor Schmerzen schrie sie lauter, gehäutet durch die Hitze, Muskelfasern blank den Feuerpeitschen offenbart, die sie anstierten und nun ihre Haut zerschneidend in ihren Körper schlugen. Ein Wahnsinn des Schreckens. Und diese Schmerzen, das innerliche Verbrennen durch die glutaschengeschwängerte Luft. Und Brian schrie. Und sie schrie die rot gierende Fratze der Flammen an, die ihr fauchend höhnend erwiderten, aus ihrem blasig eiterigem Gesicht mit aufgedunsener, platzender Haut. Und sie schrie.

Blind vor Wut und taub vor Trauer brach sie zusammen, als sie die Seevögel sich an der Seite der Dunedin in die Flammen stürzen sah, um lieber mit ihnen umzukommen, als ohne sie weiterzuleben. Und dunkel wurde es, als glühender Wind mit Funkenspänen selbst die Steine zum Schmelzen brachte, woraufhin der Berg zerbrach. *Mons ruptus* hatte seinen unheimlichen Namen verdient, und die Geschichte hätte ihn mit den Dunedin, den Naien und den urzeitlichen Menschen einäschern sollen.

Doch der *Zerbrochene Berg* war geblieben. Düster wohl. Vernebelt meist. Unheimlich immer. Und immer schweigend. Neun Naien waren verbrannt, deren Asche in Feuertornados hochgewirbelt wurde, bis endlich aus den Wolken, erhitzt durch die verschlingenden Flammen, Regen fiel. Und Stürme kamen, die nicht enden wollten. Und Wochen folgten, die die Kohle löschten. Und ein Nebel kroch, der blieb – als Grabmal für die Toten.

# XXIV

Der Gipfelsturm hatte sich gelegt, und die Auffahrtsstraßen zum Brocken wurden am nächsten Morgen von schwerem Räumgerät der Schneeverwehungen befreit, da man schließlich ein touristisches Geschäft aus dem Berg gemacht hatte, das lukrativ bleiben sollte. Besonders im Winter bot er sich für die Norddeutschen an, da es wenig Gelegenheiten im Norden Deutschlands für Wintersport gab. Dieser Berg jedoch war ein Garant für gute Einnahmen, falls das Wetter gefällig war. Und an jenem friedlichen Morgen schien es sogar, als würde sich der Nebel etwas lichten und als könne die Sonne von einem strahlend blauen Himmel herab eine zauberhafte Winterlandschaft gezeichnet haben. Folglich war man schon früh unterwegs, um auch die Drosseln unter den Touristen zur Kasse bitten zu können.

Wahrhaft hob sich der Nebel und verdichtete sich zu wenigen Schwaden, die in den weißen, tief verschneiten Baumgipfeln der Nadelgehölze hängen blieben. Und der Fahrer der ersten Schneeraupe, der sich seinen Weg auf dem Brocken freischob, staunte nicht schlecht, als er das Desaster sah, dass der Sturm angerichtet zu haben schien. Die eine Wand des steinhoffschen Restaurants schien zerstört. Dann musste der Sturm in die Gaststube gefahren sein, hatte auf der gegenüberliegenden Seite alle Fenster aus dem Haus geblasen und musste dann abgeklungen sein.

Bruno Mitschke, der Fahrer der Raupe, stieg aus seiner Kabine des Fahrzeuges, sprang in den geriffelten Schnee, schaute sich den Schaden in der eisigen Kälte des bereits lichten Morgens an, kratzte sich den Kopf unter der Mütze und steckte sich eine Zigarette an. So eine gewaltige Kraft, die diese Steinwand wie mit einer Faust durchschlagen hatte, konnte er sich nicht vorstellen und hatte auch während all der Jahre, die er die Räumungsarbeiten erledigte, so etwas noch nicht annähernd erlebt. Er zog an seiner Zigarette, ging näher, schüttelte seinen Kopf, schnalzte mit der Zunge hinter den Zähnen und murmelte etwas vor sich her, dass dieser Schaden wirklich schlecht für das Geschäft sei, dass man mit dem Brocken am Besucher machte, Getränke und etwas zu beißen, das bringe immer Bares, hatte er bei jeder Gelegenheit gesagt, da Mitschke sein Geld für ein kleines, fahrbares Kioskgeschäft sparen wollte. Gereicht hatte es bisher nicht – zum Glück, wie er jetzt feststellte, denn so ein Sturm mit solcher Kraft ist der sofortige Tod eines Jungunternehmers ohne Finanzdecke. *Sudden death*, dachte er auf Neudeutschsächsisch, zog an seiner Zigarette, schnippte sie in den Schnee und wollte sich umdrehen, um die Zentrale über den Schaden zu informieren, die sich dann mit dem Eigentümer in Verbindung setzen sollte.

Als er sich umdrehte und noch einmal mit der Zunge schnalzte, stutzte er, da er zwei Frauen an seiner Räumungsraupe sah, die ihn betrachteten, und er rief ihnen zu, dass das kein Spielzeug sei, während die Frauen ihn auf merkwürdige Weise angrinsten. Dann lief er zu ihnen hinüber.

„Na, meine beiden Hübschen, was machen wir dann schon so früh hier? Den Eintritt prellen?", fragte er vorlaut und selbstsicher.

„Na klar, mein Hübscher", erwiderte Gaire im gleichen Anhaltiner Dialekt, den sie noch von ihren früheren Begegnungen her beherrschte. „Staatliche Aufsichtsbehörde: Nationalpark Harz, mein Süßer. Haben wir denn eine Arbeitsgenehmigung, oder machen wir das hier so schwarz, unter der Hand. Ein Freundschaftsdienst. Als Dienst am Kunden?", parierte sie und kannte die deutsche Mentalität so weit, dass sie ihre Obrigkeitstreue und Ängstlichkeit begriffen hatte. Rionnag, die an der Seite Gaires stand, schwieg, da sie der deutschen Sprache nicht mächtig war.

„O …, 'tschuldigung. Hat alles seine Ordnung", stammelte Mitschke etwas verlegen, da er die Situation wohl falsch eingeschätzt hatte und auf die Frauen einen Eindruck machen wollte, der mit der Aussage, sie seien Staatsbeamtinnen, sofort verflogen war. Bestimmt könnten sie etwas an seinem Fahrzeug finden, um es erst einmal stillzulegen. Und er wurde nach Stundenlohn bezahlt. Alles, nur mit diesen Frauen von der Verwaltung wollte er sich nicht anlegen, denn Weihnachten war eben erst vorbei, und wie jedes Jahr, so auch in diesem wieder einmal viel zu teuer gewesen. Er musste arbeiten und konnte es sich einfach nicht leisten, von den *Hübschen* kalt lächelnd zu genau inspiziert zu werden.

„Dann wollen wir doch einmal sehen", sagte Gaire und trieb ihr Spiel weiter. „Wo hat mein Süßer denn seine Papiere?", fragte sie.

„Warten Sie. In der Kanzel. Moment. Ich mache das Ding 'mal aus", sagte er, stieg auf die breiten Kettenschwerter der Raupe und holte seine Papiere, während er die Maschine ausstellte und Gaire Rionnag zuflüsterte, dass alles nur eine Frage scheinbarer Autorität sei, und Rionnag meinte, dass Gaire es nicht auf die Spitze treiben solle, da sie Brian suchen müssten und nicht einem armen Tropf am frühen Morgen bereits seinen Tag verderben wollten. Gaire nickte kurz, als Mitschke schon wieder in den Schnee gesprungen kam.

„Hier sind die Papiere. Alle in Ordnung. Betriebserlaubnis für die Raupe ist in der Zentrale, Frau …, Frau …", meinte er fragend, da sie sich nicht vorgestellt hatte.

„Frau Rankow", erfand sie kurzerhand und sah sich scheinbar prüfend die Papiere an, von denen sie keine Ahnung besaß, was sie zum Ausdruck bringen sollten. Insgeheim wunderte sie sich nur über den Blödsinn staatlicher Reglementierung und lachte in sich hinein, wie hilflos ausgeliefert diese bedauernswerten Menschen einer staatlichen Organisation gegenüber waren, und bedauerte, dass einer scheinbar zivilisierten Welt das Rückgrat durch einen peinlich zwingenden Amtsschemel gebrochen worden war. „So weit, so gut, Herr …, Herr Bruno Mitschke, ist das richtig?"

„Ja. Mitschke, Bruno. Das bin ich", stand er vor ihr fast stramm und rückte seine Mütze zurecht.

„Nationale Volksarmee, was?!"

„Jawoll …", sagte er und streckte seine Brust heraus.

„Da kann man sehen, was aus guten Menschen gemacht wird", sagte sie doppelsinnig, was er aber nicht verstand und stolz auf seine Vergangenheit war. „Dann wollen wir's dabei belassen, Mitschke, Bruno", wendete sie gnädig ein.

„Danke, Frau Rankow", nickte er förmlich steif vor der Dunedin und spürte langsam die eisige Kälte durch seine Schuhsohlen in seine Füße kriechen, was Gaire bei ihm bemerkte. Und es war tatsächlich eisig an jenem Morgen auf dem Brocken, als der Fahrer Mitschke in seinem Blaumann mit nur einer dünnen Jacke über den Schultern bei vielen Minusgraden auf dem eisigen Gipfel stand, anstatt in seiner beheizten Fahrerkanzel zu sitzen und den Schnee zu räumen.

„Dann machen wir's mal kurz", meinte sie und gab ihm die Papiere zurück. „Gestern Abend ist eine Vermisstenanzeige eingegangen. Eine Person, weiblich, soll vom Berg nicht wieder runtergekommen sein", sagte Gaire amtlich, und Mitschke war sofort bemüht, sein Alibi preiszugeben und zu beteuern, dass er mit seiner Frau vor dem Fernseher gesessen habe. „Darum geht es nicht, Mitschke. Keiner beschuldigt Sie. Nur wir müssen der Sache nachgehen", meinte Gaire, und der Fahrer war erleichtert. Als es nicht um ihn ging, war er umso mehr willens, jede Hilfe den beiden Damen, dem Amt, der Obrigkeit und dem Staat anzubieten, zu der er in der Lage sei, und begann auf dem eisigen Boden zu trippeln, um Blut in seine Füße laufen zu lassen, die langsam aber sicher unterkühlten, als ihn Gaire nun zur Seite nahm, sich einige Schritte von Rionnag entfernte und mit dem Mann fast vertraut zu sprechen begann.

„Mit der ist wohl nicht *gut Kirschen essen*, was? 'n scharfer Hund", nickte er zu Gaire und deutete mit den Augen auf die strenge Rionnag.

„Kann ich Ihnen sagen. Bei der hört der Spaß auf, wo andere noch nicht einmal angefangen haben", nickte Gaire flüsternd zu ihm.

„So sieht die auch aus", ängstigte sich Mitschke etwas, aber hatte ja *Frau Rankow* auf seiner Seite, mit der er es sich nicht verderben wollte, solange er an keine wie die andere geraten würde.

„Haben Sie hier oben irgendetwas gesehen? Irgendetwas, was anders ist als sonst? Vielleicht so was wie Spuren?", fragte Gaire, und der Mitteldeutsche dachte nach.

„Nee …, bis auf die eingedrückte Wand da … nichts."

„Ach. Und die Wand war gestern noch ganz?"

„Ja. Muss heute Nacht durch den Sturm passiert sein", meinte er, und Gaire schaute auf das Loch in dem Mauerwerk des Lokales.

„Kann sein, dass die Person da rein ist. Um sich vor dem Sturm zu retten, denn die Wetterwarte ist nicht besetzt. Jedenfalls gestern war's sie nicht", sagte er weiter und zeigte auf einen höheren Turm, der in der Nähe der Gaststätte auf dem Gipfel stand.

„So. Und hier oben?", fragte sie.

„Wie …? Wie hier oben? Was?", fragte er begriffsstutzig.

„Na, ich meine: Hat sich hier oben etwas verändert?"

„Wie? Im Schnee? Frau Rankow, ich verstehe die Frage nicht", räumte er dann ein.

„Ja. Ist irgendetwas anders?"

„Jeden Tag ist das hier oben anders, wenn's schneit. Darum räume ich ja."

„Und heute?", fragte Gaire, drehte sich zu Rionnag um, schnippte mit dem Finger und zeigte in Richtung der eingebrochenen Wand. „Ich will, dass sie drin mal nach der fraglichen Person sieht", meinte Gaire zu Mitschke. „Nein …, und heute?", fragte sie noch einmal.

„Neuschnee. Hat wohl noch ein bisschen nach dem Sturm geschneit", sagte er. „Wieso?", als Rionnag bereits durch das Loch der zerstörten Wand in das offene Gebäude getreten war, um nach Brian zu suchen.

„Na, vielleicht liegt sie hier irgendwo."

„Hier? Wie das? Sind doch nur ein paar Zentimeter Schnee hier oben. Alles andere wird immer weggeweht."

„Ich meine ja nur. Sie müssen hier oben den Schnee ja sowieso noch wegräumen."

„Nee. Zuerst muss ich einmal unten in der Zentrale Bescheid sagen. Wegen dem Schaden und so", meinte er etwas erstaunt, da die Unterhaltung, die er mit einer Beamtin führte, ihm nun zunehmend komisch vorkam. Falls hier oben jemand wäre, würde man ihn doch sehen. Und da war niemand, als die Dämmerung schon taghell strahlte und die ersten Frühaufsteher kamen und den Morgen nutzen wollten, um an einem herrlichen Tag einen fantastischen Ausblick auf das verschneit bergige Umland zu haben, bevor man sich dem Wintersport verschreeben haben würde.

„Sehen Sie, ich muss mich jetzt sputen. Bevor noch mehr kommen", meinte der verunsicherte Raupenfahrer, als Rionnag durch die eingefallene Mauer des Lokales trat und Gaire mit einer Handbewegung und durch Kopfschütteln andeutete, Brian nicht gefunden zu haben.

„Dann müssen Sie tun, was Sie tun müssen. Und ich muss meine Pflicht erfüllen", sagte sie vieldeutig, was Mitschke noch mehr verunsicherte.

„Na, ich kann ja zuerst hier oben schieben, wenn Sie das wollen", räumte er ein, da er sein Fahrzeug keiner vielleicht amt-lichen Prüfung unterziehen lassen wollte, woraufhin Gaire ihn freundlich anstrahlte.

„Das ist allerliebst", meinte sie und schaute zu den zer-trümmerten Steinen. Sie waren alle in einer Fallrichtung in den Gastsaal des Lokales gedrückt worden, während sie die Sturm-richtung aus der gegenüberliegenden Seite als Flucht annahm, als die ersten Touristen staunend über die Schönheit des weißen Winters und die Gewalt des Sturmes der vergangenen Nacht sprachen, sich die Schäden beeindruckt ansahen und die bizarren Schneeverwehungen im Windschatten der Bäume mit ihren Smartphones fotografierten. „Dann fangen wir in der Richtung an", meinte Gaire und zeigte auf die der Wand entgegengesetzte Seite. „Nur so zwei, drei, vier Bahnen vielleicht", meinte sie gelassen und führte ihm die Richtung mit beiden Armen aus, während Rionnag schon wieder neben der Schneeraupe stand.

„Gutchen ...", meinte Mitschke. „Dann leg ich mal los. Aber danach muss ich dann wieder."

„Natürlich ...", meinte Gaire, nickte stumm zu Rionnag und lächelte. „Und diese alte Stasi-Tusse halte ich Ihnen vom Hals", flüsterte sie zum Fahrer.

„Ja. Bitte. Das ist sehr freundlich", bedankte er sich. „Mit denen haben wir lange genug Scherereien gehabt, sage ich Ihnen. Lange genug. Eine Schande, dass die immer noch in Positionen sind. Aber wem sage ich das", meinte er leise, warf einen seiner düsteren Blicke auf Rionnag, rieb sich die kalten Hände, trampelte mit seinen Füßen und fragte dann noch einmal nach der genauen

Richtung der Bahnen, die er zuerst schneefrei schieben sollte. Gaire deutete ihm erneut mit ihren Händen und Armen die genaue Richtung an. „Gut. Dann machen wir mal", meinte der Anhaltiner, stieg in die Fahrerkanzel, zündete den Motor der Raupe und drehte sein lautes Fahrzeug. Dann begann er die erste Bahn zu schieben, während Gaire bei Rionnag stand, dem Fahrer im Vorbeifahren die Daumen hochhielt, zur Bestätigung der richtigen Richtung, und Rionnag fragte, wieso sie so schnell sicher gewesen wäre, dass Brian nicht im Gebäude sei, um vielleicht dort Schutz vor dem Sturm gesucht zu haben.

„Das Signal. Vom Telefon, Cherry. Solange wir ein Signal haben, ist Patty nicht in der Nähe", erinnerte sie Gaire.

„Ziemlich clever. Stimmt", meinte Gaire. „Komm. Dann lass uns doch einfach hier oben herumlaufen, denn ich kann mir nicht vorstellen, dass der Sturm die Wand zertrümmert hat", Dem musste Rionnag beipflichten.

„Wind ist das sicher nicht gewesen", sagte sie, als Gaire ihr Mobiltelefon aus der Jacke holte und die beiden Frauen sich parallel zur Schneeraupe laufend aufteilten, um unter dem Schnee Brian vielleicht zu finden. Gaire hob nach der zweiten geräumten Bahn für Mitschke noch einmal die Daumen zu seiner großen Freude in die Höhe, sodass er wendete und zum Räumen der dritten Bahn ansetzte, während die beiden Ältesten mit ihren Krypton-Telefonen wie mit Geigerzählern liefen, die sie vor sich hielten, um die Empfangsstärke des Signals zu kontrollieren, in der Hoffnung, das Signal verschwände und die Ursache dafür möge Brian sein.

Mitschke wunderte sich zunehmend über das Verhalten der beiden Beamtinnen sowie auch die Touristen langsam auf sie aufmerksam wurden, nachdem sie sich in der frühen Kälte eines herrlichen Wintertages mit bester Fernsicht nach wenigen Minuten bereits sattgesehen hatten und eine neue Unterhaltung brauchten, zu der die beiden Frauen gerade die richtigen Utensilien zu haben schienen. Ein ungewöhnlich auffälliges Verhalten. Keine winterliche Funktionsbekleidung. Eine beunruhigende Ausstrahlung. Und scheinbare Geigerzähler, mit denen sie systematisch die

Kuppe des Brockens abliefen, bis sie scheinbar dessen fündig wurden, wonach sie gesucht hatten.

Die beiden Frauen schauten aufgeregt auf ihr Detektiergerät, entfernten sich dann einige Meter voneinander, um eine genauere Stelle lokalisieren zu können, als Mitschke hinter ihnen mit seiner Raupe angerollt kam, um seine vierte Bahn freizuschieben, und Gaire ihn armwinkend aufforderte, das Fahrzeug zu stoppen, das dann ruckartig zum Stehen kam, bevor er aus seinem Führerstand sprang und fragte, was denn das sei, während Rionnag eine bestimmte Stelle unter dem harten Schnee und Eis ausgemacht hatte und anzeigte, da sie zuvor in alle Richtungen gelaufen waren und durch ihre Schritte eine Art Netz im Schnee entstanden war, in dessen Mitte die wahrscheinliche Ursache für ihre Funkstörung zu liegen schien.

„Mitschke, haben wir auch eine Schneeschaufel?", fragte Gaire. „Oder haben wir nur das schwere Gerät zur Verfügung?" Jetzt kamen auch die Touristen neugierig angeschlendert und wollten sehen, was die Dunedin taten.

„'ne Schneeschaufel? Zum Schippen? Habe ich", erwiderte er, und Rionnag, die sich umgesehen hatte, meinte einen Schneeschieber auch an der Hauswand des Restaurants gesehen zu haben, lief eilig die wenigen Meter zu dem Gebäude, entdeckte dort sogar zwei Schneeschaufeln und einen Schieber, die sie mitbrachte, da sie zu Gaire nicht hinüberrufen konnte, was ihre Sprache verraten hätte, da sie als Deutsche galten. Dann eilte sie zurück. Mitschke war schon wieder von seiner Raupe mit einer Schaufel heruntergesprungen, die hinter der Fahrerkanzel zum Inventar der Maschinen gehörte. Und dann schauten sich die drei an. „Und nun, wenn ich mal fragen darf?", erkundigte er sich unbedarft und ahnte, was auf ihn zukommen sollte.

„In die Hände gespuckt, Mitschke. Und zwar schaufeln wir den Schnee genau hier weg …, so in einem Umkreis von zwei bis drei Metern", wies Gaire ihn an.

„Nee, also das können sie mit mir nicht machen", widersetzte er sich. „Ich bin hier ein zertifizierter Facharbeiter … und kein Kuli, Frau Rankow."

„Ja. Stimmt. Wir sind ja nicht mehr in der DDR", schmunzelte sie.

„Genauso sehe ich das auch", stimmte er ihr zu.

„Dann treten Sie zur Seite … Und das Gleiche gilt hier auch für die Schaulustigen", rief Gaire lauter, da sich die Frühaufsteher in einem dichten Kreis um das Geschehen gesellt hatten. „Jeder, der mit anfassen will, ist eingeladen", doch die Menschen befolgten lieber Gaires erste Bitte und traten einige Schritte zurück, als Rionnag schon zu graben begonnen hatte und die anderen ihr dabei zusahen. Man wollte sehen, was an das Tageslicht dieses wunderbaren Morgens befördert werden könnte, dem man vielleicht noch später eine Erinnerung schenken würde. Vielleicht ein historischer Moment: ein zweiter *Ötzi*, und man selbst wäre bei den Ausgrabungen mit dabei gewesen, sozusagen als *Zeitzeuge*, wie Mitschke gesagt hatte. Die gleiche Zeit, in der die Ältesten den Schnee fortschaufelten und die Zuschauer in der Kälte ausharrten, ließ sich bezeugen. Aber ein vermeintlich historischer Augenblick im Schweiß der beiden Damen nicht absehen, die zwischendurch immer wieder einmal auf ihre Telefone schauten und ihr Empfangssignal prüften, bevor sie die harten, krustigen Eisschneeschichten aufschlugen und schollig abtrugen, hinter sich warfen und tiefer gruben, bis sie in einer Tiefe von etwa einem halben Meter auf eine Eisschicht stießen, die nicht mehr mit ihren Schaufeln zu durchdringen oder aufzubrechen war.

Schwitzend und schwer atmend von der Arbeit des bisherigen Aushubs standen die beiden Frauen in der Mulde, gesäumt von den Schaulustigen, denen kalt wurde und die sich trotz dicker Handschuhe die Hände rieben, während einige auch schon gegangen waren, andere wieder hinzukamen und Gaire lachend den Leuten anbot, doch vielleicht zu helfen, damit ihnen wärmer werden würde, *denn nur vom Schauen werde man nicht lustiger.* Aber man lehnte freundlich ab und ließ die Ältesten mit ihren Arbeiten allein.

Rionnag beugte sich mit ihrem Telefon nach unten gegen die harte Eisdecke, wischte mit ihrer Hand Reste milchigen Schnees fort und erschrak. Sie blickte Gaire ernst an, nickte dann kurz schweigend zu ihr, die daraufhin nach unten sah und einen menschlichen Körper durch das Eis entdeckte.

Es war Brians Rücken. Tief gefroren offenbar. Dann wurde es an dem Schauplatz hektisch. Gaire rief nach einem Pickel, den es nicht gab, zerschlug dann eine der Schaufeln am Stil und benutzte das spitze Holz als Grabstock. Rionnag tat es ihr gleich, und ohne Unterlass hackten sie das Eis mit ihren steinzeitlichen Werkzeugen klein. Kleine Splitter sprangen zuerst zur Seite, bis sich die ersten größeren Risse bildeten und das Publikum von der spannenden Atmosphäre wieder angezogen wurde. Auch Mitschke wurde nervös, als er sah, dass man wirklich jemanden gefunden hatte. Und es wurde allen schnell klar, dass es sich um einen menschlichen Körper handelte, während Rionnag die gaffend Irdischen innerlich zutiefst ablehnte.

Brian lag mit dem Bauch auf der Zwergheide, die unter dem Schnee auf ihren kurzen Frühling wartete und beglückt in der Begegnung mit einer Naien bereits ihren Sommer im tiefsten Winter für eine Nacht erleben konnte. Die Erica hatte sich nur darüber gewundert, wo die Erdhummeln blieben. Rionnag und Gaire waren bestürzt. Brians Kleidung war nicht zerschlissen, ihrer Rückenansicht sah man nicht an, ob und was geschehen wäre. Und sie konnten nicht sagen, ob Brian noch lebte. Sie musste durch den Schnee bis auf die Bodensohle des Gipfels geschmolzen sein. Und kaum vorstellbare Hitze musste den Schnee geschmolzen und zu Eis verdichtet haben, da sie unter einem enormen Eispanzer lag. Und als man Brians ganzen Körper freigelegt hatte, standen etliche Leute herum, die zu den Dunedin in die Mulde schauten, um zu sehen, was man dort zu sehen hatte. Und ihr Blick begegnete den nun scharfen, strengen Blicken unverstellter Dunedin, die die Menschen erschraken. Mitschke wollte seine Zentrale verständigen, um Hilfe zu holen. Doch der Funk funktionierte nicht. Rionnag und Gaire hofften Brian vorsichtig vom Eis zu befreien, ihren Körper zu spüren und sie von der Heide zu heben, auf der sie mit dem Gesicht nach unten lag. Sie drehten sie vorsichtig um und sahen in die schlafenden, lächelnden Züge eines menschlichen Alben, dessen Herz kaum vernehmbar schlug. Aber er lebte.

Brian lebte und war jenseits aller erreichbaren Welten aufgehoben, aus sich herausgewachsen, hatte ihren Körper zurückgelassen und sich auf ein späteres Wiedersehen mit ihm gefreut. Brian, sie lebte, und die Dunedin atmeten tief durch. Rionnag nahm den spannungslosen, leichten Körper, der nicht kalt, doch kühl war, drückte ihn frierend an sich, legte ihren Arm um ihn, und Gaire war nun versucht, barsch die Menschen auf Abstand zu halten.

Schlaff hing Brians Körper in den Armen Rionnags, die auf die Beine kam und Brians körperliche Hülle festhielt, die sie leicht zu tragen vermochte. Leblos hing ihr Körper, ihre Glieder pendelten willenlos an ihrem Rumpf, und Gaire verschaffte Rionnag Platz, indem sie die nun betroffenen Schaulustigen auseinanderschob und allen zu verstehen gab, dass die Vorstellung zu Ende sei und man weitergehen könne. Es gäbe nichts mehr zu sehen.

Obwohl die Umherstehenden ihr Platz machten, waren sie jetzt neugierig, was mit der für sie Toten geschehen würde, als ein Ralf Kaufmann sich seinen Weg durch die Menschen bahnte. Aus der Ferne hatte er den Auflauf von Menschen gesehen und dann tuscheln gehört, dass man eine tote Frau gefunden habe. Kaufmann war ein Rettungssanitäter und erbot sofort seine medizinischen Kenntnisse, gleichwohl er nur als Ausflügler an jenem Morgen mit seiner Freundin auf den Brocken gekommen war, um einen freien Tag zu genießen. Er stellte sich den Dunedin vor und war erschrocken, wie Rionnag Brian in den Armen hielt. Noch erschrockener war er über die weiße Gesichtshaut, die er an der Schulter Rionnags in Brians Antlitz sah. Sofort wollte er sich an seine Arbeit machen, die Rionnag verhindern wollte, da sie nicht verstanden hatte, dass er ein Sanitäter war, was Gaire ihr nicht übersetzen konnte, da sie sich als deutsche Beamte ausgegeben hatten, die sicherlich nicht Englisch miteinander sprechen würden.

„Moment mal. So geht das nicht", sagte Gaire entschieden, als sich Kaufmann an seine Arbeit machen wollte und Brian zu untersuchen gedachte. Und während einige Schaulustige schon gegangen waren, kamen andere wieder näher, da sich eine unerwartete Wendung in der Geschichte andeutete, nachdem ein Streit um eine Tote zu entbrennen schien.

„Wie bitte? Sind Sie Medizinerin?", fragte Kaufmann. „Niemand hat den Tod dieser Person festgestellt. Und Sie wollen sie einfach wegschleppen?"

„Die sind doch von der Behörde", sagte Mitschke dem Sanitäter erklärend.

„Von der Behörde? Welcher Behörde?", provozierte er.

„Von der staatlichen soundso …", meinte Mitschke, als Gaire in die fragenden Augen von Rionnag schaute, die von der Unterhaltung überhaupt nichts verstand. Und sie wusste nicht, was vor sich ging, da sie die Sprache nicht sprechen konnte und mit Brian nur gehen wollte, doch erleben musste, dass die Menschen enger um sie herumrückten und sich Probleme anbahnten.

„Der Tod dieser Frau muss amtlich festgestellt werden", sagte Kaufmann. „Denn was, falls sie noch leben würde?"

„Wir haben sie ausgegraben", meinte Gaire unangemessen.

„Und deshalb schleppen Sie hier einen fremden Frauenkörper weg?", fragte Kaufmann. „Das dürfen Sie nicht. Wir müssen die Polizei rufen und einen Rettungsdienst. Man kann das nicht *mir nichts, dir nichts* erledigen", meinte er, stellte sich Rionnag in den Weg, damit sie mit Brian nicht weitergehen konnte, und bekam auf seinem Telefon kein Signal.

„Was heißt das? Wir haben die Leiche gefunden, ausgegraben und nehmen sie jetzt mit", sagte Gaire. „Oder soll ich Sie fragen, was Sie mit dieser Toten zu tun haben?"

„Das dürfen Sie nicht. Die Tote kommt in die Pathologie und sonst nirgendwo hin. Haben Sie das verstanden?", eiferte sich Kaufmann und fand Zustimmung bei den Zuschauern dieser Posse. „Und Ihre Personalien möchte ich auch feststellen lassen."

„Blödsinn", meinte Gaire und erntete nun das Missfallen des Publikums, das sich als gute Deutsche auf die Seite Kaufmanns stellte. „Ich habe die Leiche gefunden. Und so ist es meine Leiche, die ich als Finderlohn mitnehme", sagte sie, und ein besseres Argument als *Finderlohn* kam ihr so schnell nicht in den Sinn.

„Sind Sie wahnsinnig, gute Frau? Als Amtsträgerin sollten Sie doch ein wenig die Gesetze kennen. Eine Tote, die man als Finderlohn einer Toten einfach mitnimmt? Was stimmt denn mit Ihnen nicht?", fragte Kaufmann, und man pflichtete ihm bei, dass irgendetwas mit diesen Frauen nicht stimmen konnte. „Warum ruft denn keiner die Polizei?", und als Antwort hörte man, dass es keinen Empfang gäbe.

Rionnag spürte die wachsende Ablehnung der Irdischen gegen sich und ihre Pläne in der Menge und schaute Gaire scharf an, während Brians Kopf noch an der Schulter von ihr lag und sie ihren willenlosen Körper in den Armen hielt. Gaire war um weiteres Reden etwas verlegen, zog die Mundwinkel zurück, legte die glatte Haut ihrer Stirn in Falten und überlegte in Sekunden, wie sie aus der *Finderlohn-Nummer*, wie es Rionnag später den anderen Dunedin erzählte, herauskommen könnte. Vielleicht sollte man nur lange genug warten, bis alle von allein gingen, da ihnen zu kalt werden würde. Doch stattdessen kamen immer mehr Menschen auf den Berg, die nun auch neugierig waren, warum sich so viele Menschen zusammengerottet hatten und sich einfach mit dazustellten. *Nur Glühwein fehlte noch*, dachte Gaire, und es fiel ihr nichts ein, um die Situation an jenem Tag zu entspannen. Fragen von hinten nach dem, was vorne geschehen sei, an diejenigen, die antworteten, man habe eine Tote gefunden, die zwei Frauen stehlen wollten. Und auch der Dümmste der Neuankömmlinge verstand, dass man das unter keinen Umständen zulassen dürfe, während Rionnag und Gaire mit Brian bloß noch fortwollten.

Dann drängelte sich jemand durch die im Kreis stehenden Menschen zu Kaufmann und den Frauen heran. Er bat um Entschuldigung und stellte sich dann als Klaudia Reims vor, eine Internistin ihres Zeichen. Sie hatte einen Ausweis dabei, war etwa sechzig Jahre alt, grauhaarig, gut gekleidet, sehr souverän und sprach nüchtern, als man ihr die Geschichte erzählte.

„Einen guten Tag", wünschte sie dann den Dunedin und bat sie, den Leichnam einmal in Augenschein nehmen zu dürfen, um den Tod tatsächlich feststellen zu können, als Gaire Rionnag ansah und die beiden Frauen sich blind verstanden. Gaire wünschte ebenfalls einen *guten Morgen* und meinte, die Dame dürfe gerne den Puls prüfen, als die Ärztin trocken erwiderte, sie wisse, was sie dürfe, und ihre Finger an Brians Halsschlagader legte, um einen möglichen Pulschlag zu fühlen. Und genauso nüchtern stellte Reims fest, dass der angebliche Leichnam lebe. Durch diese Feststellung enttäuscht, dass es wohl keine weitere Eskalation des Disputes gäbe, waren die einen, während diejenigen erschraken, die gesehen hatten, wie die vermeintlich Tote aus dem Eis gegraben worden war.

„Wir müssen sie versorgen", sagte Reims den Dunedin, da ihre jahrelange Praxis mit Patienten und deren Angehörigen ihr ein gut geschultes, psychologisches Geschick durch kurze, präzise Erklärungen an die Hand gegeben hatte.

„Dann bringen wir sie in die Gaststätte und legen sie dort auf einen Tisch", meinte Gaire geistesgegenwärtig, der Reims zustimmte. Man sollte einen Rettungsdienst informieren und die Betreuung der Patientin bis zum Eintreffen der Helfer übernehmen. „Gut, dann gehen wir einmal rüber. Wie schön, dass Sie gekommen sind", meinte Gaire, und Mitschke konnte das alles nicht glauben. Ihm hatten sich die Amtsdamen doch ganz anders vorgestellt. Sie waren ihm gegenüber die Autorität. Und nun das? Von diesen Frauen hatte er sich lächerlich machen lassen? Er überlegte noch, als Kaufmann Rionnag und Gaire begleitete und sich der Tumult etwas auflöste, während Reims mit ihrem Mobiltelefon keinen Kontakt zu der Rettungsleitstelle bekam und ihren Notruf erst absetzen konnte, als die drei mit Brian in der offenen Gaststube verschwanden.

Rionnag legte Brian auf einen der Tische, der nicht umgeworfen war. Es war in der Stube so kalt, wie es draußen eisig gewesen war, und Schnee war in das Gebäude geweht worden, während Gaire Rionnag heimlich ansah und Kaufmann spürte, dass etwas mit diesen Frauen seiner Meinung nach nicht stimmen konnte. Doch selbstsicher grinste er, da er glaubte, die Situation nun kontrollieren zu können.

„Sie ist tot, ja?", schüttelte er den Kopf. „Und ihr wollt Beamte sein? Na, wenn die Polizei erst einmal hier ist, dann werden die schon herausfinden, wie ihr in die Geschichte verwickelt seid", meinte er überlegen.

„Ja. Das ist gut so", meinte Gaire zuversichtlich, da wenigstens die vielen, herumstehenden Menschen, die ihnen den Weg versperrt hatten, nicht mehr um sie herum waren. „Können Sie bitte einmal nachsehen, ob wir irgendwo eine Decke für diese Frau bekommen könnten? Sonst … sonst stirbt sie uns doch noch, Herr … Herr Laufmann."

„Kaufmann", betonte er ärgerlich. „Ich heiße Kaufmann", und schüttelte nur verächtlich lachend seinen Kopf.

„Bitte", bat Gaire auf ihre möglichst naiv verführerische Weise und zwinkerte Rionnag zu. „Ich habe wirklich gedacht, sie ist tot. Aber jetzt soll sie nicht sterben, bevor die Polizei hier ist", sagte Gaire und sah die Internistin draußen ihre Anrufe erledigen.

„Na gut. Ich werde mal nachsehen", sagte Kaufmann, der ebenfalls zu frieren begann, sich umdrehte, noch einen Blick auf die Frauen warf, während seine Freundin warm in Daunen eingepackt draußen vor dem Gebäude wartete. Bestimmt gäbe es irgendetwas, in das man die kaum noch lebende Frau einwickeln und worin man sie wärmen könnte, *und seien es auch nur Zeitungen*, dachte Kaufmann, indem er seiner Freundin zuwinkte und nach irgendetwas Wärmendem suchte. Durch eine halb offene Tür verschwand er in einem Nebenraum, als Gaire ihre Chance gekommen sah.

„Jetzt oder nie, Ash. Durch die Fenster raus. Und dann weg", flüsterte sie, und Rionnag nahm Brian vom Tisch auf die Schulter. Gaire schaute die wenigen Meter durch den Gastraum zur gegenüberliegenden Wand, aus dem die Fenster herausgehämmert worden waren, sprang geschickt durch die Rahmen in den Schnee auf der anderen Seite des Gebäudes, nahm von Rionnag Brian vorsichtig in Empfang, die mit den Füßen zuerst durch den Fensterrahmen geschoben wurde, bis Gaire sie richtig zu fassen bekam und sich schon über die Schulter legte, indem sie ein Bein und einen Arm des Körpers vor ihrer Brust zusammenhielt, während der Körper auf dem Schlüsselbein lastete, und begann schon zu laufen, als sie Rionnag gleich gewandt durch den Rahmen springen sah.

„Los, Cherry", lachte Rionnag. „In den Wald, nach links. Und dann nur noch runter", rief sie. „Ich halte dir den Rücken frei." Und Gaire rannte los. Sie hörten keine Rufe mehr. Sie nahmen nichts mehr wahr, als die eigenen, schnellen Schritte. Sie hörten auf nichts als auf ihren Atem und den eigenen Herzschlag. Und sie rannten. Gaire war lange nicht mehr so schnell gelaufen, wie an jenem herrlichen Wintermorgen in Deutschland, und sie sah die nahen Bäume unter dem hohen Schnee entgegenfliegen, tief in den weichen Pulverschnee eintauchen, und spürte sich kaum, weil es nur ein Ziel gab, dem sie entgegenstrebte: Brian musste gerettet werden. Und einige Male rief sie nach hinten, ob Rionnag noch da sei, die das bestätigte. Und dann rannten sie weiter, tiefer in den höher werdenden Wald. Sie liefen und strauchelten in die dunkle Freude eines Ganoven, der seine Missetaten vollbracht und seine Beute gerettet hatte. Je weiter sie liefen, desto mehr und lauter mussten sie lachen, was sie vollkommen außer Atem brachte, bis Gaire im tiefen, weichen Schnee stehen blieb, die leichte Brian von ihren Schultern nahm, prustete und lachte und Rionnag fragte, ob sie den Alben einen Moment tragen könne, was Rionnag gerne übernahm.

Sie wurden langsamer und fühlten sich sicher, denn es war nur noch ein kleines Stück des schnell bergab zurückgelegten Weges durch den tief verschneiten, dumpfen Wald, der weniger gefährlich als am Vortag war, da der Sturm wohl Bäume gefällt, aber auch die schwere Schneelast aus den Kronen geblasen hatte. Und Gaire lachte nur noch. Sie konnte sich gar nicht beruhigen, wodurch sie Rionnag ansteckte, die den konkreten Grund nicht verstand, da sie die Unterhaltung, die in deutscher Sprache geführt worden war, nicht verstanden hatte. Und Gaire schüttelte nur mit dem Kopf und bat um eine kleine Verschnaufpause.

„Ich hätte mich ohrfeigen können. Aber mir fiel nicht das richtige Wort auf Deutsch ein. Und dann habe ich gesagt, dass ich Patty als *Finderlohn* haben will, weil wir sie auch ausgegraben haben. Ich hätte ja auch sagen können *der Mühe Lohn* oder *ohne Fleiß kein Preis* oder irgend so einen Mist", lachte Gaire.

„Was? Das hast du gesagt?", fing nun auch Rionnag laut zu lachen an, nachdem sie sich zu Gaire in den tiefen Schnee gesetzt hatte, die Haare zu Strähnen gefroren waren, sie sich aber bester Dinge gaben und Brian vor sich in den Armen hielten.

„Mir fiel nichts Besseres ein", lachte sie. „Und der Kerl machte aus dem Schwachsinn noch ein logisches Exempel. *Eine Tote als Finderlohn für eine Tote*, sagte der", schrie sie fast vor Lachen.

„Das hat er gesagt?", fragte Rionnag lachend, und Gaire nickte, worauf beide kein Halten mehr kannten und sich kaum beruhigen konnten, während Rionnag Brian warm und fest hielt. Und erst als ihr Hinterteil kalt und nass wurde, kam ihnen der Gedanke, weiterzulaufen. Es sei gar nicht mehr weit bis zur Straße, meinte Gaire, und man wollte Camshron anrufen, damit er den Wagen die Straße herabfahren könnte, da sie am Morgen gemeinsam hochgefahren waren, auf einem verschneiten Parkplatz das Auto abgestellt hatten und Camshron warten sollte, da ihm seine Beine noch wehtaten.

Gaire ging einige Meter voraus, während Rionnag in dem eisigen, verschneiten Wald mit hohen Fichten und Tannen etwas zurückblieb, damit sie telefonieren konnte. Gaire erreichte Camshron, der einerseits glücklich zufrieden über den Umstand war, dass man Brian gefunden hatte. Andererseits war er verzweifelt über das Fahren eines Autos auf den falschen Straßenseiten. Aber man war sich einig, und Gaire zeigte Rionnag, dass man schon fast am Straßenrand wäre, nur den Verkehr durch den vielen Schnee noch nicht hören würde. Bald sahen sie ein reges Schlittern und Rutschen von Autos, die den Brocken auf der Anfahrtsstraße bezwingen wollten. Busse, die Gäste hinaufkarrten, abluden und dann irgendwann wieder einluden. Und sie sahen den ängstlich, verbissen bemühten Camshron auf der Straße kommen, der mehr mit seiner Gesichtsmuskulatur, denn mit seinen Händen das Auto am Lenkrad steuerte, worüber die beiden Dunedin sehr lachen mussten, als sie ihn kommen sahen, er das Auto abbremste, noch steifbeinig ausstieg, Rionnag und

Gaire aus dem tiefen Waldschnee die Böschung herabspringen sah, Gaire sich auf die Fahrerseite setzte, Camshron kommentarlos auf der Beifahrerseite Platz nahm und Rionnag sich um Brian auf der Rückbank kümmerte. Sie legte zuerst Brian auf die Bank, stieg dann auf der gegenüberliegenden Seite ein, schob sich mit ihrem Schoß unter Brians Kopf, schloss die Türen, und Gaire fuhr mit einem Lächeln los, ohne dass man miteinander sprach.

Rionnag griff nach Brians wundervollem Anorak, der auf der Rückablage des Autos gelegen hatte und Camshrons Beine vor dauerhaften Erfrierungen bewahrt hatte, bevor er sich ihrer wieder entledigte. Und jeder hing ein wenig seinen Gedanken nach, als Rionnag Brian den Anorak über die Schultern legte und wusste, dass alles werden würde, egal wie schwer es zu ertragen sei. Sie seufzte, strich der Naien über die Haare und den Kopf und spürte, wie sie langsam körperlich zu sich zurückkam. Ihre eigenen Haare und die Gaires tauten in der Wärme des Wagens auf und tropften auf die Schultern. Und Camshron wollte diese Nacht nur noch vergessen, obwohl noch einiges zu ihr gesagt werden musste. Zuerst aber musste man sich um Brian kümmern, die man nicht allein auf dem Berg hätte zurücklassen dürfen, was er sich vorwarf. Er hätte bei ihr sterben müssen, falls nötig, und sich nicht wie ein Ministrant wegschicken lassen dürfen, weil er sich in die Hosen gemacht hätte, dachte er. Er fand es sehr schwierig, sich sein Verhalten zu erklären und sich neu zu erfinden, da er nicht wusste, was es bedeuten würde, auf eine Naien aufzupassen und sie zu schützen. Das Leben …, ja. Das war ihm in all seinen Einzelheiten vor Augen. Dort konnte er sich augenblicklich richtig entscheiden und wusste immer, was zu tun war. Aber was macht man mit einem Alben, der sprechen kann und einen gegen die innere Überzeugung fortschickt? Was macht man, falls man Dinge tun soll, die man aus Respekt vor einer Naien nicht diskutieren kann, gleichwohl sie einem verkehrt erscheinen, da sie gegen den eigenen Kodex verstoßen?, fragte er sich. Wie würde er sich in Zukunft verhalten? Bei Brian bleiben? Auch gegen ihren ausdrücklichen Wunsch? Das müsse man untereinander dringend besprechen, denn Brian schien längst noch nicht in der Lage zu sein, diese Erde so zu begreifen, wie die Dunedin sie erlebt und verstanden hatten. Und man wusste auch nicht, was eine Naien tatsächlich in Gefahr bringen könnte. Was, falls Brian weder die Albensterne ordnen könnte, noch einem ihrer Ziele näher käme, die ihr gesetzt schienen?, fragte sich Camshron. Und was geschähe, falls sie durch ihre Unerfahrenheit das Leben der Dunedin sinnlos riskiere, die sie beschützen wollten? Viele Fragen ohne eine tatsächliche Antwort, während Gaire konzentriert fuhr, er nachdachte und Rionnag Brians Kopf im Schoß streichelte, der nun mehr zu schlafen schien, als abwesend zu sein.

„Was machen wir?", fragte Camshron die beiden anderen Dunedin.

„Ich meine, wir fahren nach Hannover zurück, oder?!", sagte Gaire und wartete auf die Zustimmung von Rionnag. „Wir können ja so mit Patty nicht zum Flughafen."

„Das stimmt. Dann suchen wir uns ein Hotel und warten, bis sie wieder bei uns ist?", erkundigte sich Camshron, dem das Deutschland mit dem falschen Verkehr überhaupt nicht gefiel. „Wie geht es ihr denn?"

„Es geht ihr gut. Und ich glaube, sie ruht sich bereits aus, seitdem sie ihren Pelz wiederbekommen hat. Der wird ihr noch helfen können."

„Hättest ihn ja danach fragen können", sagte Gaire frech.

„Ich wusste ja vorher nicht, dass solch eine Arbeit überhaupt möglich sein würde. Und unter diesem Anorak geht es dir wirklich gleich ganz anders", meinte Camshron. „Alles hat seinen Sinn", dachte er und ahnte nur, was Brian in der Nacht erlebt haben könnte.

„So, wie ich die Deutschen kenne, werden die uns nicht so einfach davonkommen lassen wollen", sagte Gaire dann, indem sie auf die Autobahn in Richtung Hannover abbog.

„Wie meinst du das?"

„Na, wegen der Geschichte auf dem Brocken. Man kann hier nicht so einfach mit einem Körper in der Gegend rummachen, Krummnase. Diese Zeiten sind vorbei", schmunzelte Gaire, und

Brian kuschelte sich tief atmend in den Schoß von Rionnag, drehte sich einmal und war bei sich, aber eingeschlafen.

„Sie ist wieder hier", erwähnte Rionnag nur kurz, während Camshron und Gaire auf der Autobahn mögliche Risiken besprachen, die auf sie zukommen könnten, falls sie das Land wieder verlassen wollten. Für eine brauchbare Personenbeschreibung würden mögliche Aussagen von Anwesenden auf dem Brocken kaum ausreichen. Doch die Lederjacken wären verräterisch, falls man sich an sie erinnerte. Sie wären ein Indiz für einen Anfangsverdacht, denn morphologische Gesichtsbeschreibungen der Dunedin waren für einen Menschen kaum möglich, da sie sich entweder widersprachen oder zu oberflächlich waren. In Wirklichkeit hätte ein Irdischer sagen müssen, dass man nicht wissen würde, wie diese Menschen ausgesehen haben, weil man nur den in den Bann ziehenden Augen ausgewichen sei. Doch wer wollte schon eine solch disqualifizierende Aussage machen? Folglich war man bereit, lieber einen Typus vor den inneren Augen entstehen zu lassen, der den Dunedin immer das beste Alibi verschaffte, da sie keiner der menschlichen Beschreibungen entsprochen hätten. Und Brian war so andersartig als alles, was Menschen jemals gesehen hatten, dass jede Beschreibung ihrer zu einer Farce werden musste.

„Dann sollten wir vielleicht vorher Elm anrufen", erwog Camshron, dem von der hohen Geschwindigkeit auf der Autobahn im Wagen schlecht geworden war. „Und könntest du etwas langsamer fahren, bitte", meinte er, indem er bereits schluckte.

„Unser Held ist seekrank", lachte sie, der das Autofahren nichts ausmachte. „Gut. Wenn wir in Hannover sind, rufen wir sie an. Und euch dahinten? Wie geht es euch?", wollte sie wissen, indem sie in den Rückspiegel schaute.

„Alles gut. Fahr du nur. Ist ja wohl nicht mehr so weit", sagte Rionnag und schlug Camshron freundlich von hinten auf die Schulter.

„Ich vertrag das einfach nicht", meinte er rülpsend. „Diese schlechten Gerüche hier … Kunststoffe und alle möglichen Gifte, dann der kranke Rechtsverkehr und schließlich noch Cherry", schmunzelte er, und Gaire nickte nur. Rionnag wollte dann wissen, wie es seinen Beinen ginge, die ihm noch wehtaten, aber nicht erfroren waren, und man sprach sich dahingehend ab, zuerst einmal in die Stadt zu fahren, dann mit Frangach in London zu sprechen und schließlich abzuwarten, wie sich Brian fühlen würde. Camshron gab noch zu bedenken, dass man Brian noch nicht blind folgen sollte, da sie noch in der Entwicklung zu einer Naien und für einen Menschen noch sehr jung und unerfahren sei. Man sollte wenigstens in der Lage sein, die eigenen Erfahrungen der Jahrhunderte mit einbringen zu können. Die intuitiven Entscheidungen am Brocken hatten ihm große Sorgen gemacht, da er seiner Meinung nach falsch reagiert hatte. Man dürfe sich nicht aus Übermut in Gefahr begeben, da man den größten Teil der Verantwortung für Brians Sicherheit tragen würde. Die beiden anderen Ältesten stimmten dem zu. Man musste viel vorsichtiger werden und wollte Brian in Zukunft mit lockeren Zügeln gewähren lassen, sofern sie auf intuitive Unternehmungen nicht verzichtete, die alle gefährden könnten. Und man musste ihr deutlich machen, was es hieße, Verantwortung für andere zu tragen und zu ertragen. Darin waren die Dunedin geschult. Als geduldige Älteste, die im Lauf der Jahrhunderte kurzfristige Fehlentscheidungen durchaus im Werdegang einer längeren Geschichte betrachteten und anders bewerten konnten, als der Irdische es getan hätte, der Entscheidungen für kurze Zeiträume träfe, die er eben gerade erleben würde.

Und dann schwiegen sie wieder, als Camshron sein Seitenfenster wegen der frischen Luft etwas öffnete und die Außentemperaturen erheblich wärmer geworden waren, je weiter sie nach Hannover kamen. Gaire genoss das schnelle Fahren, und Rionnag hatte die schlafende Brian auf dem Schoß, strich ihr das feine Haar, das rötlich grau in Wellen changierte, und war nur von dem Leben beeindruckt, das sie mit kluger Weisheit zu füllen hatte. Sie dachte an die Insel vor Norwegen, dachte an die Fulmare, an die einzigartige Versammlung der Vögel, die sie gesehen hatte und an der sie hatte teilnehmen dürfen. Sie dachte an Geschichtliches, das der Erde bevorstehen würde und zu dem sie mit ihrem Leben und ihren Talenten beitragen wollte. Und sie dachte an die Generationen der Dunedin vor ihr, die so vieles schweigend getan hatten, um das Leben in einem Gleichgewicht für alle zu halten, ohne das jemals jemand ein Wort über sie verlieren würde. Sie schrieben nicht, um kein Zeugnis ihrer Art und Gegenwart zu hinterlassen. Sie trafen sich selten. Sie waren einsame Wölfe, die dem Glück eines Lebens begegneten, das sie mit Fremden beschenkte, die selten Menschen waren.Sie waren fragwürdig unter den evolutionären Menschen und dennoch wesentlicher, als das etwaige Salz einer höchstwahrscheinlichen Erde. Sie sorgten sich um die Pflanzen und waren diejenigen, die denen dienten, die dieses Holz auf dieser Erde in diesem Weltenraum hatten werden lassen können. Und darauf waren sie so stolz, wie auf jeden Tag, den sie frei atmen konnten und an dem kein größeres Unglück geschähe, als vielleicht einem Gott zu glauben.

Brian strich sie über die Haare, freute sich über die unfassbare Reife von ihr und erstaunte immer wieder, wie ergeben sie sich in ihr Schicksal fügte. Wahrscheinlich hatten die beiden Dohlen ihren großen Anteil daran gehabt. Ganz bestimmt auch die Grauwölfin. Und was sie zu fühlen vermochte, konnte sich Rionnag nicht vorstellen. Dafür war man sich nur unendlich vertraut und verbunden – aber man war sich nicht bekannt genug. Das würde die Zeit bringen. Eine interessante Zeit für alle Beteiligten, dachte sie. Und was sie Furchtbares auf dem *Zerbrochenen Berg* erlebt haben musste, würde sie gern erfahren. Brian hätte sicherlich Dinge gesehen, die über die absichtlichen Kenntnisse der Dunedin hinausgingen. Dadurch könnten dann auch die Dunedin vielleicht Teile ihrer eigenen Vergangenheit bewusster aufarbeiten, um aus den bisher gemachten Fehlern zu lernen. Und auf jeden Fall hatte Brian, falls sie etwas auf dem Brocken erlebt haben sollte, ihren eigenen Tod gesehen. Trotzdem freute sich Rionnag über die große Chance für diese Erde und wünschte inständigst, das Leben würde gut mit seinen Alben umgehen – obwohl die Ältesten es besser wussten. Würden sich die Irdischen nur dem Leben und nicht ihrem eigenen Überleben verschrieben haben und das Überlebenwollen der anderen fürchten, da sie sich selbst zu gut kannten, dachte sie, als sie bereits in Hannover angekommen waren und sich Gaire erkundigte, was sie nun tun solle.

Für Camshron gab es nur eins zu tun: Sie sollte das Auto anhalten, damit er seine Beine in Bewegung bringen konnte und etwas frische Luft bekommen könnte. Das kam allen entgegen, da Rionnag meinte, man solle wirklich Frangach anrufen und sie würde so lange mit Brian im Wagen warten. Gaire ließ sich aus dem Verkehr fallen, bog in eine Hauptstraße im Süden Hannovers ab, nachdem sie von der Autobahn abgefahren waren, und parkte das Auto in einer privaten Wohngegend der Stadt unter großen, entlaubten Platanen, die die Lunge dieser Häuserzeile in heißen Sommermonaten zu sein schienen. Entlaubt frönten sie an jenem Tag nur einem warmen Winter. Irgendwo fuhr sie rechts an den Seitenstreifen, fand einen Parkraum, und Camshron konnte es nicht erwarten, endlich die Tür aufzureißen und die synthetischen Gerüche des Mietwagens hinter sich zu lassen. Er mochte keine Klimaanlagen und konnte den Kunststoffen nichts abgewinnen, so bemerkenswert sie als Werkstoffe sein mochten. Sie blieben für ihn künstliche Materie, die eine fantastische Qualität und unfassbare Eigenschaften haben mochten, aber warum machten ihre Erdenker aus ihnen Fahrzeugkonsolen, die die Menschen absichtlich in eine wirtschaftliche Abhängigkeit brachten? Er jedenfalls stieg aus dem Wagen und atmete die frische Luft. Gaire stieg ebenfalls aus, um in London anzurufen. Dafür entfernte sie sich etwas von Brian, blieb aber in Hörweite zu Camshron, der in einer fremden Stadt unter diesen Umständen immer bereit war, einen jeden von ihnen zu schützen, da niemandem etwas widerfahren sollte, was ihm nicht recht sein konnte. Dafür wurde er von Brian ausgesucht, und dafür war er sich selbst und seiner Art als Dunedin verpflichtet. Laut hörte er Gaire mit Frangach sprechen, die ihr offenbar besorgte Vorwürfe machte, da man sich in London einen früheren Anruf gewünscht hätte, denn schließlich sei man zum *Mons ruptus* gefahren und nicht irgendwo in einem sicheren Gelände des Nordens unterwegs gewesen. Gaire verstand die Sorge und entschuldigte ihre Nachlässigkeit. Schließlich sei aber alles unter Kontrolle, gab sie vor, was

Frangach am Telefon hörte, aber bezweifelte, als Gaire sie auf einen kleinen Zwischenfall am Brocken ansprach und fragte, ob sie irgendetwas darüber in Erfahrung bringen könne, denn man wolle zurückkommen. Brian schliefe noch im Schoß von Rionnag, aber man war sich nun nicht sicher, ob man noch die Flughäfen in Deutschland passieren könne, sowie die Naien aufwachen würde. Camshron verstand aus Gaires Reaktion die Aufregung Frangachs in England, die er nicht hören konnte, und er begriff die Sorge derjenigen, die an Unternehmungen nicht teilnahmen, sich aber das Schlimmste ausmalen konnten. Und Schlimmes hatten alle der Dunedin erlebt. Gaire versicherte abermals, dass man sich nicht verfolgt fühlte, aber präventiv agieren wolle und nur deshalb fragen würde, während sich Frangach etwas beruhigt einmal umhören wollte und Gaire förmlich anflehte, bitte zuerst auf ihren Rückruf zu warten, was sie kopfschüttelnd der Ältesten in London versprach.

„Elm. Immer überängstlich. Aber es ist doch alles gut."

„Es ist so lange gut, bis es nicht mehr gut ist. Und dann ist es plötzlich ganz schlecht, weil es scheinbar doch gut gewesen war. Und je besser es gewesen war, desto mieser kann es werden, Cherry", meinte er.

„Ja, ja, du alter Pessimist."seufzte sie und wusste, dass er nur recht hatte. „Wie geht es deinen Beinen, Lime?"

„Danke. Gut", erwiderte er und fühlte seine Kniegelenke und Unterschenkel ab. „Es ist alles wieder gut. Auch dank dem Anorak von Patty."

„Den finde ich nur toll. Einfach fantastisch. So ein wunderschönes Teil. Und er passt zu ihr. Was Nag da gezaubert hat, ist aller Achtung wert", sagte sie lobend und lief einige Schritte auf dem Bürgersteig neben Camshron her, bis sie anhielten, zurück zu Rionnag und dem Auto schauten und dann wieder umkehrten. „Und du? Und dein Afrika?"

„Was meinst du?", fragte er, der für afrikanische Interessen unter den Dunedin eingetreten war.

„Na ja, wir hören ja einiges voneinander. Mehr als noch vor hundert Jahren", schmunzelte sie ihn an und erwähnte indirekt seine letzten Verwicklungen in einen Fall, von dem man viel gehört hatte.

„Hmmm …, das ist ja alles nicht so einfach. Und es würde viel leichter sein, wenn wir hier oben anfingen. Denn da unten werden die Menschen einfach nicht in Ruhe gelassen. Man lässt sie nicht in Frieden leben", sagte er nachdenklich.

„Meinst du, wir sollten uns besser organisieren?"

„Ja. Nehmt den Leuten in der Ersten Welt das ganze Kapital weg, und vieles regelt sich wie von selbst", sagte er fast ein wenig verbittert, was gar nicht zu ihm passte.

„Wie jetzt? Sprichst du über …?", fragte sie, und er unterbrach Gaire.

„Nein. Nicht über mich. Im Allgemeinen, meine ich."

„Was ist da eigentlich genau passiert?", fragte sie weiter. „Es sind bloß Bruchstücke bei mir durchgekommen. Nicht die ganze Geschichte."

„So ein typisches Ding …, ʼn gutes Beispiel. Willst duʼs wissen?", erkundigte er sich, und sie hielten nahe des Wagens an, warteten auf den Anruf Frangachs, als Gaire noch einmal prüfte, ob sie ein Signal hätte – was sie empfing –, und sie wollte natürlich, dass ihr Bruder erzählte. Und dann sagte er, dass es Amerikaner gegeben hätte, die ihre Landsleute glauben gemacht hatten, sie könnten für sie Gold in Afrika kaufen. Gold, das man etwa 30 % billiger einkaufen könnte, als auf dem Weltmarkt. Und idiotisch, wie nur diese Menschen sein können, gaben gierige Leute denjenigen das Geld, die ihnen diese schwachsinnigen Profite angeboten hätten, als gäbe es keine Bildung und keine Informationsquellen in Afrika. Alles sollte ganz schnell vonstattengehen, und das Kapital, dass der amerikanische Ganove erhielt, schickte er zu seinen angeblich afrikanischen Partnern, die ihm angegeben hatten, dass man das Gold viel billiger kaufen könne. Diese Partner jedoch waren dümmste Kriminelle, die sich über die noch größere Dusseligkeit der Amerikaner die Händen rieben, das Geld erhielten, ihre korrupten Seilschaften in der heimischen Polizei und in den Ämtern schmierten und sich über die *Wahnfried idiotischster Amerikaner* totlachten, sagte er.

Nun platzten die Investmentverträge, die der Kerl in Amerika mit den Geldgebern gezeichnet hatte. Und wütend kam er nach Westafrika, um seine Partner, die er niemals zuvor gesehen hatte, zur Rede zu stellen, und um sein Gold abzuholen, das er mit 30 % Rabatt gekauft hatte, von Leuten, die es gar nicht ab. Noch wütender dann lief er zur Polizei, um ihr den Vorgang anzuzeigen, die bereits von dem Geld bezahlt worden waren, das der Schwachmat, wie er ihn nannte, unkonditioniert geschickt hatte. Die Polizisten sahen wohl das Dilemma, doch gaben vor, außerstande zu sein, Verhaftungen von Phantomen vorzunehmen, gleichwohl sie von den Tätern einen fetten Nachschlag verlangten, um sie weiterhin vor der Strafverfolgung zu schützen. Und sie wurden gut bezahlt und mit liberischen Mädchen beglückt. Das Kapital der Amerikaner roch einfach *leckerer* und besaß eine größere Wertstabilität, als die landeseigene, speckige Währung, die nur als Spielball internationaler Spekulanten gut war. So feierten die einen und bedauerten sich und den Wahnsinn die anderen. Und die Polizei feixte hinter vorgehaltener Hand. Die Amerikaner, die betrügen wollten, sind durch ihre Gier denjenigen auf den Leim gegangen, die dann das Kapital einfach gestohlen haben.

„Das verstehe ich nicht. Wieso meinst du, wollten die Amerikaner betrügen?"

„Cherry, Gold ist ein Bodenschatz. Er gehört den Nationen. Und die sollten auch in der Lage sein, den Preis für ihren Bodenschatz festzulegen, für den sie ihr Produkt verkaufen wollen. Können sie aber nicht, weil der Preis ihnen von London und New York diktiert wird. Täglich zwei Preissetzungen in London …", erklärte er und führte weiter aus, dass ein jeder wissen müsse, gerade in der gegenwärtigen Zeit, nach den Finanzkrisen und dem größenwahnsinnigen Bankenbetrug, dass man Aurum nicht zu einem 30%igen Preisnachlass irgendwo in der Welt kaufen kann. Wer das versuche, beginge seiner Meinung nach einen Eingehensbetrug, da er sich an einer Ressource bereichern wolle, die er anderen stiehlt, was Gaire so erklärt verstand. Von daher sollte man diesen egomanischen Investoren das ganze Kapital abknöpfen, wie er meinte, damit sie mit ihrem Geld nicht noch Kriminelle unterstützten, die die Gier der Wohlhabenden kennen und ausnutzen, um sich dann von den eigenen Landsleuten in Afrika abzuheben und ein System zu korrumpieren, das nur durch Kriminelle korrumpiert werden kann. „Kein Geld – kein Investment. Kein Investment – kein Betrug. Kein Betrug – keine Korruption. Alles krankt am Geld, wie du sehen kannst", meinte er und wusste, dass sie es verstehen würde. „Dabei ist die Krankheit nicht das Geld an und für sich. Es ist der irdische Mensch, der schlecht erzogen wurde. Für den, der sich Reichtümer wünscht, bekommt das Leben einen Preis … und verliert seinen wahren Wert", sagte er schließlich, und sie nickte.

„Und dann bist du in die Geschichte geschlüpft, Lime."

„Ja, weil ich diese Menschen schätze und sie ihre Chance brauchen. Sie haben da unten kein einfaches Leben, Cherry, ganz gewiss nicht. Aber dollarschwere, erfolgreiche Mafiosi sollten der schwer durchkommenden Mehrheit der Afrikaner keine bewundernswerten Vorbilder abgeben, weil sie sich alles leisten können, was sie wollen, da sie das Geld anderer ergaunert haben. Die anständigen Leute müssen sehen, dass diese Banditen nur ein kurzes, ängstliches Leben führen, in dem sie gar nicht genug klauen können, um diejenigen im System zu bezahlen, deren Schutz sie brauchen, um weiterhin stehlen zu können. Deshalb musste ich eingreifen und ein Exempel statuieren. Und seitdem hat sich einiges getan", meinte er, als Gaires Telefon klingelte und er abbrach.

Es war Frangach, die etwas recherchiert hatte. Und tatsächlich wollte man die Ereignisse am Brocken vonseiten der deutschen Behörden nicht einfach auf sich beruhen lassen, was sie herausgefunden hatte. Weiterhin meinte sie, dass die Ältesten und Brian den Zug nach London nehmen sollten. Sie würde sie dann vom Zug abholen. Entweder über Paris oder Brüssel. Gaire erkundigte sich, ob Frangach ihr die Abfahrtszeiten mitteilen könne, die sie jedoch nicht kannte. Sie wollte die Zeiten herausfinden und per SMS Gaire schicken. Und das sollte umgehend geschehen, als Gaire auflegte.

„Also wir fahren Eisenbahn?", rief sie lauf, damit es auch Rionnag hörte, die Brians Kopf immer noch im Schoß hatte und die Entscheidung begrüßte. „Und wie geht es Patty?", erkundigte sie sich, als sie an den Wagen getreten war und Brian schlafen sah.

„Gut. Es geht ihr gut, meine ich", sagte Rionnag. „Ich werde versuchen, sie aufzuwecken. Weißt du, wann der Zug fährt?"

„Elm schickt mir gleich eine Nachricht", meinte Gaire und schaute sich Brian an, in dem sie sich zu ihr in das Auto beugte. „Da haben wir ja eine bildschöne Fracht", schmunzelte sie. „Hoffentlich wird das eine gute Geschichte für uns werden", wurde sie etwas nachdenklicher, und Rionnag schaute sie mit ihren tief liegenden Augen ernst an, bevor sie wieder zu Camshron ging und ihm wiederholte, was er bereits gehört hatte. „Na gut ... Und dann?"

„Und dann was?", fragte er.

„Zurück nach Afrika, Bruder ... Was geschah dann?"

„Habe ich doch erzählt. Dann haben wir die schwarzen Mafiosi ausfindig gemacht. Hat lange gedauert, aber wir haben sie geschnappt ..., allein, ohne die Polizei, weil die bis auf wenige Beamte sowieso alle geschmiert gewesen waren. Den Kopf der Ganoven habe wir in eine Grube geschmissen, in der er sich vor Angst in die Hosen geschissen hat.

„Ehrlich ...? Oder sagst du das nur so?"

„Er stank wie ein ganzer Schweinstall. Wirklich wahr. Und anschließend war das ganze Land dessen gewahr, dass man auch die großen Banditen zu Fall bringen kann, was bisher niemandem gelungen war. Heute ist man vorsichtiger geworden. Und das ist gut so. Alles andere habt ihr wahrscheinlich in der Presse gelesen oder in den Nachrichten gehört", sagte er, und sie nickte. „Aber wie gesagt: Der Anfang des Übels ist nicht der Schwarze, sondern es sind die idiotischen Spinner, die den Schwarzen Geld geben, was den Afrikaner erst zum Kriminellen macht, da er weiß, dass der Weiße ihn betrügen will. Die Zeiten der Spiegelscherben und Glasperlen sind glücklicherweise vorbei", schloss er.

„Mutig. Ganz schön mutig von dir, Lime. Das hätte ich so weit nicht durchgezogen", zollte Gaire ihm Respekt, die in ihrem

Leben niemals auf dem afrikanischen Kontinent gewesen war. Ihr Aktionsradius war auf Europa und Kanada beschränkt. „Und wie sind die so, die Afrikaner, meine ich?"

„Ganz anders, als man sich Außerirdische vorstellt", meinte er trocken, und sie schaute ihn an, sah ihn dann grienen und musste herzlich lachen. „Cherry, was für eine verblöderte Frage."

„Verblödert …? Hab ich ja noch nie gehört …", lachte sie laut.

„Verblödung. Verblöderung. Verblödesterung. Ist doch klasse, denn es ist stimmiger … Habe ich einmal gehört, von der allerschönsten Frau hier auf Erden. Aber das ist eine andere Geschichte. Nein, Afrikaner sind tolle Menschen. So wie alle anderen auch. Sie sind noch duldsamer, als die Weißen. Auf jeden Fall sind sie spiritueller geprägt, was viele Ursachen hat. Aber … Und das ist, was zählt: Es sind tolle Menschen", meinte er und spürte die Herzlichkeit, die Freundschaft und Gastfreundlichkeit der Armut, die man Afrika in der ErstenWelt zugedacht hatte. Und weil diese Armut künstlich und vorsätzlich produziert werde, sei die Geduld der Afrikaner umso erstaunlicher, fügte er hinzu, als Gaire die Textnachricht mit den Abfahrzeiten der Züge nach Paris von Frangach bekam, die sie auf dem Display ihres Telefons las.

„Hmmm … in circa einer Stunde geht ein Zug", sagte sie, da Gaire jemand war, die die Zeit in ihrem Gespür hatte. „Schaffen wir das mit Patty?", worauf Rionnag nickte.

„Lass uns noch einen Augenblick, und dann versuche ich sie zu wecken."

„Ich kann Elm aus dem Zug anrufen. Der nächste geht dann erst morgen früh. Dann müssten wir hier irgendwo übernachten", meinte Gaire.

„Was ist mit dem Auto?", erkundigte sich Camshron.

„Lassen wir am Bahnhof stehen. Das finden die schon, denn wir sind im Moment auf einer Mission. Und die hat ihre eigenen Regeln. So haben wir es immer gehalten."

„Auf wessen Kreditkarte hattest du das Fahrzeug gebucht?"

„Ach …, auf irgendeinen von den unzähligen Namen, die uns nicht in Schwierigkeiten bringen werden", lachte Gaire, und Camshron nickte verständig, gleichwohl ihm Afrika vertrauter geworden war, da ihm die technischen Errungenschaften in ihren durchaus praktischen Anwendungen zu schnell geworden waren. „Irgendjemand wird dafür etwas bluten müssen", schloss sie und wendete sich wieder Rionnag und Brian zu. „Sollen wir zuerst zum Bahnhof fahren, oder willst du sie hier aufwecken, Ash?"

„Was meinst du?"

„'ne gute Frage. Wollen wir es hier probieren?"

„Gut. Noch einen Augenblick …, und dann", erwiderte Rionnag und rief Camshron zu sich heran, der bei ihnen sein sollte, falls irgendetwas Unerwartetes passieren würde. Schließlich hatte man noch keine schlafende Albe geweckt. Und Camshron folgte der Bitte.

Auf der Straße kam währenddessen ein Fahrzeug, blinkte rechts ein, konnte aber nicht einparken, weil die Dunedin mit ihrem Mietwagen auf dem Parkplatz standen. Hinter geschlossenen Scheiben, schlug der Fahrer auf das Lenkrad, zeigte ärgerlich mit beiden Händen an, was er wollte, doch Camshron fand, dass es noch mehr freie Parklücken gäbe, weshalb er diesen Mann nicht ernst nahm. Ungehalten begann dieser scheinbar hinter seinem Lenkrad zu schimpfen, um die Dunedin zu vertreiben. Doch sie ignorierten ihn. Camshron schüttelte mit dem Kopf und wendete sich einfach ab, als der Mann brüllend seine Fahrertür aufriss, aus seinem Fahrzeug sprang und wütend auf ihn zulief, der kein Wort von dem Deutschen verstand. Gaire intervenierte sofort und lenkte die Aufmerksamkeit auf sich, indem sie sagte, es täte ihr leid und man werde gleich wieder fahren.

„Das ist mein Haus und mein Parkplatz", brüllte der Herr mittleren Alters Camshron an und wollte sich nicht auf die attraktive Gaire einlassen, wohl aber mit dem Mann streiten.

„Ist ja gut. Wir fahren gleich. War nur ein kleiner Notfall", erklärte Gaire besänftigend.

„Mit ihnen spreche ich nicht. Sondern mit dem Penner da", schrie er wütend, während sich Gaire zwischen ihn und Camshron stellte, der wohl verstand, dass er angesprochen wurde, nicht aber, was gesagt worden sei, und auf seine Frage, erwiderte Gaire, man habe gesagt, dass man sich nicht mit ihm anlegen wolle, was Camshron nickend quittierte.

„Mit Ihnen werde ich noch allein fertig. Sich hinter einer Frau verstecken. Feigling", schrie er, als einige Anwohner an ihre Fenster gekommen waren, um den lauten Streit auf der Straße zu hören. Gaire besänftigte den Mann und bat ihn wieder in sein Auto zu steigen und doch auf der anderen Straßenseite einzuparken, auf der es noch genügend freien Parkraum zwischen den Bäumen gäbe. Und er fluchte über sie hinweg Camshron an, der die Ruhe in Person war.

„Möchte er sich immer noch nicht mit mir anlegen?", fragte er Gaire schmunzelnd.

„Äh …, nein. Bestimmt nicht", meinte sie zwinkernd, als der Deutsche die beiden miteinander Englisch sprechen hörte. Er verstand die Konversation nicht, riet aber über den Tonfall die Sprache und wusste dann, dass es sich um Ausländer handelte. Und was ihm daraufhin über die Lippen kam, war *Fuck you, Ami*, und Camshron drehte sich um, lachte zum ersten Mal und hielt seine beiden Daumen in die Höhe.

„Ja! Da bin ich dabei, du Esel! Jeden Ami *effen*", freute er sich auf Englisch, bevor der gesetzte Herr mittleren Alters in seinen mittleren Oberklassewagen einstieg und in seinem Auto weiter vor sich herbrüllte, nachdem er die Tür zugeschlagen hatte, und wartete blinkend, bis sein Parkplatz frei werden sollte, anstatt einfach einen anderen zu nehmen. Gaire und Camshron schüttelten nur schmunzelnd ihre Köpfe, wunderten sich über die bissige Verkrampfung der Menschen und blieben an ihrem Auto stehen, was den Herrn mittleren Alters zur Raserei trieb und zum Dauerhupen veranlasste, als sich Camshron umdrehte und gerade auf dem Weg zu jenem Herrn war, doch von Gaire und Rionnag zurückgehalten wurde, da Brian durch das Hupen zu erwachen schien, schwach blinzelnd in die Augen Rionnags lächelte und fragte, wo man sei, die darauf nur kurz erwiderte, dass sie in Sicherheit sei.

„Lass uns fahren", meinte Gaire und stieg schnell ein, Camshron nahm wieder auf dem Beifahrersitz Platz, und Brian kam langsam neben Rionnag auf der Rückbank zu sich, als Gaire den Wagen startete, ausparkte und losfuhr.

„Was war denn das?", fragte Brian, als Gaire noch im Rück-spiegel sah, wie der Deutsche einparkte, seine Frau bereits am Gartenzauntor stand und er ihr sicherlich erzählte, wie man mit so einem Gesindel umgehen müsse und er sich durchgesetzt habe, während sie ihn fragen würde:

*„Und? Wie war dein Tag, Schatz? Das Abendessen ist schon kalt."*

*„Ausländer. Denen muss man erst zeigen, dass man hier nicht alles machen kann, was man will. Nutzen uns sowieso aus, wo sie können."*

*„Komm rein. Ich hänge dir dein Jackett auf den Bügel an die Garderobe"*, würde die Frau sagen und ihm eine gute Frau sein können, weil sie des Tages einen ausländischen Liebhaber im Haus haben würde, der ihr das Leben lebenswerter machte, während ihr Mann sie auf eine gesunde, wirtschaftliche Basis stellen würde und dafür allabendlich seine Bratkartoffeln be-käme. Und während die Nachbarn wieder vor den Fernseh-geräten verschwanden, der seriöse Herr mittleren Alters immer noch aufgeregt mit seiner Frau durch den gepflegten Vorgarten in das Haus ging, nachdem sie sittsam die Gartenpforte ge-schlossen hatten, fuhr ein Mietwagen mit drei Dunedin und einer Naien durch Hannovers Straßen auf dem Weg zu einem Hauptbahnhof, um Deutschland so leise zu verlassen, wie man gekommen war.

Gaire musste einige Passanten nach dem Weg fragen, da Hannover eine größere Stadt war, in der sie sich auch wegen des gewöhnungs-bedürftigen Rechtsverkehrs schlecht zurechtfand. Camshron rang mit seiner Übelkeit durch die ruckartige Fahrweise von Gaire und hatte sein Seitenfenster geöffnet. Rionnag saß neben Brian auf der Rückbank, und Brian war vollends aufgewacht, wenn vielleicht auch nicht ganz bei Sinnen. Mehrfach hatte sie gefragt, wo sie seien und es jedes Mal aufs Neue bestätigt, dass sie es verstanden habe, um dann einen Augenblick später wieder zu fragen, ob man immer noch in Deutschland sei, gleichwohl sie die Ältesten zu erkennen schien. Camshron wurde auf die immer wieder-kehrenden Fragen von Brian aufmerksam und machte sich seine Gedanken, während Gaire sich auf den Verkehr konzentrierte und schließlich im Schilderwald einer deutschen Stadt Hinweise auf den Hauptbahnhof fand, denen sie folgte.

„Man kann ja über die Deutschen sagen, was man will: aber die Straßen sind einfach bestens. Und ihre Wegweiser, falls man erst einmal eine Richtung gefunden hat, immer zutreffend. Ordentlich, bis in die Schuhsohle", sagte Gaire.

„Die ondulieren sich wahrscheinlich sogar noch die Arschhaare, bevor sie zu Bett gehen", warf Camshron als unangebrachten Kommentar über die *rechtlich legitimierten Falschfahrer* ein, wie er sie auch nannte, was Brian hörte und zum Grinsen brachte. Und als sie nach der *ordentlichen Schuhsohle* und der *Afterondulation* fragte, atmeten die drei Dunedin etwas auf, da Brian an dem gegenwärtigen Geschehen teilzunehmen schien. Sie schien wieder unmittelbar zu reagieren.

„Das habe ich auch noch nicht gehört", schmunzelte sie.

„Nein? Na, wir beschreiben unsere Lieblinge alle naselang so, nicht wahr, Lime? Besonders du. Ein echter Lyriker auf diesem Gebiet. Das Antidot zu Schiller", kicherte Gaire und sah dann wieder auf den Verkehr, der sie zuerst rechts und dann unter einer Hochbrücke links abbiegen ließ. „Hauptbahnhof. Da steht's. Und hier sind wir. Und du, mein lieber Lime, bist ein hundsmiserabler Kopilot", meinte sie zu Camshron. „Wenn wir auch nicht schreiben, so können wir doch lesen, oder?", meinte sie frech und hatte sich einen hilfreicheren Beifahrer gewünscht. Camshron schüttelte den Kopf, und Rionnag freute sich über Brian, der es zunehmend besser zu gehen schien.

„Ist alles in Ordnung bei dir, Patty?", fragte sie und sah sie an.

„Hmmm …", lächelte sie etwas abwesend. „Ach, ich möchte zu Sidhe und Daoine. Ich fühle mich so fremd hier."

„Ich weiß. Wir sind auf dem Weg. Morgen sind wir da. Dann ruhen wir uns richtig aus. Und du hast uns bestimmt viel zu erzählen", meinte Rionnag und legte ihre Hand auf die kühle Hand von Brian. „Vielleicht kannst du dir den Anorak vor der Brust schließen. Das hilft manchmal. Dann fühlst du dich nicht so nackt", meinte Rionnag noch, als Gaire bereits langsamer fuhr, in eine Hochgarage einbog, einen Parkschein zog und einige Etagen hochfuhr, um den Wagen abzustellen, da man offenbar an dem, was die Deutschen *Hauptbahnhof* nannten, angekommen war.

In der dritten Parkebene fanden sie einen freien Platz und stellten das Fahrzeug ab. Gaire legte die Schlüssel, nachdem alle ausgestiegen waren und sie den Wagen verriegelte, von unten unter die Stoßstange und zerriss das gezogene Parkbillett mit dem Kommentar *Fly, fly away*, bevor sie die Schnipsel in die Höhe warf.

Rionnag ärmelte Brian ein. Gaire lief voraus, und Camshron sicherte sie nach hinten ab, hätte er gesagt. So fanden sie einen Fahrstuhl, fuhren hinab, stiegen unten aus und machten sich von der Rückseite des Bahnhofes in das große, laute Gebäude auf.

Vor den selbstöffnenden Türen standen Raucher und alberten einige Punks, die auffällig gekleidet waren und die die vier überhaupt nicht beachteten. Camshron zwinkerte nur ihren sehr freundlichen Hunden zu, die sie bei sich hatten und die sich darüber freuten, gute Menschen und eine Albe zu sehen, als sie das Gebäude betraten.

Rionnag sorgte sich um Brian, der es wieder zunehmend anders zu gehen schien. Und sie spürte, dass es etwas mit den Menschen oder den quälend unberechenbaren Geräuschen zu tun haben musste, denen man ausgesetzt war. Die Dunedin waren ein eingespieltes Team. Sie vermochten sich gegenseitig zu fühlen. So auch an jenem Tag eben unter diesen Menschen, als Brian wieder sagte, dass sie zu ihren Dohlen und den Seevögeln wollte, woraufhin Rionnag sie beruhigte, während Gaire vor und Camshron hinter ihnen lief. Sie fürchteten sich vor einem weiteren Eklat, der in einem öffentlichen Gebäude ganz andere Konsequenzen hätte als auf einem Berg in einem Naturschutzpark. Hier gab es spezialisierte Sicherheitsdienste und wachsame Polizisten allerorts, weil man sich an einem hochfrequentierten Verkehrsknotenpunkt in Deutschland befand. Das kam einem Hochsicherheitsbereich gleich. So auch dieser Bahnhof an jenem denkwürdigen Tag.

Sie liefen durch eine Passage, die unterhalb der Gleise lag, während sie über aufsteigende Treppen beidseitig aus der Passage zu den Zugsteigen gelangen konnten. Über den Treppenaufgängen

wurden die Gleisnummern angezeigt und dahinter die Ziel-
bahnhöfe der Züge, hatte Gaire schnell herausgefunden, während
Camshron nur auf seine Begleitung und deren Sicherheit achtete.
Brian wurde immer unwohler zumute, und Rionnag fragte Gaire,
ob sie wisse, von welchem Gleis man abfahren würde, indem sie
die breite Bahnhofspassage entlangliefen. Gaire richtete sich nach
den Anzeigen an den jeweiligen Gleisen und hatte noch keinen
Hinweis auf einen Zug nach Paris gefunden.

Hunderte von Reisenden liefen durch das Gebäude. Unter
ihnen lag offenbar ein zweites Stockwerk mit unzähligen Geschäften. Bratengerüche von Wurst und Fleisch, Fischbrötchen
und asiatischer wie südeuropäischer Küche. Fritteusen, Fett,
billig schwere Parfums und Tausende von Stimmen und Geräuschen, die sich überlagerten. Und unter ihnen drei Älteste mit
einer Naien, die alledem nur entfliehen wollten. Um ihm entfliehen zu können, mussten sie all das zuerst ertragen, bis sie ihr
Gleis, ihren Zug und ihre schließliche Abfahrt über Paris nach
England fanden.

Und Brian bekam Durst. Alle hatten Durst. Nur mussten sie
weiterzulaufen, zwischen den ahnungslosen Menschen, unter
einem künstlichen Licht, in dem Lärm eines sinnlos geschäftigen
Lebens, das dieser Gegenwart einen Fortbestand zu gewährleisten
schien. Was anderen vertraut war, wurde Brian zur Qual, und
Rionnag spürte die wachsende Unruhe in der Naien, als sie zu
Gaire rief, man müsse endlich das Gleis finden und mit Brian
an die Luft. Es ginge ihr nicht gut und sie habe Sorge um sie, als
Erschütterungen durch das Gebäude liefen, die die anderen gar
nicht wahrzunehmen schienen, in Brian aber etwas auslösten,
was sie später von sich selbst nicht fassen konnte.

In Brians Brust zog sich die Muskulatur zusammen, und sie begann nach Luft zu ringen. Ihre Gliedmaßen begannen zu zittern,
und sie spürte, wie Rionnag sie fester am Arm hielt. Brian zog
sich Akitas Pelz enger um den Körper. Auch spürte sie noch, dass
die Dunedin nervös und besorgt auf ihre Veränderung reagierten,
die sie selbst nicht mehr steuern konnte.

Es begann in ihrem Körper zu beben. Die Tausenden passierten sie mit Fragmenten von Lichtern. Unter ihren Füßen schwankte der Boden, und sie klemmte Rionnags Hand stärker unter ihrem Arm ein. Sie stöhnte dann und sagte noch etwas, wie, dass sie zu ihren Vögeln wolle, und roch den weisen Norden, sah aber Blut, Lichter und Eisen. Sie sah in spiegelndes Glas und fiel in die Leere geifernden Geschreis, als Bremsbacken Stahlräder zum Glühen brachten. Brian spürte Hitze in sich aufsteigen und sah Gesichter vor ihren rollenden Augen hinter ihren Lidern. Sie sah in die Sorgen mitleidender Blicke und hörte fremde, verächtliche, einsame Stimmen als Soli keines Orchesters, sondern als Mahnung in den Raum geworfen. Und dann der Durst. Die Zunge, die in ihrem Rachen schwoll, und der Gaumen, der die Mundwinkel trocken versiegelte. Glut auf ihrer Haut. Funkenflug als Geräusch und Dunkelheit gerochen, strauchelte sie, fühlte sich gehalten, rief nach einem, den sie Lime nannte, und bat ihre Wölfin, nicht so schnell zu laufen, da man den wundervollen Abend eines gesonnenen Nordens für sich schöpfen wollte. Dann versagten ihre müden Beine, und ihre wunde Kehle schnürte sich zu. *Gleise*, hörte sie sagen und fragen nach einer Ash, einer Ältesten, die es kaum noch geben konnte, als einen Vogel, der sich im Labyrinth eines Rosenstrauches scharfe Dornen tief in die weiche Brust rammte, da er den Glauben an einen zukünftigen Wind verlor. Heftige Luftzüge rissen Zeitungen aus Papierkörben und lasen sie blätternd. Und Zähne in Fratzen, die totes Fleisch kauten — lachten oder warben sie?, kam ein Gedanke. Sie malmten, war der nächste. Sie sprachen nicht – sie bissen, und Köpfe Fremder, die wie Handpuppen vor ihr hin und her schaukelten. Von weit her rollte das nächste Unwetter an. Über ihr der tiefe Donner, vor ihr die summende Naien, als die Ältesten tapfer, aber sinnlos verbrannten. Fleisch und Tod und Hitze. Und das grollende Donnern kam, da es seinen erlösenden Regen vergaß. Infernal seine Präsenz. Vernichtend seine Vibration, und wie gepfählte Köpfe tanzten die Gestalten, als es grauer wurde. Sie bat, sinken zu können, hing an einem Dunedin und rief nach Rionnag, die sie nicht sah, doch stützend spürte. Tränen rannen über ihr Gesicht.

Sprache hörte, aber tröstete sie nicht. Und über das dröhnende Unheil schwersten Stahls, gestohlen und veredelt. Ein Geräusch als Florett durch ihren Körper getrieben, dem sie nicht ausweichen konnte, und *Nein* schrie sie. Sie empfand die Entstehung. Sie sah es kommen. Und doch entkam sie ihm nicht. Gejagt, ohne gerannt zu sein. *Nein*, schrie sie wieder und rief nach ihren Dohlen. Sie wollte ihre Opferung nicht wiedererleben. Ermordet auf dem Altar der Menschlichkeit. *Nein*, und es wurde grau um sie. Das Licht erlosch zu Helligkeit. Scheiben barsten. Angst um sie und in ihr. Und es wuchs das Grau aus ihr heraus. Die Kehle trocken und gerissen die Lippen. In den Tränen das Blut einer Vergangenheit, die ihre Antworten vergessen hatte. Und Brian richtete sich noch einmal auf und atmete ein. Sie atmete den Wacholder und roch die Heide, als ihr die Tränen vom Kinn herabtropften und die Sonne langsam in den Horizont tauchte. Sie spürte die Erde sich im Weltenraum drehen und durch ein Sonnensystem rotieren und atmete tiefer ein. Luft zu atmen, die ihr durch die Haut entwich. Und sie fragte, weshalb die Menschheit sich und andere umbringt, um dann in einer Unruhe nicht mehr zu sehen, was Formen besäße. Farbenspiele mischten sich ineinander, und sie atmete aus, um tiefer einzuatmen.

Die Dunedin sahen Brian in sich zusammensacken, um sich dann aufzubäumen. Der stets unverwüstlichen Gaire stand diesmal der Schrecken im Gesicht, als sie Brian sah. Und Camshron wusste nicht, wohin er zuerst schauen sollte. Rionnag hielt Brian fest und ließ sie erst los, als sie einatmete und ein Hauch durch die Passage des Bahnhofs strich, der für Sekunden die Geräusche eines jeden anderen verwehte. Erschreckende Stille plötzlich, und Menschen blieben stehen. Sie sahen sich um, bis sie auf Brian und die hilflosen Dunedin aufmerksam wurden. Und man erkannte in ihnen die Quelle des Geschehens. Brian stand wohl noch mit geschlossenen Augen und atmete dann tiefer ein, als sie ausgeatmet hatte. Und falls eine Schönheit diesen Moment beschriebe, in dem ein Mensch über sich hinauswächst, so war Brian erregend schöner, als Menschen es ertragen konnten. Dann verschwammen die Farben. Sie wurden zu Grau und verschwanden für Augenblicke in einem Nichtlicht irgendeiner Helligkeit zeitloser Proportionen, als die Menschen vor Faszination und Schrecken erstarrten und Brian aus keiner Mitte allseits klingend durch die Halle tönte.

*Warum vernichtet ihr?*, schwemmte es zwingend durch den Bahnhof aus allen Richtungen, als die Farbe verschwunden war. Und sosehr es die Deutschen verstanden, verstanden es alle Reisenden, gleich welcher Nation und welcher Sprache sie mächtig waren. Die Dunedin schauten sich fassungslos an. Rionnag schloss für einen Moment die Augen, und Gaire war schon auf dem Sprung irgendeine Treppe hinauf, gleich zu welchem Bahnsteig, da man mit Brian nur so schnell wie möglich untertauchen musste. Bestenfalls in einer Menge, die nicht um sie herum wie versteinert stand und dieses unglaubliche Schauspiel verfolgte und erlebt hatte. Niemand konnte sich der Aussage Brians entziehen, die sich in die Mauer zu brennen vermochte.

Bevor sich ein Widerstand formieren konnte, ergriff Camshron Brian, schob Rionnag fort und machte deutlich, dass man sofort Gaire folgen müsse, obwohl er nicht wusste, wohin sie wollte. Und Gaire rannte panisch die Treppen hinauf, schaute sich nur einmal um, ob die anderen ihr folgten, und gelangte zu den überdachten, windzügigen Bahnsteigen. Menschen standen fröstelnd und warteten auf ihre Reiseanschlüsse. Sie hatten kaum etwas von den Ereignissen, die sich in der Passage unter ihnen abgespielt hatten, mitbekommen. Sie schauten nur routiniert, wer die Treppe heraufgerannt kam, vielleicht in der Hoffnung, dass es jemand sei, den man kannte, hörte dann nur einen Tumult von unten die Treppengänge heraufschwappen, der sich aber ob der lauten Stadtgeräusche auf den Bahnsteigen schnell in der Lautstärke verflüchtigte. Man schaute auf seine Uhren, die Anzeigetafeln mit den Reiseinformationen, hörte den Lautsprecheransagen zu, die Zugverspätungen und Gleisverlegungen für ankommende Züge bekannt gaben, und kümmerte sich um seine eigenen Angelegenheiten, da man die Unruhen und das Gegröle von Fußballfans oder rivalisierenden Türken- und Armenier-Banden kannte und nur hoffte, in keine Gewalttätigkeiten mit hingezogen zu werden, als die Dunedin die Treppe hinaufgestürzt kamen, einer mit einer offenbar bewusstlosen Frau über den Schultern.

*Engländer*, dachte man, als man die drei laut und keuchend miteinander sprechen hörte. *Wieder einmal*, dachte man leiser. *Dass die Engländer ihre Finger nicht vom Alkohol lassen können*, meinten einige angewidert und drehten sich kommentarlos weg, damit man nicht durch einen möglichen Augenkontakt die Leute vielleicht noch provozieren würde. Man gab sich lieber bewusst und demonstrativ unbeteiligt, biss in sein süßes Plunderstück oder trank etwas heißen Kaffee aus einem To-go-Becher, zog sich den Kragen höher oder trat einige Schritte mit seinem Gepäck zurück.

Die Engländer stürmten auf den Bahnsteig. Camshron rief Gaire hinterher und wollte wissen, in welche Richtung man sich orientieren müsse, da auf dem Steig, den sie betreten hatten, weder rechts noch links ein Zug stand.

„Wir müssen über die Gleise", schrie sie. „Dürfen wir nicht. Müssen wir aber", rief sie, und die Dunedin hatten verstanden. Rionnag sicherte ihren Weg nach hinten ab, da Camshron die dämmernd summende Brian trug. „Und aufpassen. Die Züge fahren hier verdammt schnell", schrie sie, als sie schon wieselgewandt verbotenermaßen auf die Gleise sprang und die anderen Reisenden nur den Kopf schüttelten, sich aber nicht einmischten. „Heee …, da rüber! Da steht bereits unser Zug! Abfahrbereit. Wir fahren nach Belgien. Nicht nach Paris!", schrie sie und zeigte auf einen langen Zug, der auf einem anderen Gleis stand, den sie aber nicht von der Bahnsteigseite erreichen konnten. Und Gaire kroch unter den Zug, zwängte sich auf der anderen Seite zwischen Waggon und Zementschwelle des Bahnsteiges, stand dann neben dem Zug und konnte durch die Fenster zurück auf die anderen Gleise schauen, die sie zu Fuß überquert hatten. Da sah sie unzählige Menschen die Treppenaufgänge zu den Gleisen hochströmen. Und sie sah Polizisten sowie Personal eines Wachdienstes. Und sie sah die Reisenden, die sie passiert hatten, befragt nun in ihre Richtung deuten, als ein längerer Güterzug, der durch den Bahnhof auf einem anderen Gleis fuhr, ihr die Sicht nahm und Camshron rief, sie möge ihm mit Brian helfen, die er ihr unter dem Zug hochreichte, während er und Rionnag sich durch den engen Zwischenraum am Gleis auf den Bahnsteig quetschten.

„Hier rein", zischte Gaire und war mit Brian im Zug verschwunden, während sich Rionnag und Camshron noch den Dreck aus den Jacken schlugen, ein Pfiff ertönte, Reisende über Lautsprecher vom Einstieg in den ICE nach Brüssel abgehalten wurden, die Türen sich hinter ihnen automatisch schlossen und der Zug geräuschlos aus Hannover mit drei lachend verschwitzten Ältesten und einer benommenen Naien abfuhr.

Man wurde willkommen geheißen, fand für jeden einen Platz, hatte ungeheueren Durst und wurde auf das Angebot des Zuges mit seinen Speisemöglichkeiten aufmerksam gemacht.

Es ruckelte einige Male. Durch die Fenster verschwand der Tumult auf dem Hauptbahnhof Hannover und ihnen wurde eine angenehme Reise mit dem Team der Deutschen Bundesbahn gewünscht, als Brian noch von Wacholder träumte und weder die Effekte noch die Auswirkungen ihres Denkens kannte. Sie dachte an den Norden Großbritanniens und an ihre Dohlen.

# XXU

„Zwei Kreditkarten habe ich verbrannt", erzählte Gaire Frangach und Dragh, die die Dunedin und Brian von der Shuttle-Station in London abgeholt hatten. „Eine für den Mietwagen und die zweite für die Fahrkarten. Das ist ein ganz schön teures Sightseeing geworden", lachte sie trocken, als sie mit dem Großraumtaxi vor der Wohnung von Frangach im Ortsteil Walworth in der Bagshot Street abgesetzt wurden. Dragh bezahlte den Fahrer, während alle anderen aus dem Taxi stiegen, Frangach die Haustür aufschloss, die Dunedin eintraten und Brian zum ersten Mal eine Wohnung einer der Ältesten betrat, die spartanisch eingerichtet war, aber für viele Personen genug Platz hatte.

„Ja, kommt herein", lachte Frangach *pro forma*, weil schon alle in der Wohnung waren, bis auf Dragh, der als letzter die Treppe heraufkam und hinter Frangach die Wohnungstür schloss. Die Nachbarschaft wusste, wo sie arbeitete, und war es gewohnt, dass sie häufig sonderbare Kollegen mit nach Hause brachte. Sie würden viel *undercover* arbeiten, hatte sie den Nachbarn hinter vorgehaltener Hand verraten, und man hatte natürlich sofort verstanden, war dankbar für die vertrauensselige Auskunft und fragte selbstverständlich nicht weiter.

„Wer möchte etwas trinken?", fragte sie als freundliches Willkommen, und alle waren mit gutem Wasser einverstanden. Das Essen wäre für einen Irdischen mickerig gewesen, dürftig in der Anrichtung und kärglich in der Darreichung. Aber die Dunedin waren mit ihrem Brot und Trockenobst meist glücklich und vollends zufrieden.

Es gab ein großes Wohnzimmer mit einem Blick auf die Straße vor dem Haus, selbstverständlich zwei Gästezimmer, eine große Essküche und etwas, was man ein Arbeitszimmer hätte nennen können, in dem nur ein Tisch mit einer kleinen Lampe stand, vor der ein stilistisch unpassender Stuhl gestellt worden war. Auf der Tischplatte standen mehrere Ladegeräte, und es lagen sicherlich zwanzig Mobiltelefone auf der Platte. Es gab in der ganzen Wohnung keinen Fernseher und keine gutbürgerliche Schrankwand. Dafür verrieten Bücher, auf dem Boden zu Türmen gestapelt, ihren Lebensstil. Und ein Notebook, das als Arbeitsgerät diente, da sich die Dunedin auch keine elektronische Post schickten.

Camshron stand noch an den halb zugezogenen Fenstern und schaute auf die Straße, als Frangach eine große Tonschale mit Brot brachte und Rionnag bat, ihr mit den Wasserkrügen zu helfen. Bei den Gläsern sollte sich jeder selbst bedienen, bis auf Brian, für die sie bereits ein besonderes Trinkgefäß mitgebracht hatte: einen Trinkbecher aus Holz.

„Du wirst das Glas, Steingut, Ton und Porzellan nicht mehr so sehr mögen, Patty, glaube ich", sagte Frangach und reichte ihr den samtig weich geschliffenen Holzbecher.

„Wie kommst du darauf?", fragte Brian, die nicht wusste, was sie mochte und weshalb nun ein Holzbecher für sie besser sein sollte.

„Na, probiere es doch einfach aus, und sage selbst", meinte Frangach dann, ging in die Küche zurück und brachte Brian auch eine Porzellantasse, einen Tonbecher und ein Glas, stellte alle auf einen der kleinen Beistelltische, die neben jedem Sessel im Wohnzimmer standen. Brian setzte sich, während auf einen anderen Holztisch Brot und mehrere Wasserkrüge gestellt wurden. Dann probierte sie die unterschiedlichen Trinkgefäße mit ihren Händen, ohne sie mit Wasser zu füllen, und konnte für sich keinen Unterschied feststellen. Rionnag erklärte dann, dass sie schon Wasser hineinfüllen müsse und es trinken sollte, was Brian daraufhin tat. Einen Schluck aus dem Glas, und sie spürte die feurige Hitze in ihrer Kehle, die dem Glas entsprang. Das Gleiche aus der Porzellantasse und dem Steingutbecher. Als sie das Wasser aus dem Holzgefäß trank, war es wunderbar kühl, frisch und perlend. Es belebte sie förmlich und stillte ihren Durst auf eine Art, wie sie es zuvor nicht erlebt hatte. Vielleicht hatte sie wenige Male in ihrem Leben etwas angeheitert durch Alkohol sich eine solche Belebung eingebildet, doch befriedigt, wie sie jetzt durch das Wasser schien, und ermutigt zu leben durch eine verlorene

Zurückhaltung, während man trank, das war ihr eine neue Erfahrung. Und hier eine berauschende Frische, die Brian überwältigte und im Wasser so für nicht möglich gehalten hatte.

„Oooo …", stöhnte sie entzückt. „Das ist wirklich unbeschreiblich. Woher wusstet ihr das?", erkundigte sie sich lächelnd berauscht, und die Dunedin schauten sie an.

„Sind wir die Ältesten … oder sind wir es nicht?", fragte Gaire schmunzelnd. „Die Naien haben es uns gezeigt. Und wir helfen dir dabei, das zu werden, was du bist, Patty."

„Herrlich. Es schmeckt gar nicht wie Wasser", schwärmte Brian und sah in den zauberhaften Holzbecher.

„Ist es ja auch nicht. Es ist ein 40-jähriger Highland Park", erwiderte Camshron trocken, und Brian horchte auf, schaute ihn an und musste dann lachen wie alle anderen. Und sie dankte Frangach für die Lehrstunde über etwas, was sie so schnell allein sicherlich nicht herausgefunden hätte. Den Becher durfte sie behalten und sollte ihn stets bei sich tragen, damit das Wasser in Zukunft ihren Durst stillen könne und sie den großen Wert des Wassers erkennen würde.

Brian staunte und Gaire erzählte ihre Geschichte Deutschlands Frangach und Dragh. Aufmerksam hörten die beiden Dunedin kritisch zu. Jede Erzählung barg Details eines Zeitgeistes, die für die Dunedin von größter Bedeutung waren, da sie den *Status quo* der menschlichen Entwicklung dokumentierten. Und nur wegen des Schutzes des Lebens waren die Ältesten hier. Von daher waren die Dunedin sehr aufmerksame Zuhörer und sorgfältig neutrale Beobachter, während sie ihre eigenen Meinungen untereinander hatten und Wünsche pflegten, denen sie angesichts des objektiven Lebens nicht entsprachen und nachkamen. Oder wenigstens meistens nicht – weshalb sie Merlin schließlich auch gemieden hatten.

Brian schaute sich währenddessen die leeren Wände an. Nicht ein Bild, keine innenarchitektonisch durchstrukturierte Wohnung. Nichts, was auf eine Sammelleidenschaft oder irgendeine Schwäche hindeutete. Keine Instrumente, die ein Hobby des Bewohners verrieten. Die Wohnung: Sie war geschmacklos, würde sie sagen.

Funktionell. Leer. Unatmosphärisch. Stil- und sinnlos. Es gab keine hübsch verspielte Ecken, Blumen oder Trockensträuße, keine erkennbare Leidenschaft oder Mühe mit dem Lichtspiel. Es waren nackte Wände und nackte Räume. Die Sessel waren sehr bequem. Kleine Holztische und einen etwas größeren Tisch in der Mitte. Saubere Fenster. Geruchlose Vorhänge. Ein kaltes Licht von der Decke. Funktionalität, das war, was Brian sah. Keine Ausstrahlung und kein Ambiente. Keine Mühe mit irgendeiner gearteten Raumkunst. Keine Schnörkel und nichts von Gemütlichkeit in einem räumlichen Willkommen. Und so fremd sie es zuerst empfand, gewöhnungsbedürftig, dachte sie und lachte innerlich, weil sie sich daran nicht gewöhnen musste, da sie in den Räumen der Frangach wahrscheinlich nie wieder sein würde, so angenehm erschien es ihr bei einer zweiten Betrachtung, da dieser Wohnraum nicht von seinen ihn beherbergenden Menschen ablenken würde. Der Mensch in diesem Raum war gefordert den anderen, wie sich selbst, zwingend wahrzunehmen, da er nicht in die unterhaltenden Kleinigkeiten möglicher Gegenstände an den Wänden, in Vitrinen oder Regalen zu fliehen vermochte. Man war in diesem Raum. Oder aber, man war es nicht. Man konnte diesen Raum jedenfalls nicht mit dem vorwendigen Kommentar verlassen, dass man etwas nicht oder gar übersehen hätte, da es nichts gab, was nicht zu sehen wäre.

Und Brian schmunzelte, dachte leise, dass es interessant sei, und hörte dann den anderen Dunedin bei ihren jeweiligen Erlebnissen zu, die sie sowohl auf der Reise wie an dem *Zerbrochenen Berg* hatten. Brian staunte über die wirklich analytischen Details, die die Ältesten wahrzunehmen in der Lage waren und sich erzählend mitteilten. Wäre sie gefragt gewesen, so hätte sie wahrscheinlich nur einen Bruchteil dessen gesehen, was Gaire, trotz ihrer burschikos erlebten Art bemerkte, empfand und augenblicklich verstand, als Rionnag, die neben Brian saß, ihre Hand kurz auf die ihre legte und lächelnd flüsterte, dass sie trotz ihrer Jugend nicht dem Irrtum erlegen sein sollte, Dunedin seien tumbe Alte. Dann hörte sie weiter den Eindrücken und Beschreibungen von Gaire zu, da auch sie und Camshron mit ihren Erzählungen an die Reihe kommen würden. Brian nickte, verstand und trank einen Schluck des Wassers aus dem Birkenholzbecher. Sie empfand den Lebensraum der Dunedin als faszinierend, da sie ohne die Illusionen der Petitessen lebten und auskamen.

Ein jeder berichtete seine Erlebnisse und beschrieb die Perspektiven seiner Wahrnehmung, da alle andere Positionen in einem Raum besessen und andere Blickwinkel auf die gleiche Situation hatten. Daraus ergab sich dann ein recht konkretes Bild, das einer Realität und seinen Akteuren entsprach. Und es gab Gesprächsbedarf sowie *Manöverkritik*, wie es Camshron nannte, der sich auf dem deutschen Bahnhof überfordert fühlte, Gaire hinterherzurennen, da sie, seiner Meinung zufolge, die Richtung nicht deutlich genug angegeben hätte. Sie verteidigte sich, dass sie selbst nicht gewusst habe, wohin sie mussten, als Brian das *Lichtatmen* begann, wie es die Dunedin nannten und was den Naien bei den Vögeln den Beinamen der *Lichtfresser* eingebracht hatte. Und selbst Dragh, als Draufgänger bekannt, hörte bei diesen Erzählungen sehr sorgsam zu, kommentierte sie niemals, dachte lange nach und hätte sich gewünscht, in Deutschland bei Brian gewesen zu sein. So schnell er sich all zu oft zu Handlungen hatte hinreißen lassen, so geduldig war er bei den Erwägungen seiner Schwestern und Brüder. Und Brian bewunderte die neutrale, schonungslose, detailgetreue Beschreibung der Erlebnisse der Dunedin. Sie selbst wurde sehr nachdenklich, als sie durch die Dunedin von den Ereignissen hörte, die sie auf dem Bahnhof unwissentlich ausgelöst haben sollte. Und nachdenklich machte es sie auch, wo und wie man sie auf dem Brocken unter dem Schnee im Eis eingeschmolzen gefunden hatte. Wohl konnte sie sich an die Orte erinnern, aber ihr subjektives Erleben war so ganz anders gewesen, dass sie sich ein wenig vor dem zu fürchten begann, was aus ihr bisher geworden sei. Und wahr war, dass sie sich so sehr nach ihren Dohlen sehnte, was Rionnag laut ihrer gemachten Aussagen nur bestätigte. Sidhe und Daoine gaben ihr einen unbegreiflichen, aber scheinbar wesentlichen Sinn ihres wundersamen Lebens und ihrer unabänderlichen Entwicklung. Und sie schien ihre Qualitäten von Grund auf verändert zu haben, seitdem sie auf dem deutschen Berg gewesen war. Während sich die anderen noch gegenseitig zuhörten, glitt sie in ihre Gedanken, bis man um sie herum schwieg.

Brian glaubte, dass man nun sie fragen würde, was für sie geschehen wäre und wie sie das Geschehene verstände. Doch anstatt die bisher gemachten, sprachlichen Skizzen zu komplettieren, erwartete man von Brian keine Erzählung, sondern war sogar befremdet, als sie fragte, ob es nun an ihr sei, ihre Eindrücke zu schildern. Man lachte sie nur freundlich an und erwiderte, falls sie sprechen und sich erleichtern wolle, könne sie das jederzeit ungefragt und unaufgefordert tun. Ob es den Dunedin jedoch helfen würde, diese Erde besser in ihrer Balance zu halten und den irdischen Menschen in seiner Istigkeit zu verstehen, ließen sie offen.

„Wir müssen ihn nur aus der Schusslinie halten", sagte Frangach gedankenversunken, nachdem man die unterschiedlichen Erzählungen der Einzelnen zu einem Gesamtbild zusammengesetzt hatte.

„Ihn? Wer ist er, den wir aus der Schusslinie halten sollen?", fragte Rionnag nach.

„Verzeiht. Ich meinte Patty … *Ihn*, den *Engel*, hatte ich gerade gedacht", ergänzte sie, und Brian horchte auf.

„Seht ihr mich bereits als eine Naien? Als eine Albe?", fragte sie verstört.

„Nein. Als einen Freund. Als ein überraschendes Mädchen. Und als eine erfahrene Frau. Aber ich sehe dich nicht mehr als irdischen Menschen an und für sich. Und auch nicht als Dunedin, Patty. Du bist viel mehr und wertvoller, als wir alle zusammen. Dir müssen wir nur ein Zuhause schaffen, bis du erwachsen genug bist", sagte Frangach. „Oder, vielleicht doch. Vielleicht sehe ich dich doch bereits als junge Naien an. Nein: ganz bestimmt sogar."

„Das würde ich aber auch so sehen, nach dem, was sie bereits auf dem Bahnhof anrichten konnte", steuerte Dragh ungefragt mit dazu bei. „Mit solchen kognitiven Kräften versehen …"

„Du weißt, was *kognitiv* heißt?", alberte Gaire schon wieder, und Dragh verzog seine Mundwinkel zu einer Grimasse, woraufhin alle schmunzelten.

„Jedenfalls musst du uns nichts erzählen, Patty. Deine Angelegenheiten habe eine solche Bedeutung, dass sie von uns nicht infrage gestellt werden und stets absolute Präferenz besitzen. Und deine Wahrnehmung der Erde wird so von unserer divergieren, dass wir uns freuen, falls du sie uns mitteilen kannst und möchtest. Aber ich glaube, du wirst für das meiste Erleben keine Sprache haben. Es wird dir an Worten fehlen. Und wir bekommen Effekte deiner Wirkung ohnehin so weit mit, wie es uns betrifft", erklärte Frangach.

„Ich möchte zu gern mit Fergus und Aileen sprechen", sagte Brian ruhig, und Dragh schaute sie an, bis sie weiter ausführte, dass sie den Vögeln der Einfachheit halber einen Namen gegeben habe. Es seien die Basstölpel, mit denen sie sprechen müsse, was dann ein jeder verstand.

„Ja …", sagte Frangach. „Was steht an? Was habt ihr vor?"

„Wie sieht es bei euch aus?", erkundigte sich Gaire.

„Es geht seinen Gang. Und es läuft gut. Es wird etwas dauern, aber gut werden. Selbst diese Nuss werden wir knacken", womit Frangach die portugiesische Freundin von Brian meinte, die sich Brians Stiftung bediente und einverleibte. „Alle sind unterwegs, beschäftigt und willens", schmunzelte sie. „Patty, willst du deine Bekannte von früher eigentlich noch einmal wiedersehen, oder hast du kein Interesse daran, ihr ein letztes Mal in die Augen zu schauen? Sie ist übrigens alt geworden und ergraut. Martin Doheny hat gesagt, dass ihr sie gemeinsam aufsuchen wolltet, was dann aber wohl schiefgegangen war"; und Brian hörte Frangach, sah sie überrascht an, wusste aber nicht, was sie sagen sollte. Wollte sie Gouveia noch einmal sehen? Damals hätte sie das zweifellos sofort gewünscht. Aber nun? Alles hatte sich verändert. Weshalb noch sollte sie sie sehen wollen? Aus Gründen der Genugtuung, die sie nicht zu empfinden in der Lage war? Rache und Heimzahlung hatte sie auch als Frau schon nicht fühlen können. Aus welchen Gründen hätte sie Gouveia sehen mögen? Brian war unentschieden. „Na, dann mache dir keine Gedanken darüber, Patty. Du hast noch genug Zeit, es dir zu überlegen. Und wenn es so weit ist, wirst du wissen, ob du es möchtest. Wir werden nichts übers Knie brechen. Und Geld ist noch mehr als genug da. Von daher haben wir also erst mal keinen Druck", hörte man Frangach sagen.

„Apropos Geld, Elm. Wir brauchen etwas Bargeld", meinte Gaire, da zwei Kreditkarten unbrauchbar geworden waren, wollte sie die Ermittlungsbehörden nicht auf sich aufmerksam machen.

„Kümmere ich mich drum", meinte Dragh. „Wir treffen uns morgen sowieso alle zu einem Briefing", womit er eine Besprechung der Ältesten meinte, zu der sie sich regelmäßig trafen, um die weiteren Schritte und Aufgaben gegen Gouveia zu koordinieren. „Wo wollt ihr hin?"

„Aus der Schusslinie, Spruce", wiederholte Gaire, die Dragh nur allzu gern ärgerte.

„Und wo ist das?"

„Müssen wir Patty fragen. Oder unsere Krummnase. Lime hat den besten Riecher von uns allen", lachte sie, und er meinte, dass er sich gern bereit erkläre, ihr im Bedarfsfall einen eben solchen Riecher zu verschaffen, falls sie ihn weiterhin darum ersuche. „Nun, falls ich es nicht schriftlich einreichen muss", alberte sie weiter, woraufhin auch die anderen lachen mussten. „Ich würde es dann Elm förmlich aufsetzen lassen. Dann hat mein Gesuch wenigstens auch einen amtlichen Charakter", doch die tiefere Frage, wohin es gehen sollte, blieb offen, bis Brian erneut erklärte, dass sie zu den Vögeln müsse.

„Richtig. Dann fahren wir eben noch einmal zu Nag. Der wird sich ein zweites Loch dahin freuen, wohin bei anderen die Sonne nicht scheint", meinte Camshron.

„Stirnhöhle? Nasenbein? Trommelfell …? Wohin wird er sich ein zweites Loch freuen, mein Bruder? Werde ruhig konkreter", ulkte Gaire.

„Übrigens, Patty: Dein Anorak ist ein wahres Kunstwerk", freute sich Frangach über das wundervolle Stück, das Brian geschneidert worden war. „Wirklich, ganz einzigartig", und sie dankte es ihr mit einem nickenden Lächeln, als man zu Brot, Trockenobst und Wasser überging.

Brian hatte keinen Appetit. Sie wollte sich durch Nahrungsmittel nicht den belebenden Geschmack des Wassers verderben, den sie noch im Mund hatte, und staunte über den Gedanken an sich. Und als sie Rionnag neben sich auch nichts essen sah, fragte sie, ob sie nicht etwas an die frische Luft gehen wollten. Die Ältesten schauten sofort auf, und Brian erschrak, ob sie etwas Unangemessenes gesagt habe. Rionnag verneinte das mit ihrem Gesichtsausdruck, erklärte aber, dass man größte Sorge um ihre Sicherheit habe, als Frangach Rionnag anschaute und meinte, falls es nur für einen kurzen Spaziergang sei, sollte man ruhig gehen. Ungeäußert ließ sie die Hoffnung für Rionnag, dass sich Brian innerlich stabil verhalten werde. Dann bat Frangach Dragh, die beiden zu begleiten. Schließlich könne man einige Anrufe in ihrer Abwesenheit erledigen, als Brian schon aufstand, sich bedankte und Gaire erklärte, dass sie sich bei ihr für ihr Leben zu bedanken habe.

„Was wir für dich als Dunedin tun können, ist schon wenig genug." Brian ließ die Äußerung so stehen, öffnete die Tür und ging die Treppen hinunter, Rionnag vor ihr und gefolgt von Dragh.

Man war nach wenigen Schritten bereits auf einer ruhigen Wohnstraße irgendwo in London. Rionnag meinte, dass es einen kleinen Park in der Nähe gäbe, durch den man laufen könne, falls sie es wünschen würde – und falls sie sich benähme, wie Dragh lachend hinzufügte, als Brian griente.

„Ich weiß nicht, was geschehen war, Ash", sagte Brian entschuldigend zu Rionnag, die sich bei ihr eingeärmelt hatte und über die für sie magische Außenhaut des Anoraks strich, von der sie nicht wusste, dass sie aus Spinnengarn von den Vanyar für eine Naien gewoben worden war, denn diese Kunst hätte auch die des Kürschners überstiegen, dem man sie allerdings zuschrieb.

„Weißt du, du bist uns keine Rechenschaft schuldig, Patty. Wir sind an dich gebunden. Die Erde wird es sein. Vielleicht auch die Menschheit eines Tages. Wir sind dir verpflichtet – und nicht du uns. Von daher sind wir stolz, die Barrieren in deiner

Umgebung für dich aus dem Weg zu räumen, damit du wirst, was du zu werden hast. Denn wenigstens bist du maßgeblicher als wir alle zusammengenommen", lächelte sie.

„Aber wie kann das sein, dass einer meiner Gedanken für mich eine solch gewaltige Zerstörung für euch zur Folge hatte?", fragte sie, als sie bereits auf die Albany Road bogen, Dragh aufmerksam die Straße nach möglichen Gefahrenquellen für einen Engel überschaute und man auf der gegenüberliegenden Seite im Park einen Teich entdeckte, der von gepflegten Grasflächen und umstehenden Bäumen eingerahmt war. Die Wasseroberfläche war nicht vereist, der Tag ein milder Januarnachmittag, der für den Abend heftige Regenschauer versprach, die dem Süden Englands von Jahr zu Jahr zunehmend zusetzten.

„Das wirst du lernen müssen. Den Umgang mit deiner Kraft und deiner Macht, Patty."

„Aber sie ist mir nicht bewusst."

„Hmmm. Ich weiß. Und das ist fatal. Von daher musst du sie dir langsam bewusst machen. Andernfalls wirst du mit einem Atemzug Städte einreißen, an denen der Mensch seit Hunderten von Jahren herumbastelt. Und dass das nicht auf ihre ungetrübte Zustimmung stoßen wird, kannst du dir vorstellen", sagte Rionnag, als man junge Mütter mit ihren Kindern in dem Park sah, Hunde, die miteinander ausgeführt auf dem Grün tobten, einige Jogger, die in gewagt kurzen Sporthosen laufenderweise ihre Körper stählten, andere, die mit Frisbeescheiben aktiv zu sein meinten, und Pärchen, die einfach nur schlenderten wie sie. Eingeärmelt. Ein friedliches Koexistieren unterschiedlichster Interessen. „Und dabei helfen wir dir", schloss sie.

„Weißt du etwas von damals, Ash? Von früher? Von dem *Zerbrochenen Berg?*", fragte Brian.

„So viel, dass es einen Kampf gegeben hatte, den wir alle verloren haben. Und ich weiß, dass es um die *Adern* der Naien ging", sagte sie.

„Um was? Um die *Adern?*", fragte Brian verwundert nach, denn das hatte sie nicht sehen können, falls das, was sie erlebt hatte, in frühester Vergangenheit geschehen sein sollte.

„Ja, die *Adern der Naien*. Ihre Metalllanzen, mit denen oder durch die sie reisten und das Licht spalten konnten. Manche nennen es *Raumadern*. Aber ja. Egal. Jedenfalls erzählen wir uns, dass es den urzeitlich Irdischen um das Metall der *Lichtlanzen* oder *Raumadern* der Naien gegangen war."

„Die Dunedin waren stolz und tapfer, Ash", sagte Brian friedlich lächelnd, indem sie auf das Grün des Parks schaute.

„Du hast unsere Vorfahren gesehen, nicht wahr?", meinte Rionnag, ohne neugierig zu sein und Fragen stellen zu wollen.

„Ja. Alle sind umgekommen. Den Tausenden und Abertausenden barbarischer Menschen haben sie widerstanden, dann aber den Flammen nicht, die sie nicht bezwingen konnten, Ash. Erst am zweiten Tag ein Feuertornado …", sagte Brian leise. „Aber ihr ward unerschrocken und tapfer. Und die Seevögel waren es. Wolken von Vögeln, die den Himmel verdunkelten und sich mit den Dunedin in die Flammen stürzten, als es kein Entrinnen gab."

„Wie grauenvoll …", hörte Rionnag, schloss ihre Augen und atmete tief ein.

„Einem einzigen Tölpel wurde von einem von euch befohlen, den Flammen zu entkommen, um die verlorene Schlacht und den Untergang jener Naien den anderen kundzutun, die das Grauen an dem *Zerbrochenen Berg* nicht miterlebt hatten."

„Dann war das Morus, denn es gab nur eine Sulide, die damals überlebte, durch sie haben wir eine Ahnung, was damals passiert sein musste, obwohl Morus nie wieder gesprochen haben soll. So kennen wir den Hergang nicht. Morus soll allein zurückgekommen sein und bis zu seinem Tod die Namen der Toten aufgesagt haben, wozu sein Leben nicht ausreichte, so viele waren gestorben. Er selbst soll verhungert sein. Sein Schnabel soll durch Knochensplitter zerschlagener Schädel zerfetzt gewesen sein. Lange nach seinem Tod warf man ihm Feigheit vor, Patty, da er der Einzige war, der der Schlacht entkam und er nichts anderes als die Namen der Toten verkündete."

„Ash, er war mutiger als alle anderen und eine Zierde aller Suliden. Deshalb muss ich auch mit Fergus sprechen, damit man ihm von heute an in Ehren gedenkt."

„Das verstehe ich", meinte Rionnag und schaute Brian stolz an. „Ja, das kann ich gut verstehen", und sie hielt Brian fester am Arm, freute sich über sie und auf die Zeit mit ihr, die sie verbringen würden, als eine Frisbeescheibe, geworfen von jemandem auf der Rasenfläche, in ihre Richtung geflogen kam und Dragh geistesgegenwärtig die Wurfscheibe gerade noch mit einem Ausfallschritt nach vorne greifen konnte, bevor sie Rionnag getroffen hätte, die unaufmerksam in Gedanken bei Brian gewesen war.

„Fast hätte sie euch erwischt", sagte er zu Rionnag, die dann nur meinte, dass er genau deshalb mitgekommen sei, damit er eben diese Scheiben fangen könne, als ein etwa achtjähriger Junge hinter dem Fluggerät hergelaufen kam, dessen Mutter die Frisbee-flugbahn offenbar falsch eingeschätzt hatte.

„Erwachsene abschießen wollen, kleiner Mann. So geht das nicht", sagte Dragh, als der Kleine zu ihm herangelaufen kam und die Scheibe wiederhaben wollte.

„Du bist aber gar kein Erwachsener", sagte der Kleine kurz zur Überraschung aller, und man war neugierig, wofür der Knabe Dragh hielt.

„So … bin ich nicht? Na, was bin ich dann?", fragte er.

„Ääääh …, weiß nicht. Aber ein Erwachsener bist du nicht."

„Woher willst du das denn wissen?"

„Die sind anders als du", sagte der Kleine aufgeweckt und konversationsfreudig, als die Mutter schon herangelaufen kam und sich entschuldigte, wobei sie Rionnag, Dragh und Brian an-sah und sie nicht richtig erkennen konnte. Etwas war mit diesen Menschen anders, spürte sie und empfand eine glückliche Um-armung für Sekunden, die sie vollkommen einnahm.

„Mutti …, was ist der Mann?", fragte der Junge seine für Momente versonnene Mutter.

„Na, das siehst du doch", sagte sie und entschuldigte sich für ihren Sohn, der auf Fragen von Dragh nach seinem Namen Godwin hieß. „Kinder. Kinder und ihre Fragen …", sagte die Mutter, die Dragh nicht in die Augen schauen konnte und einen Schleier vor ihren eigenen spürte.

„Ja", sagte Dragh. „Der Kindermund … und die Weisheit", grinste er.

„Sie sagen es. Also bitte: Nochmals möchte ich mich entschuldigen", beteuerte sie verlegen, schaute ihren Godwin an, nahm ihn an die Hand und ging mit ihm wieder Frisbee werfen, während sich der Junge noch einmal umdrehte, laut *Tschüss* zu den dreien rief und dann neben seiner Mutter an der Hand weghopste.

Brian schaute die Dunedin an, und man schmunzelte sich zu, nickte zu Rionnag, die dann zu Dragh sagte, dass er es gut gemacht habe.

„Gelernt ist gelernt. Jahrhunderte mit Kindern aller Zeiten", lachte er, und sie gingen weiter. Die Frauen sprachen wieder miteinander, und Dragh lief eskortierend hinterher. Brian wollte alles auf einmal über die Dunedin wissen und spürte sich selbst in ihrer Persönlichkeit unverändert, obwohl sich ihre Empfindungen zu entwickeln schienen.

„Nein. Wir müssen uns nicht so oft waschen wie die Irdischen. Das wenige, was wir essen. Und wir schwitzen kaum. Dazu die guten Kräuter. Wir können nur nach dem riechen, was wir zu uns nehmen, Patty."

„Ja. Das ist mir vorher bei den Menschen nicht so aufgefallen. Aber sie riechen wirklich sehr streng", bestätigte Brian.

„Das stimmt. Lange gegen den Wind", lachte Rionnag. Außerdem mögen wir das Chlorwasser nicht. Es brennt fürchterlich in den Augen und kratzt auf der Haut. Nein, wir riechen eben nicht wie die Hiesigen. Parfums sind auch so eine Sache. Sie machen uns förmlich krank. Einem wird ganz schwindelig von den meisten. Zudem jucken sie in der Kehle und in der Nase", sagte sie und man empfinde manchmal den Geruch anderer sehr schwer erträglich, als Brian nochmals auf die Ereignisse am Brocken zu sprechen kam:

„Weißt du, es ist nicht der Wind gewesen, der die Asche von euch und uns fortgetragen hat. Sondern der Regen hat sie aus den Wolken in die Flüsse gewaschen", sagte sie in Gedanken, was Rionnag hochinteressant erschien.

„Du meinst …", sagte sie und wusste, dass sie nicht fragen sollte.

„Ja. Regen. Kein Wind", erwiderte Brian kurz.

„Weißt du, das macht Sinn. Deshalb auch das Meer. Jetzt ergibt alles einen tieferen Sinn", freute sich Rionnag, als seien ihr die Augen geöffnet worden. „Es macht Sinn. Und wir sind nicht darauf gekommen. Deshalb bist du von den Shetlands, meine liebe, gute Patty. Deshalb ...", freute sich Rionnag und sah zu Dragh, der die Unterhaltung nicht mitbekommen hatte. „Deshalb auch der letzte Albenstern auf dem Nordmeer ..., oder wir glaubten wenigstens, er sei irgendwo im Nordmeer. Das wäre schön. Es wäre wunderbar. Es könnte einiges erklären."

„Was könnte es erklären?", fragte Brian bestimmt.

„Ich weiß nicht. Vielleicht haben wir umsonst gesucht? Wer weiß. Naien werden offenbar am Meer wiedergeboren, wie du. Und die ersten zwei wiedergeborenen Alben hier auf Erden haben uns vor langer Zeit verlassen, Patty. Mit ihnen hatte keiner von uns sprechen können. Sie konnten uns nichts sagen, sondern sind einfach abgeholt worden. Du bist die dritte Naien, und sechs werden noch geboren werden müssen. Wer weiß, ob wir das erleben. Aber du bist die Einzige, die ich erleben darf. Dafür danke ich den Hylen, die auch dafür nichts können. Aber ich danke ihnen trotzdem. Und dem Tag. Und ich danke dir, Patty Brian, dafür, dass wir dir als Naien auf den Weg helfen dürfen, sofern ich es kann", freute sich Rionnag und schmiegte sich an den Arm von Brian, die die Älteste so emotional bisher nicht kannte. Als seien sie zwei beste Freundinnen, die durch den Park gingen, mit ihrem großen Bruder, der hinter ihnen aufpasste. „Das müssen wir nachher Elm und den anderen erzählen", sagte sie froh.

„Ihr tauscht alles miteinander aus, nicht wahr?, fragte Brian.

„Alles. Und es kann gar nicht genug sein. Wir haben keine Geheimnisse, selbst nicht vor Spruce ..., stimmt's?!", lachte sie so laut, dass auch er es hörte.

„Du nicht. Cherry schon", schmunzelte er. „Nein. Schonungslos offen und umfassend präzise. Dafür ist das Leben einfach zu wichtig, Patty."

„Ash, wann können wir nach Schottland? Ich möchte zu meinen Dohlen und den Tölpeln, bitte", warf Brian ein.

„Sofort. Wann immer du möchtest", lachte Rionnag. „Wir warten eigentlich nur auf dich. Du sagst uns, wo es langgeht, und wir laufen. Was dachtest du?"

„Dass ihr vielleicht ..."

„Vielleicht kennen wir nicht", unterbrach sie Dragh von hinten und entschuldigte sich, Brian in das Wort gefallen zu sein. „Tut mir leid. Aber wir tun nur das, was für dich wichtig ist."

„Du hast offenbar keine Vorstellung davon, was es bedeutet, dass du hier bist. Unsere ganze, kleine Welt ist in Aufregung geraten, als wir hörten, dass vielleicht eine Naien auf Erden ist", versuchte Rionnag Brians Bedeutung zu umschreiben.

„Nein. Darüber machte ich mir keine Gedanken. Und mache es eigentlich immer noch nicht, weil ich es anders erlebe, Ash", erklärte Brian.

„Das verstehe ich. Aber verstehst du auch uns?"

„Teils ..."

„Das wird dir dann über die Jahre schon gelingen. Jedenfalls sind wir alle sehr froh und glücklich und wünschen nichts, als dir zu helfen. So,wie auch die Vögel. Hast du das gar nicht gespürt?"

„O doch. Aber ich habe es noch nicht verarbeitet. Es ist zu viel. Zu schnell, zu viel. Und da ist nichts, woran ich mich gewöhnen kann, da sich alles entwickelt und dynamisch ist. Kein Raum mehr, in dem ich mich einzurichten verstände. Und dabei habe ich eine Erinnerung an Gemütlichkeit und Privatsphäre. An Behagen. Ich möchte manchmal nicht in eisigen Bergen nass werden, erinnere ich mich. Und doch macht es mir heute nichts aus. Ich erinnere mich an Schmerzen, trotzdem ertrage ich sie und fürchte mich nicht mehr vor ihnen. Früher tat ich das."

„Dich vor Schmerzen fürchten?"

„O ja ..., so sehr, dass ich einiges nicht tat, obwohl ich es hätte tun können, weil ich mich vor Schmerzen gefürchtet habe, Ash. Das hat sich langsam durch die Wölfin Akita verändert, als wir zusammen gelaufen waren. Wollen wir nicht zurückgehen, zu den anderen?", fragte sie dann, um auch den anderen ihren Wunsch nach Sidhe und Daoine mitzuteilen.

„Klar. Machen wir", sagte Rionnag, und fand sehr interessant, wie sich Brian wahrnahm, denn wahrscheinlich gab es viele Menschen, die viel mehr zu tun bereit wären, falls sie den möglichen Schmerz ihrer Handlungen ertragen könnten, dachte sie, und Brian schmunzelte.

„Du solltest neben einer Naien nicht so laut denken", nickte sie, als Rionnag sie ansah und herzlich zu lachen begann.

„Ja. Du hast vollkommen recht. Aber was gibt es zwischen uns zu verbergen?!", fragte sie, als Brian dachte, dass es nichts sei, was vor ihr zu verbergen wäre. „Spruce, hatte sich nicht jemand von uns ein bisschen mit der Geschichte beschäftigt? So ein bisschen mehr als wir mit unseren hinreichenden Kenntnissen?"

„Eldar war das, meine ich."

„Du wirst ihn morgen sehen, nicht wahr? Dann soll Eldar bitte zu uns kommen, denn ich würde gern mit ihm sprechen", bat Rionnag.

„Ich kann ihn anrufen, Ash", bot er an, und sie lachte.

„Ja, das versuche du einmal", als er sein Mobiltelefon aus der Jackentasche nahm, Mackintoshs Nummer heraussuchte und bemerkte, dass er kein Netzsignal hatte. Er hielt das Telefon in unterschiedliche Richtungen, aber bekam keinen Empfang und schimpfte über diese teuren Spielzeuge, die Frangach ihnen besorgt hatte. „Das meinte ich", lachte Rionnag und erklärte ihm schließlich, dass es an Brian läge. In ihrer physischen Nähe gäbe es keinen Mobilfunk mehr. Das verwunderte Dragh sehr, da man diesem Detail vorher keine Erwähnung beimaß, obwohl diese Information von größter, taktischer Bedeutung gewesen wäre, was er an Rionnag entschieden rügte, worin sie ihm zustimmte. Sie hatte vergessen, diesen neuen Umstand so darzustellen, wollte es aber allen Dunedin bekannt machen, sagte sie auf dem Rückweg zu Frangach. „Ich würde da gern so einiges verstehen, solange du bei uns bist. Weißt du, was die Zeit betrifft? Wie lange etwas gedauert hat, meine ich?"

„Ich verstehe. Aber zuerst muss ich mit Fergus sprechen, Ash. Und ich muss das innerlich verkraften. Wer ich bin und was ich kann. Ich hatte eine Schwester, die scheinbar die gleichen, irdischen Eltern gehabt hat. Und einen Sohn, der offenbar gar nichts von mir geerbt hat. Dann muss ich damit umgehen lernen, dass es noch sechs weitere wie mich hier auf Erden geben könnte, da wir wohl verbrannt worden waren, doch sowohl die Energie wie auch das Wesen irgendwann einmal wiedergeboren werden. Lass mich zuerst mit den Suliden sprechen und mit Sidhe und Daoine. Denn so ruhig ich zu sein scheine, so aufgewühlt bin ich auch, höre ich von euch, was ich angerichtet haben soll, ohne mir dessen bewusst zu sein", sagte sie freundlich, als sich die Wolken aus dem Westen schon verdichteten und es jeden Moment zu regnen beginnen konnte.

„Es sei dir gedankt, dass du dich auf dem Bahnhof in Deutschland nicht hast so treiben lassen wie auf dem *Mons ruptus*. In Hannover hätte es sicherlich Opfer gegeben. Und die Gesichter der Menschen hättest du sehen sollen."

„Ich habe etwas gesehen, es aber sich äußernd für nicht möglich gehalten. Ich meinte, es seien Bilder und Gesichter meines Inneren gewesen", erwiderte Brian.

„Das wird schon, und wahrscheinlich eher, jetzt da wir es wissen, als wir es vermeinen", sagte Rionnag zuversichtlich, wie sie immer war. Denn was auch sonst konnte man sein, als eben zuversichtlich, wenn man dem Leben aufrichtig und ehrlich gegenüberstand, eine Schar verdingter Bruderschaft der Dunedin war und eine Naien bei sich hatte, der man in den Weltenraum helfen musste, da die Erde nur eine Heimat von vielen war, auf der sich die Ältesten um die Entwicklung des Lebens sorgten. Da konnte man nur glücklicher Zuversicht sein. Sternstunden anderer, die sie nun auf viele Jahre hinaus als Dauerzustand erleben durften. Das war die größte Freude und das allumfassende Glück der Dunedin, das Merlin leider als einer von ihnen damals nicht teilen konnte. Hätte er es gewusst, er hätte andere Entscheidungen treffen müssen, die weniger seiner Eitelkeit als vielmehr dem Fortbestand des Lebens im Allgemeinen dienten.

Und als sie gerade den Park verlassen wollten, sahen sie zwei jüngere Leute auf einer Parkbank sitzen. Sie schienen miteinander zu sprechen. Eine junge Frau und ein kaum älterer Mann, in der Mitte ihrer Zwanzigerjahre. Obwohl es jeden Moment zu regnen beginnen drohte, saßen sie in ihren Winterjacken, unterhielten sich angeregt, und scheinbar bat er sie um etwas, dessen sie sich zierte, als Brian anregte, etwas näher an die Parkbank heranzulaufen, damit man die Unterhaltung hören könne, dem Rionnag und Dragh zustimmten. Sie sahen das blasse Paar nur von hinten, und offenbar bat er sie, ihm etwas vorzulesen, da sie ein Heft auf dem Schoß hatte und ihre Schultertasche zwischen ihnen stand. Ihr war es unangenehm, doch er entließ sie nicht, ohne dass sie ihr Heft aufschlug. Die beiden sahen nicht, dass sie von Brian und den Dunedin beobachtete wurden, als die junge Frau nachgab.

„Na gut. Aber du darfst nicht lachen. Okay?", bat sie.

„Habe ich schon jemals gelacht?", fragte er ironisch.

„Echt nicht, bitte. Mir bedeutet das was", meinte sie, schlug dann ihr Schreibheft auf, in dem handschriftliche Notizen und Skizzen waren, blätterte einen Moment und fand dann eine Passage, die sie ihrem Begleiter vorlas, nachdem sie sich räusperte. „Okay ... Also. ,*Nein, Sie hatten wirklich geliebt?*' Ach so, muss ich vorher noch sagen, John. Ist ein Gespräch. Sagt also einer zu einem anderen, okay?! ,*Nein, Sie hatten wirklich geliebt? Was haben Sie durch die Liebe verloren?' ,Wahrscheinlich meinen Sinn für das Unabänderliche.' Ja. Wahrscheinlich. Das ist einer der Preise, die uns die Liebe zahlen lässt.' ,Wohl so. Und wahrer wird sie dennoch nicht', mag man schmunzeln, falls man sich mühsam wiedergefunden hat, auf dem Weg der eigenen Identität*", las sie vor.

„*Identität?* Ich finde, das passt nicht", warf er ein.

„O echt, John."

„Sorry", sagte er, und sie las weiter.

„,*Aber was schon ist wahr?', bleibt es einem im Hals stecken, ,Ja, was bloß ist noch wahr?', hört man es erwidern und sollte dann längst auf dem Weg sein. Dem Weg zu sich zurück. War man mit dem Lieben nicht geduldig genug? War man zu leichtfertig? Gab man kraftlos auf, da die resignierte Selbstverliebtheit nach einem betörender schrie? War es der Schrecken vor der Liebe, die vielleicht nicht Liebe war? Die Scheu vor dem Verlust des Egoismus? Oder war sie so wahr, dass Menschen sie mit-*

*einander nicht leben konnten, da sie der menschlichen Natur widerspricht,*
*während wir uns nach ihr sehnend verzehren? Vielleicht entspricht sie uns*
*nicht. Und weiß man um die Opfer ihrer? Man weiß darum – und über-*
*lebt hat die Liebe sie alle … die Menschen aber ihre Liebe nicht. ‚Lasse*
*uns heim finden, denn dem Tod sind wir entgangen‘, sagte man noch,*
*bevor einen die Liebe verlässt – und lebte weiter … ‚ebenso einem Tod*
*entgangen und dafür einen anderen gestorben‘, hört man dann schon weit*
*hinter sich und sieht im Morgenlicht die Melancholie eines Tages, der sich*
*seiner anders erfreut, als man es ihm wünschte. Verloren hat alles durch die*
*Liebe – und sie selbst am meisten, obwohl sie nicht war, was sie hätte sein*
*sollen … vielleicht sein können. Die nackte Freundschaft zu ihr reichte mir*
*aus. ‚Man war zu jung und ungestüm.‘ So zieht man gesenkten Hauptes*
*vom Spielfeld der Liebe, auf dem man sie nicht besiegen kann.“*

„‚Bezwingen‘. Bezwingen ist besser“, warf er ein.

„Echt, John. Ich find das richtig scheiße von dir … *sie nicht*
*besiegen kann, noch sich ihr nähern könnte. Was für eine Niederlage.*
*Ewig wiederkehrend. Die Jugend verschlingend und gebrochene Veteranen*
*zurücklassend. Was für eine menschliche Tragödie. Was für ein Ein-*
*geständnis – hat man erst verstanden, was zu verstehen sei, da die Er-*
*gebnisse diverse sind. Nichts, was Bestand besäße, und nichts was ein-*
*vernehmlich erklärbar schien. Alles sinnlos – und doch ist, was nicht sein*
*kann. Doch begegnet uns, was nicht existiert. Immer und immer wieder.*
*Schattenreiche und Leid – und ein jeder versucht das Biest zu töten, dem*
*wir nicht gewachsen sind. Bestie, deren Herkunft wir nicht kennen. Und*
*immer wieder ziehen die Jungen tapfer aus, glauben an sich und ihre Zeit*
*und scheitern doch an beidem. Denn auch ohne sich nur zu regen, ver-*
*brennt, was nicht für den Menschen gemacht scheint*“, beendete sie ihre
Lesung aus ihrem Schreibheft auf der Parkbank, während Brian
und die Dunedin berührt waren, als der Junge herumalberte.
„Und? Wie findest du es?“, fragte sie verlegen.

„Muss noch ’n bisschen dran gefeilt werden“, sagte er und riss
ihr das Heft aus den Händen, um gegen ihren ausdrücklichen
Wunsch und ihr ärgerliches Bitten in ihm lachend herumzu-
blättern, als Dragh von hinten eingriff.

Mit raschen und ökonomischen Bewegungen nahm der dem
Jungen das Schreibheft schneller ab, als er sich noch besinnen

konnte. Und die beiden jungen Menschen erschraken, als sie offenbar bemerkten, dass sie beobachtet worden waren. Dragh gab dem erschrockenen Mädchen ihr Manuskriptheft zurück, lächelte die beiden an, sagte ihnen belehrend, dass es Grenzen gäbe, und nickte ihr noch einmal freundlich zu. Dann ermunterte er sie mit den Worten, dass sie großartige Gedanken zu Papier gebracht habe, weiterzuschreiben.

Die beiden jungen Leute verstanden nicht, was vor sich gegangen war, als die drei Gestalten auch schon wieder verschwunden waren. Sprachlos blieben sie auf der Parkbank sitzen. Sie hatte ihr schriftliches Skizzenheft zurückbekommen und sah ihren Bekannten an, der nur die Stirn runzelte und etwas wie *Total abgefahren* sagte. Und einen Moment hatte sie einen unheimlichen Anflug, da sie das Lächeln der drei Personen körperlich wärmte, was eigentlich nicht sein konnte, als es zu regnen begann, sie schnell ihr Heft in die Tasche steckte und sich noch einmal umschaute, ob vielleicht einer der wahrscheinlichen Gestalten zu sehen sein könnte, während sie sich dann in Richtung St. George's Way aufmachten, um irgendwo in der großen Stadt unter einem der Tausenden Dächer in einer überteuerten Mansardenwohnung Unterschlupf vor dem Regen zu finden, der ihnen keine Heimat zu bieten schien.

Die Dunedin und Brian hatten sich nach Draghs kurzem Intermezzo einfach auf ihren Rückweg gemacht und waren für die Menschen verschwunden. Es gab ihnen nichts zu sagen, gleichwohl das Textfragment der jungen Frau für Brian sehr schön nachempfunden war. Auch Rionnag hatte es gefallen, da es eine kleine Scherbe in einem gewaltigen Mosaik des Lebens war, die dieser Frau eine Beachtung wert gewesen schien. Ob sie Liebe selbst erlebt oder erlitten hatte, ging aus dem Text nicht unmittelbar hervor, aber die Struktur der gedanklichen Entwicklung war gut, da sie über bloß christliche Ansprüche an eine Liebefähigkeit hinausging, indem sie die Liebe einem Menschen gegenübersetzte, der sich seine Gedanken machte.

„Hast du es kommen sehen, Patty?", fragte Rionnag, die von dem Regen schon ganz nass war, so wie Dragh, den aber auch das nicht zu stören schien.

„Nein. Du meinst, dass die Frau geschrieben hat und dann ihre Fragmente vorlesen wollte? Nein. Ich war nur gespannt", sagte sie. „Schaut mal, was mit dem Regen auf meinem Anorak geschieht", begeisterte sie sich und betrachtete fasziniert die Außenhaut des Pelzes, als Dragh und Rionnag ebenfalls darauf aufmerksam wurden. Die Tropfen perlten zum Teil ab und rannen schillernd wie flüssiges Benzin auf Wasser oder in den Farben der Facettenaugen von Fliegen herab. Andere Tropfen blieben zuerst hängen, liefen und verbanden sich mit weiteren zu größeren Tropfen, bevor sie schwer genug waren, um von dem Spinnenweb herabzuzittern, teils wie über die Seiten einer Harfe. „Und wenn ich meine Hand nehme und all die Tropfen abstreiche, ist der Anorak trocken. Ich kann das gar nicht fassen, was Seamus mit diesem Leder gelungen ist", strahlte sie stolz und konnte ihren Blick kaum von dem schillernden Schauspiel des Regens abwenden. Und als Dragh fragte, wer *Seamus* sei, erklärte Rionnag, dass sie von *Nag* gesprochen hatte, dessen Namen unter den Dunedin geläufiger war.

„Aber mit deinem Anorak kannst du dich kaum im Regen unter Menschen zeigen, Patty. Dieser Farbenzauber erregt zu viel Aufsehen", meinte Rionnag, die den schillernd hypnotischen Film, der über den Pelz glitt, ebenso bewunderte und ihren Blick kaum davon lösen konnte, optisch einmal auf das Perlenspiel eingelassen.

„Wunderschön", meinte Brian und streifte den Regen mit den Händen von der Lederoberfläche, während die Jacken von Dragh und Rionnag durchaus genässt wurden, jedoch Wasser nicht durch ihre Innenfutter ließen. Und ihre Jacken wurden im Regen schwerer, als sie vor der Eingangstür von Frangach in Walworth in der Bagshot Street standen.

„Spruce, geh schon einmal rein und sag allen, dass wir gleich kommen und sie ihre Telefonate besser erledigt haben sollten, bevor wir bei euch sind. Und du rufst bitte kurz noch Eldar an, mit dem ich wirklich reden muss. Oder besser: Wenn er kommt, soll er mit Patty sprechen", sagte Rionnag.

„Mache ich. Bis gleich. Und hier ist alles in Ordnung?", fragte er. Rionnag nicke freundlich, und Dragh ging daraufhin durch die schwere Eingangstür in den ersten Stock zu Frangach, Gaire und Camshron, während Rionnag und Brian draußen vor der Tür noch im Regen stehen blieben, der unvermindert stark fiel und den die beiden Frauen genossen, gleichwohl sie andere Anwohner sahen, die mit Regenschirmen durch die Straße eilten, um dem Nass schnellstmöglich zu entkommen. Und sie lächelte Brian an. „Man fühlt sich so anders, nicht wahr?", was Brian mit fröhlichen Augen bestätigte.

„Ganz anders, Ash. Ich fühle mich privilegiert. Gar nicht einmal überlegen …, also den Menschen überlegen. Ich fühle mich ängstlich, wund, glücklich erkennend und privilegiert", sagte sie in einer Art Bescheidenheit.

„Das sind wir. Einerseits …", sah Rionnag sie an und ahnte kaum, was ihnen noch bevorstehen sollte.

„Und ich fühle mich fremd. Früher konnte ich mich in den Sternenhimmel träumen. Und heute vermag ich mir kaum Multiversa vorzustellen, die mir keine Welt mehr bieten, sondern Erden, deren Leben geschützt werden soll. Und wie ich es sage, weiß ich nicht, was es heißt. Ich spüre Heimat in euch, Ash, und in meinen Dohlen. Angst habe ich, die Vögel zu enttäuschen und die Erde sinnlos beschritten zu haben. Davor habe ich Angst. Angst, irgendwann einfach gehen zu müssen, ohne mich hierlassen zu können. Ich habe Angst vor der Trennung", sagte sie und fühlte sich gemeinsam mit Rionnag in der Aussage verstanden und doch so einsam. „Aber ich freue mich über das unirdische Glück und die Tiefe allen Wissens, die sich mir hoffentlich offenbaren wird. Ash, ich bin wahnsinnig auf alles das gespannt, was kommt", meinte Brian mit Regen auf dem Gesicht, als Rionnag sie nur glücklich anstrahlte.

„Alles ist richtig, Patty, meine Naien, und wir werden dich auf den Weg bringen, der der deine ist", sagte sie, als das Regenwasser von Brians Pelz traufte, Rionnag lachte und Camshron das Fenster im ersten Stock öffnete, um die beiden hereinzurufen, da man alles erledigt habe. Rionnag nickte, als Brian noch sagte:

„Ach, ich möchte zu meinen Vögeln. Die Stadt bekommt mir nicht", und Rionnag lachend erwiderte, dass man sofort auf dem Weg sei. Sie wolle nur noch einmal mit Frangach sprechen und würde sich dann wieder nach Schottland aufmachen, als Brian in innerster Zufriedenheit Rionnag anstrahlte, bevor man im Treppenhaus verschwand, die Stufen verspielt heraufsprang und Brian spürte, wie sie wahrhaft leichter geworden war. Ihr Körper veränderte sich, was sie besonders unter Anstrengungen merkte. Körperliche Bewegungen fielen leichter als zuvor. Oder aber, sie hätte mehr Kraft bekommen, von der sie nicht wüsste, woher sie sie erhalten haben sollte. Wenigstens nahm sie die Veränderung wahr. Und noch in der Bewegung auf der Treppe kam ihnen eine ältere Mitbewohnerin des Hauses entgegen, die die Treppe hinunterstieg.

Langsam setzte sie unsicher jeden Schritt und hielt sich am Handläufer des Geländers fest. Sie erschrak, als sie die beiden Frauen die Treppen hinaufspringen sah, da sie ihnen nicht so schnell aus dem Weg gehen konnte, konzentriert auf jede einzelne Faser ihres Körpers, der in der schwierigen Abwärtsbewegung ausbalanciert sein wollte. Hinzu kam bei ihr das Handicap einer Gleitsichtbrille, die Entfernungen einschätzen, aber schwer präzise erkennen ließ, da das Treppenhaus selbst auch dunkel war.

„Hoppla …!", rief sie laut, als sie sich erschrak. „Ein bisschen Rücksicht vor dem Alter, wenn ich bitten darf", sagte sie zu Brian, die ihr entgegensprang.

„Das habe ich, gute Frau", schmunzelte sie und sah, wie schwer sich die Dame in ihrem Alter tat. „Darf ich Ihnen helfen?"

„Und dann noch lustig machen wollen", empörte sich die Frau im dunklen Treppenhaus künstlich und wunderte sich nur beiläufig über einen wenig helleren Schein, als Brian in ihrer Nähe war.

„Ja, so sind sie, die jungen Hüpfer. Respektlos", lachte Rionnag, die hinter Brian hergelaufen kam. „Noch nicht einmal erwachsen, und schon sind sie vorlaut."

„Warten Sie einmal. Sie kenne ich doch?!", meinte die Dame, die Rionnag schon einmal im Haus begegnet war. „Sie wollen doch wieder zu der Polizistin. Da waren Sie doch das letzte Mal auch."

„Wir sind uns schon einmal begegnet. Das stimmt. Ja", bestätigte Rionnag. Sie bestätigte auch, dass sie zu Frangach wolle.

„Die Dame von der Polizei aus dem ersten Stock habe ich lange schon nicht mehr gesehen. Geht es ihr gut?", fragte die Nachbarin und schien ihrerseits willens zu sein, eine gepflegte Unterhaltung führen zu wollen, als Rionnag zum Ausdruck brachte, man sei etwas in Eile und außerdem sehr nass geworden, sodass man sich gern umziehen wollte; sie wünschte der Dame im Treppenhaus noch einen wirklich guten Tag, als diese ihr Anliegen dennoch anbrachte und sagte, man müsse doch als Polizistin etwas gegen die Ausländer tun können, die überall die Anwohner belästigen würden. Das solle sie ihr bitte nochmals sagen, denn seit Wochen sähe sie bereits mehrere *dubiose Subjekte* in der Nachbarschaft, von denen sicherlich *keine Neujahransprache* zu erwarten sei, wie sie sich ausdrückte. „Wenn diese Subjekte ein Zuhause hätten, würden sie ja hier nicht herumschleichen und verwegene Pläne schmieden."

„Richtig, gute Frau. Dann würden sie die verwegenen Pläne Zuhause schmieden", schmunzelte Rionnag.

„Sehen Sie", sagte die Dame, fing dann erst an nachzudenken, ob die Aussage Rionnags oder ihre eigene einen Sinn machten, brach den komplizierten Gedanken ab und wiederholte schließlich nur ihre Eingangsbefürchtung, verbunden mit dem nachvollziehbaren Wunsch, die Polizei möge sich doch dieser Angelegenheit annehmen. Und Rionnag versprach, es ihrer Freundin im ersten Stock mitzuteilen, die eine Polizeibeamtin sei.

„Da muss doch etwas geschehen", entrüstete sich die alte Dame und wollte noch weitersprechen, als sich Rionnag schlussendlich entschuldigte und meinte, dass man erwartet werden würde und man sich gern umzöge, was die Frau verstand und ihres Weges die Treppe hinabzog, vorsichtig jede Stufe erspähte und sich mit den Händen fest am Handläufer des Geländers hielt.

Brian und Camshron standen schon an der offenen Tür, hatten die Unterhaltung gehört, und Camshron spaßte laut in das widerhallende Treppenhaus, dass man wirklich die Polizei rufen müsse, falls man jemandem wie Rionnag begegnen würde.

„Psssst ... Das kann doch das ganze Haus hören", sagte sie noch, bevor sie in der Wohnung war und die Tür hinter sich schloss. „Es müssen ja nicht gleich alle wissen, was du von mir hältst", schmunzelte sie, und sie gingen zusammen zu Frangach, die eben mit Dragh über das Phänomen der Signalschwäche ihrer Funktelefone in Brians Nähe sprach.

„Uuuunnd … Sendepause", ulkte Gaire, als Brian den Raum betrat, die nicht wusste, was sie sagen sollte.

Frangach stimmte Draghs Einschätzung zu, dass man alle anderen von diesem Umstand in Kenntnis setzen müsse, denn es könnte unter Umständen fatale Folgen haben, falls man sich auf die Telefone verließe. Sie wollte das veranlassen. Und schon auf dem Weg in das Wohnzimmer, denn die Dunedin schienen dank ihrer kargen Inneneinrichtung tatsächlich nur draußen leben zu können, meinte Rionnag, dass Brian zurück nach Schottland wolle und man solle so schnell wie möglich aufbrechen. Die Ältesten konnten sie gut verstehen, als Frangach noch kurz die letzten Neuigkeiten berichtete, die man in der Zwischenzeit erfahren hatte und Gaire neidisch meinte, dass man Brian eine erstklassige Kritik für ihre Uraufführung in Deutschland ausgestellt hatte. Die Ereignisse am Brocken führte man offiziell als Sturmschäden, der *Raub der Sabinerinnen*, wie es Camshron karikierte, als man mit Brian von dem Berg vor den Menschen verschwunden war, hatte ein lokales Nachspiel, ohne größere Bedeutung für sie. Doch die Vorfälle am Bahnhof in Hannover hatten die deutschen Sicherheitskräfte aufgerüttelt, da erhebliche Schäden an öffentlichem Eigentum entstanden waren, deren Ursachen mit wenigstens drei, vielleicht vier Vandalen in Verbindung gebracht werden müsste, deren Identität bisher nicht bekannt sei. Man gab sich aber zuversichtlich, da öffentliche Gebäude mit Überwachungskameras versehen seien, deren Filmmaterial ausgewertet zu Ergebnissen für die Fahndung führe.

Also gab es für die Dunedin keinen Grund zur Sorge, wie Camshron beruhigte. Was ihn mehr sorgte, war die Kraft, die Brian besaß. Ihre Macht, die sie bereits zu besitzen schien, müsste sie kontrollieren lernen. Und solange sie das nicht gelernt hätte, sollte sie sich möglichst von den Menschen fernhalten, was sie ohnehin selbst wollte. Man begrüßte ihre Forderung zum Aufbruch nach Schottland, als Frangach noch erwähnte, dass die Fulmare offenbar angekommen wären und nun schon warten würden, da sie mit Southfield gesprochen habe. Man wollte wissen, wo man sich treffen sollte. Und Southfield wollte auch wissen, wie es weiterginge.

„Können wir nicht noch einmal zu Seamus?", fragte Brian, da sie sich dort sehr wohlgefühlt hatte. „Dort können wir uns doch alle treffen. Dann wissen auch die ..."

„Patty, das wissen sie längst untereinander. Die Fulmare wissen, dass Daoine und Sidhe, die Suliden und Lariden auf dem Bass Rock warten. Was denkst du?!", kommentierte Gaire etwas voreilig.

„Ich lerne erst eben das richtige Denken, um zu verstehen, Cherry. Und alles andere ist manchmal einfach so dahergesagt. Ich musste mich erst daran gewöhnen, zu wissen", entschuldigte sich Brian, als Camshron demonstrativ zu lachen begann.

„Du hast dich nicht zu entschuldigen. Du bist eine Naien. Wenn überhaupt, muss sich Cherry bei dir entschuldigen, denn uns kommt es nicht zu, irgendetwas von dir infrage zu stellen", sagte er mit einem Seitenhieb zu Gaire, und sie wusste, dass sie zuweilen etwas zu impulsiv war, denn schließlich hatte man keine Erfahrung mit dem Umgang einer Alben. Dazu kam, dass Brian die meiste Zeit auch noch zu menschlich war. Das verleitete zu Fehlschlüssen, obwohl man es besser wusste und ihr Wesen trotz der äußerlichen Ähnlichkeit spürte. Gaire jedenfalls hatte verstanden und gewusst, sich im Ton vergriffen zu haben.

Und dass die Fulmare von Merlins Insel nun auch in Schottland auf sie warten würden, machte Brian innerlich glücklich. Von der Unterhaltung der Ältesten hörte sie kaum noch etwas, roch den Norden, lächelte, fühlte sich geborgen und kam zu einer Art von Besinnung, indem sie an den einfach nur magischen Holzbecher aus Birkenholz dachte, aus dem das Wasser tatsächlich ihren Durst stillte. Und aus ihren eigenen Gedanken heraus platzte sie in die Unterhaltung der Dunedin.

„Und der Becher ist von jetzt an *mein* Becher?", fragte sie Frangach, die sie überrascht ansah, da man gerade noch über den

Kürschner sprach und finanzielle Dinge zu klären hatte. Man sollte reisen. Und Reisen waren kostspielig.

„Ja, es ist deiner, Patty. Möchtest du nicht schon mit Lime runtergehen? Wir klären hier dann noch kurz die existenzielle Seite des Vorhabens, bevor du in den Norden gebracht wirst. Einverstanden?", meinte Frangach, die bemerkt hatte, dass Brian an der Unterhaltung keinen Anteil hatte und die Dunedin ohnehin das Organisatorische regeln mussten. So wenig, wie sie Brian helfen konnten, taten sie das wenige mit größter Sorgfalt und Umsicht.

Camshron war froh, dass er diesen Gesprächen nicht beiwohnen musste, da sie ihn ebenfalls langweilten. Brian freute sich und dankte für alles, was Frangach freundlich nickend zur Kenntnis nahm und ihr noch mehr dankte, Brians Hand nahm und sie gegen ihre Stirn hielt, die Augen schloss und den Kopf senkte. Dann ließ sie die Hand Brians los, schaute sie mit glänzenden Augen an, während Dragh die Geste der Ältesten gegenüber den Alben bei sich wiederholte, bevor Brian sich nur lächelnd verlegen abwendete und sagte, dass man die Ältesten rufen würde. Sie ging durch die Tür in das Treppenhaus. Camshron öffnete vor ihr die Hauseingangstür, als man den strömenden Regen sah und beide tief die kalte, gereinigte Luft einatmeten.

Brian spürte den Birkenbecher in ihrer Hand, fing mit ihm Regenwasser auf und trank es, so bewusst sie konnte. Sie schloss die Augen und spürte jeden einzelnen Tropfen ihre Kehle herablaufen, als sie die Augen wieder öffnete, noch auf dem Treppenabsatz der Steinstufen stand und Camshron fragte, ob er nicht auch einmal aus dem Becher trinken wolle.

„Patty, das kann ich nicht. Es ist deiner. Und niemand sonst von uns darf daraus trinken", erklärte er ihr und war etwas verwundert, dass sie es nicht von selbst wusste.

„Wieso nicht?", fragte sie unbedarft.

„Wieso nicht …? Das kann ich dir auch nicht sagen, wieso nicht. Aber es darf eben nicht sein. Du bist eine Naien. Und ich bin ein Dunedin."

„Das ist ja eine wunderbare Erklärung", lachte sie. „Da hast du dir ja etwas Schönes zurechtgelegt."

„Das ist die einzige Erklärung, die ich habe, und ich stelle sie nicht infrage."

„Vorhin, als wir im Park waren, habe ich jemanden etwas vorlesen gehört. *Verloren hat alles durch die Liebe …, und sie selbst am meisten, obwohl sie nicht war, was sie hätte sein sollen*, Lime", sagte Brian im kalten Regen des Januars irgendwo in London, und der Dunedin nickte. „Was sagst du dazu?", fragte sie ihn fröhlich, als der Regen durch ihr Haar hinab auf die Schultern lief.

„Zur Liebe, Patty? Hmmm … Freundschaft ist eine Tugend. Die Liebe als solche kenne ich als Dunedin eigentlich nicht", sagte er ehrlich.

„Glaubst du, dass es gut ist?"

„Dass ich die Liebe nicht kenne? Ja, das ist gut. Denn sie ist selten. Wahre Liebe … davon habe ich nur gehört. Alles andere zerreißt dich nur über die Jahrhunderte. Freundschaft und Treue, Zuverlässigkeit und Stolz und der letzten Atemzug für das Leben dieser Erde. Aber für die Liebe …, nein, für die Liebe, gäbe ich nichts", meinte er. „Ich glaube, die Liebe verrät uns alle und lässt uns schließlich im Stich. Treue Freundschaft hingegen nicht", schmunzelte er und wunderte sich über den Gedanken, da *Liebe* unter den Dunedin nicht besprochen wurde, jedenfalls nicht, solange er lebte.

„Interessant, Lime, was du sagst", nickte Brian und dachte an den Apfelbaum auf Merlins Insel. Und sie dachte an die Erklärung der Dohlen zur Liebe. Und heimlich fragte sie sich, wie sie empfinden würde. Wahrscheinlich sei die wahre Liebe nicht für den Menschen gemacht und ohnehin nur ein Konstrukt der Verführung, glaubte sie. Und plötzlich kam ihr der Gedanke, das wahre Liebe wahrscheinlich nicht von einem Menschen allein zu tragen ist. Dann existiere Liebe nur für zwei Menschen und müsse sich teilen lassen, um überhaupt erst wahrgenommen werden zu können. Alles andere wäre dann Körperlichkeit und Sexualität. Freude an der eigenen Lust und Leidenschaft, die nichts Verwerfliches hätte, aber eben nicht, wie vielleicht gemeint, geteilt wird, sondern die jeder selbst als einen wilden Geschlechtsakt für sich empfindet, in dem er hoffentlich nicht versagt, um auf seine Kosten zu kommen. Und dann dachte sie, ob sich ihre Haltung und ihre Gedanken dazu über die Jahre ändern würden, was sie tatsächlich nicht abschätzen konnte. Die Liebe an und für sich war ein Begriff, der wahrscheinlich etwas zu beschreiben vermochte, was einen selbst durch das Leben begleiten konnte, ohne dass es menschenmögliche Erfüllung mit sich brächte, weil Liebe für einen Einzelnen weder zu ertragen noch zu leben ist. Freude und Glück, wie sie sie in den vergangenen Tagen erlebt hatte, seien nicht nur greifbarer, sondern auch dem irdischen Leben entnommen. Hingegen die Liebe nicht. Es sei ein Thema, das sie noch weiter verfolgen werde, meinte sie zu Camshron, und der zog die Schultern hoch, zuckte mit den Achseln und meinte, dass er gern mit Brian Motorrad fahren würde. Eine *Spritztour* in der Savanne würde ihr sicherlich gefallen. Und so gesagt, lachte Brian im kalten Winterregen Englands und erwiderte, dass sie noch nicht in Afrika gewesen sei. Camshron war sich sicher, dass es ihr große Freude bereiten würde, und die Menschen warteten auf sie, da sie eine Albe ersehnten, während nur weiße Irdische kamen, die sie nicht mehr erkannten.

„Wir haben ja noch viel Zeit", lachte Brian und wusste nicht, was noch auf sie zukommen würde.

„Und falls Cherry recht besitzt, was sie meistens hat, dann sollte ich wohl langsam *Ultra-Leichte* fliegen lernen, denn das Fliegen muss ebenfalls herrlich sein. Ich meine: solange man den Wind auf der Haut spürt", ergänzte er.

„Du hängst sehr an dieser Erde, nicht wahr."

„Mit allem, was ich bin. Zuerst die Pflanzen, dann die Vögel und schließlich alles andere. Ich schätze die Pflanzen über alle Maßen", sagte er, und beide wussten, wovon er sprach.

„Hast du eigentlich den Geruch meines Pelzes wahrnehmen können, als ich ihn dir für deine Beine gab?", fragte sie.

„Nein. Nur du kannst ihn riechen. Aber dass du es getan hast, werde ich dir niemals vergessen. Noch kein Dunedin hat sich jemals von seiner Jacke getrennt, soweit ich weiß. Und du ..."

„... ich bin kein Dunedin", lachte sie.

„Das bist du fürwahr nicht", nickte er, nahm ihre Hand und legte sie auf seine Stirn, als Zeichen seiner bedingungslosen Ergebenheit.

„Hör auf damit, Lime. Leute könnten hier vorbeilaufen und uns sehen. Was würden die dann wohl denken?" sagte sie und zog ihre Hand schneller zurück, als er es gewünscht hätte.

„Manchmal muss man die Irdischen einfach denken lassen, was sie denken können. Denn schließlich machen sie in ihrem kurzen Leben doch, was sie wollen, ohne Rücksicht auf Verluste. Also, was könnten sie Besseres tun, als einmal zu denken?", schmunzelte er verschmitzt, wusste aber, wie Brians Aussage zu verstehen gewesen sei. Und während einige Menschen mit Regenschirmen oder Kapuzenjacken an ihnen auf dem Bürgersteig vorbeihasteten, Autos die arbeitende Bevölkerung nach Hause brachten, standen sie in dem Regen, freuten sich und genossen das Nass, was anderen ein unangenehmes Schmuddelwetter war. Und für Südengland bedeutete es das nächste, desaströse Hochwasser, als hätten die Engländer nicht schon genug unter den Tiefdruckgebieten gelitten.

Brian sah den Regen auf ihren Anorak perlen, drehte sich und wie Libellenflügel fielen die Tropfen der Zentrifugalkraft und der Gravitation gehorchend herunter auf den Boden.

„Schaue dir diese Herrlichkeit nur an. Lime", schwärmte sie.

„Und was mögen die Menschen wohl darüber denken?", lachte er, als sie ihn einen Augenblick ansah und dann wieder mit dem Regen spielte.

„Lass sie denken, was sie wollen", lachte Brian in jenem Moment. „Alles ist richtig ... jetzt und hier. Und wer darüber noch nachdenken muss, kann einem nur leidtun", sagte sie, als Rionnag von hinten zu Camshron herantrat, Brian im Regen auf dem Bürgersteig tanzen sah und dem Farbenspiel der Tropfen auf ihrem Anorak so gebannt zusah, wie es jeder getan hätte, der an jenem Abend zufällig die Bagshot Street entlanggelaufen wäre und diese Naien im Regen gesehen hätte.

Dann zwang sie sich aus der Betrachtung einer glücklichen Albe und meinte zu Camshron, dass Gaire auf dem Weg sei, das

Auto von Frangach zu holen, das in einer Parallelstraße parken sollte. Southfield würde nach Gullane zu Eachann kommen, um sie dort alle zu treffen, und Eachann selbst sei für einige Tage *in einem Kundenauftrag beruflich unterwegs*, wie er gesagt haben sollte. Man könne also mit ihm nicht rechnen. Aber es sei für alles gesorgt. Camshron hörte Rionnag, nickte zu Brian hinüber und genoss die Naien, der er sein Leben verdingt hatte, würde es um sein Leben gehen.

Einen Augenblick standen sie stumm zusammen, als Gaire auch schon mit dem Pkw von Frangach angefahren kam, nachdem sie sich durch einen Hinterausgang des Hauses davongestohlen hatte. Brian wurde dessen gewahr, als das Auto spritzend in eine Straßenpfütze vor ihr fuhr und sie das Gesicht der Fahrerin hinter den Scheibenwischern erkannte, dass sie und nun auch die anderen heranwinkte.

„Kommt. Cherry ist hier", rief Brian, sah zu den Fenstern der Wohnung der Polizistin hinauf, an denen sowohl Frangach wie auch Dragh standen, legte ihre Hände auf die Brust und nickte zu ihnen hoch, während sie ihren Gruß auf die Weise der Ältesten erwiderte. Dann stieg sie ein, fand ihren Platz auf dem Rücksitz. Neben sie setzte sich Rionnag, und Camshron saß vorn. Hier konnte er dem Verkehr besser folgen, als er es in Deutschland vermochte, obwohl er sich die Schande eingestehen müsste, als ausgebildeter Dunedin mit allem fertigwerden zu müssen, gleichwohl er entschuldigte, dass dies nicht hieße, es müsse einem auch gefallen, griente er in sich hinein.

„Fürwahr. Das heißt es nicht", strahlte Brian von der Rückbank, als Camshron sie im Rückspiegel ansah, lächelte und ironisch meinte, dass die Naien ihm langsam unheimlich werden würde, denn es gäbe etwas wie eine Privatsphäre, auch – oder gerade – unter den Ältesten. Daraufhin schmunzelten alle, während Gaire losfuhr, nachdem sie erneut ihren Ausfall gegenüber Brian bedauerte. Aber sie sei ihr noch etwas mehr als eine Freundin, als eine Naien, entschuldigte sie, woraufhin keine weiteren Worten fielen, denn man war eins im Sinne der Erde, dieser Zeit und dieses Weltenraumes im selben Moment. Und das war alles, was zählte.

Noch in den nassen Straßen von London, in einem Verkehr, der seine Adern verstopfte, im Gegenlicht unzähliger Scheinwerfer und einer ungeduldigeren Gaire hinter ihrem Steuer, ließ Brian die Fensterscheibe etwas herunter, um frische Luft zu bekommen, sah durch regenschlierige Scheiben die Lichter einer Stadt aufblitzen, die sie kaum noch kannte. Wirre, neonfarbene Piktogramme, die sich zu einem Spiralnebel auf den Wassertropfen der Scheibe formen ließen, bevor sie an dem Verbundglas herabliefen. Dann über den Lack des Autos irgendwo in einer Gosse am Straßenrand in die Unterwelt verschwanden. Dort bereits farblos, geschmacklos, luftleer. Während ihrer Betrachtung schloss sie zufrieden die Augen, legte die kühle Stirn an die kühlere Scheibe, ließ sich den Wind durch den Fensterschlitz in die Haare greifen und hörte nicht mehr Englands London, sondern roch den hohen Norden, sah die Tropfen sich zu Landschaften sammeln, sanfte Hügelketten an einen Horizont gegen die tiefe Wolkendecke stoßen und dämmerte in Vorfreude auf Sidhe und Daoine im Auto auf der Rückbank neben einer Dunedin behütet und geborgen ein.

# XXVI

Nacht war es geworden. Die Dunkelheit war gekommen. Sie eilte mit einem dramatischen Sonnenuntergang im Westen und weit gefächerten Wolken dahin, die aus dem Süden über den Firth of Forth nach Fife getrieben wurden, um einerseits in der Finsternis der Highlands und andererseits auf den Weiten des Nordmeeres in der Kälte des finsteren Winters zu verfedern. Auf dem Bass Rock warteten die Suliden mit den Dohlen und Gawin sowie Una auf die Rückkehr Brians aus Deutschland. Sie hatten schon gehört, dass sie wieder sicher in England angekommen war, und meinten, dass sie am frühen Morgen des bestimmt milden Tages zurück zu dem Lederschneider fliegen wollten, um die Ältesten und die Naien zu begrüßen. Man hatte auch gehört, dass die Fulmare von der Insel Merlins bereits in den Highlands bei Southfield eingetroffen sein sollten. Auch sie erwartete man mit Freude und Spannung, denn schließlich hatten sie als Einzige Brian erlebt, als sie von einer Albenmagie in die Tiefe des Ozeans gerissen wurde. Bestimmt gäbe es viel Wissenswertes zu erfahren und zu lernen, meinte Fergus, dem mehr als den anderen eine Verantwortung zu tragen zugetraut wurde, während er selbst im Stillen die größte Verantwortung auf den Dohlen ruhen sah, wofür er sie unausgesprochen bewunderte. Mehr noch als die bloße Stärke seiner Art. Und je mehr er sie bewunderte, desto weniger sprach er darüber, weil die Suliden älter als die Dohlen waren. Trotz seines Stolzes war Fergus nicht arrogant. Entschieden und sicher in seinem Auftritt, klar in seiner Aus- und Ansprache, doch auch klug genug, um anderen mit Respekt zu begegnen, die die gleiche Zeit mit ihm und den Seinen auf Erden gegenwärtig teilten.

Sidhe und Daoine waren stolz geworden. Waren sie zuvor die Dohlen Brians, die einer Wölfin das Übersetzen ermöglichen sollten, waren sie heute die zwei dohlischen Begleiter einer Naien, für die der weise Wächter der Pforten Alwyyn zwei seiner Federn als Leben für sie gegeben hatte. Und ihre Namen waren schneller bekannt geworden, als sie es für möglich gehalten und gewollt hätten. Bei den Greifen sprach sich so etwas nicht herum, jedenfalls nicht, solange Habichte von keinen Seevögeln zur Raison gebracht werden mussten. Was ihnen als Dohlen in ihrem bisherigen Leben widerfahren war, sei so unerwartet und einzigartig gewesen, dass man sie sicherlich lange über ihre Zeit hinaus in Erinnerung behalten würde. Und dass es eine gute Erinnerung sein sollte, dafür wollten sie mit der versammelten Kraft ihres Verstandes sorgen, von dem sie nicht wenig besaßen. Enttäuschend für sie war die Wirklichkeit eines Merlins, den die Dohlen so sehr verehrt hatten, sich aber belehren lassen mussten, um große eherne Bilder eines tapferen Zauberers und Altmeisters zu revidieren, da die Wesensart der Dunedin eine klügere und weisere war als die eines verschwenderisch agierenden Magiers. Eines Magiers mit Energie, die dieser Erde gehörte, im Glauben eines Altertums gefangen, der dem Leben mehr entsprach. Heute aber sei den Irdischen durch ihre Weiterentwicklung ihrer Art ein solcher Glaube hinderlich, so sehr wie ein Gottesglaube, der hoffentlich ebenfalls bald überholt wäre. Denn dass er wenigstens grob, brutal und unlebendig war, hatten die meisten Menschen bereits verstanden. Deshalb gab es so viele Glaubensrichtungen, meinten die Dohlen, weil dem einen das eine und dem anderen etwas anderes nicht gefiel. Die Gottesbilder waren nur noch gut designte Polymerpüppchen, denen man unterschiedliche Konfektionen anpassen konnte, damit sie sich gut verkaufen ließen. So weit war die Menschheit gekommen. Und so weit war es gut. Nun musste sie sich nur noch weiterentwickeln, das Tier als Mensch im Leben den nächsten Schritt tun. Falls er nicht begreifen sollte, dass sein Paradies kein Selbstbedienungsladen ist, dann hätte er sein Leben unter all den anderen vielen Lebensarten auf Erden nicht verdient. So einfach seien die Regeln des Lebens, hatte Fergus am Vortag gesagt und gelacht. Und so einfach schien es in der Tat zu sein, stellte sich dem irdischen Menschen nicht seine fragwürdige Intelligenz als Mittel seiner Organisationsfähigkeit in den Weg.

Unklarheit herrschte darüber, was ein Naien für diese Erde tun könnte. Er würde nicht gegen den Menschen vorgehen. Zum einen seien es zu viele. Zum anderen sind sie ebenfalls Teil des Lebens. Und es lohne sich nicht, pädagogische Ansätze für ihn durchblicken zu lassen. Ein gutes Wissen gab es allemal in der Menschheit, was sich leider nur bisher nicht durchsetzte.

„Schließlich ist sie nicht mit einem Auftrag hierhergekommen, sondern hier geboren worden. Sie muss auf dieser Erde nur überleben, bis sie die Erde verlassen kann", sagte Fergus. Anders wäre es gewesen, wäre sie mit den anderen Alben gekommen, um den Menschen ihren Irrglauben zu nehmen. Brian aber sei als Mensch geboren und hatte sich ihr Leben sicherlich anders vorgestellt, sagte der Basstölpel.

Sidhe und Daoine freuten sich über die weitsichtige Erklärung der Sulide, die tiefe Einblicke in seine differente Wahrnehmung gewährte.

„Sie wird also gar keine Aufgaben haben, sondern muss nur durchkommen. Und dabei müssen wir ihr helfen", meinte der Tölpel, und alle verstanden, was er sagte. Sie dürfte nicht zum begehrenswerten Objekt der Menschen werden, denn die Naien haben sich um das Vorankommen des Lebens zu kümmern, damit die heutige Menschheit nicht das Leben und sich selbst frühzeitig auslöscht. Eine eigentliche Aufgabe kam Brian also eigentlich gar nicht zu. Das wäre eine falsche Erwartung, die man an sie stellen würde. Sie hatte von dem Albenstern und dem Singen gesprochen. Und dann würde man sie hoffentlich holen kommen, damit man wieder seine Ruhe hätte, führte Fergus seinen Gedanken logisch aus, was die Dohlen allerdings etwas anders verstanden. „Bestimmt", sagte Fergus. „Das müsst ihr auch. Denn ihr kleinen Kerlchen stellt ja auch die Wächter. Wir müssen das aber nicht so sehen. Ihr seid eben manchmal noch ein bisschen altmodisch, obwohl wir älter sind. Ihr ward aber am *Zerbrochenen Berg* nicht mit von der Partie."

„Was andere Gründe hatte, glaube ich", meinte Daoine.

„Nun, glaube, was du magst. Da ward ihr nicht. Dafür haltet ihr dann jemanden wie den Nebelschreck Merlin für besonders.

Auch so eine altertümliche, muffige Gestalt, der selbst von seinen Brüdern und Schwestern gemieden wurde."

„Wir lassen uns ja belehren, Fergus", sagte Sidhe, und der Tölpel hörte seinen Namen von der Dohle gern gesprochen.

„Ich will euch gar nicht belehren. Das könnte ich überhaupt nicht, Sidhe. Ich will dir nur sagen, dass wir verschieden sind. Und ich bin froh darüber. Es freut mich, dass du anders bist. Und wenn wir einer Meinung wären, dann würde etwas mit dem Leben nicht stimmen", meinte die Sulide.

„Aber das ändert nichts daran, dass Patty ..."

„Richtig. Das ändert überhaupt nichts. Und alles, was wir sagen, hat vielleicht keine tiefere Bewandtnis, als eben nur den Augenblick Zeit zu vertreiben, bis uns die Naien Patty sagen wird, wo es langgeht. Gleichgültig, was ich bin ... oder was du bist ... oder wir alle zusammen mit den Ältesten sind, oder die irrsinnige Menschheit mit ihren genialen Denkern, die sie feiern, auf die sie aber nicht hören ... Alles ist dem Leben untergeordnet. Auch dieser Moment. Und wenn wir dem nicht vertrauen, dann sind wir bereits tot und haben unsere Kinder nicht verdient. Falls wir die Dynamik des Lebens nicht erkennen und ihr selbsttätig vertrauen, dann wird uns diese Dynamik töten. Und sie täte gut daran, es sofort zu tun, damit wir als Idioten nicht noch unsere Nachbarn, die vielleicht schlauer sind, als wir es je gewesen waren, den Fisch wegfressen, den wir nicht verdienen. Wir müssen dem Leben vertrauen, denn es ist weiser als jede Symbolik, jeder Gedanke, jedes Wort und nötiger als jeder Gott", sagte Fergus und schloss mit einem warnenden Ton zu Aileen: „Falls du den anderen Suliden erzählen solltest, dass ich hier einen auf Philosoph gemacht habe, ist das das Ende unserer Freundschaft. Ich hoffe, du verstehst", sagte er ernst, und die anderen waren zuerst etwas erschrocken, denn ein Basstölpel konnte auch in der Dunkelheit furchterregend wirken. Doch dann lachten sie auf ihre Weise.

Sidhe und Daoine freuten sich über Brians Auswahl, denn Fergus war ein besonderer Tölpel, der Gedanken besaß, die sie sich so noch nicht gemacht hatten. Und er hatte damit recht. Altertümliches lag in ihrem Wesen, während das Leben in seinem lag. Aus seiner Sicht hatte er einen Gedanken schlüssig vorgetragen. Außerdem herrschte ein rauer Ton auf dem Nordmeer, was die Dohlen gehört hatten und nun erleben durften, während sich die Lariden still verhielten, zuhörten, ihre Gedanken für sich verwahrten und sich der Freundschaft der Vögel glücklich schätzten, die von einer Naien für sie geschmiedet worden war. Ahnungslos und treu ergeben waren sie und in diesem Moment dem Basstölpel mehr als jedem überlebten, schweren Sturm auf offener See.

„Ja, es geht um das Leben", sagte Sidhe.

„Um das Heute und Morgen, Sidhe. Denkt immer daran. Ihr habt manch Antiquiertes an euch."

„Na, die Geschichte lässt sich ja nun nicht neu erfinden, nur weil wir sie vergessen wollen", meinte Daoine.

„Das wohl nicht. Aber das Leben geht seine eigenen Wege, mein Freund. Mit oder ohne uns. Und wir sind gut beraten, diese Wege zu erkennen und unsere Chancen wahrzunehmen, die wenigen, die wir haben, auch wenn wir auf die Naien warten oder uns Herausforderungen stellen müssen, denen wir scheinbar nicht gewachsen sind. Glaubst du, die Blondelfen kämen uns besuchen?", und die Dohlen bemerkten, dass sie sich auch darüber noch keine Gedanken gemacht hatten.

„Also bei uns waren sie noch nie", warf Gawin, die Mantelmöwe, zum ersten Mal einen Kommentar ein.

„So sieht die Wirklichkeit aus. Sie flattern mit euch herum, flirten ein wenig mit den Menschen, die an sie glauben wollen, haben aber für unsere Realität nichts übrig, die jedoch so wesentlich ist wie eure. Schließlich wollt ihr doch einmal so schön werden wie wir", sagte er im Spaß. „Noch seid ihr kleine, hässliche, schwarze Krähen. Und damit ihr einmal so stolze Charaktere werden könnt wie wir, braucht ihr eben noch ein paar Jahrhunderttausendmillionen oder so, meine ich, oder? Was meint ihr?"

„Oder umgekehrt", erklärte Daoine kurz, der das auf sich nicht sitzen lassen wollte.

„Oder umgekehrt. Das wir so schwarz und drollig werden, wie ihr es seid. Oder aber ..., dass wir alle grau werden. Und dann hoffentlich vor Weisheit", und langsam verstanden die anderen seinen Witz. „Nein, das Alte zu bewahren ist kaum möglich. Es muss sich entwickeln und verändern, ansonsten lassen die Hylen auch diesen Weltenraum einfach irgendwann platzen. Und das war's dann. Vorher vernaschen und verschnaddeln uns die Äffischen noch, damit sie in ihrem Tod genug Energie verpupsen können, bevor sie dann dahinscheiden. Und ihr Kosmos hat mit ihrem Gott spätestens dann nicht gehalten, was sie sich von ihm versprachen. Und glaubt mir: Noch im Sterben werden sie sich den Irrsinn ihres Glaubens nicht eingestehen, sondern verfluchen dann den Gott, der ihnen dieses Süppchen eingebrockt hat. Die Geschichte muss also weitergehen, meine Freunde. Sie darf nicht stehen bleiben, denn schließlich sind wir alle da, damit aus uns etwas wird, was wir uns heute noch nicht vorstellen können. Aber es muss werden, meinte das Leben dieser Erde. Dafür haben wir sie. Und dafür müssen wir kämpfen. Heute. Mit und ohne Blond-elfen. Immer auf Seiten des Lebens. Denn vor zwei Millionen Jahren konnten sich die Affen nicht denken, dass sie sich einmal für göttliche Intelligenzbestien halten würden, weil ihnen ein Dunedin einmal Spielregeln aus Frustration über die Vergess-lichkeit in Felsen geschlagen hatte, woraus sie dann ihre zweifel-haften Zehn Gebote machten. Und in zwei Millionen Jahren werden sie zurückblicken und sich wundern, wie dümmlich sie heute gewesen sind. Und dann sollten sie sich an uns erinnern, an die Suliden, die Lariden, zwei Dohlen und einige Röhren-nasen, die noch kommen, an die Dunedin und an eine Naien hier auf Erden, die ihnen vielleicht heute einen besseren Verstand geben können, damit sie in zwei Millionen Jahren noch hier auf Erden sind … in einer Vereinigung mit dem Leben, das wir alle teilen. Dann bekommt Daoine Sidhe einen ganz neuen Klang, meine kleinen, hässlichen Flatterlinge", schmunzelte Fergus die schwarzen, stolzen Dohlen breit an, von denen er so viel hielt. „Altertum …, okay. Aber es geht weiter."

„Und ich kenne eine schwatzende Möwe, die vorgibt, modern zu sein, dafür aber viel von der Vergangenheit weiß", sagte Sidhe klug.

„Da tut jemand sehr gescheit und glaubt wirklich, dass er klüger sei als ich? So einen gibt es nicht, dass das klar ist. Und schon gar nicht vor meinem Weibchen", scherzte Fergus. „Aileen, auch das hast du nicht gehört, klar? Das nicht und auch das, was ich sagte", und man war froh darüber, sich einander kennenlernen zu können.

Was der Basstölpel sagte, hatte seine Berechtigung. Und er war sich offenbar einer Geschichte dieser Erde bewusst, ohne in ihr, so doch mit ihr leben zu wollen. Wahrscheinlich war es das, was einem im Leben blieb: die Geschichte weiterzuentwickeln, statt in den alten Mustern zu verharren, die nichts anderes ergeben hatten, als was man gegenwärtig erleben konnte. Und falls es auch gut sei, so war es lange noch nicht gut genug, denn die Risiken und Gefahren durch den Irdischen wuchsen durch die Argumente, die sie sich suchten und verstehen wollten. Und der Mensch war in seiner Überzahl auf Erden zu einer wahren Bedrohung allen Lebens geworden, sahen auch die Dohlen. Daran hätte nicht Merlin, nicht der Alte Glauben, all seine Helfer und auch nicht alles Klagen etwas ändern können. Was die Dohlen nicht wussten, war, dass offenbar ein Dunedin, wahrscheinlich aber eher dann noch eine Naien, Leitsätze des menschlichen Zusammenlebens in Stein gemeißelt haben sollten, aus denen dann laut Fergus die Zehn Gebote interpretiert worden waren, die so schwammig wie unrichtig waren. Sie konnten sich nicht vorstellen, dass die Menschen glauben konnten, ein Gott habe diesen Unsinn in Fels geschlagen, um ihn dann blindlings befolgen zu lassen. Und das sogar noch bis heute, in einer Zeit, in der die erste Mondlandung bereits hinter ihnen lag, der Mars erkundet wurde und auf Erden immer noch Menschen verbrannten oder gesteinigt wurden. Wie konnte das nur sein, fragten sie sich? Und sie sahen das wildeste aller Tiere vor sich, dass sich zu allem Überfluss noch eines Verstandes schmückte, der ihm Sprache gab, die Gräuel zu erklären und dadurch zum System zu machen. Und diesem gefährlichen Tier mussten sie einen ihrer Engel verbergen, damit er von ihnen nicht zerfleischt werden würde, müsste er ihnen auf Fragen sagen, wie missraten die Menschheit sei, mit ihren großen, gelungenen Ausnahmen, die jedoch wenn nicht durch Ignoranz, dann durch Gewalt zum Schweigen gebracht wurden. Namen derer gab es genug, doch wollte man keine hervorheben, um den anderen Nichterwähnten kein Unrecht zu tun.

„Dass die Naien ausgerechnet Röhrennasen mit ausgesucht hat", sagte Fergus in der Nacht auf dem Bass Rock, als alle guten Glaubens waren, man würde Brian schützen können. „Da gibt es böse Zungen, die behaupten, dass sie sich nur von den Abfällen der Kutter ernähren würden. Und anderen Stimmen zufolge bauten sie sogar auf diesen ihre Nester."

„Den gleichen Stimmen zufolge kann ich dir einiges über Morus sagen, was man sich von ihm erzählt", parierte Sidhe, der das Reden über andere nicht mochte.

„Da bin ich gespannt", meinte Fergus und ließ die Rauheit des Nordens durchblicken, als sich auch die Lariden einmischten und über die Fulmare einiges gehört hatten, nicht aber die Erlebnisse der Dohlen mit ihnen auf Merlins Insel kannten, die Daoine daraufhin erzählte.

„Lass uns ein paar Schritte watscheln", sagte Fergus zu Sidhe, als Daoine ihnen von den Fulmaren und Brians Ertrinken erzählte.

„Watscheln? Mein Freund, ich schreite", erwiderte Sidhe im Spaß und meinte zu Daoine, dass er einen kurzen Wettlauf zum Kräftemessen mit Fergus veranstalten wollte, wobei die Dunkelheit ihnen nur gelegen wäre. Sie nahmen es zur Kenntnis und lauschten Daoines Erzählungen weiter, als die Dohle und der Basstölpel sich etwas abseits auf der obersten Kuppe des Bass Rock hinhockten, in den Nordwesten schauten, die durch Lichter beleuchtete Küste sahen und sich einen Moment lang anschwiegen, bis Fergus fragte, wie Brian sei.

„Was soll ich dir sagen? Wie beschreibt man einen Freund, den man gut kennt und dem man vertraut, der aber der Inbegriff aller Veränderung zu sein schient? Schwer zu sagen. Aber sie ist wundervoll, so viel kann ich sagen. Du fragst, weil du Angst hast, nicht wahr?", und Fergus schaute selbst in der Finsternis ernst aus seinen stechenden Augen.

„Ich habe wahnsinnige Angst. Ja. Angst, es könne alles aus dem Lot geraten. Ja. Das stimmt, Sidhe. Und ich habe auch Angst davor, dass wir versagen könnten."

„Angst zu versagen? Du, Fergus? Ein Morus? Niemals", machte die Dohle ihm Mut.

„Das wissen wir nicht. Wir wissen nicht, wie das mit unserem Mut ist, bis wir ihn brauchen. Und was damals am *Mons ruptus* geschehen ist … Nun, nur ein Vogel überlebte es wahrscheinlich aus Feigheit – und das war einer von uns. Was nun, falls Patty das erfahren sollte? Und was, falls sie uns das vorwirft, dass ein Tölpel am Berg bei der Schlacht gegen die Irdischen versagt habe?", sagte Fergus besorgt.

„Ich verstehe. So ist Patty aber nicht. Und so wird uns die Geschichte auch nicht erzählt. Bei uns erschien Morus tapfer."

„Was aber, wenn nicht, Sidhe? Und ich habe Angst vor dem, was auf uns zukommen kann", sagte die Sulide. „Mit einem schwachen Führer oder gar noch unerfahrenem vermag man keine Kriege zu gewinnen."

„Und Kriege wird es nicht geben."

„Wir wissen zu wenig von den Naien. Wir sehen sie kaum, falls sie einmal da sein sollten …, und dann hören wir sie nur kurz, und schon sind sie wieder verschwunden."

„Dafür haben wir die Dunedin hier auf Erden."

„Ja. Sie sind unverzichtbar gute Freunde", sagte Fergus und kam noch einmal auf die Naien zu sprechen. „Und weil wir die Dunedin haben, kommen wir auch nicht gern zu euren Treffen, falls sich die Naien ankündigen."

„Wieso dann jetzt? Das verstehe ich dann nicht."

„Die Dunedin sehen wir immer. Aber wenn wir alle kommen sollen, befürchten wir von den Menschen gesehen zu werden", sagte Fergus.

„Gut. Und …? Sie sehen euch doch auch so", verstand Sidhe die Sulide immer noch nicht.

„Falls sie uns alle sähen, wären wir für die Menschen bereits zu viele. Weißt du. Hier am Bass Rock zählen sie uns, und wir sind dann immer etwas weniger als zweihunderttausend. Zweihunderttausend Suliden passt in ihr Konzept und gelten ihnen als schützenswerte Kolonie. Aber wir müssten viele Millionen mehr sein, um uns als Art über die Zeit zu bringen. Nun, falls sie wüssten, dass wir zehn Millionen wären, dann würden sie uns systematisch dezimieren nach der nächsten Zählung. Denn zehn Millionen fressen fünzig Mal mehr Fisch als zweihunderttausend. Und dann würde der eine oder andere Fischer sicher sein kaputtes Hemd im Blick haben und uns ausradieren", sagte Fergus.

„Ach ..., ich verstehe", erwiderte Sidhe und kannte diese Problematik der Suliden nicht.

„Deshalb versuchen einige von uns mit den Dunedin weiter oben im Norden Stellen zu finden, an denen wir heimlich brüten können, während wir uns hier in einer bestimmten Anzahl treffen, um den Menschen zu zeigen, dass wir noch da sind und vor ihnen durch Verfolgung geschützt werden sollten", meinte Fergus erklärend.

„Ja. Das sind Sorgen ..., und eine Überlegung wert."

„Das sind sie. Deshalb kommen wir niemals alle zusammen", sagte der Basstölpel, was Sidhe verstand. Aber leider konnte er auch nicht mehr zu den Naien sagen, weil er sie zum ersten Mal erlebt hatte. Und er hatte so sehr unter dem Eindruck all der unterschiedlichen Bilder und Empfindungen gestanden, als sie aus der Einsamkeit zu jener gewaltigen Versammlung gekommen waren, dass er kaum etwas von den Naien wahrgenommen hatte.

„Es ist alles gut, Fergus. So sagt es Patty, und so wird es sein", meinte Sidhe zuversichtlich.

„Weißt du, außerdem quält mich die Angst, allein gelassen zu werden. Also, ich meine nicht mich selbst – sondern uns alle als Vögel. Ich habe Angst, dass wir alles geben müssen, was wir ganz bestimmt tun werden, und jeden Preis bezahlen, der von uns verlangt wird. Und wir gewöhnen uns an die Naien und haben alles gegeben, damit sie dann von uns verschwinden kann. Und wir stehen wieder allein da, bleiben zurück und fangen hier wieder mit dem Gleichen an. Allein davor habe ich Angst. Angst, dass sich alles verändert, ohne das etwas geschieht und wir die Federn zu lesen haben", sagte Fergus nicht mutlos besorgt, sondern mit großem Verantwortungsbewusstsein. „Das ist, was mich besorgt."

„Patty hat ihre Treue geboten und wird uns alle überleben, mein aufrechter Freund, dich und wahrscheinlich auch mich. Ich habe diese Sorge nicht, weil ich sie erlebt habe. Deine hingegen kann ich verstehen, achte sie und respektiere dich dafür umso mehr, gleichwohl ich sie für unbegründet halte. Ängste hatte ich auch. Heute aber habe ich sie nicht mehr, Fergus", meinte Sidhe, schritt zu ihm heran, und die beiden so unterschiedlichen Vögel sahen sich in jener Nacht als Brüder tief in die blauen Augen, bis Fergus meinte, dass er mit einer Krähe nicht schnäbeln würde, und Sidhe ihm erwiderte, dass er das gut verstehen könne, da ihm das als Begleiter seiner Naien mit einer lächerlichen Möwe auch nicht in den Sinn käme, bevor sie zu den anderen Vögeln zurückgingen, die sich angeregt unterhalten hatten, da Fergus in seiner Anwesenheit als Autorität eine völlig freie Unterhaltung indirekt verhinderte, da niemand in seiner Gegenwart etwas zu sagen wagte, was sich in der nächsten Zeit ändern sollte, da man nun zusammen war.

„Und wir haben gerade diskutiert, dass die Vögel eigentlich die besseren Christen seien, Sidhe", lachte Daoine Sidhe an, als sie die beiden aus der Dunkelheit heranlaufen sahen. „Jedenfalls, was die Zehn Gebote betrifft. Darüber haben wir uns mehrere Gedanken gemacht, die wir einmal mit Patty besprechen müssen."

„Und wer sagt eigentlich – also bei den Gottesleuten, dass die Gebote für die Menschen gemacht worden sind und nicht für uns?", fragte Una berechtigt. „Vielleicht hat man sie in den Felsen gehauen, damit wir sie in fünftausend Jahren lesen können. Wer weiß?!"

„Una hat recht. Wir wissen es nicht. Und falls es Christen sind, die die Zehn Gebote befolgen, dann sind wir als Vögel bessere Menschen als die Menschen selbst", schmunzelte Aileen. „Nur …, wer erzählt das den Menschen?"

„Ihr habt ja tolle Themen", meinte Fergus in künstlicher Strenge. „Kaum, dass man euch einmal den Rücken zukehrt, schon fangt ihr zu spinnen an. Da hast du wohl ein wenig Dunst in die Nase bekommen, oder einen verkehrten Pilz gefressen."

„Oder alles zusammen! Und außerdem entsinne ich mich schwach, dass es über neunhundert verschiedene Richtlinien gewesen sein sollen. Falls ich mich nicht täusche", meinte Daoine und man freute sich über den Erfahrungsaustausch und die neuen Perspektiven, die man durch die anderen lernte. Man war sich niemals fremd gewesen. Doch man war sich auch nicht vertraut. Sie wussten voneinander sehr wenig, wenngleich sie voneinander wussten. Und indem Brian sie ausgesucht hatte, waren sie zusammengebracht, was sie füreinander verpflichtete. Und das sollte allen zum Vorteil gereichen. Für sie selbst, als neue, zusammengewürfelte Gefährten, für die Ältesten, ihre Dunedin und für eine Naien, ein albisches Wesen als Boten der gründenden Hylen.

# XXVII

Southfield hatte sich erst gar nicht die Mühe gemacht, an die Küste des Firth of Forth zu fahren, weil er wusste, dass sein Kommen durch die Vögel bereits avisiert worden war. Von daher suchte er sich gleich den Weg zu dem Kürschner in Gullane, um sich dort mit Camshron, Rionnag, Gaire und Brian zu treffen. Die Zeit in den Highlands hatte er sehr genossen und lange Gespräche mit dem neuen Weißhaupt der Dohlen führen können. Makar war ihm zuvor nicht bekannt gewesen, bis sie sich auf Merlins Insel getroffen hatten. Er schien ein kluger, beflissener, redegewandter Wächter zu sein, der Alwyyn in seiner oft knorrigen, verschwiegenen Art folgte. Aber wer würde schon wissen, wie sich ein Weißhaupt über die Jahrhunderte der Einsamkeit entwickeln würde. Außerdem musste ihm von irgendjemandem beigebracht werden, was ein Naien von ihm auf Erden erwartete. Und da war sich Southfield niemals sicher, ob die Naien nicht ohne Wissen der Ältesten manchmal auf heimlichen Wegen kämen, um eben diesem Weißhaupt Mittel in sein Wesen zu legen, die es ihm erlaubten, so anders als alle anderen Vögel sein zu können. Außerdem beherrschten sie Kenntnisse, die sie niemals preisgaben und die sie von irgendwoher erhalten haben mussten, da Makar kein Schüler Alwyyns gewesen war. Und in seiner neuen Rolle schien er, Southfield, durchaus etwas unerfahren, was Makar ihm gegenüber auch eingestanden hatte, so weit, dass er sogar gemeint hatte, den Naien sei ein Malheur geschehen, als sie ihn durch Alwyyn als neues Weißhaupt bestimmen ließen. Und was eine Ehre für Momente gewesen war, würde schnell zu einer lebenslänglichen Bürde, hatte er dem Dunedin gegenüber geäußert und gehofft, er könne ihm bei dem Erkennen seiner Aufgaben helfen, was Southfield aber weit von sich gewiesen hatte. Er sei ein Ältester, ein Wächter des Lebens, falls man so wollte, ein *Urgestein der Menschlichen*, wie er sich selbst gern nannte. Makar aber sei von nun an der Wächter der Pforten, an den Lichttoren der

Naien und habe mit dem Leben dieser Erde kaum mehr gemein, als sich den Wettern zu ergeben, denen er von nun an ausgesetzt sein würde – den Jahreszeiten und aller Zeit schlechthin, die es hoffentlich gut mit allen meinen würden. Southfield war sogar der Ansicht gewesen, dass selbst die junge Brian Makar mehr von den wahrscheinlichen Aufgaben eines Wächters erzählen könne als er. Er war von Alwyyn nur gerufen worden, falls es nötig gewesen war und obwohl sie viel Zeit miteinander verbracht hatten – Alwyyn war mit keinem der Ältesten vertrauter als mit Oak Southfield, der meist in schottischen Angelegenheiten unterwegs war, aber über sich als Weißhaupt hatte er nichts preisgegeben, noch seine Fähigkeiten in alten Magien und Ritualen verraten, die die Dunedin ohnehin nicht betrafen. Seine Meinung war es gewesen, dass man niemanden mit unnötigem Ballast beladen sollte, da ein jeder ohnehin schwer an dem tragen müsste, was ihm sein Leben zugedacht hätte.

Die von Southfield verarzteten Fulmare waren zu ihm in die Highlands gekommen, während Damhair, die während der Genesung bei ihnen auf Merlins Insel geblieben war, sich um die Boote kümmern wollte, mit denen die Dunedin Brian aufsuchte, welche sie dann aber zurückgelassen hatten, da sie einzeln aus allen Himmelrichtungen zu unterschiedlichen Zeiten in Norwegen angekommen waren, dann aber gleichzeitig in nur wenigen Booten aufbrachen, um die Aufgaben in Angriff zu nehmen und die Ankunft der Naien in Schottland zu erwarten. Die Fulmare, die sich Brian zu ihrer Begleitung ausgesucht hatte, wären natürlich auch gern bei der größten Vogelversammlung dabei gewesen, von denen ihnen auf Merlins Insel berichtet worden war. Doch stolzer noch machte es sie, dass sie von Brian erwählt wurden, um sie als Naien zu unterstützen. Und dieser Umstand entschädigte sie sogar für ihre Abwesenheit von der Versammlung. Für sie war es ein Zeichen bewiesener Loyalität, die Brian geboten hatte. Deshalb konnten sie kaum erwarten, loszufliegen, sich mit den anderen zusammenzutun und schließlich eine Albe mit dem eigenen Leben für das Leben aller zu schützen. Die *Zusammenarbeit* mit den Suliden stellten sie sich kompliziert vor, da man sich aus dem Weg gegangen war und viele Gerüchte gehört hatte, welche die Suliden in ein fragwürdig freundliches Licht gestellt hatten. Dennoch war man an der Seite einer Naien von solchen Sorgen befreit, denn Unstimmigkeiten konnte es nicht geben, hatten sie doch die Ruhe und den Frieden in ihrer Nähe spüren dürfen, auch wenn es nur kurz gewesen war.

Southfield hatte gerade so viel Geld, um nach Gullane zu reisen, während die Fulmare flogen. Manchen taten die Flügel noch weh, und manche waren noch nicht so leistungsfähig wie zuvor, sodass sie sich auf dem Wasser während des Fluges immer wieder einmal ausruhen mussten. Aber im Ganzen ging es ihnen besser, als sie noch vor kurzer Zeit vermeint hätten. Während Southfield es schwierig fand, seinen letzten Pence zu finden, um für die billigere Busfahrt von Edinburgh nach Gullane zu bezahlen, waren sie umsonst geflogen und bereits eingetroffen, als Southfield noch unterwegs gewesen war. Die Flugroute über den Bass Rock hatten sie bewusst vermieden, denn jeder Seevogel wusste, dass der Bass Rock Sulidenland war und bis auf ein paar Grünschnäbel unter den Zugvögeln mieden ihn alle Einheimischen. Man wusste auch, dass die Tölpel häufig vollkommen unerwartet vorbeikämen, manchmal nur um zu sehen, ob es jemand gewagt haben sollte, es sich in ihrer Abwesenheit auf diesem unheimlichen Felsen gemütlich zu machen. Deshalb flogen sie bewusst weiter im Westen über den Firth of Forth, selbst da sie glaubten, dass die Dohlen und Suliden auf der Felseninsel die Naien abwarten wollten. Von Southfield hatten sie gehört, dass die Naien zum *Mons ruptus* unterwegs gewesen sein soll, wieder in England angekommen wäre und nun nach Gullane gebracht werden würde, wo man sie bei dem Kürschner der Dunedin treffen sollte. Das hatte Southfield den Fulmaren erzählt, und dorthin waren sie geflogen, begleitet von ortskennigen Möwen East Lothians, bei denen sich die Kunde herumgesprochen hatte, dass die Fulmare kommen würden, um als Letzte bei der Naien einzutreffen. Man hatte sie schon sehnlichst erwartet, da ansonsten nichts Bemerkenswertes in der kleinen Welt der Möwen an der Küste des Firths geschah, da sie noch in Ordnung schien, solange man die Menschen nicht verärgerte. Und die schienen immer öfter von weit her zu kommen, hatten andere Augen, machten ihre Affereien und scherten sich um nichts, was nicht eine gute Kulisse für einen Schnappschuss wäre. Sie jagten die Möwen, um sie auf ihren Smartphones abzubilden, sodass sich manche sogar schon gefragt hatten, ob man sich in Szene setzen oder die Lustigen mit den schlitzigen Augen einfach machen lassen sollte.

Die Fulmare jedenfalls waren eine Sensation in ihrem eintönigen Alltag. So wurden sie herzlich empfangen und auf Bitten der Eissturmvögel nach Gullane zum ihrem bekannten Lederschneider der Dunedin eskortiert und dort nach der Naien befragt, da man natürlich bereits gehört hatte, dass die Fulmare die Helden einer Geschichte waren, die mit der Albe und einem Albenstern zu tun gehabt hatten. Doch bei Eachann angekommen, bedankten sich die Fulmare nur bei den Heringsmöwen für das sichere Geleit und baten, sich ausruhen zu dürfen, bis die Dunedin und die Naien kämen. Und danach könne man über alles sprechen, was Bedeutung und Interesse habe. Selbstverständlich verstanden die Möwen sofort, bedankten sich bei den Fulmaren für die Aufmerksamkeit, die sie ihnen hatten zukommen lassen, und flogen davon, um die Küsten zu beobachten, wie sie sagten, und um sofort zur Stelle zu sein, sollte sich etwas Ungewöhnliches an ihnen abspielen, jetzt, da eine Naien zu beschützen sei und sie die prominenten Helden der Geschichte kennenlernen durften, erwählt von einem Engel zu seiner Begleitung auf Erden. Da konnte man der Bitte dieser Fulmare selbstverständlich nicht widersprechen. Und auf flogen sie, zurück an den Strand, verbreiteten die Nachricht untereinander und waren mit grimmigen Augen von nun an auf der Hut. Patrouillen flogen unsinnigerweise durch die umliegenden Ortschaften und machten mobil, hätte die gelangweilte Alltagsmöwe gesagt, um alle Gefahren im Vorfeld von den berühmten Gästen abzuwenden. Und falls sie sie nicht abwenden könnten, wenigstens die Risiken zu erkennen und sie rechtzeitig denjenigen mitzuteilen, die sich mit ihnen auseinanderzusetzen hätten.

Die Fulmare warteten, als Southfield, durchgeschwitzt am Morgen mit dem ersten Frühbus angekommen, den ganzen Weg aus der Ortschaft zu Eachann laufen musste. Und er erklärte den Fulmaren, dass man allein sei. Der Herr des Hauses sei *ausgeflogen* in eigenen Angelegenheiten. Die Naien und die anderen Dunedin aber seien auf dem Weg von London, und man müsse kein Prophet sein, um die Dohlen, die Suliden und Lariden jeden Moment zu erwarten. Der Morgen war voll des Frühlings. Ein warmer Wind für einen Januartag strich über das unbestellte Land aus dem Südwesten. Es schien, als künde er von neuen Zeiten, gleichwohl es keine Zeiten geben würde, hätte sich der milde Wind gedacht, falls er eisig aus dem Norden kommend Schneegestöber bei sich hätte. Dieser aber kam aus dem brünetten Süden der lauen Luft früher Krokusse. Und deshalb dachte dieser Wind nicht, als Southfield durch das offene Tor Eachanns ging und die sechs Fulmare bereits ungeduldig auf ihn warten sah, da sie nicht sicher waren, ob die Möwen ihnen das richtige Anwesen gezeigt hatten. Außerdem mochten sie nicht den Boden eines anderen betreten, der zudem den satten, erdigen Geruch der ersten Wärme in den Pflanzenzwiebeln speicherte. Der Geruch war ihnen fremd und scharf in der Nase. Als sie dann Southfield kommen sahen, waren sie erleichtert, hatten sie ihm doch ihr Weiterleben zu verdanken, wenngleich ihm das nicht so viel wie anderen Menschen bedeutete, da er dem Leben ergeben war.

„Hattet ihr Angst, ich schaffe es nicht? Oder ihr könntet vielleicht in einem Vogelkäfig enden?", schnaufte er und lachte zu den Vögeln. „Ich war eben auf die öffentlichen Verkehrsmittel angewiesen. Und die können nicht fliegen. Und ihr habt noch keinen *Holgerson* auf eurem Rücken getragen. Darum hat's bei mir etwas gedauert."

„Ein Glück, dass du da bist", sagte einer der Fulmare und fragte dann sowohl nach den anderen Dunedin und Brian als auch nach den Dohlen, Basstölpeln und Mantelmöwen.

„Die werden schon von uns gehört haben. Sie machen wahrscheinlich gerade ihre Morgentoilette. Und meine Bruderschaft – ja, ich werde sie einmal anrufen", sagte er, noch bevor er in das

Haus *Nags* ging, nachdem er die unverschlossene Tür geöffnet hatte. Auch er schien sich bestens im Haus des Schneiders auszukennen und entdeckte als Erstes eine kurze, handschriftliche Nachricht auf dem Tisch.

*Bin in Geschäften im Land. Zurück demnächst. Ihr findet euch zurecht. Brot und Obst ist reichlich. Alles vorgesorgt. Nag,* las er auf dem Zettel und wunderte sich über die Ausdrucksweise, dass *Obst reichlich sei.* Was war das für eine merkwürdige Formulierung, dachte er, als er aus einem der Schränke eine große Steingutschale mit frischem Brot herausholte, das duftend frisch gebacken schien. Dann rief er zu den Fulmaren, ob sie Interesse am Probieren des Brotes hätten. Eine Delikatesse nach all dem Fisch, den Gräten und Schuppen, und außerdem sei Brot ein Zaubermittel gegen eindeutige Gerüche aus den Schnäbeln.

„Getreide stinkt selten nach totem Hering", lachte er, während die Fulmare auf dem feuchten Gras, etwas unsicher hin und her waschelten und nicht genau wussten, wie sie die Äußerung des Ältesten einzuschätzen hatten. War das nun eine ernst gemeinte Anspielung auf ihren Geruch nach Fisch? Oder war es nur ein verfehlter Scherz ohne Pointe des Dunedins? Oder war es beides? Oder eine einfach schamhafte Einladung zu einem Frühstück? Die Fulmare wussten es nicht, als Southfield mit einigen trocknen Brocken Brot herauskam, einen Krug mit Wasser in der anderen Hand hatte, trank, sich auf die Steinschwelle setzte, tief einatmete und das Brot auch den Fulmaren anbot. „Eure Magensäure wird damit schon fertig werden. Probiert es einmal. Es ist frisch und gut, meine Freunde", sagte er und zerkrümelte einige Scheiben des noch weichen Graubrotes. „Richtig kräftige Ältestenkost, mit Mehl von fröhlichen Gräsern", lachte er und die Fulmare verstanden nicht, weshalb er lachte, probierten aber zaghaft das Brot, das ihnen durchaus schmeckte und sehr bekömmlich war, denn kaum wollte Southfield es sich bequem an der Hauswand machen, fragten sie, nachdem die Brotkrümel aufgepickt waren, ob sie vielleicht noch etwas von dem Gebäck bekommen könnten. Selbstverständlich holte er ihnen gleich mehrere Scheiben Brot aus der

Wohnküche des alten, flachen Steinhauses und setzte sich dann wieder an die schwere Eingangsschwelle der Haustür.

Es war ein warmer, ruhiger, sonniger Morgen, der kaum Wolken aus dem Süden trieb und einen frühen Sonnenaufgang versprach, als in den Tälern der Highlands, die zuweilen den ganzen Tag im kalten Schatten des jungen Jahres den Winter atmeten, noch Schnee lag. Ein starker Ostwind hätte immer noch aus den Weiten Sibiriens in dieser Jahreszeit auch hier den Winter herantragen können. Nicht aber an jenem Morgen in Gullane.

„Und du meinst, sie hat uns ausgesucht, weil wir ihr das Leben retten wollten?", fragte eine der Fulmare, was Southfield ihr nur bestätigen konnte.

„Und du siehst eine Ehre für uns in dieser Geste?", fragte eine andere.

„Nein. Eine Strafe. Patty, die Naien, will euch dafür bestrafen, dass ihr sie nicht einfach untergehen gelassen habt. Und feige, wie ihr wart, ist nur einer von euch umgekommen. Schande über euch und alle Fulmare. Dafür müsst ihr jetzt büßen. Deshalb hat sie euch ausgesucht", sagte Southfield ironisch, was die Vögel nicht verstanden.

„Aber wieso? Wir haben es doch …", versuchte eine zu erklären, als eine andere sagte, dass der Dunedin nur einen seiner für Fulmare schwer verständlichen Späße mache, als die Fulmare durchatmeten, da sie tatsächlich einen Moment geglaubt hatten, die Naien wollte sie dafür bestrafen, dass sie nicht mehr getan hatten.

„Obwohl diese Ehre – und das meine ich im Ernst – vielleicht mehr Strafe für einen Eissturmvogel ist. Denn ihr werdet eure Freiheit einbüßen an der Seite der Naien. Ihr tauscht eure Ungebundenheit gegen Wissen und Lebenswerte. Und ihr verliert jeden Tag etwas mehr von eurer euch schützenden Naivität, da ihr Erkenntnisse einer Naien teilen werdet, die hier als Menschen geboren wurde. Also Ehre …, ja. Aber nur, falls man es richtig interpretiert. Doch sie wird euch mehr nehmen, als sie euch zu geben scheint", sagte Southfield freundlich.

„Ganz verstehe ich das nicht, Oak", sagte ein anderer Sturmvogel. „Ist es nun eine Ehre? Oder nicht?"

„Es ist eine große Ehre für uns alle. Aber sie zu tragen wird nicht leicht", erklärte der Dunedin bündig, was er den Dohlen oder den Tölpeln erst gar nicht hätte erklären müssen. Er war froh über die Eissturmvögel und ihre Gegenwart, weil sie so anders waren als die Lariden oder die Tölpel. Und er war stolz auf sie, da sie unter dem Einsatz ihrer Leben Sidhe und Daoine entsprochen hatten, auf Brian unter dem Nebel Merlins im Nordmeer aufzupassen, was sie ohne Lamentieren getan hatten. „Aber denkt an meine Worte: Es ist so eine Sache mit der Ehre. Man lebt einfacher und bequemer ohne sie, hätte man nur seinem eigenen Kodex zu folgen … und dem Ziel seiner eigenen Freiheit, als die Ehre durch einen anderen auf die Schulter geladen zu bekommen."

So ganz verstanden die Röhrennasen ihn nicht, aber doch soviel, dass die Naien es mit ihnen gut meinen würde und dass es mit der Ehre eine doppelschneidige Angelegenheit sei. Und das reichte ihnen schon für den frühen Morgen, als eine Entourage diverser Vögel aus dem Süden herangeflogen kam, in ihrer Mitte die Suliden, Lariden und Dohlen. Weithin im Himmel war der große Schwarm der Vögel zu sehen, und die Fulmare ängstigten sich etwas, da sie nicht auf dem Meer waren und kaum sagen konnten, weshalb so viele Vögel kommen würden, da sie doch nur sechs erwarteten.

Auch Southfield staunte, als unterschiedlichste Seevögel die Erwarteten begleiteten und sicherlich für Menschen an jenem Morgen ein seltenes Schauspiel gäben, was für Ornithologen sogar ungewöhnlich gewesen wäre. Alle kamen und landeten unaufgefordert bei Eachann, als die Fulmare ängstlich Schutz bei dem Dunedin suchten und eine Heringsmöwe als Einzige sprach, indem sie sagte, man habe das Gefolge der Naien sicher hergeleitet und werde wieder an die Küsten fliegen, um dort den ersten Außenposten der Seevögel zu übernehmen. Als Bollwerk gegen jede Gefahr.

Southfield fühlte sich ein wenig in ein Manöver geraten, konnte schmunzeln, grüßte die Tiere und dankte ihnen ihr beflissenes Pflichtverständnis, auch wenn es ein übertriebener Eifer sei, dachte er. Man sagte ihm, dass es selbstverständlich wäre und dass man sich wieder auf seinen Beobachtungsposten am Meer zurückziehen wolle, denn das wäre es, was die Naien bestimmt von ihnen erwarten würde. Lächelnd nickte Southfield, dankte abermals, als endlich die Vögel wieder aufflogen und ein Morgen mit alten Freunden beginnen konnte.

Die Dohlen und *Qualms* – der besonders bekannte Tölpel des Ältesten – kamen gleich zu Southfield heran. Sidhe und Daoine erkundigten sich sofort nach Brian, da sie die Naien nicht sehen konnten, als Southfield ihnen erklärte, dass sie auf dem Weg sei, aber eben noch nicht angekommen wäre. Er hatte erwogen, die anderen anzurufen, um nachzufragen, wo sie sich befänden, sei aber noch nicht dazu gekommen. Schließlich sei es nicht bedeutend, denn sie würden kommen, beruhigte er die beiden Dohlen, während er sich seinen Tölpel ansah, von dem er erwartete, dass er ihm seine Partnerin vorstellen würde.

„Bist du es denn wert, alter Haudegen?", fragte Fergus provokant.

„Qualms, du freche Specknase, ich werde dir helfen, das herauszufinden, wenn du das möchtest und mir nicht endlich deine Partnerin vorstellst", sagte Southfield im Spaß.

„Du bist nicht mehr auf dem Laufenden, alter Mann. Dein *Qualms* ist Historie. Ich bin eines Naien *Fergus*. Und das, die Gefährtin der Naien, ist Aileen", sagte er mit einer übertriebenen Haltung, und Southfield war erstaunt.

„Es sei mir angenehm", sagte er zu beiden, als Aileen herangewatschelt kam und sich den Dunedin anschaute, der laut Aussagen von Fergus den anderen Ältesten sehr ähnlich sähe. Und Fergus hatte recht, wie er für Aileen immer recht besäße. Die Ältesten sahen sich zum Verwechseln ähnlich. „Aber ihr seht mich sehr überrascht, dass ihr eine Namensgebung hinter euch habt."

„Für eine Naien machen wir auch diesen Blödsinn mit", sagte Fergus sachlicher, obwohl es ihm gefiel, als Fergus angesprochen zu werden. „Ist immer noch besser, als einfach durchnummeriert zu werden."

„Das stimmt", lachte Southfield und freute sich dann an den Dohlen und Lariden, die sich als Gawin und Una vorstellten und einen schönen Morgen sich und den anderen wünschten, woraufhin man sich mit den Eissturmvögeln bekannt machte, die noch keinen Namen besessen hatten. „Na, dann wartet nur ab, bis Patty hier ist. Falls ihr euch nicht vorher selbst einen Namen gegeben haben solltet, dann bekommt ihr so ein klebriges Ding wie beispielsweise *Fergus* verpasst. Sie hätte dich ja auch *Angus* nennen können", lachte er mit seinem Lieblingstölpel, dem der Spaß vor seiner Gefährtin Aileen zu weit ging, sodass er einfach das Thema wechselte. Daraufhin begannen die Fulmare, die sich nach der Vorstellung zwischen dem Dunedin und der Suliden sicherer fühlten, eifrig eigene Namen zu überlegen, damit sie keine *klebrigen Dinger*, wie Southfield die Namen genannt hatte, von einer Naien an die Federn geheftet bekämen.

„War euer Auftritt nicht ein wenig übertrieben?", fragte Southfield Fergus und die Dohlen, die sich zu den Fulmaren und dem Dunedin auf die Türschwelle gehockt hatten, als die Sonne gerade in ihr schwarz glänzendes Gefieder fiel.

„Peinlich, die Müllschlucker. Aber sie meinten es gut", sagte Fergus und zollte den Küstenseevögeln auf diese Weise Anerkennung.

„Möchtegernsoldaten, was, und Spielmajore, was …?", sagte Southfield, und Daoine fand es eigentlich sehr aufmerksam und freundlich von den Möwen, die nicht noch einmal den Angriff eines Greifes auf sie zulassen wollten, wie sie gesagt hatten. Und das erstaunte dann doch auch den Dunedin, der das für kaum möglich gehalten hätte, käme die Geschichte nicht von Daoine.

„Das ist wirklich eigenartig", meinte er und versank einen Augenblick in sich. „Ich habe noch nicht gehört, dass Greifvögel Dohlen angriffen", meinte er nachdenklich und verwarf mehrere tiefer greifende Betrachtungen, nahm es als Zwischenfall zur Kenntnis und wurde dann auch schon durch die Frage der Dohlen nach duftendem Brot und Trockenobst abgelenkt. Und er stand auf, ging wieder in das Haus, holte nun noch mehr Scheiben des Brotes, die er den Vögeln zerbröckelt hinwarf, und gab Daoine und Sidhe getrocknete Pflaumen. „Aber vorsichtig", sagte er, da sich die anderen schon auf das Brot gestürzt hatten.

„Die Pflaumen haben so ihre Tücken, die ich gar nicht weiter ausführen möchte", lachte er, was die Seevögel nicht verstanden, den Dohlen aber bekannt gewesen war, die sich dennoch an das Obst heranwagten.

„Wie machst du das mit dem Brot?", erkundigte sich Fergus neugierig, der es sah und riechen konnte. Es schien auch frisch gebacken zu sein, ohne dass jemand da gewesen wäre, der das Brot hätte backen können.

„Ja, dass würde ich auch gern wissen", kam Sidhe hinzu.

„Soso. Das glaube ich euch, ist aber das einzige Dunedin-Geheimnis, das ich euch nicht verraten kann. Unsere große Magie. Und magische Vereinigung mit dem dankbaren Getreide", schmunzelte er. „Freut euch einfach des Brotes", und damit brach er dieses Thema ab.

Nach einem Augenblick, als die Dohlen und Fergus sich satt gefressen hatten, die Fulmare noch unschlüssig im Suchen ihrer Namen waren und der Morgen seine sonnige Wanderung angetreten hatte, stand der Dunedin auf, fragte die Dohlen und Fergus, ob sie ihn ein Stück begleiten wollten, und vertrat sich die Beine im nassen Grün des Vorhofes von Eachann, nachdem er noch einen Schluck Wasser getrunken hatte.

„Fergus, darf ich dich fragen, woher du von dem *Zerbrochenen Berg* gewusst hast?", fragte Southfield ohne Umschweife, was die Dohlen hörten und sich über die direkte Ansprache des Dunedin wunderten.

„Ich wusste es in dem Moment, als die Naien davon sprach, zu einem Berg fahren zu müssen. Und dass es der *Zerbrochene Berg* war, war dann nur folgerichtig. Hast du ein Problem damit?", fragte Fergus den Ältesten.

„Nein. Überhaupt nicht. Ich wundere mich nur, dass man so viel über die Vergangenheit weiß, was man sich zusammenreimen musste, obwohl man einfach miteinander hätte sprechen können."

„Es gab keinen Anlass, Oak."

„Dann sollten wir unser Wissen zusammenlegen", meinte der Dunedin. „Denn jetzt haben wir einen Anlass: die Naien, mein Freund. Was meinst du?"

„Einverstanden. Woher habt ihr immer euer frisches Brot? Wer backt es für euch?", fragte der Tölpel dreist, als Southfield lachen musste. Und er lachte, als wenn er das auch gern wissen würde. Sidhe und Daoine liefen umher und hörten aufmerksam zu, als hätten sie dem Gespräch nichts beizusteuern.

„Ich habe gehört, dass eure Naien von Atomkraftwerken schwer Bescheid weiß", sagte Fergus.

„Nicht nur das. Sie glaubt auch an die Basstölpel, was noch viel schlimmer ist", retournierte Sidhe, als die Dohle den Eindruck gewann, man könnte Brian für ein Plagiat von Merlin halten. Und ungefragt gaben die Dohlen dann Erklärungen zu dem Menschen Brian ab, den sie als Frau kennengelernt hatten. Es gelang ihnen, der Suliden ein Bild von einer modernen Frau zu vermitteln, die sich weder um die altertümlichen Schätze Merlins auf der norwegischen Insel noch um sonst irgendetwas geschert hatte, solange es ihr nicht persönlich begegnete. Sie war stark genug gewesen, nichts zu hinterfragen und sogar einen Zeitsprung von zwanzig Jahren zu verkraften, der sie als Mensch schockiert haben musste. So viel wussten die Dohlen zu Brian zu erzählen, damit Fergus sie nicht für eine Andersweltige oder ein Fabelwesen hielte, wie er es ausdrückte. Weder der Alte Glaube war Schwerpunkt ihres Seins, noch eine wie auch sonst geartete Anschauung der Menschen, was dem Basstölpel gefiel. Diese Zeit sei schließlich vergangen und nur etwas für Träumer und Romantiker, meinte er, obwohl für die irdischen Menschen die Anderswelt durchaus ein Teil ihrer Realität werden sollte, weil sie mit ihren romantisch schwärmenden Bildern zu der Geschichte der Menschen dazugehören würden. Je weniger man sich vor der Realität verschlösse, desto offenbarer wurde das Leben in seiner prächtigen Fülle und Vielheit, war seine Meinung, der alle zustimmten. Nun gehe es aber um Brian als Naien. Und von der Naien wusste man sehr wenig. Die Dohlen kannten nur vom Hörensagen die gleichen Geschichten, die sich sowohl die Suliden, wie auch die Ältesten erzählten. Mehrfach gesehen hatten sie nur die Dunedin und die Weißhaupte. Und dazu vermochte Sidhe zu sagen, dass die Weißhaupte öfter von den Naien aufgesucht worden wären, als den Ältesten bekannt sein dürfte. Sie erhielten oder erlangten Talente, die nur ihnen gegeben waren, um in einer irdischen Not Einfluss auf die Pforten nehmen zu können. Das war den Dohlen bekannt. Mehr nicht.

Southfield hingegen wusste einiges mehr über die Naien und half mit seiner Erzählung den Vögeln bei einem Verständnis der Naien, da sie es waren, die sie beschützen mussten und demgemäß wissen sollten, was aus der irdischen Frau Patty Brian zu wachsen in der Lage wäre. Denn das bei einer solchen Transformation Schwierigkeiten entstehen könnten, derer sie nicht Herr werden würden, war allen klar. Nur weder wollte man, noch durften sie die Naien hier auf Erden allein und ungeschützt lassen, denn gerade in ihrem inneren Aufbruch wären sie besonders verwundbar durch die irdischen Menschen, die sie dann eines Tages nicht mehr wahrnehmen könnten. Außerdem seien sie sich ihrer wahren Macht über das Leben nicht bewusst. Sie würden mit Energien spielen, die die Menschen und alles Leben vernichten könnten, und hätten eine Stärke, dass auch der schwerste Sturm ihnen nur ein Räuspern wäre, sobald Brian eine ausgewachsene Naien sei. Eine Art zweiter Haut wird ihr über die ihre wachsen und sie vor der Sonne schützen. Sie wird körperlich bleiben, doch alles verlieren. Und sie wird sowohl weiß wie auch grau und vornehmlich trüb transparent werden. Man wird sich ihr nicht entziehen können, und doch wird sie nicht sein. Sie wird zu einer stummen Sängerin und wird ihre Worte in Wesen pflanzen können, wie andere Stilette in sie treiben. Sie ersingt die Farben, und Hummeln werden um sie fliegen, die die Pollen der sich öffnenden Blüten in ihrer Nähe weitertragen, dort wo eine Naien erscheint. Sie wird der Stoff, aus dem die Erde ist, und wird keinem eine Patty Brian bleiben, weil sie nicht sein kann, was sie niemals war, erzählte und beschrieb Southfield den staunenden Dohlen und Fergus.

„Zu den Albensternen weiß ich nur Folgendes zu sagen. Falls Patty beginnt, mit den Albenpfaden herumzuexperimentieren, und ein Albenstern ist nichts anderes als eine Kreuzung mehrerer Albenpfade von früher, müsst ihr Patty aus dem Weg gehen. Ich werde nicht da sein. Lime und Ash wissen darüber so viel wie ich.

Cherry, so glaube ich, hat davon keine Ahnung. Ihre Interessen waren immer andere. Kampfkunst und Verführung. Solange diese Naien jedenfalls die Pfade nicht festhalten kann, werden sie für euch etwas wie Energiepeitschen sein."

„So etwas wie gerissene Starkstromkabel?", fragte Daoine nach, um es sich genauer vorstellen zu können.

„So in etwa. Nur viel stärker, wuchtiger und gewaltiger als Tornados können sie werden. Ungeübten können sie alles um sich herum zerstören. Als Patty wird sie es nicht wissen. Was ihr bereits als Naien zugetragen worden ist, kann ich euch nicht sagen. Doch geht ihr aus dem Weg, wenn sie die Albenpfade ruft, denn dass sie es tun wird …, das ist gewiss. Sie wird sich auf das größte aller möglichen Spielfelder hier auf Erden begeben und mit der mächtigsten Kraft ringen, die das Leben ist. Geht ihr aus dem Weg, sobald sie mit ihren Aufgaben beginnt. Ihre Energie und Macht wird euch ansonsten verschlingen", sagte der Dunedin eindringlich. „Und noch etwas müsst ihr wissen und dürft das niemals vergessen: Patty ist eine Albe. Sie ist eine Naien. Und so sehr ihr sie als guten Menschen kennen, respektieren und schützen werdet, respektiert ihr sie am meisten, sobald ihr akzeptiert, dass sie eine Naien ist. Ihr werdet euch an sie gewöhnen und sie lieb gewinnen als Frau, doch als Naien hat sie Dinge zu tun, die auch ihr anschließend leidtun werden. Zum einen, weil sie nicht alles von Beginn an richtig machen kann und beherrschen wird. Es werden Schäden entstehen. Zum anderen, weil sie sich als Naien von uns und unserem Weltenraum nicht fangen lassen kann. Sie lässt sich kaum begreifen, was uns sehr wehtun wird, falls wir sie als Frau sehen. Sie wird uns enttäuschen müssen, weil es ihr um das gesamte Leben der Erde und die Tausende auf Jahrtausende gehen muss. Sie wird ihr Leben für das unsere geben, aber wir werden es nicht verstehen, da wir das nicht leben können. Sie wird sich eines Tages scheinbar nicht mehr um uns kümmern und doch immerfort für uns da sein. Eines Tages wird sie nicht mehr mit uns sprechen, und trotzdem werden wir das unfassbare Glück in ihrer Nähe spüren. Sie wird vollkommen anders sein, als wir es uns vorstellen können. Und trotzdem müssen wir sie auf diesem Weg beschützen, da sie mehr ist als ein jeder von uns. Die Naien sind wir alle zusammengenommen. Sie wird Glück geben und Frieden spenden, nicht jedem Einzelnen, sondern dem Leben als Organismus in Gänze. Und es wird nicht jedem gefallen, da wir das Leben kaum verstehen, so komplex ist es, solange es sich nicht manifestiert. Dann jedoch kann es ganz einfach werden, falls man sich ihm ergibt, denn nichts anderes kann von uns getan werden, als uns dem Leben zu unterwerfen. Genießt Patty, solange ihr sie habt. Lernt von ihr, und bringt sie in die Welt zurück. Denn dass sie eines Tages gehen muss, ist gewiss. Sie hat euch ausgesucht, weil sie euch das Schwerste aufzuladen sah. Und sie glaubt an euch, mehr als ihr es vermeint. Doch haltet sie nicht auf und erwartet nicht, einen wundervollen Menschen erwachsen zu sehen. Patty wird eine Naien, ein Engel auf Erden, dem wir unser Leben und unsere Geschichte verdanken. Aber er wird uns nicht gefällig sein. Sondern wir sind ihm ergeben und müssen ihn nehmen, wie er wird. Sie wird leiden, Schmerzen ertragen müssen, die keine von uns allein ertragen könnte – um das bloße Leben zu begreifen und eine Entwicklung zu gewährleisten. Angefangen, meine Freunde …", sagte er bedeutend, „… mit dem stummen Gras, auf dem ihr herumtrampelt", und betroffen schauten die Vögel plötzlich nach unten in das Gras und hatten zuletzt an die Pflanzen gedacht, die den größten Teil des Lebens ausmachten und Leben an und für sich einem jeden erst ermöglichten. „Erwartet also nichts von ihr für euch, und gebt ihr alles, denn ohne sie wären wir nicht und werden wir nicht sein können. Patty als Naien wird die Wünsche jedes Einzelnen nicht erfüllen können, da sie bizarr werden würden und absurd sind, sofern sie nicht das Leben an sich betreffen. Sie wird lernen müssen, das Ganze zu beachten, und wir haben keine Vorstellung davon, was das für sie bedeutet. Sie wird nicht für mehr Fisch sorgen, noch für kräftigere Ähren. Sie wird keinen Frieden im herkömmlichen Sinne stiften, noch Liebe predigen. Sie wird euch nicht anhalten, das eine zu tun und das andere zu unterlassen. Und sie wird einen jeden nicht glücklich machen. Sie selbst ist das Glück für diese Erde, das dem Leben begegnet, solange es ist und sich seiner Dynamik erfreut. Und falls uns das Leben nicht gelingen sollte, dann hilft unseren Kindern weder all unser Wissen noch irgendein Glaube und schon gar nicht der nächste Nachbar", sagte der Dunedin und machte eine kleine Redepause, da die drei Vogelfreunde vor ihm, berührt von seiner Offenheit und betroffen von der Aussicht waren, dass man Brian verlieren würde, ohne sie jemals gehabt zu haben, gleichwohl sie alles in sich barg, was man überhaupt auf Erden erleben konnte. „Patty wird als Mensch verzweifeln. Sie wird sich quälen, hadern, zögern und betrauern. Sie wird weinen und gemartert. Sie wird sich aufgeben, für die Schmerzen hassen und in ihrer eigenen Folter glühen wie Stahl. Dabei habt ihr ihr zu helfen und dürft als Dank nichts weiter als ihre Nähe erwarten, wenn sie euch nicht verbrennt. Seid darauf vorbereitet, meine Freunde. Sie ist derzeit das wundervollste Geschöpf auf Erden, das wir zu schützen haben, vor denjenigen, die die Ganzheit des Lebens nicht verstehen und sich Reichtümer von ihm erwünschen. Wir dürfen diese Naien nicht noch einmal verlieren", sagte Southfield zum Schluss und hoffte nun auch Fergus genug Anhaltspunkte über die Naien gegeben zu haben, sodass man wissen könnte, worauf man sich eingelassen hatte. Nach kurzem Schweigen dankte der Basstölpel dem Dunedin in großer Ehre.

„Das mit den Pflanzen war mir so nicht klar, alter Mann. Aber jetzt habe ich ein konkretes Bild. Schade nur, dass du nicht bei uns bleibst", sagte er.

„Wann immer ihr es wollt, werde ich da sein. Und Lime, Ash und Cherry sind ebenfalls großartig. Alle Dunedin sind es. Verlasse dich auf meine Worte", und Fergus nickte. „Trennt euch von der einmaligen Patty, solange ihr zusammen seid und sie euch kennt. Und dann seid ihr nur noch für eine Naien da."

„Aber Alwyyn ist doch auch von ihnen mitgenommen worden", gab Sidhe zu bedenken, den die Worte von Southfield schmerzten, da sie eine kaum erträgliche Distanz zu einem Freund schafften.

„Da ist was dran. Das habe ich auch gesehen", sagte Fergus und überlegte, ob die Naien bestimmen konnten, ob und welche ihrer Begleiter sie von der Erde mitnähmen.

„Stimmt. Und erklären kann ich es mir nicht", gestand Southfield sich ein. „Vieles, was ich mir nicht erklären kann und worauf ich keine Antworten besitze. Doch es stellen sich mir diese Fragen nicht. Die Naien besitzen Kräfte, die ein jedes Geschehen wahr werden lassen können. Erwartet es aber nicht, um nicht enttäuscht zu werden. Denn sie sind es nicht, die uns enttäuschen, sondern wir sind es, die sich dann selbst enttäuschen, wenn wir verblendete Erwartungen haben und Wünsche in Erfüllung gehen sehen wollen. Das sollte gesagt sein", und ebenso wurde es von allen verstanden. Was geschehen würde, konnte niemand vorhersagen. Nur so viel, dass, was auch immer geschehen würde, zu geschehen hätte. „Und geht ihr aus dem Weg, wenn sie mit den Albenpfaden manövriert. Das ist lebensgefährlich – für euch mehr noch als für sie", mahnte Southfield erneut sehr eindringlich, womit die Unterredung der vier eigentlich beendet war und man in der Zwischenzeit nicht mitbekommen hatte, dass sich die Fulmare auf Namen einigen konnten, die weder Brian noch ein anderer ihnen mehr zu geben brauchte.

Die Eissturmvögel nannten sich Ceann, Ian, Rory, Dug, Alison und Shona. Sie empfanden, als hätten sie ihre Zeit sinnvoll und produktiv ausgefüllt, und wollten von Southfield wissen, was er als Ältester von der Wahl ihrer Namen hielt, dem der eine Name so wohl klang wie ein jeder andere, da er in Gedanken bei der Naien und dieser Erde war.

Er versuchte vergeblich die Vier anzurufen, da er keine Verbindung bekam. Schließlich war es noch am Morgen, und er brauchte sich nicht zu sorgen. Southfield kümmerte sich um Brot für seine Gäste, Wasser für sie und sich selbst und zog sich gedanklich etwas von den Vögeln zurück, da seine Aufgabe getan war und er nur noch auf Brian warten wollte. Danach beabsichtigte er, in die Highlands zu Makar aufzubrechen, um bei dem Weißhaupt zu verweilen und zu lernen. Zu lernen nur, falls es nötig war. Zu verweilen allerdings jederzeit. Außerdem brauchte er ein wenig Geld, um ohne Schliche und Gaunerei in die Berge zurückzukommen. Das Geld, sinnierte er. Und immer wieder das Kapital, das man in einem langen Leben verbrauchte, dachte er noch bei sich, als Sidhe zu ihm heranstolziert kam, sich zu ihm stellte, der auf der Türschwelle saß und seinen steinernen Wasserbecher in der Hand hielt, den Kopf drehte und sich bei ihm für das Gespräch bedankte.

Southfield sah ihn an, lächelte und meinte, dass sie sehr besondere Dohlen seien und er habe sich bei ihnen zu bedanken – für die Geduld mit einem Dunedin.

„Sich von ihr trennen, solange sie es noch wahrnimmt, Oak, das wird für uns nicht möglich sein", sagte die Dohle ernst und melancholisch.

„Ich weiß. Und doch wollte ich es gesagt haben."

„Dafür danke ich dir sehr. Da gibt es einiges, was mich sehr nachdenklich gemacht hat."

„Das kann ich mir vorstellen, Sidhe. Sehr gut vorstellen …"

„Glaube ich dir. Lasse mich dich nur eins fragen, Oak: Wie halten es die Dunedin mit den Naien bei all den Unterschieden, die sie von euch haben?"

„Wir geben unser Leben für sie, Sidhe", erwiderte Southfield knapp und lächelte schlussendlich.

„Ich danke dir, mein Freund", meinte Sidhe und hockte sich schweigend zu ihm.

Er verging keine halbe Stunde, bevor Gaire nach einer langen Nacht auf der Straße bei Eachann ankam. Durch die lange Autofahrt von London nach Gullane war sie etwas erschöpft. Rionnag und Camshron steckten die Fahrt und das lange Sitzen in den Knochen. Und Brian war eingeschlafen und bisher nicht wieder aufgewacht.

„Guten Morgen alle zusammen", rief Gaire zu den Vögeln und Southfield, die den stinkenden Benzin- und Gummigeruch des Fahrzeuges auf dem Gras beklagten, doch sich über die gesunde Ankunft der Ältesten mit der Naien umso mehr freuten und den Gruß erwiderten, als Gaire um etwas zu trinken bat und die Dohlen sich plötzlich Sorgen um Brian machten, da sie nicht aus dem Wagen ausstieg. Als sie zu ihr aufflattern wollten, rief Rionnag den Dohlen hinterher, dass Brian nur schliefe und man sie ruhig schlafen lassen möge, als Southfield sich bei den anderen ‚Ältesten über das Telefon beschwerte, da er häufig angerufen habe, ohne jemanden erreichen zu können. Gaire, die bereits einen Becher Wasser von Southfield gereicht bekommen hatte, zeigte mit ihrem Daumen nur schweigend über die Schulter und meinte dann kurz, man habe einen Störsender bei sich, der Interferenzen oder Schwankungen im Magnetfeld auslösen würde, sodass man in der Nähe einer Naien offenbar kein Signal auf den Mobiltelefonen habe, was Southfield physikalisch verstand, praktisch aber erstaunlich fand. Flatternd schauten die Dohlen einmal durch die Heckscheibe des Autos, sahen Brian in ihrem Anorak geborgen auf der Rückbank liegen und flogen dann beruhigter zurück zu den Dunedin und den anderen Vögeln. Auch Camshron und Rionnag tranken bereits, da Camshron gleich ins Haus gegangen war, um nach guter Dunedinsitte die Ankömmlinge zu bedienen, zu denen er sich in jenem Moment selbst zählte und folglich gern sich und dem alten Brauch entsprach.

Draußen hatte man schon gespannt auf die Reisenden gewartet, damit man das Erlebte am *Mons ruptus* erfahren würde, als Rionnag Fergus als Erstes zu sich heranbat und sagte, dass die Naien mit ihm zuerst sprechen wolle, bevor sie ihre gesicherten Erlebnisse auch den anderen zu offenbaren gedachte. Fergus dankte ihr für die Auskunft, die ihn in ihrer Aussage aber unruhig machte. Wieso wollte die Naien zuerst mit einer Suliden sprechen? Das konnte sicher nichts Gutes bedeuten, meinte er. Und sicherlich waren die Bilder von früher, falls sie diese wiedererlebt haben sollte, sehr unrühmlich für die Suliden. *Die erste Ohrfeige eines Engels*, dachte er und erinnerte sich an die Worte von Southfield, dass man als Lebewesen auf Erden nichts von einem Engel erwarten sollte. Das geschah ausgerechnet ihm, der unter den Vögeln des Gefolges der kräftigste und vorgeblich mutigste war. Er nahm Rionnag zur Kenntnis und konnte jetzt natürlich kaum erwarten, dass Brian aufwachte, um ihn wahrscheinlich vor allen anderen abzumahnen.

Camshron stand etwas abseits in der Sonne, atmete tief die frische Seeluft, die vom Firth her wehte, da ihm mehrfach speiübel im Auto geworden war. Sekundenschlaf von Gaire hatte er gesehen, was sie aber verneinte und ihr Fahrverhalten nur auf die Fahrweise der anderen Verkehrsteilnehmer zurückführte. *Alles indische Taxifahrer in ihren Privatautos*, hatte sie dann gesagt und gelacht. Ihm jedenfalls hatte sich der Magen verdreht, und Gallensäfte waren ihm bis in den Hals gestiegen. Einmal hatte er auch einen Schweißausbruch gehabt, den Gaire gerochen hatte, sich aber eines vorlauten Kommentares gegen Camshron verwahrte.

Gaire selbst war schon in Gesprächen mit Southfield und berichtete, was sie an dem *Zerbrochenen Berg* erlebt hatte, mehr aber noch von dem demolierten Bahnhof in einer deutschen Landeshauptstadt, die niemand der Dunedin zu kennen schien. Wie es die Ältesten taten, hörte Southfield gespannt zu und fiel ihr nicht in das Wort. Jede Nuance berichtete sie ihm und trotz des burschikosen Auftritts Gaires, war sie eine so gewissenhafte Dunedin, wie selbst die Bedachtesten unter ihnen immer wieder überrascht feststellen mussten. Zuweilen überraschte ihre Ausdrucksweise, die nicht vermuten ließ, dass es sich bei Gaire um eine 539-jährige Frau handelte. Und schließlich beschrieb sie ihre Flucht aus Hannover und dann aus Deutschland.

Danach berichtete Rionnag ihre Version, die leicht andere Perspektiven besaß, da ein jeder während eines solchen Einsatzes andere Blickwinkel hatte, die ein ganzes Bild ergaben, falls man alle Perspektiven zusammensetzte. Und auch ihr hörte man so aufmerksam zu, wie man Gaire vor ihr und Camshron als Letztem zugehört hatte, der seine Erlebnisse schilderte. Als man geendet hatte, schaute man kurz zum Fahrzeug hinüber, in dem Brian immer noch schlief. Dann war Southfields erster Gedanke, wenigstens ein Telefon außerhalb der Reichweite von Brian irgendwo zu deponieren, damit man es klingeln hören könnte, falls jemand anriefe, woraufhin Camshron sein Telefon anbot, da er es sowieso nicht mochte. Er ging mit ihm über den Hof, prüfte das Signal, legte es dann an eine Stelle auf der umgrenzenden Steinmauer des Grundstückes und kam zu der Gemeinschaft zurück, die über eine Anmerkung Fergus' lachte, der Gaire gefragt hatte, ob sie in ihrem Vorleben nicht doch vielleicht ein Basstölpel gewesen sei.

„Das wäre nett, Frau Gaire", meinte Fergus, der seinen Humor entdeckt zu haben schien, trotz des nervösen Wartens auf das Erwachen von Brian. Oder vielleicht gerade deshalb, um seiner inneren Unruhe Herr zu werden.

„Ja, Frau Gaire", musste auch Rionnag lachen. „Kehre in dich. Da bin ich gespannt, was wir noch so über dein Vorleben in Erfahrung bringen können."

„Den Herrn werde ich um Beistand bitten", spaßte sie.

„Der Herr ist gerade verhindert. Mittagessen", sagte Rory urplötzlich, eine der Fulmare, um einen Spaß beizusteuern.

„Mittagessen?", fragte Gaire und trieb den Gedanken auf die Spitze. „Ich habe einmal gehört, dass der Herr den Menschen nach seinem Ebenbild geschaffen haben soll. Und dabei kam mir der Gedanke, was er wohl isst und wie er verdaut. Die Frage muss gestattet sein. Und die nächste Frage: Wo ist denn nur gerade Mittag im Universum, bitte schön?", schmunzelte sie.

„Also Menschen habe ich schon fürchterlich furzen hören", sagte die Laride, und man schaute sich betroffen an, lächelte dann und brach in Gelächter aus. „Was denn? Das stimmt!", meinte er, und Una unterstützte ihn artig.

„Das stimmt wirklich. Sie können erbärmlichst furzen", meinte sie, und die anderen mussten noch mehr über die Aphorismen der Lariden lachen, die selbst schon zu schmunzeln begannen, weil die anderen nicht zu lachen aufhörten, bis Fergus sich zuerst in den Griff bekam und meinte, dass man auch diesen Gedanken als Seevogel ruhig anstellen dürfe.

„Wir sind ja nicht mehr im Mittelalter", sagte Gaire. „Damals hätten wir so einen laut geäußerten und ausgeschmückten Gedanken nicht überlegt", und die anderen Dunedin nickten grinsend, als wäre ihnen jene Zeit noch gegenwärtig. Einige der Dunedin waren wegen Gotteslästerung und Blasphemie damals umgekommen. Aber das war Vergangenheit, und man sehnte sich nicht danach, allseits bekannte Geschichten wieder und wieder vorzutragen, um Ressentiments gegen die christlich-irdische Menschheit auflodern zu lassen, die ihren Gott in wenigstens zwei bis drei Jahrtausenden ohnehin überlebt haben werden müsste. Was macht es also für einen Sinn, die Kindeskinder derjenigen zu verachten und ihnen eine Schuld zuweisen zu wollen, wie Camshron meinte, die ihnen nicht zukommen würde? Es macht überhaupt keinen Sinn. Es kann noch nicht einmal alte Wunden aufreißen – nur eben die alten vielleicht nicht verheilen lassen. Es schaffe nur neue Wunden und Klüfte, neue Unversöhnlichkeiten und gegenseitiges Unverständnis. Über die Pointe der Lariden hatte man jedenfalls herzlich gelacht und wartete nun eigentlich auf Brian, die immer noch schlief, gleichwohl ein warmer Mittag hereingezogen war, der Tag in seinem azurnen Blau alles versprach, was sich die frühesten Insekten des Jahres aus den Schneeglocken herausstahlen. Und die Dohlen waren beruhigt, die gute Freundin wieder bei sich zu haben, unter neuen Freunden zu sein und im Schutz ihre Brian weiterschlafen zu lassen.

# XXVIII

„Habt ihr mich schon aufgegeben? Oder habt ihr mich nur vergessen?", rief es vollkommen unvermittelt in den Mittag, und eine Wagentür fiel in ihr Schloss. Die Dohlen flogen sofort auf, als sie Brians Stimme hörten, als seien sie auf sie konditioniert. Die anderen erschraken zuerst, dann erkannten sie schnell, dass es die Naien war, die sie, wie durch einen Schleier, ansprach und trotzdem eindeutig erkennbar war.

Brian hatte sich während ihrer Reise nach Deutschland verändert. Die Schärfe und einige Kontraste sowie strenge Schatten eines menschlichen Gesichtes waren wie weich gezeichnet. Und dennoch war es Brians unverwechselbares Antlitz, das die Dohlen sahen, sich maßlos über sie freuten und fast verlegen hoppelnd vor ihr landeten. „Also … bisher nur als Ballast im Auto vergessen", lächelte sie. „Ihr beiden, euch habe ich am meisten von allen vermisst", sagte sie strahlend leiser und hockte sich zu ihren Dohlen, mit denen sie schon so viel erlebt hatte. „Ihr seid die guten Geister meiner selbst", flüsterte sie und dachte an Akita, die damals intuitiv gehandelt und wie selbstverständlich die richtigen Entscheidungen getroffen hatte. Auch in dem Senden nach den Dohlen für sie. Als hätte die Grauwölfin einen tieferen Sinn in sich gehabt und von Dingen gewusst oder vorhersagen können, die Brian erst später bewusst geworden waren. Ohne die beiden Dohlen wenigstens konnte sie sich ihr Leben gegenwärtig nicht denken. Und in der Gemeinschaft der Dunedin fühlte sie sich einfach nur wohl, sicher, geborgen und gewollt.

„Wie kannst du so etwas sagen?", meinte Sidhe, die sich noch gut an die Aussagen von Southfield erinnerte, was Brian bemerkte und schmunzelte.

„Eben deshalb konnte ich es sagen", meinte sie leise, als auch die anderen aufgestanden waren und zu ihr kamen, sie ehrenvoll aus einer *distance* begrüßten und nun abwarteten, was auf sie zukommen mochte, denn in dem Spannungsfeld einer Naien schien alles zu jeder Zeit möglich zu sein.

Zuerst begrüßte Brian Southfield und dann die Fulmare, über die sie sich sehr freute und meinte, dass man nun vollzählig sei. Brian bat um Wasser, das Camshron ihr sofort holte, während Southfield seinen Blick nicht von dem magischen Pelzanorak abwenden konnte. Bevor er noch zu fragen imstande war, sagte Brian, dass man später darüber sprechen könne, und der Basstölpel Fergus wusste, was ihm nun bevorstand. Die Naien wollte zuerst mit ihm reden, und deshalb hatte er sich bei der Begrüßung sittlich unwohl zurückgehalten. Camshron brachte das Wasser, füllte es in ihren weichen Holzbecher, und sie genoss jeden Schluck mit geschlossenen Augen. Die Dohlen sahen das Verhalten Brians zum ersten Mal und ahnten nicht, wie erfrischt sie von dem Wasser wurde. Man stand vor ihr in einem Halbkreis, da sie noch bei Sidhe und Daoine hockte, während sie schon zu der Suliden hinüberschaute, die betroffen nach vorne watschelte und ihren Kopf senkte, als Brian aufstand, freundlich zu Fergus nickte und ihm zu verstehen gab, dass man mit der freundlichen Erlaubnis der anderen zuerst ein Gespräch unter vier Augen führen wollte, bevor man sich zusammensetzen sollte. Um die Erlaubnis gab es keine Diskussion. Man hatte sofort verstanden, drehte sich um und ließ die Naien mit dem Basstölpel einige Schritte gehen.

„Patty, nur bitte nicht dort hinüber", rief Camshron ihnen hinterher. „Dort habe ich das Telefon hingelegt, damit wir im Notfall Empfang haben", sagte er noch, was Brian aber schon nicht mehr hörte, da sie sich in und mit Fergus verinnerlichte, was dem Vogel zuerst gar nicht bewusst wurde, da er von dem Wesen Brian eingenommen war, ohne einen spürbaren Schritt einer Veränderung zu bemerken.

„Dir, mein Sulide, habe ich Folgendes zu sagen, falls du zu mir herüberkommen möchtest", meinte Brian in dem Bewusstsein von Fergus, der zu ihr kam und die Umgebung aus seinem Blick verlor. Er sah Brian sich hinsetzen, ihn anlächeln und war bereit, für alles und einen jeden seiner Art in allen Zeiten in jenem Moment die Verantwortung zu übernehmen, damit eine mögliche Scham endlich von seiner Sippe genommen wäre. Ergeben beugte er vor der Naien seinen Kopf, legte seinen kräftigen Schnabel in eine ihrer Hände und ließ sie gewähren, als sie Besitz von seinem Bewusstsein ergriff. „*Der Brocken, von dem du weißt, dass er war*", sprach sie und legte ihre zweite Hand auf seinen Federkopf, woraufhin seine Augen zufielen und er reglos vor ihr hockte, die sich im Schneidersitz zu ihm auf den Boden gesetzt hatte.

„Dann nimm mein Leben für die Schande", äußerte es sich durch Fergus.

„*Nein. Dein Leben wird sich mir geben, falls erforderlich. Bis dahin lasse ich es in deiner Obhut, mein Freund. Keine Schande des Morus, der von den Dunedin geschickt worden war, um das Massaker niemals in Vergessenheit geraten zu lassen. Er war tapferer als alle anderen und hatte sich in das brennende Inferno gestürzt, als Erster und als Einziger ist er der Brunst entkommen. Auf ein Geheiß, das nicht sein Wunsch war. Wisse es, und lasse es unter den Deinen verlauten, damit ihm eine späte Gerechtigkeit widerfährt. Und lasse mich wissen, was ich den Ältesten von Morus sagen darf*", sprach die Naien, und der Basstölpel war entrückt. Er hatte wenige Bilder des Schreckens vor Augen, die Brian dem Vogel vorsichtig vermittelte, und ließ ihn keine Gräuel, doch die Tapferkeit eines Morus vor einer in Glut entflammten Luft erleben, die selbst die Wolken schmolz. Langsam kam er zu sich, gequält von den Eindrücken, drehte seinen Kopf vorsichtig, und die Naien nahm ihre Hand von seinem Gefieder.

„Sage ihnen nichts, meine Naien. Ich danke dir nur und trage Sorge dafür, dass es alle Suliden erfahren, die sich durch mich vor dir in Ergebenheit und Achtung verneigen", sagte Fergus. „Eines fernen Tages werden wir wieder stolz auf Namen sein, die wir uns geben können", flüsterte er, öffnete die Augen, schaute Brian lange an, die zurücklächelte, und hob dann seinen Kopf mit seinem Schnabel in die Höhe, bevor er ihn abermals tief vor Brian verneigte.

Die anderen waren mit sich und dem schottischen Nachmittag beschäftigt. Sie hatten die Tiefe der Begegnung von einem Tölpel und seiner Naien weder beobachtet noch mitbekommen. Nur Sidhe und Daoine hatten oft zu den beiden hinübergesehen und nicht verstanden, was zwischen Brian und Fergus geschah. Sie sahen Qualen eines Vogels und den Frieden eines außerordentlichen Menschen, der entweder die Tortur des Tieres erleichtern oder es ihm ermöglichen wollte, die erlebten Schmerzen zu ertragen. Sonderbar war es so oder so. Und es war eine scheinbar sehr tiefe Verbindung zwischen den beiden entstanden, die eine immense Bedeutung für Fergus haben musste, da er vollkommen verändert aus dem Zwiegespräch entlassen kam, schwieg, mit sich beschäftigt war und auch noch später immer wieder einen verehrenden Blick auf die Naien warf, der Ungläubiges und Dankbares in sich besaß.

„Mein Freund Fergus. Das war es, was wir wissen sollten. Die Naien waren mit euch und vermochten dem Leben nicht mehr das eure abzuringen", sagte Brian und hatte daraus etwas für sich zu lernen, von dem sie noch nicht wissen konnte, wie schwierig es werden würde, Leben zu erkennen und es zu schützen, indem man es zuweilen anderen nehmen musste, damit Leben für alle möglich werde. Diese möglichen Entscheidungen in Zukuft zu treffen würde zu ihren größten Aufgaben werden, dachte sie in Gullane, solange sie auf der Erde in diesem Weltenraum sei. Und als Mensch wünschte sie, niemals in den Konflikt gestürzt zu werden, das eine Leben gegen ein anderes Leben abzuwiegen.

Southfield war auf Brian in ihrem bewundernswerten Anorak gespannt, da er ein entsprechendes Kunstwerk niemals zuvor gesehen hatte. Und Brian freute sich darüber, den wiederzusehen, der sie aus den Felsen gepflückt hatte, wie Southfield bei einer anderen Gelegenheit gesagt hatte.

„Du bringst mir meine Vögel, Oak", lachte sie, als Fergus ihr hinterherwatschelte und Southfiled ihr nur erklärte, dass es *von dieser Welt geborgte Fulmare* seien. Die Einzigen, die wahrhaft ihre seien, wären wohl die Dohlen. „Na, Sidhe und Daoine sind doch keine Vögel für mich, wie du wissen wirst."

„Ich weiß, meine Naien. Ich weiß es. Es ist wunderbar, dich bei guter Stimmung zu sehen", meinte er dann und kam auf sie zu, als auch die Fulmare sich zu ihr auf den Weg machten. „Einer nach dem anderen. Zuerst die Ältesten und dann die Vögel", meinte er im Spaß und begrüßte Brian abermals auf ehrerweisende Dunedinart. „Ich hörte, dass du dich schon an einem Bahnhof der Irdischen gütlich getan haben sollst", und Brian schaute ihn verlegen an.

„Das hörte ich auch", meinte sie knapp. „Es gibt also noch viel zu tun."

„Aber damit willst du hoffentlich nicht sagen, dass du dir jeden Bahnhof vornehmen willst", lachte der Dunedin, und die anderen mussten schmunzeln.

„Damit will ich sagen, dass ich es dir zu allerletzt auf die Nase binden werde", antwortete sie und wendete sich den Fulmaren zu, die ihr gleich sagten, dass man sich bereits Namen ausgesucht habe, und so stellten sie sich einzeln vor. Brian musste lächeln, da ihr das Gefühl vermittelt wurde, dass die anderen mit ihren Namen vielleicht nicht einverstanden gewesen wären. Schließlich aber meinte sie, dass es sowieso nur vorübergehend sei, damit sie sie ansprechen könne. Denn Namen hatten in der Wirklichkeit keine Bedeutung. So viel hatte sie bereits verstanden. Und es sei gut so, wie sie meinte. Ceann, Alison und Shona waren gut an leicht unterschiedlich gezeichneten Schnäbeln zu erkennen. Ian war der jüngste Fulmar. Rory hinkte. Und Dug hatte durch seinen kompliziert gebrochenen Flügel die größten Schwierigkeiten, ihn auf seinem Rücken zu falten. Und zum ersten Mal sahen sie Brian mit ganz anderen Augen, da sie zuvor die scheinbare Freundin Merlins war, nun aber als eine der bedeutenden Naien identifiziert worden war, von denen alle irgendwelche Kenntnisse besaßen, ohne jedoch eine Naien jemals gesehen zu haben. Und diese waren jetzt sogar von einer Naien zu ihrer Begleitung ausgesucht worden, gleichwohl man sie als Menschenfrau irgendwo im Nordatlantik schwimmend kennengelernt hatte. Es war ein großer Augenblick für die Fulmare, den sie erst langsam in seiner Tragweite einschätzen lernen sollten. Ein großer Augenblick für alle und für diese Erde, die ein Naien trug. Dieser Nachmittag jedoch begann unbeschwert, nachdem sich die Dunedin bereits besprochen hatten und Brian zu den Ereignissen kaum etwas zu sagen wusste, außer, dass es eine grauenvolle Geschichte war, was alle zu wissen schienen. Einzig der Umstand, dass die Asche der Naien, so Aschenreste und Energien vorhanden sein konnten, durch einen Dauerregen in das Meer gespült worden sein mussten, durch den Ablauf mehrerer Flüsse in die Nordsee, war den Ältesten neu und bemerkenswert. Es erklärte vielleicht, weshalb Brian auf den Shetlands geboren worden war. Und es könnte einen Hinweis darauf geben, dass die anderen sechs noch nicht wiedergeborenen Alben ebenfalls irgendwo an einer Küste der Nordsee irgendwann erstehen werden, was aber gegenwärtig keine Bedeutung hatte. Nur der Gedanke war erwähnenswert, denn die Dunedin waren weder auf der Suche nach den Naien auf dieser Erde, noch waren sie wirklich erfreut, sie beschützen zu müssen. Die Aufgabe war faszinierend und klang für einen tollkühnen Geist verlockend, der nach großen Taten drang, war aber für einen Ältesten nur eine Pflicht, der er entsprach, während ihm sein langes Leben andernorts sicherlich mehr Abwechselung versprach, als für die Wohlfahrt eines Engels zu sorgen. Das verhieß ihnen als Erstes Abgeschiedenheit und Einsiedelei. Es versprach ihnen kaum Unterhaltung und so nötige Impulse, die auch ein Dunedin in seinem Leben zu allen Zeiten auf der Erde brauchte.

Rionnag erzählte, dass sie nach Mackintosh schicken ließ, und erklärte den anderen, dass sie die zeitlichen Abläufe besser verstehen wollte, seitdem die Ereignisse am Brocken stattgefunden hatten. Sie wollte die Geburtsstunde der Metallverarbeitung der irdischen Menschheit besser verstehen, mit der sie kaum Vorteilhaftes für die Evolutionären in Verbindung brachte. Es war die Geburt der Waffenschmiederei. Und so begeisternde Waffen hergestellt worden waren, so brutal war ihre unverhohlene Aussagekraft, die nicht nur zur Abschreckung diente, sondern immer zuerst Anwendung fand, bevor sie Schrecken verbreitete. Gaire meinte, sie könne sicherlich mit einigen Kenntnissen beisteuern. Sie sei wohl nicht so zeit- und geschichtssicher wie Mackintosh, aber sie wisse einiges über die Schwerter und Metalle. Es war um die Lichtlanzen der Naien gegangen, die aus dem Werkstoff geschmiedet worden sein mussten, den die damaligen Irdischen begehrten. Dieser sei in dem Inferno wahrscheinlich geschmolzen. Und falls in Hitze geschmolzen, kämen nur Metalle infrage, aus denen die Raumadern bestanden haben mussten, sagte sie.

„Oder Sande …", warf Sidhe ein, und man schmunzelte zu schnell über seinen Kommentar. „Bestimmte Sande, aus denen man doch auch Glas macht. Glas schmilzt in der Hitze wie Metall, ihr, meine ach so schlauen Dunedin", führte Sidhe seinen Gedanken aus.

„Oder … Sande? Ja, du hast recht, mein Freund", meinte dann Camshron, der sich über die so einfache Alternative möglicher Werkstoffe deshalb wunderte, weil die Ältesten immer der zweifelsfreien Annahme gewesen waren, die Lichtlanzen oder Raumadern der Naien seien besondere, geschmiedete Metalle, deren Substanzen auf Erden geblieben waren. Der Gedanke, es könne Glas gewesen sein, aus dem ihre Lanzen hergestellt worden waren, war für ihn eine umwerfende Erkenntnis. „Patty, könntest du sagen, ob du etwas wie die Lanzen der Naien genauer gesehen hast? Und könntest du sagen, ob es Glas gewesen sein könnte, falls du ihre Adern hast sehen können? Ich weiß, ich sollte nicht fragen, aber …"

„Alles ist gut, Lime. Gesehen habe ich sie. Aber aus welchem Stoff sie waren, vermag ich nicht zu sagen", sagte Brian, und Leben kam in die Unterhaltung, da man einen Gedanken verfolgte, der niemals einem von ihnen gekommen zu sein schien, während Brian ihre Dohle stolz anschaute, ihr zunickte und sie anlächelte, als man bei klarem Wasser, frisch duftendem Brot und Trockenobst auf dem Gras vor dem Eingang zu Eachanns Schneiderei saß, Gründe und Abgründe erwog, Irrtümer aufklären wollte und alles in allem zu dem Ergebnis kam, dass es wahrscheinlich Glas gewesen sein müsse, das die Naien als Lichtlanzen verwendeten, und nicht eine metallische Legierung, wie man seit Urzeiten gedacht hatte. Und wäre dem so, dann musste es ebenfalls gewesen sein, dass die Irdischen das Metall allein aus Erzen gewonnen hatten, während man zuvor die Meinung vertreten hatte, die Naien hätten das Metall bei der Schlacht am *Zerbrochenen Berg* verloren und Menschen hätten es dort gefunden. Den Rohstoff dann hätten sie als Basis all ihrer Waffenschmiede genommen. Deshalb hatten sich die Ältesten auch lange den Kopf darüber zerbrochen, weshalb die Alben metallische Verbindungen auf Erden hinterließen, da aus ihnen so viel Unglück hervorgegangen war. Falls es Glas gewesen sei – oder eine entsprechende Grundsubstanz für ihre Lanzen –, mache es einen ganz anderen Sinn, sagten sie und waren überrascht, dass ihnen dieser Gedanke zuvor nicht gekommen war, der eine unglaubliche Bedeutung für die Entwicklungsgeschichte der irdischen Menschheit gehabt hätte.

„Das ist ein Quantensprung, Sidhe", sagte Camshron zu der Dohle, als sich Dug überlegte, was Quanten seien und ob er sie dann schon einmal hätte springen sehen. Sidhe zeigte sich etwas irritiert über die Bedeutung der Aussage für die Dunedin, die offenbar Freunde gewinnen konnte. „Da hast du uns ein hübsches Ei in unser Nest gelegt", lachte der Älteste.

„So etwas machen wir als Dohlen gern", merkte Sidhe kurz an und rückte etwas näher zu Brian, die wusste, was sie an ihren Vögeln hatte.

„Lasst uns den Gedanken fortführen, sowie wir mit Eldar gesprochen haben", meinte Rionnag, und Gaire schaute voller Bewunderung zu Sidhe. „Was werden wir tun können? Und dir, Patty? Was steht dir bevor?", fragte sie als Nächstes. „Was willst du, dass wir tun?"

Brian hatte nicht nachzudenken. Für sie waren es die Albenpfade und das Singen, was ihr bevorstand. Und mit diesem Wissen fasste sie sich kurz.

„Ich bin auf einer Insel im Nordatlantik gewesen. Im Wasser habe ich einen der Pfade entdeckt. Und dorthin muss ich zurück", sagte sie.

„Unmöglich", warf Ceann, der wohl energischste der Fulmare, ein, als ihn die Ältesten und anderen Vögel ansahen. Einer Naien so entgegenzutreten und zu widersprechen, wäre selbst dem tolldreistesten Dunedin nicht in den Sinn gekommen. „Ich meine, die Insel Merlins ist nicht mehr als ein Restfelsen, der bei Starkwind oder einer Vollmondflut überspült wird", gab er zur Erklärung seines Einwandes, was die anderen Fulmare bestätigten. „Deshalb ist es wahrscheinlich für dich unmöglich, meine Naien", fügte er ergebener und kleinlauter hinzu.

„Hat der Albenstern den Felsen zerstört, nachdem wir ihn verlassen haben?", erkundigte sich Rionnag, da die Fulmare bisher über die Insel nichts weiter erzählt hatten.

„Er ist in sich zusammengebrochen", meinte Ceann.

„Wir haben auf dem letzten, höheren Felsblock ausgeharrt, bis wir fliegen konnten. Für eure Schwester Beech ist das schon so sehr feucht geworden, dass sie in einem der Boote gewacht hatte. Der Felsen hat bis zuletzt gehalten. Was jetzt aus ihm geworden ist, weiß ich jedoch nicht", fügte Shona hinzu. Man hörte die Fulmare an, sah zu Brian und wartete auf ihre Entscheidung, die Southfield zu seiner Aussage anregte, dass, falls es das Wasser des Nordmeeres sei, um das es ginge, man sich doch eine beliebige Insel suchen könne, wie er voller Überzeugung meinte.

„Ja. Es gibt ungezählte", stimmte Alison zu. „Und wieso muss es ausgerechnet eine vor Norwegen sein? Wir können doch auch hier eine suchen, oder? Es ist hier nicht ganz so grässlich, wie es das Wetter im Winter mit uns im Norden meint."

„Eine kleine Insel …, ja. Hier in Schottland. Unbewohnt. Ja", sann Brian in sich gekehrt einen Moment. „Im Westen … Im regnerischen Westen, in dem der Horizont die tiefen Wolken das grau schäumende Meer küssen lässt. Und ich säe meinen Wald … im Westen", sprach sie wie unter Trance, und alle hörten sie, waren still, sahen sich an und fanden den Gedanken durchaus denkenswert.

Southfield, der Schottland am besten von den Ältesten kannte, dachte sofort an einige Inseln, die für ihn hinsichtlich der mageren Beschreibung Brians infrage kommen könnten. Sie waren un-

bewohnt. Sie wurden weder von Touristen noch von Fischern angefahren. Die Menschen der größeren, umliegenden Inseln machten
ihre Geschäfte mit dem Single Malt Whisky und kümmerten sich
kaum um die nackten Inseln, die man den Vögeln ließ und denen
man die romantisch verklärte Fantasie möglicher Vergangenheit
eines maltbeseelten Verstandes schenkte.

Gaire war von dieser Aussicht überhaupt nicht angetan, da sie
Leben um sich herum brauchte und das Organisieren gewohnt
war. Auf einer entlegenen Insel gäbe es nichts mehr zu tun, als
darauf zu warten, dass eine Brian ihre Fähigkeiten zu Qualitäten münzen würde, damit sie dann eines fernen Tages von den
anderen Naien abgeholt werden könnte, während man selbst alt
geworden – oder vielleicht sogar vorher gestorben, ohne etwas
Weiteres getan zu haben, als eine Naien zu beschützen – und
*verblödert* wäre. Das war eine gelinde gesagt triste Aussicht für
sie und still hatte sie sich gewünscht, Rionnag hätte nicht sie,
sondern eine andere Schwester für den Schutz der Naien ausgewählt. Camshron hingegen gefiel der Gedanke, obwohl sein
Herz an Afrika hing. Allerdings war ihm die Begleitung Brians
auf Erden wichtiger als eine jede seiner Angelegenheiten, denn
die Menschheit konnte warten – die Entpuppung eines Engels
nicht. Und wer konnte schon mit Sicherheit sagen, dass man nur
auf einem Vogelfelsen sitzen würde und das Gras wachsen hören
sollte, wie er dachte. In der Gegenwart einer Naien sei alles möglich. Und Rionnag überlegte erst gar nicht, weil sie ihre Persönlichkeit der von Brian unterstellte. Klaglos und vollkommen selbstverständlich. Es gab für sie keine Fragen. Nichts hatte größere
Priorität auf Erden als die Gegenwart einer Naien. Und nichts
war interessanter für sie. Den Vögeln war es so oder so recht. Sie
freuten sich, falls sie in der Nähe der See wären, und die Aussicht, auf einer Insel zu leben, war immer eine gute Aussicht auf
ein Meer, fanden sie. Außerdem sei es in Schottland. Und das
war für sie eine zweite, noch bessere Aussicht, falls Southfield
wirklich eine Insel kennen und für eine Albe präferieren würde.

„Wie wollen wir es angehen?", fragte Southfield. „Soll ich allein
suchen, oder hast du bereits eine Idee, wohin du möchtest, Patty?

Oder wollen wir uns alle zusammen auf deinen Weg machen? Wie wollen wir deine Insel finden?"

„Ich schicke die Vögel. Sidhe und Daoine bleiben hier mit mir. Die Seevögel werden mir meine Insel finden, nicht wahr?", sagte Brian plötzlich zu der Überraschung aller. Was konnten die Vögel darauf erwidern, außer froh und einverstanden zu sein.

„Ja, selbstverständlich", sagte Fergus stellvertretend für die anderen. „Wir finden dir die Insel, und Oak wird uns sagen, in welcher Richtung wir suchen sollen", und während sich die Vögel freuten, überlegte Gaire, weshalb Brian die Vögel die Auswahl einer Insel treffen ließ, auf der sie sicher für lange Zeit bleiben würden, als sie auf ihre ungeäußerte Frage einen ruhig lächelnden Blick von der Naien erhielt, der ihr die Antwort gab: *Weil sie das Leben kennen und die Inseln für sie keine Namen haben, Cherry.* Und so sehr Gaire über die unerwartete Nähe einer Naien erschrak, da sie Brian sah, so sehr spürte sie die überflüssige Frage und fügte sich in ihre Rolle, die nur kausal erschien. Kausal und logisch für jemanden, dem Multiversa als Teil seines täglichen Lebens Begriffe der Allgegenwärtigkeit waren.

Man wollte die Nacht noch zusammen verbringen, bevor die Seevögel am Morgen aufbrechen sollten. Sie sollten in den Westen fliegen, als die Sonne auch an jenem Tag unterging und Brian ihr Gefühl für die Zeit, das ihr, allein mit den Dohlen gewesen, Angst gemacht hatte, vollkommen aufgab. Sie war in Gesellschaft, gleich, welche Zeit man erlebte, und völlig egal, ob man von Zeitwellen fortgeschwemmt werden würde oder man in einer möglichen Gegenwart verbliebe. Alles schien möglicher denn jemals gedacht und gleichzeitig fantastischer, als es ein menschlicher Verstand zulassen durfte, obgleich er sich an die Umstände zu gewöhnen schien. Ein Verstand, der sich entwickelte und in ein Leben dachte, das magischer war, als die Irdischen für möglich halten könnten, obwohl es wirklicher war, als es jemals in einem Hörsaal einer Universität von einem Professor proklamiert werden würde. Sie hätte gern ihre damaligen Kommilitonen gesprochen und ihnen von den Erlebnissen erzählt, lächelte in sich hinein. Wahrscheinlich seien die meisten schon Großväter und -mütter und hätten sich mit ihren akademischen Kenntnissen ein Leben verdienen können, in dem man die Miete für eine gute Unterkunft in London und wenigstens die Raten für die Autos immer pünktlich begleichen konnte. Und ging es für die Menschen um mehr? Ging es den Menschen wirklich und wahrhaft um das Erkennen? Wäre das Wissen wichtig? Wahrscheinlich nicht. Denn dazu war das Leben der meisten zu kurz. Für das Leben und die Evolution sei es wichtig – nicht aber für den unbedacht Lebenden, der sich kaum seine Natur in zehn seiner Generationen vorstellen kann. Und wozu sollte er das tun? Denn er lebte ja heute und musste heute überleben. Dieser Kampf sei schon schwer genug auch nur zu führen, selbst wenn man manchmal etwas Spaß habe, wusste Brian, doch bekam sie einen Eindruck vom Leben an und für sich, das dieser Kurzlebigkeit Grenzen aufzeigen musste. Grenzen, damit gegenwärtige und scheinbar nötige Handlungen und Überlebensstrategien aufzuhören hatten, um ein Übermorgen für die gesamte Erde gewährleisten zu können. Darum ging es vielmehr, als um das tägliche Überleben des Einzelnen, als um den immerwährenden Überlebenskampf, der seine Opfer haben würde. Denn Leben fordert Leben, um Leben neu gebären zu können. Merlin hatte ihr einmal etwas gesagt, das so viel meinte, wie *dass sie den Namen nicht glauben sollte.* Heute bekam sie ein Gefühl dafür, was er damals gemeint haben konnte.

„Bist du so tief in Gedanken, dass du uns nicht mehr wahrnehmen kannst?", fragte dann plötzlich Daoine, und tatsächlich hatte sie die Dohle nicht wahrgenommen.

„Sowohl als auch. Ihr seid doch ein Teil von mir. Von daher seid ihr immer da, auch falls ich mich manchmal etwas verdenken sollte", lachte Brian, die in ihrem herrlichen Anorak auf dem feuchten Gras saß, als dann auch Southfield zu ihr herankam, da er sah, dass Brian mit einer der Dohlen sprach. Er wollte sie erneut auf ihren Pelz ansprechen, als es bereits dunkel wurde und Brian auf neuartige Weise innerlich zu strahlen begann. Sie leuchtete nicht hell nach außen, es war auch keine Illumination.

Sie verstrahlte in einem unsichtbaren Licht Energien, die um sie herum Wärme hinterließen, der man eine fast sichtbare Textur zuschreiben konnte, so hell erschien die Dunkelheit um sie. Und dann, am bereits finsteren Himmel vor den Gestirnen, die man mit größter Sehnsucht als Zuflucht seiner Wünsche wähnte, fast wie Nebelschwaden, Helleres über dem Firth of Forth. Ein leichter, kaum bemerkter Schein, bis die Eissturmvögel darauf hindeuteten und die sitzenden Dunedin in den Norden sahen. Ein staubiger Lichtertanz in stumpfen Regenbogenfarben, der langsam der Dunkelheit einen Hintergrund zu geben schien, bis sich ein weiches Lichtspiel über dem Wasser entwickelte und eine bogenförmige Aurora borealis am Sternenhimmel wehte. Wie ein Vorhang in einem windigen Raum, leicht und still, als größte Krönung dieser Erde und dieses Momentes einer Naien in Gullane. Die Welt verneigte sich vor der Gemeinschaft und ehrte sie durch Sonnenwinde, die sie hoch über den Highlands entzündete und dadurch eine Aura auf Brians Gesicht zauberte, die noch nicht einmal mehr an den Himmel zu schauen brauchte, um das zu sehen, was sie bereits in sich zu tragen fähig war.

Alle anderen freuten sich und staunten, über das seltene, spektakuläre Ereignis eines Nordlichtes in Schottland, das man sogar in Wales und auch einigen Teilen Englands an jenem Abend bewundern konnte. Eine Aurora für die Naien. Die Dunedin in Gullane spürten die mystische Verbundenheit Brians mit der Erde bereits, und die Vögel empfanden, was sich in ihnen, ihrer Umgebung und an ihrem Himmel veränderte. Dieser Abend jedenfalls sollte den Menschen Britanniens lange in Erinnerung bleiben und andere Abende ebenso, die kommen würden.

„Müssen wir jetzt jede Nacht auf deine Vorführung vorbereitet sein?", fragte Gaire Brian.

„Nein. Hier feiert die Erde sich in ihrem Leben und ehrt uns alle mit einem friedlichen Anblick, der uns nur träumen lässt", sagte sie etwas verklärt, und Gaire hörte sie, sah Brians Schimmer um ihren Körper und sprach dann nicht mehr. Sie stand auf mit dem Blick auf das selbstspielende Licht der Abendfinsternis, ging zu der Naien hinüber, verneigte sich vor ihr, strich ihr mit der

Hand über die fast glatten Haare, die zu glänzen schienen, und bemerkte nur noch, dass man stolz sei, sie begleiten zu dürfen. Dann ging Gaire wieder, setzte sich zu ihren Brüdern und ihrer Schwester und sah schweigend in das Licht, wie es die Dunedin taten, falls sich der Zauber des Weltenraumes auf Erden sehen ließ. Die großen Momente keiner Verheißung, doch aller Physik rieselten in jenen Lichtlinien bogenartig von Dunkelviolett bis Graublau von der Sonne in die nächtlich irdische Atmosphäre.

# XXIX

„Und so kann ein Wahnsinn beginnen", sagte Rionnag, als die Vögel schon am frühen Morgen aufgebrochen waren und Brian Daoine doch noch darum bat, mit den Seevögeln zu fliegen, während nur Sidhe bei ihr in Gullane bleiben sollte. Die Dunedin hatten sich in dem anbrechenden Morgen zusammengesetzt, sich unterhalten, Brian dazugebeten, und Rionnag sprach gerade über die Fangschlingen menschlichen Verhaltens. „Ein Wahnsinn, der uns heimsucht, falls wir nicht rechtzeitig achtgeben. Ein verzehrender, lähmender Wahn, der alles Leben auch von uns fordern würde. Und falls wir dann schon nicht mehr sind, bleibt selbst von der Erinnerung an uns nur die Fratze des erlittenen Wahns, den wir uns nicht abgestreift haben. Dabei beginnt es mit einer wahrscheinlich harmlosen Frage. Mit einem Augenzwinkern. Keine Gelegenheit, einfach davonzueilen und es bei einem Zwinkern zu belassen. Der Irrsinn erwidert, da er festhalten will, was ihm begegnet. Der Irrsinn will infizieren. Er will das freundlich freiwillig Gegebene greifen, dann festhalten und sich gemäß verändern. Es wird absichtlich zu spät für die Freundschaft sein, und eine Entschuldigung lässt der Irrsinn nicht gelten. Es krallt sich an jeder Faser fest. Mit tückischen Klauen, und lässt erst wieder los, falls er sich das Fremde gleichgemacht hat. Erst, falls es ihm entspricht. Falls anderes dem Irrsinn Tribut gezollt haben sollte, ist die erste Frage: *Ist nicht schönes Wetter heute?*, auf die der Wahnsinn lauernd nur eine einzige, zögerliche Antwort ersehnt, wie *Ja. So kann man es sehen.* Bevor er zuschlägt und nicht wieder loslässt. *Also, falls man es so sehen kann, dann könnte man es auch anders betrachten.* Und man antwortet *Sicherlich*, und die Enterhaken sind geworfen, die Stiletten durch die Haut getrieben, und ein Wort ergibt das andere, und die anfängliche Intelligenz wird als Spieleinsatz gefordert. Schließlich wird es persönlich, und das Gespräch gewinnt an Attraktivität. Perfide werden einem die persönlichsten, intimsten Schubfächer unbewusst aufgezogen, da man ein wenig nachlässig in ein bereits vertrautes Verhältnis zum Wahn getreten ist und investiert. *Ach, Sie haben auch einen Ehepartner und Kinder. Wundervoll*, oder eben nicht, gemäß der Situation. Oder was zuerst noch wundervoll erscheint, wird genauer betrachtet doch zum modifizierten, durchdesignten Albtraum. Und aus der Misere helfen dann nur noch die Freunde, deren Namen der Wahnsinn auch erfährt, falls nicht bereits erfahren haben sollte. *Interessant*, wird er schmeichelnd bedeutungslos sagen, während wir ihm sein Interesse abnehmen und in die Falle tappen. *Finden Sie?*, fragt man, und er sagt *O ja. Und wie sehr*, und dann beginnen wir erst richtig zu plaudern, um uns um unseren Verstand zu bringen. Redselig. Leutselig. Unsinnig. Und dabei ganz freiwillig schwächelnd. Noch in der Annahme, die Begegnung mit dem Wahn sei ja nur vorübergehend. Und bevor wir es merken, ist es um uns geschehen. Das selbst Gesprochene werden wir nicht wieder los. Wir werden seiner nicht mehr Herr. Es verselbstständigt sich und veralbert nun bereits die eigene Intelligenz, die man leider auf ein falsches Blatt gesetzt hat. Der so sorgsam aufgetragene Putz auf den grauen Wänden des eigenen Heimes bröckelt von den Zementbacken. Abfall und Schutt statt Zierde …, das ist der letzte Gedanke, nachdem wir den Wahnsinn ungestraft über den Jägerzaun springen ließen und ihm auch noch seine erste Frage willkommen hießen. Das ist dann noch alles, was die Menschen fassen können, bevor sie hinabsteigen, in das, was ihre eigene tägliche Hölle ist", sagte Rionnag, was die Dunedin wie auch Brian schweigend an jenem Morgen überdachten. „Hmmm …, und unsere Naien, sie sind wirklicher als jede dieser Sprachen, da sie auf Fragen keine Antworten geben, weil sie wahrhaftiger sind, als Sprache es erlauben würde", meinte Rionnag schließlich in einem kurz gefassten Nachsatz.

„Gut gesagt, Ash. Und gut vorgetragen. Deshalb bin ich wohl auch derzeit derjenige, der von uns am zurückgezogensten von uns allen lebt", meinte Southfield.

„Aber ganz so kann es auch nicht sein", warf Gaire ein. „Es gibt vieles, was dem Menschen täglich gelingt. Immer wieder aufs Neue. Viele, die diesem Irrsinn entkommen oder aber gar nicht in der Lage sind, diese Alltagstauglichkeit eines Wahns zu erleben, da ihre Lebensumstände ihnen und dem schweren Überleben keine Zeit für diesen Blödsinn lassen. Sie haben auch keinen Zaun, da sie kein Grundstück besitzen, und das wenige an Besitz tragen sie auf ihrem Leib, den sie sofort – und sei es mit Gewalt – im Überlebenskampf gegen einen jeden verteidigen."

„Das stimmt, Cherry. Tägliche Praxis bei uns", meinte Camshron, und mit *uns* meinte er sein persönlich erlebtes Afrika mit seinen Menschen. „Und weder die Vanyar noch der Alte Glaube helfen den Leuten da unten", hörte Brian in sich versunken an jenem Morgen in Gullane, als er seine volle Pracht über den Lammermuir Hills entfaltete und im Sonnenaufgang die Farben über den wolkigen Himmel blies, dass einem trotz der relativen Kälte ein warmer Schauer für Minuten den Körper ergriff, hätte man das Verweilen in der Zeit verstanden. In ihren zauberhaften Wolfspelzanorak gehüllt, zog sie die Knie an die Brust, hörte die Dunedin das Für und Wider eines möglichen Wahnsinns erörtern, der die Menschen von sich und tieferen Erlebnissen abhielt, wippte, indem sie die Arme um die Beine geschlungen und den Kopf auf die Knie gelegt hatte, und begann in ihren Gedanken versunken leise, froh und sonor zu summen.

Sie hörte die Dunedin nicht verstummen, sah keine sonnendurchfluteten Wolken mehr, erträumte sich die Bilder zu der Rede von Rionnag und entglitt der nüchternen Schönheit eines taunassen Morgens, dem sie viel abgewonnen hätte, würde sie nicht verspielt in ihren Abbildern eines halbdunklen Nordens mit nackten Füßen über Eisflächen und harschen Firnschnee laufen, was sie fühlte und genoss. Sie war bei sich und ihr war warm. Leben im Körper, der leichter geworden schien und so angenehm zu tragen war. Ein Körper, der sie kaum noch einschränkte, wie sie es manchmal zuvor empfunden hatte. Keine Wundheit und keine Schmerzen. Sie spürte keine Not und keinen Drang. Zeit lief ihr nicht davon, und sie aalte sich in der wonnigen Gegenwart allen Seins, versunken hinter ihren Lidern, einer wellenden Stimme ihrer offenen Kehle und eines Brustkörpers, der diesem Klang nicht als Resonanz zu dienen schien.

Während Brian tiefer in sich versank, wurden die Ältesten vorsichtiger. Sie wussten, dass Brian ihre Kräft noch nicht beherrschen konnte, und erschraken, als sie tief klingend zu summen begann, da ihnen dieses Summen nur von den Naien bekannt gewesen war, die allerdings für eine Art farbiges Klangmeer sorgen konnten, während bei Brian noch alles möglich schien, solange sie ihre Energien nicht halten und steuern konnte. Sie sorgten sich um unkontrollierte Ausbrüche eines werdenden Alben, der seine ganze Macht noch verkannte und sie entrückt versehentlich entlassen könnte. Sie hatten Furcht vor einem falsch gedachten Gedanken Brians, der möglicherweise wie ein Sturm aus ihr herausbrechen könnte, ohne dass sie selbst es merken würde, und Gaire schaute Rionnag fragend an, ob man Brian nicht vielleicht besser wecken sollte, um sich und sie vor zu frühem, vielleicht missverstandenem Singen zu schützen, da einer Naien Gesang ein mächtiges Instrument war.

Während die Dunedin in großer Vorsicht etwas von Brian abrückten, beobachtete Sidhe, wie sich die Ältesten verhielten, sah dann Brian an und stolzierte bewusst dichter zu ihr heran, gleich, was geschehen könnte. Brian war ihr Patron und dem war sie ergeben. Das war alles, was sie in dieser Beziehung in jenem Moment denken konnte. Und sollte es ihr Leben kosten, dann war es eben der Preis für das Leben Millionen anderer. Falls sich Brian an den mächtigen Albensternen versuchen sollte, wollten die Dohlen den Rat Southfields befolgen. Aber solange sie nur summte, warmer Frieden ihr entströmte und sie vor sich herträumte, fürchteten sie sich vor Brian nicht. Und nicht vor der Naien in ihr, die schneller in ihr heranzuwachsen schien, als man gedacht hatte. Sidhe war dankbar gewesen, für die vielen Erklärungen der Dunedin, denn schon vorher hatten die Dohlen gedacht, was ihnen wohl wiederfahren wäre, würde Brians Entwicklung, die zwangsläufig war, ohne jede Erläuterung für sie stattgefunden haben. Weder Daoine, Sidhe noch Brian selbst hätten gewusst, was und warum etwas geschehen würde. So jedenfalls wussten alle, worauf sie sich einzustellen hatten und auf welchem mystischen Weg sich Brian befand. Sidhe stellte sich demonstrativ dicht neben die Freundin, beobachtete die Ältesten und hörte die tiefe Grundfrequenz des Summens fast wie eine Vibration der Erde. Sie spürte ein vorsichtiges Zittern in dem Boden und schätzte den sonderbaren, grauen Lichtschleier wie eine etwas breit gezeichnete Kontur der Silhouette Brians, der entweder durch das Summen an sich oder aber durch eine natürliche Entwicklung eines Menschen zu einem Alben entstand. Es war nur Wärme in ihrer Nähe. Es war die tiefste Freude eines Glückes, das sich nicht selbst erfasste. Es war ein Bad im eigensten Wohlbefinden, das einen stimuliert in ein Gleichgewicht mit Lebensmöglichem zu setzen vermochte. Es war eine Art schlichter, melancholischer Harmonie, die sich noch nicht vollendet hatte, deren Saat aber aufgehen musste, weil sie jugendlich schien und ihre Erde gefunden hatte, in der die Nährstoffe für ihr Gedeihen lagen. Und Sidhe empfand sich so anders, als jemals zuvor in Brians naher Gegenwart, dass sie sich nicht mehr als in ihrem kleinen Körper mit dem großen Herzen unter dem schwarz glänzenden Gefieder und mit dem noch größeren Verstand in einem kleinen Schnabelkopf unbeschreiblich wohlfühlte. So wahrscheinlich es sein würde, dass Brian sie eines Tages gar nicht mehr wahrnehmen könnte unter der Last der Eindrücke allen Lebens auf einmal, so sehr genoss Sidhe den Augenblick absoluter Nähe und einer indifferenten Intimität einer einzigartigen Freundschaft – fast einer Schicksalsgemeinschaft, obwohl ein Schicksal als solches nicht mehr möglich war, da sich der Glauben an das Schicksal relativiert hatte. Dieses Schicksal saß personifiziert in Brian neben Sidhe.

*Du tust mir gut, Sidhe, und dein Wagemut zeigt, wie gut wir uns kennen*, hörte Sidhe sagen und war sich für Momente unsicher, ob Brian es laut gesagt hatte oder ob sie es sich nur eingebildet hatte. „Es wurde dir gesagt, meine Freund", sagte Brian, die bereits ihre Augen geöffnet hatte und die Dohle anstrahlte, als Sidhe erst zu sich kam.

„Du hast meine Gedanken gelesen", krächzte Sidhe.

„Seit wann haben Dohlen Gedanken, die eine Naien lesen muss?", lächelte sie.

„Können Naien überhaupt lesen?", fragte Sidhe.

„Sie müssen es nicht können", sagte Brian. „Aber ich kann es noch", lachte sie weiter.

„Die Dunedin hatten Angst, du könntest dich wieder vergessen, als du zu summen begonnen hast", sprach Sidhe leise zur Erklärung weiter, als Brian zu den abgerückten Ältesten hinübersah und Camshron, der den Kommentar Sidhes hörte, laut meinte, dass die Dohle ein Waschweib sei oder das Adäquat eines Waschweibes als Vogel.

„Ja, ja. Rede du nur", erwiderte Sidhe. „Stimmt es nicht, was ich sagte, du hintertückischer Lauscher? Du sollst deine Schande hören", meinte die Dohle im Spaß, und man war froh, dass Brian nur vor sich hergesummt hatte, wenngleich sich die Umgebung ein wenig veränderte.

Ob es die Kontraste waren, die etwas verschwammen, oder ob es etwas mit einem kaum sichtbaren Licht zu tun hatte, konnte niemand genau sagen. Nur so viel war gewiss: Etwas veränderte sich, sowie Brian sich zurückzog. Und worauf diese Veränderung Einfluss nahm, sollten sie noch erleben. Derzeit blieb bloß die Feststellung, dass sich etwas veränderte, ohne sie konkret begründen oder beschreiben zu können. Und man atmete nur auf, dass Brian wieder bei sich zu sein schien.

Aus dem Westen zogen flüchtige Wolken als Vorboten eines Regens heran, der erst am späten Nachmittag fallen sollte. Man hatte Durst, wartete auf die Nachrichten der Seevögel und eine mögliche Eremitage, die die Vögel finden sollten, und Rionnag wartete auf Mackintosh, von dem sie etwas über die Geschichte erfahren wollte. Der Aspekt, dass die Raumadern der Naien aus Glas gewesen sein könnten und dass man seit Beginn der Zeit unter den Ältesten gemeint hatte, es könne sich nur um Metalle handeln, hatte sie gefangen. Auch die furchtbare Auseinandersetzung der Dunedin, Alben und Irdischen bekäme dadurch ein völlig neues Gesicht. Die Geschichte des Metalles sei dann nicht durch die Naien auf die Erde gebracht worden, was die Ältesten stets angenommen und niemals verstanden hatten. Sie konnten sich nicht erklären, weshalb die Naien aus einer Unachtsamkeit einen solch gefährlichen Grundstoff auf Erden hinterlassen haben konnten, der den allseits bekannten Schaden unter den irdischen Menschen in der Menschheitsgeschichte angerichtet hatte. Metalle und ihre Legierungen. Schwerter und Waffen. Panzerungen und Schutz. Und dazu die Waffen bekannter Krieger, denen man sogar stolze Namen gab. Je mehr durch sie erschlagen worden waren, desto berühmter wurde das Mordinstrument. Der Mensch betrachtete es dann sogar mit größter Würdigung, anstatt es verachtend zu vernichten, da massenhafter Tod an ihm heftete. Wäre wahr, dass die Raumadern aus Glas seien, hätte der Irdische den Stahl nicht den Naien entrissen, sondern musste ihn selbst irgendwie hergestellt haben, und die Naien wären für die Ältesten in dieser durchaus problematischen Frage entlastet. Einst hatten einige der Ältesten es sogar tatsächlich abgelehnt, bei früheren Ankünften der Alben anwesend zu sein, weil sie deren Fahrlässigkeit in der Schlacht am *Zerbrochenen Berg* missbilligten, bei der so viele tapfere Schwestern und Brüder umgekommen waren. Es hätte den Naien ein Leichtes sein müssen, dem Grauen ein Ende zu bereiten. Doch sie hatten es geschehen lassen, wohl wegen der nötigen, geduldigeren Geschichte innerhalb einer irdischen Evolution, die damals furchtbare Narben entstehen ließ. Sollten die Lichtlanzen aber aus Glas gewesen sein, entlastete dies die Naien auf alle Zeiten von der Mutmaßung, Ursache für Waffen und Kriege auf Erden gebracht zu haben, was viele der ersten Dunedin meinten. Alles ergäbe dann einen neuen und erträglicheren Sinn. Dann mussten die Erze von den Menschen in eigener Regie geschmolzen worden sein, was ihnen entspräche, und man müsse keine weiteren, fragwürdigen Verantwortungen bei den Naien suchen. Mackintosh war geschichtskundig genug *Und wie ist es mit Gaire?*, überlegte Rionnag. Gaire sei eine der begabtesten Nahkämpferinnen in unterschiedlichen Disziplinen. Wusste sie vielleicht mehr über die Herkunft der metallurgischen Verbindungen? Die Kunst der Schmiede und Geheimnisse ihrer Härtungen? Rionnag wollte warten und dann das Thema ansprechen. Und sollte es sein, dass eine Dohle Licht in einen vermeintlich hellen Raum gebracht hatte, der jedoch dunkel gewesen war? Sie schaute zu dem treuen schwarzen Vogel hinüber, der ergeben neben Brian saß, der sie vollkommen zu vertrauen schien. Das taten die Dunedin auch. Doch die Dohle tat es aus Gründen bisheriger Erfahrung mit der Menschenfrau, während die Ältesten es aus Pflichterfüllung und Ehrerbietung gegenüber den Naien taten, ohne Brian wirklich zu kennen.

Southfield war über die Gesellschaft froh, in der er sich befand. Meistens trieb er sich allein in Schottland herum, bis auf wenige Erlebnisse, die er im Laufe seines bisher langen Lebens mit Camshron teilte, da sie mehrere *Dinge* gemeinsam erledigt hatten, über die die Ältesten nach ihrem Gelingen ungern sprachen. Sie waren zumindest moralisch bedenklich – für die Entwicklung des Lebens aber unabänderlich gewesen. Dieser Spannungsbogen zog sich stets durch die möglichen Entscheidungen, die die Dunedin treffen mussten, selbst falls er persönlich diesen Umstand nicht mochte. Die Moral der Irdischen veränderte sich, hatte er gesagt, und darin eine Rechtfertigung für die oftmals fragwürdigen Handlungsweisen gesucht, was ihm mit unterschiedlichem Erfolg gelang. Er suchte gern das extreme Beispiel japanischer Fischer heranzuziehen, die Delfine in Buchten trieben, um sie als Jagdkonkurrenten tötend in ihrem Blut zu baden. Sollte er tatenlos mit ansehen, wie Tausende dieser Meeressäuger brutalstmöglich von mordlustigen, blutrünstigen Dummköpfen qualvoll umgebracht werden? Oder sollte er den wenigen, geifernden Fischern die besudelten Waffen aus den Händen reißen, um sie nötigenfalls zur Rechenschaft für ihre Untaten zu ziehen? Irdische würden sagen, obwohl es grauenvoll sei, wollten die ohnehin schlecht betuchten Fischersleute auch nur ihre Familien durchbringen. Andere könnten sagen, man sollte diese mordenden Fischer erschlagen, sowie sie sich an den Delfinen vergingen, damit das Morden aufhöre. Wieder andere würden denken, was schon sei der Unterschied zwischen einer Haifischsuppe und einer Hühnerbrust. Etliche Argumente konnte man sich für das Verhalten der Japaner zurechtlegen; etliche Argumente sprachen gegen ihre Taten. Nur half es nicht bei der eigenen Urteilsfindung, ein Leben an und für sich zu schützen. Alle Argumente waren sehr wohl verständlich, und sie waren so richtig, wie sie verkehrt waren. Denn Leben wurde ausgelöscht. Und es würde immer ausgelöscht werden, solange es dissimilierende Arten auf der Erde gäbe. Und auch ohne den Menschen waren die Regeln des Lebens in der Fauna klar. Falls der Mensch ein Teil dieser Fauna war, so blieb ihm nichts anderes übrig, als auf seiner gegenwärtigen Entwicklungsstufe anderes Leben zu töten, um selbst zu überleben. Von daher war es akzeptabel. Doch musste er daraus für sich und andere ein blutiges Geschäft machen? *Blutig schon*, meinte Southfield, *doch ein Geschäft sollte es mit dem Schlachten nicht werden.* So weit ging er in seinen Überlegungen und persönlichen Toleranzen. Aber er war auch immer bereit, gleich allen anderen Dunedin, für Irdische durchaus umstritten nachteilige Entscheidungen zu treffen, da sie sich gegen den Menschen richteten, wenn sie sich für das Leben entschieden. Dieser Konflikt war für alle zuweilen schwer zu ertragen, doch trugen sie ihn, weil sie Dunedin waren. Das war ihnen als Ältesten auferlegt, und sie erfüllten diese Aufgabe mit größtem Engagement. Aber Southfield war auch gern allein, da manch erlebte Geschichte verwegen machte und schmerzte, obwohl sie notwendig gewesen war. Einerseits waren das die natürlichen Risiken des Lebens: *Fressen und gefressen werden, nur warum Völlerei?*, hatte er dann immer gern gefragt. Andererseits war es durch perfide Techniken Intelligenzbegabter aus dem Gleichgewicht gekommen, da die Intelligenz wohl einerseits ausreichte, das Fressen durch raffinierte Fallenstellungen zu befriedigen, dann aber nicht ausreichte, um der Balance der nachwachsenden Beute gerecht zu werden. Ein Bauer, der seine Saat für das nächste Frühjahr im Winter bereits aufaß, verhungerte im nächsten Jahr. Ein sehr kompliziertes Spannungsfeld, dem man in unterschiedlichen Situationen differierende Reaktionen entgegenstellte, die oft auch gegen die Überzeugungen der Dunedin getroffen wurden.

Camshron war aufgestanden, sagte zu Gaire, sie möge sich um das Telefon kümmern, da er nach Brot im Haus schauen wollte, um es herauszubringen. Des Weiteren fragte er, ob jemand durstig sei, was alle dankend verneinten, als es bereits auf den Mittag zuging, Brian sich schweigend wohlfühlte, da sie spürte, dass die Vögel einen vortrefflichen Platz für sie finden würden, damit sie endlich wieder an das Meer kommen konnte. Sie fühlte die ersten Suliden um den Bass Rock im Firth of Forth fliegen, spürte die innere Erregung, da sie alle wussten, dass unter Umständen einige Generationen der Suliden ausbleiben würden, weil man mit seinem Leben eine Albe auf Erden zu schützen gedachte, und freute sich, dass zumindest wenige in diesem Jahr kommen würden, brüten und ihre Kinder groß- ziehen konnten. Sie glaubte nicht, dass sie sich so schnell zur Naien entwickeln würde, wie sie es tatsächlich tat. Und Brian meinte an jenem Tag auch nicht, jemals die Hilfe dieser Tölpel in Anspruch nehmen zu müssen. Vielleicht ihre Enkel oder Urenkel eines fernen Tages. Doch dieser Gedanke war ihr als Mensch gekommen, wie sie in den Augen von Sidhe sah, die sie fragend anblickte, ihren Kopf schief legte, worauf Brian der Dohle gegenüber nur erwähnte, dass er wunderbar wässerige Augen besäße, was sie als Kompliment meinte. Sie dachte an ihre Fantasie und Gebilde ihrer damaligen Einbildung, als Camshron mit dem noch warmen Brot und frischem Wasser zu ihnen aus Eachanns Haus kam.

„Der Catering-Service", sagte er kurz und schaute auf Sidhe. „Und diesem finsteren Herrn in seinem Abendkleid auch ein paar Krumen", meinte er, indem er das Brot zu Sidhe warf. „Wärest du ein Dunedin, würde ich dir das Brot wie der Salome ihres Liebsten Kopf auf einem Silbertablett servieren, mein Guter", rief er noch, wodurch er deutlich machen wollte, dass seine werfende Geste nicht verächtlich oder erniedrigend gemeint sein sollte. Er hatte das Brot für die Dohlen nur zerkrümelt, weil es so für die Dohlen einfacher gewesen war, die kleinen Brocken des gut gebackenen Getreides der Dunedin genießen zu können. „Und keine Frage bitte, wie die Brote immer wieder in die Steinschale der Ältesten gelangen", lachte er hinterher. „Über solche Schalen würde sich die Mehrheit der Menschen freuen. Ein Tischlein-deckdich."

„Das glaube ich dir auf das Wort. Dann würde sie sich gar nicht mehr bemühen, sondern ihre sechzig bis achtzig Jahre ableben und dann einfach so ... ab in die Kiste und schnell verscharrt", lachte Gaire.

„Vielleicht. Manche ja. Aber sicherlich nicht alle", überlegte Camshron.

„Ich möchte gern Papier ... Skizzenpapier und Pastellstifte haben", sagte Brian unerwartet und unterbrach damit die Unterhaltung der anderen.

„Malst du ...?", erkundigte sich Rionnag bei Brian, die von diesem möglichen Talent zuvor nichts gesagt hatte.

„Nein. Aber mir ist nach Farben, Stiften, Papier und Beschäftigung", lächelte sie.

„Sie hat auf Merlins Insel geschnitzt. Aus Holz ..., einen sehr beachtlichen Tölpelkopf. Also, etwas handwerkliches Geschick hat Patty ganz sicherlich", steuerte Southfield bei.

„Ein Zeitvertreib. Plastisches ... und Schatten", sagte Brian darauf. „Etwas wie eine produktive Meditation ... Ich konzentriere mich und höre alles, ohne sehen zu müssen."

„Das verstehe ich. Hab ich auch einmal gemacht. Mit Wasserfarben ... Aquarell. Nun, es war keine Meisterschule, aber für mich war es in einer Zeit einmal richtig gewesen. Es entlud inneren Druck, den ich damals hatte", sagte Gaire. „Können wir denn so etwas hier besorgen?"

„Sicherlich. In Edinburgh", dachte Camshron.

„Auch in North Berwick. Ein kleines Kunstbedarfsgeschäft. Ich bin einmal dort gewesen. Das heißt *Rock & Bird*. Eine sagenhaft freundliche Frau mit großen, dunklen Rehaugen, die dort bedient. Hübsch ..., und eine etwas tiefere, friedlichere Ausstrahlung, die sie besaß. Sie hat mich für einige Tage gefesselt ..."

„Na, so wie du über die Frau sprichst, tut sie das immer noch", flachste Gaire.

„Sie hatte große Ähnlichkeit mit Maple."

„Was?", lachte Gaire. „Da wirst du dort sicher nicht wieder einkaufen gehen. Ansonsten sind wir dich für die nächsten zwei bis drei Jahrzehnte los: *Busy on the Rock & Bird*", lachte sie auf unmissverständliche Weise.

„Du hast ein so loses Mundwerk, Cherry", schämte sich der Dunedin fast für seine Aussage, da er ohnehin kaum Kontakt zu Menschen hatte und sehr zurückgezogen lebte. „Du musst gerade reden. Du reißt alles auf, was ein Portemonnaie in der Popo-Tasche hat, während man selbst nur wenige Menschen sieht. Und dann solch ausgeprägte Fantasie … Vielleicht sollten wir einmal *Busy am Rock* werden, dann hätte ich bestimmt manchmal nicht solche Sehnsucht."

„Klar doch. Die Dunedin unter sich … ein Bordell. Und wir bemüht, unsere Brüder bei Stimmung zu halten. Ich glaub's auch", lachte sie.

„Einen Gedanke wäre es wert", meinte Camshron, und man lachte, sagte Brian zu, dass man sich darum kümmere, und brach das Brot gemeinsam.

„Möchtest du malen, um etwas zu ventilieren?", fragte Sidhe.

„Nein. Einfach nur so. Ein Gedanke", erwiderte sie und lächelte entrückt.

„Du weißt, dass du eines Tages blind wirst?", fragte die Dohle leise.

„Nein. Blind werden die Naien nicht. Wir sehen dann anders und lassen uns durch den Augenschein kein Licht mehr vortäuschen. So habe ich es verstanden", erklärte Brian, und Sidhe wusste, dass dieses Wissen offenbar von der Naien vermittelt worden sein musste, der Brian in den Highlands begegnet war.

„Das klingt merkwürdig, aber nachvollziehbar, Patty."

„Es klingt wohl so, wie es ist, mein Lieber."

„Wahrscheinlich ja. Aber vorstellen kann ich mir das alles noch nicht", sagte Sidhe, der als Dohle Brian ganz anders kennengelernt hatte und trotz größtmöglicher Nähe zu ihr wusste, dass eines Tages ein Abschied erfolgen würde, an den er zuvor nicht richtig gedacht hatte. Man war ja auch der Meinung gewesen, dass man in die Anderswelt geglitten sein könnte.

Dann klingelte das Telefon auf der Mauer und Rionnag sprang auf, um das Gespräch entgegenzunehmen. Es dauerte einen Moment, bis sie bei dem Telefon war, als sich herausstellte, dass es Mackintosh war, der in Drem bereits aus dem Zug gestiegen war und darum bat, dass man ihn bitte abholen möge. Er würde am Bahnhof warten. Rionnag sagte ihm, dass sich Gaire sofort auf den Weg machen werde, die daraufhin aufstand und meinte, sie würde auch gleich das Papier und die Pastellstifte für Brian auf dem Weg zurück mitbringen, denn North Berwick sei sehr überschaubar, sodass sie *Rock & Bird* auch ohne Southfield finden würde.

„Nein. Ich komme dann mit", meinte er, in der Hoffnung, noch einmal die bezaubernde Frau sehen zu können, an die er sich gern zu erinnern schien.

„Nur, wenn ich dich aus dem Laden wieder rauskriege", lachte Gaire.

„Wenn du nur nicht so kaltschnäuzig wärest", erwiderte er ihr schmunzelnd.

„Besser 'ne Verliebtheit in 'ne Irdische, die dann spätestens nach ein paar Jährchen vorbei ist, mein Bruder, als 'ne untröstliche, unerfüllte Schwärmerei für eine Schwester, die dich Jahrhunderte quälen würde. Lasse mir also besser meine *Kalte Schnauze* ..., und dir wird vieles erspart bleiben", lachte sie, und er schmunzelte sie nur an, als sich beide schon auf den Weg zum Auto gemacht hatten, nachdem sie sich von Brian mit einer Verneigung verabschiedeten. Sie stiegen ein und fuhren los, um die Besorgung für Brian zu erledigen und Mackintosh *einzusammeln*, wie Camshron es formulierte, der auf Bitten Rionnags aus London gekommen war.

Brian war als Mensch immer noch etwas verlegen ob der Achtung und Ehrerbietung, die ihr zuteilwurden, was den Dunedin hingegen in ihren Charakter gelegt schien, falls es sich um eine Naien handele, mit der man Umgang pflegte. Camshron und Rionnag beobachteten die scheue Verlegenheit, und es war beiden klar, wie viel Neues auf Brian einstürmte, ohne dass sie etwas dafür oder dagegen unternehmen konnte. Trotzdem verhielt sie sich nach

Meinung der beiden Ältesten großartig und gelassen und begriff ihre Andersartigkeit, ohne sie bisher in Gänze angenommen zu haben. Für eine als Mensch geborene Frau musste es undenkbar schwierig sein, all die neuen Bedingungen und das Unfassbare zu akzeptieren, zumal Brian zu denken und zu verstehen verstand.

Rionnag hatte das Telefon auf der Mauer außerhalb der Reichweite Brians liegen gelassen, atmete einmal durch, als Southfield und Gaire gefahren waren, und fragte Brian, ob sie etwas trinken wollte, was sie freundlich dankend ablehnte. Camshron schien unbeschäftigt, doch verstand durch einen Blick Rionnags, dass sie allein mit Brian sprechen wollte, als Brian ohne aufzusehen meinte, dass Camshron ruhig bleiben könne, denn es gäbe keine Geheimnisse und Verschränkungen mehr. Man könne von Frau zu Frau sprechen, selbst falls Männer anwesend sein sollten, denn schließlich sei man *irgendwie* sowieso aneinander gebunden.

„Und je eher wir das begreifen, desto schneller kommen wir voran", schmunzelte Brian.

„Das stimmt, Patty. Ich wollte nur Rücksicht auf deine noch vielleicht menschliche Seite nehmen."

„Ich weiß. Das Deflorieren der Jungfrau ... Diese Seite ist gnadenlos verwirrt und überflüssig geworden, Ash. Wie ich mit ihr derzeit umgehen soll ...? Ich weiß es noch nicht. Aber das wird sich über die Jahre finden. Derzeit wollte ich, ich wäre erst gar nicht geboren worden. Und dann ist es wiederum so herrlich, sich fühlen und leben zu dürfen, wie ich es tue, dass mir das Herz aus dem Körper springen möchte, von dem ich noch nicht einmal mehr weiß, wie es überhaupt noch zu schlagen vermag. Ich kann nur beobachten und staunen. Vielleicht hast du jetzt doch etwas Wasser für mich, bitte", bat Brian Camshron, als sie sprach.

„Ich kann es mir nicht vorstellen, wie du dich fühlen musst", erwiderte Rionnag.

„Neugierig. Ja ..., neugierig beschreibt es wahrscheinlich am treffendsten. Und ihr helft mir sehr. Ohne euch verstände ich kaum etwas von dem, was bisher geschah. Alles macht mich gegenwärtig sehr neugierig, und eine bestimmte, bisher gelebte Monotonie gestaltet Formen, die so unbegreiflich sind", sagte sie, als Camshron mit dem Wasser aus dem Haus kam, ihr aus dem Krug in ihren von ihr hingehaltenen Holzbecher einschenkte und sie das Wasser wie Cognac in dem Birkenholz schwenkte. „Lime, bleibe ruhig bei uns. Hier sind keine Frauen", schmunzelte Brian. „Und alles, was mich betrifft, wird euch umso mehr betreffen. Ihr könnt mich werden sehen und solltet diese Erfahrung für immer unter euch Dunedin teilen. Denn was ich manchmal sage, weiß ich selbst nicht. Aber sicherlich hat es eine Bewandtnis oder seine spätere Bedeutung für euch, die ihr hier leben müsst."

„Du machst und sagst das alles mit einem Selbstverständnis", sagte Camshron.

„Es mag sich so anhören und vielleicht so aussehen. Schließlich aber fühle ich mich unsicherer, als ihr wahrscheinlich denkt. Intuitive Momente …, ja. Aber sie sind ohne mich. Sowie ich anfange, nachzudenken, wird mir schwindelig. Das ist die Wirklichkeit", sagte sie lächelnd und voller Gelassenheit. „Ich wollte, ich könnte etwas aktiv dagegen tun. Aber da ist nichts, was ich machen kann. Folglich werde ich bestimmt auch für euch zuweilen unberechenbar sein. Ich hoffe nur, dass ich meine Empfindungen, Gedanken und Kräfte so schnell wie nur möglich koordinieren kann und unter Kontrolle bringe, denn zu was ich wahrhaft in der Lage sein werde, weiß ich nicht. Und ich glaube auch nicht, dass ich mir als Mensch gefallen würde", sagte sie lächelnd nachdenklich.

„Doch. Du würdest dir gefallen. Du differenzierst, Patty. Diese Eigenschaft allein macht dich schon wertvoll, weil du wahrscheinlich daran gearbeitet hast …, noch als Frau", sagte Rionnag, die andere Menschen kannte, die in ähnlichen Versuchen charakterlich ertrunken waren.

„Es tut mir auch so leid, was ich euch antue. Ich scheine zu erwarten, dass ihr euer Leben für meins hergebt, ohne zu verstehen, wie ein solcher Prozess eigentlich aussieht und weshalb mein Leben so sehr viel mehr wert sein sollte als eures. So sehr ich es einerseits von euch durch meine Natur fordere, so wenig will ich es jemals von euch fordern müssen", meinte Brian.

„Aber das haben wir doch alles schon ausgiebig besprochen, Patty", meinte Camshron, der die Unterhaltung in andere Bahnen lenken wollte.

„Ja ...", schluckte sie. „Aber ich habe Angst", meinte sie weiter, und Tränen rannen über ihre schimmernden Wangen. Sidhe sah sie betroffen an, Rionnag rückte zu ihr heran und nahm sie in ihren Arm.

„Das haben wir alle, Patty. Ein jeder von uns."

„Ich spüre doch die Veränderung, auch den Glanz um mich wie eine Nebelhaut, aber ich ignoriere es bewusst, denn ich habe Angst, was diese Veränderung mit mir macht und für mich bereithält", weinte sie leise im Arm von Rionnag, die die Kühlheit von Brians Körper spürte, selbst durch den wundervollen Pelzanorak.

„Wir wissen nicht, was das Leben vorhat. Aber es ist nur richtig, dass du das wirst, was du bist, Patty. Eine Albe ..., oder nenne es, wie du willst. Alles wird gut, weil es werden muss", sagte Rionnag beruhigend.

„Das sagst du, weil du weißt, dass wir uns eines Tages trennen werden", schluchzte Brian.

„Nein. Das sage ich, weil ich es weiß", sagte sie überzeugend. „Wir wollen aufhören zu *denken* ..., denn es bringt nichts. Wir sollten zu *wissen* beginnen", meinte sie noch und nahm Brian fester in ihren Arm. „Alles wird uns gelingen, solange wir nur wissen, was wir tun", fügte sie leise hinzu, und Brian fühlte sich in allem geborgen – und doch so einsam. *Was nur, falls es nicht gelänge? Was, falls programmierte Erwartungen zum Scheitern führten? Und was, falls alles nur Verrücktheit wäre?*, dachte sie bei sich, und die Dunedin konnten Brians Gedanken nicht mehr hören.

Sidhe hüpfte auch dichter zu Brian heran und machte sich natürlich die gleichen Sorgen. Denn wie sehr könnte ihnen das Leben übel mitspielen, falls es in den Millionen Fratzen der Entgeisterten auftauchen würde? All die Schwindelei und hypnotisierende Symbolik einer Welt, die Erde sein sollte und zum Kunstbegriff eines schwachen Verstandes verkommen war, wie die Dohle meinte. Und sie glaubte, je mehr Mühe man sich geben würde, desto größerer Schaden würde entstehen, da man kaum mehr als das eigene Leben begreifen konnte, falls man Glück und Wissen besaß. Selbst davon waren die irdischen Menschen schon überfordert, denn nichts hatte den gewünschten Bestand. Nichts durfte bleiben, wie es ist, da andernfalls die Erde immer noch ein Eisball in einem winzigen Sonnensystem als Teil eines Multiversa wäre oder vielleicht sogar noch rot glühend durch den schwarzen Raum stiemen würde. Von daher musste alles werden, was es sein konnte. Deshalb war auch der irdische Mensch auf seinem Weg nur eine vorübergehende Begleiterscheinung, aus der mehr werden könnte, falls er zuvor diese Erde nicht mit allem Leben verzehren würde, bis der letzte Mensch dann noch schmatzend sich seines tragischen Irrtums bewusst werden würde, bevor er stürbe, da er im Staub der Knochen säße, deren Fleisch verspeist worden war. Darum ging es. Deshalb war es gut, einer Naien zu ihrer nur erdenklichen Kraft zu verhelfen und sie vor dem Menschen zu verbergen, dachte die Dohle, während sie sich etwas über Merlin ärgerte, den man so sehr verehrt hatte, ohne seinen Irrtum zu begreifen, dem er aufgesessen war. Nicht die Vanyar oder Hörn, sein treuer Hirschgefährte, und auch nicht die Grauwölfe Skandinaviens hatten ihn zurechtgewiesen. Man hatte ihn einfach sein und gewähren lassen, was er sein wollte – während seine Brüder diese Anschauungen nicht teilten, noch ihnen etwas abgewinnen konnten, da es tatsächlich fraglich schien, sich auf Seiten bestimmter Menschen für deren Interessen gegen andere Menschen und Glaubensrichtungen stark zu machen. Man sollte keine Partei ergreifen, weil weder die des einen Glaubens oder jene eines anderen Glaubens etwas an der realen Lichtkrümmung veränderten, meinte die Dohle und spürte, wie sich Brian wieder etwas gesammelt hatte. Ihre Tränen waren nicht aus Verzweiflung vergossen, denn nur aus Trauer. Ihre Trauer griff in Gewissheit der Gegenwart voraus. Und deshalb empfand sie bereits, was werden musste, damit das Leben Leben werden konnte.

„Und gleichzeitig bin ich so unfassbar froh, euch alle zu haben", sagte sie, indem sie sich etwas aus der Umarmung von Rionnag löste. „Es ist eine große Freude, für die ich dankbar bin."

„Das sind wir auch", sagte Camshron stolz. „Dich gefunden zu haben, ist das größte Glück für diese Erde in unserer Zeit, Patty."

„Wirklich, nicht wahr?", fragte sie unsicher nach.

„Ja", bekräftigte Rionnag, ohne den geringsten Zweifel aufkommen zu lassen. Das war das überzeugendste *Ja*, das Brian jemals auf eine Frage bekommen hatte. Dieses *Ja* der Dunedin war nicht nur sonntagstauglich. Es hätte in den Felsen gemetzt sein können. Und so war es gemeint.

Aber was es bedeutete, war ungewiss, gleichwohl es klar zu sein schien. Was auf sie durch die Zeit – Wochen, Monate, Jahre – zukommen würde, ahnte keiner, da niemand die Wendungen des Lebens kannte und einem jeden bange vor der möglichen Entdeckung eines Engels auf Erden war. Hätte Brian an jenem Nachmittag gewusst, was sie in Kürze erfahren sollte, sie hätte ihre Vögel nicht ausgesendet, um eben in diesen Abgrund schauen zu müssen, der sich klammheimlich vor ihnen auftat, ohne dass sie es merkten. Und er musste sich auftun, damit dem Leben neue Farben gemischt werden konnten, denn die Erde wurde von den Göttern niemals besiedelt, während die Welt der irdischen Menschen voll von ihnen war. Sie war voller vorgetäuschter Geheimnisse, Fantasien, nicht existierender, doch viel beschworener Energien, für die es göttliche Mütter und Väter gab, die gegen Entgelte für andere Glück und Reichtum herbeibeteten, die spätestens nach dem Tod Segen bringen sollten und ein Parkplatz in einem infantilen Paradies sicherten, das mit diesen schrullig altertümlichen Beschreibungen an Naivität nicht zu überbieten war. Die Welt sollte in ihren Angeln erzittern und ein Rätseln beginnen, das anschließend keine freie Evolution proklamierte, doch dem Glücksexperiment eingebildeter Götter einen hoffentlichen Schlussstrich ziehen würde, damit sich der Mensch frei von Dümmlichkeit entwickeln konnte, ohne gesellschaftlichen Stigmen ausgesetzt zu sein, die sie weder religiös verschmierten noch esoterisch verschmutzten. *Blödsinnige Gleichmacherei brandmarkt sie*, hatte Camshron später einmal gesagt, *die beendet werden musste.* Und er hatte weiter ausgeführt, ob vielleicht die wachsende Homosexualität eine natürliche Antwort des Lebens auf den Wahnsinn der Überbevölkerung auf dem Planeten sei. *Wer weiß*, meinte er, *und Transsexualität als Überlebensreaktion zu fruchtbarer Weibchen der menschlichen Rasse, die als eine der großen Tugenden die Fruchtbarkeit statuierte und einen menschengemachten Gott verkündend gebieten ließ, dass man sich vermehren müsse.* All das schien in der Welt der Irdischen glaubhaft – für die Erde aber, die nur eine warme, kochende Kartoffel in einem Weltenraum von vielen war, auf dem sich ein Leben entwickeln sollte, war das der blanke Hohn gegenüber der Wirklichkeit ihrer möglichen Bedingungen. Diese Welt sollte einen Engel hören müssen, der ihr keinen Heiland verspricht und Wohlstand gewähren wollte. Er sollte keine ewige Jugend mitbringen und Blinde auf eine Art sehend machen, die schmerzlicher war als drittklassiges Quacksalbern schäbiger und vielleicht nigerianischer Priester, die Wunderheilung versprachen, falls man nur innig genug bete, gemeinsame Kräfte mobilisiere, auf sie projiziere und sich selbst in dem Gemeinwohl finanziell großzügig verausgabe. Den Teufel und das Übel trieb man aus, mit einem alles überstrahlenden Gott, der das Übel als Versuchung der Menschen gebracht hatte. Diese lächerlich weltlichen Bilder mussten einer Realität weichen, damit sich der Mensch von seiner Idiotie nicht verzehren ließ. Und Wirklichkeit wurde durch Brian gebracht, die sie noch nicht ahnen konnte. Niemand vermochte an jenem Nachmittag das Bevorstehende vorherzusagen. Und die Wirklichkeit sollte sie bitterer einholen, als auch nur einer von ihnen es sich hätte ausmalen können und ausmalen wollen. Die Kraft aller Vorstellung wird den Dunedin nicht ausreichen, um aus Nächstenliebe und Verehrung, Hass, Erniedrigung und Verachtung sehend zu werden. Und Camshron kommentierte es später einmal so, *dass man aus Wasser nicht hätte Wein werden lassen sollen.* Aber die Kenntnisse eines Mönches waren nötig, der dann doch besser gleich aus Wasser Whisky gemacht hätte, um dem Glauben erst richtig auf die Sprünge zu helfen. Schließlich aber würde es die nüchterne Wahrhaftigkeit Brians sein, durch die sie die Jagd der irdischen Menschen auf sich eröffnen würde.

# XXX

„Schwule und Lesben als natürlicher Reflex auf Überpopulation",
lachte Gaire, als sie kurz vor dem großen Regen, der graupelnd
in der Nacht kommen sollte, mit Southfield und Mackintosh in
Gullane angekommen war und Neuigkeiten wissen wollte, die
in ihrer Abwesenheit geschehen sein könnten.

„Kannst du es wissen?", fragte Camshron. Und natürlich
konnte es keiner der Dunedin mit Sicherheit sagen, ob in dem
Gedanken ein eventueller Sinn steckte. Für Brian hatte sie den
Skizzenblock und die Pastellstifte besorgt, als sie noch die Affini-
tät beschrieb, mit der Southfield die Menschliche im Kunst- und
Handarbeitsladen *Rock & Bird* bedachte. Und sie lachte noch, weil
er sich wohl benommen, aber etwas blamiert hätte, da er auf die
Frage, ob er ein Künstler sei, zu stottern begann, und herum-
drucksend meinte, er brauche die Materialien nur für irgendein
junges Mädchen, um es zur Kunst zu motivieren, während sie
sich grinsend Wollknäule angesehen hatte.

Brian fragte, wie es käme, dass die Dunedin dieses North
Berwick so gut kannten, worauf Southfield nur meinte, es gehöre
zur Grundausbildung eines Ältesten, wenigstens zehnmal in seinem
Leben die Suliden zu bewachen. Daher hatte es weniger mit der
Ortschaft als viel mehr mit dem Bass Rock zu tun, dass ein jeder
der Ältesten den Ort kannte, gleichwohl vielen unter ihnen der
Name des Ortes nebensächlich sei. Nicht aber der Name des Bass.

Mackintosh und Rionnag hatten sich von den anderen etwas
abgesondert, da Rionnag von Mackintosh Einzelheiten der zeitlichen Abläufe in der Menschheitsgeschichte erfahren wollte, die
sie dann mit den neuen Erkenntnissen, die man durch Brian erhalten hatte, abgleichen wollte, während die anderen zusammen
noch draußen vor der Tür saßen, sich unterhielten und keiner
von ihnen ahnte, was die nächsten Wochen bringen mochten.

Brian fragte nach Gouveia, und Gaire meinte nur, dass man
mit Mackintosh noch nicht darüber gesprochen habe. Ansonsten

brauche das seine Zeit, während Brian einwendete, dass sie der Zeit nicht glaube. Deshalb wisse sie niemals genau, wie viel Zeit vergangen sein könnte, seitdem sie sich mit Ganapathy aus England auf den Weg nach Russland gemacht hatte. Gaire verstand Brians Einwand und erklärte, dass es bisher keine ihr bekannte Zeitwelle gegeben habe, sodass sie tatsächlich in der gleichen Istigkeit und dem gleichen Kontinuum mit anderen Menschen seien, obwohl sie sich endlich wünsche, nicht mehr Autos fahren zu müssen, sondern einem fliegenden Verkehr entgegensähe, den sie Camshron gegenüber in wenigen Jahrzehnten prognostizierte. Die illusionistische Mobilität auf befahrenen Straßen sei ihr schließlich zu monoton und unflexibel, wie sie meinte. Und das sei das Einzige, was sie an den Blondelfen bewundere: ihre Flugfähigkeit. Als sich Sidhe einbringen wollte, um von den Flügeln der Vögel zu erzählen, lachte Gaire über sich selbst, da sie die Vögel vollkommen außer Acht gelassen hatte. Sie schüttelte nur den Kopf und nannte sich selbst eine *olle Alte*, während Rionnag und Mackintosh abseits in eine tiefe und ernste Unterhaltung versunken waren, bevor es kälter wurde und der Abend dem milden Tag einen winterlichen Streich spielte, indem er Sturmböen mit Schneeflocken und Hagel über die Lammermuir Hills trieb und dann in das Salzwasser des Firth griff, es hinabdrückte, damit Wellen entstanden, die gegen das Nordufer branden sollten, um so ein wenig Heiterkeit für den Wind in die Welt zu bringen, in der die Menschen sich gegen eine Brian kaum wehren konnten, noch sich der Laune des rauschenden Wassers an den Steilküsten erwehrten.

Die Dunedin standen auf und liefen in das Haus, während Brian und Sidhe unentschlossen waren. Oder es war, dass Brian unentschlossen war – Sidhe teilte nur die Unentschlossenheit der Naien, um bei ihr zu bleiben.

„Patty …! Bitte …!", rief Camshron, während die anderen Dunedin schon im Haus einen trockenen Platz gefunden hatten. „Komm rein!"

„Lime, lieber bleibe ich hier. Der Regen und die Temperatur machen mir nichts aus."

„Aber mir, Patty."

„Dann geh und setze dich zu den anderen."

„Ich kann dich nicht allein lassen, meine Naien", erwiderte er ihr schließlich.

„Dann setze dich auf die Türschwelle als mein Ritter", lachte Brian und dachte, was die Dunedin doch für gute Menschen waren. Camshron seufzte einmal tief, rief in das Haus, dass er bei Brian bleiben würde, die dem hässlichen Graupel Charme mit Leidenschaft abgewinnen könne, während man sich in der wärmeren Wohnküche weiter über die eigene Geschichte unterhielt. Camshron hatte man im Blick, während er selbst sich so in den Türrahmen gestellt hatte, dass er Brian sehen konnte. Dann kam ihm das Krypton-Telefon in den Sinn, das man auf der Mauer liegen gelassen hatte. Und er wollte loslaufen, um es zu holen, als Gaire ihm zurief, dass es wasserfest sei und er solle nur sicherstellen, dass es betriebsbereit bliebe, falls jemand sie anrufen wollte. Ihren Liebhabern hätte sie die Rufnummer nicht gegeben. Von daher könne er die Gespräche ruhig annehmen.

„Du wieder ...", sagte Southfield.

„Was?! Ist doch eine klare Ansage", gab sich Gaire irgendwie schmunzelnd unbeteiligt, während Rionnag mit Mackintosh die Geschichte der Dunedin, der irdischen Menschen und der Naien aufarbeitete, in die schließlich auch Southfield und Gaire mit hineingezogen wurden. Camshron setzte sich auf die trockene Treppenstufe der Türschwelle und sah sowohl Brian wie Sidhe unter freiem Himmel das nasskalte Wetter genießen, das sich kein Irdischer wünschen konnte.

Und Brian begann vor Freude zu lachen, über den Regen, die Kälte und die tiefe, innige Verbindung zu den Dohlen. Sidhe gewann dem scheußlichen Wetter weniger Vergnügen ab, als Brian, aber auch sie spürte die tiefe Beziehung zu Brian, die sie stolz machte.

Camshron beobachtete die beiden, sah Brian den böigen Regen und Graupelschauer in der Dunkelheit auf eine für ihn nicht nachvollziehbare Weise empfinden und erkannte auch, dass die Dohle keinen Gefallen daran hatte. Er bat um etwas Brot, das ihm Southfield umgehend an die offene Tür brachte, einmal kurz hinausschaute und seinem Bruder dann auf die Schulter schlug, indem er ihm sagte, dass noch einiges auf ihn zukommen würde, bevor er sich wieder abwendete und sich zu den anderen an den Tisch in der irgendwie immer wohl temperierten Wohnküche setzte, die bereits mehrere Kerzen aufgestellt und entzündet hatten, um ihre müden Augen im Gespräch für Momente zu entspannen.

Brian war eine andere Frau geworden, als diejenige, die Sidhe hinter einer Grauwölfin herlaufend im Norden getroffen hatte. Sie hatte Sicherheit gewonnen und stellte sich unbeeindruckt selbst ihren Schwächen und Ängsten. Irdische hätten diese allzu gern verborgen, um andere nicht einzuladen, von ihnen verletzt zu werden, da Schwächen meist schonungslos ausgenutzt wurden. Brian hatte es aufgegeben, die Frau sein zu wollen, die sie offenbar nicht sein konnte, und verstand langsam ihre Menschlichkeit als Qualität, ihre Schwächen als Chancen und ihre Ängste als Antrieb. Und so saß sie lächelnd in dem dunkelkalten Sturmregen, schien sehr fröhlich und unberührt, empfand die innere Wärme, die auch Sidhe spürte, ohne dass man sie hätte messen können, und ruhte hinter einem gräulichen Lichtweb, das sich wie ein Kokon um sie gelegt zu haben schien. Sie sah die prasselnden Tropfen auf den Anorak schlagen, dann hüpfen und schließlich zerplatzen. Und während ihre Haare triefend nass waren, fühlte sie sich trocken und gesund, als sie Sidhe ansah, ihr mit der Hand über das Federkleid strich und in das offenbare Nichts der Dunkelheit jenes wahrscheinlichen Abends schaute.

„Niemals, seitdem wir zusammen sind, war uns die Zeit so gewiss, wie heute, nicht wahr?", sagte sie und schaute Sidhe strahlend in die Augen.

„Ja, Patty. Wir haben nicht gewusst, was die Zeit mit uns vorhatte und wie viel von ihr vergehen würde, ohne dass sie uns daran teilhaben ließ", meinte die Dohle, und Brian nickte.

„Wir haben viel erlebt, mein Guter ..., und ich fühle mich erst seit gut dreißig Jahren auf dieser Erde. Und was ist nicht alles geschehen", sann sie und schützte die Dohle instinktiv mit ihrer

Hand gegen den heftigen Regen, die ihn dadurch nicht mehr empfand. Sie fühlte sich durch die Berührung Brians von der ihr bekannten Erde gehoben, durchflutet von sich als Dohle, die sie kannte und nun noch intensiver erlebte. Sie erlebte sich als Vogel, der sie mit all seiner Präsenz war. „Das Grauen habe ich gesehen, und ich habe mich gefragt, weshalb die Naien diesem Massaker kein Ende gesetzt hatten. Es hätte in ihrer Macht gestanden, Sidhe. Aber sie ließen es zu, dass viele umgebracht wurden, ohne selbst einzugreifen", sagte sie lächelnd ruhig im eisigen Graupel-schauer, und Sidhe hörte sie, sowohl wie Camshron. „Sie griffen nicht ein, weil es der Geschichte des Lebens nicht entsprochen hätte. Sie nahmen keinen Einfluss, weil die irdischen Menschen noch nicht so weit waren. Und heute bin ich. Ich ging zur Schule, geboren hier, gelernt auch von einem liebenswerten Säufer und einem unbelehrbar altertümlichen Merlin. Ich ging zur Universität, bekam sogar ein Kind, erduldete eine lange Zeit im Gefängnis und machte mich dann auf die ungewollte Wander-schaft, um hier nun zu verstehen, was es ist, das ich war …, bin … und sein werde. Um hier auch zu verstehen, was der Mensch, was er heute ist … und was er vielleicht sein könnte. Und um hier auch zu begreifen, dass alles in dieser Welt so richtig ist, wie es falsch ist. Ich verstehe, worum es geht und weiß um ab-solut vorrangige Bedeutung des Lebens, das entweder weiter-besteht oder mit diesem Weltenraum ausgelöscht wird. Es ist so richtig für die irdischen Menschen, an alles zu glauben, was sie glauben wollen und können, so unrichtig es zur selben Zeit sein mag. Es entspricht eben ihrer gegenwärtigen Entwicklungs-phase. Was immer sie auch tun, ist so richtig, wie es falsch ist. Alles hat seine Bedeutung. Des einen Ungerechtigkeit ist des anderen Recht. Meinungen und Betrachtungen, so irrsinnig sie sein mögen, sind samt und sonders bedeutungslos. Sie zieren den Augenblick der Menschheit, der in seiner Zeit die Welt auf seine Weise zu begreifen meint. Die Naien griffen damals nicht ein, um dieses Leben zu ermöglichen, und ich habe das große Unglück, als Mensch geboren, nun eine Naien zu werden, die noch als Irdische Einfluss nehmen wird, da ich noch hier bin und dem Leben entsprechen muss, das seine Entwicklung verlangt, auch falls sie still und unbemerkt stattfinden sollte", sagte sie eindringlich, als auch Southfield an die offene Tür zu Camshron trat und Brian mit Sidhe sprechen hörte. „Das Leben hat Gewalt. Und Gewalt ist nötig. Sie ist unabdingbar, da es durch den Tod um den Fortbestand anderer geht", sagte sie ruhig. „Gewalt hat diese Welt erschaffen, die Hylen das Holz der Erde und den Raum. Die Menschen sind nicht schlecht, Sidhe. Die Menschheit ist es nicht. Sie sind gut und voller Überraschungen. Und ich hoffe, dass niemals jemand in die Verlegenheit gerät, die Entscheidungen treffen zu müssen, die ich als Naien für den Fortbestand des Lebens zu treffen haben werde. Die Menschen verdienen alles. Sie verdienen den einen wie den anderen Glauben. Oder sie verdienen jeden Glauben, zu dem sie in der Lage sind. Und sie verdienen mehr. Sie verdienen ein Gedächtnis jeden Glaubens, bis sie am Ende zu einer Erkenntnis gelangen. Sie haben sich einen Merlin so sehr zum Feind wie zu einem Freund gemacht und verdienten ihn. Sie brauchen noch einen Dalai-Lama, so wie sie jeden Guru, Papst und Präsidenten brauchen. Sie brauchen einen jeden als irdische Menschen ihrer Zeit …", sagte sie, was Sidhe schweigend hörte, als auch die anderen Dunedin sich an die Tür gestellt hatten, um Brians Worten zu lauschen. „Denn nichts ist klar und noch nichts ist erreicht, da alles so verkehrt ist, wie es richtig ist. Die Mutter, die für ihr hungerndes Kind Brot stiehlt, wird von uns als Löwin bewundert, da sie sich gegen einen scheinbaren Mangel des Lebens stemmt. Sie verdient unsere Bewunderung – so sehr, wie sie unsere Missbilligung verdient, da sie das Brot einer anderen Mutter gestohlen hat, deren Kind dann hungerte. Du siehst: Alles ist erlaubt …, leider. Aber menschlich richtig und verkehrt. Es ist besser nicht zu werten, da es um das Leben an und für sich geht. Als Naien werde ich alles das geschehen lassen müssen. Ich werde es wissen und werde es nur zur Kenntnis nehmen können. Ich kann es nicht bewerten. Als Mensch kann ich es nicht zulassen. Solange ich noch Mensch bin, werde ich reagieren müssen und dürfen. Und es wird sehr schwer, weil ich es noch als Mensch bereits mit dem Wissen einer Albe tun werde, was mich als Menschen unter Menschen von ihnen zu einem Chaoten macht, Sidhe. Ein gefährliches Subjekt, dessen Verstand als grenzwärtig eingeschätzt werden würde. Eine Irre. Ein Borderliner. Deshalb werde ich bekämpft werden müssen, da ich als albische Naien in der selbstlosen und scheinbar zweckfreien Lebensgestaltung den Schlüssel allen Lebens sehe. Alles andere ist willkürlich. Es ist richtig und falsch gleichzeitig. Dem Menschen kann alles gelingen, falls er sich dem Leben unterordnet. Nichts weiter wird aus ihm werden können, wenn er gesellschaftspolitische Ordnungssysteme auf das Leben an und für sich Einfluss nehmen lässt. Falls er sich das Leben ausdeutelt und ordnend zurechtdichtet, weil er nicht in der Lage sein sollte, der Dynamik des Lebens zu begegnen, wird nichts aus der irdischen Menschheit werden können. Den Dunedin danke ich für ihre tiefe Einsicht und Geduld als Hüter dieses Schatzes, auch da sie Bürden tragen, die sich gegen ihre Überzeugungen stellen können. Und dir, Sidhe, danke ich dafür, dass du meine Freundschaft erwerben konntest, als Mensch und nun als metamorphes Wesen", meinte sie lächelnd, als der Regensturm in all seiner Kraft begann, die Tropfen gegen die Erde zu trommeln. „Ich werde mich aus Überzeugung einmischen müssen, solange ich Mensch bin und einer Meinung folge, bis ich dann eine Naien werde. Nichts ist gleichgültig, da sich alles auf das Leben bezieht. Nicht auf die Welt – wohl aber auf diese Erde. Und es wird gegen einzelne Menschen gehen. Solange ich menschlich genug bin, kämpfe ich für dieses unbeschreibliche Leben und seinen Fortbestand in allem und jedem. Darin liegt der Sinn. Und so sehr der Sinn im Leben liegt, so liegt er auch im Tod, da der Tod das Leben besaß. Es gibt für den irdischen Menschen keinen Sinn, der die Ewigkeit bedingt, so sehr dieser Mensch das vielleicht auch zu meinen vermag. Er würde sich die Ewigkeit nicht wünschen wollen, falls ihm dieser Wunsch in Erfüllung ginge. Und er kann sich klaren Verstandes keinen Gott wünschen, der ihm dieses heuchlerische Versprechen vergaukelt, damit er bereit ist, zu seinen eigenen Lebzeiten gegen das Leben zu agieren", sagte Brian, was die Ältesten hörten und so noch nicht formuliert hatten. „Der Sinn ist die Weitergestaltung des Lebens. Mit der Gewalt des Lebens, die es in sich trägt", schloss Brian den Gedanken und ergänzte, dass ihr als Mensch leidtun wird, was sie als Naien begriffen hat. Und es wird nötig sein, da man Entwicklungen in Tausenden von Jahren für notwendig halten wird, die man heute verurteilen müsste, weil sie gegen die öffentliche Ordnung, gegen Recht und Glauben und gegen eine wenigstens religiöse Menschheit verstoßen würde, um dem Leben zu entsprechen. „Und gegebenenfalls werde ich auch Gewalt ausüben. Gegen Menschen. Gegen meine eigene Natur. Gegen meine menschliche Überzeugung. Für das Leben. Als Mensch. Und als Naien dann nicht mehr, Sidhe. Um das scheinbar Schwächere zu schützen, das nicht vor dem Leben der Menschen ausgerottet werden darf. Und dabei ist der Schwächste aller der irdische Mensch selbst, den seine Ängste brutal und gewalttätig machen. Seine Ängste machen ihn unberechenbar und primitiv."

„Patty, bitte …, führe diese Gedanken nicht weiter aus. Ich kann es mir vorstellen. Wenn ich es von dir höre, ist es grässlich real und gegenwärtig", bat Sidhe Brian im Regen, da die Dohle in dieser Hinsicht genug zu hören bekommen zu haben schien.

„Sidhe, so kenne ich dich nicht. Früher waren du und Daoine es, die mich gefragt haben. Und heute nun das?"

„Du bist so klar geworden. Es klingt so unabänderlich und unwiderruflich, Patty. Und dabei haben wir doch uns … und unsere Ruhe. Du willst das *Singen* erlernen. Denke doch auch an die Albensterne."

„All das ist, Sidhe. Und alles ist gleichzeitig", lächelte sie, was die Dunedin hörten und sich ansahen. „Wir werden auf die sehr kindliche Symbolik verzichten können. Auch der Apfel hat sich erledigt – im Übermaß an Leben. Wir brauchen keinen Symbolismus und diskutieren nicht mehr differierende Dogmen. Wir werden lebend sein und lassen dem Leben seinen Lauf, was unserer einzigen, sinnvollen Erkenntnis entspricht, für die wir keine Formeln oder Entsprechungen mehr zu suchen haben. Und dem Menschen werden wir dann nicht mehr zumutbar sein. Was auch immer ich vorher verstehe, dass ihr wissen müsstet, werde ich euch sagen, solange ich es vermag, bevor ich die Faszination möglichen Lichtes erfahre, so wie das Wesen dieser Welt und aller Weltenräume. Ist das nicht wunderbar?! Erlebte Schönheit, weil Leben ist. Auch ohne Gefieder, mein alter Freund. Ganz ohne Gefieder. Dich und Daoine werde ich immer bei mir haben …, und wenn ich mich auch nur bei jedem Klopfen umdrehen werde, um zu sehen, ob nicht ihr es seid, die ihr euch gerade jemandem vorstellt, bevor ihr mit eurem Schnabel auf einen Stein schlagt", lächelte sie.

„Natürlich. Du rauschst durch All und hörst uns bestimmt auf Meteoriten oder Eisenklumpen docken", alberte Sidhe.

„Nichts anderes erwarte ich. Machen wir es uns bis dahin so erträglich, wie möglich, Sidhe. Komm unter meinen Anorak. Er ist wundervoll", sagte Brian, schaute hoch in die Dunkelheit, spürte den eisigen Regen warm auf ihr Gesicht fallen und sah im Glanz ihrer selbst den Zauber der Perlen auf der Außenhaut ihres Pelzes, spielen, tanzen, hängen bleiben und dann abtropfen. „Wusstest du eigentlich, dass ich Merlin für einen Lustmolch hielt, als ich ihn das erste Mal gesehen habe?", sagte Brian zu Sidhe, die ihren Kopf daraufhin aus dem Anorak steckte, um zu sehen, ob Brian das ernst meinte. Sidhe sah Brian kritisch an und fragte dann nach, als Brian laut lachte. „Ja. Er lag in dem Bett eines Trinkers, ein guter Mensch, Jeremiah Palluck, der ihn angestrandet gefunden hatte. Und als ich damals kam, um Hausaufgaben für die Schule zu machen, saß er in diesem Bett und musterte mich mit seinen Blicken, die wirklich anzüglich waren", und Sidhe musste auch lachen, so wie die Dunedin, die noch in der offenen Tür standen und die Geschichte hörten. „Müsst ihr gar nicht lachen. Mit euch wäre es mir damals sicherlich nicht anders gegangen, nach allem, was ich von euch bisher so mitbekommen habe", lachte Brian laut zu den Ältesten, die unterschiedliche Kommentare erwogen, doch zurückhielten und schließlich lachend nur nickten, während Gaire und Rionnag sicher wieder an den Tisch in der Wohnküche setzten. Mackintosh und Southfield setzten sich einen Moment später zu ihnen. Camshron bewachte von der offenen Tür her weiter Brian, die Sidhe nun allerlei Geschichten und Anekdoten aus ihrem Vorleben erzählte – aus einem Leben, als sie noch keine Ahnung davon hatte, was sich in ihm für sie entfalten und offenbaren sollte. Sidhe lachte viel und konnte es kaum miteinander verbinden, wie Brian einerseits die Ernsthaftigkeit ihres Wesens begriff und andererseits leicht schwelgend von ihrer Vergangenheit als Mensch sprach, bevor sie einander bekannt geworden waren.

Der Kuss eines Harold Godwin, der ihm eine kräftige Ohrfeige für zu zaghaft geschürzte Lippen auf Brians Wange einbrachte. Die erste Schulstunde Brians, aus der sie weinend hinausgerannt war, weil sie meinte, ihr Onkel würde sie mit den anderen Kindern zusammen zurücklassen, da sie einen Film als Kind gesehen hatte, in dem genau das einem Jungen geschehen war. Sie erzählte von der Irene Bay und ihrem ersten Fahrradunfall, an den sie sich erstaunlicherweise erinnerte, da ihm noch viele in ihrer Jugend folgen sollten. Sie sprach von ihrer ersten Fahrstunde später, und was Sidhe aus all ihren Erzählungen heraushörte, war, dass sie die intensivste Zeit ihrer Jugend eigentlich mit Palluck und einer Tralee in einer Bucht auf den Shetland Islands verbracht hatte. Von der Haft sprach sie nicht. Und über Merlin sprach sie kaum. Aber viele nachhaltige Erlebnisse aus ihrer Mädchenzeit auf den Shetlands erschienen ihr erwähnenswert, da wohl auch damals für Brian alles so klar vernehmbar schien.

„Da gab es noch keinen Zweifel … *Messer, Gabel, Feuer, Licht, sind für kleine Kinder nicht.* Das war's. Und das hatte ich damals verstanden. Dann wurde alles schwieriger und gar nicht mehr so eindeutig", schmunzelte Brian. „Das Lernen kam dazu. Die ersten Konflikte, da man Meinungen hatte und Entscheidungen treffen musste. Und dass unsere Eltern so früh starben, tat mir damals oft weh", sagte sie zu Sidhe ohne Trauer. „Mein Freund, da komme ich auf einen Gedanken: Meinst du, ich kann einmal zum Grab meiner Eltern fahren? Ich bin bis jetzt nie auf die Idee gekommen. Aber hier und im Moment liegt mir etwas daran. Als wollte sich irgendetwas in mir von ihnen verabschieden."

„Natürlich, Patty. Was du sagst, wird getan", meinte die Dohle. „Früher war ich häufiger auf Friedhöfen und habe mir die Menschen angesehen, die selten trauerten, aber immer Grab-pflege betrieben, glaube ich."

„Komisch. Dass mir das gerade jetzt ein Bedürfnis zu sein scheint", wunderte sich Brian und wollte ihre Bitten den Dunedin später offenbaren. „Na, sprechen wir später drüber. Und mit einer Zwille war ich damals eine Meisterschützin."

„Auf was hast du geschossen?", fragte Sidhe und kannte natür-lich Brians scherzhafte Antwort, die ausschließlich auf die Schwarz-gefiederten Geschosse katapultiert haben wollte, wobei sie in Wirklichkeit Scheiben alter, leer stehender Fischereibetriebe mit Vorliebe zerschoss, zum Leidwesen ihres Onkels, der sie einmal aus einer Polizeistation abholen musste, unter der Auflage, die zerstörten Scheiben zu ersetzen, weil man Brian bei einem ge-scheiterten Fluchtversuch erwischt hatte.

„Und hätte der Wachmann damals gewusst, er störe die Kind-heit eines Engels, er hätte sich freiwillig dreimal in den Hintern treten lassen, so katholisch war er. Glaube es mir aufs Wort", lachte Brian. Sie sprach auch kaum über ihre Schwester, als sei sie das Kind anderer Eltern, was wahrscheinlich in einer Hin-sicht sogar zu stimmen schien.

Schließlich beschrieb sie noch die erste Begegnung mit den Dohlen aus ihrer Sicht, und man lachte in jener regnerischen Dunkelheit darüber, wie man sich noch vor Kurzem zueinander verhalten hatte.

„Dann lehnte ich euch am meisten dafür ab, dass ich euch zu brauchen schien, um nicht wahnsinnig zu werden. Damals musste ich mich noch an die Hoffnung klammern, dass alles gut werden würde, weil ich meinen Verstand zu verlieren fürchtete. Und je mehr ich euch brauchte, dich und Daoine, desto mehr habe ich euch dafür verachtet. Ist das nicht ulkig? So, als wenn ich der Meinung gewesen war, dass ihr mich manipulieren könntet. Und heute weiß ich, dass ich nicht euch verachtete, sondern eigentlich mich, da ich allein unfähig war, bei Verstand zu bleiben, was ich auf euch projizierte. Es ist gar nicht auszudenken, was passiert wäre, falls ihr nur ein paar Tage später gekommen wäret."

„Es war nicht immer einfach, Patty."

„Und es wird noch schwieriger für euch mit mir werden", sagte sie lächelnd ernst. „Es wird gewichtiger, Sidhe. Ich brauche eure Hilfe, Geduld und Güte mehr denn je", hielt sie den kleinen Vogel dicht an ihren Bauch.

„Wenn du mich vorher nicht erstickst, Patty", krächzte die Dohle, und Brian entschuldigte sich bei ihr, indem sie hinzufügte, sie vergesse manchmal, dass der weise Verstand der Dohlen in einem so kleinen, zerbrechlichen Körper hause. Den Aussagen gemäß müssten die Geister einem Giganten innewohnen. „Dann denke in Zukunft daran, dass wir gut für dich, aber nicht zum Kuscheln da sind. Dafür kannst du dann Lime nehmen. An dem ist ein bisschen mehr herumzudrücken als an mir", und Brian konnte nichts anders, als laut zu lachen.

„Das stimmt, Sidhe", und zu Camshron nach hinten rief sie, dass sie einen Vogel habe, der ihr empfähle, lieber einen Dunedin zu knuddeln, als den Vogel zu erwürgen.

„Da hast du einen cleveren Vogel", schmunzelte Camshron.

„Das will ich meinen", lachte die schimmernde Brian im Regen, schaute dann Sidhe unter dem Anorak an, ob es ihm wieder angenehm sei, was er bestätigte. „Aber wenn du das aufgrund von Sidhes Aussage meinst, dann hätte ich lieber einen Kevin zum Bodyguard als dich. Also mache dir da einmal keine falschen Hoffnungen."

„Soso, glaube nicht, dass ich einer Albe Avancen machen würde", rief er schmunzelnd zurück, was sie nicht sah, doch in ihrem Rücken spürte und sich wieder Sidhe zuwendete, bevor sie erwiderte, dass sie keinen Glauben brauche, da sie die Hoffnung aller sei, was er nickend, aber stumm bestätigte und dachte, dass er sein Leben mit Brian nicht tauschen wollte, als Gaire an die Tür kam, sich streckte, Brian im Regen der Nacht wahrscheinlich vergnügt mit der Dohle sitzen sah und Camshron mit den Worten, dass es Zeit für einen *Schichtwechsel* sei und er etwas essen möge, auf die Schulter schlug. Camshron selbst stemmte sich darauf in dem Türrahmen von der Schwelle hoch, nickte ihr zu und ging zu den anderen, von denen Mackintosch und Rionnag tief in ihre Unterhaltung versunken waren. Sie stellten Betrachtungen darüber an, wann und wie die Irdischen ihre Waffentechniken entwickelt haben könnten.

Southfield saß unbeteiligt schweigend dabei, hörte ihnen aber zu, da diese Themen wichtige Grundkenntnisse der Dunedin werden sollten, die nur in diesen Gesprächen stattfanden und nirgends schriftlich festgehalten wurden.

Zuerst stand Gaire im Türrahmen, fand die Nacht scheußlich kalt und nass, scheute aber letztlich keines der Wetter, die es auf Erden gab, gleichwohl man auch als Ältester geneigt war, manchmal ganz eigenen Vorlieben zu frönen. So aber nicht in der Gegenwart einer Naien, der man zum Schutz befohlen war. Folglich kam sie in die Dunkelheit herausgeschlendert, bewunderte die entsetzlich schönen Aquarellspiele der Regentropfen auf Brians Anorak, hörte sie mit ihrer Dohle sprechen, als sich Brian zu ihr umdrehte und Gaire ihr erklärte, sie wolle nicht stören.

„Stören? Wobei? Sei und bleibe bei uns. Niemals wird eine der Dunedin eine werdende Naien stören", lachte Brian sie an und freute sich sogar über ihre Gesellschaft. „Ich habe mit Sidhe gerade über mein Vorleben gesprochen und ein paar Erinnerungen meiner selbst mitgeteilt", meinte Brian, als Gaire sich, schon nass vom Regen, neben sie setzte und eine beruhigende Wärme spürte, die nichts als nur räumlich war und doch warm empfunden werden konnte.

Gaire war etwas verlegen, weil sie einerseits die menschliche Frau in Brian sah und andererseits bereits den Respekt vor einer Naien hatte, die Brian einmal werden würde. Momentan schien sie ihr aber menschlich, und sie fand schwer Worte, Brian anzusprechen. Diese gab ihr Zeit sich an sie zu gewöhnen, weil sie den inneren Konflikt in Gaire spürte.

„Weißt du, was du vorhin gesagt hast, hat großen Eindruck auf uns gemacht", meinte Gaire dann kurz, indem sie im Schneidersitz auf dem matschigen Rasen neben Brian saß und sich nicht mehr um den Regen scherte.

„Dass du es hörtest, freut mich Cherry", meinte Brian in gewohnter Freundlichkeit.

„Du bist irgendwie so anders, Patty. Deinem Alter würde ich nicht zutrauen, dass du bereits solche Einsichten besitzt. Selbst wir könnten das, was du gesagt hast, kaum so ausformulieren. Und ein jeder von uns ist wenigstens fünfhundert Jahre alt", sagte sie und meinte es als Kompliment.

„Ich danke dir dafür. Und ich bedauere sehr, eben das gesagt zu haben", meinte Brian

„Weil es so real ist? Oder warum?", fragte Gaire nach.

„Ja. Weil es so wirklich ist. Ich wünschte, es wäre bereits anders."

„Das glaube ich dir", meinte Gaire. „Patty, du weißt, dass wir sterben können?", fragte sie dann vorsichtig und wollte sich vergewissern, ob sich Brian dieser Tatsache bewusst sei.

„Ja. Ich habe euch sterben sehen. Ich habe mich ebenfalls auf dem Berg sterben sehen. Sehr viele von euch, Cherry. Ich bin mir dessen bewusst … und auch dessen, dass sich die Dunedin nur sehr langsam vermehren können", meinte sie lächelnd.

„Ich bin manchmal einfach ein bisschen vorlaut", entschuldigte sich Gaire bei Brian indirekt. „Aber es fällt mir zuweilen schwer, dir die Ehre entgegenzubringen, die ich einer bereits wahrhaft gewordenen Naien entgegenbringen würde. Du bist noch sehr wie wir, und da vergesse ich das manchmal. Und … es tut mir einfach leid."

„Es ist alles gut. Ich freue mich, von euch wahrgenommen zu werden. Soll kommen, was kommen wird. Bis dahin sind wir einfach nur gute Menschen miteinander und arbeiten an dem Leben auf Erden gemeinsam, okay?!", lachte Brian Gaire an, die sich über die Zugänglichkeit von Brian freute.

„Du hättest ja auch so eine staubtrockene Zicke sein können, Patty. Stelle dir einmal so einen Typen wie die *Eiserne Lady* vor … so was wie die Thatcher …", lachte Gaire. Brian kannte keine Thatcher, was aber keinen großen Unterschied machte. „Stelle dir nur vor, sie wäre auf dem Weg gewesen, eine Albe zu werden und wir müssten ihr erklären, dass sie keinesfalls Mensch bleiben würde. Oder wir hätten so einen esoterischen Slip zu betreuen, der sich dessen bereits bewusst wäre, ein Engel zu sein und das schon seit den letzten drei Reinkarnationen. Mensch, was müssten wir so einem Tierchen erst einmal die Gehirnwäsche austreiben, um ihm dann das Köpfchen zurechtzurücken. Du aber bist wirklich verblüffend, Patty", meinte Gaire voller Achtung für Brian und schwieg einen Augenblick. Dann fragte sie leise nachdenklich: „Und ... hast du Gewissensbisse?"

Brian schaute sie nicht an, lächelte verklärt, sichtbar durch ihre schimmernde Grauheit und bedachte Gaires Frage.

„Als Mensch ... ja. Als Naien gibt es keine Fragen", flüsterte sie dann leise in den Regen. „Denn ich weiß, dass die Menschen gut sind, bin ich doch selbst als einer geboren."

„Ist das ein großer Konflikt für dich, Patty?", manifestierte Gaire ihre intimen Gedanken, die man ihr zuweilen ob ihrer kessen Vorschnelle nicht zutraute.

„Es wäre ein Konflikt, falls ich keiner Naien begegnet wäre. Hätte mir einer von euch erklären müssen, was mit mir anders ist, ich hätte wahrscheinlich einhundert Jahre gebraucht, um euch zu glauben. Aber die Ereignisse haben sich für mich überschlagen, und das, ohne dass ich etwas glauben müsste, weiß ich jetzt. Ja. Es ist schwierig, weil ich mich als Frau gelebt habe. Daher weiß ich, dass fast ein jeder der Menschen irgendwo auch gut ist und sein eben nur Möglichstes versucht. Aber ich weiß heute auch, dass das noch nicht genug ist, um fortbestehen zu können. Sie sollten sich in ihren Systemen verhalten, wie sie sich als einzelne Menschen verhalten. Dann würde es gut werden können."

„Was meinst du damit?"

„Sie müssen aufhören, zu glauben, dass sie als Einzelne sowieso nichts gegen vorherrschende Trends unternehmen können. Sie müssen an sich glauben und an das Leben, das sie haben. Sie müssen es wahrnehmen, um es einzusetzen und nicht nur als Vegetationshilfe eines erlittenen Alters schätzen, das ihnen den Tod gewiss sein lässt", meinte Brian als Mensch. „Ja, es ist schwer. Denn ich mag jeden Einzelnen. Aber sein Gruppenverhalten ist gefährlich und das Verhalten eines Einzelnen in einer Gruppe dann meist ein anderes, als dass es seiner eigenen Intelligenz und seiner inneren Haltung entspräche."

„Was du sagst, stimmt", meinte Gaire und schwieg. Sie schaute Brian an, die nun mehr als 450 Jahre jünger war als sie, schüttelte dann ihren Kopf und konnte in diesem Moment nicht anders, als Brian in den Arm nehmen. „Wir schaffen das", sagte sie.

„Zusammen schaffen wir das", und die Regentropfen liefen ihren Anorak herab, als wäre er aus Kunststoff, als Brian Gaire anschaute, sie über die wehrlose Empfindungsfähigkeit staunte und einen Arm dann auch um sie legte, um die Schultern unter ihre triefende Jacke, deren Innenfell das eines Berglöwen ein sollte, falls sie es richtig in Erinnerung hatte. Und Gaire spürte eine hingebungsvolle Friedfertigkeit in der Umarmung, die ihr mehr Mut für diese Erde gab als ihre ausgefeilten Kampfkünste. Es war eine Kraft in Brians Nähe spürbar, die jeden Dunedin wie Kinder aussehen ließ, die sich ihrer Mutter zu erklären hatten.

„Weißt du, von uns wenigen habe ich die beste Ausbildung in Kampfsportarten, Patty", flüsterte Gaire in die Wärme dieser Umarmung gesunken.

„Das spüre ich. Deinen drahtigen Körper und deine bewegungsfreudige Athletik, Cherry. Es macht Freude, dich gehen zu sehen", sagte Brian.

„Ist es dir aufgefallen?", fragte Gaire stolz und rückte etwas von Brian ab, um sie ansehen zu können.

„Jedem fällt es auf", schmunzelte Brian, die ihren Arm wieder in ihren Schoß legte. „Und ich wünsche es keinem dir, dich deiner Haut wehrend, zu begegnen."

„Ha … das kann ich auch niemandem wünschen", kam es aus ihr heraus, als sich noch im Regen schlechte Nachrichten ankündigten, die für alle unerwartet kamen.

Während Brian, Gaire und Sidhe draußen saßen, Rionnag in tiefe Gespräche mit Mackintosh getaucht war, denen Southfield und Camshron nur noch teilweise folgten und zuweilen etwas gelangweilt dem Thema der Historie auswichen, indem sie sich miteinander unterhielten, kamen hastige Flügelschläge durch die regenreiche Nacht geeilt und konnten es nicht erwarten, den Dunedin und ihrer Naien trotz Regen, Dunkelheit und Kälte

Kunde von einer Insel vor der Westküste Schottlands zu bringen, auf der ein tragisches Unglück geschehen sei.

In einem gewaltigen Gefolge schreiender Möwen der Küste kamen Ceann, Fergus und Daoine aus der Dunkelheit des nächtlichen Regens in den Vorhof von Eachann aus der Luft gestürzt. Und während die anderen Seevögel irgendwo über ihnen lauthals rufend zu kreisen schienen, waren sie in Begleitung von vielleicht einhundert Möwen gelandet und riefen wild durcheinander, dass der Krieg mit den Menschen begonnen habe. Der erste Attentatsversuch, und man würde sich wehren müssen, auf Geheiß der Naien und vieler Stimmen durcheinander, die alle denselben Tenor hatten und sich gegenseitig nur stärker machen wollten, als sie tatsächlich waren.

Die Dunedin kamen, alarmiert durch die lauten Vögel, aus dem Haus gerannt, und sowohl Brian wie Gaire waren hellwach aus ihren Betrachtungen in eine Wirklichkeit geholt, die auch Sidhe zu beunruhigen schien. Doch als sie Daoine sah, atemlos, erschöpft, doch kopfschüttelnd, wusste sie wenigstens, dass es keinen Krieg geben würde, der ihnen hätte erklärt werden müssen. Es schien sich um irgendeine Übertreibung eifriger Möwen zu handeln, die ansonsten ein langweiliges Uferleben führten und jetzt einmal auf Kriegsschwimmfüßen sein wollten. Dennoch musste ein Unglück geschehen sein, was allen in dem Moment klar war, als nur drei der ausgesandten Vögel zurückkamen.

Camshron, der die kräftigste Stimme besaß, rief zur Ruhe in der Dunkelheit und wartete, bis auch die letzte kriegsheizende Möwe den Schnabel hielt, Fergus, Ceann und Daoine zu Brian vortraten und Fergus zu erzählen begann, während sich die in der Nacht kreischenden Möwen aus der Dunkelheit herabfallen ließen und zum ersten Mal genauer zuhörten, was tatsächlich geschehen war. Zuvor hatte man nur von einem Unheil im Vorbeiflug der drei gehört und sich als Küstenwachen fühlend die Patrouille als sicheres Geleit nach Gullane angeboten, während sich die Nachricht durch Mundpropaganda verdrehte. Und Fergus begann zu Brian, die noch in der Schar aller Vögel in der Mitte auf dem nassen Boden saß, hinter der nun die herausgeeilten Dunedin standen, vor allen zu sprechen.

Er erzählte, wie sie losgeflogen waren an die Westküste und mehrere Inseln überflogen haben wollten, die für sie als Vögel mit Rücksicht auf Brian nicht infrage gekommen waren, da Daoine keinen geeigneten Platz auf den Inseln für die Samen Brians zu sehen vermochte, aus denen angeblich einmal ein Wald werden sollte, so die Aussagen Brians. Die Fulmare hatten ihre Vorstellungen davon, wo ein Wald eventuell wachsen könnte und welche Beschaffenheit eine Insel haben müsse, auf der sich eine Naien hätte zurückziehen können. Kriterien für sie und die Suliden waren wenigstens steile Klippen, die man nötigenfalls mit den Ältesten gut gegen heraufkletternde Menschen verteidigen könnte. Eine Insel, die Merlins Insel vor Norwegen gleichen sollte. Daoine hatte große Einwände geltend gemacht, da die Dohle nicht wusste, wie viel Wald gesät werden sollte. Es mussten also ausreichend Platz und gesundes Erdreich vorhanden sein, damit ein Wald gedeihen könne. Zudem brauchte Brian einen leichten Zugang zum Meer, da sie etwas mit dem herausfinden musste, was sie einen Albenstern nannte. Da offenbar diese alten Reisewege der Alben auf Erden heute im Meer lagen, sollte sie wenigstens einen leichten Zugang zu der See haben.

„Ein Flug, der für uns länger als erwartet war und kaum Streit entstehen ließ, wie sonst oft üblich bei Unternehmen dieser Art unter uns", wie Fergus ehrlich sagte, was bereits darauf hindeutete, dass man gestritten haben musste, denn andernfalls hätte er nichts von einem Streit erwähnt. Man fand eine kleine Halbinsel, sagte er schließlich, und Ceann wollte sichergestellt wissen, dass die Fulmare das vorfanden, was die Dohle befriedigen konnte. Eine Halbinsel, dicht einer großen Insel vorgelagert, leicht auch für die Dunedin zu erreichen, da man nur über wenige Steinquader bei Flut springen müsse und bei Ebbe sogar auf einer schmalen Landzunge auf die Insel laufen konnte. Es gab eine leicht struppige Vegetation, die Wachstum auch von großen Pflanzen zulassen sollte, wie sie aus der Höhe im Überflug befanden, bis Daoine auf der Insel landen wollte, um den Boden für den Wald genauer untersuchen zu können. Man wusste zwar nicht, wie viel eine Dohle von den Qualitäten unterschiedlicher Böden verstand, folgte ihr aber. Und dann geschah das Unglück.

Ian, Rory und Una seien als Erste gelandet, während Ceann, Fergus und Aileen ihnen Sicherheit und Schutz aus der Höhe versprachen, aus der sie mögliche Menschen von weit her kommen sehen könnten. Als Daoine gerade zur Landung anflog, watschelten Ian, Rory und Una bereits auf dem Boden der Insel und erkannten die Fallen zu spät, die offenbar von Menschen gelegt worden waren. Scharfe Drähte, die durch Federspangen gespannt waren, schlugen effektiv zu. Gefangen nun eine Mantelmöwe und zwei Eissturmvögel in den mörderischen Fallen der Irdischen, die sie scheinbar ausgelegt haben mussten, um die Vögel zu fangen, die sie früher mit Netzen oder Schrot gejagt hatten. Daoine war sofort aufgesprungen, hochgeflogen und hatte alle vor der Gefahr auf dem Boden gewarnt. Daraufhin war Fergus der Einzige gewesen, der sich vorsichtig heruntergewagt hatte, um nach den Gefährten und ihrem Zustand zu schauen.

„Ihre Füße sind gefangen, Patty. Vielleicht gebrochen. Ich konnte ihnen jedenfalls nicht helfen. Auf See kennen wir solche Fallen nicht, und darum hat es uns vollkommen überrascht, was sich die Irdischen an Land für Gemeinheiten ausdenken, um Tiere zu fangen", sagte Fergus.

„Moment", meinte Camshron, als schon die anderen Seevögel empört, ärgerlich und wütend in ihrer großen Naivität den Krieg mit den Menschen forderten. Eine Naien auf Erden, die ihnen Schutz und Treue gelobt hatte, sollte Gleiches mit Gleichem vergelten. „Da kann etwas nicht stimmen", meinte Camshron laut und übertönte das giftige Getöse der Vögel, während Brian etwas abwesend scheinend zugehört hatte und Southfield sich um die Sorge der gefangenen Vögel einmischte.

„Fergus: Wie schlimm ist es?"

„Gefangen sind sie. Schmerzhaft wird es sein. Aber ernsthaft verwundet, so wie in Skandinavien, sind sie nicht", sagte Brian erklärend, und man schwieg staunend über ihre Aussage. Brian schien ihre Fähigkeiten erweitert zu haben, ohne es zu spüren, solange sie nicht gefordert werden würde.

„Stimmt genau", nickte Fergus. „Sie tun mir sehr leid."

„Und es war wirklich nichts zu sehen, Patty", erklärte Daoine zur eigenen Ehrenrettung. „Die Insel sei wie geschaffen für uns, meinte ich."

„Das wird sie sein, wenn du es sagst. Wir werden sie uns unsere Insel sein werden lassen", erklärte sich Brian, was niemand der Anwesenden genau verstand.

„Und was ist nun mit der Gewalttat ... und den Tätern ... und den Menschen?", rief eine Stimme, und Hunderte folgten ihr Vergeltung fordernd. „Wir können sie doch nicht einfach so davonkommen lassen."

„Nein. An der Geschichte stimmt etwas nicht", rief Camshron laut zur Ruhe. „So schlecht sind die Menschen auch wieder nicht ... und hier im Norden erst recht nicht. Ich glaube, diese Schnappfallen – und so hast du sie uns beschrieben, Fergus – sind nicht zum Fangen von Vögeln gedacht."

„Was für ein Blödsinn. Wofür denn sonst?", rief eine vorlaute Möwe.

„Sie sind wahrscheinlich zum Fangen von Ratten, vielleicht sogar Füchsen, Mardern oder Hauskatzen", rief Camshron laut zurück.

„Unfug! Seit wann essen die Menschen Ratten oder Füchse oder ihre Schätzchen, die Katzen, wenn sie so etwas Leckeres wie uns kriegen können?"

„Füchse jagen sie auf Pferden mit Bluthunden am liebsten und machten einen ekelhaften Sport daraus, was ich gesehen habe."

„So. Und wann hast du das letzte Mal einen Irdischen eine fette Heringsmöwe essen sehen?", empörte sich Camshron über die unüberlegten Einwände der Seevögel, die Gewalt mit Gewalt beantwortet wissen wollten. „Diese Fallen dort sind sogar wahrscheinlicher aufgestellt worden, damit Ratten oder Füchse euch Vögel nicht bei der Brut oder Aufzucht der Jungen stören können", rief er. „Ich denke, sie sollten euch schützen."

Und ein Krakeel brach aus. Wie könne ein Ältester, der die Irdischen besser kennen müsse, eine solche Erklärung abgeben, obwohl es auch wahr gewesen war, dass Menschen bisher bei dem

Verzehr von Seevögeln eigentlich nicht beobachtet worden waren. Jedenfalls von keinem der anwesenden Vögel. Dafür aber kannte jeder einen anderen, der geschworen hätte, jemanden zu kennen, der eben das beobachtet haben wollte. Und dass Menschen grundsätzlich zu jeder Zeit zu allem in der Lage und willens waren, stand doch außer Frage.

„Klar", lachte dann auch Southfield. „So ein triefendes Möwenbrüstchen bevorzugen wir alle mal vor einem üppigen Putenbraten."

„Sie essen doch auch noch viel kleinere Vögel … und dazu Schnecken und Froschaugen, als Delikatesse. Also …", schmetterte offenbar ein Connaisseur der Haute Cuisine.

„Froschaugen? Das ist mir neu. Waren es nicht die Schenkelchen, die jetzt aber auch schon *out* sind? Doch, Schluss damit", rief Camshron, als sich Brian im Regen erhob und allein durch ihr Erheben Ruhe unter allen Vögel entstand.

Einen Augenblick stand Brian in sich gesammelt da. Sie schaute in den schwarzen Himmel. Dann schaute sie auf die gewaltige Vogelschar, die sich etwas verlegen ob der schreierischen Kommentare verhielt. Sidhe saß ihr auf dem Arm. In die hellblauen Augen der Dohle schaute sie. Und schließlich sah sie die fünf Dunedin an, die nun in ihrer Nähe inmitten der Vogelschar standen.

„Es wird keinen Krieg geben", sagte sie mit vernehmlicher Stimme für alle und dennoch mit einem weichen Lächeln. „Kampf ist hier genug. Für einen jeden von uns. Jeden Tag. Einen jeden Augenblick. Das Leben … es ist Kampf und sollte euch derzeit reichen. Ein Krieg wird nicht erklärt. Und kein Krieg ist jemals gewonnen worden. Der Irdische ist besser, als ihr es meint. Wir helfen ihm, meine Freunde, sich weiterzuentwickeln. Denn auch für ihn ist das Leben der gleiche Kampf. Unter diesem Himmel, solange ich auf Erden bin, führen wir als Teil des Lebens keinen Krieg gegen einen anderen Teil des Lebens. Es ist nichts, was wir sind, falls wir nicht gemeinsam dem Leben begegnen, da es so sehr viel größer ist, als wir es allein sind. Denn stellt euch nur vor, dass das Leben Krieg gegen euch führen wollte, weil die Pflanzen auf denen ihr steht, nicht so lauthals krakeelen wie ihr. Ihr seht: Es ist Kampf genug, den wir aber nicht beginnen werden. Sondern widerstehen werden wir ihm, um des Lebens willen", sagte Brian. „Wer da naiv und dumm genug nach Krieg schreit, darf sich gern mit Lime unterhalten. Und was da an Tapferkeit und Mut sei, wird edel von uns allen sein. Dem Kampf begegnen wir mit Stolz, Ehre, Weisheit, Kraft und Umsicht. Im Krieg würden wir nur menschlich werden. Und … seid ihr Menschen?", fragte sie, als die Vögel immer noch schwiegen. „Keiner von euch ist ein Mensch. Ich bin einer von ihnen. Und ich war auch darauf stolz. Und wir alle sollten uns wenigstens freuen, wie viel bereits aus ihm geworden ist. Lasst ihn leben, und gebt ihm eine Chance. Denn so schwer es mit dem Menschen auf Erden für uns alle sein mag, so sehr braucht das Leben auch ihn, um das zu werden, was es werden kann: ein zeitloser Raum im ruhelosen Spiel der Schwerkraft. Bis dahin werden wir noch an vielen Gräbern stehen. Kämpfend …, ja. Überlebend …, bestimmt. Kriegerisch …, niemals. Verteidigend und schützend und nimmer des Lebens müde, ängstlich oder irgendeines Untertans, als edelster Staub der Weltenräume hier auf Erden … zu leben und leben zu können", sagte Brian, schaute sich um, da sie sich kaum sprechen gehört hatte, doch den Eindruck ihrer Worte in den Zuhörern sah. „Helfen wir uns gegenseitig zu verstehen, denn andernfalls verzehrt sich das Leben durch uns vor unseren Augen", sagte sie dann zum Schluss und hatte die Kraft ihrer Worte unterschätzt, denn die Vögel waren so eingenommen von Brians Rede, dass sie weiterhin schwiegen. Sie hatten nicht zu denken, sondern fühlten sich durch die Naien etwas beschämt, da ihre lauten Rufe nach einem Krieg die Albe herausgefordert hatten. Sie verstanden, wie unüberlegt ihre schnell gesprochenen Gedanken aus ihren Hälsen gekommen waren. Hätten sie doch bloß ihre Schnäbel vor einer Naien gehalten, die das gesamte Leben vertreten musste. Sie setzte sich nicht für ein Unmaß der Emotionen ein, zu denen sich die Einzelnen flink hinreißen lassen würden, sondern sie trat für die Vollkommenheit eines in sich vielfältigen Lebens ein, dem keiner entkommen konnte, der auf dieser Erde geboren war. Diese Naien war ein Wächter des allumfassenden Lebens. Einen Krieg zu führen war tatsächlich ein weit überspannter, menschlicher Unsinn, leuchtete jedem ein. Und sollte stimmen, was Camshron erwogen hatte, dass die Menschen eventuell die Fallen zum Schutz der Brutplätze aufgestellt hatten, dann schuldeten sie ihnen sogar Dank dafür. Die Ratten und die Füchse müssten dann den Menschen Krieg erklären. Und die Füchse hätten das schon lange tun sollen, bei der Verfolgung, die sie durch den Menschen erlitten hatten. Ratten hatten es auf ihre Weise getan, denke man nur an die dunklen Zeiten des Mittelalters zurück. Sollten also zuerst die Anderen den Menschen den Krieg erklären, und dann würde man weitersehen. Schließlich könnten die Vögel ja zuerst den Ratten den Krieg erklären, die Möwen den Katzen, die Katzen den Hunden und die Fische den Parasiten. Und zu guter Letzt erklärten die Pflanzen den Tieren den Krieg – und das wäre eine dramatische Kriegserklärung für diese Erde, obwohl sie immer wieder schon sticheln und sich wenigstens gegen die Fauna zu schützen wissen. Es wäre eine Kriegserklärung ganz besonderer Güte, dachten einige Möwen. Doch solange das nicht geschehen sollte, wollte man sich klug zurückhalten und auf die Naien hören. Was das mit dem *zeitlosen Raum im ruhelosen Spiel der Schwerkraft* zu tun hatte, wusste wohl keiner der Seevögel. Man musste auch nicht alles von den Naien verstehen, meinte man, solange man sich grundsätzlich einig war. Und daran gab es keinen Zweifel.

Southfield meinte schmunzelnd, bevor ihm zwei Fulmare und eine Laride den Krieg erklären würden, weil man sie zu lange in Fallen der Irdischen gefangen ließ – und das Zeitempfinden der Seevögel war ein grundsätzlich anderes als das der Dunedin –, sollte man sich doch lieber tunlichst auf den Weg machen, um den Tieren zu helfen. Die Lage, in der sie sich befanden, sei nicht nur misslich, sondern auch schmerzhaft und dulde keinen Aufschub. Fergus stimmte Southfield zu, und noch vor dem Morgengrauen, das kommen sollte und einen guten Morgen an der Ostküste Schottlands versprach, erklärten Tausende von großzügigen Seevögeln den Krieg mit den Menschen für vorläufig vertagt.

Southfield, der Heilkundigste der fünf Dunedin, machte sich mit Fergus und Gaire sofort nach dem Ende aller Diskussionen auf den Weg. Um schneller an die Westküste zu kommen, nahmen sie das Auto, und Southfield kümmerte sich um den Tölpel auf seinem Schoß, der das Fahrgefühl eines Automobils am eigenen Leib zuvor nicht erlebt hatte. Ihm war es gleichgültig, wie schlecht ihm werden würde, solange sie nur so schnell wie möglich auf die für Brian entdeckte Insel kämen. Und offenbar waren die Autos sehr rasant, solange sie Straßen unter sich hatten. Das lernte eine Sulide auf dem Schoß eines Ältesten jenes dunklen Morgens, an dem sich die anderen Seevögel wieder an die Küsten aufmachten, Gaire ihre Brüder und Schwestern anrufen wollte, sobald man auf der besagten Insel angekommen sei, Rionnag, Camshron und Mackintosh Gaire verabschiedet hatten, um mit Brian sowie den Dohlen irgendwie hinterherzukommen, gleich wenn Rionnag mit Mackintosh abgeschlossen habe, der dann zurück nach London müsse, um sich an der Angelegenheit gegen Gouveia zu beteiligen, in die er mit eingebunden war. Die finanziellen Mittel von Brians Stiftung, so man sie frei bekommen könnte, wollten die Ältesten dann für den Schutz einer Naien und für ihr Verständnis der Lebensführung einsetzen.

Brian freute sich über die beiden Dohlen, und es kam ihr vor, als sei die gemeinsame Zeit wertvoller geworden, da ihr ein offenbares Ende gesetzt worden schien. Camshron hatte ein überraschendes Gespür für die Veränderung Brians und empfand ihre Konflikte, die sie allen dargelegt hatte, als Mensch einerseits, andererseits als werdende Naien. Und während Rionnag Mackintosh um konkrete Antworten auf ihre geschichtlichen Fragen bittend quälte, kam Camshron am frühen Morgen zu Brian und meinte, sie habe erstaunlich klar gesprochen und er freue sich, dass Autorität aus ihren Worten erwuchs, der man tatsächlich zu folgen bereit schien. Er freute sich auch über die Allianz der Seevögel und die Anerkennung, die sie unerwartet schnell unter ihnen genoss.

„Ich hatte Zweifel, ob sie dich annehmen würden … so ohne Weiteres", sagte er ehrlich und meinte damit, dass man wohl ein

Spektakel veranstalten müsse, um sich von den anderen zu unterscheiden und Gehör zu verschaffen.

„Das Vollbringen von Wundern", lachte Brian, „… überlassen
wir den anderen. Sollen sie traumtanzen und über die Wasser
laufen. Ich meinerseits … schwimme gern."

„Und das macht dich so unvergleichlich …, selbst als Mensch."

„Findest du? Vielleicht liegt ein tieferer Sinn darin. Vielleicht
sollten die Menschen auf dem Wasser schreiten, damit sie nicht
von den Albensternen verschlungen werden."

„Das ist einen Gedanke wert. So habe ich das noch nicht gesehen. Vielleicht hast du recht."

„Nein, Lime. Das ist keinen Gedanke wert", lachte Brian. „Es ist
noch nicht einmal wert, über Wunderwerdungen und -wirkungen
nachzudenken."

„Allerdings", lachte dann auch Camshron. „Und wenn du die
Dohlen nicht mehr für dich brauchst, dann vermachst du sie mir."

„Moment!", wendete Daoine ein. „So einfach ist das nun
nicht. Patty entscheidet nicht, wann sie uns nicht mehr braucht.
Das entscheiden wir!", und man freute sich an jenem kalten
Morgen, einander zu haben.

„Du meinst, die Insel sei für die nächsten Jahrhunderte für
uns geeignet?", fragte Brian Daoine, da sie sie gesucht und gesehen hatte und am besten einschätzen könnte, was Brian und die
Dunedin benötigten, da auch sie die Menschen kannte.

„Ja. Sie ist perfekt. Und sie ist nicht hoch. Du musst also nicht
lange rauf- und runtersteigen, um an das Meer zu kommen. Aber
sie ist hoch genug, um Bäume wachsen zu lassen. Ein paar alte
Kiefern hat sie. Und große verwitterte Felsenblöcke. Schöne
Farben. Sie werden dir gefallen", sagte Daoine, und Brian fühlte
die Beschreibungen der Dohle mehr, als dass sie sie hörte.

„Ja …", erwiderte sie. „Sie gefällt mir jetzt bereits, weil ich
deine Empfindungen für sie spüre."

„Das wird ja immer besser mit dir", mischte sich Camshron
ein. „Dann brauchen wir dir ja bald schon gar nichts mehr zu
erzählen."

„Setze dich zu uns."

„Ich hole mir keinen nassen Hintern, Patty.“

„Du wirst ihn genießen“, lachte sie. „Setze dich also zu uns.“

„Widerspricht einer Naien …“, schüttelte Daoine krächzend den Kopf.

„Ganz vorsichtig, Schwatzschnabel“, grinste Camshron. „Ansonsten kommt mir vielleicht der uralte Dunedin-Trick für vorlaute Vögel wieder in den Sinn“, lachte er.

„Ach ja? Und wie sieht der aus?“, wollte Daoine wissen.

„Vielleicht die *Gwyllons* zu Hilfe rufen? Oder uns von den Sternlingen trietzen lassen?“

„Nein, mein Freund. Viel effektiver“, lachte Camshron, woraufhin auch Sidhe neugierig wurde. „Sekundenkleber, mein Freund“, und Brian musste laut lachen.

„Bist du gemein, Lime“, schmunzelte Sidhe, als sich Camshron zu Brian setzte und man gemeinsam den letzten Morgen in Gullane erlebte. Er dachte an früher, an Hanfseile und Garne und wie schwierig es gewesen war, einer Dohle dauerhaft den Schnabel zu verschließen, und schloss, dass es ein sehr findiger Dunedin gewesen sein musste, der wegen der ewig geschwätzigen Krähenvögel den Sekundenkleber erfunden haben musste, und die anderen lachten über den Gedanken, den man sich voller Fantasie weiter ausarbeitete, bis auch Camshron von der Nähe Brians in den Bann gezogen wurde, da er sich so anders zu fühlen begann, als er es jemals in seinem Leben zuvor gespürt hatte.

„Soso. Deshalb haben wir etwas wie die Vogelgrippe für euch entwickelt“, konterte Daoine. „Nur als eine Antwort auf die unverschämten Ideen der Dunedin.“

„Heee, wo ist der Sekundenkleber?“, rief Camshron noch im Spaß, als Daoine schon fortstolzierte, einmal kurz mit seinen Flügeln einen großen Sprung unterstützte und krächzend kicherte, als Brian meinte, dass er sich keine Gedanken darüber machen sollte, was ihm in ihrer Nähe widerfahre. Sie fühlte sich geborgen, was ihr vollkommen unerklärlich sei und etwas mit ihrem veränderten Wesen, aber nicht mit ihr selbst zu tun habe. Camshron ließ von dem Schabernack mit der Dohle ab, die wieder heranstolziert kam, und schaute Brian mit seinen tief liegenden Augen an.

„Dass ich so etwas erleben darf, ist wunderbar, Patty. Das hilft uns allen, das Leben würdig zu verteidigen. Ein Leben, für das wir uns all die Jahrhunderte aufgeopfert haben. Im Wissen um euch Alben. Aber die Nähe zu euch ist dann doch noch etwas ganz anderes. Und all die Ältesten in aller Zukunft, werden dadurch lernen können."

„Verliert ihr manchmal den Mut?", erkundigte sich Brian.

„Nein. Zuweilen aber Kraft. Das ist hier alles nicht so einfach und eindeutig, wie es scheint. Oder aber, man macht es sich eben so leicht wie Merlin. Schwarz-Weiß-Malerei. Symbolik. Und alles ein wenig eindimensional", meinte der Dunedin. „In Wirklichkeit ist es aber umfangreicher. Und dass du das bereits verstanden hast, ist erstaunlich. Es geht bei dir alles so schnell, finde ich."

„Es war bei mir immer schon etwas anders als bei vielen anderen. Und ob es schnell ist oder nicht, kann ich nicht sagen. Ich erlebe es, wie es kommt", sagte Brian sehr menschlich.

„Dass du es verkraftest und dein Los so annimmst, wundert mich. Wollte man mir sagen …, und ich bin ja nun schon einige Jahre länger hier und lebe sowieso in einer anderen Gewissheit als die Irdischen …, aber würde man mir sagen, ich sei einer der noch verlorenen Alben, ich würde es nicht fassen können."

„Vielleicht hilft es mir, dass ich eben nicht so alt bin wie du", schmunzelte Brian und dachte, dass man in der Jugend andere Dinge schneller zu akzeptieren bereit wäre als im Alter. Und Camshron nickte nur – weder bestätigend noch darüber nachdenkend, weshalb es war, wie es war. „Lime", sagte Brian und wechselte das Thema. „Ich möchte gern zu der Insel laufen, die Daoine gefunden hat. Ich möchte nicht mehr mit einem Auto fahren. Ich habe das Gefühl, dass es für lange Zeit sein wird, dass ich richtig laufen werde. Und das möchte ich genießen."

Camshron fuhr aus seinen Gedanken und nickte überrascht, hörte die Aussage, überlegte dann aber gleichzeitig, dass sie mehrere Tage unterwegs wären. Zu Fuß. Im kühlen Schottland.

„Und du willst auch draußen übernachten?", erkundigte er sich.

„Ja. Auch das."

„Oooo … Patty, muss das sein? Entschuldige …", korrigierte er sich sofort. „Natürlich. Wir laufen", meinte er und neigte seinen Kopf vor der Naien, wünschte sich aber, sie hätte diese Bitte nicht ausgesprochen, denn es war ein langer Fußmarsch. Im Januar und Februar durch Schottland zu laufen, von der freundlichen Ostküste an die regnerisch stürmische Westküste, könnte ein tückisches Unterfangen werden, dachte er nur an das Wetter. Und er selbst hatte sich länger auf dem afrikanischen Kontinent in der Hitze aufgehalten, sodass er froh über jeden Regen war, nicht aber tagelang durch den modernden Schlamm der alten Pfade laufen wollte, die im Matsch aller Jahrhunderte gleich geblieben sein würden. Brian spürte die Unlust des Ältesten einerseits, wusste aber, was sie wollte, und würde sich in dieser Bitte nicht erweichen lassen, was für die Ältesten ohnehin nicht weiter diskutiert werden würde, gleich, wie unlustig sie Wege oder Geschehen fänden, die Brian vorschlagen würde oder anzettelte.

„Und ich hatte kurz den Gedanken, noch einmal an dem Grab meiner Eltern stehen zu wollen, Lime", was Camshron noch mehr überraschte, sodass er sie erstaunt betrachtete, als würde er fragen wollen, ob sie über ihre leiblich irdischen Eltern oder aber die Wesen des Lebens sprechen würde. „Diesen Gedanken jedoch habe ich verworfen. Es war ein Gespür der Dankbarkeit und gleichzeitig der Trauer um sie. Ich hatte sie nicht richtig kennenlernen können und meinte einen Moment, den Wunsch zu haben, an ihrem Grab stehend, ihnen zu zeigen, was aus ihrer Patty geworden ist. Aber wenn ich darüber recht nachdenke, macht es tatsächlich keinen Sinn. Es war wie ein Anflug, den ich mir jetzt nicht mehr erklären kann. Für einen winzigen Moment war es wichtig, ist es aber jetzt nicht mehr", und Camshron hörte ihr zu. „Wie ist es bei dir … und deinen Eltern, Lime?"

„O, das ist schwierig", druckste er perplex. „Unsere Familienverhältnisse …, also die der Dunedin …, sind oft verzwickt, wie du dir denken kannst", stammelte er, und Brian sah ihn lächelnd an.

„Möchtest du darüber sprechen?"

„Nein. Eigentlich nicht. Oder … nicht jetzt. Wir haben wahrscheinlich genug Zeit, falls es dir wirklich wichtig ist. Jedenfalls an den Gräbern unserer Eltern stehen wir als Älteste nicht. Wir würden nicht wissen, was und wem man etwas sagen sollte", druckste er.

„Und bei euch? Wie ist das mit euren Eltern?", fragte sie die Dohlen, die sie noch überraschter ansahen, als Camshron es getan hatte, den allerdings die Frage Brians an die Dohlen amüsierte, denn auch sie hatten keine konkreten Vorstellungen von ihren Eltern. Sie sahen sich eher immer als Teil der Gemeinschaft ihrer Art. Aber von Eltern an sich hatte eine Dohle eine andere niemals sprechen hören. Eier wurden gelegt. Sie wurden bebrütet. Die Jungvögel schlüpften. Sie wurden gefüttert. Und dann flogen sie schließlich mit den anderen davon. Ob man seine Eltern überhaupt wiedererkennen könnte, stellte sie infrage, da man sich als Dohle begriff, als Familie ansah, aber den eigentlichen Erzeugern eine untergeordnete Rolle im Leben der Dohlen zugesprochen wurde. Interessant war, dass Brian fragte und wie sie sich wahrnahm. Als nähme sie mit diesen Fragen und Gedanken schließlichen Abschied von ihrem Menschsein, da eine mögliche Elternschaft sie als Naien nicht mehr betreffen würde.

„Und falls ich dich fragen darf: Wozu wolltest du die Farbstifte haben, Patty?", fragte Camshron.

„Auch nur so ein Gefühl. Vielleicht rühre ich sie niemals an. Aber in diesem Augenblick wollte ich wissen, dass ich mögliche Pastelle zu Papier zu bringen vermag, falls ich es mir wünsche. Ich vermute, dass mir irgendwann die Sprachen fehlen werden. Und vielleicht möchte ich mich dann durch Pastelle ausdrücken. Vielleicht helfen die Stifte", sagte sie. „Wir werden sehen. Wann wollen wir uns auf den Weg machen?"

„Falls du mich fragst: sobald Eldar und Ash fertig sind. Doch falls du dich eher auf den Weg machen musst, dann gehen wir sofort", erklärte Camshron.

„Worüber sprechen sie so ausgiebig?"

„Über die Vorzeit der Irdischen und die Erkenntnisse, die wir durch dich erhalten haben", als sich die Dohlen einmischten und bekräftigten, dass der Gedanke des Glases ihre Idee gewesen sei, was Camshron dann auch zur Zufriedenheit Sidhes mit großer Würdigung hervorhob.

„Ist das für euch wirklich von solcher Bedeutung?"

„Ja. Es hat größte Bedeutung. Das Metall. Es hat das Leben hier auf Erden verändert. Und wir hatten nicht verstanden, weshalb die Naien es auf die Erde gebracht haben. Es war für uns, als hätten sie oder die Hylen ein bösartiges Experiment durchgeführt, als wenn du zuerst Kinder in die Welt bringst, um ihnen als Spielzeug schließlich Handgranaten zu geben, um zu sehen, was geschehen wird. Und das haben wir euch über alle Zeit vorgeworfen. Falls eure Lichtlanzen aber aus einer Art Glas oder aber anderer, hart kristalliner Sande sind, müssen wir unsere Meinung revidieren. Alles würde einen anderen Sinn ergeben. Selbst die Alben für das Leben, das sie durch uns schützen – selbst aber nur beobachten. Von daher ist es von enormer Bedeutung für uns", sagte Camshron und meinte noch, dass man mehr von Rionnag erfahren würde, wenn sie erst einmal auf dem Weg an die Westküste Schottlands wären. Und da man laufen sollte, täte eine gute Geschichte wohl, in guter Dunedinmanier.

„Ich habe die Lanzen wie Speere gesehen, Lime. Aber selbst habe ich keine, gleichwohl ich eine Albe werde. Einiges habe ich von den Naien im Hochland erfahren. Aber auch dort habe ich keine Lichtlanze oder Raumader gesehen. Noch habe ich etwas vermittelt bekommen, was darauf hingedeutet hätte", sagte Brian und wunderte sich, weshalb das so sei.

„Vielleicht haben sie ihre Techniken geändert, Patty. Vielleicht benutzen sie ihre Lanzen nicht mehr. Aber all das wirst du in Erfahrung bringen, wenn deine Zeit gekommen ist", erklärte Camshron geduldig, der in seinem Leben viele Fragen gehabt hatte, die er früher schnell beantwortet haben wollte, während die Zeit der Jahrhunderte, ihn wie alle anderen, die Geduld lehrte. Viele Irrtümer wurden durch die Geduld aufgeklärt, während der ungeduldige Drang Heißsporne Fehler machen ließ, dachte er, als der Regen aufhörte, den Camshron sonderbarerweise in der Nähe Brians nicht spürte und sich innerlich fragte, ob er überhaupt nass geworden sei, als Brian im zulächelte und ihm zu verstehen gab, dass er nicht zwangsläufig im Regen nass werden müsse, wie sie von Alwyyn an einem anderen Ort im Schnee gelernt habe. Und er verstand, wusste aber immer noch nicht, ob er nass des Regens oder sich trocken fühlen konnte, was ihm sehr eigenartig vorkam. Als wüsste man nicht, ob man sich am Feuer oder an Trockeneis verbrannte, was für ihn den gleichen Effekt gehabt hätte: Es hätte einen logischen Schluss zugelassen, aber keine klare Empfindung beinhaltet.

„Und die Insel ist groß genug für uns alle?", fragte Sidhe Daoine.

„Größer als Merlins Insel", bestätigte Daoine, als Camshron aufstand, sich streckte, Brian aus seinen dunklen, grünen Augen heraus ansah und sich freute.

„Dann laufen wir. Mal sehen, was Ash dazu sagt, wenn sie mit Eldar fertig ist", lachte er, und Daoine bemerkte nur kurz, er persönlich würde nicht wegen eines Engels laufen wollen und sei dankbar für seine Flügel, als Camshron wieder mit seinem Sekundenkleber zu drohen begann und sich im Osten langsam ein grauer Schein am Horizont zu einem Tag entfalten wollte.

# XXXI

„Den Whirlpool denke ich mir hier, Schatz. Und eine Sauna. Ich will eine Sauna haben. Vielleicht können wir dann den kultivierten Bereich mit Sitzgarnitur, Multimedia-Center und den Schnokus etwa hier … einrichten? Was meinst du, Liebling?", ulkte Gaire, und Southfield schüttelte nur den Kopf über die lebenslustige Dunedin, die auf der kleinen Halbinsel hin und her lief und mit ihren Händen imaginäre Flächen umriss, die von Steinen beseelt und flechtigen Moosen überwachsen unter einer Gruppe von uralten Kiefern lagen. „Und, Honey, die alten hässlichen Bäume müssen weg. Ist ja kaum zu ertragen und mit anzusehen … dieses Krüppelzeug. Unseren Landeplatz für das Flugmobil sehe ich dort dann entstehen, genau wo dieser besenwichsig gewachsene Blaubeerstrauch steht. Auch weg mit dem. Dann gehen wir von dem Landeplatz hier entlang", wie sie mit den Händen und einigen übertriebenen Hüftschwüngen andeutete, „… und gelangen in unsere Sterilisationsdusche, bevor wir dann in das Foyer kommen", und Southfield konnte kaum noch an sich halten vor Lachen. „Aber Liebling, ein bisschen mehr mit Ernst bei der Sache. Das ist nicht lächerlich. Ich will die letzten 400 Jahre meines Lebens mit Spaß und Pläsier vebringen. Wenn ich schon hier bin, dann doch nicht ohne meinen Whirlpool und die Sauna", und die Vögel wussten im ersten Moment nicht, ob sie Gaire ernst nehmen sollten, bis sie die Anspielungen auf den Irdischen verstanden und etwas beruhigter wurden.

„Du hast einen solchen Knall, Cherry", lachte Southfield. „Warum bist du nur nicht öfter in die Highlands zu mir gekommen, meine Schwester?"

„Schwester? Ich …? Deine Schwester? Na, Honey, das wüsste ich doch, wenn ich deine Schwester wäre. Und das schottische Hochland ist auf meinen Landkarten nicht verzeichnet. Es ist mir zu dreckig. Bei mir stehen immer nur London, Paris, New York, Madrid, Rom und Genf auf dem Plan. Aber die Highlands, mein

Liebster …? Hast du denn dort einen Whirlpool?", scherzte sie und meinte nur, dass sich dann die Frage erübrige, weshalb sie nicht in die Berge gekommen sei.

„Und so fallen die Männer auf dich rein?", fragte er, indem er Rory über den Rücken strich, den es am bittersten in der Ratten-falle erwischt hatte. Eines seiner Beine war am Gelenk gebrochen, sodass er kaum ohne Schmerzen stehen konnte.

„Ich sage immer: Auf eine der zehn Karten fallen sie alle drauf rein", lachte Gaire. „Und manche tun mir auch leid, so ist das nicht …, aber unsere Prioritäten sind eben andere", meinte sie und fragte, ob er noch etwas zu essen habe.

Southfield und Gaire waren seit einigen Tagen auf der Insel, die die Vögel auf Brians Geheiß hin gesucht hatten und finden konnten. Die Dunedin meinten, man habe eine gute Wahl ge-troffen. Die Insel war groß genug für drei Dunedin und eine Naien. Sie sei nötigenfalls gegen Verfolger und Neugierige gut zu verteidigen und aus der Luft nicht unmittelbar einsichtig. Mehrere Gruppen von alten Kiefern ließen in ihren Schatten Dinge geschehen, die man nicht sehen könne, würde man über sie hinwegfliegen oder an ihr auf einem Boot vorbeifahren. Der Inselscheitel lag etwa zehn Meter über dem höchsten Flutstand und war von den Flechten und Moosen so sehr bedeckt, wie der erdige Boden von grauen, erosionsgespaltenen Steinen. Flechten auch an den Baumrinden, die auf eine hohe Feuchtigkeit schließen ließen. Im Norden, Westen und Süden sah man auf den Horizont, während von der Ostseite der Insel einige Felsbrocken, fast wie ein natürlich einladender Steg, die Insel mit dem Hinterland Schottlands verbanden. Das war der einzige Zugang, der bei Ebbe sogar bis auf den sandigen Grund zwischen den riechenden Steinquadern trockengelegt wurde. Bei Flut ragten die runden Oberflächen der meisten Quader eben gerade aus dem Wasser, manche aber auch überspült von Windseen und glitschig, sodass der Zugang für den Blick praktisch schien, die Praxis aber mehr Geschicklichkeit forderte, als man es meinen würde. Die Insel war ein großes, lang gezogenes Oval und hatte an der Ostseite eine dellige Bucht, die sogar etwas wie einen kleinen Sandstrand auf knapp zehn Meter Länge unterhalb einiger runder Granitsteine bei Ebbe zeigte. Von dort aus konnte man gut auf ferne Hügel und wenige, scharfe Felszacken der westlichen Highlandausläufer sehen. Der Südwesten offen zur Irischen See hatte Zeugnisse als Schlagseite vieler, heftiger Niederschläge, die weder die Dunedin noch die Seevögel wirklich störten, auch falls es ihnen manchmal die Laune verderben konnte und sie mürrisch nach drei Tagen Regenwetter wurden, die sie irgendwo draußen hätten zubringen müssen. Dennoch war die grundsätzliche Vorstellung Gaires nach einem *Eigenheim in friedlich nachbarschaftlichem Idyll* eigentlich nur natürlich für Menschen. Und so stand auch bei ihr der ernste Gedanke im Hintergrund, ob man sich nicht gemütlich auf der Insel einrichten könnte, womit man jedoch warten wollte, bis Brian, Rionnag und Camshron kämen. Man wollte zuerst sicher sein, dass Brian diese Insel als Domizil und *Ausbildungsplatz eines Engels* akzeptierte, wie sie Southfield sagte, bevor man sich dann *wohnlich* einrichten wollte. Und zu dieser Wohnlichkeit brauchte man wenigstens einen Generator und Solarladegeräte für die Mobiltelefone. Alles andere sei tatsächlich sekundär. Die Kommunikation allerdings müsse aufrecht gehalten werden, da man sich sehr an sie gewöhnt hatte.

„Der Tennisplatz kommt dann später", lachte Southfield.

„Ach ja. Und wo nur wollen wir das feine englische Grün säen, Honey?"

„Da, wo wir ihn nicht mähen müssen, Cherry", und beide lachten, während dieVögel sich etwas zurückgezogen hatten, auf Brian und die Dohlen warteten und Southfield seine wirklichen Talente als Veterinär an den Tieren unter Beweis gestellt hatte. Una und der Jüngste unter ihnen, Ian, waren glimpflich aus den Fallen befreit worden. Rory, der sich schon vorher bei dem Rettungsversuch von Brian schlimm verletzt hatte, war wieder einmal schwer erwischt worden. Von jenem Tag an würde er sein Leben lang humpeln müssen, falls er laufen wollte. Aber sein Leben hatte er davongetragen und das Fliegen sowie Fischen waren nicht eingeschränkt. Obschon ihm Southfield Bandagen gebunden hatte, in die er Zweige zur Stabilisierung der Hohlknochen steckte, war der Knochen des rechten Beines innerlich so zerschmettert worden, das er nicht mehr zusammenwachsen würde, was allen klar war. Und er nahm es gelassen mit dem Kommentar hin, solange er im Wasser nicht nur im Kreis schwimme, durch das eine, verkürzte *Paddelbein*, wäre doch alles in Ordnung.

„Hast du eigentlich eine Vorstellung davon, wer die Fallen aufgestellt haben könnte? Du bist doch meistens hier oben und müsstest eigentlich jeden kennen, der auf solche Ideen kommen kann", fragte Gaire.

„Ja. Ich habe da so eine Ahnung. Jemand, der die Vögel schätzen wird, falls ich mich nicht sehr täusche."

„Wenn der einmal hier gewesen ist, dann kommt er auch wieder her, um die Fallen zu kontrollieren, oder? Was meinst du? Und sind wir dann hier wirklich abgeschieden genug und tatsächlich sicher?"

„Falls es der ist, an den ich denke, dann seid ihr hier sicher, falls Patty sich für die Insel entscheiden sollte. Falls nicht, sehen wir dann weiter, was wir mit dem Menschen machen, sollte er kommen. Außerdem wollte Patty mich nicht bei sich haben."

„Nicht auf Dauer, Oak. Ich würde dich auch nicht ertragen", scherzte sie. „Aber so jede Dekade einmal … für ein bis zwei Tage … warum nicht?!"

„Ich meine, es wird Jason gewesen sein. Jason Martinez. Der wird die Fallen hier aufgestellt haben. Ein Fischer und ein Vogelnarr."

„Und? Du kennst ihn persönlich?"

„Ja. Ein besserer Schotte als einige andere. Seine Ururgroßeltern kamen wohl aus Mexiko. Er ist hier geboren …, drüben, in St. Andrews. Dann hatte es ihn an die Westküste verschlagen. Zu viel Golfplätze und Tourismus hatten ihn vertrieben, wie er meinte. Ein witziger Kauz, aber ein guter Mensch. Er liebt einen Himmel voller Schatten, hat er mir mal erzählt. Denn wo die Vögel seien, sind auch die Fische. Ein richtiges Original."

„Solange er uns nicht in die Quere kommt."

„Er wird begeistert sein, einen Basstölpel hier zu sehen. Und auch die Fulmare und Lariden. Das wird ihm gefallen", sagte

Southfield. „Ich glaube, Jason hat die unglückseligen Fallen aufgestellt."

„Und was, wenn es nicht dein Freund war?", fragte Rory.
„Was wäre, wenn jemand doch Seevögel fangen und essen will?"

„Das sind keine Vogelfallen, die wir hier eingesammelt haben",
beruhigte der Älteste den geschundenen Eissturmvogel.

„Aber was, wenn doch? Denn du kannst ja nicht wissen, was
in dem Kopf von anderen Menschen vorgeht. So tun, als wollen
sie Ratten fangen, um uns dann zu verspeisen. Gemein, finde ich.
Ein hundsgemeiner Plan und perfekt, um auch euch zu täuschen.
Und dann sagen sie einfach: Tut uns leid. Wir wollten die Ratten,
aber Vögel haben wir bekommen. Macht ja dann auch nichts,
solange sie satt werden. Und an einer Vogelbrust ist ein bisschen
mehr dran als an einem Rattenfilet. 'tschuldigung … es war etwas
anders gedacht, als es eben rauskam", sagte Rory.

„Dann, mein Freund, werden wir ihm seine Haut von den
Knochen ziehen, falls du es wünschen solltest", schmunzelte
Southfield.

„Wirklich?", erkundigte sich Una, die bei ihnen saß.

„Versprochen. Ihr habt Patty gehört. Sie gelobte euch Treue.
Und die wird sie euch halten", sagte Gaire. „Und wir werden
es mit ihr."

„Das hat sie gesagt", stimmte Shona zu, die herangewatschelt
kam. „Und ich weiß, dass es so sein wird. Ich habe sie in Norwegen
erlebt, mit ihren Dohlen, und durch Glazial einiges über sie erfahren. Patty ist anders, als Menschen sein können."

„Wenn ich dir sage *Jetzt*, dann ziehst du dem Fallensteller wirklich die Haut vom Leib?", fragte Rory zu seiner Vergewisserung
noch einmal nach.

„Werde ich dann voller Stolz …, wenigstens ein Stückchen
seiner Haut … und alles andere sollten wir auf menschliche Weise
klären können, finde ich", lachte Southfield.

„Solange sie uns nicht fressen", warf Ian, die jüngste Röhren-
nase, ein, und der Dunedin bestätigte ihm den Einwand, als auch
die anderen Vögel zusammen mit Fergus zu ihm zurückkamen.
Man fragte, ob man nicht einen kleinen Aufklärungsflug machen

sollte, da die Naien doch eigentlich längst erwartet worden sei, aber bisher noch nicht zu sehen war. Southfield glaubte, dass es sicherlich an Camshron liegen würde, der der müdeste Wanderer von den dreien sei, und man solle sich keine verfrühten Sorgen machen. Wäre etwas Unvorhergesehenes geschehen, hätte man sich bestimmt telefonisch mit ihnen in Verbindung gesetzt.

„Lass sie laufen, denn wer von uns weiß schon, was eine Naien zu tun gedenkt", sagte er schließlich und wusste, bewusst oder unbewusst tat Brian, was sie tun musste. Und weil sie es als Albe zu tun hatte, sei es intuitiv richtig. Die Seevögel sahen von ihrem Flug ab, und Gaire war in sich gekehrt ruhiger geworden, bis sie meinte, falls man auf dieser Insel ausharren müsse, möge sich Southfield bitte um Luhkkas kümmern. Sie wären praktischer auf der Insel und bei Regen, der zweifellos zu erwarten sei, auch komfortabler, was er ihr zusagte. Er wollte sich überhaupt um alles kümmern, was sie brauchen würden. Und vielleicht könne man zuweilen ja auch gemeinsam von der Insel gehen, um einige Besorgungen zu machen, falls Brian keine Einwände habe.

„Daran will ich nicht denken", sagte Gaire. „Es wird sein, wie es sein muss. Keine eigenen Pläne. Keine persönlichen Wünsche. Stark gegen die eigenen Schwächen."

„Kein Pizzaservice …", schmunzelte er.

„Genau. Auch keine Pizza", sagte sie in eigene Betrachtungen versunken. „Die Zeiten sind vorbei."

„Woran denkst du?", fragte Southfield, der Gaire ansah und sie so nicht kannte, als Aileen, Fergus und Ceann sagten, dass sie trotzdem den anderen entgegenfliegen wollten, denn sie könnten nicht mehr weit sein, bevor sie in den Osten losflogen und über die Hügel sehend verschwanden. Gaire schwieg immer noch und starrte vor sich hin. Ihr fröhlicher Übermut war einer ihm von ihr unbekannten Nachdenklichkeit gewichen.

„Was, falls alles ganz anders ist, Oak?", flüsterte sie fast.

„Wenn *was* ganz anders ist? Was meinst du?", stutzte er.

„Einfach alles. Die Alben. Das Leben. Wir. Der Weltraum. Die Menschen hier. Eben alles. Alles nur ein kosmischer Irrtum. Eine Lüge. Ein Betrug, der uns von der einen wie von der anderen

Seite erzählt und erklärt wird?", flüsterte sie fast konspirativ, und Southfield glaubte kaum, was er von Gaire hörte.

„Hast du den Verstand verloren?"

„Nein. Aber ich stelle die Frage, ob es etwas mit Verstand zu tun hat? Die einen glauben dieses und jenes, und wir meinen etwas anderes zu sehen. Nur weil wir mit den Vögeln und Tiefren sprechen und älter werden als die anderen, heißt das doch nicht, dass wir als Dunedin wirklich Wächter eines Lebens sind, das dann vielleicht in seiner krönenden Form, polymerartigen Kristallen gleicht, die kein Bewusstsein mehr besitzen. Was ist das alles, von dem wir wissen wollen, es sei Realität? Und es sei wirklicher als die Wahrheiten der Irdischen?"

„Wirklich, Cherry, was fragst du da?"

„Nein, Oak. Was, wenn wir das Experiment der Hylen sind? Was, falls alles nur wegen uns geschieht und die Naien uns beobachten, wie wir auf die Problemstellungen reagieren? Ob wir in Streit eingreifen und falls, dann in welchen? Ob wir Irdische verteidigen und Leben überhaupt erkennen? Vielleicht die ganzen Gemetzel wegen uns, um herauszufinden, was für Drehmomente das Leben uns zeigt? Eine Hexerei auf unsere Kosten, indem wir unter dem Mikroskop sind und glauben sollen, wir seien diejenigen, die die Albe schützen, und die Irdischen lägen auf dem Seziertisch, während er uns nur als entglittenes Spielzeug gegeben wurde, das scheinbar eigenen Willen und Leben entwickelt hat? Was, falls wir in diesem Experiment bereits versagt haben? Wenn uns die Alben bereits aufgegeben haben und nur noch die ihren auf Erden suchen, bevor man auch diesen Weltentraum platzen lässt? Was, falls schon alles entschieden ist und wir uns nur noch der Illusion einer Evolution des Lebens hingeben, während sie sich bereits in uns erfüllt hat, die Dunedin aber nicht den Vorstellungen der Hylen von Leben entsprechen?", murmelte sie vor sich her, und Southfield hatte seine Augen erschrocken weit offen. Auch die anwesenden Seevögel erschraken bei den Gedanken von Gaire, die vielleicht nicht abwegig waren.

„Cherry, das kannst du denken. Aber vieles unserer Wirklichkeit spricht dagegen", meinte Southfield vorsichtig.

„Dagegen ...! Dafür ...! Spielt es eine Rolle? Was ist es, das unser Wissen schafft? Gewissheit? Das bisschen Magie, das wir beherrschen? Das kann ein jeder, der mit offenen Augen zweihundert Jahre lang über die Erde läuft. Das Experiment ..., das große Experiment und die Dunedin, die ältesten aller Menschen, sind der einzige Gegenstand dieses Experiments, in dem uns nur unterschiedliche Aufgaben gestellt sind, die wir so oder so lösen müssen, Oak. Wir werden hingehalten, alle paar Hundert Jahre einmal, und die Naien kommen. Aber schließlich kommen sie nicht wegen uns, sondern wegen der noch hier Gebliebenen, die sie holen wollen, bevor sie uns und das Leben für gescheitert erklären."

„Würde die Antwort darauf heute für dich einen Unterschied machen? Würde es etwas in deiner Haltung verändern? Deine Sichtweise? Dein Leben?", fragte Southfield, und Gaire wusste es nicht. „Was ich mache, tue ich für das Leben in uns allen", und die Vögel nickten ihm zu. „Ich mache es weder für die Hylen, noch für die Naien. Das könnte ich auch gar nicht, weil sie uns nicht entsprechen, sondern der Teil eines Ganzen sind, der notwendigerweise zu sein hat, weil er sonst ein anderes Ganzes ergäbe, das wir uns nicht vorstellen können – auch falls es morgen schon zu Ende sein sollte. Ob nun Hylen oder albische Naien erscheinen, oder aber ob sie nicht erscheinen, hat dabei für mich keine Bedeutung. Der Umstand an und für sich ist bedeutend, wirft aber nur einen kurzen Schimmer in unser Leben, der uns vielleicht stolzer macht, weil wir uns das vorhandene Leben gegenwärtig teilen", meinte er, und Gaire schwieg.

„Dann macht es keinen Sinn, ob wir die Naien schützen ... oder nicht", sagte sie.

„Das stimmt. Aber es macht auch keinen Sinn, sie nicht zu schützen. Wir treffen uns hier, damit sie gehen können und wir zu bleiben vermögen. Aber einen einleuchtenden Sinn ergibt das nicht, siehst du nicht das gesamte Leben. Doch falls du das tätest, dann könnte es vielleicht einen Sinn ergeben, den wir dann nur schwerlich überschauen könnten und ihm doch näher sein sollten als die Irdischen, aber immer noch ferner als die Naien. Es ist unsere Ehre und unser Stolz, die uns das Leben erkennen lassen und sowohl spontan wie bewusst zu handeln befähigen. Dabei ist es unwichtig, wer nun das Experiment ist. Es ist nur wesentlich, hier und heute zu sein, was wir sind. Und das ist schon eine ganze Menge, Cherry", meinte er ruhig und in sich gefestigt. „Mein Leben würde ich für euch hergeben und es gegebenenfalls anderen nehmen, falls sie euer Leben bedrohen. Sinn …? Es macht keinen scheinbaren Sinn. Aber es zeigt die Haltung des Lebens, das ich führe. Es offenbart seinen Inhalt durch mich. Sein Wesen. Und darum scheint es mir zu gehen", lächelte er dann. „Ja, keinen Moment würde ich zögern, meine Freunde und meine Schwester, mein Leben für eures zu geben", und Gaire fiel etwas aus ihren Gedanken, da die Bedingungslosigkeit von Southfields Worten erschreckend war, während sich die Seevögel durch den Dunedin geschmeichelt fühlten.

„Als ich neben Patty saß, war mir irgendwie wundervoll zumute. Und warum ist das jetzt nicht mehr so? Ich fühle mich zuweilen klar, doch wie hypnotisiert durch ihre Ausstrahlung."

„Das wird sicherlich noch intensiver werden, glaube ich. Woran es liegt, weiß ich nicht. Selbst wenn die Naien durch ihre Pforten schreiten und sich alles zu verändern scheint. Ich weiß nicht, was es bedeutet. Nur weiß ich, dass es etwas mit dem Leben in seiner möglichen Balance zu tun haben muß. Die Naien scheinen für Gleichgewichte sorgen zu können, allein durch ihre Anwesenheit", erwiderte er.

„Und was, falls es alles nur Illusion ist?"

„Dann wäre es Bosheit, die sie trieben", sagte er freundlich, machte aber deutlich, dass das seiner Ansicht nach ausgeschlossen war.

„Ja, das wäre dann böse", nickte Gaire. „Verflucht. Was sind das für Gedanken? Und ich habe sie nicht zum ersten Mal", sagte sie, als ihr Telefon klingelte. „Warte, mal sehen, wer das ist", sagte sie zu Southfield, schaute auf das Display und erkannte die Nummer von Camshron. „Lime", meinte sie kurz und nahm das Gespräch an, sprach dann aber mit Rionnag, die Camshrons Telefon benutzte. Sie wollte die beiden Dunedin nur davon in

Kenntnis setzen, dass die Suliden und Ceann bei ihnen angekommen seien und man wahrscheinlich gegen Abend auf der Insel eintreffen würde. Sie bat die Verspätung zu entschuldigen, doch Brian habe auf irgendeinem Feld stehend *meditieren müssen*, wie Camshron es bei einer späteren Gelegenheit nannte, sodass man einen halben Tag verloren habe. Dann trennte man sich fernmündlich, und Gaire wiederholte Southfield die Aussagen von Rionnag. Er nickte und war froh, die zuvorige Thematik gedanklich nicht weiterführen zu müssen. Es gab Momente, die Ideen in sich hatten, die gar nicht erst gedacht werden sollten, da sie von den Dunedin nicht gedacht werden konnten. So wenig wie von einem nur irdischen Menschen. Obwohl diese Momente auftraten und sich die Gedanken einschlichen. Es gab einfach keine Antworten auf sie, so klug der Ursprung des Gedankens auch gewesen sein mochte. Über eine bestimmte These und Antithese zu einer Synthese zu kommen schien stets vernünftig. Doch das Ergebnis einer Synthese entsprach eben nicht immer der Realität, sondern war nur der logische Schluss aus zwei verschiedenen Annahmen. Grundsätzlich ließe sich die Wirklichkeit aber nur durch geduldige Beoachtung erschließen, da philosophisch gezogene Schlüsse meist elegant klangen, aber die Wirklichkeit nicht immer beschreiben konnten. Und Gaires Äußerungen waren berechtigt, nur nicht tiefer zu ergründen, weil es den Erfahrungen an Momenten und dem Verstand an Grundlagen fehlte.

„Vielleicht solltest du deinen Jason einmal anrufen und ihn fragen, ob er die Fallen aufgestellt hat", meinte Gaire, doch er hatte keine Telefonnummer von Martinez, da man sich traf, wenn man sich traf. Und man sprach miteinander, falls man sich getroffen hatte. Man verabredete sich aber nicht, sondern nur auf ein unverbindlich *nächstes Mal*, wann das auch sein möge. „Ihr Waldläufer und Highlander", schüttelte Gaire nur ihren Kopf, beneidete Southfield aber für seine Lebensführung, die in ihrer Umgebung schwer aufrecht zu halten wäre. Falls man telefonisch nicht erreichbar war oder sich nicht ständig über die neuen Medien und sozialen Netzwerke in Erinnerung brachte, hatte man sehr schnell keine sogenannten Freunde mehr. Oder es wurden über einen Geschichten in den Umlauf gebracht, die einen einem anderen gegenüber als *Freund* disqualifizierten. Man wurde schleuniger gemieden, gemobbt und zerrissen, als man er vermeinen würde.

„So sind wir hier draußen, Cherry", sagte Southfield lächelnd und freute sich mehr darüber, das Thema gewechselt zu haben, als detailliert auf die Marotten und Vorlieben seiner Person zu sprechen zu kommen.

„Oak, was, wenn die wirklich mit uns herumexperimentieren?", kam Gaire unglückseligerweise auf ihren Gedanken zurück, und Southfield schaute sie ernst an.

„Dann spielt es auch keine Rolle, denn ihr habt versprochen, euch so oder so wenigstens um uns zu kümmern", sagte plötzlich Shona, die Fulmare. „Was ihr herumrätselt und denkt, verstehe ich nicht", mischte sie sich ein, als Southfield sie überrascht ansah und meinte, dass sie vollkommen recht habe. Die Ältesten, die mehr unter den Menschen leben, vergessen zuweilen die Maxime der Dunedin, da sie spontan auf Situationen zu reagieren haben, während draußen alles langfristig klarer schien. Als Gaire Shona hörte, schaute sie die kleine, pragmatische Fulmare an, die zwischen ihr und Southfield saß, und musste laut lachen.

„Stimmt. Dann also doch ein Tennisplatz hier auf der Insel", gab sie vor, die Erklärung des Vogels aufgegriffen zu haben, während die inneren Zweifel blieben, die sie von nun an aber für sich behielt, was Southfield spürte. Bevor er die Insel verlassen und in die Highlands zu Makar wollte, nahm er sich vor, mit Brian zu sprechen. Er wollte ihre Ansichten hören und hielt sie für einen grundlegend ehrlichen Menschen, ohne Pathos und verschroben gespreizte Weisheiten, die an symbolischem Sinn wie Fett aus einem Spanferkel triefte, ohne eine konkrete Aussage zu besitzen. Brian war so deutlich, wie sie es wusste, und verstand sich auszudrücken. Keine epischen Konstrukte und lyrischen Hudeleien. Brian war erfrischend klar.

„Dann hoffe ich, dass ihr bald wieder zusammen seid, denn Cherry ist ein verflixter Schleifer, der euch schinden wird, wenn ihr etwas nicht passt. Also … ich bin froh, dass mich Patty zu diesem Kommando nicht einbestellt hat."

„Sie hat mich nicht ausgesucht. Das war Ash. Sie kam auf die Idee, denn freiwillig …"

„Wohl aus gutem Grund", lachte Southfield, und Gaire musste schmunzeln.

„Ja. Sie hat Kinder. Heather, die Patty eigentlich haben wollte, hat keine Kinder. Das war der Grund", meinte Alison, und aus der Äußerung entwickelte sich eine lange, amüsante Unterhaltung, die allen nach den geäußerten Zweifeln von Gaire guttat, weil sie die Dunedin mit den Vögeln verschweißte. Dann bezogen sie Gedanken um Brian mit ein und überlegten, ob sie nun Mensch oder albisch-menschlich sei oder bereits als Naien einzuschätzen wäre. Jeder der freudigen Gedanken durch die Seevögel eingebracht, gefiel Southfield und überraschte Gaire, die den Umgang mit den Tieren weniger gewohnt war. Sie hatte sich immer mehr um die wirtschaftliche Seite der Dunedin gekümmert, indem sie zusammen mit anderen das Kapital für die Ältesten beschaffte und das seit wenigstens drei Jahrhunderten.

„… und freiwillig, so faszinierend der Gedanke auch ist, eine Naien, eine Albe oder Albin oder was auch immer zu beobachten …, nein: Allein hätte ich mich um diesen Job nicht gerissen", führte Gaire ihren Gedanken aus, den alle hörten und für sich leise unterschiedlich bewerteten. Den Vögeln war es recht, weil sie meinten, zuweilen einfach davonfliegen zu können. Und Southfield war etwas unentschieden, da auch er glaubte, effektiver als Dunedin arbeiten zu können und sinnvoller beschäftigt zu sein, als nur auf eine Naien achtzugeben. Dafür waren die Ältesten auf Erden zu wenige, um sich ausschließlich auf eine Aufgabe zu konzentrieren und gleich mit drei Dunedin eine Albe zu schützen. Andere Erledigungen könnten sicherlich zu kurz kommen oder erst gar nicht angegangen werden. Aber so war es mit dem Leben, das man am meisten spürte, wenn es sich mit den eigenen Plänen kreuzte. „Und wie lange willst du bei uns bleiben, wenn Ash und Lime die Naien gebracht haben?", fragte Gaire Southfield, der sie verwundert ansah.

„Das klingt, als hättest du innerlich Patty als Mensch schon abgehakt."

„Stimmt. Habe ich auch irgendwie. Und ich freue mich über jede menschliche Wandlung, die sie hat. So ist es besser als andersrum. Denn ich bin nicht hier, um auf eine irdische Frau aufzupassen", meinte sie nüchtern.

„Hmmm, ich bleibe, bis die Vögel gesund sind, und dann halte ich mich immer in der Nähe auf, nachdem ich euch die Dinge gebracht habe, die ihr brauchen werdet, meine liebe Cherry", schmunzelte er, und die Vögel dankten es ihm, dass er sich um sie sorgte, denn er tat ihnen wohl und gut.

Dann hatten sie noch über Erlebtes gesprochen, dachten an einige bereits verstorbene Dunedin, die sicherlich ihre Freude an dem Umstand gehabt hätten, eine Naien zu begleiten, weil es einige der Ältesten gegeben hatte, die sich kaum etwas sehnlicher gewünscht hätten, als wenigstens eine Albe wiedergeboren zu erleben, da sich diverse Geschichten um die Naien rankten, die bereits auf Erden erlebt waren, dann aber mit anderen in unbekannten Weltenräumen verschwanden und niemals wiederkehrten. So sprachen sie, saßen unter den Kiefern zusammen und vertrieben sich die Zeit, bis der kühle Abend nahte und sich ein Graupelschauer unentschlossen von einem Wind halb erging und halb in das Hinterland getrieben wurde, als es dann auch schon dunkel wurde und Fergus als Erster den Wartenden auf der Insel die Ankunft der Wanderer ankündigte, worüber man sich, gleich welche Gedanken und Zweifel man gehabt haben mochte, sehr freute.

Die Flut war abgelaufen, als Rionnag, Camshron und Brian laut lachend über die steinige Furt zu der Insel und ihren Besetzern hinüberliefen. Trotz der kaum noch zwielichtigen Dunkelheit konnten sie ihren Weg gut erkennen. Sidhe und Daoine flogen auf, um sich einen Eindruck von dem gesuchten Exil zu verschaffen. Während Daoine ob der gemachten Erfahrungen mit den Fallen noch vorsichtig war, war Sidhe unbekümmert sicher, dass Southfield und Gaire die Insel von weiteren Fallen gesäubert hatten. Camshron rief lachend zu Southfield, ob sein neuer Chauffeur die gleiche Übelkeit in seinem Magen verursacht hatte wie ihm, und Gaire empörte sich künstlich. Dann begrüßte man sich und lobte die Stunde, in der man sich gesund auf Erden wieder traf, freute sich, den langen Weg gelaufen zu sein, erbot Brian die Ehre der Ältesten gegenüber einer Naien, und die Seevögel waren einfach nur stolz. Mit dem Eintreffen der Wanderer verschlechterte sich das Wetter. Ein hässlich nasskalter, schwerer Wasserschnee wurde auf die Insel geworfen, den niemand mochte, obwohl keiner von ihnen zu klagen gedachte. Brian selbst schien es gleichgültig und recht zu sein, wie es kam. Als es heftiger zu graupeln begann, baten die Seevögel, auf dem Wasser schwimmend das Wetter erdulden zu dürfen, während sich die Dunedin in den Windschatten der Kiefern setzten, in dem sie die Nässe aussitzen und abwarten wollten. Die beiden Dohlen fanden Schutz in der Mitte der Ältesten, während Brian schimmernd stand, sich in der Dunkelheit umsah und lapidar meinte, sie wolle sich die Insel genauer ansehen. Auf Fragen der Dunedin, ob das nicht Zeit habe, erwiderte sie nur kurz, dass alles seine Zeit besäße. Und jetzt sei es ihr angezeigt, die Insel zu betrachten, da sie auf ihr angekommen waren. Niemand müsse sie begleiten, und sie wäre stets in Sicherheit, sagte sie, als wäre das von Bedeutung.

Rionnag wollte Frangach benachrichtigen, während sich Brian bereits entfernte und die anderen Dunedin die langen Jacken über ihre Köpfe zogen, damit sie nicht allzu nass werden würden, in jener scheußlich kalten Winternacht an der Westküste von Schottland.

Brian fühlte sich in einen grauen Schleier gehüllt und in Akitas Pelz durch die Kunst Eachanns geschützt, behütet von dem Wesen aller Nordlande, gleichwohl es kaum greifbarer war, als eben die Begrifflichkeit *Wesen* beschreiben konnte. Sie fühlte sich von der Welt gehoben, berauscht von den tiefen Eindrücken und den neuen Erfahrungen, die ihr begegneten, die sich für sie nicht mehr in Worte fassen ließen.

So scheinbar in ihrem gräulichen Schein glimmend war sie aufgestanden, hatte sich in die Finsternis entfernt und lief sicher über eine ihr vollkommen unbekannte Insel, deren Unebenheiten für menschliche Augen nicht zu erkennen, für sie jedoch offenbar spürbar waren. Allein mit sich ging sie zuerst an das Wasser der Irischen See. Wind warf kleine Wellen zwischen die Steine, an welchen sie geräuschvoll schäumend platzten, nachdem sie versehentlich an die Insel zu stolpern schienen. Die Nässe störte Brian nicht, die wie ein Geistwesen in ihrem körperlosen Licht an dem Ufer stand und hinaus in die Unschärfe der Finsternis späte. Zu empfinden war alles für sie in jenem Moment – dennoch war nichts zu sehen. Die Formen ihrer Wahrnehmung veränderten sich, und sie meinte, ihr eigenes Licht spiegele sich in der Umgebung, in der sie sich zu bewegen schien. Ob wahr oder wirklich – sie vermochte es nicht zu sagen. Dennoch erkannte sie vertraute Strukturen, fühlte den Boden unter ihren Sohlen, spürte den Zwang der engen Schuhe, die sie trotz der Kälte nicht länger tragen wollte. Sie bückte sich hinab und schnürte die Boots auf. Dann zog sie die Wanderstiefel aus, entledigte sich auch der Socken von den Füßen, drehte sich zu den Dunedin um, die sie unter ihren Jacken sitzend nicht mehr genau sah, und betrachtete sich dann froh die eigenen Füße, die endlich den ganzen Körper durchatmen ließen. Sie setzte sich auf das durchtränkte Moos, zog mit bereits triefend nassen Haaren die Knie an die Brust und massierte sich glücklich die Füße. Mit ihrem Finger strich sie zwischen die gespreizten Zehen, woraufhin ein Kribbeln durch ihren verbliebenen Körper lief. Es war ihre Freude über die wiedergewonnene Freiheit. Eine Vertrautheit mit der Umgebung, die sie als Mädchen kannte. Den feuchten Boden konnte sie durch ihre Fußsohlen empfinden, wodurch sie eine Art von Erdung fühlte. Sie schloss ihre Augen und erspürte die Erregung des Bodens über ihr Erscheinen. Etwas, wie ersehnte Wärme nach Jahrtausenden einer Eiszeit, die ihr aus dem organischen Boden entgegenströmte. Leben und Wurzelwerk, die sich ihr entgegenstreckten. Und mit geschlossenen Augen genoss sie die fruchtbare Erde, die zwischen ihren mineralischen Elementen hindurch zu ihr strebte, was sie niemals zuvor hatte empfinden können. Die florale Balance, die durch ein irdisches Leben aus dem Gleichgewicht geraten schien. Und jetzt spürten die Wurzelspitzen in der albischen Anwesenheit die Schwerkraft auf ihren unterirdischen Membranpolstern nicht mehr. Eiweiße, die aus ihrer periodischen Taktung des Auf- und Abbaus gerieten und wirkliche Tage mit ihrem Wachstum nicht mehr synchronisieren konnten. Die innere Uhr der Pflanzen verwirrt durch eine Naien, neu gestellt durch eine Albe, den Quell vielen Lebens und besonderer Energie, die dem Leben sogar erhaben war. Und Brian begann mit geschlossenen Augen im schimmernden Grau-Blau ihrer Aura zu summen. Sie spürte die belebte Resonanz im Boden, Wurzeln sich zu ihr suchen, Bewegungen zwischen Kieselsteinen und Quarzen, hörte den rhythmischen Schall aus dem Untergrund, der sich zu einem Ganzen vereinte, strebend zu der Naien auf Erden. Brian forderte nichts – Brian war. Und das reichte aus, um die Pflanzen jener Insel in erregte Aufruhr zu versetzen, bei dieser Kälte jenes Januarregens. Die Naien war die ersehnte Signatur neuen Lichtes, als die Flora sich auf sie auszurichten begann. Brian spürte das Kommunizieren der Wurzeln, roch die bisweilen nötigen Gifte die Rinden und Häute herabrinnen. Ätherische Öle und pflanzliche Hormone. Tannin als Wirkung auf Ethylen. Dazu elektrische Ströme in allen Hölzern und knisternde Lust zur Sinnesfähigkeit, die über eine bloße Verteidigung hinausging. Warmes, friedliches Leben einer Lebensspenderin, das sie nicht als Nahrung verstand, was die Pflanzen von Birans Körper sofort spürten. Und als ginge ein Aufatmen durch den Boden, verloren sie ihre Mechanismen der Gegenwehr. Düfte entströmten der Erde, Zweigwerk begann selbst in der kalten Jahreszeit vital zu knacken. Die Borken der Rinden knirschten zunehmend, und ein sanftmütiges Leben zog ein, das durch Aromen andere Pflanzen erreichte, die diese Sternstunde kaum glauben wollten, als sie dessen in ihrem Holz gewahr wurden. Endlich vermochten sie, die Kieselsäure und den Kalk in den Böden zu lassen, denn Dornen wurden nicht länger gebraucht.

Cyanogene Glykoside, die mit Blausäure aufgespalten wurden, um Fressfeinde zu schädigen, waren von diesem Moment an nicht mehr nötig. Die Neurotransmitter zur Verteidigung überflüssig, da eine Albe nun alles richten würde. Endlich nun wieder eine derjenigen, die die Flora wahrhaft verstanden und nicht die *anthropozentrische Sichtweise allgemeiner Intelligenz nur über ein menschliches Gehirn für möglich hielt*, würden sich die städtischen Birken irgendwo in Edinburgh in jener Nacht gedacht haben. Die spitzen Silikatkörner in den Blättern zerpulverten zu Staub, mit denen sonst die Gebisse der Pflanzenfresser abgeschmirgelt werden sollten. Und Brian spürte die allgegenwärtige Resonanz auf ihre Anwesenheit. Sie empfand ihr Willkommensein in dem sich verändernden Körper in jener Nacht. Sie spürte Freude und wusste auch von den Pflanzen dieser Insel in der Irischen See erkannt und empfangen worden zu sein. Ein kaum spürbares, zitterndes Rascheln lief durch den Inselboden. Selbst größere Steine wurden um wenige Millimeter verrückt und ruckelten sich dann wieder im weichen Boden fest. Steine, die seit Jahrtausenden unbeweglich gelegen hatten und gedankenlos verwittert waren. Ein leichtes Brodeln von ablandig gegenläufigen Wellen in die See, als sei das Eiland ein winziges Epizentrum eines Bebens, zeigte die tatsächlich auch geophysikalische Auswirkung des Willkommens und der natürlichen Intelligenz der Flora. Keine biodiverse Sinnestäuschung, sondern ein fröhliches Seufzen endlichen Gleichgewichtes, um das sich die Pflanzen nicht mehr allein sorgen mussten. Dann stand Brian mit immer noch geschlossenen Augen auf, ließ ihre Arme lächelnd fallen und atmete tief aus.

Gaire, die sensibelste für äußere Veränderungen der anwesenden Ältesten, empfand das Zittern der Bodenoberfläche unter ihrer Jacke als Erste und schaute in die nasse Finsternis hinaus. Sie sah Brian etwa fünfzig Meter entfernt am Ufer stehen. Der Wind hatte sich gelegt. Regentropfen sprangen von ihrem faszinierenden Anorak ab wie Akrobaten von einem Trampolin. Brians graubläuliches Licht, das sie umgab, warf Strahlen auf einige der begleitenden

Seevögel, die zu ihr vom See her an das Ufer geschwommen waren und auf den rippelnden Wellen in der Dunkelheit schaukelten, während sie gebannt Brians Entwicklung verfolgten und das zitternde Beben des Inselbodens selbst in das Seewasser fortgesetzt spürten.

Im Schein der Albe sah Gaire, wie sich sämtliche Pflanzen zu ihr zu neigen begannen. Sie wusste nicht, ob es etwas mit dem scheinbar warmen Licht zu tun hatte oder mit einem für sie nicht spürbaren Einfluss auf die Flora. Doch alles schien sich in jenem Moment auf Brian hinzubewegen. An jenem Abend schien sie ein Mittelpunkt jenen nahen Lebens zu sein, dem sich auch Gaire und die Dunedin nicht entziehen konnten. Dann hob Brian die Unterarme, öffnete ihre Hände, in die der Regen fiel, ließ den Kopf auf die Brust hängen, und Lichtschwaden wallten über ihre Haare in die umgebende Luft, als Gaire die anderen Ältesten anstieß, um diesem Schauspiel beizuwohnen.

Die Ältesten warfen ihre Jacken von den Köpfen zurück auf die Schultern und schauten gefesselt, als sie instinktiv aufstanden und still stehen blieben, in Achtung vor einem Moment auf dieser Erde, der Bedeutung zu haben schien und für die Dunedin Geschichte schrieb.

Während Brian körperlich stand, strömte leuchtende Energie aus ihr heraus, die sich wie schwerer Glanz glitzernd mit den Bodendeckern verwob. Es schien den Ältesten, als ströme selbst die Luft gierig zu ihr, um etwas von dem Frieden zu spüren, der allseits einzuziehen schien. Es war Ruhe. Ruhe, bis auf ihr Licht in der Dunkelheit und einen Winterregen, der in jenen Augenblicken willkürlich in den Blütenkreisen des Seewassers pulsierte. Das Summen als Grundton eines überirdisch lebenden Wesen auf Erden, das Schatten nahm und stumm klang, dann aber hörbar für alle zu sprechen schien.

*„Verpflechtet euch, und werdet eins. Denn Wald wird werden, was er sein kann. Und Samen schützt ihr, denn Einklang ist in diesem Holz wie sonst in keinem keiner Welt. Das letzte Erbe aller Zeit, als süße Chance die Zeit verträumen. Verpflechtet euch, und werdet eins, und trotz der Schlange, die die Welt umschlingt, denn peitschen wird sie zorn-*

*entbrannt die Wasser aller Meere ...*", und Stille senkte sich in die Nacht. Harmonie war in der warnenden Ankündigung. Brian, in Lichtweben gesponnen, stand erhaben allen Seins und bewusst ihres Gedankens, als die Dohlen ihre Freundin in jenem Moment kaum noch erkannten. Sie sahen die Hoheit einer Naien, die über Leben gebot – einem Leben dem Wort einer Albe folgend. Bedingungslos.

Es brauchte keinen Glauben, da Tatsächliches wirkte und selbst die Ältesten in einen Bann zog, der ihnen über die Jahrhunderte nicht begegnet war. Unter ihnen strömte Lebendiges zu der Naien. Alles ordnete sich neu und konnte die Ruhe aller Räume spüren, die von diesem Wesen in jenem Moment ausging. Die Ankündigung möglichen Unheils war gegenstandslos, da einem an der Seite einer Albe kein Unheil widerfahren konnte, solange ein Teil dieses Wesens auch ein Teil dieser Erde war. Bewegung überall und meditative Stille in der Flora. Man war fast wie betäubt – auf jeden Fall war man betört. Und es war nicht länger Brian, die man sprechen hörte. Es war der allgegenwärtige Sinn in sich konsequent vollziehenden Lebens, der für einen Augenblick Sprache durch eine Naien erhielt.

Alles war gesagt.

Erschütternd schön war die lichte Erscheinung der irdisch Geborenen, die bescheiden gebieterische Präsenz vermittelte. Und das Meereswasser begann durch ihre Worte zu brodeln. Das Leben mit seinen Wesen im Einklang in der Einsicht einer Unirdischen und doch ein sich fügendes Wesen des unfassbaren Weltenraumes. Es war kein Wunder, sondern die schließlich ersehnte, sich vollendete Weisheit unbewussten Wissens, gelegt in das Gedächtnis möglicher Zeit dieser Erde und ihres wahrscheinlichen Lebens.

Dann kniete Brian sich an das Wasser, als das Licht wie schwadige Weben von ihr herabfiel und über den Boden der Insel wallte, die in die Gegenwart eines Engels getaucht schien. Schattenspiele dieses Nebels in der Illumination des Lichtes durch das Flechten der Schwaden um die anwesende Materie. Und Brian beugte sich nach vorn, streckte ihre Arme aus, strich ihre Hände nun dicht über die bereits spiegelnde Oberfläche des Wassers, das seine kräuselnden Wellen im Wind vergessen hatte.

Zuerst züngelte heller Schein in die Tiefe des Meeres, als die Seevögel aus ihrer tranceartigen Betrachtung erschraken. Instinktiv flogen sie auf, was Brian hörte und sah, was sie aber weder störte noch bekümmerte. Bedeutendes war zu wirken. Momente später zuckten Blitze wie Adern durch das Wasser, erstrahlten es stumm für Bruchteile von Sekunden und rasten zuckend wie brechendes Eis still in die unendliche Ferne des Nordmeeres, in der sie verschwanden, als sie wieder aufstand, zufrieden lächelte, die Vögel Schutz bei den Dunedin suchten, die Brians Gebärden ihr vertrauend staunend und gebannt verfolgten. Brian hörte zu summen auf. Das strömend gespendete Licht legte sich auf die Insel. Der Schrecken über die gewaltigen Lichtadern, die sich über den Horizont hinaus in das Nordmeer verzweigt hatten, verschwand bald aus der Sicht der Gefährten, und Brian atmete tief ein, als der winterkalte Regen aufhörte. Sie drehte sich zu den verzauberten Dunedin um, sah die verängstigten Seevögel, lächelte zu ihren faszinierenden Dohlen, die neben Rionnag standen, und kam zu den Ältesten zurück.

Die Ältesten öffneten ihre Augen, da sie die größere Nähe der Naien zu ihnen spürten, während ihre Herzen noch durchflutet von der Stille eines klingenden Raumes waren, der sie erfüllte. Dann sahen sie *Patty Brian* als Lichtgestalt auf sie zuschreiten, da sie noch ausreichend körperlich war, um ihnen wieder als Brain in ihrem Anorak zu erscheinen. Und was klang, war die Ankündigung einer Albe, die diese Welt betreten hatte. Vollenden sollte sich eine Prophezeiung der Sybil, allerdings auf eine andere Art als von Menschen seit Urzeiten gedacht, die jene Verse kannten. Brian schritt zu ihnen heran, die am letzten Ufer einer Erde standen, die weder Scheibe noch Teil eines Sonnensystems zu sein schien. Sie war vielmehr der einzige Ort dieses Weltenraumes, an dem sich Leben vollzog. Leben, das selbst diesem letzten Ufer der Ältesten ihre Grenzen aufzeigte, die von den Naien allzeit leicht überschritten wurden.

Das verströmte Licht der Albe, welches von ihrer Haut auf den Boden glitt, über dessen Vegetation liegen blieb und die Pflanzen selbst im Erdreich mit den Wurzeln freundschaftlich verknüpfte, war eine neue Sinngebung durch Brian, die dann vor den Gefährten stehen blieb.

Tief träumend sahen sie in ihrem Atem jene, welche Southfield aus den Felsen gepflückt hatte, um sich selbst zunehmend zu erwachsen. Und sie lächelte die träumenden, würdigen, ältesten Menschen an, während sie zu ihren Dohlen nickte.

„Es ist die Erde unseres Waldes, der hier als erster kampflos wachsen wird und euch den Schutz spendet, den ihr für eure Aufgabe braucht", sagte Brian, schaute zu den Vögeln, die für sie die Insel gefunden hatten, dankte ihnen und wendete sich direkt an ihre Dohlen. „Euch gebe ich die Ehre der Samen, sie zu säen. Jeden Einzelnen. Damit sie gedeihen", strahlte sie und hielt plötzlich die Phiole mit den Waldsamen in der Hand. „Morgen …, nicht heute. Heute stellt sich erst der Frieden ein …, und morgen ist die Erde bereit, das neue Holz zu hegen."

„Dürfen wir auch mitmachen … und Samen aussäen?", fragte Una ohne Scheu.

„Alle dürft ihr helfen. Sidhe und Daoine werden euch anleiten", gestattete Brian und legte die Phiole vor die beiden Dohlen. „Hier nun ein Leben ohne Angst. Und wachsen wird alles gemeinsam. Nichts wird sein auf Kosten eines anderen", sagte sie, wendete sich den Dunedin zu, die der Magie dieses Momentes staunten. Sie hätten nicht für möglich gehalten, dass Brian bereits diese Kraft und Stärke in sich trug, falls sie sich ihrer noch wenige Zeit früher besannen. Und die Pflanzen ordneten sich durch ihr Erscheinen sowie sich die Erde noch unter ihren Füßen bewegte, um den Überlebenskampf gegen andere aufzugeben. So begann sich das Leben ein neues Geflecht der Pflanzen zu erdenken, das sich nicht mehr verdrängte, sondern miteinander wuchs. Und damit hatte die Wiege eines uralten Waldes in jener Nacht eine neue Heimat gefunden, die allen Wäldern auf Erden für alle Zeit ein gutes Beispiel geben sollte.

Und Brian? Sie war dem letzten Versprechen nachgekommen, das sie als Mädchen einem alten Mann gegeben hatte, und von jener Nacht an von aller menschlichen Pflicht befreit. Was von nun an geschehen sollte, konnte sich damals noch niemand vorstellen, und dennoch wartete es bereits auf Erden, seit Urzeiten auf eine Albe, um magisches Leben vollendend geschehen zu lassen.

# Der Autor

Jonathan Saunders wurde 1962 in Bremen geboren. Nach dem Abitur absolvierte er ein Studium
in Frankfurt. Seit 1986 ist er als Gesellschafter in
Afrika tätig.

# Der Verlag

*Wer aufhört
besser zu werden,
hat aufgehört
gut zu sein!*

Basierend auf diesem Motto ist es dem novum Verlag ein Anliegen neue Manuskripte aufzuspüren, zu veröffentlichen und deren Autoren langfristig zu fördern. Mittlerweile gilt der 1997 gegründete und mehrfach prämierte Verlag als Spezialist für Neuautoren in Deutschland, Österreich und der Schweiz.

**Für jedes neue Manuskript wird innerhalb weniger Wochen eine kostenfreie, unverbindliche Lektorats-Prüfung erstellt.**

Weitere Informationen zum Verlag und seinen Büchern finden Sie im Internet unter:

www.novumverlag.com

Jonathan Saunders

# Myrddin

ISBN 978-3-99026-829-2
626 Seiten

Merlin hat die Jahrhunderte auf einer entlegenen Insel im
Nordatlantik überlebt. Zusammen mit einem Hirsch, Elfen und
Wölfen macht er sich auf den Weg zurück nach England. Er ist
fest entschlossen, seine Reise nach Stonehenge anzutreten, um
dort sein Leben zu beenden.

Jonathan Saunders

# Patty Brian
# Band 1

ISBN 978-3-99038-607-1
326 Seiten

Patty Brian lebt in London, fährt Auto, raucht wie ein Schlot und studiert Physik. Als sie von einem Trinker eine Geschichte über die Welt der Feen zu hören bekommt, will sie diese als Spinnerei abtun, doch dann überstürzen sich die Ereignisse.

Jonathan Saunders

# Patty Brian
# Band 2

ISBN 978-3-99038-609-5
504 Seiten

Patty Brian wandert, ohne ihr Ziel zu kennen, durch die weiten Steppen Russlands. Sie weiß nur, sie darf das Buch unter ihrem Arm nicht verlieren. Ihre Gedanken bringen sie nicht nur der Natur näher, sondern auch dem Verständnis von Politik und Korruption in der westlichen Welt.